Dan Vyleta wurde 1974 als Sohn tschechischer Einwanderer in Gelsenkirchen geboren. Er studierte in England und Wien Geschichte und promovierte am King's College in Cambridge. Für seine Romane hat er bereits mehrere Literaturpreise erhalten. »Smoke« begeisterte Kritiker und Leser gleichermaßen und wurde in 15 Länder verkauft. Dan Vyleta lebt in England.

DAN VYLETA

# SMOKE

## SIE WISSEN, WAS DU DENKST

ROMAN

Aus dem Englischen
von Katrin Segerer

PENGUIN VERLAG

Die amerikanische Originalausgabe erschien 2016
unter dem Titel »Smoke« bei Doubleday, New York.



FSC www.fsc.org MIX Papier aus verantwortungsvollen Quellen FSC® C014496

Verlagsgruppe Random House FSC® N001967

PENGUIN VERLAG



1. Auflage 2019

Umschlag: www.buerosued.de
Umschlagmotiv: www.buerosued.de
Satz: Uhl + Massopust, Aalen
Druck und Bindung: GGP Media GmbH, Pößneck
Printed in Germany
ISBN 978-3-328-10279-3
www.penguin-verlag.de

Dieses Buch ist auch als E-Book erhältlich.

*Für Chantal, mein Herz. Anstelle von Blumen.*
*Für Mom. Du hast mir gezeigt, was Mut bedeutet.*
*Für Hanna, die ihren Big Man verloren hat. Ich trauere mit dir.*

*Jene, die Naturwissenschaften studieren und sie zum Wohl der Menschen anwenden, erzählen uns, daß wir die schädlichen Bestandteile, die sich aus der verdorbenen Luft erheben, wären sie dem Auge sichtbar, in einer dichten schwarzen Wolke über den Schlupfwinkeln lagern und sich langsam weiterschieben sehen würden, um auch die besseren Viertel einer Stadt zu verderben. Aber wie grauenhaft wäre erst der Anblick, könnte auch die moralische Pestilenz, die mit ihnen aufsteigt [...], erkennbar gemacht werden!*

CHARLES DICKENS, *DOMBEY & SOHN* (1848)

# I

# SCHULE

# PRÜFUNG

»Thomas! Thomas! Wach auf!«

Kaum ist er wach, sucht er Nachthemd und Bettzeug nach Ruß ab. Er macht es schnell, mechanisch, noch im Halbschlaf: fährt sich mit einer Hand über die Haut und tastet nach der verräterischen körnigen Substanz.

Erst danach fragt er sich, wie spät es ist und wer ihn geweckt hat.

Charlie, natürlich. Sein Gesicht verändert sich unaufhörlich im Licht der Kerze, die er in der Hand hält. Einen Moment lang erstarren die hellen und schattigen Flächen, dann verzerren sie sich wieder; Augen, Nase, Lippen wandern, ordnen sich neu. Der Schein der Flamme schießt in sein rötliches Haar hinauf.

»Charlie? Wie spät ist es?«

»Spät. Oder eher früh. Einer der Jungen hat behauptet, es wäre zwei. Weiß der Teufel, woher er das wissen will.«

Charlie beugt sich vor. Die Kerze kommt näher, treibt die Schatten an den Rand der schmalen Pritsche.

»Es ist Julius. Er hat gesagt, alle sollen sich versammeln. Im Waschraum. Jetzt gleich.«

Der gesamte Schlafsaal ist in Bewegung. Bleiche Gestalten, die sich strecken, aufrichten, die Köpfe zusammenstecken, manche hastig, andere widerwillig. Man sieht nur wenige Kerzen; der Mond beleuchtet den Schnee vor den Fenstern, die gespenstisch milchig schimmern. Schon bald ziehen die Jungen in einer Prozession durch die Doppeltür. Keiner will der Erste sein, keiner der Letzte: weder Charlie noch Thomas noch die Handvoll Jungen mit besonderen Privilegien. Besser in der Menge untertauchen.

*

Die Fliesen unter ihren nackten Füßen sind kalt. Der Waschraum ist groß. Links und rechts reihen sich eckige weiße Porzellanbecken aneinander, überzogen von einem Spinnennetz aus Rissen, die zu fein sind, um sie mit dem Finger nachzufahren, als hätte sie jemand mit einem spitzen Bleistift gezeichnet. Dahinter folgen die Klosettkabinen, und schließlich, in einem langen, schmalen Anbau, kauert eine Reihe blassgrün gekachelter Badewannen. Der Fußboden fällt zur Mitte hin ab. Das merkt man, wenn man Wasser verschüttet. Dann bilden sich kleine Bäche, die auf die Senke zurinnen. Am tiefsten Punkt befindet sich ein Abfluss, ein quadratisches Metallgitter, dreckverkrustet und halb verstopft von Haaren und Flusen.

Genau dort hat er den Stuhl platziert. Julius. Die Jungen aus der Unterstufe nennen ihn Cäsar. Das *C* sprechen sie wie ein *K* aus, wie der Lateinlehrer es ihnen beigebracht hat: *Kä-sar*. Der Name bedeutet designierter Kaiser. Der nächste Herrscher. Julius ist als Einziger angezogen: trägt eine Bügelfaltenhose und blank gewienerte Schuhe. Eine Weste, aber kein Jackett, um die Aufmerksamkeit auf sein Hemd zu lenken, dessen Ärmel so blütenweiß sind, dass es blendet. Wenn er die Arme bewegt, erzeugt das gestärkte Leinen ein Geräusch, irgendetwas zwischen einem Rascheln und einer Art Klatschen, je nachdem, wie schnell die Bewegung ist. Du kannst sogar *hören*, wie rein es ist. Und er selbst folglich auch. Nichts Böses hat ihn berührt. Julius ist an dieser Schule so etwas wie ein Heiliger.

Er legt beide Hände auf die Stuhllehne und beobachtet, wie eine Welle der Angst die Jungen durchläuft. Auch Thomas spürt sie. Das ist keine Frage des Muts, denkt er, sondern ein körperlicher Zwang. Als würde dir an einem stürmischen Tag der Wind ins Gesicht peitschen. Du kannst dich ihm nicht entziehen.

»Wir wollen losen«, sagt Julius beiläufig, ohne sich mit einer Begrüßung aufzuhalten. Einer seiner Handlanger, ein bulliger Achtzehnjähriger, tritt vor, ein paar Bleistiftstummel, einen Stapel leerer Zettel und einen großen Jutesack in der Hand. So einen, mit dem man Kartoffeln transportiert oder Vogelscheuchenköpfe bastelt. Den man jemandem über den Kopf stülpt, bevor man ihn zum Galgen führt. Jetzt geht die Fantasie mit dir durch, sagt sich Thomas, nimmt einen Zettel samt Stift entgegen und schreibt seinen Namen darauf: Thomas Argyle. Den Titel lässt er weg. Die Zettel verschwinden im Sack.

Thomas weiß nicht, wie Julius schummelt, er weiß nur, dass er es tut. Vielleicht hat er die Zettel irgendwie markiert oder gibt nur vor, den Namen zu lesen, den er zieht, obwohl er ihn nach Belieben ersetzt. Die einzige Person, die für die Korrektheit seines Vorgehens bürgen könnte, ist derselbe loyale Handlanger, der die Zettel verteilt hat. Julius krempelt den Ärmel hoch, bevor er den Arm in den Sack taucht, als würde er auf dem Grund eines trüben Teichs nach Sünden wühlen. Als wäre es wichtig, sich nicht schmutzig zu machen.

Der erste Name ist eine Überraschung. Collingwood. Einer von Julius' eigenen Leuten, ein Wächter, wie sie sich selbst gerne nennen, einer der Vertrauensschüler, die den Schlüssel zum Schlafsaal und die Achtung der Lehrer besitzen. Im ersten Moment ist Thomas irritiert. Dann begreift er. Die Wahl demonstriert Gerechtigkeit, erinnert daran, dass niemand über den Regeln steht. Dass es niemanden gibt, der nichts zu befürchten hat.

»Collingwood«, ruft Julius ein zweites Mal. Nur das, keinen Vornamen. Das sind sie hier füreinander. Vornamen sind vertraulich, nur für Freunde. Und für Julius, der jedermanns Freund ist.

Er muss ein drittes Mal rufen, bevor Collingwood sich rührt. Nicht, dass er sich widersetzen wollte. Er traut einfach seinen Ohren nicht. Er schaut sich um, sucht nach einer Erklärung, doch die Jungen sind längst von ihm abgerückt, meiden seinen Blick, als wäre allein der bereits ansteckend. So tritt Collingwood schließlich vor, die Arme um den Oberkörper geschlungen: ein großer, schlaksiger Bursche mit ewig saurem Atem.

Als er sich auf den Stuhl setzt, rutscht sein Nachthemd bis zur Mitte der Oberschenkel hoch. Er zwingt sich zu einem Lächeln. Julius erwidert es leichthin, ohne die Zähne zu zeigen, dreht sich um und durchschreitet den Raum. Die Jungen teilen sich vor ihm wie das Rote Meer. Auf dem Rand einer Badewanne wartet, einer gusseisernen Krähe gleich, eine schwere Schaffnerlaterne – so eine, die nur zu einer Seite leuchtet. Julius öffnet sie, entzündet ein Streichholz und hält es an den Docht. Eine Drehung am Ventil, das Zischen der Flamme, die auf Öl trifft, und ein gebündelter Strahl satten gelben Lichts schießt heraus, rechteckig wie das Fenster zu einer anderen Welt.

Er greift nach dem Henkel und trägt die Laterne zurück zum Stuhl. Ihr schaukelnder Schein erfasst Körper, ängstliche kleine Gesichter, zerrt sie aus der Dunkelheit und isoliert sie von den anderen. Auch Thomas spürt den Strahl und zuckt zurück, sieht, wie sein Schatten über die Fliesen huscht, als suche er nach einem Versteck. Es wäre nicht nötig gewesen, die Lampe so weit entfernt abzustellen; Julius' Gang zur Badewanne, das Anzünden der Laterne, der gemessene Rückweg – all das ist Teil einer lang geplanten Inszenierung. Genau wie der Metallhaken, der ganz zufällig zwei Schritte neben dem Stuhl in der Decke steckt. Julius richtet sich zu seiner vollen Größe auf und hängt die Laterne daran. Eine Hand lässt er auf ihrem eisernen Korpus liegen, dreht ihn so, dass Collingwood in einem Parallelogramm aus Licht sitzt, die Seiten schnurgerade, wie mit einem Lineal gezogen. Das Licht entkleidet ihn, strömt beinahe ungehindert durch den Baumwollstoff seines Nachthemds, sodass man die dunklen Brustwarzen und die gebogenen Rippen des schmalen Brustkorbs erkennt. Sein Gesicht wirkt angespannt, aber ruhig. Thomas bewundert ihn einen Augenblick lang, ihn, von dessen Hand er schon so oft bestraft worden ist. Sicher erfordert es gewaltige Selbstdisziplin, das gleißende Licht zu ertragen. Es ist so hell, dass es Collingwoods Sommersprossen aus der Haut zu lösen scheint: Sie schweben einen halben Zentimeter über den Wangen.

»Wollen wir anfangen?«

Collingwood braucht einen Moment, um sich zu sammeln. Er antwortet mit dem rituellen Satz.

»Ja, bitte, Sir. Prüfen Sie mich.«

»Du unterwirfst dich aus freiem Willen?«

»Das tue ich. Mögen meine Sünden enthüllt werden.«

»Das werden und das müssen sie. Dank sei dem Rauch.«

»Dank sei dem Rauch.«

Und dann alle im Chor: »Dank sei dem Rauch.«

Selbst Thomas murmelt ihn, diesen verhassten kleinen Satz. Er hat ihn erst gelernt, als er vor nicht einmal sechs Wochen an die Schule gekommen ist, doch inzwischen haben die Worte schon in ihm Wurzeln geschlagen, seine Zunge überwuchert. Wahrscheinlich können sie nur mit einem Messer wieder herausgeschnitten werden.

Die Befragung beginnt. Julius' Stimme erfüllt den großen Raum. Er spricht mit einem angenehmen, sanften Tonfall, klar und rhythmisch. Wenn er will, klingt er wie dein Lieblingsonkel. Dein Bruder. Dein Freund.

»Du bist Vertrauensschüler, Collingwood«, sagt er. Typisch für ihn, so anzufangen. Mit etwas Harmlosem. Damit du deine Deckung vernachlässigst. »Wie lange ist es nun her, dass man dir das Abzeichen verliehen hat?«

»Ein Jahr und ein Trimester, Sir.«

»Ein Jahr und ein Trimester. Und das Amt bereitet dir Freude?«

»Es bereitet mir Freude zu dienen.«

»Es bereitet dir Freude zu dienen. Eine hervorragende Antwort. Also erfüllst du deine Pflichten gewissenhaft, nehme ich an?«

»Ich bemühe mich.«

»Und wie denkst du über die Jungen, für die man dir die Verantwortung übertragen hat?«

»Wie ich über sie denke, Sir? Mit … mit Wohlwollen. Mit Zuneigung.«

»Sehr gut, sehr gut. Obwohl sie manchmal ausgemachte Scheusale sind, nicht wahr?«

»Sie sind so gut, wie sie können, Sir, dessen bin ich mir gewiss, Sir.«

»Ein ›Sir‹ genügt vollkommen, Collingwood.«

Ein Kichern brandet durch den Raum. Julius wartet, bis es verebbt. Sein Gesicht ist in der Dunkelheit neben der Laterne nicht zu erkennen. Die ganze Welt ist auf einen Jungen, einen Stuhl reduziert. Als Collingwood sich bewegt, rutscht sein Nachthemd noch weiter hoch. Unbeholfen zieht er es hinunter. Seine Hände haben sich zu Fäusten geballt, und er hat Mühe, sie zu öffnen.

»Aber es gefällt dir, sie zu bestrafen, oder? Deine kleinen Schützlinge, die so gut sind, wie sie können. Bisweilen bestrafst du sie sogar recht streng. Erst gestern hat manch einer hier gesehen, wie du den Stock geführt hast. Einundzwanzig Schläge. Und nicht gerade zimperlich. Die Krankenschwester musste die Striemen versorgen.«

Collingwood schwitzt, doch er ist dieser Art von Fragen gewachsen.

»Ich tue nur, was ich muss, um sie zu besseren Menschen zu machen«, sagt er. Und fügt in einem Anflug von Unverfrorenheit hinzu: »Mich schmerzen die Schläge mehr als sie.«

»Also liebst du sie, diese Jungen.«

Collingwood zögert. *Liebe* ist ein starkes Wort. Er entscheidet sich für: »Ich liebe sie wie ein Vater.«

»Sehr gut.«

Bisher nicht die kleinste Rauchfahne. Collingwoods Nachthemd ist noch immer unbefleckt, der Kragen makellos, die Achseln schweißgetränkt, aber sauber. Trotzdem ist keiner im Raum so naiv zu glauben, dass er nichts als die Wahrheit gesprochen hat. Die Gesetze des Rauchs sind komplex. Nicht jede Lüge löst ihn aus. Ein flüchtiger böser Gedanke bleibt hin und wieder ungesühnt – eine Flunkerei, eine Ausrede, ein artiges Kompliment. Manchmal kannst du haarsträubend lügen und wirst verschont. Jeder kennt das Gefühl, kennt es seit frühester Kindheit: Du stehst vor deiner Mutter, deiner Gouvernante, dem Hauslehrer; denkst eine Lüge, schiebst sie vorsichtig über die Schwelle deiner Lippen, mit verschwitzten Händen und verkrampftem Magen, das Kinn in geheuchelter Zuversicht gereckt; dann die süße Erleichterung, wenn der Rauch nicht kommt. Ein andermal wird er von so geringfügigen Verfehlungen heraufbeschworen, dass sie dir kaum bewusst sind: Du greifst nach den Keksen, bevor sie dir angeboten wurden; du feixt, wenn ein Diener auf der frisch gebohnerten Treppe ausrutscht. Und plötzlich riechst du ihn. Es gibt keinen verhassteren Geruch auf der Welt als den des Rauchs.

Collingwood jedoch bleibt er erspart. Er hat die Prüfung mit Bravour bestanden. Allerdings ist Julius noch nicht fertig. Er steht weiter im Schatten neben der Lampe und hält sie auf Collingwood gerichtet. Es ist, als würde seine Stimme mit dem Licht hervorströmen.

»Dein Bruder ist vor Kurzem gestorben, nicht wahr?«

Die Frage trifft Collingwood unvorbereitet. Zum ersten Mal wirkt er eher verletzt als ängstlich. Seine Antwort ist leise.

»Ja.«

»Wie hieß er, dein Bruder?«

»Luke.«

»Luke. Ja, jetzt erinnere ich mich. Du hast mir von ihm erzählt. Wie ihr als Kinder miteinander gespielt habt.« Julius beobachtet, wie Collingwood sich windet. »Hilf mir auf die Sprünge: Wie ist Luke gestorben?«

Der Groll in Collingwoods Stimme ist nicht zu überhören. Trotzdem antwortet er.

»Er ist ertrunken. Aus einem Boot gefallen.«

»Ich verstehe. Ein Unglück. Wie alt war er?«

»Zehn.«

»Zehn? So jung. Wann wäre er elf geworden?«

»Dreieinhalb Wochen später.«

»Das ist bedauerlich.«

Collingwood nickt und fängt an zu weinen.

Thomas versteht seine Tränen. Kinder werden in Sünde geboren. Die meisten sind schon nach ein paar Minuten kohlrabenschwarz von Rauch und Ruß, und jedes Kindbett und jede Wiege sind von den dunklen Schwaden der Schande umgeben. Der Adel und alle Bürgerlichen, die es sich leisten können, stellen Ammen und Diener ein, die sich um das Kind kümmern, bis im Alter von drei, vier Jahren das Gute in ihm zu reifen beginnt. Manche verwehren dem Kind jeglichen Umgang mit der Familie, bis es sechs, sieben Jahre alt ist, verweigern ihm jegliche Liebe, damit sie es am Ende nicht verachten müssen. Bis zum elften Lebensjahr wird Rauch toleriert. Diese Schwelle, vor deren Überschreitung nur Heilige die Gnade Gottes erlangen können, taucht bereits in der Bibel auf. Wenn du vor dem elften Geburtstag stirbst, stirbst du in Sünde und kommst in die Hölle. Dank der Heiligen Jungfrau allerdings in eine weniger schlimme Hölle als die Erwachsenen: eine Kinderhölle. In Bilderbüchern wird sie oft als eine Art Hospital oder Internat dargestellt, mit langen Korridoren und endlosen Reihen steifer weißer Betten. Thomas hat als Kind ein solches Buch besessen und darin gemalt: Farben, Menschen, seltsame Vögel, die durch die Flure spazieren und ihre Federn wie Brautschleppen hinter sich herziehen. In vielen älteren Familien ist es Brauch, einen Leibeigenen in Dienst zu nehmen, wenn ein Kind zehn Jahre alt wird. Seine einzige Aufgabe ist es, das Leben des Kindes zu hüten. Versagt er, wird er hingerichtet. Man nennt sie auch Krähen, diese Leibeigenen, denn sie kleiden sich ganz in Schwarz und sind von ihrem Rauch umhüllt wie von einem Fluch.

Julius gibt den Jungen Zeit, das Gesagte zu verarbeiten, das Gewicht von Lukes Tod zu ermessen. Die Lampe, deren Strahl er lenkt, ist sicher schwer und heiß. Doch er ist geduldig.

»War Luke allein? In dem Boot, meine ich.«

Collingwood sagt etwas, aber seine Antwort ist unhörbar. Seine Tränen sind versiegt. Obwohl er noch immer sein Nachthemd trägt, haben die letzten paar Minuten ihn entblößt, ihm eine Schutzschicht geraubt, die auf unserer Haut liegt.

»Na los, Mann, heraus damit. Wer war es? Wer war mit deinem zehn Jahre alten Bruder in diesem Boot, als er ertrunken ist?«

Collingwood verschließt sich. Kein Wort dringt über seine bebenden Lippen.

»Anscheinend hast du es vergessen. Ich werde deinem Gedächtnis auf die Sprünge helfen. Ist es nicht so, dass dein Vater mit in diesem Boot saß? Dass er betrunken war und geschlafen hat, als sein Sohn ins Wasser gefallen ist? Dass er erst aufgewacht ist, als seine Bediensteten das Boot entdeckt haben, fünf Kilometer flussabwärts, festgefahren im Schilf?«

Collingwood findet die Sprache wieder. »Ja«, sagt er. Tatsächlich schreit er es fast. Seine Stimme ist eine Oktave höher als noch vor einer Minute.

Julius pariert den Schrei mit einem Flüstern. »Und liebst du deinen Vater, wie die Bibel es uns lehrt?«

Collingwood braucht nicht zu antworten. Der Rauch tut es für ihn. Zuerst sieht man ihn an den Schultern und an den Stellen, an denen der Schweiß das Nachthemd an die Haut klebt: schmierige schwarze Punkte, kaum größer als ein Penny. Als würde er Tinte bluten. Dann tauchen die ersten Rauchfäden auf, strömen aus den dunklen kleinen Flecken und hinterlassen körnigen Ruß.

Collingwoods Kopf sinkt herab. Er zittert.

»Du musst lernen, dich zu beherrschen«, sagt Julius, sagt es sanft und dreht den Strahl der Laterne in eine andere Richtung. »Du kannst gehen. Es ist gut.«

*

Es gibt keine Strafe, besser gesagt: keine, die Julius verhängen müsste. Die Flecken auf Collingwoods Nachthemd lassen sich nur durch stundenlanges Einweichen in konzentrierter Lauge entfernen. Nur die Schulwäscherei besitzt Laugenvorräte, und die werden streng bewacht. Wenn Collingwood morgen früh seine Wäsche aushändigt – und das muss er –, werden sie sein Nachthemd anhand des eingestickten Monogramms identifizieren und seinen Namen vermerken. Dann wird ihn der Lehrer für Rauch und Moral zu einem Gespräch bitten, das dem Verhör dieses nächtlichen Gerichts nicht ganz unähnlich ist. Er wird einen Bericht verfassen, ihn an Collingwoods Eltern schicken und Strafmaßnahmen festlegen. Vielleicht verliert Collingwood das Abzeichen des Vertrauensschülers und damit seine Privilegien. Vielleicht muss er den Waschraum der Lehrer schrubben oder nach dem Unterricht Bücher in der Bibliothek katalogisieren. Vielleicht darf er nicht mit auf den Ausflug. Collingwood wirkt nicht wütend, als er sich zitternd vom Stuhl erhebt. Der Blick, den er Julius zuwirft, gleicht dem eines geprügelten Hunds. Er will wissen, ob er noch geliebt wird.

Thomas schaut Collingwood lange nach, als der aus dem Waschraum schleicht. Stünde es ihm frei zu gehen, würde er ihm hinterherlaufen, sich zu ihm setzen, ohne etwas zu sagen. Die richtigen Worte würde er ohnehin nicht finden. Charlie möglicherweise. Charlie kann gut mit Worten umgehen, mehr noch: Er hat eine besondere Gabe, ein gütiges Herz. Es erlaubt ihm nachzuempfinden, was andere fühlen, und freimütig mit ihnen zu sprechen, als Ebenbürtiger. Thomas dreht sich zu seinem Freund um, doch dessen Augen sind auf Julius gerichtet. Heute Nacht werden noch mehr Jungen geprüft. Gleich wird ein zweiter Zettel gezogen, ein zweiter Name verlesen.

*

Sie nennen ihn Hau-ins-Klo, obwohl sein richtiger Name Hounslow ist, der neunte Viscount von. Er ist höchstens zwölf Jahre alt, wenn überhaupt. Einer der jüngsten Internatsschüler, mager, aber pausbäckig, ein Kind. Als er den Stuhl erreicht und sich umdreht, um sich hinzusetzen, entreißt die Angst seinem Darm einen Wind, lang und gedehnt, als wolle er nie enden. Das muss man sich mal vorstellen: das endlose Pfeifen eines Furzes in einem Raum voller Schulkameraden. Man hört ein paar Jungen kichern, allerdings kaum jemanden unverhohlen lachen. Es braucht nicht Charlies Einfühlungsvermögen, um Mitleid mit Hounslow zu haben. Sein Körper zittert so sehr, dass er kaum seinen Eröffnungssatz herausbringt.

»Bitte, Sir. Prüfen Sie mich.«

Seine Stimme bricht nicht, ist jedoch kaum mehr als ein Quieken. Das »Dank sei dem Rauch« würgt er so mühsam hervor, dass ihm Tränen der Frustration über die Pausbacken laufen. Thomas will vortreten, doch Charlie hält ihn unauffällig zurück, indem er ihn sanft am Arm fasst. Sie wechseln einen Blick. Charlie hat eine besondere Art, dich anzusehen: so einfach, so ehrlich, dass du vergisst, dich hinter deinen kleinen Lügen zu verstecken. Denn was würde Thomas tun, wenn Charlie ihn gehen lassen würde? Die Prüfung zu stören, wäre gleichbedeutend mit einer Rebellion gegen den Rauch. Aber der Rauch ist real: Wenn du willst, kannst du ihn jeden Tag sehen und riechen. Wie rebelliert man gegen eine Tatsache? Also muss Thomas stehen bleiben und zusehen, wie Hounslow den Wölfen zum Fraß vorgeworfen wird. Obschon dieser Wolf ein weißes Hemd trägt und eine Laterne ausrichtet, in die das Kind blind hineinblinzelt.

»Sag mir«, fängt Julius an, »warst du ein guter Junge?«

Hounslow schüttelt panisch den Kopf, und ein Geräusch, das einem Stöhnen gleichkommt, rollt durch den Raum.

Doch seltsamerweise übersteht der Junge das gesamte Verhör ohne die kleinste Rauchfahne. Er beantwortet alle Fragen, langsam und stockend, weil seine Zunge vor Angst wie gelähmt scheint und ihm zwischen den Antworten aus dem Mund hängt.

Liebt er seine Lehrer?

Ja.

Liebt er seine Schulkameraden, seine Bücher, sein Bett im Schlafsaal?

O ja, ja, sehr sogar, und die Schule selbst am allermeisten.

Welche Sünden lasten dann auf seinem Gewissen?

Sünden, die zu schwer und zahlreich sind, um sie aufzuzählen.

Aber genau das macht er nun, nimmt jede Schuld auf sich, die ihm einfallen will, bis er völlig niedergedrückt ist. Er habe den Lateintest am vergangenen Montag nicht bestanden, weil er »faul« und »dumm« sei. Er habe sich auf dem Schulhof mit einem Klassenkameraden namens Watson geprügelt, weil er, Hounslow, ein »bösartiger Unhold« sei. Er habe ins Bett gemacht, weil er »abstoßend« und »niederträchtig« sei, und zwar schon von Geburt an, das sage selbst seine Mutter. Er sei ein Verbrecher, ein Unmensch, ein Tier. »Ich bin Abschaum«, schreit Hounslow halb hysterisch, »Abschaum!«, und die ganze Zeit über bleibt sein Nachthemd sauber, die zarten Spitzenrüschen frei von Ruß.

Es dauert nicht einmal zehn Minuten. Julius lässt die Laterne sinken und küsst den Jungen auf den Kopf, genau auf den Scheitel, wie der Bischof es beim Schulkaplan getan hat. Als Hounslow aufsteht, liegt auf seinem Gesicht noch etwas anderes als Erleichterung. Etwas Triumphierendes. Heute, in dieser Nacht, ist er zu einem Auserwählten geworden. Er hat sich erniedrigt, hat all seine verborgenen Sünden (und noch einige mehr) gebeichtet, und der Rauch hat über ihn gerichtet und ihn für rein befunden. Wenn er Watson morgen eine blutige Nase verpasst, dann mit dem Gefühl, Recht zu sprechen. Julius schaut ihm mit belustigtem Stolz nach, bevor er erneut in den Sack greift. Und einen dritten Namen verliest, den letzten. Es wird nicht Cooper sein, Charlies Nachname. Charlie ist ein künftiger Earl, aus einer der angesehensten Familien des Landes. Die Mächtigen, das hat Thomas bereits herausgefunden, werden nur selten geprüft.

»Argyle.« Julius sagt den Namen langsam und deutlich, beinahe genüsslich.

Argyle.

Thomas' Nachname.

Es wäre falsch zu behaupten, er habe es nicht erwartet.

Wie von einem Ruderblatt geteilt, öffnet sich das Meer der Jungen nun für ihn. Charlies Hand drückt seinen Arm, als er sich in Bewegung setzt. Später wird er sich über diese übermäßige Eile, seinen fehlenden Widerstandswillen wundern und sich einen Feigling schelten. Doch es ist nicht Feigheit, die sich in seiner Miene spiegelt, im Gegenteil: Er kann den Kampf kaum erwarten. Er reckt das Kinn ins Licht, als würde er in den Boxring steigen. Julius bemerkt es.

Und lächelt.

*

Das Licht blendet. Der Raum dahinter hört auf zu existieren. Thomas kann nicht in Charlies Augen nach Rat oder Rückhalt suchen, denn Charlie ist in der Dunkelheit versunken, während er selbst in gleißendes gelbes Licht getaucht ist. Sogar Julius, nicht einmal zwei Schritte von ihm entfernt, ist nur mehr ein Schatten aus einer anderen Welt.

Und er bemerkt noch etwas anderes. Das Licht gibt ihm das Gefühl, nackt zu sein. Nicht ungeschützt oder verletzlich, sondern im wahrsten Sinne des Wortes nackt. Das Gewebe seines Nachthemds fühlt sich plötzlich so dünn an, als habe es sich in Luft aufgelöst. Das allein hätte ihn vielleicht gar nicht so sehr gestört. Zu Hause war er oft mit seinen Freunden nackt im Fluss schwimmen, und wenn er sich abends im Schlafsaal umzieht, sorgt er sich wenig um Sittsamkeit. Doch das ist nicht dasselbe. Hier steht er im Rampenlicht. Er ist nackt in einem Raum voller bekleideter Leute. Er ist nicht darauf vorbereitet, wie wütend ihn das macht.

»Fang an«, knurrt er, weil Julius nur dasteht, wartet, die Laterne ausrichtet. »Na los. Ich unterwerfe mich aus freiem Willen. Dank sei dem Rauch. Jetzt rück raus mit deinen Fragen.« Der Stuhl unter seinem Hintern wackelt. Thomas muss beide Beine in den Boden stemmen, um ihn gerade zu halten.

Julius pariert seinen Ausbruch gelassen.

»So ungeduldig … Und das, obwohl du reichlich spät zur Schule erschienen bist. Und reichlich lange brauchst, um deine Lektionen zu lernen.«

Er nimmt die Laterne vom Haken und trägt sie näher, baut sich vor ihm auf, badet ihn in ihrem Strahl.

»Weißt du was?«, flüstert Julius so leise, dass nur Thomas ihn hört. »Ich glaube, ich sehe deinen Rauch schon jetzt. Wie er aus jeder kleinen Pore strömt. Es ist ekelhaft.

Aber nun gut«, fährt er mit lauterer Stimme fort, der beherrschten, biegsamen Stimme des Redners. »Wenn du so überaus ungeduldig bist, werde ich dir entgegenkommen. Deine Prüfung wird aus einer einzigen Frage bestehen. Ist das ein Angebot?«

Thomas nickt. Er wappnet sich, spannt die Muskeln an. Charlie wird ihm später erklären, dass es besser ist, locker zu bleiben, den Schlag zu absorbieren wie Wasser.

»Schieß los.«

»Nun denn«, setzt Julius an, nur um sich gleich wieder zu unterbrechen. Er dreht die Laterne herum und lässt ihr Licht über die Gesichter der Jungen tanzen. Für den Bruchteil einer Sekunde sieht Thomas seinen Freund Charlie, nicht lang genug, um seine Miene zu entschlüsseln. Dann ist der Strahl wieder auf seine Augen gerichtet.

»Weißt du«, beginnt Julius von Neuem, »die Frage, die ich dir stellen will, habe nicht ich mir ausgedacht. Sie ist in allen Köpfen hier. Die ganze Schule stellt sie sich. Jeder Junge in diesem Raum. Die Lehrer. Sogar dein Freund dort drüben, auch wenn er es vielleicht nicht zugibt. Es ist die folgende: Was an dir ist so schmutzig, so unsagbar verdorben, dass deine Eltern dich wider Sitte und Vernunft bis zu deinem sechzehnten Lebensjahr versteckt gehalten haben?«

Und noch langsamer, jede Silbe betonend: »Oder ist an *ihnen* etwas so abscheulich, so widerwärtig, dass sie Angst hatten, du würdest es enthüllen und verbreiten?«

Die Frage trifft ins Schwarze: als Beleidigung (seiner selbst, seiner Familie und aller Dinge, die ihm heilig sind), aber noch mehr als Wahrheit – dieses Gespenst, das Thomas schon sein halbes Leben lang heimsucht. Sie durchschlägt seine Verteidigung und dringt bis ins Mark, weckt Furcht und Zorn und Scham. Der Rauch ist da, lange bevor er ihn erklären kann. Als würde er bei lebendigem Leib verbrennen, völlig grundlos. Dann weiß er, was der Rauch bedeutet: Er trägt Hass, Mord in seinem Herzen.

Jeder andere würde vor Scham im Boden versinken. Thomas

springt auf. Stürzt sich mit dem Kopf voran auf Julius und lässt die Laterne auf die Fliesen knallen. Die Flamme erlischt nicht, sondern beleuchtet ihren Kampf von der Seite. Für die anderen Jungen sind sie nur ein Schatten, deckenhoch an die Wand geworfen, ein Ungeheuer mit zwei Köpfen. Doch für sie beide, direkt neben der Laterne, ist alles glasklar. Thomas raucht wie nasse Glut. Seine Hände sind zu Fäusten geballt und prasseln auf Julius nieder. Aus seinem Mund strömen Beschimpfungen.

»Du bist ein Nichts«, schreit er immer wieder, »ein Nichts. Ein Hund, ein dreckiger Hund, ein Nichts!«

Ein Schlag trifft Julius' Kinn, und irgendetwas löst sich, wahrscheinlich ein Zahn, ein verfaulter schwarzer Backenzahn, der zwischen den Lippen hervorspringt wie ein ausgehustetes Bonbon. Außerdem ist da Blut und noch mehr Rauch, der so pur und pechschwarz aus Julius' Haut quillt, dass er Thomas' Zorn erstickt.

Julius gewinnt die Oberhand. Über zwei Jahre älter und stärker, wirft er den kleineren Jungen herum. Doch anstatt ihn zu schlagen, drückt er ihn mit seinem ganzen Gewicht zu Boden, umklammert ihn, presst sich an ihn, rollt ihn gegen die Laterne, bis sie umfällt und ihre Flamme erlischt. Thomas durchschaut sofort, was er bezweckt. Er reibt seinen Ruß auf Thomas und Thomas' Ruß auf sich selbst. Später wird er behaupten, dass sein Angreifer ihn besudelt habe, dass er selbst während des gesamten Kampfs rein geblieben sei. Jetzt, im Schutz der Dunkelheit, packt er Thomas' Hals und drückt zu, bis Thomas sich sicher ist, dass er sterben wird.

Aber Julius lässt ihn los, sobald die anderen Jungen nahe genug herangetreten sind, um besser sehen zu können. Er steht auf, klopft sein Hemd ab und stellt seine Selbstbeherrschung zur Schau. Thomas bleibt zusammengekauert liegen. Nur Charlie beugt sich zu ihm herab, besänftigt ihn und hilft ihm zurück in den Schlafsaal.

# CHARLIE

Gegen den Ruß kannst du nur eines tun, wenn du keine Lauge hast: ihn in Urin einweichen. Das ist widerlich, ich weiß, aber irgendetwas in der Pisse lässt ihn verblassen. Also schleichen Thomas und ich uns später, als alle anderen wieder schlafen, zurück in den Waschraum, legen Thomas' Nachthemd in eine der Badewannen (die, die Julius benutzt, wenn er zu baden geruht), trinken gläserweise Leitungswasser und pinkeln abwechselnd darauf. Das Nachthemd einfach verschwinden zu lassen, kommt nicht infrage. Alle Kleidungsstücke sind genau registriert. Sie würden es sofort herausfinden und Thomas von der Schule werfen.

Ich wünschte, ich könnte Thomas beschreiben, ihn mit Worten einfangen. Er ist weder groß noch klein, weder stämmig noch zierlich. Sein Haar ist weder lockig noch ganz glatt. Das klingt jetzt so, als wäre er unscheinbar, dabei ist er alles andere als das. Er fällt auf, wenn er einen Raum betritt. Er hat eine intensive Präsenz. Als würde er mit einem Fässchen Schießpulver vor der Brust herumlaufen. Teils liegt das an seinem Blick. Er *sieht* die Dinge, schaut sie wirklich an, genau wie die Menschen. Bewertet sie, ohne sich ein Urteil anzumaßen. Sieht sie so, wie sie sind, versucht, ihr wahres Ich zu ergründen. Die meisten Leute mögen das nicht. Ich bin wahrscheinlich sein einziger Freund hier, obwohl wir insgesamt fast zweihundert Jungen sind. Einige wohnen allerdings in einem anderen Gebäude auf der gegenüberliegenden Seite des Schulhofs, und eine Handvoll Tagesschüler kommt aus dem Dorf – Söhne reicher Bürger, denen es um den Unterricht geht, nicht um das andere. Die »moralische Erziehung«. Gemeine Bürger dürfen ab und an rauchen. Von ihnen erwartet man nichts anderes.

Man sollte meinen, ich würde es Thomas verübeln. Dass seine Seele schlecht ist. Dass er, wenn er sich nicht bessert, direkt zur Hölle fährt. Immerhin ist es die Wahrheit. Der Rauch lügt nicht. In Thomas steckt das Böse wie eine Made in einem Stück verfaultem Fleisch. Aber das alles gilt nur auf einer bestimmten Ebene, der Ebene der Wahrheit und der Vernunft der Erwachsenen, der Ebene der Wissenschaft, der Theologie, der Gesetze. Es gibt noch eine andere Ebene, eine, für die ich keinen Namen habe, und auf dieser anderen Ebene ist er mein Freund. So einfach ist das.

Was mich betrifft, sehe ich, wenn ich in den Spiegel schaue, einen großen und irgendwie kantigen Jungen; knochig, würde meine Schwester sagen. Rothaarig. Nicht Rotblond, sondern dunkles Kupfer, sehr kurz geschnitten. Meine Haut ist ebenfalls ziemlich dunkel. Manche behaupten, in mir fließe ausländisches Blut; dass solches Haar, solche Haut nur von östlich des Schwarzmeers stammen könnten, wo noch immer Nomadenvölker durch die endlose Steppe reiten. Das ist natürlich Quatsch. Meine Familie ist durch und durch englisch. Wir sind eine alte Familie und ziemlich bedeutend. Ich meine, richtig bedeutend. Es gibt Bilder von meinem Vater, wie er mit den Söhnen der Königin auf die Jagd geht. Aber genug davon. Ob die Mädchen mich hässlich oder hübsch finden, musst du sie schon selbst fragen. Ich weiß nur, dass ich meine Nase nicht besonders mag – zu groß –, und ich werde einfach nicht dick, nicht einmal, wenn ich mich ausschließlich von Nachtisch ernähre. Beim Rugby bin ich ein hoffnungsloser Fall, dafür könnte ich den ganzen Tag über Stock und Stein laufen. Thomas sagt immer, ich sei ein halber Hirsch. Dann ist er wohl ein Dachs; wenn die Hunde kommen, bleibt er stehen, dreht sich um und fletscht die Zähne. Anders als ich weiß er nicht, wann man Reißaus nehmen muss.

Wir haben auf ziemlich einfache Weise Freundschaft geschlossen. Er kam in der letzten Oktoberwoche. Das war natürlich ungewöhnlich, fünf Wochen nach Beginn des Trimesters. Und dann sein Alter – sechzehn. Manchmal wechseln Jungen von anderen, weniger angesehenen Schulen hierher, für den »letzten Schliff« und um sich unter die zukünftigen Lenker des Königreichs zu mischen. Doch Thomas hatte keine andere Schule besucht. Er war zu Hause unterrichtet worden. Niemand wusste, was man davon halten sollte. Ein paar meinten sogar, es sei illegal. Es ging das Gerücht, dass seine Eltern sich geweigert hätten, ihn zur Schule zu schicken, sich seit seinem elften Lebensjahr widersetzt hätten. Ich glaube, sie sind adelig, aber arm, und leben ganz im Norden – ein ungezähmtes Land. Der Arm der Krone reicht zwar bis dorthin, hat allerdings nicht dieselbe Kraft. Und nun ist er hier, dieser wilde Junge. Wie einer, der von Füchsen aufgezogen wurde.

Aber Thomas redet nicht gern über sich selbst. Nicht einmal mit mir.

Er kam allein: kein Elternteil, der ihn verabschiedete, kein Bruder und keine Schwester, nicht einmal ein Diener, der seine Koffer getragen hätte. Stieg einfach aus der Postkutsche, die ihn am Bahnhof in Oxford abgeholt hatte. Einen Rucksack auf dem Rücken, einen Koffer in jeder Hand. So bin ich ihm in meiner Freistunde nach der Mittagspause über den Weg gelaufen. Das Kinn gereckt, erschöpft, stand er am Schultor vor dem Pförtner, der in seinem derben Dorfdialekt auf ihn einredete, beinahe einschrie, um in Erfahrung zu bringen, wer er sei.

»Das ist der Neue«, schaltete ich mich ein. »Sie haben gestern eine Pritsche für ihn aufgestellt. Oben im Schlafsaal. Ich bringe ihn hin, wenn Sie möchten.«

Thomas schwieg, bis wir angekommen waren und ich ihm sein Bett gezeigt hatte. Es stand in der Nähe des Fensters – der unbeliebteste Platz, denn dort zieht es. Er stellte sein Gepäck ab, richtete sich wieder auf, musterte mich und fragte:

»Wie ist es hier?«

Ich wollte schon irgendetwas Nichtssagendes von mir geben – er würde sich gleich wie zu Hause fühlen, keine Sorge –, doch dann bemerkte ich seinen Gesichtsausdruck. Irgendetwas darin sagte: *Verschon mich nicht, lüg mich nicht an, erzähl mir keinen Mist.*

*Sonst verachte ich dich für immer.*

Also habe ich die Wahrheit gesagt.

»Es ist wie ein Gefängnis. Ein Gefängnis, für das unsere Eltern bezahlen.«

Er lächelte und stellte sich vor: »Thomas.«

Seither sind wir Freunde.

# DER AUSFLUG

Sie lassen ihn auf seine Bestrafung warten.

Am nächsten Morgen ist Waschtag, und weil Thomas keine andere Wahl hat, wirft er das triefende, stinkende Nachthemd in den Korb, zusammen mit den Betttüchern und der Unterwäsche der letzten Woche. Die Rußflecken sind verblasst, aber nicht verschwunden.

Es ist kein Trost, dass noch andere Jungen ihre befleckten Kleider auf den wachsenden Haufen werfen. Jede Verfehlung hinterlässt ihre eigene Art von Ruß, und wer in diesen Belangen bewandert ist, kann die Schwere deines Verbrechens anhand der Farbe und Struktur des Flecks bestimmen. Deshalb entfällt am Waschtag der Unterricht in Rauch und Moral: Der Lehrer, Dr. Renfrew, verbarrikadiert sich den gesamten Vormittag in seinem Büro und wühlt sich durch Jungenunterwäsche. Die Liste derer, die »Unreiner Gedanken und Handlungen« für schuldig befunden wurden, wird vor der Mittagspause in einer Glasvitrine ausgehängt. So erfährt jeder Schüler, welche Strafe ihn erwartet: zwei Tage Speisesaaldienst; eine dreiseitige Abschrift aus dem *Zweiten Buch des Rauchs*; eine öffentliche Entschuldigung bei der Schulversammlung. Das gilt für kleinere Vergehen. Schwerere Delikte ziehen eine genauere Untersuchung nach sich. Der fragliche Junge wird in Dr. Renfrews Büro zitiert und muss sich für seine Sünden verantworten. Dort steht ein lederbezogener Stuhl mit Riemen. Die Jungen nennen ihn den Zahnarztstuhl.

Nur dass Dr. Renfrew keine Zähne zieht, sondern die Wahrheit bis zur Wurzel freilegt, wie er es nennt. Für die schwersten Verstöße gegen die gute Ordnung reicht auch dieses Verfahren nicht aus. Sie erfordern die Einberufung eines sogenannten Tribunals. Das hat Thomas zumindest gehört. Seit er an der Schule ist, hat es noch keinen solchen Fall gegeben.

Während des Unterrichts ist Thomas unaufmerksam und wird getadelt, weil er die vier Arten von Ursachen der aristotelischen Kausaltheorie nicht aufzählen kann. Ein anderer Junge übernimmt es mit gelassener Genugtuung. Er wird nicht gefragt, worin die vier Ursachen bestehen, wie sie bestimmt werden oder was sie Gutes bewirken können, und auch nicht, wer dieser Aristoteles überhaupt war, dessen Marmorbüste in der Eingangshalle der Schule thront, ganz in der Nähe des Porträts von Lord Shrewsbury, dem hochgeschätzten Schulgründer. Generell hat Thomas festgestellt, dass hier mehr Wert auf die äußere Form als auf den Inhalt der Dinge gelegt wird und lernen vor allem heißt, Namen und Daten und Zahlen aufzusagen, schnell, laut und mit Überzeugung. Er selbst hat sich bislang als miserabler Schüler erwiesen.

In der Mittagspause bekommt er kaum etwas hinunter. Er sitzt im Speisesaal, der die Form und die Ausmaße einer Kapelle hat und grässlich kalt ist. Der Dezemberwind wirbelt den Schnee gegen die Fenster. Von außen sind sie mit einem schmutzig weißen Schleier überzogen, der die Wärme aus jedem Sonnenstrahl saugt. Innen sickert kaltes Wasser aus den Ecken der Metallrahmen und sammelt sich in Pfützen auf dem Boden, wo es wieder gefriert und das unbehandelte Holz zerfrisst.

Das Mittagessen besteht aus einem zähen Stück gekochtem Schinken, halb versteckt unter einer Schöpfkelle lauwarmer Erbsen. Für Thomas schmeckt alles wie Dreck. Zweimal beißt er versehentlich auf die Gabel und bohrt sich die Zinken in die Zunge. Als er fast aufgegessen hat, setzt sich Charlie zu ihm. Einer der Lehrer hat ihn nach dem Unterricht aufgehalten. Charlie wartet, bis der dürre kleine Junge, der Servierdienst hat, ihn zu seiner eigenen Portion ledrigem Schinken und dem dazugehörigen Haufen gräulicher Erbsen verdammt hat.

»Schon was gehört?«, fragt er.

Thomas schüttelt den Kopf. »Nichts. Aber schau sie dir an. Sie können es kaum erwarten. Schüler wie Lehrer. Alle fiebern danach, dass das verfluchte Fallbeil fällt.«

Seine Stimme klingt verbittert, und noch während das letzte Wort aus seinem Mund dringt, schlängelt sich ein Rauchfaden aus seinen Nasenlöchern, zu hell und zu licht, um Ruß zu hinterlassen. Charlie verscheucht ihn mit einer schnellen Handbewegung, nicht weiter besorgt. Kaum jemand kommt ohne eine kleine Verfehlung durch den Tag, und selbst dem ein oder anderen Lehrer steigt gelegentlich eine Rauchfahne aus dem Mund. Die Schüler mögen diese Lehrer für gewöhnlich lieber. In ihrer Unvollkommenheit stehen sie dem Gnadenstand der Jungen näher.

»Sie können dich nicht nach Hause schicken.« Charlie sagt es, als wäre er wirklich überzeugt davon. »Du bist doch erst vor ein paar Wochen angekommen.«

»Wer weiß.«

»Renfrew wird dich in sein Büro zitieren.«

»Vermutlich.«

»Du musst ihm erzählen, wie es war. Halte mit nichts hinterm Berg.«

Und dann sagt er das, was Thomas schon den ganzen Vormittag durch den Kopf geht. Was er nicht auszusprechen gewagt hat.

»Sonst lässt er dich vielleicht nicht mit auf den Ausflug.«

Thomas nickt. Sein Mund ist zu trocken, um zu antworten.

Seit seiner Ankunft ist der Ausflug *das* Thema an der Schule. Ein außergewöhnliches Ereignis: Etwas Vergleichbares hat es seit fast drei Jahrzehnten nicht gegeben. Den Gerüchten zufolge hat Renfrew die Wiederbelebung dieser Tradition durchgesetzt, gegen den erbitterten Widerstand der Lehrer, der Eltern und sogar des Schulbeirats. Das ist kaum überraschend. Die meisten ehrbaren Leute waren noch nie in London. Mit einer Gruppe Schuljungen dorthin zu fahren ist sonderbar, beinahe befremdlich. Manche waren sogar der Meinung, dass es die ganze Schule in Gefahr bringen könnte. Dass die Jungen vielleicht nie zurückkehren.

Thomas bemüht sich immer noch, genug Spucke für eine Antwort zu sammeln. »Ich will nach London«, ist alles, was er hervorwürgt, bevor er in ein trockenes Husten ausbricht. Der Satz wird seinem Empfinden nicht gerecht. Er *muss* nach London. Nur die Aussicht auf den Ausflug hat ihn die letzten paar Wochen überstehen lassen. Nur wegen des Ausflugs hat er beschlossen, dass seine Anwesenheit hier womöglich einen Sinn hat, einem höheren Zweck dient. Er könnte gar nicht genau in Worte fassen, was er von diesem Londonbesuch erwartet. Eine Offenbarung vielleicht. Etwas, das ihm die Welt erklärt.

Das Husten erschöpft sich in einem Fluch.

»Julius ist ein Mistkerl. Ich könnte ihn umbringen, diesen verfluchten Bastard.«

Charlies Gesicht ist so ehrlich, dass es schmerzt.

»Wenn du nicht mitdarfst, will ich auch nicht –«

Thomas unterbricht ihn, weil eine Gruppe Lehrer an ihrem Tisch vorbeikommt. Sie unterhalten sich angeregt, senken jedoch die Stimmen zu einem Flüstern, als sie auf ihrer Höhe sind. Thomas zieht eine Grimasse, und eine weitere dünne Rauchfahne dringt ihm aus der Nase. Seine Zunge verfärbt sich leicht, bevor er den Ruß schließlich hinunterschluckt. Wenn du das zu oft machst, werden deine Luftröhre und deine Mandeln rau und schwarz, zusammen mit allem, was dahinterliegt. Im Biologieraum steht ein Glasgefäß mit einer Lunge, die aussieht, als hätte man sie in Pech getaucht.

»Schau dir an, wie sie flüstern. Sie genießen es, mich schmoren zu lassen! Warum setzen sie mich nicht endlich auf die verdammte Anklagebank?«

Doch Charlie schüttelt den Kopf, den Blick auf die Lehrer gerichtet, die in der Nähe der Tür die Köpfe zusammenstecken.

»Ich glaube nicht, dass sie über dich reden, Thomas. Hier geht irgendetwas anderes vor sich. Das ist mir vorhin schon aufgefallen, als ich beim Pförtnerhäuschen war. Ich wollte nachsehen, ob ich Post bekommen habe. Master Foybles war dort und hat sich bei Cruikshank nach etwas erkundigt. Sie warten auf etwas. Eine Lieferung. Irgendetwas Wichtiges. Foybles klang ziemlich verzweifelt. Hat ständig gesagt: ›Sie geben mir gleich Bescheid, ja? Sobald es da ist!‹ Als würde er Cruikshank verdächtigen, dass er es irgendwo versteckt. Was auch immer dieses *es* sein mag.«

Thomas denkt nach. »Etwas, das sie für den Ausflug brauchen?«

»Keine Ahnung. Wenn, dann sollte es besser heute kommen. Wenn sie den Ausflug verschieben müssen, sagen sie ihn am Ende noch ab.«

Charlie traktiert den Schinken, als hätte der ihm etwas getan, und verteilt die Erbsen überall. Thomas flucht und wendet sich wieder seinem eigenen Teller zu. Essen übrig zu lassen, ist gegen die Regeln und zieht ebenfalls eine Strafe nach sich, als sei es der Beweis für eine unsichtbare Art von Rauch.

*

Sie schicken nach der Abendandacht nach ihm.

Julius holt ihn ab. Grinsend kommt er den Flur entlanggeschritten, noch schwungvoller als sonst. Er sagt nichts. Aber das muss er auch nicht. Seine Geste genügt, der weite Bogen, mit dem er die Hand von der Brust in Richtung Ende des Korridors schweifen lässt. Ironisch, als wäre er ein Kellner, der Thomas zu

Tisch bittet. Dann geht er voran, langsamer jetzt, die Hände in den Hosentaschen, und bittet ein paar Jungen lautstark, ihnen die Tür zu öffnen.

Damit es auch jeder mitbekommt.

Thomas ist gefangen hinter diesem provozierend gelassenen Schlenderschritt. Das allein genügt, um sein Blut in Wallung zu bringen. Er schmeckt Rauch und fragt sich, ob man ihn bereits sieht. Ein dunkler Umhang bedeckt sein Hemd, aber den wird er zweifellos bald ausziehen müssen. Er atmet tief durch, pickt sich mit der Zunge den Ruß aus den Zähnen. Der bittere Geschmack lässt ihn würgen.

Julius wird sogar noch langsamer, als sie sich Dr. Renfrews Büro nähern. Der Lehrer für Rauch und Moral. Es ist ein neuer Posten, gerade mal ein Jahr alt. Früher war der Religionslehrer für die gesamte moralische Erziehung zuständig, zumindest hat Charlie ihm das erzählt. Vor der Tür bleibt Julius stehen, grinst und schüttelt den Kopf. Geht weiter, schneller nun, und bedeutet Thomas, ihm zu folgen.

Thomas braucht eine Minute, um zu begreifen, was da gerade passiert ist. Er wird nicht in Dr. Renfrews Büro zitiert. Er kommt nicht auf den Zahnarztstuhl. Es ist schlimmer als das. Sie steuern auf die Räumlichkeiten des Direktors zu.

Es gibt ein Tribunal.

Allein von dem Wort wird ihm übel.

*

Julius klopft nicht an. Das verwirrt Thomas, bis sie eingetreten sind. Die Tür führt nicht direkt in ein Büro, sondern in eine Art Vorraum, wie ein Wartezimmer beim Arzt: zwei lange Bänke an beiden Wänden und ein eisiger Luftzug, der durch die Fensterflucht auf der rechten Seite dringt. Sie befinden sich hoch oben in einem der Türme des Schulgebäudes. Unter ihnen erstrecken sich die Felder von Oxfordshire: ein silberner See aus gefrorenem Mondlicht. Unten am Bach erhebt sich ein Baum aus der schneeüberwucherten Erde, nackt und blattlos. Eine Trauerweide, deren Äste ins Wasser hängen, die Spitzen im Eis gefangen. Zitternd wendet Thomas sich ab. Dabei bemerkt er, dass die Tür zum Korridor von innen gepolstert ist. Wahrscheinlich, um den Direktor vor dem Lärm der Schüler zu schützen. Und damit niemand deine Schreie hört.

Julius steht vor der Tür am anderen Ende des Zimmers und klopft leise an, mit dem Selbstvertrauen und dem Feingefühl des Schulsprechers. Sie öffnet sich beinahe sofort: Renfrews Gesicht, eingerahmt von blondem Haar und Bart.

»Da sind Sie ja, Argyle. Gut. Nehmen Sie Platz.«

Und als Julius sich zum Gehen wendet, fügt er hinzu: »Sie ebenfalls.«

Er schließt die Tür wieder, bevor Julius nach dem Grund fragen kann.

*

Sie sitzen einander gegenüber, Thomas mit dem Rücken zu den Fenstern, Julius ihnen und dem Mond zugewandt. Das verschafft Thomas die Gelegenheit, Julius genauer zu betrachten. Irgendetwas hat er bei diesem »Sie ebenfalls« eingebüßt. Etwas von seiner großkotzigen Mir-gehört-die-Welt-Überheblichkeit. Er sieht aus, als würde er auf der Innenseite seiner Wange herumkauen. Attraktiv ist er, das muss Thomas zugeben, mit der hellen Haut und den dunklen Haaren, diesem schmalen Schnäuzer, eher Flaum als Bart. Thomas wartet, bis Julius' Blick auf ihn fällt, dann beugt er sich vor.

»Tut es weh? Der Zahn, meine ich.«

Julius reagiert nicht sofort, sondern verbirgt seine Gefühle, wie er es so gut versteht.

»Du bist derjenige, der in Schwierigkeiten steckt«, sagt er schließlich. »Ich bin nur als Zeuge hier.«

Damit hat er höchstwahrscheinlich recht. Nichtsdestoweniger wirkt er leicht aufgewühlt, und Thomas kann die Schadenfreude nicht ganz verhehlen. Er und Charlie haben gestern Nacht noch nach dem Zahn gesucht, aber er war verschwunden. Julius muss ihn selbst aufgehoben haben. Hätte eine nette Trophäe abgegeben. Aber das war gestern. Jetzt sitzt Thomas hier, mit schweißnassen Händen. Wartet. Wie viel leichter wäre es zu kämpfen, selbst wenn er verlöre: eine Faust im Gesicht, eine blutige Nase, ein Beutel Eis auf den schmerzenden Stellen. Er lehnt sich zurück und versucht, die Verspannung in seinen Schultern zu lösen. Der Mond ist die einzige Lichtquelle. Sobald sich eine Wolke vor ihn schiebt, wird der kleine Warteraum in Dunkelheit getaucht. Alles, was Thomas dann von Julius sieht, ist ein Schatten, schwarz wie Ruß.

Es dauert bestimmt eine Viertelstunde, bis Renfrew sie hineinruft. Warmes goldenes Gaslicht empfängt sie, dicke Teppiche, die das Geräusch ihrer Schritte schlucken. Sie sind alle da, alle sieben Lehrer – Renfrew, Foybles, Harmon, Swinburne, Barlow, Winslow, Trout. Doch nur drei von ihnen zählen.

Renfrew ist groß, gut gebaut und immer noch eher jung. Sein Haar ist kurz geschnitten, genau wie sein Bart, und er trägt einen dunklen Anzug mit Gürtel, was aussieht, als stecke er vom Hals bis zu den Füßen in einer Kapsel. Ein weißer Seidenschal, eng um den Hals geknotet, bürgt für seine Tugend.

Trout ist der Schuldirektor. Er ist sehr dick und zieht seine Hose sehr hoch, sodass die Fleischmassen zwischen den Oberschenkeln und dem Hosenbund die kurze, eingesunkene Brust winzig erscheinen lassen, obschon sie mit erlesener Spitze und Rüschen geschmückt ist. Was ihm an Haaren fehlt, macht er mit Bart wett. Seine Stupsnase wirkt zwischen den aufgedunsenen roten Wangen ziemlich verloren.

Und schließlich Swinburne, der Religionslehrer. Wenn Renfrew groß ist, ist er ein Riese, allerdings gebeugt vom Alter. Er trägt das Gewand und die Kopfbedeckung seines Amtes. Das bisschen, was man von seinem Gesicht sieht, ist mit geplatzten Äderchen in der Form und Farbe von Disteln übersät. Ein langer, strähniger Bart bedeckt den Rest.

Renfrew, Swinburne, Trout: alle drei, so heißt es, in Angelegenheiten verwickelt, die bis zu Parlament und Krone reichen. Thomas hat schon oft überlegt, sie zu malen. Er kann gut mit dem Pinsel umgehen. Ein Triptychon. Er hat sich noch nicht entschieden, wer in die Mitte gehört.

Renfrew bedeutet ihnen, Platz zu nehmen. Er weist auf zwei Stühle in der Mitte des Raums, ohne einen Unterschied zwischen den Jungen zu machen. Verglichen mit der Theatralik von Julius' Auftritt gestern Nacht, ist seine Geste beinahe beiläufig. Die Lehrer stehen in Grüppchen zusammen. Sie tragen Winteranzüge aus Kammgarn. Ein paar haben Teetassen in den Händen. Foybles kaut an einem Keks. Thomas setzt sich. Nach einem kurzen Zögern tut Julius es ihm nach.

»Sie wissen, warum Sie hier sind.«

Das ist eine Feststellung, keine Frage; Renfrew wendet sich sogar ab, während er spricht, um in einem Korb herumzukramen. Das erlaubt Thomas, sich kurz im Zimmer umzuschauen. Er sieht ein ledernes Sofa und einen Messingleuchter, bunte Glasfenster mit Szenen aus der Heiligen Schrift – Sankt Georg, wie er die Lanze in das Maul des Drachen stößt –, ein Gemälde von einer Fuchsjagd unter wolkengesprenkeltem Himmel, Schränke und Türen und eine Anrichte mit feinem Porzellan; sieht das alles, nimmt aber kaum etwas wahr. Sein Geist ist unruhig, seine Haut kribbelt, nervös, ängstlich. Als Renfrew sich ihnen wieder zuwendet, hält er zwei Hemden in der Hand. Eins legt er über die Lehne eines unbenutzten Stuhls, das andere breitet er mit beiden Händen aus, präsentiert den Rußfleck darauf.

Und hebt zu seinem Vortrag an:

»Rauch kann viele Farben annehmen. Oft ist er hell, grau, fast weiß, und riecht kaum stärker als ein angezündetes Streichholz. Dann gibt es gelben Rauch, dicht und feucht wie Nebel. Blauen Rauch, säuerlich wie verdorbene Milch, der sich, kaum hat er sich gebildet, auch schon wieder auflöst. Gelegentlich beobachten wir schwarzen Rauch, ölig und schwer, der an allem, was er berührt, kleben bleibt. Die unterschiedlichen Texturen, Tönungen und Dichten sind ausführlich in den *Vier Büchern des Rauchs* beschrieben und nach dreiundvierzig Arten klassifiziert. Schwieriger ist es, die genaue Ursache für jede dieser Arten zu ermitteln. Dabei kommt es nicht nur auf die Tat, sondern auch auf den Täter an. Die durch und durch Verdorbenen erzeugen dunkleren, dichteren Rauch. Ist das moralische Siechtum eines Menschen erst weit genug fortgeschritten, sind all seine Handlungen von der Krankheit gefärbt. Selbst die unschuldigste Tat wird –«

»Sünde, Master Renfrew«, fällt Swinburne ihm ins Wort. Seine Stimme, die Thomas von den drei wöchentlichen Predigten vertraut ist, besitzt eine unverwechselbare, durchdringende Schrillheit. Er klingt, als hätte er einen Jungen gefressen, der mit den Fingernägeln über die Tafel kratzt. »Es ist die Sünde, die die Seele schwärzt, keine *Krankheit*.«

Verärgert hebt Renfrew den Kopf, doch ein Blick des Direktors bringt ihn dazu, seine Erwiderung hinunterzuschlucken.

»Sünde also. Einzig eine Frage der Nomenklatur.« Er hält kurz inne, sammelt seine Gedanken, bohrt die Finger in den Stoff des Nachthemds. »Rauch ist, in jedem Fall, sehr leicht zu lesen. Er ist die lebendige, stoffliche Manifestation des Verfalls. Der *Sünde*. Ruß hingegen – nun, das ist eine völlig andere Angelegenheit. Ruß ist träge, tot. Das Produkt eines Symptoms und als solches unerforschlich. Oh, jeder Narr kann bestimmen, in welcher Menge er vorliegt und ob er fein wie Meeressand oder grob wie zerstoßener Ziegelstein ist. Doch das sind nur primitive Maßeinheiten. Ein präzises wissenschaftliches Vorgehen« – bei diesen Worten streicht Renfrew sein Jackett glatt – »ist nötig, um eine differenzierte Analyse hervorzubringen. Ich habe den ganzen Vormittag Proben von beiden Hemden unter dem Mikroskop studiert. Es gibt Mittel, die Trägheit der Substanz rückgängig zu machen und sie sozusagen vorübergehend wieder zum Leben zu erwecken. Eine konzentrierte Lösung aus *Papaver fuliginosa richteria,* auf sechsundachtzig Grad erhitzt und mit –«

Renfrew unterbricht sich. Seine Selbstbeherrschung nimmt durch die Aufregung Schaden. Er fährt an anderer Stelle fort, mit veränderter Stimme, sanfter, vertraulicher, als würde er nur mit den Jungen sprechen; tritt näher.

»Ich habe also den Vormittag damit verbracht, diese beiden Hemden zu untersuchen, und dabei etwas Ungewöhnliches entdeckt. Etwas Beunruhigendes. Eine Art von Ruß, die mir erst einmal begegnet ist. In einem Gefängnis.«

Er tritt noch einen Schritt näher, befeuchtet die Lippen. Mitgefühl schwingt in seinem Tonfall mit. »In einem von Ihnen wächst etwas heran. Ein Geschwür. Ein moralisches Krebsgeschwür. *Sünde*« – ein rascher Blick zu Swinburne, feindselig und ironisch – »so schwarz wie die von Adam. Das erfordert drastische Maßnahmen. Wenn sie sich ausbreitet, wenn sie den Körper bis zur letzten Zelle befällt, dann kann niemand mehr etwas ausrichten.« Er macht eine kurze Pause, fixiert die beiden Jungen. »Dann sind Sie verloren.«

*

Thomas ist ein, zwei Minuten lang taub. Eine merkwürdige Taubheit: Seine Ohren funktionieren bestens, aber die Worte, die er hört, erreichen sein Gehirn nicht mehr, zumindest nicht auf die übliche Weise, nach Bedeutung gefiltert und nach Wichtigkeit sortiert. Stattdessen sammeln sie sich einfach an.

Julius spricht als Erster, in gemessenem, wenn auch verletztem Tonfall.

»Wollen Sie nicht einmal fragen, was geschehen ist, Master Renfrew? Ich dachte, ich hätte mir an dieser Schule ein gewisses Maß an Vertrauen erworben, doch das war offenbar ein Irrtum. Argyle hat mich angegriffen. Wie ein tollwütiger Hund. Ich hatte keine andere Wahl, ich musste ihn bändigen. Er hat mich mit seinem Dreck beschmiert. Es ist sein Ruß. Ich rauche nie.«

Renfrew lässt ihn ausreden, beobachtet dabei aber nicht ihn, sondern die anderen Lehrer, von denen einige zustimmend nicken und murmeln. Irritiert folgt Thomas seinem Blick und entdeckt die Anklage in ihren Gesichtern. Er, Thomas, hat das einem von ihnen angetan, scheinen sie zu sagen. Hat ihn besudelt. Ihren Goldjungen. Thomas würde den Vorwurf gerne widerlegen, aber sein Gehirn will ihm nicht gehorchen. Er kann nur eines denken: Was bedeutet es, »verloren« zu sein?

»Ich hatte Gelegenheit, drei unterschiedliche Aussagen über den Vorfall einzuholen, Mr Spencer«, erwidert Renfrew schließlich. »Ich glaube, ich habe einen sehr guten Eindruck gewonnen, wie sich die Ereignisse zugetragen haben. Tatsache ist, dass beide Hemden beschmutzt sind – von außen und von innen. Der Ruß ist von unterschiedlicher Qualität. Doch fand ich Proben hiervon« – er zieht einen Objektträger aus der Tasche, auf dem ein paar Rußkörner in einem Tropfen rötlicher Flüssigkeit schweben – »auf *beiden* Hemden. Der Ursprung ließ sich nicht eindeutig ermitteln.

Beide Hemden«, fährt er fort und wendet sich jetzt an die Lehrer, »weisen zudem Spuren der Manipulation auf: in einem Fall sehr plump« – ein Nicken in Thomas' Richtung – »im anderen raffinierter. Beinahe unmerklich, Mr Spencer.«

Julius schluckt, macht eine ruckartige Kopfbewegung. Raue Panik verzerrt jetzt seine Stimme.

»Ich verbitte mir … Meine Familie wird Ihnen … Es war allein dieser Junge, dieses Tier –«

Er bricht ab, heiser vor Wut. Swinburne rettet ihn, eilt mit raschelnder Robe zu ihm, legt ihm die Hand auf die Schulter, bedeutet ihm zu schweigen. Von Nahem riecht der Religionslehrer muffig und moderig, wie ein ungelüfteter Kellerraum. Der Geruch hilft Thomas, wieder zur Besinnung zu kommen. Er ist realer als alles andere im Raum. Abgesehen von diesem Klopfen. Als würde eine harte Faust auf Holz hauen. Niemand reagiert darauf. Es wird wohl sein Herz sein.

»Mr Spencer ist unschuldig.« Swinburnes Stimme duldet keinen Widerspruch. »Ich habe ebenfalls Nachforschungen angestellt. Die Situation ist mehr als eindeutig. Es ist die Schuld dieses Jungen. Sein Rauch ist mächtig. Er hat Spencer infiziert.«

»Infiziert?« Renfrew lächelt, während das Klopfen immer lauter wird. »Ein medizinischer Terminus, Master Swinburne. Ungewöhnlich aus Ihrem Mund. Aber Sie haben völlig recht. Rauch *infiziert*. Ein Punkt, der bisher nur unzureichend verstanden wird, fürchte ich. Deshalb bestehe ich darauf, dass beide Jungen morgen mit auf den Ausflug kommen.«

In dem Gewirr aus Stimmen und Schreien, das sich auf Renfrews Ankündigung hin erhebt, scheint Thomas' Herz auszusetzen. Es tut einen letzten Schlag, dann ist es still. »Das darf nicht sein«, kreischt einer der Lehrer – Harmon? Winslow? – immer wieder schrill, als würde er Thomas' Bestürzung in Worte kleiden. Einen Augenblick später fliegt die Tür auf, und die kleine, ungepflegte Gestalt von Cruikshank steht im Rahmen. Der gesamte Raum verstummt.

»Verzeihung, die Herren. Hab mir die Knöchel wund geklopft. Keine Antwort. Ne Nachricht für Master Foybles. Dringend, nich wahr. Wenn's recht is.«

Der Angesprochene ist tief beschämt.

»Doch nicht jetzt, Sie Narr!«, schreit er, hastet durch das Zimmer und zerrt den Pförtner am Arm hinaus. Ihr geflüsterter Wortwechsel im Vorraum ist laut genug, um die Aufmerksamkeit aller auf sich zu ziehen.

»Sie ham doch ›sofort‹ gesagt«, beschwert sich Cruikshank.

»Aber einfach so hereinzuplatzen«, schimpft Foybles. »Sie Narr, Sie Narr!«

Trotzdem wirkt er hocherfreut, als er Cruikshank stehen lässt, die Tür schließt und sich wieder zu seinen Kollegen gesellt.

»Die Lieferung ist eingetroffen«, verkündet er triumphierend und reibt sich die Hände, ehe ihm die Atmosphäre im Raum ins Gedächtnis zurückruft, was sich hier soeben abgespielt hat. Enttäuscht verdrückt er sich in eine Ecke und vergräbt das Gesicht in einem Taschentuch, um sich gründlich die Nasenhöhlen zu reinigen. Wie eine Kompassnadel, die nur kurzzeitig von einem Magneten abgelenkt wurde, wenden sich alle erneut Renfrew zu. Die Entrüstung über seine Ankündigung hat sich allerdings erschöpft, und Thomas kann endlich wieder klar denken.

Er ist *verloren.*

Aber er darf mit nach London.

»Sie haben Einwände?«, fragt Renfrew mit ruhiger Stimme.

Swinburne funkelt ihn wütend an, dreht ihm den Rücken zu und richtet das Wort an den Direktor.

»Master Trout, dieser Junge ist ein Seuchenherd in unserer Mitte. Er sollte umgehend der Schule verwiesen werden.«

Swinburne lässt sich nicht einmal dazu herab, mit dem Finger auf Thomas zu zeigen. Doch Trout schüttelt den Kopf.

»Unmöglich. Er hat einen mächtigen Gönner. Ich will nichts mehr davon hören.«

Bevor Swinburne etwas erwidern kann, hievt Trout seinen schweren Körper aus dem Armsessel.

»Es ist Aufgabe des Lehrers für Rauch und Moral, die Strafe festzulegen. Die Richtlinien sind in dieser Hinsicht eindeutig. Wenn Dr. Renfrew der Meinung ist, dass diese beiden Jungen von der morgigen Exkursion profitieren, dann soll es so sein. Aber davon einmal abgesehen –« Er schaut Renfrew fragend an.

»Nach unserer Rückkehr werde ich mit den beiden arbeiten, Direktor Trout. Ein intensives Besserungsprogramm.« Renfrew schlägt einen versöhnlicheren Tonfall an. »Und falls es Sie beruhigt, meine werten Kollegen: Ich habe hier eine Liste der Seiten aus dem *Buch des Rauchs*, die die beiden für mich abschreiben werden. Aus dem dritten Band.« Er wirft Swinburne einen Blick zu. »Passagen, deren Erkenntnisse von den neuesten Forschungen bestätigt werden. Das ist mehr, als man von einem Großteil des Buchs behaupten kann.«

Er händigt Thomas und Julius jeweils eine Kopie der Liste aus, bleibt kurz neben dem Schulsprecher stehen.

»Eins noch, Mr Spencer. Diese mitternächtlichen Prüfungen werden aufhören. Ich allein habe an dieser Schule die Befugnis, Schüler zu verhören.«

Swinburne ist zu wütend, um seinen Ärger hinunterzuschlucken. »Das ist eine alte Tradition. Nur ein Narr mischt sich in –«

Renfrew fällt ihm ins Wort. Jetzt klingt seine Stimme kalt und grausam.

»Eine neue Ära bricht an, Master Swinburne. Gewöhnen Sie sich besser daran.«

Er bedeutet den beiden Jungen aufzustehen und schiebt sie förmlich zur Tür hinaus. Auf dem Korridor halten Thomas und Julius einen Moment lang inne, leicht benommen. Kurz flackert so etwas wie Kameradschaft zwischen ihnen auf, das Gefühl, gemeinsam einer Gefahr entronnen zu sein. Dann strafft Julius die Schultern.

»Ich hasse dich«, sagt er und marschiert davon. Nicht die geringste Spur von Rauch dringt aus seiner Haut, und Thomas fragt sich, weshalb Julius' Hass gerecht und sein eigener so verdorben ist.

*

»Da bist du ja. Ich hab dich schon überall gesucht.«

Charlie erwischt ihn, kurz bevor das Licht gelöscht wird. Das ist das Problem im Internat: Egal, wie groß es ist, du kannst dich nirgendwo verstecken. Jede Ecke steht zu jeder Stunde unter Aufsicht. Leere Räume sind verschlossen, und die Korridore wimmeln vor Jungen. In allen Treppenhäusern patrouillieren Bedienstete, und draußen ist es einfach verflucht kalt.

»Die anderen behaupten, es hätte ein Tribunal gegeben. In Trouts Büro.«

»Ja.«

Charlie will etwas sagen, schluckt es aber hinunter und sieht ihn direkt an. Seine Augen wirken derart besorgt, dass es Thomas Angst einjagt.

»Was haben sie dir angetan?«

»Nichts.«

»Sicher?«

»Ja.«

Denn wie sollte Thomas es ihm erzählen? Dass er *infiziert* ist. Dass etwas Böses in ihm heranwächst, so schwarz und hässlich, dass es sogar Renfrew erschreckt. Dass er eines Tages aufwachen und etwas Unsägliches tun wird. Dass ihm das Verbrechen im Blut liegt.

Dass es gefährlich ist, mit ihm befreundet zu sein.

Deshalb sagt er: »Sie lassen mich mit auf den Ausflug.« Und: »Die Lieferung ist angekommen. Die Sache, auf die sie gewartet haben. Cruikshank war da und hat es ihnen mitgeteilt.«

Charlie jubelt, als Thomas den Ausflug erwähnt, erleichtert und erfreut, dass sie zusammen nach London fahren dürfen.

Seine Begeisterung ist so einfach und echt, dass Thomas sich schämt. Beinahe hätte er sich entschuldigt und ihm alles gestanden, hätte Charlie ihm nicht die Hand auf den Arm gelegt und gesagt: »Los, komm! Statten wir Cruikshank einen Besuch ab. Ein paar Minuten haben wir noch.«

Er rennt los und zerrt Thomas mit sich.

»Cruikshank mag mich. Ich unterhalte mich manchmal mit ihm. Er verrät mir bestimmt, um was es sich handelt.«

Und als sie nebeneinander die Treppe hinunterrennen, mit polternden, gleich langen Schritten, vergisst Thomas fast, dass er krank ist, eine Seuche auf zwei Beinen, der Sohn eines Mörders.

# PFÖRTNER

Zwei Jungen. Sie kommen mit Fragen zu mir. Einer, der die wahre Natur der Dinge freilegt, als bestünde er aus Terpentin, der andere mit einem so offenen Blick, dass man gleich beichten möchte. Ich rede natürlich mit dem zweiten, obschon ich den ersten im Auge behalte. So einem will man nicht den Rücken zudrehen.

»Lief'rung?«, frage ich, als könnte ich mich nicht erinnern. So überlebt man in dieser Welt. Stell dich dumm, sprich mit breitem Dialekt, das macht dich unsichtbar: ein Blick, und sie haben dich schon wieder vergessen. Die hohen Tiere. Aber nicht diese Jungen. Schlauer als ihre Lehrer, die beiden. Sie warten einfach ab.

»Ach, nix Besonderes«, sage ich schließlich. »Bonbons. Tee. Kekse. Von irgendwo aus London.«

Mehr verrate ich nicht. Nur den Namen, um zu sehen, wie sie reagieren.

»Und n schöner großer Stempel auf der Kiste. Beasley & Son. Import und Export, Lieferanten des Königshauses.«

Zucken nicht mit der Wimper, die beiden. Also sind sie ahnungslos. Obwohl der Stillere aussieht, als wär er schon mit 'nem Messer in der Hand geboren worden. Als hätte er sich selbst aus dem Bauch rausschneiden müssen. Und als hätte es ihn nicht sonderlich gestört.

»Un morgen geht's auf den Ausflug?«, frage ich, obwohl ich es natürlich bereits weiß.

»Ja, Mr Cruikshank. Fahren Sie auch mit?«

*Mr* Cruikshank, dass ich nicht lache! Jetzt trägt er aber dick auf, der höfliche kleine Bastard. Wirkt allerdings, als würde er es ernst meinen. Wenn er unten in London die richtige Hure so anschaut, lässt sie ihn umsonst sein Rohr durchspülen.

»O nein, das wag ich nich. Zu gefährlich für meinesgleichen. Nich um alles in der Welt. Eher tät ich zum Mond fliegen. Wär sicherer.«

Als wäre ich noch nie in London gewesen. Ist nicht einmal achtzig Kilometer weit weg. Ein Zweitagesmarsch, als ich jung war. Heute braucht man sich bloß in einen Zug setzen. Ein Brathähnchen mitnehmen. Die Fahrt genießen.

Trotzdem: ein seltsames Wagnis, dieser Ausflug. Die Zeiten ändern sich. Renfrew bekommt Briefe. Drei oder vier pro Monat. Ohne Absender, aber ich weiß, dass sie von der Regierung sind, das erkennt man am Poststempel. Richmond upon Thames. Hol deine Karte raus, dann siehst du's. New Westminster Palace. Das Zentrum der Macht. Obwohl es Gerüchte gibt, dass das Parlament wieder umzieht. Noch weiter raus, weg von London; die Wände werden schon grau. Trout bekommt Post vom selben Postamt, aber die Adresse ist in einer anderen Handschrift geschrieben, runder, weiblicher; Renfrews Mann hingegen schreibt wie eine Spinne, die ihre schwarzen Gedärme über das Papier schleift. Wenn man die Briefe gegen das Licht hält, schimmern die Umrisse eines Stempels durch. »Victoria Regina«, und darunter eine verschnörkelte Unterschrift. Bestimmt irgendein Beamter, der im Auftrag der Krone handelt. Bürokraten gegen Gesetzgeber also; unterschiedliche Etagen der Macht. Da fragt man sich, was in den Briefen steht. Und ob Trout und Renfrew sich je darüber austauschen.

Jedenfalls schicke ich die Jungen weg und läute die Glocke zur Schlafenszeit. Am Morgen kommen dann die Kutschen, alle elf, um achtundfünfzig Oberstufenschüler zum Bahnhof zu bringen. Es hat wieder geschneit. Die Pferde dampfen, und eins hebt doch tatsächlich den Schwanz und scheißt, gerade als der alte Swinburne vorbeiläuft. Was für ein Duft, frische Pferdeäpfel auf Schnee. Würde man am liebsten in Flaschen abfüllen und seinem Liebchen schenken.

Ich schaue ihnen nach, in meine alte Decke gewickelt. Einer der Jungen dreht sich um und sieht mich an, bis seine Kutsche das Ende der Auffahrt erreicht. Er hebt nicht die Hand.

Als sie weg sind, gehe ich wieder rein, schaufle ein paar Kohlen in den Ofen und setze einen Knochen für die Suppe auf. Wenn sie fertig ist, sind sie schon in Oxford.

# INFEKTION

Weiß und friedlich breitet sich das Land vor ihnen aus. Die Sonne geht auf, entzündet den Schnee. Hecken heben sich gegen das Glühen ab, zerteilen die Täler in unregelmäßige Parzellen, in die die scharfen schwarzen Schatten der Bäume ragen, nackt und vogellos. Charlie hat sich den Schal um die Ohren gebunden und reckt den Kopf aus dem Fenster der Kutsche, um den Anblick zu genießen. Er kann sich an keinen Dezember erinnern, der so kalt, so schön gewesen wäre. Einen Kilometer vor Oxford bleibt eins der Räder in einer Schneeverwehung stecken. Die Jungen strömen hinaus, um es hastig freizuschaufeln; werfen nur ein paar Schneebälle, um den Zug nicht zu verpassen.

Oxford selbst besteht aus einer Reihe von Märchenschlössern, geschmückt mit Collegewappen. Die Straßen sind voll von Damen und ihren Bediensteten, die Einkäufe erledigen. Die Kutschen fahren in einer Prozession vor dem Bahnhof vor, und alles beobachtet die Jungen beim Aussteigen. Junge Frauen in Pelzstola und Muff bleiben stehen und machen einander auf sie aufmerksam. Gleichermaßen nervös und vergnügt zieht Charlie das gut geschnittene Jackett seiner Schuluniform zurecht und bindet sich den weißen Schal wieder um den Hals. Es hat etwas sehr Genugtuendes, in den Bahnhof zu spazieren, die Kappe vor den wartenden Herrschaften am Fahrkartenschalter zu lüften und zu sehen, wie sie den Gruß erwidern. Die Schule scheint plötzlich meilenweit entfernt, wie aus einer anderen Zeit. Sie sind wieder in die Gesellschaft eingetreten und werden als Gleichgestellte, als Erwachsene willkommen geheißen. Charlie ist nicht der Einzige, der so empfindet. Überall um ihn herum richten sich die Jungen zu voller Größe auf, streichen sich die Haare unter den Kappen glatt und hören auf herumzualbern, schauen sich mit schüchternem Stolz um. Nur Thomas scheint von derartigen Regungen unberührt, trottet trübsinnig und mit gesenktem Kopf dahin, abseits der anderen. Kurz ist Charlie wütend auf ihn und seine Unfähigkeit, den Morgen zu genießen. Schließlich gewinnt jedoch sein Wohlwollen die Oberhand. Er geht zu ihm hinüber, versucht, ihn in ein Gespräch zu verwickeln.

»Was glaubst du, von welchem Gleis wir abfahren?«

Thomas blickt ihn scharf an. *Hör auf*, sagt dieser Blick. *Wag es nicht, mich zu bemitleiden.*

»Wir müssen zu den Schweinen.«

Charlie versteht seine Bemerkung nicht gleich. Dann sieht er sie: eine Horde Ziegen, Schafe und Schweine, die in ihrem eigenen Kot stehen, an einem Gleis am anderen Ende des Bahnhofs, abgetrennt durch eine Schranke und ein kleines Häuschen. Die Tiere werden in Güterwaggons getrieben. Sobald die Türen geschlossen sind, tauchen Schnauzen an den Luftschlitzen auf, blasse, beinahe farblose Nasenlöcher, die Luft einsaugen. Selbst aus der Ferne spürt Charlie ihre Angst.

»Aber das ist ein Güterzug.«

»Größtenteils. Lebensmittel für London. Aber schau.«

Thomas' Finger deutet auf zwei Passagierwaggons am vorderen Zugende, die sich durch Fensterreihen von den Güterwagen unterscheiden. Der Bahnsteig wimmelt vor Arbeitern, deren karierte Kappen und Westen von altem Ruß befleckt sind. Entsetzt stellt Charlie fest, dass auch Kinder unter ihnen sind, manche erst neun oder zehn Jahre alt. Kleine Rauchschwaden wabern hinter ihnen her. Ein Mädchen von zwölf, dreizehn Jahren trägt trotz der Kälte nur ein Hemdchen und eine Hose. Das Hemd starrt derart vor Ruß, dass es schwer an den schmalen Schultern hängt. Als das Mädchen die Schuljungen bemerkt, die sich in der Nähe der Schranke aufstellen, verzieht es den Mund mit der Hasenscharte zu einer Grimasse und ruft etwas, das sich im Wind verliert.

»Was hat sie gesagt?«, fragt Charlie.

Thomas schaut ihn an, öffnet den Mund, errötet. Ein überraschender Anblick, vollkommen unerwartet. Nichts hat Thomas je zuvor zum Erröten gebracht.

»Ist besser, wenn du's nicht gehört hast.«

»Ein Schimpfwort?«

»Ja. Aus der Anatomie. Der Hundemeister hat es gern gebraucht. Zu Hause.«

»Himmel.«

Mittlerweile haben auch ihre Klassenkameraden begriffen, zu welchem Gleis sie müssen. Der Kontrast zwischen dem Bahnhof hinter ihnen und dem, was jenseits der Schranke liegt, könnte nicht größer sein. Auf der einen Seite Gentlemen in Gehröcken, in ihre *Times* vertieft. Auf der anderen …

»Das sind nur Arbeiter«, sagt Thomas, als hätte er Charlies Gedanken erraten.

»Ja, aber die Kinder …«

»Die nehmen vermutlich den Zug. Nach London und zurück.« Thomas zuckt mit den Achseln. »Nicht jeder hat das Glück, auf unsere Schule geschickt zu werden.«

Zum ersten Mal an diesem Morgen lächelt er. Dann lachen sie beide, lachen laut, während die anderen Jungen sie anstarren, als wären sie verrückt geworden.

Renfrew tritt an das kleine Häuschen und zieht einen Brief hervor. Schon das Papier sieht wichtig aus; ein roter Stempel umschließt die Unterschrift. Der Bahnhofsvorsteher liest den Brief sorgfältig und zählt durch. Die Jungen sind inzwischen verstummt. Aller Übermut hat sie verlassen. Als sie durch die Schranke gewunken werden, ertönt irgendwo tief im Zug ein Schrei; ein Tier, das seine Not herausblökt. Es klingt, als würde der Zug selbst schreien. Die Arbeiter weichen zurück, als sie die Jungen kommen sehen, beobachten aus der Ferne, wie sie einsteigen. Rußflocken schweben durch die Luft. Eine davon landet auf dem Ärmel eines Jungen in Charlies Nähe. Er versucht, sie wegzuwischen, verschmiert sie jedoch nur.

»Master!«, ruft er mit Tränen in der Stimme, aus Angst vor einer Strafe.

Renfrew dreht kurz den Kopf, scheucht ihn weiter.

»Das spielt jetzt keine Rolle«, sagt er.

Das beunruhigt Charlie. Sie betreten eine Welt mit unbekannten Regeln.

Sie erreichen den Zug, gehen daran entlang bis zum vorderen Ende. Einen Augenblick lang glaubt Charlie, die Waggons seien mattschwarz gestrichen. Dann erkennt er, dass sie buchstäblich mit Ruß ummantelt sind. Er streckt eine Hand aus, berührt den Ruß, zuckt zurück.

»Ruß ist träge«, murmelt Thomas.

Charlie weiß nicht genau, was er damit meint.

Innen ist der Zug frisch gereinigt, gemütlich. Sie reisen in einem großen Abteil, dessen Form und Ausstattung dem Pferdeomnibus, den er vorigen Sommer in Bath gesehen hat, nicht unähnlich ist. Auf den harten Bänken könnte man sich beinahe einreden, man sei in der Schule.

*

Nach etwa einer halben Stunde verändert sich die Landschaft. Die perfekte weiße Schneedecke weicht dunklen Grasflecken, eher schwarz als grün. Schmelzwasserpfützen spiegeln ein trübes Bild des Himmels. Nach drei Kilometern ist der Schnee völlig verschwunden. Niedriger Winterhafer steht auf den Feldern, flankiert von kahlen Ahornen und Eichen. Alles wirkt irgendwie verkümmert, kränklich.

»Ist das Wetter umgeschlagen?«, überlegt Charlie laut.

»Das bezweifle ich«, sagt Thomas.

»Dann ist es in London wärmer als in Oxford? Wegen der vielen Leute, vermutlich. Und der vielen Fabriken mit all diesen Maschinen.«

»Ja. Und wegen des Rauchs.«

Als Charlie Thomas' Finger folgt, bemerkt er zum ersten Mal die graue Schliere in der Luft vor ihnen. Sie gleicht nicht den schwarzen Schwaden eines Feuers und hat auch nicht die klaren Konturen einer Gewitterwolke, sondern ähnelt einem Nebel, der aus dem Boden aufsteigt, feucht, hartnäckig, dem Wind trotzend. Eine Minute später ist die gesamte Umgebung von einem Schmutzfilm überzogen. Vor ihnen liegt die Stadt: ein verschwommener dunkler Steinklumpen, aus dem sich die schlanken Schlote der Fabriken erheben; ihre Umrisse sind schärfer als alles, was sich näher am Boden befindet. Noch eine Minute später die ersten Häuser, rußbedeckter Backstein und enge Innenhöfe, Leinen mit Wäsche, die eher grau als weiß ist. Bald schon lässt sich der Rauch vor den Fenstern nicht länger ignorieren: Er trübt ihre Sicht und saugt die Kraft aus den Sonnenstrahlen. Der Zug ist langsamer geworden, fährt nur noch mit Schrittgeschwindigkeit, und plötzlich ist London überall, scheint sie mit seinen engen Straßenschluchten einzukeilen. Irgendetwas ergreift Besitz von Charlie, ein Gefühl zwischen Angst und Hass. Er will zurück nach Oxford und gleichzeitig diese Stadt hier anzünden, sie brennen sehen. Er beugt sich zu Thomas, um es ihm anzuvertrauen, als Renfrew aufsteht und in seinem gemessenen Schritt zum vorderen Teil des Waggons geht. Die Luft über seinem Kopf ist seltsam diesig. Der Rauch ist längst eingedrungen, hat die Spalten in Fenstern, Türen und

Unterboden gefunden, ist in ihre Kleider, ihre Haut, ihre Lungen gesickert.

»Einige von euch spüren ihn bereits«, fängt Renfrew an. »Den Rauch. Ihr fühlt euch … ungewohnt. Ängstlich. Streitlustig. Leichtsinnig. Eitel. Euer Denken vernebelt sich allmählich; ihr brütet über den Dingen. Die Außenwelt ist nicht länger von euch getrennt, sondern Teil von euch. Ihr fühlt euch klein, unbedeutend, leicht zu beeinflussen, würdet aber jedem an die Kehle gehen, der das zu behaupten wagt. Euer kleiner Vorrat an Vernunft wird zerfressen wie von Ratten. Die Versuchung droht euch zu übermannen. Ihr wollt rauben, betrügen, wegrennen. Alles, was wir euch beigebracht haben – *alles* –, steht auf dem Prüfstand. Es kommt euch vor, als hätte euch jemand den Mantel gestohlen und in Hemdsärmeln in der Kälte zurückgelassen. Dabei sind wir noch in einem geschlossenen Zugabteil, einen Kilometer vom Bahnhof entfernt. Draußen, im Zentrum, inmitten der Stadtbewohner, wird es noch hundertmal schlimmer sein. Einige von euch werden vielleicht das Gefühl haben, dass sie dem Rauch nachgeben müssen. Für sie habe ich ein Wort.«

Er hält inne, schaut ihnen direkt in die Gesichter.

»Nicht.«

Das Wort stürzt wie eine Klinge hernieder. Sogar die Lehrer wirken erschrocken.

»Rauch ist ansteckend. Er gebiert sich selbst. Menschen sind für ihn nichts als Wirte. Und in London gibt es eine so hohe Dichte an Menschen wie nirgendwo sonst auf unseren Inseln. Hier regiert der Rauch, greift um sich, schürt Diebstahl, Ehebruch, Mord. Ernährt sich von den Säufern, den Landstreichern, den Huren. Hüllt die ganze Stadt in seinen Ruß. Bedauert die, denen ihr begegnet, wie ihr die Kranken bedauert. Doch was euch angeht, ein Wort.«

Er sieht sich nach einem Jungen um, der es mit Überzeugung

aussprechen kann. Julius erweist ihm den Gefallen. Er sitzt ganz vorne, ruhig, fromm, beherrscht.

»Nicht«, sagt er.

Gegen seinen Willen fühlt sich sogar Charlie gestärkt.

»Ganz genau, Mr Spencer. *Nicht*. Bleibt zusammen. Redet mit niemandem, kauft nichts, verteilt kein Geld. Und lasst euch nicht infizieren. Bekämpft den Rauch mit jeder Zelle eures Körpers. Wenn ihr Hilfe braucht, bittet darum. Aus diesem Grund sind meine geschätzten Kollegen und ich heute bei euch. Um euch Beistand zu leisten.«

Charlie lässt den Blick durch das Zugabteil wandern, sucht die Gesichter der anderen Lehrer. Alle außer Trout und Swinburne sind mitgekommen. Während sie in den Londoner Bahnhof einfahren, verbringen die jüngeren Schüler den Tag mit Stillarbeit im Speisesaal. Foybles, der Mathematiklehrer, sitzt links neben Charlie. Er fingert nervös an einer Dose Bonbons herum, schiebt sich eins in den Mund. Den Schülern neben sich bietet er natürlich nichts an. Charlie zum Beispiel hätte gut etwas gegen die Trockenheit in seinem Hals gebrauchen können.

*

Die Türen gehen nicht sofort auf. Zu einer anderen Zeit, an einem anderen Ort, hätte das Beschwerden und Unruhe ausgelöst, bei fast sechzig Schülern, die nervös auf ihren Hintern herumrutschen. Doch im Abteil herrscht Grabesstille. Alle starren aus dem Fenster. Der Bahnsteig draußen ist voller Leute. Gepäckträger in schmutzigen Gehröcken, schwere Wagen schiebend. Alte Männer, so rußbedeckt, dass der Schweiß Spuren an ihren Schläfen und auf den Wangen hinterlässt. Arbeiter mit Werkzeugen über der Schulter. Eine Frau, die so wenig anhat, dass Charlie das Blut ins Gesicht schießt. Er wendet sich ab, sieht aber immer noch die Rundung des weißen Beins im langen Schlitz ihres Kleids verschwinden; schmeckt den Rauch auf seiner Zunge. *Nicht*, ermahnt er sich selbst.

Es ist leichter, wenn er spricht.

»Wenn London voller Verbrecher ist und der Rauch ständig neuen Rauch gebiert«, flüstert er Thomas zu, der weiter am Fenster klebt, »wäre es dann nicht besser, wenn die Leute die Stadt verlassen?«

Thomas wendet sich nicht um, als er antwortet.

»Vielleicht wollen sie nicht.«

»Wir könnten sie dazu bringen.«

»Wir?«

»Ich meine nur – wenn sie auf dem Land leben würden, an der frischen Luft … Sie können ja nicht alle Verbrecher sein. Sünder vielleicht, aber keine Verbrecher. In manchen steckt ein guter Kern.«

Endlich dreht Thomas sich um. Charlie ist erschrocken, wie wütend er wirkt.

»Und wer würde dann in den Fabriken arbeiten? Und in den Werften? Nichts anderes ist London nämlich – ein Haufen Arbeitsstätten mit ein paar Häusern drum herum.«

»Woher weißt du das alles?«

»Von meiner Ma«, sagt Thomas. Unvermittelt färbt ein leichter Dialekt seine Worte. Er schüttelt sich wie ein Hund, spuckt eine Ladung Rauch aus. »Sie hat früher politische Pamphlete dagegen verfasst. Aber schau – sie öffnen die Türen. Komm mit!«

*

Es ist sinnlos, in Zweierreihen laufen zu wollen. War der Bahnsteig schon belebt, sind die Straßen brechend voll. Der Lärm ist fast genauso schlimm wie der Rauch: Die ganze Stadt scheint zu schreien. Straßenhändler mit Handkarren teilen den Menschenstrom wie Felsen das Wasser in einem Fluss. Sie verkaufen

Kokosnüsse, Seile und schlaffe, rußverschmierte Unterröcke, Nägel, Nähnadeln und Bonbons, Medikamente, Schießpulver und Kohle. Säufer und Bettler säumen die Häuserfronten, lehnen zusammengesackt an den Wänden, stellen verstümmelte Glieder und offene Wunden zur Schau oder schlafen ihren Rausch aus. Kinder flitzen durch das Gedränge, manche spielend, andere beladen mit Gütern, die sie ausliefern oder feil bieten. Die Straße besteht aus schwarzem Dreck, zehn Zentimeter tief und aufgeweicht vom Schmelzwasser. Charlie braucht eine Weile, bis er erkennt, dass es Ruß ist, der sich über Jahrzehnte und Jahrhunderte hier abgelagert hat. Er haftet an seinen Schuhen wie Klebstoff. Die Häuserfassaden sind bis zu einer Höhe von drei, vier Metern damit beschmiert; darüber scheint dunkles Ziegelrot oder das fleckige Gelb von Sandstein hindurch.

Alle paar Minuten werden die Jungen angerempelt, von Männern oder Frauen, die sich mit den Ellbogen den Weg bahnen. Zweimal spürt Charlie Hände in seinen Mantel- und Hosentaschen. Er versucht nicht, den Dieb zu fassen. Seine Taschen sind ohnehin leer. Renfrew hält einen Spazierstock hoch in die Luft. Seine Schüler – isoliert in ihren Grüppchen von zwei, drei, vier Jungen, wie Tropfen im Kielwasser der Feindseligkeit – lassen den Stock nicht aus den Augen. Ihn zu verlieren, würde bedeuten, die Gruppe zu verlieren. Den Weg *zurück*. Als der Rauch allmählich in Charlies Lunge dringt, verwandelt sich seine Angst in etwas Dunkleres. Den nächsten Passanten, der ihn streift, stößt er mit aller Kraft von sich. Der alte Mann mit dem verkrüppelten Bein stolpert und prallt mit anderen zusammen. Das Triumphgefühl, das Charlie packt, legt sich erst, als er die Rauchfäden bemerkt, die aus seinem Mantel aufsteigen und ihn auf Schritt und Tritt begleiten.

Es kann keine Rede davon sein, dass Renfrew den Weg bestimmt. So groß, selbstbeherrscht und Respekt einflößend der

Lehrer für Rauch und Moral auch sein mag, er ist, wie sie alle, dem Gezeitenstrom unterworfen, der die Menge lenkt. Denn die Menschenflut folgt einer klaren Bewegung, der man sich zwar kurz widersetzen, die man jedoch nicht umkehren kann. Sie führt sie über die Themse, die wie eine Teerschliere unter der Brücke liegt. Foybles überholt Charlie, ein Taschentuch vor Mund und Nase gepresst.

»Pures Abwasser«, murmelt der Mathematiklehrer entsetzt vor sich hin. »Sie leiten ihre Fäkalien direkt in den Fluss.«

Tatsächlich riecht das Wasser wie das Destillat von hundert Latrinen. Trotzdem teilen Boote und Fähren die Jauche, und am Ufer steht eine Gruppe Frauen und fischt mit bloßen Händen im Schlick: nach Treibgut, verlorenen Pennys, Muscheln und Krebsen.

Sie sind da. Der Platz ist asymmetrisch, groß genug, um mehrere Tausend Menschen zu fassen, und erfüllt von ihrer Hitze. Der Dunst ist hier so dicht, dass man meinen könnte, die Nacht bräche herein, obwohl es noch früh am Nachmittag ist. Die Sonne steht hoch über ihnen, dreckig rosa hinter dem Sündenschleier. Doch die Leute recken nicht nach ihr die Hälse. In der Mitte des Platzes wurde ein Podest errichtet, gut zwei Meter hoch und mit einem Galgen darauf; die Schlinge rahmt ein ovales Stück verfärbten Himmel ein. Die Menge betrachtet den Galgen mit einer Ehrfurcht, die sonst dem Kreuz vorbehalten ist. Selbst die Geräusche sind gedämpft.

»Eine Hinrichtung?«, flüstert Charlie, der seinen Augen nicht trauen will.

»Ja.« Thomas' Blick ist wild. Sein Hals und sein Gesicht starren vor Ruß. Ob es sein eigener ist, kann niemand sagen. »Und dort ist der Henker.«

Charlie weiß nicht sofort, wen er meint. Die Menge ist genauso verwirrt wie er. Der Mann, der das Podest erklimmt, ist weder groß noch kräftig, trägt keine schwarze oder scharlachrote Kapuze und auch keinen breiten Ledergürtel; seine Brust ist nicht entblößt, und sein männliches Kinn nicht mit Stoppeln besetzt. Tatsächlich ist er eher zierlich, x-beinig. Sein heller, buschiger Backenbart wirkt wie angeklebt. Er trägt einen Gehrock, der für die gegebenen Umstände sogar relativ sauber ist, und lüftet schüchtern den Zylinder.

»Ein Gentleman?«, fragt Charlie, zugleich überrascht und bestürzt.

»Ein Diener Ihrer Majestät«, flüstert Thomas zurück. Auf seinem Gesicht vermischt sich Entsetzen mit Vorfreude. Charlie spürt es ebenfalls. Sie werden sehen, wie jemand stirbt. Seine Begierde widert ihn an, obwohl sie von allen geteilt zu werden scheint.

*Das ist nur der Rauch*, versichert er sich selbst.

Das Opfer kommt. Eine Weile lang sieht man nur die hohen Hüte der Wachen. Die Menge teilt sich widerwillig, lässt sie passieren, zusammen mit dem Gefangenen in ihrer Mitte: ein Schieben und Schubsen, das von Schulter zu Schulter, von Hüfte zu Hüfte weitergegeben wird, über die gesamte Länge und Breite des Platzes. Endlich erreichen sie das Podest. Rauch steigt aus dem Knäuel der Wachen auf, dunkel und ölig, als bestünden sie aus brennendem Gummi. Rufe ertönen, ein Schmerzensschrei. Dann wird jemand die Leiter hinaufgehoben, blutig und rauchend, der Körper ein Blatt Papier voller schwarzer Kleckse.

»Eine Frau«, keucht Charlie. Er taumelt, als die Menschenmenge vorwärtswogt.

Sie ist nicht mehr jung und in ein weißes, knöchellanges Unterkleid gehüllt. Aus der Ferne sind ihre Züge nicht genau zu erkennen. Große, runde Wangen, ein herzförmiges Gesicht, ein Wust von grauem Haar, das streng aus der Stirn gebunden ist: Mehr kann Charlie nicht ausmachen. Ihr Rauch hat ihr Gesicht und ihr Kleid befleckt, doch das ist nichts verglichen mit dem, was als Nächstes passiert. Die Wachen bringen sie unter der Schlinge in Position, der Henker legt sie ihr um den Hals. Er redet leise und konzentriert auf sie ein. Sie sind ungefähr gleich alt, könnten auch Mann und Frau sein. In diesem Augenblick stimmt die Menge einen Sprechgesang an: »Mörder, Mörder!« Er gilt nicht ihm, der sie gleich in den Tod schicken wird, sondern ihr und den Verbrechen, die sie begangen hat. Sie dreht sich zur Menge, hebt die Arme. Plötzlich scheint sie in Flammen zu stehen, ihre Haut ein lodernder Ölteppich. Schwarzer Rauch strömt aus jeder ihrer Poren. Sofort ist das weiße Unterkleid rußdurchtränkt, klebt ihr an Brust, Hüfte, Beinen. Wie ein lebendiges Wesen kriecht der Rauch am Körper des Henkers hoch. Die Verwandlung folgt unmittelbar: Ein wölfisches Zähnefletschen verzerrt sein Gesicht, seine Finger graben sich in ihr Haar und reißen daran, dann schreit er etwas, triumphierend und grausam.

Die Rauchwolke, schwerer als die Luft und hungrig nach neuen Anhängern, sinkt auf die Menge herab, breitet sich Meter für Meter aus. In weniger als einer Minute hat sie Charlie erreicht. Es ist, als würde er eine Droge einatmen: Sein Herz beginnt zu rasen, seine Sinne werden eins mit der Menge. Er denkt nicht länger in Kategorien wie Gut und Böse, er will diese Frau sterben sehen, will, dass die Schlinge ihr das Genick bricht, will den Nervenkitzel. Gleichzeitig aber bewundert er sie, hofft, dass sie den Henker mit sich in die Tiefe zieht, durch die Falltür unter ihren Füßen. Er ist bereit, auf die Barrikaden zu gehen, und schmeckt seinen eigenen Rauch, grau und schwach. Zum ersten Mal in seinem Leben genießt er ihn.

Die Menge skandiert weiter: »Mörder, Mörder!«, doch ihr Chor bekommt einen neuen Klang, als Anklage in Ehrerbietung umschlägt. Charlie versucht es selbst, leise zunächst, dann immer lauter, »Mörder, Mörder!«, vereint mit der Menge. Er will seine Begeisterung mit Thomas teilen, sich bei ihm unterhaken und der Raserei hingeben, seinen Rauch mit dem seines Freundes vermischen und in Thomas' Sünde schwelgen.

Aber als er sich umschaut, ist Thomas verschwunden.

*

Später, als sie zurück in der Schule sind und Charlie wach im Bett liegt, wird er froh sein, dass die Sorge um seinen Freund stärker war als der Rauch der Frau. Ein Windstoß, der das Zentrum des Wahnsinns auf die andere Seite des Platzes verlagert, kommt ihm zu Hilfe. Als der Henker, dessen Miene zu einer hasserfüllten Grimasse verzerrt ist, auf die Frau eintritt und sich mit vollem Gewicht gegen den Hebel der Falltür wirft, wendet Charlie sich ab und unterbricht die Verbindung mit der keuchenden Masse. Er hofft, dass sich Thomas weiter hinten befindet, weit weg von allem, in Sicherheit. Aber es ist schwer, eine einzelne Person auszumachen in diesem Meer aus schwarzen Gesichtern, die alle in dieselbe Richtung schauen. Er dreht sich um die eigene Achse, erhascht einen flüchtigen, ekelerregenden Blick auf den tanzenden, sich windenden Körper am Ende des Seils, schaut ringsum und sieht nichts als die wogende, schreiende Menge, in der alle Individualität aufgelöst ist und jedes Gesicht die Emotionen seiner Nachbarn spiegelt.

Dann bleibt sein Blick an jemandem hängen wie ein Fingernagel an einem Stoff. Es ist nicht Thomas, und Charlie kennt ihn nicht, trotzdem erregt er seine Aufmerksamkeit. Warum, ist nicht gleich offensichtlich. Der Mann ist ungefähr vierzig Jahre alt, stämmig, aber nicht dick. Sein Kopf ist zur Seite geneigt, als hätte er sich den Hals verrenkt. Ein Allerweltsgesicht, die Kleider abgetragen und fleckig. Und doch sticht er heraus. Das liegt zum einen an seinem Verhalten. Wie Charlie blickt er nicht zum Galgen. Er stiehlt sich durch die Menge, will den

Platz unauffällig verlassen, drängt sich an denen vorbei, die ausweichen, und umkurvt jene, die es nicht tun. Doch da ist noch mehr. Es dauert lange, bis Charlie es erkennt. Er raucht nicht. Rauch hüllt ihn ein, Schlieren von Ruß kleben an ihm. Aber er selbst raucht nicht. Als er kaum einen Meter neben ihm vorübergeht, sieht Charlie, der ein paar Zentimeter größer ist, die Innenseite seines Kragens, die der krumme Hals bloßlegt. Sie ist sauber, obschon die Außenseite pechschwarz ist. Als würde der Mann Charlies Blick auf sich spüren, zupft er sein Halstuch zurecht, knotet es enger. Ein paar Sekunden später hat er den Rand der Menge erreicht, schreitet jetzt kühner aus, fort vom Platz.

Charlie zögert. Er will den Mann verfolgen (nicht *verfolgen*, sagt der Rauch, der durch seine Adern fließt, *jagen!*), doch er macht sich Sorgen um Thomas, sieht sich nach ihm um. Im nächsten Moment ist der Mann, der nicht geraucht hat, verschwunden, verschluckt von der Stadt.

Charlie dreht sich, schaut und drängelt, alles vergebens. Als das Gewühl um ihn herum nachlässt, wird es einfacher, sich zu bewegen, aber gleichzeitig schwieriger, etwas zu erkennen. Immer mehr Körper schieben sich durch sein Blickfeld. Innerhalb von Minuten zerstreut sich die Menge, eine seltsame Erschöpfung auf den Gesichtern, und Charlie wird bewusst, dass es vorbei ist. Die Frau ist tot, vom Galgen geschnitten. Das Spektakel ist vorüber. Dicke Rußflocken schweben durch die Luft wie Schnee. Das lebendige Böse hat sich in bloßen Staub verwandelt. Als die Stadtbewohner verschwinden – zur Arbeit?, zum Tee? – bleiben sechzig Schüler in rußgeschwärzten Uniformen und ein kleines Häufchen Lehrer allein auf dem Platz zurück. Was Thomas betrifft, den findet Charlie schließlich unweit der Richtbühne, wo er auf allen vieren kniet und würgt. Er geht zu ihm hinüber, hockt sich neben ihn und wartet, bis sein Freund aufblickt.

»Was für ein Ausflug«, sagt er so leichthin wie möglich. Thomas nickt, spuckt aus, lächelt. »Ja. Nicht schlecht.« Doch seine Augen sind voller Angst.

*

Sie laufen noch ein paar Stunden durch die Stadt, besichtigen eine Flaschenschwärzungsfabrik und bewundern die prächtige Hülse des Buckingham Palace, der mittlerweile leer und verschlossen ist. Eine Fabrikglocke verkündet das Ende einer Schicht, und entgegen Renfrews Anweisungen hält Julius ein Blumenmädchen an, kauft ein Sträußchen und überreicht es ihr mit einer galanten Verbeugung. Nicht einmal seine Kumpanen applaudieren ihm: Die Jungen haben sich in sich selbst zurückgezogen und trotten in einem Zustand nervöser Erschöpfung vor sich hin. Noch immer wabert Rauch durch die Luft, allerdings lichter jetzt, oder Charlie hat sich einfach an das Gefühl seiner eigenen Niedertracht gewöhnt. Sie essen weder zu Mittag noch zu Abend, doch keiner der Schüler oder Lehrer beschwert sich. Sie alle haben nur ein Bedürfnis: nach Hause zu fahren.

Auf dem Rückweg zum Bahnhof kommen sie an einer Gruppe Männer vorbei, in guten, wenn auch rußbefleckten Kleidern. Sie tragen Papierrollen unter dem Arm und werden von zwei kräftigen Dienern begleitet, die ihnen durch großzügigen Einsatz ihrer Ellbogen den Weg freimachen. Renfrew lüftet seinen Hut, und die gut gekleideten Männer erwidern den Gruß, schauen den Jungen einen Moment lang hinterher, bevor sie weitergehen.

Die Zugfahrt verläuft schweigend. Im Abteil ist es dunkel. Die Gaslampen sind nicht entzündet worden, ob aus Versehen oder absichtlich, ist schwer zu sagen. Nur wenige geflüsterte Worte dringen durch die Stille, Jungen, die die Köpfe zusammenstecken, verschwörerisch oder verschämt. Ein paar weinen leise, das Gesicht zum Fenster gedreht. Charlie erkennt es daran, wie still sie dasitzen. Auch Thomas hält den Kopf abgewandt. Charlie würde ihn gerne fragen, wie es ihm geht, wie es geschehen konnte, dass sie auf dem Marktplatz getrennt wurden, weshalb ihm übel war. Er würde ihm gerne von dem Wunder erzählen, dessen Zeuge er geworden ist. *Ein Mann ohne Sünde, mit einem schiefen Hals.* Allein der Gedanke lässt sein Herz höher schlagen.

Aber er traut seiner Stimme nicht. Er fürchtet, dass sie ihn verrät. Ein Rest Rauch fließt in seinem Blut, nährt Ärger und Ungeduld. Mehr noch: Charlies Selbstgefühl ist gestört, und die Ruhe, die er allmählich zurückgewinnt, fühlt sich seltsam an, wie eine Maske, die steif ist vom mangelnden Gebrauch. Als er schließlich doch das Wort ergreift, ist er überrascht: Seine Stimme klingt freundlich, unverändert.

»Wir sehen aus wie Bergleute«, sagt er. Dabei schaut er auf seine Hände. Die Haut unter den Nägeln wirkt unnatürlich blass verglichen mit den schwarzen Fingern.

Thomas dreht sich um. Seine Wangen glänzen rußverschmiert. Keine Tränenspuren ziehen sich von den Augen zum Kiefer hinab.

»Da war jemand«, sagt er. »Unter der Richtbühne.«

»*Unter* der Richtbühne? Wer?«

»Keine Ahnung. Ein Mann. Er hat den Leichnam der Frau ausgezogen.«

»Ausgezogen?« Charlies Verstand scheut vor dem Bild zurück. »Weil er an ihre Habseligkeiten wollte?«

Thomas schüttelt den Kopf. Sein Blick wird finster.

»Weil er ihren Ruß wollte.«

Er wendet das Gesicht wieder zum Fenster, bevor Charlie ihn bitten kann, es näher zu erklären.

*

Im Bahnhof in Oxford angekommen, mustern die Jungen einander. Sie sind allesamt mit Sünde besudelt. Renfrew und die anderen Lehrer zählen durch, zum dritten Mal seit der Hinrichtung. Es gleicht einem Wunder, dass sie niemanden verloren haben. Der Bahnhofsvorsteher führt sie zu einem riesigen Waschraum am Ende des Bahnsteigs. In vier Reihen stehen die Duschbäder stramm. Ein paar Laternen brennen, doch das Gas ist heruntergedreht. Auf einem Tisch liegt ein Stapel ordentlich gefalteter Handtücher. Renfrew durchquert den Raum, öffnet die metallene Klappe eines großen Ofens in der Ecke. Dahinter lodert ein Feuer. Die Hitze ist so stark, dass er zwei Schritte zurückweicht, ehe er spricht.

»Zuerst nehmt euch ein Handtuch. Dann zieht euch aus. Werft eure Sachen hierhin.« Er deutet auf den Boden. »Sie werden verbrannt. Nebenan findet jeder von euch eine Garnitur frische Kleidung.« Er zeigt auf eine Tür, auf der UMKLEIDE steht. »Achtet darauf, euch gründlich zu waschen.«

Ein Murmeln geht durch den Raum. *Die Kleider werden verbrannt!* Keine Untersuchung, keine Befragung. Was an diesem Tag geschehen ist, wird keinem Sündenkonto angerechnet. Erleichterung durchströmt die Jungen, und sie werden sofort gesprächiger, fast ausgelassen. Kleider werden von Körpern gezerrt, Baumwolle reißt, Knöpfe springen ab. Ein paar Jungen rennen halb nackt herum und schlagen mit Handtüchern nach einander. Während sie in die Duschbäder drängen und sich abschrubben, erfüllen ihre Stimmen den ganzen Raum. Sie vertrauen einander die Wunder an, die sie in London erlebt haben, und waschen sie gleichzeitig rein von Angst; ihr Tag wird zum Abenteuer überhöht. Charlie hört geistesabwesend zu, das Gesicht im lauwarmen Wasserstrahl.

»Hast du den Neger gesehen, der die Straße gekehrt hat? Der hatte bloß eine Hand und war so schwarz, dass man kaum unterscheiden konnte, was Ruß ist und was Haut!«

»Ich schwör dir, das waren Köpfe, aber irgendwie geschrumpft. So groß wie Kricketbälle und mit den Haaren an einen Stock gebunden.«

»Und als ich sie anschaue, reißt sie plötzlich den Mantel auf, und drunter ist sie splitterfasernackt, ich schwör's! Bloß war sie so dreckig, dass man nichts erkennen konnte.«

Nach etwa einer halben Stunde sind alle wieder sauber, frisch gekämmt und angekleidet. Die Lehrer haben sich in einem angrenzenden Raum gewaschen. Einige haben sogar die Zeit gefunden, sich zu rasieren. Ein Diener schaufelt die Schmutzwäsche mit einer Mistgabel in den Verbrennungsofen, als wäre sie Dung. Die Hitze des Feuers hat sich mittlerweile ausgebreitet und färbt Charlies Wangen rosa. Von ihrem Londoner Delirium ist nur noch ein unbestimmtes Verlangen übrig: nach Verantwortungslosigkeit vielleicht, nach ein paar Stunden in der Knechtschaft der niedersten Instinkte. Charlie fragt sich gerade, ob jedes Delirium einen solchen Nachhall hat, da ruft Renfrew sie zusammen, Lehrer und Schüler.

»Nun denn«, sagt er leise, triumphierend. »Wir haben überlebt.«

Die Jungen sind so euphorisch gestimmt, dass seine Worte Beifall auslösen. Renfrew sonnt sich darin, bevor er sie mit einer Handbewegung zum Schweigen bringt; ein Dirigent, der ein williges Orchester lenkt.

»Es gab einige, die Zweifel daran hatten. Und noch mehr, etliche mehr« – sein Blick wandert zu seinen Lehrerkollegen – »die bezweifelt haben, dass wir überhaupt fahren sollten. Warum nun mussten wir in dieses Loch des Schmutzes und der Niedertracht hinabsteigen, die Luft des Verbrechens atmen, mit dem Mob verkehren und unser Blut von seinem Hass, seiner Habgier, seiner Wollust vergiften lassen?«

Er macht eine Kunstpause. Charlie beobachtet seine Hände. Sie sind klein, hübsch und mit Sommersprossen und feinem rötlichem Haar bedeckt. Wenn er spricht, tanzen sie vor seinem Körper.

»Die Antwort lautet: Wir mussten gehen, weil wir vielleicht aufgerufen werden, es wieder zu tun.«

Er unterbindet das entrüstete Gemurmel, noch bevor es sich seiner selbst bewusst wird.

»Bei unserem Aufbruch vor zwei Stunden habt ihr alle die Gentlemen bemerkt, die mit Karten durch die Stadt gelaufen sind. Das waren Ingenieure, die den Auftrag haben, das Abwassersystem der Stadt zu modernisieren. Ja, genau, das Abwassersystem. Der schmutzigste Ort in einer schmutzigen Stadt, an dem aller Unrat und Dreck sich sammelt. Sie tun es aus Notwendigkeit, nicht aus Profitgier oder weil sie durch einen Vertrag gebunden sind. Sie tun es, weil es getan werden muss. Weil sie, wie ihr, Gentlemen aus den vornehmsten Familien des Landes sind. Weil sie, wenn sie eine Jauchegrube sehen, sie säubern, verbessern, neu gestalten wollen.

»Dafür müssen sie tage-, manchmal sogar wochenlang im Zentrum der Stadt bleiben. Sie müssen ihren Rauch einatmen und ihre Krankheit schmecken. Sie müssen ertragen, dass ihre Sinne getrübt und ihre Gesichter befleckt werden. Dass ihre Kleider sich in Lumpen verwandeln. Sie müssen gegen die Versuchung ankämpfen, gegen die Schwäche, selbst im Schlaf. Aber sie sind Gentlemen, und sie sind stark. Und jedes Mal, wenn sie erneut nach London fahren, sind sie stärker, besser vorbereitet. Entschlossener, eiserner in ihren Überzeugungen.

Diese Gentlemen seid ihr. Nach eurem Studium – als Ingenieure oder Ärzte, Politiker oder politische Denker, Naturwissenschaftler oder Architekten – werdet ihr dazu aufgerufen, eurem Land zu dienen und das Leben der armen Teufel zu verbessern, derer wir heute ansichtig geworden sind. Wenn dieser Tag kommt, stehlt euch nicht aus der Verantwortung. Versteckt euch nicht hinter Angst oder Bequemlichkeit oder vorgeblichem

Unwissen. Wenn der Tag kommt, erhebt euch stolz und folgt dem Ruf der Pflicht. Ich weiß, dass ihr das tun werdet.«

Renfrews Blick wandert über die Gesichter seiner Zuhörer. Seine Gewissheit ist wie eine körperliche Kraft. Wie Rauch. Sie strömt durch die Luft und dringt einem in die Knochen.

»Ich – *wir* – haben euch heute nach London gebracht, damit ihr euch selbst ein Bild machen konntet. Die Infektion kann man nicht erklären, man muss sie fühlen. Heute fürchtet ihr sie. Ihr habt ihre Macht gespürt und seid vor ihr erzittert. Doch morgen schon – morgen werdet ihr ihr wie einem Feind gegenübertreten. Morgen werdet ihr anfangen, darüber nachzudenken, was ihr tun könnt, um die Dinge zu verändern. Um den Kampf aufzunehmen. Das ist eure Pflicht als Christenmänner. Als Männer, sage ich, denn als solche kehrt ihr aus London zurück.«

Der donnernde Applaus, der seinen letzten Satz beantwortet, verblüfft selbst die Jubelnden. Sogar Thomas stimmt mit ein, stößt ein dreifaches »Hurra!« aus. Ausnahmsweise ist Julius der Außenseiter. Charlie beobachtet, wie er mit erschöpftem Gesicht am Rand der Menge steht und auf seiner Zunge herumkaut.

Diesmal badet Renfrew nicht in den Ruhmesbezeugungen, sondern unterbricht die Jungen, scheucht sie hinaus auf den Bahnsteig und aus dem Bahnhofsgebäude, wo ihre Kutschen warten. Das Wetter ist mild, viel milder als in den letzten Tagen. Ein warmer Wind weht aus westlicher Richtung, der Schnee schmilzt langsam, und das Licht der Straßenlaternen spiegelt sich in den Pfützen.

*

Renfrew fährt nicht mit den anderen Lehrern zurück. Stattdessen klettert er in Charlies und Thomas' Kutsche, quetscht sich zwischen sie und hebt die Rockschöße, sodass sie gezwungen sind auseinanderzurutschen. Sofort verstummen die Gespräche. Sie kommen nur langsam voran, weil der Schneematsch jede Umdrehung der Räder zu einer Herausforderung für die Pferde macht. Das sanfte Schaukeln, verbunden mit der wohligen Wärme nach ihrem Bad im Bahnhof, wiegt einen Jungen nach dem anderen in den Schlaf. Durch die steife Gestalt des Lehrers fühlt Charlie sich von Thomas abgeschnitten, aber er wagt es nicht, sich über Renfrew zu beugen und nachzuschauen, ob auch sein Freund eingenickt ist. Aus den Augenwinkeln versucht er, einen Blick zu erhaschen, sieht allerdings nur Thomas' angewinkelte Beine, die reglosen Füße, die flach auf den Oberschenkeln ausgebreiteten Hände. Tatsächlich sitzt Thomas so lange still da, dass es Charlie überrascht, als er schließlich doch etwas sagt.

»Rauch ist eine Krankheit.«

Charlie braucht eine Weile, um zu begreifen, dass die Worte nicht an ihn, sondern an Renfrew gerichtet sind und dass es eine Frage und keine Aussage war.

Wie Thomas spricht auch Renfrew leise. Er rührt sich nicht, wendet nicht einmal den Kopf. Seine Hände liegen auf dem Knauf des Spazierstocks, der zwischen seinen Knien aufragt. Charlie überlegt, ob vielleicht er nur deshalb beschlossen hat, in ihrer Kutsche mitzufahren, um mit Thomas reden zu können.

»Nein«, sagt Renfrew. »Rauch ist genauso wenig eine Krankheit, wie Fieber die Grippe ist. Beides sind Symptome.«

»Rauch ist ein Symptom«, wiederholt Thomas langsam, vorsichtig. »So oder so: Er kommt nicht von Gott.«

Jetzt dreht Renfrew sich zur Seite und beugt sich zu Thomas, die Stimme warm und ehrlich. Charlie will unbedingt seine Antwort hören und folgt der Bewegung. Seine Wange berührt beinahe Renfrews Mantel.

»Warum nicht?«, fragt Renfrew. »Die Masern kommen von Gott. Swinburnes Religionsverständnis ist veraltet. Unaufgeklärt. Er versteht nicht, dass ein Wissenschaftler gläubig sein kann. Dass Wissenschaft eine Form der Gottesverehrung ist.« Er hält kurz inne. »Aber du wolltest noch etwas anderes fragen, nicht wahr?«

»Wenn es eine Krankheit ist – das, für das der Rauch ein Symptom ist –, überträgt sie sich dann vom Vater auf den Sohn?«

Bevor Renfrew antworten kann, gerät die Kutsche in ein Schlagloch und wirft sie von den Bänken. Sofort sind alle hellwach, stemmen sich hoch, um dem unbehaglichen Körperkontakt mit ihrem Lehrer zu entkommen. Charlie wartet darauf, dass Renfrew und Thomas ihr Gespräch wieder aufnehmen, doch das geschieht nicht. Als er nach draußen schaut, sieht er eine Eule auf einer mondbeschienenen Hecke sitzen. Ihre Augen umgibt ein Kranz feiner heller Federn, der ihrem starren Blick einen Ausdruck kalter Verwunderung verleiht.

*

Endlich sind sie da. Als sie den letzten Hügel überwunden haben, liegt die Schule vor ihnen. Schlafsäle, Schulgebäude und Schuppen bilden ein schwarzes Kreuz im nassen Schnee. Die dunklen Backsteine verhindern jeden Versuch des Auges, mehr Details wahrzunehmen. Die Jungen brauchen keine Aufforderung: Sie marschieren in Zweierreihen nach drinnen und steuern direkt auf den Schlafsaal zu. Einige werfen sich ins Bett, ohne sich auszuziehen. Eine gespenstische Stille beherrscht den Raum, der sonst kurz vor der Schlafenszeit von Geflüster, Gekicher, leisem Quieken erfüllt ist. Eine halbe Stunde nachdem die letzte Kerze ausgeblasen wurde, steht Charlie auf und schleicht sich in den Waschraum. Thomas ist schon da und kauert, in eine Decke gehüllt, auf dem Boden, den Rücken an die Wand gelehnt. Charlie lässt sich neben ihn sinken. Die Fliesen unter seinem Hintern sind eiskalt.

»Ich oder du zuerst?«, fragt er.

»Du«, sagt Thomas. Charlie ist nicht darauf vorbereitet, wie müde er klingt. Mehr als nur müde. Verbittert. Des Lebens überdrüssig.

»Es sei denn, du willst nicht. Es kann auch bis morgen warten.«

Thomas dreht den Kopf gerade so weit, dass er ihm in die Augen sehen kann. »Du möchtest reden, Charlie, und ich bin dein Freund. Also reden wir.«

Er sagt nicht: Das ist der Preis, den wir zahlen. Für unsere Freundschaft. Aber es schwingt in seiner Stimme mit.

Es widert Charlie an, dass Freundschaft einen Preis haben soll.

# THOMAS

Charlie erzählt mir von dem Wunder, das er gesehen hat. Und ich erzähle ihm, was ich auf dem Marktplatz getrieben habe. Ein Rechenschaftsbericht, wenn man so will, ehrlich wie zwei Niederländer, die ihre Schulden begleichen. Dann gehen wir schlafen. Keiner von uns reagiert so, wie der andere es bräuchte. Charlie will, dass ich aus dem Häuschen bin. Mit ihm Theorien spinne. Einen Plan aushecke, um nach London zurückzukehren und seinen Mann aufzuspüren.

Doch was er sagt, ist kaum zu glauben. Ein Mann mit einem schiefen Hals, der immun gegen den Rauch ist. Unmöglich; eine Geistererscheinung. Natürlich denke ich nicht, dass er lügt. Charlie würde nicht lügen. Vielleicht kann er es gar nicht. Aber das war in London. Tausend Leute, die schubsen, drängeln, einander auf die Füße trampeln, keine Luft zum Atmen und so viel Rauch in dir, dass deine Sinne lechzen: hauptsächlich danach, zu kämpfen, jemandem das Gesicht einzuschlagen. Und nach der anderen Sache. Ein Mädchen zu finden, meine ich. Ihm die Kleider vom Leib zu reißen. Es fühlt sich an, als wäre all dein Blut plötzlich in deine Hose geschossen. Chaos, mit anderen Worten, nicht nur auf dem Platz, sondern in deinem Inneren, Wut und Lust und Lachen, ein irres Lachen, hysterisch und bedeutungsleer, während dein Magen nach Essen giert. In all dem einen einzelnen Mann zu bemerken, der nicht raucht, weil die *Innenseite* seines Kragens sauber ist, was du erkennst, als er an dir vorbeigeht, nun …

Es gibt wohl Dinge, die muss man selbst gesehen haben. Das ist keine Frage von Freundschaft oder eine bewusste Entscheidung. Du kannst nicht anders, als zu zweifeln. *Wir sind einsame Geschöpfe*, hat meine Mutter immer gesagt. *Wir leben in unseren Köpfen.*

Als ich ihm wiederum berichte, was ich gesehen habe – und das mache ich, so ehrlich wie möglich, obgleich mein Magen rebelliert und ich ständig Ruß spucke –, will Charlie nur wissen, ob ich in Ordnung bin. Bin ich nicht, aber darum geht es nicht. Charlie hat einen Engel gesehen. Ich habe vermutlich den Teufel gesehen. Keiner von uns wird je wieder ganz in Ordnung sein.

Folgendes erzähle ich Charlie: Während der Rauch sich ausgebreitet hat – *ihr* Rauch, der Rauch der Frau, der Mörderin –, habe ich mich näher an die Richtbühne geschoben. Was mich dorthin getrieben hat, war dies: Wenn Renfrew recht hat, wenn wirklich ein Sündengeschwür in meinem Bauch, meinem Herzen, meinem Gehirn wächst, dann ist sie, was ich einmal werde. Mein Schicksal, mein väterliches Erbe. Deswegen wollte ich ihr in die Augen blicken. Nach einem Zeichen der Verwandtschaft suchen. Und da war dieser Geschmack, etwas, was ich schon einige Male wahrgenommen habe, aber noch nie so deutlich. Ihr Rauch schmeckte *gut*. Bitter natürlich, purer Mord für die Lungen, aber auch gut, wie Branntwein wahrscheinlich, wenn man einen Säufer fragt. Verführerisch. Also habe ich mich weitergeschoben. Habe eine Menge Ellbogenstöße ausgeteilt. Mir genauso viele eingefangen, bis meine Arme grün und blau waren, doch das war mir egal.

Ganz vorne hatte sich ein Ring von etwa einem Meter um das Podest gebildet. Darin standen nur wenige Leute, und die drängten zurück in die Menge. Logisch: Jeder wollte nah dran sein, wollte sehen, wie sie baumelt, wie ihr die Zunge aus dem Hals hängt, aber wenn man zu nah dran war, wurde man gegen die Richtbühne gedrückt, die eigentlich eher eine große Holzkiste war, mannshoch und mit einem Segeltuch bespannt, dessen Farbe irgendwo zwischen Braun und Schwarz lag. Und dort sah man überhaupt nichts. Selbst der Rauch war weniger dicht, waberte über deinen Kopf hinweg.

Deshalb habe ich versucht, mich zurückzukämpfen, Kopf voraus, halb wahnsinnig. Und einen Tritt in den Bauch für meine Mühen geerntet. Plötzlich knie ich auf allen vieren im Dreck, Ruß und Magensaft im Mund, erneut im Niemandsland neben dem Podest. Als ich mich daran hochziehen will, bemerke ich die Lücken unter dem Segeltuch. Und dass die Richtbühne eher ein Lattenzaun als eine Lattenkiste ist. Mich durchzuckt der teuflische Gedanke, dass sich genau dort drin das Loch, die Falltür, öffnen wird, durch die die Frau stürzt. Und – so schwer es mir fällt, das zuzugeben; es war der Rauch, der Rauch, vielleicht aber auch nicht – ich will es sehen, will *sie* sehen, und seien es nur ihre Füße, während die Luft aus ihr herausgepresst wird, ihr regloses, aufgedunsenes Gesicht, wenn sie tot herunterfällt.

Während die Menge also brüllt und der Rauch so schwarz wird, dass man kaum mehr den Himmel erkennt, lasse ich die Finger über die Seitenwand des Podests wandern, suche nach einer Lücke, die groß genug ist, um hindurchzuschlüpfen. Finde eine direkt über dem Boden, lege mich flach auf den Bauch (wie ein Wurm, denke ich noch, wie ein widerlicher kleiner Wurm), zerre zwei Nägel aus dem Segeltuch und krieche hinein.

Drinnen ist die offene Falltür die einzige Lichtquelle. Ich merke sofort, dass ich zu spät komme. Der Leichnam ist bereits losgeschnitten. Der Knoten der Schlinge ragt wie ein Messergriff aus dem Nacken der Mörderin. Ihr Rauch ist versiegt. Sie liegt auf dem Bauch, mit gespreizten Beinen, das Unterkleid so rußverkrustet, dass es knackt wie Eis.

Allerdings nicht von selbst. Da ist jemand, kauert neben ihr, mit dem Rücken zu mir. Hält ein Rasiermesser. Schlitzt den

Stoff mit zwei schnellen Bewegungen auf. Der nackte Körper darunter sieht aus, als wäre er in Ruß gekleidet. Der Mann – er trägt einen Anzug, einen unförmigen Mantel aus schmutzigem, geflicktem Tweed – zieht ein kleines Gefäß mit breitem Hals aus der Tasche, aus getöntem Glas wie ein Apothekerfläschchen. Dann beugt er sich erneut über den Leichnam und fängt an, mit der zehn Zentimeter langen Klinge den Ruß abzuschaben.

Nicht überall. Er weiß genau, was er will. Er beginnt mit dem Gesicht, drückt den Kiefer der Frau auseinander, öffnet ihren Mund, packt mit den behandschuhten Fingern die Zunge, als wolle er sie an der Wurzel abschneiden, nur um dann mit der Klinge über die Unterseite zu fahren, den eher flüssigen als pulverförmigen Ruß aufzunehmen und ihn in das Gefäß zu befördern; streift die Klinge an der Innenseite des Rands ab, als würde er ein Buttermesser von Marmelade befreien. Der Klang von Stahl auf Glas scheint lauter als die Menge draußen.

Ich liege auf dem Bauch, beobachte still. Nicht das Messer macht mir Angst, sondern dieser Mann mit der Zunge einer toten Frau in der Hand. Noch an zwei anderen Stellen erntet er Ruß: in den Tiefen beider Achselhöhlen und (hier wende ich mich ab; der Rauch der Stadt füllt mein Gehirn und meine Lunge, und trotzdem wende ich mich ab, kann es nicht ertragen, schäme mich) in der Gabelung der Schenkel, zieht wieder und wieder das Messer über den Rand des Glases, bevor er es fest zuschraubt. Für all das braucht er nicht länger als ein paar Minuten. Er dreht sich nicht um, arbeitet präzise, niemals schneller, als es die Aufgabe erfordert, aber mit einer Effizienz, die eine geübte Hand verrät.

Dann wird es dunkel in diesem Sarg, der den Sockel des Londoner Galgens bildet. Kopf und Oberkörper des Henkers beugen sich über die Falltür und versperren einem Großteil des Lichts den Weg. Er sagt nichts, doch ich sehe, wie die Gestalt ihm zunickt und das Gefäß einsteckt. Sofort richtet sich der

Henker wieder auf, bellt den Wachen den Befehl zu, den Leichnam zu holen.

Ich habe nur noch eins im Sinn: nach draußen zu kriechen. Ich rühre mich, rutsche zurück zu dem losen Stück Segeltuch, durch das ich gekommen bin. Bevor ich mich hindurchzwänge, drehe ich mich um. Der Mann kauert am anderen Ende des Bretterverschlags vor einer kleinen Tür. Und dreht sich ebenfalls um. Es ist dunkel und verraucht, und trotzdem könnte ich schwören, wir würden einander wiedererkennen. Ein eigenartiges Gesicht, alt und faltig, aber auch jungenhaft, das Kinn unter dem üppigen Schnurrbart glatt rasiert, eine feine, knochige Nase, elegant geschwungene Brauen, große Augen mit schweren Lidern. Das Gesicht eines Gentleman, denke ich, oder eines adeligen Jungen, der über Nacht gealtert ist. Ein böses Schneewittchen. Dann tritt der Mann durch die Tür, und ich rolle mich auf den Platz hinaus, wo mein Mageninhalt wie ein lebendiges Wesen aus mir herausspringt, raus, raus, raus, als wäre die Verbindung zu meinem Körper selbst für die halb verdauten Reste meines Frühstücks eine Schande.

So fand Charlie mich eine Viertelstunde später. Zeit genug, um zu beobachten, wie die Wachen den Leichnam an den Füßen unter der Richtbühne hervorzerrten, in Sackleinen wickelten, auf ein Brett banden und wegtrugen. Und mir den Mund abzuwischen. Meine Ärmel waren so verrußt, dass es sich anfühlte, als würde ich mir mit einem Stück Kohle über die Visage reiben.

Der Geschmack blieb während der gesamten Rückfahrt. Heute Morgen ist er immer noch da. Die Schulglocke reißt mich aus meinem Traum von einem Schneemann, dessen Knopfaugen nacheinander über das leere Gesicht rutschten, ganz langsam. Sonst kann ich mich an nichts erinnern. Ich schaffe es gerade noch auf die Toilette, bevor ich mich übergebe.

Und später – später gehe ich zu Renfrew, für die erste von vielen Sitzungen. »Ein intensives Besserungsprogramm«, das waren seine Worte an Trout. Cruikshank holt mich um Punkt vier Uhr ab. Renfrew sagt nichts, als ich sein Büro betrete. Das ist in Ordnung. Ich brauche keine Anweisungen, um zu wissen, was ich zu tun habe. Es ist schwierig, auf den Zahnarztstuhl zu klettern. Hat man es allerdings erst einmal geschafft, erweist er sich als überraschend bequem. Das rote Leder ist dunkel und weich an den Stellen, an denen andere gesessen, geschwitzt und sich gewunden haben. Sie haben die verschwommene Silhouette eines Geisterjungen hinterlassen, in die ich mich ganz natürlich einfüge.

»Soll ich die Riemen anlegen?«, frage ich und bemühe mich, ruhig zu klingen.

Renfrew lächelt.

»Das fragen alle. Ich glaube, insgeheim wollt ihr es.«

Ich entspanne mich ein wenig. Renfrew denkt bereits das Schlechteste von mir. Dass Mord in mir heranwächst, wie ein Kind in einer Frau.

Nichts, was ich sage oder tue, kann ihn je enttäuschen.

# BONBONS

Das Schulleben ist anders nach London. Die Veränderung ist allgegenwärtig und schwer zu fassen. Charlie versucht sich an einer Bestandsaufnahme, aber je mehr er niederschreibt, desto mehr scheint durchs Raster zu fallen, durch die Lücken zwischen Worten und Zeilen, bis er das Blatt Papier entnervt wegwirft.

Zum einen haben die Oberstufenschüler Träume. Albträume. Natürlich nicht alle und nicht jede Nacht dieselben. Eigentlich weiß niemand, ob es wirklich Albträume sind, weil niemand sich an irgendetwas erinnern kann. Doch die Jungen wachen mit Ringen unter den Augen auf, blauen Flecken fast, und ihre Kopfkissenbezüge sind rußverkrustet. Renfrew bestraft sie nicht, was allein schon für Wirbel sorgt. Ein Gentleman raucht niemals. Er träumt, so sagt man, wie er lebt. In der Unterstufe hingegen fordern die blassen grauen Schlieren, die des Morgens auf den Laken gefunden werden, weiterhin ihren Preis: Die Jungen werden gemaßregelt, wenn auch nur milde.

Vier Tage nach ihrer Rückkehr dann – Weihnachten steht bevor, und alle zählen schon die Tage – bricht ein Junge aus der Oberstufe beim Schlittschuhlaufen auf dem Schulteich ins Eis ein. Die Temperaturen schwanken ständig zwischen Tauwetter und plötzlichem Frost, und die Schüler wurden gewarnt, vorsichtig zu sein. Zufällig ist Charlie dabei: Es passiert in der Nachmittagspause, als er gerade Bücher in die Schulbibliothek zurückbringt. Der Teich ist nicht einmal einen Meter tief, doch der Grund ist mit Felsen und weggeworfenem Plunder übersät. Im Sommer, wenn das Wasser niedrig steht und der Himmel klar ist, kann man den Umriss eines alten Bettgestells erkennen, das auf dem Boden vor sich hin rostet wie das Wrack eines Dampfschiffs vor der Küste.

Gerade die Seichtheit führt letztlich zu der Verletzung. Der Schlittschuh des Jungen trifft in einem seltsamen Winkel auf irgendetwas Hartes, und Knöchel und Knie knicken um. Bei jeder Bewegung schreit er so sehr, dass es sich als schwierig erweist, ihn aus dem Loch auf das dickere Eis zu ziehen. Sein Hosenbein ist voller Blut; erst sieht man es kaum, dann färbt es das Eis karmesinrot. Weit unten an seinem Schienbein bohrt ein dicker, gezackter Stachel, den niemand zu berühren oder auch nur zu benennen wagt, eine Beule in die nasse Wolle. Am schlimmsten aber ist der beißende gelbe Rauch, der dem Jungen entströmt, vor allem seinem Mund, zusammen mit den Schreien. Dieser Rauch steigt nicht auf wie eine Wolke, sondern kriecht über den Boden, bevor er als feines Pulver, unvorstellbar grell wie der Schwefel auf dem Regal im Chemieraum, in den Schnee fällt.

Charlie bettet den Kopf des Jungen in seinen Schoß, bis die Schulkrankenschwester kommt. Sein Name ist Westwood. Peter. Sie sitzen in Griechisch nebeneinander.

»Hilf mir!«, schreit Peter, obwohl Charlies Gesicht nicht einmal fünfzehn Zentimeter über ihm schwebt. Charlie streicht ihm übers Haar und verspricht ihm, dass alles gut wird. Als die Krankenschwester endlich da ist, hat Westwood das Bewusstsein verloren. Sein Blut dampft in der kalten Luft.

Er überlebt, doch mehrere Tage lang bangt die gesamte Schule, ob das Bein abgenommen werden muss. Muss es zum Glück nicht. Als Charlies Hose aus der Wäscherei zurückkommt, kann er Peters Umriss als blasse gelbe Linie nachzeichnen, von den Knien bis zur Mitte der Oberschenkel. Beunruhigt bittet er um eine Sondergenehmigung, die Hose in die Spendenkiste der Schule geben zu dürfen, die an ein Waisenheim in London geht. Am liebsten würde er sie verbrennen, aber das, erinnert man ihn, ist gegen die Schulregeln. Charlie denkt an den Verbrennungsofen im Bahnhof von Oxford. Bei ihrer Rückkehr aus London hat man sich nonchalant über diese Regeln hinweggesetzt.

*

Dann ist da Thomas. Er muss sich übergeben. Jeden Morgen. Pünktlich wie ein Uhrwerk, immer eine Stunde bevor die Schulglocke läutet. Die Toilettenschüssel verstärkt sein Würgen wie ein Schalltrichter und lässt die Geräusche aus dem Waschraum durch den Korridor bis zu der Stelle dringen, an der Charlie kauert und mit einem Taschentuch in der Hand auf Thomas wartet.

»Alles in Ordnung?«, fragt er. Die Frage ist schnell zu einem Ritual geworden.

»Alles bestens«, antwortet Thomas stets. »Hab wohl was Schlechtes gegessen.«

Anschließend lachen sie, wie das Ritual es erfordert. Galgenhumor nennt man das. Doch nun, da sie einen Galgen gesehen haben, benutzen sie diesen Ausdruck nicht mehr.

Und jeden Tag um Punkt vier, wenn alle anderen sich im oberen Gemeinschaftssaal zur betreuten Studierzeit einfinden, geht Thomas in Renfrews Büro. Das ist Teil der Strafe für die Prügelei mit Julius. Thomas scheinen diese Sitzungen nichts auszumachen. Nein, das stimmt nicht ganz. Er fürchtet sie, wirkt aber gleichzeitig, als könne er es kaum erwarten.

Charlie fragt ihn, was bei diesen Sitzungen geschieht. Sie beide verbindet zu viel – zu viel Respekt, zu viel Vertrauen, zu viele Stunden, in denen sie einander Dinge anvertraut haben –, als dass Thomas sich völlig verschließen würde. Doch Charlie registriert eine gewisse Einsilbigkeit.

»Was macht Renfrew mit dir?«

Thomas zuckt mit den Schultern. »Er stellt Fragen. Ich antworte.«

»Rauchst du?«

»Nur wenig.« Das überrascht ihn anscheinend selbst.

»Was fragt er?«

»Alles Mögliche. Oft geht es um meine Familie. Meine Mutter und meinen Vater.« Seine Miene verdüstert sich, wird nachdenklich.

»Es ist die Art, wie er fragt«, fährt er fort. »So ernsthaft. Als würde er es wirklich wissen wollen. Manchmal vertraue ich ihm beinahe, wenn ich auf seinem Inquisitionsstuhl sitze.«

Thomas blickt auf, ringt seinem angespannten Gesicht ein Lächeln ab.

»Natürlich ist er ein Arschloch, ein Riesenarschloch. Aber es gibt schlimmere.«

*

Das Leben nach dem Ausflug zeitigt noch andere verwirrende Aspekte. Trotz aller Dunkelheit, die sie mit zurückgebracht haben, ist die Oberstufe von einem neuen Geist erfasst, einer Art Stolz. Charlie begreift erst nach einer Weile, dass es die Nachwirkung von Renfrews Worten ist, seiner Forderung, dass sie nach London zurückkehren, wenn sie erwachsen sind. Immer öfter stehen Schüler in Grüppchen beisammen und diskutieren über »Politik«. Manche sagen, es sei an der Zeit, sich der »Reformbewegung« anzuschließen. Eltern werden kritisiert, nicht bestimmte, sondern die Generation, und Parolen machen die Runde. Sie klingen verführerisch und entziehen sich jeder konkreten Bedeutung. »Rückkehr in die Städte« ist eine davon. »Wissenschaftliche Theologie« eine andere. »Meritokratie.« »Rationalismus.« »Erneuerung.« Und sogar (leiser, mit verstohlenem Lächeln): »Revolution.« Gelegentlich steigt am Ende dieser spontanen Reden eine feine, helle Rauchfahne auf. Die von den Ausdünstungen ihres Körpers Bloßgestellten beobachten den Rauch mit ehrlicher Scham. Er ist, so sagen sie, ein Urteil über die Reinheit ihrer Motive. Sie erlegen sich selbst Bestrafungen auf, lange bevor Renfrew die Möglichkeit hatte, ihren Ruß zu untersuchen.

Interessanterweise sind die Rädelsführer Jungen, die zuvor eher Außenseiter waren. Keiner von ihnen gehört dem hohen Adel an. Charlie, der sich früher in allen Lagern und Cliquen großer Beliebtheit erfreut hat, wird nun gemieden: Sein Vater ist ein führender Tory. Julius wird ebenfalls ausgegrenzt, hört nur stumm zu, ein sonderbares kleines Lächeln auf den Lippen. Tatsächlich wirkt sein gesamtes Verhalten verändert, besonders gegenüber Thomas. In den ersten Tagen nach dem Ausflug war er noch wie immer – spöttisch, selbstgefällig, feindselig – und hat Thomas bei jeder Gelegenheit schikaniert. Jetzt beobachtet er nur noch, ist beinahe allgegenwärtig, taucht ständig im Türrahmen oder ein Stück entfernt auf dem Korridor auf, die Hände in den Taschen, die dunklen Augen wachsam. Auch er absolviert täglich seine Sitzungen mit Renfrew. Vielleicht sind sie der Grund für seine Veränderung.

So oder so, auf jeden Fall löst sein Verhalten beträchtliche Verwirrung bei seinen Handlangern aus, diesem komplexen Netz aus Vertrauensschülern, Wächtern und Informanten, die das Schulgefüge fester zusammenhalten als die Lehrer oder Stein und Mörtel. Sie sind unsicher geworden, weniger geneigt, ihre Macht auszuüben. Vor allem in der Unterstufe, so hat Charlie gehört, führt das zu mehr Unfug, mehr Streitigkeiten, mehr Rangeleien, mehr Regelverstößen, mehr Rauch. Allerdings steht Weihnachten vor der Tür. Bald dürfen alle nach Hause. Vielleicht liegt es auch daran.

*

Da Thomas beschäftigt und in Sorgen versunken ist und Charlie selbst zwischen allen Stühlen steht – zwischen der Gruppe der »Rebellen« und denen, die die »alte Ordnung« vertreten –, hat er viel freie Zeit zur Verfügung. Eine ganze Woche lang sucht er nach einer Beschäftigung, sitzt herum, brütet vor sich hin, blättert Bücher durch, ohne sie zu lesen.

Dann findet er sie.

Es beginnt mit einem Brief an seine Eltern. Der ist längst überfällig – Charlie hat ausnahmslos jeden Sonntag zu schreiben –, doch eine Weile lang hat er sich dazu außerstande gefühlt. Selbst jetzt kriechen die Sätze nur widerwillig aus seiner Feder. Die Worte prangen mit einer Klarheit auf dem Papier, die ihm unangemessen vorkommt, und verhöhnen das Chaos in seinem Inneren. Ein Teil des Problems ist, dass er nicht weiß, was er von ihrem Ausflug nach London erzählen soll. »Ich war zutiefst bestürzt über die Vorherrschaft der Sünde in dieser Stadt«, schreibt er und streicht den Satz sofort wieder durch. Er ist nicht nur falsch, sondern liest sich, als wäre Charlie über achtzig und würde zwischen zwei Buchdeckeln leben (verstaubten zumal). »Es war schrecklich«, beginnt er erneut, aber auch diesen Satz streicht er durch, weil er falsch, unzulänglich, zu kurz gegriffen ist. Insgesamt sechs Anläufe braucht er, bis er eine zufriedenstellende Version zu Papier bringt. In keiner erwähnt er die Hinrichtung.

Gegen Ende des Briefs, im einzigen Abschnitt, der ihm leichtfällt, weil er Grüße an seine Schwester übermittelt und seine Vorfreude auf zu Hause ausdrückt, fügt er die folgenden Worte ein: »Vor ein, zwei Wochen haben die Lehrer hier eine Lieferung

Tee und Süßigkeiten von Beasley & Son erhalten. Selbstredend hat das für einiges Aufsehen unter uns Schülern gesorgt – vor allem die Bonbons! Wäre es vermessen zu bitten, ob eine Dose B&Ss vielleicht ihren Weg in meinen Weihnachtsstrumpf finden könnte?«

Er beendet den Brief mit einem Postskriptum, in dem er fragt, ob er einen Schulkameraden für einen Teil oder die gesamten Ferien einladen dürfe. »Ich weiß nicht, welche Verpflichtungen er hat«, schreibt er umständlich, »aber ihr müsst ihn unbedingt kennenlernen. Er ist mein bester Freund.«

Er schickt den Brief mit der Nachmittagspost ab und bekommt, gewohnt prompt, zwei Tage später eine Antwort. Ja, die Familie freue sich sehr auf seine Ankunft, schreibt seine Mutter. Außerdem planten sie, sollte das Wetter es zulassen, eine Reise zu ihrem Landsitz in Irland. Ja, er dürfe gerne mitbringen, wen er wolle, egal, wie unbedeutend sein Familienname, umso mehr, wenn der fragliche Junge ihm ans Herz gewachsen sei.

Was die Bonbons angeht, muss Charlie den Brief zweimal lesen, bis er eine Antwort auf seine Bitte entdeckt. Sie ist in einem Abschnitt über die Weihnachtsvorbereitungen versteckt, insbesondere den Baum, den die Diener »erst gestern« aufgestellt hätten und dessen Äste »so dicht und ausladend« seien, dass daneben kaum mehr Platz für die Familie bleibe. »Auch dem Weihnachtsmann, den so manches Kinderbuch als durchaus stattlichen Gesellen abbildet, wird es in Anbetracht seines Leibesumfangs nur schwerlich gelingen, sich ins Zimmer zu zwängen und die Geschenke zu bringen. Daher mag es nur gut sein, dass du, wie ich deinem Brief entnehme, schnell erwachsen wirst und keines Aberglaubens mehr bedarfst. Umso wichtiger ist es, dass deine reiferen Wünsche, ob sie nun Weihnachtsgeschenke oder anderes betreffen, mit Diskretion einhergehen, sowohl in öffentlichen als auch in privaten Äußerungen.« Hier endet der Abschnitt. Der nächste wendet eine übertriebene Anzahl von Wörtern auf, um Charlie daran zu erinnern, warme Socken und Unterwäsche zu tragen und sich nach dem Baden gut abzutrocknen.

Charlie wünscht, seine Mutter würde sich einfacher ausdrücken, doch es liegt in der Natur des Briefeschreibens, die Dinge verblümt und ein wenig poetisch zu formulieren, sonst wären Briefe fürchterlich kurz. Trotzdem lässt ihm die eigenartige Ermahnung bezüglich seiner »reiferen Wünsche« keine Ruhe. Es scheint, als würde seine Mutter ihn auffordern, den Mund zu halten. Das an sich ist schon ungewöhnlich. Und als Antwort auf seine harmlose Bitte ist es schlichtweg merkwürdig. Mehr als merkwürdig.

Ein Rätsel.

Man könnte sagen, dass Charlies Neugier geweckt ist.

*

Am folgenden Nachmittag macht er sich auf den Weg in das kleine Marktstädtchen, das etwa eine halbe Stunde Fußmarsch von der Schule entfernt liegt. Stadtbesuche sind ein Privileg, das er als unbescholtener Oberstufenschüler genießt, obschon sie auf einen Besuch pro Trimester beschränkt sind. Es ist ein kalter grauer Tag. Der Himmel sieht bedrohlich nach Schnee aus. Charlie schreitet energisch aus, doch selbst dadurch kann er seine Hände und Füße nicht warm halten. Das Städtchen besteht aus einer Fleischerei, einem Bäcker, einem Obst- und Gemüsehändler und einem Kurzwarenladen. Außerdem gibt es eine Schankwirtschaft unten am Fluss und jeden Samstag Markt, obgleich keiner der Jungen je dort war: Das Privileg erstreckt sich weder auf Wochenenden noch auf Gasthäuser. In einer Seitengasse in der Nähe des Marktplatzes befindet sich noch ein weiterer Laden. Ab drei Uhr nachmittags, wenn das Brot der Bäckerei verkauft ist und den Ortskern nicht länger mit seinem Duft erfüllt, kann man den Weg dorthin sogar erschnuppern. Ein klebriger Geruch: Bratäpfel, Nelken und Zimt vereint mit etwas Dunklerem, schwarzem Rübensirup, der auf der rot glühenden Ofenplatte zu einer festen Masse gekocht wird. HODGSONS TROCKENFRÜCHTE, NÜSSE UND SÜSSWAREN. Daneben ein Schild mit einer Dattelpalme, die sich unter ihrer Last tief beugt.

Im Inneren des Ladens ist der Zuckergeruch beinahe überwältigend, und die Hitze schlägt Charlie wie eine Wand entgegen und lässt seine Finger, Zehen, Wangen kribbeln. Eine junge Dame kauft gerade kandierte Früchte und Mandeln. Charlie sieht sie nur von hinten. Ihre Taille ist unfassbar schmal, was durch die ausladenden Röcke noch betont wird. Sie wird von Mr Hodgson bedient, einem kleinen Mann mit spärlichem Haar, pockennarbigen Wangen und sparsamen Bewegungen. Zu seinen Füßen liegt – eingerollt, die Schnauze im Bauch vergraben – ein spindeldürrer Windhund. Er scheint zu schlafen, zu träumen, fegt ruckartig mit dem Schwanz über den Boden und stößt leise, schrille Kläfflaute aus. Charlie denkt bei sich, wie gut es ist, dass Tiere nicht rauchen.

Er drückt sich im hinteren Teil des Ladens herum, bis die Dame fertig ist. Den Schülern ist, mit Ausnahme der Schulkrankenschwester, der Umgang mit dem anderen Geschlecht verboten, obschon Begrüßungen natürlich erlaubt sind. Charlie nimmt seine Kappe ab, als die Dame sich umwendet und zum Gehen anschickt, und hält ihr die Tür auf; sieht sie erfreut lächeln. Als sie die Straße überquert, rafft sie die Röcke, damit sie nicht durch den Schneematsch schleifen. Die wiegenden Hüften unter der wespenartigen Taille lassen das Blut in Charlies Wangen schießen. Auch der Ladeninhaber blickt der jungen Frau gebannt hinterher, und ein kleiner Rauchfaden kräuselt sich aus seinem Kragen.

»Korsette, was? Als würde man 'nen Gürtel um 'nen Ballon schlingen. Ständig denkt man, er platzt gleich. Obenrum. Oder untenrum.« Er macht eine heftige Geste, die an eine Garrotte erinnert. Dann fällt ihm plötzlich ein, mit wem er spricht: einem Gentleman, wenn auch in Gestalt eines Schuljungen mit zerzaustem Haar. »Verzeihen Sie. Das war natürlich nur ein Scherz.«

Seine jähe, gleichermaßen strategische wie echte Ehrerbietigkeit überrascht Charlie nicht. Kein Polizist, kein Richter ist nötig, um sie zu erzwingen. Sie ist seinem Gesicht eingeschrieben – seinem vor Ruß starrenden Gesicht, das einen so harschen Kontrast zu Charlies glatter und weicher Haut bildet. Trotzdem haben die Bemerkungen Charlie in eine schwierige Situation gebracht. Als Gentleman wäre es seine Pflicht, den Händler zurechtzuweisen. Allerdings ist er minderjährig, und seine Erziehung gebietet, älteren Menschen mit Respekt zu begegnen, ungeachtet ihres Standes. Außerdem ist er aus einem bestimmten Grund hier.

Ein neuer Kunde erlöst ihn aus seiner Verlegenheit. Es ist der Gemeindepfarrer, der für zwei Pence Pfefferminzbonbons verlangt. Charlie räumt sofort das Feld, steht an der Tür, die Kappe in der Hand, lauscht dem Geplauder. Auf dem Weg nach draußen hält der Pfarrer vor ihm an und lässt unangenehm lange den Blick auf ihm ruhen. Er ist ein alter Mann mit einem kurz gestutzten weißen Bart, der unter dem Kinn zusammentrifft.

»Schwänzen wir?«, fragt er schließlich.

»Ich habe einen Erlaubnisschein. Von der Schule.«

»Ah. Ein guter Junge.« Der Pfarrer fischt in seiner Papiertüte. »Hier hast du ein Pfefferminzbonbon.«

Er lässt Charlie nicht aus den Augen, bis der Junge die gestreifte Süßigkeit in den Mund gesteckt hat. Dann schnuppert er.

»Hier drin riecht es nach Rauch. Trotz allen Zuckerzeugs. Deiner? Seiner also. Nun, seinesgleichen ist eben dazu bestimmt. Zur Hölle zu fahren, meine ich. Gottes natürliche Ordnung. Guten Tag.«

Er sagt es ziemlich laut, sogar fröhlich, bevor er durch die Tür verschwindet. Wieder stehen Charlie und der Händler vor dem großen Ladenfenster und schauen flatternden dunklen Röcken hinterher.

»Ein wahrer Mann Gottes«, erklärt Mr Hodgson und klimpert mit den Münzen in seiner Faust. »Rechtschaffen. Wenngleich nicht so liebreizend wie die junge Dame.« Eine merkwürdige Mischung aus Hochachtung und Spott schwingt in seiner Stimme mit: Er erkennt die Wahrheit der Worte des Pfarrers an und ist gleichzeitig erbost. »Und was kann ich für Sie tun?«

Charlie hat die Frage erwartet und sich seine Antwort auf dem Fußmarsch hierher zurechtgelegt, Wort für Wort, hat sie sogar geprobt auf dem verlassenen Feldweg, wo niemand ihn hören konnte. Doch jetzt, da er dem Händler, seiner schmeichlerischen Art, seinen rauen, pockennarbigen Wangen in der drückenden Hitze des Ladens gegenübersteht, zögert er.

»Sir?«

»Lakritz«, improvisiert Charlie. »Für einen Penny.«

»Süß oder salzig?«

»Salzig.«

»Da habe ich Schnecken oder Münzen.«

»Schnecken, bitte. Und ein Viertelpfund Haselnüsse.«

»Sonst noch etwas?«

Wieder zögert Charlie. Plötzlich packt ihn die Angst, dass der Pfarrer zurückkehren oder irgendein anderer Kunde kommen könnte, was seine Erkundigungen verhindern würde.

»Eine Dose Bonbons.« Er stößt die Worte so schnell hervor, dass er sie selbst kaum versteht. »Beasley & Son. Wenn es keine Umstände bereitet.«

»Wie bitte?«

»Beasley & Son. Eine Dose. Oder ein paar lose Bonbons, je nachdem, wie sie verkauft werden.«

Mr Hodgsons Reaktion ist eigenartig. Zuerst weicht er einen Schritt zurück und mustert Charlie von Kopf bis Fuß. Taxiert ihn. Doch Charlie ist immer noch derselbe magere Junge in derselben sauberen Schuluniform mit dem frisch gestärkten Kragen. Dann schaut er über Charlies Schulter, als würde er eine zweite Person hinter ihm vermuten, und schließlich nach draußen auf die menschenleere Straße. Sein Gesicht ist eine Maske hektischer Berechnung.

»Ich weiß nicht, wovon du redest.« Rauch umhüllt seine Worte wie ein Schleier. »Du bezahlst jetzt besser und verschwindest.«

Und als Charlie die Münzen abzählt: »Wer hat dich geschickt?«

»Niemand, ich … die Lehrer haben so etwas. Ich habe die kleinen Dosen gesehen. Normale Lutschbonbons. Wie Karamellbonbons, nur durchsichtig. Sie haben vor Kurzem eine Lieferung erhalten …«

Charlie verstummt, unsicher, wie viel Information er preisgeben soll. Die Angelegenheiten der Schule sind privat. Niemand hat ihn je angewiesen, sie als solche zu behandeln, gleichwohl ist es eine Regel. Wie in jeder Familie. Hat man Gäste zum Dinner, kommen bestimmte Dinge nicht auf den Tisch.

»Hör zu«, fährt ihn der Ladeninhaber mit Nachdruck an, als müsse er seinen guten Ruf verteidigen, »wenn sie wirklich eine Lieferung erhalten haben, stammt sie nicht von hier.«

Noch mehr Rauch strömt aus ihm heraus, licht, aber seltsam übel riechend. Er hinterlässt Flecken auf seinem Kragen. Erneut mustert er Charlie von oben bis unten, erneut starrt er über seine Schulter auf die Straße hinaus, sucht nach Komplizen.

»Wie viele waren es, Junge? Wie viele Dosen?«

Charlie schüttelt den Kopf. »Ich weiß nicht. Eine Kiste voll, glaube ich.«

Plötzlich fängt der Mann an zu schreien und fegt Charlies Pennys von der Ladentheke, sodass sie klimpernd auf dem Boden landen.

»Du bist ein Lügner! Raus hier! Ich werd mich über dich beschweren. Glaub ja nicht, dass du so einfach davonkommst. Raus mit dir. Raus!«

Der Lärm weckt den Hund. Mit angelegten Ohren und gesträubtem Fell springt er auf, dreht sich im Kreis herum und versucht, die Gefahrenquelle zu identifizieren. Doch Charlie ist längst zur Tür zurückgewichen und stolpert nach draußen, die braune Papiertüte mit seinem Einkauf in der Hand. Nach der schwülen Süße des gekochten Zuckers und der karamellisierten Nüsse trifft ihn die kalte Luft wie ein Schlag. Durch das Fenster sieht er, wie Mr Hodgson mit wutverzerrtem Gesicht die Faust über dem Kopf schüttelt. Das hohe, bebende Kläffen des Hunds stimmt in das Geschrei seines Herrchens ein und folgt Charlie die Straße entlang, bis der Wind auffrischt und ihre Stimmen zerstreut. Trotzdem hört Charlie erst am Stadtrand auf zu rennen.

Der Rückweg zur Schule kommt ihm endlos vor.

*

Charlie erzählt ihm alles, angefangen mit dem Brief. Thomas wirkt zuerst abgelenkt, hört dann aber immer aufmerksamer zu, während er an einer entrollten Lakritzschnecke herumknabbert.

»Also: Was hältst du davon?«, fragt Charlie, als er seinen Bericht beendet hat.

»Die schmecken widerlich. Du hättest Brausepulver kaufen sollen.«

»Bleib bitte ernst.« Aber er sieht seinem Freund an, dass dieser über die Sache nachdenkt.

»Ich weiß nicht«, sagt Thomas schließlich, als er die Lakritzschnecke aufgegessen hat. »Vielleicht ist es eine Droge. So etwas wie Opium.«

»Kann nicht sein. Opium kriegt man in jeder Apotheke. Oder Laudanum, das ist dasselbe.«

»Dann etwas anderes. Stärker als Opium. Und deshalb verboten.« Thomas zuckt mit den Schultern. »Wir werden es erst erfahren, wenn wir ein Bonbon in die Finger bekommen. Aber eins steht fest: Der Ladeninhaber weiß Bescheid. Genau wie deine Mutter.«

Charlie beißt sich auf die Lippe.

»Ja«, sagt er. »Das glaube ich auch.«

»Also wissen es alle. Wir sind die einzigen Idioten, die man im Dunkeln lässt.«

*

Zwei Tage später bestellt Trout Charlie zu sich. Er schickt nicht Cruikshank, um ihn zu holen. Charlie findet einen Zettel in seinem Fach, ohne Unterschrift. *Melden Sie sich beim Direktor. Punkt sieben Uhr.* So etwas ist noch nie vorgekommen. Charlie weiß sofort, dass er in Schwierigkeiten steckt. Doch natürlich kann er nichts dagegen machen. Er muss hingehen. Trout wird ihn fragen, wie er von Beasley & Son erfahren hat. Wenn Charlie Cruikshank erwähnt, wird der auf die Straße gesetzt. Wenn nicht, schließt Charlie Bekanntschaft mit dem Zahnarztstuhl. Sogar ein Tribunal scheint möglich. Der Brief an seine Eltern ist bestimmt schon unterwegs.

Als er beim Abendessen sitzt und einsam an seinem lauwarmen Kotelett herumsäbelt, hat er das Gefühl, als rage eine unsichtbare Wand zwischen ihm und seinen Mitschülern auf. Die Trennung ist bereits vollzogen: Sie wissen es nur noch nicht. Thomas würde das Gefühl verstehen, aber Thomas ist nicht hier. Charlie hat ihn seit dem Frühstück nicht mehr gesehen. Niemand ist hier, der ihm helfen könnte, aus seinem tiefen Fall schlau zu werden: vom guten Jungen zum Geächteten.

*

Charlie ist viel zu früh. Er läuft den langen Korridor vor dem Büro des Direktors auf und ab. Staubmäuse begleiten ihn wie besorgte Haustiere; sie weichen ein kleines Stück zurück, wenn er sich nähert, dann folgen sie ihm auf dem Fuß, manchmal einen Meter weit. Gerade als er dieses Spiel bemerkt, fliegt die Tür auf, und Trouts dicke rosige Glatze schiebt sich in den Flur.

»Cooper!«, ruft er und bekommt hastiges Getrappel zur Antwort.

»Hier, Sir.«

Charlies Eile zerstreut den Staub.

Holzscheite glimmen im Kamin in Trouts Büro und verströmen Kiefernduft. Zwei Armsessel stehen davor, einander vertraulich zugeneigt, als würden sie sich unterhalten. Der Direktor klopft auf die Sitzfläche des einen, bevor er selbst im anderen Platz nimmt. Seine Körperfülle macht das zu einem heiklen Unterfangen: Er geht wie ein Turmspringer in Position, den Allerwertesten nach hinten gestreckt, den Oberkörper nach vorne gebeugt, um das Gleichgewicht zu halten, ehe er sich mit einem Grunzen rückwärts fallen lässt. Charlie tritt misstrauisch näher, setzt sich auf die Kante des anderen Sessels, das Gewicht auf den Oberschenkeln. Ein Beistelltischchen schließt die Lücke zwischen den Armlehnen der beiden Sessel. Darauf stehen eine Karaffe und ein silbernes Tablett mit Gläsern.

»Port oder Sherry?«, fragt Trout leichthin, ohne eine Regung zu zeigen. Doch über den fetten Halbkugeln seiner Wangen blitzen zwei scharfe Augen.

»Nichts, danke, Sir.«

»Nichts? Unsinn! Dann also Port.« Trout füllt zwei Gläser. »Geschmack muss man pflegen. Genau wie gute Angewohnheiten. Ein Gentleman schätzt seinen Wein.«

Trout scheint fest entschlossen, erst weiterzusprechen, wenn Charlie einen Schluck genommen hat. Der Direktor hat sein eigenes Glas erhoben, schnuppert daran und wartet. Einen verrückten Moment lang ist Charlie überzeugt, dass Trout ihn vergiften will. Doch selbst wenn, er hätte keine Wahl. Portwein kann man nicht unter der Zunge oder in der Backentasche verstecken wie eine Pille.

»Und?«, fragt Trout, als Charlie sein Glas abstellt.

»Ziemlich süß.«

»Ja. Eine Spur Pflaume. Und etwas Erdiges. Vielleicht Trüffel.«

Charlie kann nicht sagen, ob der Direktor ihn zum Besten hält.

»Vermutlich können Sie sich bereits denken, warum ich Sie heute eingeladen habe.«

Er sagt nicht *herzitiert*. Das muss er auch nicht. Sie kennen beide die Wahrheit.

Charlie zwingt sich zu einem Nicken.

»Das ist eine außergewöhnliche Situation, Mr Cooper. Wirklich außergewöhnlich. Ich kann mich nicht daran erinnern, wann ich das letzte Mal einen Jungen um eine solche Unterredung bitten musste.«

»Ja, Sir.«

»Andererseits: Was hätte ich tun sollen? Immerhin sind Sie sein engster Freund.«

Charlie blickt verwirrt auf. »Wessen engster Freund?«

»Argyles.« Trout beäugt ihn misstrauisch. »Habe ich den Falschen erwischt?«

Charlie braucht drei Atemzüge, um sich von der Überraschung zu erholen. Er versucht, gegen die Erleichterung anzukämpfen, aber sie lässt sich nicht aufhalten. Sein Körper sinkt tiefer in den Sessel.

Vielleicht spielt Trout nur mit ihm.

»Nein, Sir. Ich meine, das bin ich. Sein engster Freund.« Eine neue Sorge erfasst ihn, anders beschaffen als die vorherige. »Steckt er in Schwierigkeiten?«

»Das wissen Sie ja bereits. Allerdings verstehen Sie möglicherweise nicht das volle Ausmaß. Er mag sich zu sehr geschämt haben, um es Ihnen anzuvertrauen.«

Trout befeuchtet sich die Lippen. Fette Lippen und eine fette Zunge, glitzernde Spucke auf weicher, rosafarbener Haut.

»Wir machen uns Sorgen um Argyle. Es wächst etwas, verstehen Sie. In ihm.«

»Er ist krank?« Charlies Stimme klingt normal, beherrscht. Doch sein Magen ist ein einziger Knoten. Nein, nicht sein Magen. Seine Eingeweide, vom Zwerchfell bis zum Dickdarm. Ein Knoten. Es wird Stunden dauern, ihn zu lösen.

»Krank? So könnte man es ausdrücken, ja. In ihm wächst etwas Finsteres. Verderbtheit. Nein, mehr als das. Das *Böse*. Ja, genau, auf dieses Wort können wir nicht verzichten, fürchte ich. Das Böse. Es ist, als würde Ihr Freund eine Bombe in sich tragen. Und wenn sie explodiert, nun …« Trout schwenkt den Wein in seinem Glas. »Wissen Sie, Dr. Renfrew hat Beweise gefunden. In seinem Ruß. *Wissenschaftliche* Beweise.«

Er verleiht dem Wort Gewicht, legt einen gewissen Unterton hinein. Nicht direkt Unmut. Wachsamkeit?

»Und es kann nicht aufgehalten werden?«

»Wir dürfen die Hoffnung nicht aufgeben. Mr Swinburne empfiehlt Gebete. Die haben in einigen Fällen bereits geholfen. Zum Beispiel –«

Aber Charlie hört nicht länger zu. Er denkt nach, erinnert sich an Thomas' Gespräch mit Renfrew in der Kutsche nach ihrem Ausflug. *Rauch ist ein Symptom*, hat Renfrew gesagt.

Was ist dann das Böse?

Trout beobachtet ihn. Die Zunge in seinem Mund ist rastlos. Charlie sieht, wie sie herumwandert, die Zähne erforscht, das Zahnfleisch, die Innenseite der Wangen. Sie heimsucht. Es lenkt ihn ab.

»Wenn es eine Krankheit ist«, setzt er schließlich an, zwängt seine Gedanken in Worte. »Das Böse, meine ich. Dann kann es geheilt werden.«

Trout presst die gespreizten Hände auf die Oberschenkel. »Dr. Renfrew glaubt es jedenfalls.«

»Sie nicht?«

»Können wir Schwindsucht heilen? Krebs? Die gemeine Erkältung?«

»Eines Tages vielleicht schon.«

Trout seufzt. »Eines Tages. Vielleicht. Aber gehen Sie raus, flüstern Sie es. Dass es ein *Heilmittel* gibt. Und sehen Sie zu, wie die Welt in Flammen aufgeht.«

Sie schweigen beide, leeren ihr Glas. Die sengende Hitze, die aus dem Kamin dringt, kriecht an ihren Armen und Beinen empor, ergreift von ihnen Besitz, zehrt an ihrer Kraft: ein dicker Mann und ein schlaksiger Junge, die lethargisch nebeneinander im Sessel lümmeln.

Charlie kämpft dagegen an, setzt sich auf, rutscht wieder an die Kante der Sitzfläche, als wolle er gleich aufbrechen.

»Herr Direktor?«, fragt er. Seine Stimme klingt erwachsen in seinen Ohren. »Sir, warum haben Sie mich herbestellt?«

»Ach ja.« Trout fasst in die Tasche seines Jacketts, holt ein paar gefaltete Blätter Papier hervor. »Ihr Freund Argyle hat eine Einladung erhalten. Von seinem Onkel in Nottinghamshire. Er möchte, dass er ihn und seine Familie über Weihnachten besucht. Tatsächlich insistiert er.«

Charlie starrt Trout entsetzt an.

»Sie öffnen unsere Post?«

Trout errötet, lacht. »Himmel, nein. Das wäre gegen das Gesetz. Er hat natürlich an mich geschrieben. Baron Naylor. Argyles Onkel.« Er wedelt mit dem Umschlag vor Charlies Nase herum, ohne dass Charlie erkennen könnte, an wen er adressiert ist. »Ich hätte gerne, dass Sie ihn begleiten, Cooper. Als sein Freund. Um dafür zu sorgen, dass er sich keinen Ärger einhandelt, so wie die Dinge liegen.«

Ein ganzer Schwall Fragen steigt in Charlie auf. Sie sprudeln unsortiert, bruchstückhaft hervor.

»Aber ich habe schon meine Mutter gefragt, ob Thomas über Weihnachten mit zu uns … Und will er denn nicht nach Hause … Ich kann mich doch nicht einfach selbst einladen, oder?«

»Langsam, Cooper, immer schön der Reihe nach. Eins nach dem anderen. Nein, Argyle wird nicht nach Hause fahren. Das ist ganz und gar unmöglich, das wird er Ihnen bestätigen. Und wie ich bereits sagte, sein Onkel *insistiert*. Also ist es völlig ausgeschlossen, dass Argyle die Ferien bei Ihnen und Ihrer Familie verbringt. Was Sie betrifft, ist nur ein weiterer kleiner Brief an Ihre Eltern nötig. Immerhin ist Baron Naylor das Oberhaupt einer der angesehensten Familien des Landes, genau wie Ihr Vater. Ihre Familie wird Ihren Wunsch begrüßen, gesellschaftliche Bande zu knüpfen. Sie werden Baron Naylor einen Brief schreiben und ihm erklären, dass Sie und sein Neffe einander sehr zugetan sind und gehofft hatten, die Ferien gemeinsam zu verbringen. Es braucht nur einen Wink. Daraufhin wird Baron Naylor zweifellos eine förmliche Einladung aussprechen. So einfach ist das.«

Und so beiläufig, dass er sich nicht einmal bemüßigt fühlt, Charlie dabei anzusehen, fügt er hinzu: »Natürlich besteht keinerlei Notwendigkeit, Baron Naylor wegen der Misere des jungen Argyle in Sorge zu versetzen. Wegen seines *Zustands*. Oder Ihre Familie. Das würde es Ar…, Thomas nur noch schwerer machen. Ist er erst einmal stigmatisiert, wird es ihn doppelte Mühe kosten, sich … vor allem in Anbetracht der Schande seines Vaters. Aber das muss ich Ihnen ja nicht erzählen. Sie verstehen sehr gut, was ich meine. Deshalb glaube ich, dass Ihre Anwesenheit ein unschätzbarer Gewinn für Ihren Freund sein wird.«

Trout hievt sich aus dem Armsessel. Das Knarzen des Leders hätte unter anderen Umständen für Heiterkeit sorgen können. Doch die Augen des Direktors sind zu gerissen, als dass man ihn für einen Clown oder einen freundlichen Verwandten mit Blähungen halten könnte. Er bringt Charlie zur Tür.

»Ich habe unser Gespräch sehr genossen, Mr Cooper, wirklich. Wir sollten das wiederholen. Vielleicht nach Ihrer Rückkehr? Dann können Sie mir auch erzählen, wie es war. Ja, eine ausgezeichnete Idee. Eine Art Manöverkritik. Wie in der Armee.«

Draußen stößt Charlie fast mit Swinburne zusammen, der in der Dunkelheit des Treppenabsatzes lauert und so schwer atmet, als wäre er gerannt. Charlie geht schnell an ihm vorbei und versucht sich einzureden, dass es nur ein Zufall war. Im gasbeleuchteten Treppenhaus unter ihm tanzt kein Staub. Erst als Charlie die Stufen hinunterläuft, wirbeln die Körnchen auf und schweben durch die Luft wie schwereloser Schnee.

*

»Kommst du als meine Krankenschwester mit oder als Trouts Spitzel?«

Sie sind wieder im Waschraum und kauern zwischen den Badewannen. Über ihnen an der Decke, wo im Zickzack Kupferrohre verlaufen, sitzt eine Spinne in einem keilförmigen Netz. Vielleicht ist sie tot, gefangen in ihrer eigenen Falle. Vielleicht aber auch nicht.

Charlie ignoriert die Frage. Wenn Thomas wütend sein will,

bitte. Er ist es auch. Sie haben sich beide ausgezogen, für den Fall, dass sie rauchen. Ihre Nachthemden dürfen keine Flecken bekommen.

»Du hättest es mir erzählen sollen. Ich bin dein Freund!«

Thomas sieht ihn nicht an, als er antwortet.

»Ja. Aber wirst du es auch noch sein, wenn ich jemanden umbringe? Wenn ich mich in diese Frau verwandle und du spürst, wie dein eigenes Herz schwarz wird von meinem Schmutz?« Er spuckt wütend aus. Weißer Rauch steigt aus dem Speichel auf. »Ich verfaule. Innerlich. Hier drin wächst ein Krebsgeschwür.« Er reibt sich über Brust und Bauch, die Hand zur Faust geballt. »Renfrew sagt, irgendwo auf dem Kontinent gibt es eine Maschine. Da trittst du hinter so eine Art Spiegel, und dann können sie in deinen Brustkorb schauen. Die Knochen sind schneeweiß. Und dein Rauch sieht aus wie Nebel. Je schwärzer, desto heller.« Er spuckt erneut aus, betrachtet die weißen Kringel. »Noch ein Jahr, und ich leuchte wie ein Engel.«

Charlie weiß nicht, was er sagen soll. Er hat jedes Wort seines Gesprächs mit Trout wiederholt. *Es gibt ein Heilmittel*, will er Thomas versichern, doch der Satz bleibt ihm im Hals stecken.

*Vielleicht gibt es ein Heilmittel.*

Das ist etwas völlig anderes.

»Kennst du ihn?«, fragt er stattdessen. »Diesen Onkel, der dich eingeladen hat?«

»Als Kind habe ich ihn einmal gesehen. Ihn und seine Frau. Aber nur vom anderen Ende des Zimmers aus: ein glatzköpfiger Herr und eine Dame in einem eleganten Kleid. Ich war noch zu klein, um ihnen vorgestellt zu werden. Du weißt schon – *die Kinderjahre der Sünde*.«

Charlie beobachtet, wie Thomas noch einmal ausspuckt, vernimmt, wie sich seine eigene Stimme zu einem Flüstern senkt.

»Warum kannst du an Weihnachten nicht nach Hause, Thomas?«

Ein düsteres Schnauben. »Niemand da. Meine Mutter ist tot.«

»Und dein Vater?«

»Auch tot.« Jetzt rauchen Atem und Haut. »In Schande gestorben.«

»Was hat er getan, Thomas? Erzähl es mir!«

»Was er getan hat? Er hat einen Mann zu Tode geprügelt.«

Seine Worte sind hart, barsch, mitleidslos. *Hier bin ich*, scheint er zu sagen. *Entblößt*. Aber auch: *Dräng mich nicht, nicht jetzt. Ich könnte zerbrechen.*

Charlie hört es und unterdrückt ein Zittern.

»Er hat einen Mann zu Tode geprügelt«, wiederholt er tonlos. »Sehr gut. Aufmerksam von ihm. So können wir Weihnachten zusammen verbringen.«

Thomas reagiert nicht gleich. Einen Herzschlag später verändert sich sein Rauch, wird heller, Farbe mischt sich in das Grau. Gefühle, ausgeatmet vom einen, eingeatmet vom anderen. Infektion: eine geteilte Last.

»Arsch!«, murmelt Thomas und formt einen Rauchring mit den Lippen.

»Gern geschehen.«

Charlie wartet, bis sie beide wieder ruhiger atmen und Thomas' Rauch nicht mehr durch seine Adern fließt. Es fühlt sich an, als würde man ins Haus treten, nachdem man durch einen Sturm gerannt ist. Ein Verlustgefühl. Dann wechselt er das Thema.

»Wo warst du den ganzen Tag? Ich habe dich gesucht.«

Diese Frage löst etwas bei Thomas aus. Er schüttelt die Verzweiflung ab und findet zu seinem trockenen Humor zurück.

»Na ja, zuerst war ich bei Renfrew. Hat mich ganze drei Stunden dabehalten. Danach bin ich zu Foybles und habe ihn gefragt, ob er mir in Mathe helfen kann.« Thomas' Augen blitzen belustigt. »Hat ihn ziemlich nervös gemacht, glaube ich. Dass der Sohn des Teufels ihm einen Besuch abstattet.«

»Mathe? Aber du bist doch gut in –«

Statt einer Antwort öffnet Thomas die rechte Hand, die, seit sie den Schlafsaal verlassen haben, zur Faust geballt war. Zwei kleine Würfel liegen darin, klar wie Eis. Im ersten Moment weiß Charlie nicht, was er da vor sich hat. Als es ihm dämmert, zieht sich sein Magen vor Aufregung und Angst zusammen.

»Er wird merken, dass du sie genommen hast«, flüstert er.

»Vielleicht auch nicht. Es waren noch fünf da. Vielleicht hat er sie nicht gezählt.«

»Doch, bestimmt.«

Charlie versucht sich vorzustellen, wie Thomas Foybles' Schreibtisch durchwühlt, während der Lehrer ihm den Rücken zuwendet. Das scheint kaum möglich. Thomas sieht ihm an, was ihm durch den Kopf geht.

Und lächelt.

»Foybles hat mich allein gelassen. Meine Frage hat sich als ziemlich kompliziert erwiesen. Er musste seine Bücher zurate ziehen. Anscheinend hat er die Bibliothek unter seinem Bett verstaut. Zumindest hat es sich so angehört, als würde er sämtliche Möbel verrücken. Auf der Suche nach Newton. Er war eine geschlagene halbe Stunde weg.« Thomas schüttelt ungläubig den Kopf.

»Hast du geraucht?«

»Ein wenig. Aber ich habe das Fenster aufgemacht. Als er zurückkam, hat man es fast nicht mehr gerochen. Außerdem war er fixiert auf das Mathematikproblem.«

Charlie versucht, es nicht zu denken. *Dieb*. Doch in dem Wort schwingt auch Bewunderung mit. Es beschäftigt Charlie schon lange, weshalb Sünde so oft mit Mut einhergeht.

»Sollen wir?«, fragt Thomas. »Zusammen?«

Sie nehmen jeder ein Bonbon. Als Charlie es gegen das Licht hält, bemerkt er, dass auf einer Seite etwas eingeprägt ist. »B&S«, unter einer stilisierten Krone. Das Zeichen der Königin.

Der kleine Würfel ist geruchlos.

»Auf drei.«

Thomas zählt. Gleichzeitig legen sie sich das Bonbon auf die Zunge, pressen es wie einen Zuckerwürfel gegen den Gaumen. Der Geschmack breitet sich erst nach ein paar Sekunden aus. Zitrone und die scharfe Kräuternote von Medizin. Das Bonbon löst sich nur sehr langsam auf, man muss saugen, kauen, lecken. Charlie wartet auf irgendetwas, ein Kribbeln, ein Schwindelgefühl, irgendeine Veränderung: einen Energieschub, eine plötzliche Schläfrigkeit, die euphorisierende Wirkung von Alkohol. Aber es passiert nichts, überhaupt nichts. Ein Blick zu Thomas verrät ihm, dass es seinem Freund genauso geht. Schließlich schlucken sie die letzten Splitter hinunter. Zurück bleibt ein Nachgeschmack von Zahnpulver.

Niedergeschmettert sitzen sie da und schweigen.

»Und was bedeutet das jetzt?«, fragt Charlie, als er die Stille nicht länger erträgt.

»Es bedeutet, dass wir nichts verstehen«, erwidert Thomas. »Rein gar nichts.«

Die Spinne über ihnen zittert, als sie aufstehen; eine Simulation von Leben.

# SWINBURNE

Der Junge kommt nach der Abendmesse zu mir: Kreuzer, Martin Herman. Erstes Oberstufenjahr. Ein Deutscher. Vermutlich seit Generationen eingebürgert, die ganze Familie.

Dennoch.

»Sir«, fragt er nervös, vielleicht als Mutprobe, »was ist Theater?«

Er raucht nicht, also hält er die Frage für unbedenklich. Ich lasse ihn in der Kirchenbank knien. Wunde Knie sind gut fürs Seelenheil. Er habe Mr William Shakespeare gelesen, gesteht er nach kurzem Nachbohren. Ein Buch mit Theaterstücken. Woher er das habe? Das dürfe er nicht sagen.

Sein Geheul ist ungebührlich.

Ich gehe mit alldem zu Trout. Sein Bruder hat ihm das Buch gegeben: Kreuzer, Leopold Michael, fünf Jahre älter. Ich erinnere mich gut an ihn. Dämlicher kleiner Scheißer. Etwas derart Ungeheuerliches hätte ich ihm nicht zugetraut.

»Das verlangt nach einem Brief an die Eltern«, sage ich. »Einer Untersuchung.«

Trout will nichts davon hören. Er ist weich, *anpassungsfähig*. Unbeständige Zeiten: Er dreht sein Fähnchen nach dem Wind.

»Konfiszieren Sie das Buch und lassen Sie die Sache auf sich beruhen«, sagt er.

Lassen Sie die Sache auf sich beruhen … Er hat den Jungen nicht gehört. »Bitte, Sir, ich verstehe das nicht. Warum soll das verboten sein?« Rotz auf der Oberlippe von all dem Geflenne, wie ein nasser Schnurrbart.

Gewiss, ich hätte es ihm erklären können, hätte ihm das Stratforder Urteil Wort für Wort herbeten können *(Da das Theater Sünde darstellt und sie zum Gegenstande der Unterhaltung macht; da es schlechte Schauspieler die Sünde ohne das Zeichen des Rauchs begehen und gute Schauspieler sie so tief verinnerlichen läßt, daß ihr Verbrechen sich auf der Haut zeigt; da Ersteres das Trugbild erschafft, daß Sünde ohne Rauch möglich sei, und Letzteres bezahlte Diener dazu zwingt, ihre Seelen um des Spektakels willen zu entstellen; da kurzum das gesamte Unterfangen anstößig und obszön ist, unziemlich für Gentlemen und gefährlich für das gemeine Volk; da seine Moral und Lehren, wie fromm sie auch sein mögen, sich hinter zügellosen Worten und hohlem Geschrei verlieren; da die Theaterhäuser selbst rußverdreckte Viehställe sind; aus all den vorgenannten Gründen und im Namen der Krone verbieten wir die Aufführung, die Verbreitung, das Verfassen und die Lektüre von Theaterstücken, sei es Komödie oder Tragödie, Historie oder Maskenspiel, in unserem Königreiche vom heutigen Tage an etc. etc.)*, aber darum geht es nicht. Es geht um Gehorsam. Ein Junge hat die Regeln nicht zu hinterfragen. Fürwahr, es weht ein anderer Wind, wie mir scheint. Renfrews Wind. An manchen Morgen riecht man seinen Gestank bis hierher, den ganzen weiten Weg von London.

Es gibt noch mehr Omen. Spencer hat angefangen zu rauchen. Julius, der Schulsprecher, *primus inter pares*. Er wurde gesehen, wie er mit Ruß am Ärmel aus Renfrews Büro kam. Ein reiner Junge, der reinste, den wir hatten. Verdorben durch seinen eigenen Lehrer.

Und durch die Anwesenheit dieses anderen Jungen. Argyle, Thomas Winfried. Ein Kind der Sünde. Er raucht beinahe jeden Tag, wie ein Arbeitersohn in der Pubertät. Selbst die Dienstboten meiden ihn, die Küchengehilfen, der Gärtner in seiner

Hütte drüben auf dem Südgelände. Von Geburt her mag er ein Gentleman sein, wenn wir die Ehrbarkeit seiner Mutter nicht in Abrede stellen. Trotzdem ist er gewöhnlicher als der Pöbel. Dem Namen seines Vaters haftet irgendein Geheimnis an, doch Trout hat jede Erwähnung oder Nachfrage unter Androhung von Suspendierung untersagt. Argyle muss wahrhaftig einen mächtigen Gönner haben.

Denn nun wurde er von einem der Höchsten des Landes einbestellt: Baron Naylor, Lord of Stanley Hall, Marquess of Thomond. Seit beinahe zehn Jahren hat ihn niemand mehr zu Gesicht bekommen. Manche sagen, er sei bei Ihrer Majestät in Ungnade gefallen, habe ihr Vertrauen verloren. Trout schickt Cooper, Charles Henry Ferdinand mit, den zukünftigen Earl of Shaftesbury. Ein Rotschopf, reinrassiger als eine preisgekrönte Zuchthündin. Sein Vater ist ein Leitstern in dieser dunklen Zeit. Er muss tief enttäuscht sein von seinem Sohn.

Natürlich wird Trout einen Bericht von dem Jungen verlangen. Geht es ihm um seine eigenen Interessen oder um die des Staates? Und wenn um die des Staates, um welches Lager? Wo einst Eintracht unter seinen Dienern herrschte, sind sie jetzt gespalten: Das Gemeinwohl zerbröselt wie ein Zwieback.

*Der Neue Liberalismus*. Wissenschaft. Autonomie. Fortschritt. Hochtrabende Wörter, die Ketzerei verhüllen. Sünde, die politische Bewegung geworden ist. Mitten im Parlament, in aller Öffentlichkeit.

Renfrew ist ein Liberaler.

Fragen Sie sich selbst: Wer untersucht *seine* Bettwäsche?

II

# HERRENHAUS

*Die Mannschaft, sieh doch nur, die Mannschaft! Ist sie nicht eins mit Ahab, was den Wal betrifft? Sieh Stubb – er lacht! Sieh den Chilenen dort – er schnaubt vor Wut, wenn er nur an ihn denkt. Dein einer sturmumtoster Schößling, Starbuck, kann doch im Sturme nicht allein bestehn! […]* (Beiseite) *Was mir aus meinen weiten Nüstern schoß, hat er mit seinem Atem eingesogen. Starbuck ist nun mein; er kann sich mir nicht länger widersetzen, will er nicht einen Aufstand wagen.*

HERMAN MELVILLE, *MOBY-DICK* (1851)

# LEKTIONEN

Sie nehmen einen Zug am späten Vormittag. Thomas schätzt, dass sie weit vor Einbruch der Dunkelheit ankommen sollten, aber sie müssen zweimal umsteigen und verpassen in Rugby den Anschluss. Der Bahnhof ist trist und leer, der Wartesaal besteht aus einer Reihe Holzbänke, die sich um einen kalten Ofen drängen. Ein Schaffner sagt, der nächste Zug fahre binnen einer Stunde, doch es wird drei Uhr, dann vier, dann fünf, bevor der Mann, zugeknöpft und nach Rauch und Branntwein riechend, wieder auftaucht und ihnen mitteilt, dass der Zug sich verspäte.

Als er schließlich kommt, ist es acht Uhr, und die Jungen sind durchgefroren. Auf der Gepäckablage in ihrem Abteil liegt ein Stapel zusammengefalteter Decken. Sie holen sie herunter und wickeln sich in die einfache braune Wolle, die auf den ersten Blick sauber wirkt, aber einen stechenden Geruch nach verschmutztem Sägemehl verströmt.

Thomas und Charlie haben während der vergangenen Stunden nur wenig gesprochen. Durch das lange Warten ist jede Unterhaltung eingeschlafen, und sie sind beide mit ihren leeren Mägen beschäftigt. Das letzte Sandwich und den letzten Apfel haben sie sich schon kurz nach ihrer Abfahrt in Oxford geteilt, Bissen für Bissen, immer abwechselnd, stets darauf bedacht, dem anderen auch noch etwas übrig zu lassen. Am Ende haben sie nur mehr geknabbert und das klägliche Kerngehäuse des Apfels hin und her gereicht, bis Thomas es verschluckt hat, mitsamt Kernen und Stiel, und dabei vor Lachen fast erstickt wäre. Jetzt sitzt das Schweigen mit im Abteil, während der Wind gegen die Fenster des Zugs peitscht.

»Hast du Hunger?«, fragt Charlie einmal, als sein eigener Magen in der Dunkelheit knurrt.

»Nein«, lügt Thomas. »Du?«

»Nein.«

»Müde?«

»Kein Stück.«

»Ich auch nicht.«

*

Sie schrecken aus dem Schlaf, als der Zug anhält. Mechanisch schütteln sie die Decken ab und holen ihre Koffer von der Ablage, nur um festzustellen, dass sie noch gar nicht am Ziel sind. Es ist schwer zu sagen, wie viel Zeit vergangen ist, seit sie eingestiegen sind. Die Dunkelheit dringt auf sie ein, scheint eher verstärkt als gelindert durch die einsame Gasflamme, die draußen auf dem Bahnsteig in ihrem Glaskäfig flackert. Der Wind ist wie ein lebendiges Wesen, das an ihren Fenstern nach Halt sucht und Finger und Zungen durch die Ritzen schiebt.

Als Thomas' Augen sich an die Nacht gewöhnt haben, bemerkt er, dass der Bahnsteig gar nicht so verlassen ist wie angenommen. Eine Gruppe Männer, Frauen und Kinder, insgesamt vielleicht ein Dutzend, steht zusammengedrängt am anderen Ende, im Schutz des Bahnhofsgebäudes. Sie haben einen Kreis gebildet; ihre Gesichter sind auf etwas in ihrer Mitte gerichtet. Als der Zug wieder anfährt und auf ihrer Höhe vorbeikommt, ist es zu dunkel, um ihre Mienen zu erkennen, doch Körperhaltung und Gestik zeugen von gewaltsamer Erregung: geballte Fäuste, aufgerissene Münder, weit gespreizte Beine. In dem menschengemachten Ring liegen zwei Gestalten aufeinander, mit freiem

Oberkörper. Der Zug ist schon zu schnell, als dass man feststellen könnte, ob es zwei Männer sind oder ein Mann und eine Frau; ob sie kämpfen oder mit etwas Intimerem beschäftigt sind. Dichter Rauch umhüllt die ganze Gruppe, wird vom Wind in Fetzen gerissen und fortgetragen, weit weg bis zu einer Scheune, einem Haus, einem Baum, die er mit ihrer Sünde bedeckt.

Dann ist die Gruppe verschwunden.

Charlie und Thomas schauen noch lange aus dem Fenster, obgleich sich die Scheibe nun, da sie wieder mit ländlicher Dunkelheit überzogen ist, in einen regennassen Spiegel verwandelt hat.

»Hausierer?«, fragt Charlie schließlich. »Zirkusleute? Iren?«

Thomas schüttelt den Kopf. »Wer weiß.«

Seine Worte werden von einem vertrauten Geruch begleitet. Der Spiegel offenbart einen Schatten, der aus seinem Mund strömt.

»Eine solche Gruppe infiziert sich ständig selbst«, sagt Charlie. »Wie ein kleines Wander-London.« Er seufzt. »Ich wünschte, wir könnten sie retten.«

»Retten? Wofür? Lass sie in ihrem Dreck ersticken. Sie verdienen es. Ist das nicht der Sinn des Rauchs?«

Die Worte klingen falsch, hart, kategorisch, gemein. Charlie sieht ihn erschrocken an. Besorgt, dass sein Freund es ernst meint. Sich seines Rauchs bewusst, der das Abteil erfüllt. Einen Moment lang sucht Thomas nach einem Satz, der alles erklärt. Doch man kann Gesagtes nicht ungesagt machen. Und wie soll er das Ziehen in seiner Brust erklären, dieses Verlangen, zurückzufahren, sich dem Kreis der Männer und Frauen anzuschließen und herauszufinden, was die beiden halb nackten Gestalten auf dem eiskalten Bahnsteig getrieben haben?

»Hoffentlich sind wir bald da«, sagt er und wickelt sich wieder in seine Decke, während Charlie sich um seine Seele sorgt.

*

Es muss bereits nach zehn sein, als sie ihr Ziel erreichen. Genau können sie es nicht sagen. Die Bahnhofsuhr funktioniert nicht, Thomas besitzt keine Taschenuhr, und Charlie hat vergessen, die seine aufzuziehen. Baron Naylors Kutscher begrüßt sie, ein großer, bärtiger Mann, halb erfroren trotz seines dicken Lodenmantels. Er wirkt nervös, besteht darauf, ihre Koffer zu tragen, setzt sie aber nach ein paar Schritten wieder ab.

»Es ist zu spät, um noch die Pferde anzuschirren«, erklärt er entschuldigend und vorwurfsvoll zugleich. »Sie wurden um drei erwartet. Selbst dann wäre es schon knapp geworden. Es ist ein ziemlich weiter Weg, verstehen Sie?«

»Bleiben wir doch über Nacht hier«, schlägt Charlie vernünftig vor.

Der Mann nickt, bückt sich nach ihren Koffern, zögert.

»Es gibt kein Gasthaus.«

»Was ist mit dem Wartesaal?«

»Verschlossen.«

»Wo sollen wir denn dann –«

Der Mann seufzt, nimmt die Koffer wieder auf und führt sie über die Gleise zu zwei heruntergekommenen Reihen von Pferdeboxen, die sich hinter einer hohen Backsteinmauer vor den Augen der Reisenden verbergen. Keine Straßenlaternen beleuchten ihren Weg, und in der fast völligen Dunkelheit spürt Charlie mit einem Schaudern, wie Tieraugen auf ihn herabblicken; hört, wie Hufe stampfen und Köpfe zurückgeworfen werden; vernimmt das Schmatzen von Lippen und fleischigen Zungen, den prustenden heißen Atem. Keine dreißig Zentimeter neben seinem Ohr blitzen schiefe gelbe Zähne auf, die wie Stummelfinger aus bleichem Zahnfleisch ragen. Erschrocken hält er an. Thomas prallt gegen ihn und flucht, bevor er ihm eine Hand auf die Schulter legt.

»Gruselig, was?«

»Ich bin bloß gestolpert«, erwidert Charlie. So muss es sich anfühlen, einen Bruder zu haben. Einen großen Bruder, der einem in Zeiten der Gefahr beisteht.

Sie erreichen eine Tür, die der Kutscher mühsam aufstemmt. Der winzige Raum dahinter wird nur von einer einzelnen Talgkerze erhellt und riecht nach Pferd und Heu. Drei Männer sitzen an der Wand und rauchen billige kleine Pfeifen, zwei andere liegen unter dünnen Decken auf dem eiskalten Boden; ob sie ruhen, schlafen oder tot sind, ist schwer zu sagen. Niemand spricht, weder miteinander noch mit ihnen.

»Hier schlafen die Kutscher«, informiert sie Baron Naylors Diener. »Eigentlich sollte ich Sie nicht … Also, für gewöhnlich kommen keine Gentlemen hierher.« Er stellt ihre Koffer auf den spärlichen freien Platz und wickelt seinen Schal ab, unter dem eine alte Brandnarbe sichtbar wird. »Aber ich weiß nicht, wo ich Sie sonst –«

»Es wird schon gehen«, sagt Charlie. Thomas breitet wortlos seinen Mantel aus und legt sich hin. Charlie tut es ihm nach. Der Raum ist so klein, dass sie zwischen den ausgestreckten Männern und den Rauchern eingekeilt sind. Charlies Gesicht befindet sich nicht einmal drei Zentimeter neben einer Hand. Es ist eine sehr große Hand mit dreck- oder rußgeschwärzten Knöcheln und einer Tätowierung in dem Dreieck zwischen Daumen und Zeigefinger. Charlie kann sie nicht genau erkennen, bis sich die Hand auf dem Boden spreizt, ähnlich wie die Pfote eines Tiers kurz vor dem Sprung: eine Meerjungfrau, barbusig und lächelnd.

»Wir werden erfrieren«, flüstert Thomas neben ihm, nur halb im Scherz, und drängt sich näher, damit sie einander mit ihrer Körperwärme vor dem Kältetod bewahren können.

So liegen sie die halbe Nacht, Rücken an Rücken, während um sie herum Fremde husten und eine Meerjungfrau auf dreckiger Haut tanzt. Ihre Brüste schrumpfen, wachsen, zwinkern Charlie mit jeder Bewegung der mächtigen Hand zu.

Am nächsten Morgen sind Charlie und Thomas so steif gefroren, dass sie einander stützen müssen, als sie zur Kutsche wanken. Sie krabbeln auf die gepolsterten Bänke und dämmern in einen Zustand hinüber, der eher Trance als Schlaf ähnelt.

*

Die Kutschfahrt gleicht einem Traum: ein halbes Dutzend Eindrücke, die ohne zeitlichen Bezug aneinandergeheftet sind. Sie brechen in der Dämmerung auf, inmitten sanfter Hügel. Fördertürme und Schlote sprenkeln den Horizont. Der Fahrtlärm scheint ebenso sehr durch ihre Haut wie durch die Ohren zu dringen, in Geräuschklumpen, die sie in ihrer Müdigkeit nicht auseinanderklauben können: das Rattern der schlammigen Räder, das Schnalzen der Peitsche, das erschrockene Wiehern eines Pferds, als es in einer Pfütze ausgleitet. Einmal wacht Thomas auf und sieht eine verfallene Windmühle, auf der Hunderte winzige Vögel sitzen. Die Sonne beleuchtet die Mühle von hinten, sodass die Kutsche durch ihren langen Schatten fährt. Dann – zwischen den Augenblicken liegen Kilometer, doch in seinem Bewusstsein grenzen sie direkt aneinander, nur durch einen Wimpernschlag getrennt – sind sie am Ziel. Die Kutsche hält neben einem steinernen, vom Regen dunkel gefärbten Gebäude. Ein Butler kommt herausgeeilt, einen Regenschirm in der Hand, und eskortiert sie die zehn Meter zum Seiteneingang. Der Schotter unter ihren Füßen knirscht.

»Ich freue mich, dass Sie sicher angekommen sind, Mr Argyle, Mr Cooper. Darf ich annehmen, dass Sie Hunger haben? Wenn Sie mir in den Frühstücksraum folgen würden.«

Bei dem Wort *Frühstück* knurrt Charlies Magen wie ein vernachlässigtes Haustier.

*

Der Raum ist groß und sehr formell, das Tischtuch gestärkt, das Besteck aus vornehmem Silber. Sie sitzen auf steifen Stühlen mit hohen Rückenlehnen. Der Tisch bietet Platz für zehn Personen, doch die Jungen sind die einzigen Anwesenden. In ihrem schäbigen Zustand – zerknitterte Kleider, ungekämmtes Haar, allzu hastig gewaschene Hände –, wagen sie es kaum, sich zu bewegen, aus Angst, die Polster zu beflecken. Der Butler hat sie allein gelassen. Durch eine Tür zu ihrer Linken dringen Küchengerüche, aber bisher noch kein Essen. Kalter Regen strömt über die gläsernen Verandatüren.

Dann erscheint ein Dienstmädchen. Sie ist vielleicht achtzehn oder neunzehn Jahre alt und wirft ihnen durch den dichten Wimpernkranz ihrer großen Augen einen Blick zu, bevor sie sich vor den Kamin kniet. Sie entzündet ein Streichholz, hält es an ein Stück Zeitungspapier, das zerknüllt zwischen den Kohlen liegt, wiederholt den Vorgang; beugt sich vor, bis ihr Kinn beinahe den Boden berührt, um in das Feuer zu pusten. Die Jungen, benommen und erschöpft von der Reise, können gar nicht anders, als sie mit verschleiertem Blick anzustarren. Ihren Hintern, um genau zu sein. So in die Luft gereckt, während ein Großteil des Rockstoffs unter den Knien klemmt, ist er unfassbar rund. Als ein Magen knurrt (Thomas'?, wieder Charlies?), klingt es flehend, beinahe verzweifelt.

»Ich denke, das Feuer brennt jetzt.«

Sie haben gar nicht gehört, wie sie hereingekommen ist. Thomas und Charlie bewegen sich wie Spiegelbilder. Beide Köpfe wirbeln gleichzeitig herum, beide Gesichter werden rot. Charlies Röte ist dunkler. Mit Rotschöpfen meint es die Natur nicht gut. Das ist wie eine andere Art von Rauch, der eine andere Art von Sünde offenbart. Es besteht nicht die geringste Chance, dass die Dame es nicht bemerkt.

Denn eine Dame ist sie, auch wenn sie nicht älter zu sein scheint als die Jungen. Sie ist nicht groß, hält sich aber sehr aufrecht. Ihr langes, einfaches Kleid ist beinahe wie eine Ordenstracht geschnitten. Ein zierliches Gesicht, blass, streng, beherrscht.

Und hübsch.

Ihre Lippen sind von Natur aus sehr rot.

»Bitte komm hierher«, sagt sie. Ihre Aufforderung ist nicht an einen von ihnen, sondern an die kauernde Gestalt des Dienstmädchens gerichtet.

Die Angesprochene rappelt sich hastig, aber ohne Begeisterung auf. Die großen Augen blicken zuerst auf Thomas, dann zu Boden. Ihre Bluse spannt über der Brust; der Rock rutscht leicht hoch, wo er sich an der Rundung ihrer Hüfte verfängt.

»Mir scheint, deine Kleider sind beim Waschen eingelaufen.«

Die Stimme der jungen Dame ist weder grausam noch laut noch gebieterisch. Geduldige Traurigkeit schwingt in ihr mit; Demut, die gegen ihren Willen zum Handeln gezwungen ist. Neben dem drallen, blühenden Körper des Dienstmädchens wirkt sie zart, beinahe zerbrechlich.

Eine Elfe, denkt Charlie.

Und Thomas: eine Nonne.

»Es wäre wohl besser, wenn du einstweilen wieder in der Spülküche arbeitest. Bis du lernst, ein wenig diskreter zu sein.«

»Aber Lady Naylor hat mir versprochen –«

»Bis zum neuen Jahr.«

»Aber sie hat gesagt, ich darf –«

»Dann also bis zum Frühling. Du kannst jetzt gehen.«

Was darauf folgt, gehorcht einer gewissen Chronologie. Zuerst kommt der Rauch, eine kleine Wolke, die plötzlich von der Brust des Dienstmädchens aufsteigt und einen Rußfleck auf der gestärkten Baumwolle hinterlässt. Dann die Tränen, die klar und geräuschlos von den dunklen Augen zum Kinn hinabrollen. Ein Schluchzen, das sich tief im Inneren bildet und den Körper schüttelt. Und schließlich die Flucht, alle Anmut vergessend.

Das Klappern der flachen Schuhe verklingt hinter der zufallenden Tür.

»Bitte entschuldigen Sie, meine Herren. Miss Livia Naylor. Mr Argyle, nehme ich an? Und Mr Cooper. Schön, Sie kennenzulernen. Wir hatten Sie gestern Abend erwartet. Natürlich ist unsere übliche Frühstückszeit längst vorüber. Aber bitte, nehmen Sie wieder Platz, da kommt schon das Essen. Ich werde Ihnen Gesellschaft leisten.«

*

Sie frühstücken unter ihrem prüfenden und äußerst irritierenden Blick, der gleichzeitig nachsichtig, klug und ergeben ist. Er verwandelt den Toast in Charlies Mund in Asche und den Tee in Spülwasser. Seine gute Erziehung zwingt ihn, Konversation zu treiben.

»Vielen Dank, dass Sie uns so freundlich empfangen, Miss Naylor. Wird Ihr Vater, der Baron, sich heute Morgen ebenfalls zu uns gesellen?«

Doch das Mädchen ist ihm keine große Hilfe. »Ich soll Ihnen ausrichten, dass er unpässlich ist.«

»Wie schade. Und Ihre Mutter?«

»Die ist ausgeritten.«

Charlie fühlt sich zurückgewiesen, ist allerdings noch nicht bereit aufzugeben. Mit wachsender Verzweiflung sagt er: »Ich nehme an, Sie sind über die Ferien zu Hause, so wie wir? Nicht dass wir hier zu Hause wären, natürlich. Aber …«

Sie wartet aufmerksam, geduldig, dass er seinen Satz beendet, doch er weiß gar nicht mehr, worauf er eigentlich hinauswollte, und versteckt sich hinter seiner Teetasse, entsetzt von dem Geräusch, das er macht, als er einen leisen Schluck nehmen möchte.

Thomas rettet ihn.

»Sie sind nicht zufällig Vertrauensschülerin an Ihrer Schule?«, fragt er mit vollem Mund. Ein gefährlicher Unterton schwingt in seiner Frage mit.

Sie erwidert seinen Blick gelassen. »Doch, dieses Glück ist mir beschieden. Wie haben Sie das erraten?«

Sie können nicht anders: Beide Jungen fangen an zu kichern, zuerst unterdrückt, dann immer hemmungsloser, mit bebenden Schultern und roten Köpfen. Miss Naylor beobachtet sie ruhig und duldsam und missbilligend, bis ihre Hysterie zusammen mit ihrem Appetit verebbt und der Butler erscheint, um ihnen ihr Zimmer zu zeigen.

*

»Wir essen früh zu Abend. Um fünf Uhr.«

Das waren Miss Naylors Abschiedsworte. Das einzig Wesentliche, was der Butler ihrem Informationsschatz hinzufügt, ist die Lage des Badezimmers und die Ermahnung, sie würden sich bestimmt wohler fühlen, sobald sie sich frisch gemacht hätten, was Charlie als ein »Sie stinken« interpretiert. Ihr Zimmer ist hübsch, aber karg eingerichtet, mit zwei Betten, einem Schrank, einem Bücherregal, einem kleinen Schreibtisch und einem Stuhl. Sie sind im Erdgeschoss untergebracht; eine große Verandatür gewährt Zugang zur Gartenanlage. Die Uhr zeigt Viertel vor elf. Als Charlie um zwanzig nach aus dem Badezimmer zurückkehrt, steht sein Freund an der offenen Verandatür und beobachtet einen Fasan, der den Gartenweg entlangstolziert. Dann beugt er sich in den strömenden Regen hinaus, und zählt leise die Fenster an ihrem Flügel des Hauses. Nach drei Dutzend hört er auf und dreht sich um. Das Haar klebt ihm am Kopf, sein Gesicht ist nass.

»Ist dein Zuhause auch so?« Aus irgendeinem Grund deutet er dabei auf den Fasan, der gerade eine weitere Runde absolviert.

Charlie denkt nach.

»So groß, meinst du, mit solchen Gärten? Ja, vermutlich. Sogar noch größer.« Er zuckt mit den Schultern. »Und deins?«

»Eher so.«

Charlie braucht einen Moment, bis er durch den Regen das Gartenhäuschen vor dem dunklen Waldsaum erkennt.

»Vermisst du es? Dein Zuhause?«

Thomas' Blick wird hart. »Nein.« Er greift nach einem Morgenrock und einem Handtuch. »Ich bin dran mit Baden.«

*

Der Nachmittag dehnt sich wie Gummi. Bis fünf Uhr ist es noch eine Ewigkeit hin. Der unvermindert herabprasselnde Regen macht es ihnen unmöglich, den Garten zu erkunden. Als sie stattdessen auf den Korridor hinausgehen, finden sie die meisten Türen verschlossen und das ganze Haus so gut wie verlassen vor. Es erscheint ihnen unhöflich, in ein anderes Stockwerk zu steigen, um sich gründlich umzusehen, und nach einer Begegnung mit dem finsteren Blick des Butlers an einer Treppe, die wohl zum Dienstbotentrakt hinunterführt, treten sie den Rückzug an und beobachten die Uhr, deren Zeiger quälend langsam vorrücken. Um halb vier ziehen sie sich für das Abendessen um. Erst jetzt fällt ihnen auf, dass sie vergessen haben, ihre Anzüge aufzuhängen oder jemanden zu bitten, sie zu bügeln; die Hemden und Jacketts sind hoffnungslos zerknittert. Thomas' Smoking ist zudem nicht nur nach einer längst vergangenen Mode geschneidert, sondern auch noch Motten zum Opfer gefallen. Der Stoff unter seinem linken Arm ist beinahe völlig verschlissen, weshalb Thomas unbeholfen den Ellbogen an den Körper pressen muss, um die fadenscheinige Stelle zu verdecken. Als der Uhrzeiger endlich auf fünf zuckt, liegen ihre Nerven blank vor Langeweile. Drei Minuten nach fünf packt sie die Angst, dass niemand sie abholt.

»Wir könnten klingeln«, schlägt Charlie vor.

»Nicht dass *sie* kommt. Und uns einen Rüffel verpasst.«

»*Sie* reagiert bestimmt nicht auf die Klingel. Aber vielleicht das andere Mädchen.«

»Die mit dem großen –«

Ein Klopfen unterbricht Thomas.

»Abendessen«, ertönt die Stimme des Butlers durch die Tür. »Lady Naylor wartet.«

*

Lady Naylor trägt ein prachtvolles bodenlanges Abendkleid aus Samt und Seide. Sie erhebt sich, als die Jungen eintreten, und schüttelt ihnen die Hand. Thomas wirft sie einen seltsam forschenden Blick zu. Seine Reaktion ist nicht minder seltsam: Ein nachdenklicher Ausdruck, beinahe so etwas wie ein Wiedererkennen, legt sich auf sein Gesicht. Mit gerunzelter Stirn nimmt er an der langen, förmlichen Dinnertafel Platz. Charlie sitzt ihm gegenüber. Ein guter Meter gestärkten Damasts trennt ihn von seinem Freund. Ihre Teller sind von Besteck in Fünferreihen flankiert.

»Ich hoffe, Sie hatten eine angenehme Reise?«

Die Jungen sehen sich an. Beide denken an die kalte Nacht im Warteraum der Kutscher zurück, an die Nervosität ihres Fahrers, als er ihnen erklärt hat, dass es kein Gasthaus gibt.

»Sehr angenehm, vielen Dank«, antworten sie wie aus einem Mund.

»Das freut mich.«

Miss Naylor betritt das Zimmer. Sie trägt dasselbe nonnenhafte Kleid wie am Morgen, obschon sie eine Perlenkette angelegt hat. Die Jungen springen ungeschickt auf und lassen ihre Servietten fallen, während Miss Naylor sich ihrer Mutter gegenüber setzt. Sofort erscheint ein Diener mit einer Suppenterrine.

»Bitte«, sagt Lady Naylor nach einem hastigen Tischgebet, »fangen Sie an. Wir bestehen hier nicht auf Förmlichkeiten.« Das Lächeln, das sie ihnen dabei schenkt, unterstreicht die Absurdität ihrer Behauptung. Ihre Tochter verzieht das Gesicht und beginnt mit so geräuschloser Präzision ihre Suppe zu löffeln, dass Charlie sich neben ihr wie ein Schwein am Futtertrog vorkommt.

»Ich hoffe, Ihre Eltern sind wohlauf, Mr Cooper?«

»Ja, das sind sie, vielen Dank.«

»Es ist sehr großzügig von ihnen, Sie über die Feiertage mit uns zu teilen.«

Charlie wird rot. »Oh, es ist ihnen ein Vergnügen.«

»Livia, du hast gar nicht erzählt, was für ein vollendeter junger Gentleman Mr Cooper ist. Mr Argyle natürlich ebenfalls.« Sie lächelt erneut, keck und hintersinnig. »Ihr Bericht war, offen gestanden, geradezu verleumderisch.«

»Mutter! Ich muss wirklich darauf dringen, dass du nicht lügst.« Miss Naylor errötet heftig.

»Sehen Sie?«, wendet sich ihre Mutter an die Gäste. »Wir leben hier unter der gestrengen Fuchtel einer Nonne.«

*

Das Abendessen zieht sich endlos hin. Auf die Suppe folgen Zunge in Aspik, Ente in Rotweinsoße, Schweinebraten mit Pastinaken, Plumpudding, Käse und Kaffee. Trotz ihres Charmes gelingt es Lady Naylor nicht, ihren Gästen mehr als ein halbes Dutzend Wörter zu entlocken. Auch ihre Tochter lässt sich nicht in ausgedehnte Plänkeleien verwickeln. Mehrmals beherrscht sie sich und nimmt die Spitzen ihrer Mutter mit der Geduld einer Märtyrerin hin. Charlie beobachtet die kleine Tischgesellschaft: Thomas, der unbehaglich in seiner mottenzerfressenen Smokingjacke dasitzt, kaum etwas isst, an irgendeinem Gedanken knabbert; Livia, dünn, hübsch, beschämt von ihrer Mutter und über sie; und Lady Naylor, eine gepflegte Vierzigjährige mit hoch aufgetürmtem Haar über einem lebhaften geschminkten Gesicht und schmalen, mit kräftigem Rot nachgezogenen Lippen. Sie spricht hauptsächlich mit Charlie und scheint nicht weiter an Thomas interessiert, obgleich sie ihm hin und wieder einen flüchtigen, eigenartig fragenden Blick zuwirft. Dieser Blick beschäftigt Charlie so sehr, dass er darüber fast zu essen vergisst.

Endlich ist auch der letzte Teller abgeräumt. Lady Naylor erhebt sich. Charlie und Thomas springen hastig auf.

»Thorpe wird Sie zurück zu Ihrem Zimmer geleiten«, verkündet sie und deutet in Richtung Tür. Der angesprochene Butler ist geräuschlos aus dem Nichts aufgetaucht und steht bereits hinter ihnen. Sein Gesicht ist die perfekte Maske lebenslangen Dienens: derart ausdruckslos, dass man von seiner völligen Gleichgültigkeit gegenüber jeglicher Angelegenheit ausgehen muss, schwerwiegend oder banal. Und ganz bestimmt gegenüber der Behaglichkeit von Gästen.

»Bitte lassen Sie es ihn wissen, falls Sie irgendetwas benötigen sollten.«

Lady Naylor schüttelt ihnen beiden erneut die Hand, schaut Thomas noch einmal für den Bruchteil einer Sekunde an, nimmt den Arm ihrer Tochter und geht.

»Gute Nacht«, ruft Charlie ihnen nach, zu spät, um ihnen noch eine Antwort zu entlocken.

»Wenn Sie mir bitte folgen würden.«

Wie ein Kerkermeister eskortiert der Butler sie zu ihrem Zimmer. Dort überlässt er sie dem Gewahrsam der großen Uhr, deren kunstvoll verzierte Zeiger die Dauer ihrer Strafe überwachen. Es ist gerade einmal sieben Uhr. Das Abendessen ist vorüber, und sie sind auf ihr Zimmer geschickt worden.

Es ist schlimmer als in der Schule.

*

»Was hältst du von ihnen?«

Charlie denkt über seine Antwort nach. Warum auch nicht? Sie haben genug Zeit.

»Die Mutter ist ganz Parfüm und Charme. Und die Tochter –«

»Teerseife und Gebetsbücher!«

Sie lachen, doch die Fröhlichkeit ist aufgesetzt. Das Zimmer kommt ihnen schon jetzt zu klein vor, die beiden Betten, auf denen sie sitzen, eng und viel zu weich. Sie haben die Verandatür geöffnet und schauen frierend in die regendunkle Nacht. Lassen den Wind herein. Nur um sich lebendig zu fühlen.

»Hast du sie wiedererkannt?«, fragt Charlie, während er aufsteht und den Inhalt des Bücherregals inspiziert. Er findet eine unvollständige Enzyklopädie, Bände Aa bis Pe, eine Bibel, ein Schachspiel in einem Holzkasten, Spielkarten, Staub, setzt sich wieder. »Lady Naylor, meine ich. Es sah so aus.«

Thomas will schon den Kopf schütteln, zögert, zuckt mit den Achseln.

»Ich bin mir nicht sicher.«

»Eine ferne Erinnerung? Aus der Kindheit?«

»Nein, nichts dergleichen. Es ist etwas anderes.« Er versucht, das Gefühl zu greifen, und schneidet eine Grimasse, als es ihm nicht gelingt. »Sie ähnelt jemandem. Ihr Gesicht, ihre Körperhaltung. Jemandem aus der Schule, glaube ich.«

»Einem der Lehrer?«

»Vielleicht.«

Sie sitzen eine Weile schweigend herum, stehen auf, öffnen die Tür zum Korridor, lauschen der zugigen Stille, schließen sie wieder, treten auf die Veranda, werden nass. Kein Geräusch durchdringt die Nacht. Selbst ihr flanierender Fasan hat sie verlassen. Die Vorhänge und Fensterläden verbergen jedes Licht, das womöglich irgendwo im Haus brennt.

Dann macht Thomas die Verandatür zu und lässt sich aufs Bett fallen.

»Irgendwie habe ich mir das alles anders vorgestellt. Hierherzukommen. Ich dachte, es würde … keine Ahnung, irgendeine Art von Konfrontation geben. Noch einen Zahnarztstuhl. Oder das Gegenteil. Mein Onkel, der uns die Welt erklärt. Geheimnisse anvertraut.« Er verzieht das Gesicht ob seiner Naivität. »Auf jeden Fall ein Abenteuer. Aber wie's aussieht, hat er was anderes im Sinn. Er will uns zu Tode langweilen.«

»Vielleicht sollen wir als abschreckendes Beispiel für seine Tochter dienen.« Charlie schüttelt seine Trübsinnigkeit ab und geht wieder hinüber zum Bücherregal. »Schach oder Dame?«

Doch Thomas ist zu niedergeschlagen, um zu antworten.

*

Nicht einmal eine Stunde nachdem sie sich schlafen gelegt haben, wacht Thomas wieder auf. Kein Traum hat ihn geweckt, sondern ein Gedanke. Plötzlich weiß er, woher er sie kennt.

*Lady Naylor.*

Er verlässt das Zimmer im Nachthemd. Seine Kleider liegen auf dem Stuhl, und sein Morgenrock hängt irgendwo an einem Haken, doch er will Charlie nicht aufwecken.

Der Läufer unter seinen Füßen ist weich. Thomas fragt sich, was genau er sucht. Einen Beweis vermutlich, irgendetwas, das seine Überzeugung in eine Tatsache verwandelt. Er hat keine Ahnung, was das sein könnte, aber im Zimmer zu bleiben, hellwach in die Dunkelheit zu starren, allein mit seinen Gedanken – das ist unmöglich. Er geht langsam, zittert. Nach einer Weile erkennt er, dass es nichts mit der Kälte zu tun hat.

Es ist nicht stockdunkel. Hie und da glimmen noch ein paar Kohlen im Kamin. Im Speisezimmer brennt eine Lampe, deren Gas weit heruntergedreht wurde. In der Küche hat sich ein Lichtschimmer den Weg aus dem Keller, dem Dienstbotentrakt, nach oben gebahnt, begleitet vom leisen Kichern eines der Mädchen. Thomas hält einen Augenblick lang inne, genießt es. Seine Füße prickeln auf den kalten Fliesen.

Eine große Wendeltreppe in der Eingangshalle führt in den ersten Stock. Der weitläufige schwarze Bogen des Geländers fühlt sich beruhigend unter seinen Fingern an. Oben bemerkt Thomas ein weiteres Licht, heller als die anderen. Es zeichnet eine gerade weiße Linie unter eine Tür. Er steht davor und lauscht, hebt eine Hand, um anzuklopfen, lässt sie wieder sinken und dreht den Knauf. Vielleicht spaziert er schnurstracks in Miss Naylors Schlafzimmer oder in ein Klosett, das gerade jemand benutzt. Doch die Vorstellung, die Rolle eines Bittstellers einzunehmen (denn was ist ein Klopfen, wenn nicht die Einladung, abgewiesen zu werden), ist unerträglich. Der Rauch in seinem Mund schmeckt so bitter, dass er nicht erst an seinem Nachthemd hinunterschauen muss, um zu wissen, dass es befleckt ist.

Er betritt das Studierzimmer einer Dame, groß und gut ausgestattet. Seine Besitzerin ist nicht da, doch die in Violett und Gold gemusterte Tapete verrät sie, zu verspielt für einen Mann, zu opulent für die Tochter. Der Schreibtisch aus reich verziertem Rosenholz mit Intarsien aus helleren Holzsorten bestätigt diese Vermutung. Thomas fällt ein Brieföffner ins Auge, dessen Kupferklinge wie ein Dolch geformt und stabil genug ist, um als Waffe zu dienen. Er greift danach, setzt sich dreist. Betrachtet die Wand, an der sich etwa zwei Dutzend Gemälde drängen. Starrt blind durch den Rauch, der wie Nebel vor seinem Gesicht aufsteigt.

Es dauert nicht lange, bis die Tür aufgeht. Lady Naylor scheint nicht überrascht von seiner Anwesenheit.

»Thomas. Es freut mich, dass dir meine Kunst gefällt.«

»Ich habe nach Ihrem Rasiermesser gesucht, Milady. Und nach Ihrem falschen Schnurrbart. Ich konnte nicht einschlafen, weil ich darüber nachgegrübelt habe, was Sie mit dem Ruß der toten Frau gemacht haben.«

Seine Stimme hat eine Klangfarbe, in der er seinen Vater wiedererkennt: Schotter, der unter schweren Stiefeln knirscht. Es ist Jahre her, dass er sie zuletzt vernommen hat, und noch nie zuvor an sich selbst.

»Ah. Also hast du mich doch erkannt.« Lady Naylor trägt einen seidenen Morgenmantel. Seine leuchtenden Farben betonen ihr dunkles Haar. Sie sieht Thomas aufmerksam an, bevor sie sich auf einen Stuhl ihm gegenüber fallen lässt und den Stoff auf ihren Oberschenkeln glatt streicht. »Hast du es schon beim Abendessen gewusst?«

»Nein.«

»Das habe ich mir gedacht. Aber es war schwer zu glauben.«

Sie lacht. Es ist ein kurzes Lachen, beinahe ein Husten. Trotzdem scheint echter Humor darin auf.

»Nun, das beruhigt mich«, fährt sie fort. »Ein Junge, der eine derart perfekte Maske trägt – diese Vorstellung hat mir gar nicht gefallen, muss ich gestehen.« Sie schüttelt den Kopf und lacht wieder, jetzt mehr mit den Augen als mit der Stimme. »Dabei war ich mir so sicher, dass du es wusstest. Ich habe dich sofort erkannt. Unter der Richtbühne. Du hast genauso ausgesehen wie als Kind. Dieselben Augen, dasselbe gereckte Kinn. Streitlustig. Und was für ein Gesicht du gemacht hast! Entsetzlich. Ich dachte, gleich würdest du meinen Namen schreien und mich vor dem gesamten Mob bloßstellen. Doch du hast es niemandem erzählt. Nicht einmal in der Schule. Ich habe dich beobachten lassen, verstehst du? Weil ich befürchten musste, dass du meinen Namen in den Dreck ziehst. Das hat mich einiges an Schlaf gekostet. Am Ende habe ich beschlossen, dich einfach hierher einzuladen.«

Thomas traut seiner Stimme nicht, also schweigt er. Erneut sieht er sie in Männerkleidung vor sich, das Haar versteckt unter einer Kappe, das Gesicht schmutzig, jungenhaft in seiner weiblichen Anmut, aber zugleich alt. Er zuckt zusammen, als sie aufsteht und auf die Wand zugeht.

»Du hast meine Gemälde bewundert. Sie sind faszinierend, oder?«

Thomas hebt die Schultern, während er versucht, Lady Naylor zu ergründen. Den Brieföffner umklammert er so fest, dass seine Hand schmerzt.

»Findest du nicht? Nun, dann schau noch einmal hin. Vertrau mir, Thomas, solche Bilder hast du noch nie gesehen. Was zeigen Gemälde denn normalerweise?«

Ihre Stimme hat eine seltsam beruhigende Wirkung. Sie verlangsamt seinen Herzschlag. Er steht auf, schätzt den Abstand zwischen ihnen ab, antwortet mürrisch.

»Alles Mögliche. Landschaften. Leute.«

»Beschreib sie mir. Die, die du aus der Schule kennst, zum Beispiel.«

»Da gibt es nicht viele. Im Büro des Direktors hängen ein paar. Eine Jagdszene, glaube ich. Gentlemen zu Pferde. Und eine Küstenlinie. Sonne und Wasser.«

»Und was zeigen diese hier?«

Fast gegen seinen Willen tritt er näher, dorthin, wo Bilderrahmen über Bilderrahmen beinahe die ganze Wand bedecken.

»Leute. Straßenszenen. Einfache Bürger.« Dann dämmert es ihm. »Die Stadt. Aber –«

»Ganz genau: *aber*. Keinen Rauch.«

Thomas betrachtet die Bilder erneut, eins nach dem anderen. Ein paar von ihnen wirken sehr alt. Eine Marktszene, Menschen, die um Waren feilschen, ein kleiner Junge, der einen Apfel klaut, während sein Bruder Schmiere steht. Daneben ein Dorfplatz, eine Art Volksfest, Menschen, die tanzen, trinken, sich auf dem Boden wälzen. Auf dem nächsten ein von Pfeilen durchlöcherter Soldat, den seine Peiniger mit hasserfüllten Gesichtern umzingeln. Ein anderes hat keinen Rahmen, sondern ist auf eine Holztafel gemalt: Jesus am Kreuz zwischen zwei anderen Männern. Thomas hat das Motiv schon einmal gesehen, im Buntglasfenster seiner alten Gemeindekirche. Golgota. Dort – am lebhaftesten an klaren Wintermorgen, wenn sich die Strahlen der tief stehenden Sonne in das Glas ergießen – steigen dunkle Wolken von den Schultern der beiden Diebe auf, und zwei schwarze Rußfurunkel verunzieren ihre Wangen. Hier hängen sie so sündlos wie der Heiland in ihrer Mitte.

»Wie kann das sein?«, fragt er, während sein Blick zwischen den Bildern hin und her hastet. Er weicht zurück, als Lady Naylor neben ihn tritt.

Doch er läuft nicht davon.

»Nun, es gibt nur zwei Möglichkeiten, nicht? Eine Erklärung wäre, dass es sich um künstlerische Freiheit handelt. Fantasiegemälde. Rebellische Maler, die von einer anderen Welt träumen, den Rauch einfach unterschlagen. Solche Bilder existieren. Ich habe ein paar davon in meiner Sammlung. Aber keins von ihnen hängt hier.

Die Wahrheit ist, dass früher einmal alle Bilder so ausgesehen haben. Bis zu einem bestimmten Jahr. Es lässt sich schwer genau datieren, aber ich würde 1625 oder 1626 schätzen. Kein Rauch. In keinem einzigen Gemälde. Ob es nun Vergewaltigung, Folter, Krieg oder Hinrichtungen zeigt.

Danach kam eine Periode ohne Bilder. Dreißig, vierzig Jahre ohne auch nur einen Pinselstrich in ganz Europa. Vielleicht hat sich niemand inspiriert gefühlt. Oder die Gemälde wurden alle zerstört, wie so viele ältere Kunstwerke.

Und schließlich, nach einer ganzen Generation des Schweigens, endlich wieder Bilder. Landschaftsszenen. Hügel, Berge, sturmgepeitschte Meere. Es dauert noch einmal eine Generation, bevor jemand Menschen malt. Adelige Herren und Damen – nicht einen einzigen einfachen Bürger. Außer bei religiösen Motiven. Ein Märtyrer in einem Kessel, blütenweiß im trüben Wasser. Die Männer, die den Kessel befeuern, sind pechschwarz, die Luft dunkel von ihrem Schmutz.« Sie lächelt. »So wie hier. Würde es dir etwas ausmachen, wenn ich das Fenster öffne?«

Sie dreht ihm den Rücken zu, bewusst langsam, als wolle sie ihn, der immer noch seinen stumpfen Spielzeugdolch umklammert, verhöhnen. Als er den Brieföffner zurück auf den Schreibtisch legt, merkt er, dass seine Finger taub sind. Er hat alles Leben aus ihnen herausgepresst. Sie wartet geduldig, bis seine Zunge seine Gefühle einholt; wie eine Krankenschwester, die einen Verletzten stützt, während er langsam einen Fuß vor den anderen setzt.

»Wollen Sie damit sagen, dass es eine Zeit vor dem Rauch gab?«, stößt er schließlich hervor. »Das ist unmöglich. Alle Geschichtsbücher –«

»Wurden später verfasst. Von Lehrern. Universitätsdozenten. Frag meinen Mann. Er hat auch solche Bücher geschrieben.«

»Aber dann wüssten die Leute davon. Sie hätten sich erinnert. Und es ihren Kindern erzählt, die es wiederum ihren Kindern erzählt hätten. So etwas kann man doch nicht vergessen.«

»Nicht? Nicht einmal, wenn jedes Gemälde zerstört und jedes Buch verbrannt worden wäre? Wenn es nirgendwo auch nur den geringsten Beweis für die Geschichten der alten Leute gäbe? Wenn man dir beibringen würde, dass es eine Sünde ist, die Wahrheit zu sagen – und du auf dem Scheiterhaufen landest, solltest du es doch tun? Über zweihundertfünfzig Jahre, Thomas: Das ist eine lange Zeit. Eine sehr lange Zeit. Aber du hast recht. Es gibt Menschen, die davon wissen. Hauptsächlich auf dem Kontinent. Dort waren sie nicht so gründlich. Ein paar Universitäten verfügen über gut gehütete Sammlungen. Und ein Kloster in Deutschland –«

»Die Bibel!«, unterbricht Thomas sie viel zu laut, fast schreiend. »Der Rauch steht in der Bibel. Überall. Im Alten Testament, im Neuen. In jedem Kapitel, in jedem Vers. Und die Bibel gibt es seit … Sie wissen schon. Seit Anbeginn der Zeit.«

»Vollkommen richtig. Seit Anbeginn der Zeit. Erinnerst du dich, wo der Rauch zum ersten Mal erwähnt wird?«

»Genesis«, antwortet Thomas, ohne zu zögern. »Der Sündenfall.«

»Ja – Genesis 3,7. Wie lautet die Stelle?«

»›Da sah die Frau, dass es köstlich wäre, von dem Baum zu essen, dass der Baum eine Augenweide war und dazu verlockte, klug zu werden. Sie nahm von seinen Früchten und aß; sie gab auch ihrem Mann, der bei ihr war, und auch er aß. Da gingen beiden die Augen auf, und sie erkannten, dass sie nackt waren, und die Luft füllte sich mit Rauch. Sie hefteten Feigenblätter zusammen und machten sich einen Schurz, und der Schurz wurde schwarz von ihrem Ruß‹.«

»Sehr gut. Ich wusste gar nicht, dass du so bibelfest bist. Das hat deine Mutter dir beigebracht, oder? Eine resolute Frau. Eine Reformerin, aber fromm.« Lady Naylor geht zu einer Vitrine hinüber, öffnet sie, winkt ihn zu sich. »Ich habe einige Bibeln hier. Bitte, such dir eine aus. Lies mir den Vers vor.«

Thomas tut, wie ihm geheißen, zieht ein schmales Buch mit einem brüchigen Einband heraus und schlägt das Erste Buch Mose auf.

»Es ist auf Latein. ›*Et aperti sunt oculi amborum cumque cognovissent esse se nudos consuerunt folia ficus et fecerunt sibi perizomata.*‹«

»Übersetze es. Du hast doch Latein in der Schule, oder? Das hoffe ich zumindest. Immerhin bezahle ich die Gebühren.«

Er starrt die Worte an. Seine Stimme stockt, sein Gehirn ist wie betäubt von dem, was fehlt. »Und geöffnet wurden ihrer beider Augen, und als sie erkannten, dass sie nackt waren, fügten sie Feigenblätter zusammen und machten sich Kleider.« Er blättert zurück zum Anfang des Buchs, zerreißt fast die Seiten. Auf dem Titelblatt ist eine Zahl in römischen Ziffern. MDLXII.

1562.

Mit Tränen in den Augen blickt Thomas auf.

»Sie haben es geändert, die Bastarde.«

»Ja.«

»Und alles – alles! – ist eine Lüge.«

»Ja.«

Sie nimmt ihm das Buch aus der Hand, stellt es zurück in die Vitrine, bleibt vor ihm stehen, eine Armlänge entfernt, beobachtet sein Mienenspiel. Er wartet, bis die Tränen über seine Wangen gerollt sind und seine Lippen benetzen; kostet seine Traurigkeit, schmeckt den Ruß darin.

»Weiß Ihre Tochter von alldem?«

Lady Naylors Züge verhärten sich. Zum ersten Mal, seit sie das Zimmer betreten hat, sieht Thomas darin dieses andere Gesicht: das der Person, die den Ruß vom Leichnam einer Frau geschabt hat.

»Ich habe es Livia schon vor langer Zeit erzählt. Sie hält es für Gotteslästerung und findet meine Forschung abscheulich.« Sie lacht, zieht den Morgenmantel enger, wirkt einen Moment lang abgemagert, klein, alt. »Meine Tochter meint, wenn die alten Bücher wirklich verbrannt worden seien, dann sicher aus gutem Grund. Ihrer Ansicht nach kommt keine Plage über uns, die nicht von Gott geschickt ist, und kein Hund reißt einem Dachs die Kehle heraus, ohne dass Gott die Leine hält.« Lady Naylor schweigt kurz, beruhigt sich. »Immerhin hat sie mich noch nicht angezeigt.«

Sie tritt an ihren Schreibtisch, streicht ein Dokument glatt.

»Meine Tochter lebt wie eine Porzellanpuppe«, erklärt sie schroff. »Sie hält still. Lauscht in sich hinein, steif, wie erstarrt. Sie wartet. Darauf, dass etwas zerbricht und einen geheimen Vorrat an Rauch freisetzt: eine Unreinheit tief in ihrem Inneren, die sie als Sünderin kennzeichnet. Du hast sie ja beim Abendessen gesehen. Ein-, zweimal hat sie versucht zu lachen, doch sie weiß gar nicht, wie es geht. Und ob es erlaubt ist.« Lady Naylor wedelt mit der Hand, als würde sie den Gedanken wie einen schlechten Geruch vertreiben. »Aber genug von Livia. Sie hat ihre Entscheidung getroffen. Was ist mit dir? Was wirst du tun, jetzt, da du es weißt?«

Thomas' Herz hämmert. Die Unermesslichkeit des Ganzen stürzt auf ihn ein, schnürt ihm die Luft ab. Er sucht nach etwas Einfachem, irgendeinem Bruchstück, das er begreifen kann.

»Was haben Sie in London gemacht, Lady Naylor? Wofür brauchen Sie den Ruß dieser Frau?«

»Experimente.«

»Sie forschen nach einem Heilmittel? Für den Rauch?«

»So ist es.«

»Wie?«

Sie lacht. »Das ist eine lange Geschichte. Zu lang für eine Nacht.«

Panik erfasst Thomas. Panik, dass er morgen früh aufwacht und alles ein Traum war. »Aber Sie werden es mir erzählen, oder? Alles!«

»So viel ich kann. Nur nicht jetzt. Ich brauche meinen Schlaf.« Sie schaut ihn an, sieht das Flehen in seinem Gesicht. »Na schön. Noch eine Frage. Etwas, das schnell geht.«

Thomas kaut auf seiner Wange herum, zögert. Er hat Angst, seine Frage zu vergeuden, wie diese Narren im Märchen, die drei Wünsche freihaben. Dann weiß er es.

»Die Bonbons«, sagt er. »Beasley & Son. Wir haben welche gegessen, aber es ist nichts passiert. Wofür sind sie? Und wie funktionieren sie?«

*

Als Charlie in den frühen Morgenstunden aus einem angenehmen Traum erwacht, ist es draußen noch dunkel. Es dauert ein paar Minuten, bevor er merkt, dass er allein ist; aus Thomas' Bett dringt kein Geräusch. Neugierig wälzt er sich von der Matratze und schleicht auf Zehenspitzen voran, bis sein Schienbein gegen das andere Bettgestell stößt. Er befühlt das Kissen. Es ist kalt. Während er noch darüber nachgrübelt, bewegt sich etwas draußen auf dem Flur. Licht schlüpft durch den Türschlitz, eine Art weißer Schatten, huscht einen Meter über die Dielen und ist wieder verschwunden.

Als Charlie durch die Tür tritt, hat das Licht bereits sieben, acht Schritte Vorsprung. Die Gestalt, die es trägt, bewegt sich schnell. Sie fängt einen Großteil des Scheins ab und ist nur als Umriss sichtbar, ein dunkler Fleck, umrahmt von Gold. Bezeichnenderweise strahlt dieser Heiligenschein um den Kopf herum am hellsten.

Charlie erkennt sie an ihrem Haar. Als sich seine Augen an die Dunkelheit gewöhnt haben, gewinnt Livia an Festigkeit, verwandelt sich von einer lichtumrissenen Erscheinung zu einer Art körperlicherem Geist. War ihr Kleid vom Vortag schon schlicht, ist dieses hier puritanisch: ein knöchellanger Kittel mit einer Schürze darüber, beides leuchtend weiß. Das Gaslicht verleiht ihrem Haar einen honigfarbenen Schimmer. In ihrer Hand schlenkert ein Porzellankrug.

Charlie folgt ihr, ohne zu zögern, hat drei Schritte gemacht, bevor er sich seiner Entscheidung überhaupt bewusst wird. Dabei ist er weder verstohlen noch absichtlich laut, sondern läuft einfach mit flatterndem Nachthemd hinter ihr her, bemüht, Schritt zu halten.

Sie führt ihn die Haupttreppe hinauf, durch einen langen, von Porträts, Vasen und Tierköpfen gesäumten Korridor zu einer engeren Treppenflucht, die sie in einen kahlen Flur unter einer schrägen Decke bringt. Der Dachboden. Charlie kann nicht sagen, ob Livia ihn bemerkt hat. Sie ist weder langsamer geworden, noch hat sie sich umgedreht, doch als sie zehn Meter vor ihm vor einer Tür anhält, scheint sie eine Sekunde lang zu warten, ehe sie hindurchgeht. Ein Brüllen begrüßt sie und bremst Charlies Schritt.

Es klingt wie ein Tier, das Schmerzen hat.

Das Zimmer ist dunkel, trotz der Gaslampe. Zuerst denkt Charlie, dass die Wände schwarz gestrichen sind, doch als er eine Hand ausstreckt und darüberstreicht, verschmiert und bröckelt das Schwarz und färbt seine Finger. Ruß. Der Raum ist groß, aber nur mit ein paar Stühlen, einem Tisch, einer Kommode und einem großen Bett ausgestattet. Darauf liegt jemand, dessen Handgelenke und Fußknöchel mit breiten Lederriemen an das eiserne Gestell gefesselt sind. Wieder erfüllt das seltsame Brüllen das Zimmer. Charlie bekommt eine Gänsehaut, als er erkennt, dass es von diesem Mann stammt; seine Arme und Beine zerren an den Fesseln.

»Morgens ist er immer unruhig.«

Livias Stimme ist sachlich, nüchtern. Sie steht vor dem Tisch zwischen Bett und Fenster und schüttet Wasser in eine Schüssel. Ihre Schürze ist bereits rußbefleckt. Als sie sich vorbeugt, um dem Mann mit einem feuchten Lappen die Stirn abzuwischen, schreit er erneut, und sein Körper stößt einen dunkelgrünen Rauchschwall aus. Mit dem aufgerissenen Mund und den schielenden Augen gleicht sein Gesicht einer Maske. Sein Zustand hat alle charakteristischen Züge aufgelöst.

»Mutter denkt, wir müssten es geheim halten«, fährt Livia im selben gleichgültigen Tonfall fort. Ihr Blick ist auf ihre Arbeit gerichtet. Trotzdem kommt es Charlie so vor, als würde sie ihn genau beobachten und jede seiner Bewegungen registrieren, analysieren, bewerten. »Ich aber sage, wir müssen die göttliche Vorsehung demütig und ohne Scham annehmen.«

Erst jetzt begreift Charlie.

»Baron Naylor«, stößt er hervor. Dann fragt er mit einer Beflissenheit, die die Augen in Livias kleinem, fein gezeichnetem Gesicht zum Leuchten bringt: »Wie kann ich helfen?«

»Wir müssen ihn waschen und füttern.«

Das stellt sich als schwieriger heraus, als es klingt, schon weil sie dafür die Lederriemen entfernen müssen. Baron Naylor wehrt sich. Er ist kein junger Mann mehr, vielleicht sogar zwanzig Jahre älter als seine Frau (obschon es natürlich gut sein kann, dass seine Krankheit ihn vorzeitig hat altern lassen; er ist abgemagert und zerzaust, und die Backenzähne ganz hinten in seinem Mund, an die man nur schwer herankommt, sind dunkel). Dennoch ist er stark wie ein Bär, und die Anwesenheit eines Fremden scheint ihn aufzuregen. Kaum haben sie seine rechte Hand befreit, schlingt sie sich um Charlies Handgelenk. Wieder brüllt der Baron. Dicker, öliger Rauch kriecht aus seiner Haut und schlängelt sich Charlies Arm hinauf, um ihm gleich darauf in Nase und Lunge zu steigen. Charlie will sich losreißen. Abscheu durchströmt ihn, und als der Verrückte die Hand nach seinem Hals ausstreckt, schlägt Charlie sie mit roher Gewalt weg. Erst jetzt, als sein Ärger sich Bahn bricht, bemerkt er, dass er selbst ebenfalls raucht.

Scham durchzuckt ihn, raubt ihm den Atem, erstickt seinen Rauch. Er weicht zurück in die Zimmerecke, wo der Rauch des Mannes ihn nicht infizieren kann, steht schwer atmend da, den Rücken an die Wand gepresst wie ein Einbrecher, der auf frischer Tat ertappt wurde, blickt mit gesenktem Kopf zu Livia hinüber.

»Ich kann nicht. Ich bin nicht stark genug.«

Livia erwidert seinen Blick. Ihre Hände liegen auf dem Körper ihres Vaters, ihre Arme sind bis zu den Ellbogen in seinen Rauch gehüllt, und doch wendet sie den Kopf. Charlie sieht, wie schwer es ihr fällt, wie unglaublich ihre Selbstbeherrschung sein muss. Sie raucht nur ganz leicht, in feinen weißen Fäden, die ihren Lippen entfliehen und sie grau färben, als hätte sie jemand mit Asche gefüttert. Jetzt begreift Charlie, dass ihr Kittel weiß ist, weil sie sich selbst auf die Probe stellt. Nichts darf verborgen bleiben. Er bewundert sie, ein Gefühl, das beinahe an Angst grenzt. Sie ihrerseits verhehlt ihre Enttäuschung nicht, lässt die Glieder ihres Vaters los und greift nach einer Blechdose auf dem Tisch, um sie ihm mit einer schnellen, verächtlichen Bewegung zuzuwerfen.

»Da. Die benutzt Mutter, wenn sie hier oben ist.«

Charlie öffnet die Dose und findet ein Dutzend Bonbons darin. Durchsichtig, würfelförmig, mit der vertrauten Prägung: B&S unter einer dreizackigen Krone. Er fischt eins heraus, schüttelt den Kopf.

»Was muss ich tun? Ich habe schon einmal eins probiert, aber es ist nichts passiert. Es hat nur nach Seife geschmeckt.«

Sie antwortet, ohne sich umzudrehen.

»Steck eins in den Mund. Nicht zerkauen. Es zieht den Rauch aus Atem und Blut und bindet ihn, lange bevor man ihn sieht. Bevor er das Gehirn befällt.«

Charlie tut, was sie gesagt hat, ehe er – vorsichtig, weil er sich selbst nicht traut – wieder ans Bett des Barons tritt. Livia hat alle Hände voll zu tun: Ihr Vater wehrt sich gegen jede ihrer Bewegungen, spuckt, beißt, schlägt um sich. Doch dieses Mal bleibt Charlies Blut kühl, sein Verstand klar, fast losgelöst. Er fasst Baron Naylors Arme, hält sie sanft fest, redet leise und tröstend auf den alten Mann ein wie auf ein verängstigtes Tier. Nimmt Livia den Lappen ab und reinigt Gesicht, Hals, Ohren. Innerhalb von Minuten beruhigt sich Baron Naylor, wird fügsam, beinahe kindlich, und seine Züge entspannen sich. Das Gesicht, das nun durchscheint, ähnelt Livias: feinknochig, herzförmig, vornehm, wenngleich alt.

»Was nun?«, fragt Charlie.

»Wir müssen ihm das Nachthemd ausziehen und seine Beine waschen und … den Rest.«

Livia errötet, als sie auf den Unterleib ihres Vaters deutet. Ihre Geste offenbart Charlie das ganze traurige Ausmaß dieser Situation, die eine Mutter und eine Tochter zu Pflegerinnen für ihren Ehemann und Vater gemacht hat.

»Ich erledige das schon«, sagt er. »Ruh du dich aus.«

*

Den Körper eines Mannes zu waschen, erweist sich als überraschend unkompliziert, wenn man sich erst einmal an die schlichte Tatsache seiner Nacktheit gewöhnt hat. Letztendlich ist es beinahe, als würde man sich selbst waschen. Baron Naylor ist jetzt so ruhig, dass er sich sogar rasieren lässt. Langsam und vorsichtig schabt Charlie fünf, sechs Jahre vorzeitigen Alters weg. Später, nachdem er auch Kleider und Bettlaken des Barons gewechselt hat, tritt er zu Livia ans Fenster. Der Morgen bricht gerade an. Der Rasen ist noch schattengrau, das nahe Wäldchen ein schwarzer Quader, umrahmt von helleren Wiesen.

»Siehst du eine Frau da draußen am Waldrand?«, fragt Livia flüsternd. Sie erwartet keine Antwort, sondern fährt gleich fort: »Die älteren Diener erzählen sich Geschichten über sie. Dass sie in den Wäldern umherstreift. An ihrem Saum lebt, halb im Schatten, halb im Licht. Sie sagen, sie sei die verlorene Seele meines Vaters. Seine Vernunft.« Sie lächelt traurig. »Aber ich habe sie noch nie gesehen, an keinem der tausend Morgen hier.«

Sie dreht sich zu Charlie, mustert ihn offen, methodisch.

»Du bist entsetzt, nicht wahr? Entsetzt und angewidert. Das sieht man.« Sie zeigt auf die Stelle über der Nasenwurzel, an der Charlies Augenbrauen sich zusammengezogen haben.

Charlie schweigt einen Augenblick, versucht, ihren Gesichtsausdruck zu deuten. Er weiß, dass es wichtig ist, ehrlich zu antworten.

»Nein«, sagt er schließlich. »Ich habe nachgedacht. Es ist mir gerade erst bewusst geworden, als ich mit dir aus dem Fenster geschaut habe. Der Rauch ist nichts anderes als das hier oben, oder? Schierer Wahnsinn. So einfach ist das.«

Als sie wieder spricht, schwingt Aufregung in ihrer Stimme mit. Als hätte Charlie einen seit Langem von ihr gehegten Gedanken in Worte gefasst.

»Platon schreibt, dass das Böse eine unvernünftige Seele hat.«

Sie will weiterreden, unterbricht sich dann aber. Sie vertraut ihm noch nicht.

»Wir haben nie etwas von Platon gelesen«, sagt Charlie. »Wir mussten nur seine Lebensdaten auswendig lernen.«

Livia kaut auf ihrer Unterlippe.

»Vater hat seine Werke unten in der Bibliothek. Auf Griechisch. Er hat ein paar übersetzt. Als er noch in Cambridge gelehrt hat. Ich habe seine Aufzeichnungen gefunden.«

Livia sieht zu dem Mann hinüber, der friedlich und abwesend daliegt, jetzt wieder an sein Bett gefesselt. Ihr Blick fällt auf das Rasiermesser auf dem kleinen Tisch. Charlie hat es gesäubert und offen gelassen, damit es trocknen kann. Sie geht hinüber, klappt es zu, wiegt es in der Hand.

»Du hast ihn rasiert«, sagt sie plötzlich, als hätte sie es eben erst bemerkt. In ihrem Kopf muss diese Tatsache irgendwie mit Platon und Wahnsinn und Sünde zusammenhängen. Auf welche Weise, das begreift Charlie nicht ganz. »Du hast geschickte Hände, Charlie Cooper.«

Er überspielt seine Verlegenheit, indem er den Kopf schüttelt.

»Nur deshalb«, sagt er und holt das Bonbon unter seiner Zunge hervor. Es ist kleiner geworden und dunkel, fast schwarz. Wie ein verfaulter Zahn.

Sie starrt es angewidert an.

»Wirf es weg. Es kann keinen Rauch mehr aufnehmen.«

Er nickt und schließt die Hand darum.

»Woher hast du die Bonbons?«

»Von Mutter. Die Regierung stellt sie her oder, besser gesagt, lässt sie herstellen, in einer bestimmten Fabrik. Früher war es ein großes Geheimnis. Sie wurden nur an einige wenige Leute ausgegeben. Leute in gewissen Positionen. Geistliche, zum Beispiel. Regierungsbeamte.«

»Lehrer.«

»Ja. Nur für den Notfall und um nicht infiziert zu werden, wenn sie mit dem gemeinen Volk zu tun haben. Aber Mutter sagt, dass sich das geändert hat. Beasley & Son haben das Monopol veräußert, und die neuen Besitzer verkaufen die Bonbons an jeden, der sie bezahlen kann. Heimlich natürlich. Auf dem Schwarzmarkt. Laut Mutter sogar an einfache Bürger. Bestimmt bekommt man sie bald beim Lebensmittelhändler, zusammen mit Tee und Seife.«

Charlie stößt einen Pfiff aus, der fröhlicher klingt als beabsichtigt. »Oder mit Lakritz und Nüssen! Aber das ist doch gut, oder? Das bedeutet, dass die Leute den Rauch bekämpfen können. Ihn unterdrücken.«

Livia wird wütend und zieht finster die Augenbrauen zusammen.

»Es ist eine Sünde, sonst nichts. Ein Verbrechen.«

Sie starrt ihn an, als würde sie auch ihn für schuldig befinden. Das Bonbon in Charlies Faust ist klebrig.

»Ich gehe jetzt besser.«

Livia hält ihn nicht auf. Als er durch die Tür treten will, sagt sie: »Frohe Weihnachten.«

Er dreht sich um.

»Schon? Ich habe völlig das Zeitgefühl verloren.«

»Heiligabend zumindest. Mutter ist auf dem Kontinent aufgewachsen und bewahrt die Familientraditionen. Heute Abend gibt es ein festliches Dinner, danach singen wir Weihnachtslieder unter dem Baum.«

»Ich habe kein Geschenk für dich.«

»Das wird auch nicht erwartet.«

Ihre Stimme klingt kalt und distanziert, als hätte es diesen Morgen nie gegeben.

*

*Rauch ist Wahnsinn. Deshalb verhält sie sich so. Sie hat Angst. Sie ist die Tochter ihres Vaters. Und er hat den Verstand verloren.*

Diese Gedanken beschäftigen Charlie, als er ins Erdgeschoss zu ihrem Gästezimmer zurückgeht. Thomas steht an der offenen Verandatür, ein Bein im Zimmer, ein Bein draußen. Im frühen Morgenlicht wirkt er ausgemergelt und krank. Ein Ärmel seines Nachthemds ist vom Regen durchweicht und klebt ihm am Arm.

Charlie schließt die Tür hinter sich, bevor er spricht.

»Ich weiß, was es mit den Bonbons auf sich hat. Und ich verstehe den Rauch.«

Thomas dreht sich zu ihm um. Wasser strömt ihm übers Gesicht.

»Ich weiß noch viel mehr, Charlie. Ich habe die Bibel gelesen.«

Sie setzen sich auf den Boden, Schulter an Schulter, und erzählen.

# LIVIA

Wir feiern Weihnachten mit unseren Gästen. Mutter serviert, wie es in ihrer Familie Tradition ist, Karpfen mit Butterkartoffeln und schwarzer Pflaumensoße. Meinen Einwand, dass diese Version eines Gerichts, das wenigstens entfernt an ein Fastenmahl erinnern soll, eher die Völlerei begünstigt, ignoriert sie rundweg. Wir haben Gäste, erklärt sie. Wir können wie im Kloster essen, wenn sie wieder weg sind. Der Abend wird noch zusätzlich verdorben, weil das Küchenmädchen Lizzy eins der Geschenke unter dem Baum zu stehlen versucht. Ausgerechnet ich muss sie dabei erwischen. Die dumme Gans verstrickt sich in unausgegorene Lügengeschichten und fängt sofort an zu rauchen. Mutter hat keine andere Wahl, als sie zu entlassen, und wir sehen ihr hinterher, als sie davonläuft; ihre groben Schuhe klappern lautstark über den Boden, und ihr flatternder Rock entblößt auf sehr unziemliche Weise ihre Waden.

Trotzdem sind die Festtage von einer gewissen Feierlichkeit geprägt. Ich stelle erfreut fest, dass Mr Cooper – Charlie, er besteht darauf, dass ich ihn so nenne – eine reizende Singstimme hat. Er ist ein wohlerzogener, ja sogar charmanter Gast. Am Weihnachtsmorgen überrascht er mich damit, dass er schon vor dem Zimmer meines Vaters wartet, als ich komme. Er sagt nichts, sondern errötet nur sehr vorteilhaft, nimmt mir Krug und Lappen aus der Hand und macht sich an die Arbeit. Für dieses Erröten mag ich ihn. Dieses Mal nimmt er kein Bonbon, sondern tritt stattdessen vor die Tür, wenn ihn der Rauch übermannt, bis er sich wieder gefasst hat. Vater hat ihn ins Herz geschlossen und summt eine erfundene Melodie, als wir gehen. Mr Cooper stimmt mit ein und hüpft wie ein Narr den Flur entlang.

Mit Mr Argyle verhält es sich völlig anders. Er demütigt mich. Sein Blick hat etwas Durchdringendes, Anmaßendes, Prüfendes, das mir die Schlichtheit meines Kleids und meiner Frisur bewusst macht, die abgetretenen alten Schuhe, die ich im Haus trage. Es ist nicht so, dass ich für ihn hübscher aussehen will – Gott weiß, dass ich lieber von seinen Blicken verschont bleiben würde –, dennoch ertappe ich mich dabei, wie ich gelegentlich ein Schmuckstück zum Abendessen anlege oder das Seidenkleid, das Mutter mir zum Geburtstag geschenkt hat, nur um ihn in die Schranken zu weisen. Nicht dass ich meinen düsteren Cousin oft zu Gesicht bekäme. Mr Argyle verbringt jeden Nachmittag mit Mutter, die ihm ihre Theorien einimpft. Es ist schwer zu sagen, ob er ihr glaubt. Auch sie ist seinem Blick ausgesetzt, der sein Gesicht undurchschaubar werden lässt. Bestimmt ist er an seiner Schule äußerst unbeliebt.

Nichtsdestoweniger sollte ich für seine Gegenwart vielleicht dankbar sein. Sie bewahrt mich davor, selbstgefällig zu werden. Jeden Abend nach dem Gebet erforsche ich meine Gefühle. Die Gäste – Charlie Cooper, sein Beistand am Bett meines Vaters – haben mein Leben bereichert, und ich empfinde ausnahmsweise Zufriedenheit. Doch ich freue mich auch, berichten zu können, dass es mir keinerlei Vergnügen bereitet, morgens aufzustehen und meine Arbeit zu verrichten. Vergnügen ist keine Sünde, aber es ist immer besser, aus Pflichtgefühl zu handeln. Was man aus Neigung tut, tut man womöglich gedankenlos. Neigungen sind launenhaft, mehr noch: Sie können dich vom rechten Weg abbringen. Eines Tages erwischst du dich dabei, zu rauchen, während du eigentlich glaubst, Gutes zu tun.

Mutter behauptet, ich sei besessen. Dass ich, anstatt mich

vom Rauch abzuwenden, ihn zu meinem Götzen gemacht hätte. Tatsächlich bin ich dankbar für den Rauch. Er zeigt uns, wenn wir irren. Stell dir eine Welt vor, in der du irrst, und niemand bemerkt es, nicht einmal du selbst. Bis du nach und nach verrohst und dem Wahnsinn des Bösen verfällst. Der Rauch frisst unseren Verstand mit seinem kohlschwarzen Löffel. Wir messen unsere Menschlichkeit an seiner Dunkelheit. Es ist gut, dass er Spuren hinterlässt.

Am zweiten Weihnachtsfeiertag sitzt Mutter noch lange mit unseren Gästen zusammen und doziert über Geschichte. *Der Tag, an dem der Rauch kam.* Die Dienstboten hat sie zu Bett geschickt. Sie sollen ihre Ketzereien nicht hören.

Ich erinnere sie daran, dass der Rauch von Gott kommt.

Wie der Krebs, sagt sie.

Auch der Krebs kann uns etwas lehren, erwidere ich, woraufhin Mr Argyle mich derart wütend anfunkelt, dass ich am liebsten aus dem Zimmer flüchten würde. Ich hatte vergessen, dass seine Mutter dieser Krankheit erlegen ist. Wieder einmal ist es Mr Cooper, der den Abend rettet, indem er eine Partie Whist vorschlägt. Während des Spiels entlockt er Mutter Geschichten aus ihrer Zeit in Paris und Wien. Es ist Jahre her, dass ich sie lachen gehört habe, und wider besseres Wissen bin ich glücklich.

Fünf Tage hält diese Harmonie an, von Heiligabend bis zum Tag der unschuldigen Kinder. An jedem dieser Tage zünde ich eine Kerze in der Kapelle an, am Altar der Heiligen Jungfrau, jede dreißig Zentimeter lang und armdick. Dann trifft – unangekündigt – mein Halbbruder ein, hoch zu Ross, seinen Diener im Schlepptau, und sofort ist das ganze Haus von seiner Anwesenheit durchdrungen, seiner Stimme, seinem lauten Lachen, dem Klirren seiner Sporen. Er habe uns vor plündernden Zigeunerbanden warnen wollen, teilt er uns mit. Er spielt sich auf und schleicht herum und nimmt Mutter in Beschlag.

Ich wünschte, er hätte einfach einen Brief geschickt.

# TRAININGSKAMPF

Er kommt, während sie zu Mittag essen – eine frugale Angelegenheit, Sülze und eine Art Linsenbrei, eine Strafe für die Sinne. Livias Idee. Thomas lässt sich deutlich anmerken, was für ein Martyrium jeder einzelne Bissen ist, und ignoriert Charlies Tritte unter dem Tisch. Der Brei ist mit Speisestärke angedickt und hat die Konsistenz von gefrorenem Schlamm.

Plötzlich taucht der Butler Thorpe auf und flüstert Lady Naylor etwas ins Ohr. Die Gefühle, die auf ihrem Gesicht miteinander ringen, sind nur schwer zu interpretieren, doch die Verärgerung gewinnt die Oberhand, beherrscht ihre Mundwinkel. Sie erhebt sich wortlos, was Charlie und Thomas zwingt, ebenfalls aufzuspringen (denn ein Mann sitzt nicht, während eine Dame steht), bevor sie mit drei langen Schritten aus dem Zimmer verschwindet.

Die Neugier ist stärker als ihr von den Linsen gedämpfter Appetit. Thomas folgt Lady Naylor auf dem Fuß, Charlie dicht hinter ihm. Nur Livia bleibt zurück; als Thomas einen Blick über die Schulter wirft, sieht er, wie sie steif und mit gesenktem Kopf diese erneute Demütigung hinnimmt.

Sie finden Lady Naylor in der Eingangshalle. Sie hat an einem der hohen Fenster, die auf die Auffahrt hinausschauen, Stellung bezogen. Dort steigen gerade zwei Reiter von ihren Pferden. Einer ist ein großer, schwerfälliger Mann im Lodenmantel mit kurz geschnittenem Haar und flachen, harten Gesichtszügen. Er geht wohl eher auf die fünfzig als auf die vierzig zu, bewegt sich jedoch mit der unbefangenen Leichtigkeit eines jungen Burschen. Seine Wangen sind von Wind und Kälte gerötet.

Was den anderen Reiter betrifft, so ist es verstörend, ihn ohne seine Schuluniform zu sehen. Stattdessen trägt er das Jagdgewand eines Gentleman, dicken karierten Tweed in Schlammgrün mit passender Kappe und kniehohen Stiefeln. Auf seiner Oberlippe zuckt ein dunkler Flaum. Er hat noch ein weiteres Pferd dabei, ein mit Koffern und Gewehren in Lederfutteralen beladenes Packpferd. An seinem Handgelenk baumelt eine Reitgerte.

Sie können seine Stimme durch das Fenster nicht hören, aber seinen Gesten nach zu urteilen, befiehlt er Lady Naylors Dienern gerade, dem älteren Mann mit dem Gepäck zu helfen. Es ist also sein Leibdiener. Als ein Stallknecht vorspringt, um die Zügel zu fangen, die Julius ihm zuwirft, schießt ein Schatten hinter dem massigen Körper des Pferds hervor und setzt sich neben sein Herrchen, dem er bis zur Hüfte reicht. Dunkles kupferrotes Fell, das in dicken Falten über einen stämmigen Körper fällt, kleine rot geränderte Augen in einem schlaffen Gesicht, zurückgezogene Lefzen, die rosa-schwarz gefleckte Zahnfleisch entblößen. Der Hund heult, ein Geräusch, das laut genug ist, um bis nach drinnen zu dringen. Für seine Mühen wird er gestreichelt oder bekommt vielmehr einen Klaps auf Kopf und Schnauze, ehe er sich mit sklavischer Ergebenheit an sein Herrchen schmiegt.

»Milady!«, ruft Julius in Richtung Tür, nicht in Richtung Fenster, obwohl er Lady Naylor, sie alle, bestens sehen kann, wie sie dort aufgereiht stehen und ihn anstarren. »Mutter! Komm und begrüße deinen geliebten Sohn.«

Thomas wendet sich ungläubig um.

»Aber –«

Lady Naylors Miene ist steinern.

»In der Tat. Mein Sohn aus erster Ehe. Während du das Kind

der Schwester meines zweiten Ehemanns bist. Ich habe neulich erst versucht, den korrekten *Terminus* herauszufinden. Eine Art Cousin, vermutlich. Über ein paar Ecken.«

Sie schaut Thomas ausdruckslos an. »Wie ich sehe, hat er vergessen, es zu erwähnen. Sicherlich ein Versehen.«

Sie zögert kurz, bevor sie die Tür öffnet. »Solltet ihr nicht darauf erpicht sein, euren Schulkameraden zu begrüßen, würde ich vorschlagen, ihr kehrt an den Tisch zurück. Mein kleiner *Jules* will bestimmt unter vier Augen mit mir reden. Wir haben Geschäftliches zu besprechen.«

*

Während der nächsten Tage bekommen sie Lady Naylor nur selten zu Gesicht. Sie verbringt Stunde um Stunde mit ihrem Sohn hinter verschlossenen Türen, bevor sie sich wieder in ihre Privatgemächer zurückzieht, die sie nur für die Mahlzeiten verlässt; dann thront sie mit gezwungener Höflichkeit am Kopfende des Tisches, der zwischen ihren Kindern und ihren Gästen aufgeteilt ist.

Eigentlich hätte Thomas gedacht, dass ihre Veränderung ihn ärgern würde, dass er sich ausgegrenzt, zurückgewiesen, ersetzt fühlen würde, wo doch mehr als die Hälfte seiner Fragen noch unbeantwortet ist. Stattdessen erfasst ihn etwas ganz anderes, ein neu entdecktes Freiheitsgefühl. Zum ersten Mal, seit sie hier sind, können Charlie und Thomas ihre Zeit miteinander verbringen. Nimmt man noch Julius' Anwesenheit hinzu – seine hämische Selbstgefälligkeit und die überhebliche Umherstolziererei –, ist es beinahe wie ein Wochenende im Internat.

Jetzt, da sie vertrauter mit den Abläufen im Haus sind und nicht länger Angst haben müssen, ihre Nase irgendwo hineinzustecken, wo sie nichts zu suchen hat, stellen sie das Anwesen auf den Kopf. Anfangs ohne große Worte, worüber Thomas erleichtert ist. Seit ihrer Ankunft hier wurde so viel geredet, dass das Gesagte kaum Zeit hatte, sich zu setzen.

Ihre Erkundungen fördern eine ganze Reihe von Wundern zutage. Die Stallungen zum Beispiel entpuppen sich als derart komplexes System von Schuppen, Werkstätten, Hundezwingern und Wohnräumen, dass es ihnen wie ein überdachtes Dorf erscheint. Unter den bestimmt drei Dutzend Jagdhunden befindet sich ein Russischer Barsoi mit einer so tiefen Brust, dass sein Fell fast den Boden berührt. Weiter hinten verjüngt sich der Körper zu einer schmalen Taille, die selbst ein Kind mit den Händen umfassen könnte. In einem der Schuppen, ohne Kette oder Käfig, verschläft Lord Naylors Mastiff seine Tage, die Vorderpfoten auf einem Axtstiel, den er schon als Welpe für sich beansprucht haben soll. Angeblich wiegt er hundertdreiundzwanzig Pfund und darf vor allem deshalb bleiben, weil er »verflucht schwer zu bewegen« ist.

Im Haus selbst entdecken sie Schlafgemächer und Gesellschaftszimmer, die schon seit Generationen nicht mehr benutzt wurden. Ihre Böden sind mit einer zentimeterdicken Staubschicht bedeckt, die Möbel in Laken gehüllt. Sofas, Stühle und Tische stapeln sich manchmal bis unter die Decke; mit Seilen zu seltsam unförmigen Gebilden zusammengebunden, erinnern sie an im Nebel vertäute Schiffe, unter deren Bug sich ein Meer aus Schmutz ausbreitet. Die Füße der Jungen stören diesen Frieden. Sie springen vor und zurück, hüpfen auf einem Bein und schreiben dem Gedächtnis der Räume dämonische Tanzschritte ein, die den Dienern noch über Jahre hinweg Rätsel aufgeben werden.

Sie finden Keller, die mit Fässern und Flaschen gefüllt oder schulterhoch mit mächtigen Käselaiben vollgepackt sind, eine unmöblierte Zimmerflucht im ersten Stock eines Seitenflügels, in der alle Böden im Schachbrettmuster gefliest sind, und ein verlassenes Eckzimmer mit einem großen Messingteleskop, das seine Linse durch die herausnehmbare Scheibe eines schmalen Fensters steckt und auf den Winterhimmel zielt.

In stillschweigender Übereinkunft wagen sie sich nicht auf den Dachboden vor. Das ist Charlies Terrain, Charlies und Livias und natürlich das ihres Patienten. Thomas verrät seinem Freund nicht, dass er den Dachboden bereits erforscht hat, getrieben von einem inneren Drang, und zwar noch am selben Tag, an dem Charlie ihm von seiner Entdeckung erzählt hat, in den frühen Abendstunden. Thomas versteckte sich im Schatten eines Türrahmens, während zwei Diener, ein Mann und eine Frau, sich um ihren Dienstherrn kümmerten. Ihre Stimmen sickerten in den Korridor, doch man verstand ihre Worte nicht. Als sie schließlich verschwanden, ging Thomas zur Tür und öffnete sie leise, stand auf der Schwelle und schaute hinein. Die Dienstboten hatten eine Lampe dagelassen, die an einem Haken weit weg vom Bett hing. Das Gas war heruntergedreht, und Thomas' Augen brauchten mehrere Minuten, um Mensch und Bettzeug voneinander unterscheiden zu können. Währenddessen lauschte er dem Atem des Barons, der zumeist gleichmäßig, jedoch ein wenig zu schwer für einen Schlafenden war. Das beruhigte ihn. Er war hierhergekommen, um in seine eigene Zukunft zu blicken: die Blütezeit des Samens, den Renfrew in ihm entdeckt hatte. Thomas hatte mit dem rasenden Wahnsinn Londons gerechnet, den nur der Strick heilen konnte. Dies hier war ein anderer Ausgang seiner Krankheit, ein friedlicheres Ende.

*Sollte es so weit kommen, bitte ich Charlie, mir zu helfen*, schoss es ihm durch den Kopf.

*Es zu beenden.*

Dann schälte sich langsam das Gesicht des Barons aus den Schatten. Zuerst die Augen: große weiße Augäpfel mit dunklen Löchern statt Pupillen, die sich bewegten, starrten. Wussten, dass sie beobachtet wurden. Unruhe befiel den kranken Mann, fing an, seinen Körper zu schütteln, sein Nachthemd in frisches

Schwarz zu tränken. Thomas rannte sofort davon. Er wollte dem Mann keine Angst einjagen. Und auch nicht seine eigenen Illusionen über den Tag der Abrechnung, der ihn erwartete, zerstören.

*

Am dritten Vormittag ihrer Erkundungen entdecken Charlie und Thomas das Billardzimmer und den Sportraum. Ersteres ist schmal und holzgetäfelt, mit einem Billardtisch am einen und einem Barschrank am anderen Ende. Die Atmosphäre ist so behaglich maskulin, von der gut mit Zigarrenboxen bestückten Vitrine bis hin zu den zahlreichen mit Port und Sherry gefüllten Karaffen, dass sie fast glauben, gleich um die Ecke müsse eine Gruppe Gentlemen in Gehröcken den Damen ihre Aufwartung machen. Und nach einer Ausrede suchen, um zu ihrem Spiel zurückkehren zu können.

Auf der gegenüberliegenden Seite des Korridors befindet sich ein ganz anderer Raum, geräumig und hell, nicht mit Teppichen ausgelegt und praktisch unmöbliert bis auf vier im Quadrat aufgestellte brusthohe Stangen, um die zwei Seile gespannt sind. Zwei Hocker stehen in den Ecken des Boxrings. Eine lange Bank säumt die Fensterflucht, und an der Wand lehnt ein einzelner Schrank, der sich zur Seite neigt, weil eins seiner morschen Beine nachgegeben hat. Links davon hängt ein Spiegel, so alt und blind, als wäre der Schmutz eingewachsen; rechts eine Daguerreotypie hinter staubschwarzem Glas.

Sie öffnen den Schrank und finden einen Stapel stockfleckiger Handtücher, Zuckerwattewolken aus Spinnweben, eine Messingglocke, um die Runden einzuläuten, und ungefähr ein Dutzend Boxhandschuhe mit verknoteten Schnüren, rissigen Daumen und aufgetrennten Nähten. In einhelligem Schweigen probieren sie die Handschuhe an, tauschen Paare, schütteln Dreck und Insektenkörper heraus, sortieren diejenigen aus, deren aufgeplatztes Leder die Haut verletzen könnte. Sie haben keine Turnhosen, also krempeln sie ihre Anzughosen hoch; keine Turnschuhe, also beschließen sie, barfuß zu kämpfen; keine Turnhemden, deshalb ziehen sie einfach Hemd und Jackett aus, stehen frierend in der Kälte und beäugen den Ring.

Bevor sie hineinsteigen, hebt Charlie den Arm und wischt mit der Spitze eines Handschuhs den Schmutzfilm von der Daguerreotypie. Zwei Gesichter kommen darunter zum Vorschein. Das erste ist attraktiv und gelassen, ein Mann in der zweiten Lebenshälfte, gepflegt, stolz, das lange Haar aus der Stirn gekämmt und hinter die Ohren geklemmt. Livias Gesicht scheint in seinen Zügen auf. Daran und nicht durch seinen Ausflug auf den Dachboden erkennt Thomas den Baron.

Das zweite Gesicht hätten sie hier nicht erwartet, deshalb können sie es nicht gleich zuordnen, obschon es vertraut wirkt. Charlie streckt sich und fischt das Bild vom Haken. Sie nehmen es mit zur Bank, legen es flach hin, beugen sich darüber. Der Mann ist schlank, trägt keinen Bart und hat die weichen Züge des frühen Mannesalters. Diesen Lebensabschnitt haben die Jungen noch vor sich, aber seine Konturen zeichnen sich bereits ab.

In Schwarz-Weiß glänzt das Haar des Mannes nicht in der Farbe von jungem Weizen.

»Renfrew«, sagt Thomas schließlich, als er sich sicher ist.

Sie reiben weiter über das trübe Glas, finden blasse Haut. Wie sie selbst sind die beiden Männer auf der Daguerreotypie bis zur Hüfte nackt, tragen Turnhosen und Boxhandschuhe, Letztere vor der Brust erhoben. Im Hintergrund ist ebenjener Sportraum zu sehen, in dem sie gerade stehen. Die Schatten der Männer ragen bis tief in den Ring.

»Wo hat Renfrew studiert?«, fragt Charlie.

»Am King's College, in Cambrigde. Er sagt immer, es sei das beste College, das es gibt.«

»Livia hat mir erzählt, dass Baron Naylor früher in Cambridge gelehrt hat. Er muss Renfrews Tutor gewesen sein.«

»Wie's aussieht, hat er wohl versucht, ihm etwas Verstand einzubläuen. Schade, dass es nichts genutzt hat.«

Der Witz ist platt, hilft ihnen aber, wieder in Stimmung zu kommen. Außerdem ist ihnen kalt. Thomas hängt das Bild zurück und klettert in den Ring. Charlie will ihm schon folgen, hält dann jedoch inne, läuft zurück zum Schrank, holt die Glocke heraus und läutet. Der Klöppel ist so dreckverkrustet, dass das Geräusch eher einem Zungenschnalzen gleicht.

»Erste Runde«, verkündet er.

Sie heben die Fäuste.

*

Eine ganze Weile lang landet keiner einen Treffer. Stattdessen machen sie Schattenboxen, halten Abstand, tänzeln seitwärts, um nach einem plötzlichen Ausfallschritt mit vernichtenden Haken die Luft zu bearbeiten. Als sie außer Atem sind, läuft Charlie zur Glocke hinüber, nimmt sie ungeschickt zwischen die behandschuhten Finger und verstärkt ihren Klang, indem er laut mitsingt.

Es dauert bis zur Hälfte der zweiten Runde, bis Thomas den Grund für ihre Zurückhaltung erkennt. Es hat nicht nur damit zu tun, dass sie Freunde sind und einander keine Schmerzen zufügen wollen, und sei es nur beim Sport. Charlie hat Angst. Angst, dass er Thomas' Rauch weckt, dass ein gut platzierter Schlag etwas in seinem Freund bersten lässt, die Bestie in ihm aus dem Schlaf reißt. Doch es liegt nicht nur an Charlie. Auch er selbst zügelt sich. Er spürt, dass nicht das Geschlagenwerden die Gefahr birgt, sondern das Schlagen, diese Freude, gepolstertes Leder in Fleisch und Knochen zu schmettern. Lady Naylors Worte über Livia schießen ihm durch den Kopf.

*Sie lebt wie eine Porzellanpuppe. Lauscht in sich hinein. Wartet darauf, dass etwas zerbricht.*

Der Gedanke genügt, um seinen Mund mit Rauch zu füllen.

Im nächsten Moment knurrt er, springt vor und landet einen sauberen Haken gegen Charlies Schulter, schickt sofort eine harte Gerade hinterher. Sein Freund ächzt, weicht zurück, schüttelt den getroffenen Arm, als wolle er ihn auf Verletzungen testen – und grinst. Er hebt die Fäuste und geht zum Angriff über, versetzt Thomas drei schnelle Geraden gegen die Brust, bevor er ihm mit einem Ausfallschritt einen Aufwärtshaken in den Bauch rammt. Ein Schlagabtausch folgt, bei dem Schultern windelweich geklopft werden und Brustkörbe ordentlich einstecken müssen. Ab und zu knackt eine Rippe, und ein unerwarteter Schlag in die Magengrube lässt Thomas nach Luft japsen. Sie verzichten auf die Glocke, dreschen aufeinander ein, bis sie atemlos, verschwitzt und freudestrahlend auf die Bank fallen. Wenn sie geraucht haben, dann beide, so hell und spielerisch, dass sie es gar nicht bemerkt haben.

»Wir sollten jeden Tag herkommen«, sagt Charlie schließlich und schlüpft in sein Jackett, weil ein kalter Luftzug durch die Fenster dringt. Ein Brief ragt aus der Tasche. Lächelnd zieht er ihn heraus.

»Das wollte ich dir vorhin schon erzählen. Der Brief ist von meiner Schwester. Sie hat ihn vor Weihnachten abgeschickt, aber er ist heute erst eingetroffen. Sie hofft, dass wir rechtzeitig bei ihnen sind, um mit nach Irland zu fahren. Sie will dich unbedingt kennenlernen.« Er reibt sich den schmerzenden Arm. »Irgendwie muss ich wohl den Eindruck vermittelt haben, du wärst attraktiv. Und nett.«

Thomas erwidert sein Lächeln. Dann wird er ernst und streift sich die Socken über.

»Du solltest nach Hause fahren, Charlie. Ich kann nicht. Noch nicht. Ich muss wissen, was sie mir noch zu sagen hat. Über den Rauch.«

Charlie protestiert nicht. Das ist eine seiner besonderen Eigenschaften, denkt Thomas: Er kämpft nicht gegen die Wahrheit an. Stattdessen hinterfragt er den Wert seiner Gespräche mit Lady Naylor.

»Wie viel hat sie dir in der letzten Woche erzählt, wenn du mal darüber nachdenkst? Was hast du wirklich erfahren?«

Thomas erkennt die Zweifel sofort. Es sind dieselben, die ihn jede Nacht quälen, wenn er ungeduldig sein gesammeltes Wissen über den Rauch durchgeht.

»Das ist schwer zu sagen. Sie erzählt dir nie genau das, was du hören willst. Ich frage nach dem Rauch, und sie fängt mit Politik an. Dass England früher liberal war, sich aber in den letzten zwanzig Jahren den Torys zugewendet hat. Dass die Neuen Liberalen zwar Boden gutmachen, aber eigentlich alle schreckliche Puritaner und genauso schlimm wie die Torys sind. Und dass die Königin oft unpässlich ist und das Regieren ihren Beamten überlässt. Dazwischen andere Themen. Neulich hat sie sich in die Wissenschaft verbissen. Sie sagt, dass die *Bücher des Rauchs* veraltet sind, buchstäblich mit Fehlern gespickt. Jeder wüsste es, aber es ist trotzdem verboten, sie zu ändern, weil das ja implizieren würde, dass wir nicht die geringste Ahnung haben, was der Rauch eigentlich ist. Dann zwei volle Stunden über Erfinder, deutsche Fachzeitschriften, die Gesetze der Optik, eine solche Flut an Namen, dass mir ganz schwindelig geworden ist. Anscheinend verhindert das Parlament seit Jahrzehnten den Import von neuen Technologien: Maschinen, Waffen, Fotoemulsionen. Ein totales Embargo. Jedes Schiff wird nach Bauteilen, Entwürfen, wissenschaftlichen Abhandlungen, allem Möglichen durchsucht, weil sich die Regierung vor Veränderung fürchtet. Die neuen Technologien könnten die gesellschaftliche Ordnung gefährden. Andere Leute reich machen. Und in Italien haben sie jetzt angeblich ein Ding namens ›Telefon‹; damit kann man sich mit Leuten unterhalten, die kilometerweit weg sind, nur indem man in einen Kasten spricht. Der ist über einen langen Draht mit einem anderen Kasten verbunden, und dieser Draht befördert irgendwie die Wörter. Wie durch Zauberei.«

Er beobachtet, wie Charlie es sich vorzustellen versucht. Sein Freund ist nicht beeindruckt.

»Selbst wenn es funktionieren würde, was sollte das bringen? Da müsste man ja alle Häuser der Welt verdrahten. Das ist unmöglich.«

Thomas zuckt mit den Achseln. Der Einwand lässt sich schwer entkräften.

»Außerdem gibt es offenbar alle möglichen bahnbrechenden Erkenntnisse in der Medizin. Impfungen, Medikamente, ein neuartiges Mikroskop.« Thomas beugt sich vor, senkt die Stimme. »Sie hat irgendwo ein Labor. Hier im Haus. Sie will es mir zeigen. Wenn ich *bereit* bin.«

Plötzlich dämmert Charlie, dass ihre Erkundungstouren in den letzten Tagen nicht so unschuldig waren wie angenommen.

»Du hast danach gesucht.«

Thomas nickt, zögert. »Ja. Aber wenn ich es finde und hineingehe, würde ich gegen irgendetwas verstoßen. Irgendwelche Grundprinzipien wahrscheinlich.« Er lehnt sich zurück und wirft einen Boxhandschuh quer durchs Zimmer in Richtung Schrank. »Und ich habe das Gefühl, dass Lady Naylor ein ziemlicher Prinzipienreiter ist.«

Charlie ahmt seinen Wurf nach. Er zielt besser, doch sein Handschuh fliegt einen Meter zu kurz. Er fragt: »Vertraust du ihr?«

Thomas ist wieder dran. Sein Handschuh trifft die Schranktür, rutscht hinunter, bleibt mit ausgebreiteten Schnüren liegen.

»Manchmal. Ein andermal schaue ich sie an und denke, sie ist der Teufel.«

»Wegen London.«

»Ja. Was sie dort gemacht hat ...« Thomas zieht ein imaginäres Rasiermesser über die Unterseite seiner Zunge. »Andererseits war die Frau natürlich tot.« Sein Gesicht wird hart. »So oder so, es sieht nicht so aus, als würde sie jetzt noch mit mir reden. Nicht, solange ihr *Sohn* da ist.«

Als er Julius erwähnt, wirft Charlie den vierten Handschuh, schleudert ihn von sich und trifft den Bilderrahmen neben dem Schrank, der krachend zu Boden fällt. Sie nehmen das Foto aus dem Scherbenmeer. Renfrew grinst sie an, den Kopf eingezogen, die Fäuste erhoben, herausfordernd, kampfbereit.

*

Sie nehmen ihr Gespräch erst wieder auf, als sie zurück in ihrem Zimmer sind. Sie haben beide gebadet und ein frisches Hemd angezogen; ihre feuchten Haare sind verwuschelt vom Handtuch. Ein Spielbrett mit aufgereihten Elfenbeinfiguren steht zwischen ihnen. Schach. Thomas ist an der Reihe. Er greift nach seiner Dame, dreht sie in der Hand.

»Ich fasse es immer noch nicht, dass ich mit ihm verwandt bin.«

Charlie wartet, bis Thomas seinen Zug beendet hat.

»Warum nicht? In den alten Familien ist fast jeder mit jedem verwandt. In meinem Stammbaum gibt es bestimmt auch ein paar Spencers. Vielleicht sogar irgendwo einen Argyle.« Er schweigt kurz. »Ich habe mich ein wenig umgehört. Wie es kommt, dass Julius nicht bei seiner Mutter wohnt. Zuerst habe ich es bei Thorpe versucht, aber der hat nur die Stirn gerunzelt. Meine Neugier hat ihm nicht gefallen. Also habe ich den Kutscher gefragt, der uns hergefahren hat. Der sagt, Lady Naylor hätte sehr jung geheiratet. Anscheinend eine Zweckehe, keine Liebesheirat. Weniger als ein Jahr nach der Hochzeit ist ihr

Mann gestorben, irgendwo im Ausland, in den Kolonien. Als Julius geboren wurde, war sein Vater schon fünf Monate tot, und Lady Naylor lebte bei seinen Eltern. Es klang, als wäre sie dort beinahe wie eine Gefangene gehalten worden. Du weißt ja, wie das bei den altmodischen Familien ist, wo die Frauen kaum Freiheiten haben. Wenn dann auch noch ein Sohn im Spiel ist, ein Erbe … Jedenfalls, als Baron Naylor ihr den Hof gemacht hat, wollten die Spencers nur ihr Einverständnis geben, wenn sie ihnen das Kind überlässt.« Charlie schneidet eine Grimasse. »Stell dir vor, du müsstest eine solche Entscheidung treffen. Sie wollte wohl wirklich dringend weg.«

»Der arme Julius.« In Thomas' Stimme liegt nicht die geringste Spur Mitgefühl. »Willst du mir erzählen, dass er deshalb so ein Drecksack ist?«

Charlie wird rot, nickt, bewegt einen Bauern.

»Ja. Vielleicht.«

»Und mit einem Bluthund und einem Leibdiener herumschleicht, der wie ein Schwerverbrecher aussieht?«

»Ach, was den Diener angeht, der heißt Mr Price. Über den hat der Kutscher mir auch etwas erzählt. Die Geschichte stammt eigentlich von seiner Frau. Keine Ahnung, woher die es hat, es kommt direkt aus der Familiengruft der Spencers. Jedenfalls behauptet der Kutscher, dass seine Frau behauptet, dass Julius' Leibdiener seine Krähe war, damals als Kind.«

»Na und?«

»Na und? Hattest du eine Krähe, als du klein warst?«

»Nein. Meinen Eltern war das nicht wichtig.«

»Aber du weißt, was sie tun, oder?«

»Natürlich. Sie werden in Dienst genommen, wenn du zehn bist. Eine rituelle Stellung. Für das letzte Jahr, bevor du selbst für deinen Rauch verantwortlich gemacht wirst.«

»Oh, so rituell ist die Stellung gar nicht. Sie wachen über dich, Tag und Nacht. Wenn dir etwas zustößt, stößt es auch ihnen zu. Es ist ein heiliger Eid, den sie in der Kirche leisten müssen. Meine Krähe war mein erster echter Freund. Er hat mir fast alles beigebracht, was ich weiß. Ein Jahr und ein paar Monate war er immer da, bei jedem meiner Atemzüge. Hat direkt vor meiner Zimmertür auf einer Art Strohsack geschlafen. Mir aufgeholfen, wenn ich vom Pferd gefallen bin. Dann war er plötzlich weg. Auf zur nächsten Stellung. Das reißt ein Loch in dein Leben.« Charlies Stimme ist hart geworden. Der Tonfall ist so untypisch für ihn, dass Thomas erschrickt.

»Hast du ihn je wiedergesehen?«

»Einmal. Vor ungefähr einem Jahr.«

»Und?«

»Und nichts. Wir haben kaum drei Worte gewechselt. Er wirkte plump und dumm und anmaßend. Triefte vor Sünde. Stank nach altem Rauch.« Charlie schüttelt den Kopf, als er daran zurückdenkt. »Sie verbringen ihr Leben unter Kindern. Disziplinlosen, rauchenden, albernen Zehnjährigen. Das färbt vermutlich ab. Und gleichzeitig sind sie Leibwächter. Gorillas. Meiner hat mal ein Dienstmädchen verprügelt, weil es mich gehänselt hat. Er hat sie einfach an den Haaren gepackt und auf sie eingedroschen. Und dabei gelacht, als wäre das alles ein Witz. Ich musste ihn anflehen, damit er endlich aufhört.«

»Er war also kein geborener Leibdiener?«

»Nein. Eher ein professioneller Schläger.«

»Nun, Mr Price ist anscheinend beides.«

Sie beenden ihre Partie. Charlie gewinnt, wie fast immer bei Strategiespielen. Thomas liegen eher Kartenspiele, bei denen man seine Stärken verbirgt und den Gegner rätseln lässt. Ihm gefällt nicht besonders, was das über ihn sagt.

»Ich habe auch etwas über Julius herausgefunden«, bemerkt er. »Gestern Abend bin ich dem Mädchen gefolgt, das ihm heißes Wasser geholt hat.« Er lächelt. »Ich weiß, wo sein Zimmer ist, Charlie. Und stell dir vor: Seine Tür ist genau wie unsere.« Er steht auf, dreht den Knauf, öffnet sie schwungvoll. »Sie hat kein Schloss.«

Charlie schaut ihn entsetzt an. »Du hast doch wohl nicht …!«

»Nein. Noch nicht. Aber jetzt redet er bestimmt gerade mit Lady Naylor. Die Dienstboten essen in einer halben Stunde zu Abend, und der Hund sitzt draußen in einem Zwinger. Ich habe nachgesehen.«

»Aber du kannst doch nicht –«

»Nicht, Charlie? Julius ist mein Feind. Und ich will wissen, weshalb er gekommen ist.«

*

Der Raum befindet sich im Westflügel. Während man vom Zimmer der Jungen den Sonnenaufgang und die Gärten sieht, fängt Julius' Zimmer das Abendlicht ein, das sich über die Wälder und einen vom Regen angeschwollenen Bach ergießt. Wie fast das gesamte Haus ist der Korridor, der dorthin führt, still und leer. Thomas fragt sich, ob alle großen Häuser so sind: Steinwüsten mit kleinen bewohnten Oasen, zwischen denen zu festgelegten Zeiten livrierte Diener hin und her eilen. In der Woche seit ihrer Ankunft hat er Lady Naylor erst in drei verschiedenen Räumen angetroffen.

Sie fühlen sich wie Diebe, als sie sich der Tür nähern. Obgleich sie sich nicht anders bewegen als sonst – oder doch? –, ist ihnen, als stünde ihnen ihr Vorhaben ins Gesicht geschrieben. Thomas schnuppert und prüft seinen Atem, aber es ist nicht der Rauch, der sein Blut in Wallung bringt, sondern eine Verlegenheit, die beinahe an Scham grenzt. Trotzdem hat er keinerlei Zweifel an seinem Plan. Julius' Auftauchen war ein Angriff, vergleichbar einem Zug auf dem Schachbrett, das sie gerade verlassen haben. Er erfordert einen Konter.

Sie erreichen die Tür. Thomas klopft, laut, unverfroren. Das

Geräusch lässt Charlie zusammenzucken. Niemand antwortet.

»Du kannst hier draußen warten. Am Ende des Flurs. Pfeif, wenn sich jemand nähert.«

Thomas sieht, dass Charlie ernsthaft versucht ist. Sein Freund fühlt sich unwohl bei der Sache. Nicht, weil ihm der Mut fehlen würde, sondern weil es ihm einfach falsch vorkommt. Nicht so sehr wie ein Verbrechen, eher wie etwas, das ein Gentleman nicht tut. Das gegen die Regeln des Anstands verstößt. Thomas fragt sich, ob Charlie weniger Skrupel hätte, wenn sie Mr Price' Zimmer durchsuchen würden.

»Na los«, sagt Charlie schließlich. »Wenn sie uns erwischen, hängen wir gemeinsam drin.«

Das Zimmer ist größer als das ihre und viel opulenter ausgestattet. Es gibt ein Himmelbett, einen Sekretär und mehrere Sofas, außerdem ein Dutzend kunstvolle Modelle von Segelschiffen der Royal Navy, die auf einem in die Wandvertäfelung eingelassenen Regal stehen. Julius' Reisetruhe wurde ausgepackt und auf einem schweren Kastanienholzschrank verstaut. Ein Bild von einem Fuchs, der sich an ein Huhn anpirscht, schmückt eine Wand, eine alte Karte von England bedeckt eine andere. Parfümfläschchen und Haarbürsten mit silbernem Griff säumen den Waschtisch. Thomas hatte mit etwas anderem gerechnet – einem Stockbett und einem offenen Koffer, einem kleinen Haufen Habseligkeiten, den sie in wenigen Minuten durchwühlen können – und weiß einen Augenblick lang nicht, was sie nun tun sollen. Auch wenn er den Tatsachen bisher nicht ins Auge sehen wollte, das Zimmer setzt dem ein Ende: Julius ist Lady Naylors Sohn. Er mag nicht bei ihr aufgewachsen sein, doch dieser Raum hier gehört ihm, und zwar schon von Kindheit an. Jedes einzelne Segelschiff war vermutlich ein Geburtstagsgeschenk, bis er der Sache entwachsen und zu Jagdhunden, Gewehren und maßangefertigten Cricket-Beinschonern aufgestiegen ist.

Charlie wirft Thomas einen Blick zu, versteht seine Verwirrung. »Wo fangen wir an?«

In Wirklichkeit sagt er: *Wir sollten gar nicht hier sein.*

»Mit dem Schrank«, sagt Thomas und durchquert das Zimmer.

Er erwartet nicht, dass Charlie ihm hilft.

*

Sie finden nicht viel, was ihnen nützt. Kein Tagebuch unter dem Kopfkissen, keine Dokumente oder Briefe, weder auf dem Sekretär noch in seinen Fächern noch im Papierkorb. Dafür eine überraschende Anzahl von Hemden, insgesamt mehr als dreißig, alle frisch geplättet und so strahlend weiß, dass sie ungetragen wirken. Außerdem entdeckt Thomas drei Paar Lederhandschuhe, ein Spielzeugflorett und einen echten Stockdegen, achtlos ganz hinten in den Schrank geworfen, einen Füllhalter aus Elfenbein mit einer goldenen Feder, Sporen, eine Reitgerte, ein schmales Klappmesser mit einem Heft aus Horn und einer zehn Zentimeter langen Klinge. Aber keinen Hinweis darauf, weshalb Julius gekommen ist, nichts, das ein Geheimnis über seinen Charakter enthüllen würde.

Nur eine Sache: ein Holzkästchen. Thomas bemerkt es, weil es aussieht, als wolle es nicht bemerkt werden. Es steht gut sichtbar auf dem Nachttisch, allerdings in einen Bücherstapel geschoben. Fast wie zufällig. Aber gleichzeitig zu ordentlich.

Das Kästchen ist ziemlich klein und aus einem eigenartigen Holz gefertigt, das im Abendlicht rot glänzt. Es ist nicht leicht genug, um leer zu sein, jedoch auch nicht besonders schwer. Für Briefe oder Dokumente hat es nicht die richtige Größe, und es verströmt einen feinen Geruch, ähnlich dem von altem Leder. Außerdem ist es verschlossen. Thomas findet keinen Schlüssel für das silberne Schlüsselloch.

Er trägt das Kästchen zum Sekretär hinüber, klappt das Messer auf und schiebt die Spitze der Klinge in das Schlüsselloch. Er muss ein wenig stochern, aber unter leichtem Druck öffnet sich das Schloss. Er spürt, wie Charlie hinter ihm die Stirn runzelt, sich vorbeugt. Mit einer schwungvollen Bewegung macht Thomas das Kästchen auf und sieht (sein Magen zieht sich enttäuscht zusammen): Zigaretten. Ordentlich aufgereiht, vielleicht sechs Dutzend, blass und zerbrechlich auf dem lackierten Holz.

»Verdammt«, murmelt er und macht das Kästchen wieder zu.

Doch Charlie packt seinen Arm: »Mach noch mal auf. Riech daran!«

Thomas tut es, nimmt eine Zigarette heraus, führt sie unter der Nase entlang. Er hat noch nie eine Zigarette geraucht und, wenn er es recht bedenkt, auch noch nie eine in der Hand gehalten. Trotzdem erkennt er den Geruch von Tabak und kann sich vorstellen, wie sie angezündet duftet. Aber da ist noch etwas anderes. Dunkler, herber, schwer einzuordnen. Charlie lehnt über seiner Schulter, hat die Augen geschlossen, durchforstet sein Gedächtnis.

»Wie ein Unterhemd nach dem Waschen«, sagt er schließlich. »Als wir noch klein waren, meine ich. Vor der Disziplinierung. Der Geruch nach Lauge, dort auf der Brust und zwischen den Schulterblättern, wo das Dienstmädchen deinen Ruß weggeschrubbt hat. Aber darunter noch etwas anderes – nicht Rauch, nicht Schweiß, ein ganz eigener Geruch. *Dieser* Geruch.«

Charlies Worte versetzen Thomas zurück in sein Kinderzimmer, in eine ganz ähnliche Situation: Er sitzt mit nacktem Oberkörper auf dem Bett, eine Vase mit Blumen vor dem offenen Fenster, Vogelgezwitscher; nimmt ein frisch gewaschenes Unterhemd vom Stapel, schnuppert daran, bevor er hineinschlüpft, versucht, die Aromen zu identifizieren. Es riecht nach Pilzen und Asche und regenfeuchter Erde. Ein gefährlicher Geruch.

»Das sind gar keine Zigaretten«, sagt er und stopft sich vier oder fünf in die Jackentasche. Charlie hält ihn nicht davon ab. Es ist Diebstahl, doch in dem Kästchen liegen so viele, dass es nicht auffällt, wenn ein paar fehlen. Julius wird sie bestimmt nicht abgezählt haben.

Irgendetwas an diesem Gedanken stört Thomas. Er zögert, greift nach einer weiteren Zigarette und bricht sie auseinander. Ein wenig Tabak rieselt heraus, zusammen mit etwas anderem, ebenfalls braun, aber dunkler und körnig wie Salzkristalle. Er legt die zerbrochene Zigarette quer über die ordentlichen Reihen, klappt das Kästchen zu und stochert im Schlüsselloch, bis das Schloss wieder zuschnappt. Dann schiebt er das Kästchen zurück in den Bücherstapel auf dem Nachttisch. Charlie beobachtet ihn schweigend. Die untergehende Sonne fällt hell auf sein Gesicht und verengt seine Augen zu schwarzen Schlitzen.

»Du willst, dass er es weiß.«

Thomas zuckt mit den Achseln. »Du hattest von Anfang an recht. Hier einzubrechen, war falsch. Wir haben eine Grenze überschritten. Schauen wir mal, wie er reagiert.«

Er stellt sich wieder das Schachbrett vor und zieht in Gedanken mit seinem König hinter einer Mauer aus Bauern hervor.

Vielleicht gibt es eine Art Schach, bei der ein Bluff sich auszahlt.

*

Sie nehmen die gestohlenen Zigaretten mit auf ihr Zimmer und reihen sie auf einem der gestärkten Kopfkissen auf. Sitzen auf dem anderen Bett, starren sie an. Nach ein paar Minuten steht Thomas auf, kramt in seinen Taschen, zieht eine Schachtel Zündhölzer heraus. Er greift nach einer Zigarette, setzt sich wieder, hält sie sich unter die Nase. Riecht daran. Sein Magen verkrampft sich. Den Grund gesteht er sich nicht gleich ein: Angst.

Er begreift es nicht. Sein Körper rebelliert gegen diesen Geruch. Wäre es auch so, wenn er an einem giftigen Pilz röche? Würde sein Körper ihn anschreien, nicht hineinzubeißen? Charlie beobachtet seinen inneren Kampf. Dass jemand einen durchschauen kann, als wäre man aus Glas, sollte eigentlich beängstigend sein, aber das ist es nicht. Nicht bei Charlie.

Charlie beugt sich vor, entwindet ihm die Zigarette.

»Lass mich machen. Zünde ein Streichholz an.«

Thomas tut es, sitzt dann jedoch nur reglos da. Die Flamme lodert hell, krümmt das verbrannte Holz, erlischt. Als er das zweite Streichholz anreißt, nimmt Charlie es ihm schnell aus der Hand, doch die hektische Bewegung erstickt die Flamme auf halbem Weg zu seinem Mund. Das dritte Streichholz drückt Thomas mit Daumen und Zeigefinger aus, bevor es die Zigarette erreicht.

»Nein, Charlie. Ich habe ein ungutes Gefühl dabei. Es muss noch einen anderen Weg geben.«

»Welchen?«

»Ich frage Lady Naylor.«

Charlie nickt, dann runzelt er die Stirn.

»Frag Livia«, sagt er. »Sie wusste über die Bonbons Bescheid. Vielleicht weiß sie auch hiervon.«

»Die kleine Nonne?«

»Sie wird uns helfen.«

Thomas wiederholt die Frage, die Charlie ihm vor ein paar Stunden gestellt hat, als es um Livias Mutter ging.

»Vertraust du ihr?«

Ohne zu zögern, erwidert Charlie: »Ja.«

»Du magst sie.«

»Sie macht es einem nicht leicht, sie zu mögen.«

Thomas akzeptiert die Antwort seines Freunds. Der Brief, der immer noch aus Charlies Jacketttasche ragt, fällt ihm ins Auge.

»Was würde deine Schwester über sie denken? Die, die mich für attraktiv hält.«

»Oh, sie würde sie aus tiefstem Herzen verabscheuen.«

*

Sie finden Livia in ihren Räumlichkeiten. Thomas hatte sie nicht so verspielt erwartet, mit einer gemusterten rosafarbenen Tapete, Porzellanfiguren und burgunderroten Vorhängen vor den Fenstern. Livia bemerkt seinen Blick und erwidert ihn finster. In einer Ecke befindet sich ein dunkles, schweres Stehpult, das überhaupt nicht zur restlichen Einrichtung passt. Ein Klostermöbel, das man in ein Prinzessinnenzimmer gezerrt hat. Ein Buch liegt aufgeschlagen darauf, die Seiten von einem Bleilineal gehalten. Unbewusst registriert Thomas, dass Livia anscheinend im Stehen liest.

Sie führt sie zu einer Sitzgruppe in der Nähe des Fensters und bittet sie, Platz zu nehmen. Als würde sie gleich Tee servieren. Doch ihr Gesicht ist kalt und feindselig, ihre Aufmerksamkeit auf Thomas gerichtet. Sie macht ihn für die Störung verantwortlich.

»Was kann ich für Sie tun?«

Charlie spricht, ehe Thomas den Mund öffnen kann. »Wir sind in Julius' Zimmer eingebrochen.« Er sagt es, als wäre es seine Idee gewesen, entschuldigt es nicht, mildert nichts ab, teilt es ihr schlicht mit. »Da haben wir die hier gefunden.« Er bedeutet Thomas mit einem Nicken, Livia eine Zigarette zu reichen. »Sie sind nicht das, wonach sie aussehen.«

Livia nimmt die Zigarette, riecht daran, gibt sie sofort zurück. Es ist offensichtlich, dass sie weiß, um was es sich handelt.

»Und?«

»Was hat es damit auf sich?«, fragt Charlie.

»Sie haben keine probiert?«

»Nein.«

»Sie auch nicht, Mr Argyle?«

Thomas schüttelt den Kopf, hält ihrem Blick stand. »Ich hatte Angst.«

»Trauen Sie sich«, sagt sie. »Soweit ich gehört habe, ist die Wirkung nicht von Dauer.«

Wieder holt Thomas die Schachtel Streichhölzer aus der Tasche, wieder zögert er, weil sein Blut gegen den Geruch der Zigarette rebelliert. Oder doch nicht? Unter seiner Furcht liegt leises Verlangen.

Wieder schaltet sich Charlie ein.

»Lass mich«, verkündet er. »Wenn Livia sagt, dass sie ungefährlich sind …«

Sie schüttelt den Kopf, als wolle sie ihn davon abbringen, dann überlegt sie es sich anders.

»In Ordnung, Mr Cooper. Hier, ich helfe Ihnen beim Anzünden.«

Charlie nimmt Thomas die Zigarette aus der Hand. Als Livia sich vorbeugt und nach den Streichhölzern greift, mustert sie Charlie mit einem bestimmten Ausdruck. Wie Renfrew, wenn er einem schlauen Jungen eine besonders schwierige Frage stellt. Hoffnungsvoll. Obwohl er gleichzeitig mit seinem Versagen rechnet. Die beiden haben Thomas zum Zuschauer degradiert. Das gefällt ihm ganz und gar nicht, doch er hält Charlie nicht auf, als der die Spitze der Zigarette an die Flamme führt. Sein Freund hustet ein wenig, stößt eine winzige Wolke Grau aus, zieht noch einmal.

»Und? Wie fühlen Sie sich?«, fragt Livia.

Charlie spricht sehr schnell.

»Normal«, sagt er. »Genau wie vorher.«

Und dann: »Gut. Ich fühle mich richtig gut.«

Er steht auf und fängt an, im Zimmer herumzulaufen. Livia sieht ihn nicht an, sondern redet mit ihren Händen, die gefaltet in ihrem Schoß liegen, als würde sie beten. Ihre Worte klingen so sittsam, dass es eine Weile dauert, ihre Bedeutung zu erschließen.

»Mutter sagt, sie machen Jungen ›liebeshungrig‹. Mädchen auch, aber ich glaube, sie meint etwas Anatomisches.«

Charlie runzelt die Stirn, dreht sich um, läuft weiter.

Entnervt tritt Thomas zu ihm.

»Geht es dir gut?«

Als er Charlie berührt, schüttelt der seine Hand mit plötzlicher Heftigkeit ab, wirbelt herum, presst seine Stirn gegen die von Thomas.

»Ob es mir gut geht?« Charlies Stimme ist fröhlich, hat jedoch einen scharfen Unterton. »Es ging mir nie besser.« Er lehnt sich mit vollem Gewicht gegen Thomas, drängt ihn einen Schritt zurück. »Du solltest auch einen Zug nehmen.«

Als er seine Aufmerksamkeit Livia zuwendet, liegt etwas Lüsternes und Anzügliches in seinem Blick, so untypisch für ihn, dass er fast wie ein anderer Mensch wirkt.

»Oder *Sie*, Jungfer Maria. Das würde Ihnen wahrlich guttun.«

Charlie will die Zigarette erneut an die Lippen führen, doch Thomas schlägt sie ihm aus der Hand. Im nächsten Moment stößt Charlie ihn gegen die Wand. Die Wucht überrascht Thomas, raubt ihm den Atem: ein entfesselter Charlie, der starke junge Körper ungezügelt. Drei Herzschläge lang stehen sie einander Auge in Auge gegenüber.

Dann kehrt der wahre Charlie zurück. Anders kann man es nicht ausdrücken. Liebenswürdigkeit und Geduld dringen hinter den maskenhaften Zügen hervor, lassen sich um die Augen herum nieder, heben die Mundwinkel. Eine Sekunde später folgt die Scham. Charlie bückt sich nach der brennenden Zigarette, löscht sie mit Daumen und Zeigefinger, zerbröselt sie in seiner Faust. Livia beobachtet ihn.

»Da könnten Sie gleich pures Gold aus dem Fenster werfen.«

Doch Charlie ist mit den Gedanken woanders.

»Ich habe nicht geraucht … also, mein Körper«, sagt er.

Noch während er spricht, durchfährt ihn ein Schauder. Er fasst unter sein Hemd, zieht die Hand wieder hervor. Was daran klebt, ist weder Ruß noch Rauch, sondern irgendetwas dazwischen: eine schmierige Substanz, aus der ein feiner Rauchfaden entweicht. Plötzlich wirkt es, als würde sie Feuer fangen, und eine pechschwarze Wolke steigt auf. Zurück bleibt feine weiße Asche, die wie Kreide zu Boden rieselt.

»Pures Gold«, wiederholt Thomas langsam. »Also sind diese Zigaretten teuer?«

Livia nickt. »Soweit ich weiß.«

»Wer stellt sie her? Dieselben Leute, die auch die Bonbons machen?«

Sie schüttelt den Kopf. »Nein. Die Bonbons werden im Auftrag der Regierung hergestellt. Früher haben drei oder vier Familien gemeinsam das Monopol besessen, bevor die Spencers es aufgekauft haben. Die hier« – sie stößt den Finger in Richtung von Charlies Faust – »sind illegal. Offiziell existieren sie gar nicht. Niemand weiß, wo sie hergestellt werden. Oder wie.«

»Die Spencers besitzen das Bonbonmonopol?«

Thomas will mehr darüber erfahren, doch Charlie unterbricht ihn mit verwirrter Stimme, in dem verzweifelten Versuch zu verstehen, was gerade geschehen ist.

»Es war wie in London«, sagt er. »Wie ein Fieberwahn. Nur kam es dieses Mal nicht von außen, sondern von innen.« Er schüttelt sich, greift sich an den Hals, als würde die Infektion dort festsitzen und seinen Atem vergiften.

»Aber warum?«, fragt er, noch immer panisch. »Warum sollte jemand Rauch kaufen wollen? Das ergibt keinen Sinn.«

*

Livia erklärt es ihnen. Sie sitzen wieder auf den Sofas neben dem Fenster. Livia hat Charlie ein Glas Wasser eingeschenkt. Thomas nicht, aber schließlich ist er auch nicht frisch genesen.

»Sie waren in London«, fängt sie an. »Davon haben wir natürlich gehört. Ihr *Ausflug*. Meine ganze Schule hat über nichts anderes geredet. Ein tollkühnes Experiment für eine bessere Zukunft. Die meisten Mädchen haben Sie beneidet.«

»Nur weil sie nicht wissen, wie es ist«, wirft Charlie ein. »Es war schrecklich.«

»Wirklich?«

Livia verleiht dem Wort eine eigenartige Betonung. Dabei mustert sie Thomas. Er denkt darüber nach.

»Es war schrecklich«, wiederholt er Charlies Satz. »Aber auch befreiend. Man konnte nicht anders, als zu sündigen. Eine Art Freibrief, sich wie ein Schuft zu benehmen.«

Livia nickt. »Mutter sagt, sobald die Regierung Aufträge für Arbeit in London vergibt, stehen die Gentlemen Schlange. Offiziell bringen sie natürlich ein Opfer ›für das Gemeinwohl‹. Und die Damen machen manchmal Wochenendausflüge in die Stadt. Für ›wohltätige Zwecke‹.«

Ihr Tonfall klingt verächtlich. Sie scheint Heuchelei genauso zu verabscheuen wie den Rauch.

»Aber das ist verrückt«, beharrt Charlie. »Die Stadt kehrt das Innerste nach außen. Du verlierst dich, wirst ein anderer Mensch. *Böse*.«

»Das ist es ja genau. Manche sind offenbar der Meinung, dass das Böse auch seine Freuden hat. Natürlich darf man nicht riskieren, sich völlig gehen zu lassen und die jahrelange Disziplinierung der Sinne zunichtezumachen.«

Livias Wut ist jetzt so greifbar, dass Thomas fast erwartet, sie würde zu rauchen anfangen.

Fast.

»Und weil es so lästig ist, nach London zu fahren, haben viele

Gentlemen nach einer kontrollierteren Art gesucht, das Laster zu kosten.«

»Eine Zigarette lang!« Halb belustigt, halb angewidert schüttelt Thomas den Kopf. »Also funktioniert die Schule wirklich, was? Mit elf stecken sie dich rein, und für jede kleine Rauchfahne kriegst du einen Eintrag in deine Akte. Wenn du wieder rauskommst, bist du so diszipliniert, dass du gar nicht mehr weißt, wie das geht: sich gehen lassen. Klar, natürlich rauchst du ab und zu, aber dein Rauch ist schwach, nicht mehr als ein Schluckauf. Selbst wenn du es herbeisehnst, kannst du das Tier in dir nicht mehr finden.«

Sein Blick wandert von Livia zu Charlie. Bei Charlie war nicht viel Disziplinierung nötig, um ihn zu einem guten Menschen zu machen. Er wurde schon so geboren.

Bei Livia ist er sich da weniger sicher.

»Also nimmst du Bonbons, wenn du nicht infiziert werden willst, und Zigaretten, um dich zu amüsieren«, fährt er fort. »Und mir nichts, dir nichts beherrschst du den Rauch! Wann tun sie es denn, diese feinen Damen und Herren? Wann beschließen sie, dass es Zeit ist für eine kleine Pause vom Gutsein?«

Jetzt hat er Livias Aufmerksamkeit. Sie antwortet ungerührt. »Wenn sie ihre Hausmädchen verführen wollen. Oder den Leibdiener ihres Mannes.«

»Oder rauben«, fügt Thomas hinzu. »Oder töten.«

»Man könnte auch ohne Rauch töten«, flüstert Charlie. »Wenn es gerecht wäre.«

Es ist schwer zu sagen, woran er denkt, aber er sieht tief getroffen aus, noch tiefer als kurz nach ihrer Ankunft, als Thomas ihm erklärt hat, dass der Rauch eine Lüge ist. Dass er vor einem Vierteljahrtausend über sie gekommen ist und die hohen Tiere die Vergangenheit umgeschrieben haben. Charlie will nicht in einer Welt leben, in der die Sünde ein Freizeitvergnügen der Reichen ist.

»Ich weiß nicht, Charlie«, sagt Thomas sanft. »Selbst der Henker in London musste sich erst zum Rauchen bringen. Was denken Sie, Miss Naylor?«

Livia scheint jedoch das Interesse verloren zu haben, wendet sich von ihnen ab, tritt an das Stehpult und beugt sich über ihr Buch. Jetzt erinnert sie Thomas an ihre Mutter, die ihn am Ende eines Gesprächs entlässt. Wäre er nicht da, dürfte Charlie vielleicht bleiben. Doch Charlie akzeptiert ihre Entscheidung und geht zur Tür. Thomas folgt ihm, allerdings langsamer. Er ist noch nicht ganz fertig.

»Ich habe Sie für eine Nonne gehalten«, sagt er, den Blick weiter auf Livia gerichtet. »Aber in Ihnen steckt mehr. Diese Nonne hat Verstand. Und Zähne.«

Seine Stimme zeugt von Respekt. Er meint seine Worte als Kompliment.

Livia zeigt keine Regung.

»Wissen Sie, wo sich das Labor Ihrer Mutter befindet?«, fragt Thomas.

»Ja«, antwortet sie, ohne aufzuschauen.

»Werden Sie es mir zeigen?«

»Nein.«

Thomas nickt.

»Danke für Ihre Hilfe.«

Die Tür fällt lauter als beabsichtigt ins Schloss. Er hofft, dass das seinen Dank nicht zunichtemacht.

*

Ein Stockwerk tiefer begegnen sie Julius' Leibdiener. Mr Price betritt gerade den Korridor, als sie die Treppe verlassen. Dreißig teppichgedämpfte Meter trennen sie. Sie gehen aufeinander zu wie Soldaten auf dem Schlachtfeld.

Mr Price ist ein imposanter Mann, breitschultrig, nicht dick, aber massig, jedes Glied ein Baumstamm aus Muskeln und Knochen. Eine parallel zum Haaransatz verlaufende Linie markiert die Stelle, an der die Kappe sitzt, die er normalerweise trägt. Darunter ist seine Haut wind- und sonnengegerbt, braun und rau wie eine Wurzel. Darüber ist sie blass und seltsam zart wie ein Weichtier, das von seiner Schale geschützt wird.

Er bewegt sich so zielgerichtet, dass Thomas sich fragt, ob Julius die zerbrochene Zigarette bereits gefunden hat. Sein Gang ist nicht hastig, verschlingt jedoch Meter um Meter mit mechanischer Präzision. Thomas muss sich zwingen, nicht langsamer zu werden, um das Zusammentreffen hinauszuzögern. Stattdessen ahmt er die Haltung des Leibdieners nach, streckt die Brust heraus, marschiert in der Mitte des Korridors. Charlie bemerkt die Veränderung, hält Schritt.

Je näher sie kommen, desto genauer erkennen sie Price' Züge: den von Bartstoppeln umrahmten Mund, die breite, schiefe Nase, die Delle im Kinn, als hätte jemand vor dem Backen den Daumen hineingepresst. Auf seine Weise ist es ein attraktives Gesicht, markant und nicht unintelligent. Doch um die Augen liegt ein eigentümlicher Zug. Resignation. Unerbittlichkeit. Ein Leben voller Gewalt. Wo das untere Lid sich um den Augapfel wölbt, sieht man eine schmale rote Sichel. Keine blutunterlaufenen Augen, aber blutkonturiert, wie mit einem messerscharfen Kajal nachgezogen. Die Brauen darüber fallen zur Mitte hin ab, von der Schläfe zur Nase. Eine tiefe Furche trennt sie. Mit den beiden Jungen hat das nichts zu tun; sie rührt vom Mienenspiel eines ganzen Lebens her, von Wut, Konzentration oder Schmerz. Als Price nur noch fünf Schritte von ihnen entfernt ist, bemerken sie seinen Geruch, nach Leder, Schweiß und einer Spur alten Rauchs. Gleich werden sie zusammenstoßen, Oberkörper gegen Oberkörper. Wieder denkt Thomas an die zerbrochene Zigarette. Sollte es zum Kampf kommen, könnte keiner von ihnen es mit dem Leibdiener aufnehmen. Vielleicht kann er Price so lange beschäftigen, bis Charlie Hilfe geholt hat.

Falls jemand bereit ist, ihnen zu helfen.

Einen Schritt vor der Kollision schert Price aus. Ohne langsamer zu werden, geht er an ihnen vorbei. Seine schweren Stiefel sind erstaunlich leise. Als sie das Ende des Flurs erreichen, bleibt Charlie stehen, dreht sich um, schaut dem Mann hinterher. Sein Gesicht ist gerötet. Thomas hat seinen Freund noch nicht oft wütend erlebt.

»Dieser Kerl ertränkt Kätzchen zum Spaß«, sagt er.

»Nicht zum Spaß. Nur wenn man es ihm befiehlt. Aber dann gleich säckeweise.«

Thomas wollte es eigentlich leichthin sagen, doch seine Stimme stockt, und ein Schauder läuft ihm über den feuchten Rücken.

# MR PRICE

Er ruft mich spät am Abend zu sich. Kä-sar. So nennen sie ihn in der Schule. Designierter Kaiser. Julius Paul. *Jules* für seine Mutter, nach Art der Franzosen. Für mich war er immer Mr Spencer, selbst als Dreikäsehoch. Ich kenne ihn schon sein halbes Leben lang. Ich bin für ihn wie ein Vater und eine Mutter, aber auch: wie ein Sohn. Ich sehe sofort, dass er wütend ist. Er hat eine Reitgerte in der Hand.

Nur zu, sage ich. Schlagen Sie mich, wenn es sein muss.

Und das tut er, vertrimmt mich wortlos, drischt auf meine Schultern, meinen Rücken, meine Oberschenkel ein, während ich Gesicht und Augen bedecke. Wir rauchen gemeinsam, er vor Wut, ich vor Schmerz, atmen einander ein. Das entfremdet uns nicht etwa, sondern stärkt unsere Bande. Das ist Familie: geteilter Rauch. Alles andere ist wie ein Handschlag: kalt, förmlich, mit einem Schritt Abstand. Für so etwas ist der Mensch nicht geschaffen.

Danach, schwer atmend vor Anstrengung, erklärt er es mir. Dass sie sich heute Nachmittag in sein Zimmer geschlichen, seine Zigaretten gestohlen und eine zerbrochene obenauf gelegt haben, damit er es auch merkt. Er ist kreidebleich vor Zorn. Ein hübscher Junge, immer schon. Ich bereite ihm ein Bad. Während er im Wasser sitzt und den Ruß einweichen lässt, räume ich das Zimmer auf. Das Zigarettenkästchen steht offen. Ich klappe es zu und schließe es weg.

Er teilt seine Zigaretten nicht mit mir. Jede einzelne, sagt er oft (er hält sie gerne in der Hand, gestikuliert mit ihnen, richtet sie drohend auf mein Gesicht: der Finger einer Vogelscheuche, krumm und ausgestopft, mit herausquellendem Tabak an der Spitze) ist so viel wert, wie du in zwei Jahren verdienst. Für fünf würde dich deine Mutter an den Henker verkaufen.

Ich widerspreche.

Ich habe keine Mutter, erkläre ich.

Das bringt uns immer zum Lachen.

Was werden Sie tun?, erkundige ich mich, als ich ihn später zudecke. Wie werden Sie die Diebe bestrafen?

Disziplinieren, sagt er. Ein Gentleman bestraft nicht.

Ich warte, bis er eingeschlafen ist. Nach einer Weile glätten sich seine Züge, und man sieht den Jungen in ihm, wie er so daliegt, eine Hand unter dem Kinn.

In der Nacht vernichte ich die Kleider. Hinter dem Haus befindet sich ein ungenutzter Brennofen, der sich gut für diesen Zweck eignet. Mr Spencer trägt keine Kleider, die einmal rußbefleckt waren. Die Lauge, sagt er, macht den Stoff rau. Das Feuer lockt Vögel an. Krähen. Meine Brüder. Krächzend hüpfen sie am Rand des Lichtkreises entlang, wärmen sich das Gefieder. Ich schließe mich ihnen an. Wenn ich mich nähere, stieben sie auseinander, doch sobald ich mich abwende, fordern sie ihren Platz zurück. Fast wie ein Tanz.

Am nächsten Morgen schickt Mr Spencer mich nach dem Frühstück los, um den Butler zu suchen. Thorpe. Thorpe hat seine Augen überall, sagt Mr Spencer. Das Haus ist sein Reich, und er regiert es mithilfe seiner Spione. Thorpe wird wissen, wo sich die Jungen die Zeit vertreiben.

Thorpe weiß es. Er erzählt mir, dass sie sich im Sportraum ertüchtigen. Haupthaus, Erdgeschoss, Ostflügel. Eigentlich redet er mit Mr Spencer, nicht mit mir: Er blickt durch mich hindurch, als wäre ich ein Fenster zu dem Jungen, den ich vertrete.

Ich mag Thorpe nicht. Er ist ein Mann, der noch nie vor anderen geraucht hat. Ein Mann ohne Stamm und Familie.

Ein einsamer Mann.

Die Stallburschen sehen das anders. Sie sagen, er ist ein Mann, der Kinder zu Grabe getragen hat.

Seltsamerweise sagen sie nie: seine Kinder.

# LABOR

Julius kommt herein, als sie sich gerade aufwärmen. Er trägt eine Kniebundhose, ein blaues Turnhemd und weiche Schnürstiefel, die bis über den Knöchel reichen. Über seiner Schulter hängt ein kleines Handtuch.

Bevor sie überhaupt reagieren können, ist er wieder verschwunden, läuft hinüber ins Billardzimmer. Eine Minute später kehrt er strahlend zurück, eine Sanduhr in der Hand.

»Ich wusste, dass sie hier irgendwo sein muss. So können wir die Zeit messen.«

Wortlos wenden sich Charlie und Thomas von ihm ab, verlassen den Boxring.

»Dann hatte Price also recht. Er hat gleich gesagt, ihr wärt nicht Manns genug, um mit mir in den Ring zu steigen.«

Charlie sieht, wie Thomas' Rücken sich versteift, und erklärt schnell: »Ich gebe dir ein paar Runden.«

Julius lächelt. »Cooper! Ausgezeichnet. Nach Queensbury-Regeln vermutlich? Obwohl ich mich schon manchmal frage, wie es wohl in den guten alten Zeiten ohne Handschuhe war.«

Er dreht sich um, ohne auf eine Antwort zu warten, und öffnet den Schrank. Das Paar Handschuhe, für das er sich entscheidet, ist an den Knöcheln ziemlich abgewetzt. Ein Mosaik aus Rissen überzieht das alte Leder. Er schlägt die Handschuhe aneinander und beobachtet die Staubwolke, die daraus aufsteigt.

»Sagen wir, eine Runde für den Anfang? Um warm zu werden.« Julius beugt sich über die Seile, hebt einen Hocker aus dem Ring und stellt die Sanduhr darauf. »Voilà. Bereit?«

Er dreht die Sanduhr um und wartet, bis die ersten Körner durch den engen Hals fallen, bevor er den Ring betritt und mit rhythmischen, leichtfüßigen Schritten das leere Zentrum umtänzelt. Charlie ignoriert Thomas' warnenden Blick, nickt und folgt dem Schulsprecher.

Sie boxen schweigend. Der Sand rieselt langsam durch das Glas. Von Anfang an ist unübersehbar, dass Julius Unterricht hatte und ein durchaus versierter Boxer ist. Glücklicherweise scheint er sich damit zufriedenzugeben, Charlie auszuweichen, seine Schläge abzublocken und ein paar leichte Geraden gegen Kopf und Schultern zu landen. Allmählich beginnt Charlie, den Kampf zu genießen. Er unterscheidet sich nicht wesentlich von seinem Sparring mit Thomas gestern.

Als der Sand so gut wie durchgelaufen ist und Thomas gerade das Ende der Runde verkünden will, streckt Julius Charlie zu Boden. Es ist keine komplizierte Kombination: Er schiebt einfach ein Bein vor und geht ein paar Zentimeter in die Knie, dann drückt er sich ab und legt sein ganzes Gewicht in einen Aufwärtshaken, der Charlie direkt unter dem Brustkorb trifft. Drei schnelle Haken folgen, alle auf dieselbe Stelle. Als Julius wieder wegtänzelt, sackt Charlie zusammen. Es ist nicht so, dass er keine Luft mehr bekäme, doch jeder Atemzug ist eine Qual, ein scharfer, stechender Schmerz, als hätte ein Knochen seine Lunge durchbohrt.

Als er wieder zu sich kommt, kauert Thomas neben ihm, zitternd vor Wut. Julius sitzt auf dem Hocker in der Ecke des Rings. Er wirkt kühl und gelassen; nicht ein Rauchfaden steigt von ihm auf.

»Wie wär's mit drei Runden, Argyle? Du siehst aus, als müsstest du ein wenig Dampf ablassen. Gönn mir nur eine kurze Verschnaufpause.«

Julius grinst, zieht die Handschuhe aus, greift in die Hosentasche und holt eine Zigarette und Streichhölzer hervor.

»Manche sagen, die seien schlecht für die Gesundheit. Mir helfen sie allerdings, mich zu konzentrieren.«

Mit einer schwungvollen Geste zündet er die Zigarette an. Der Geruch ist unverkennbar. Charlie wartet auf einen Hinweis darauf, dass die Zigarette Wirkung zeigt, aber Julius' Gesicht bleibt ein Bild der Gelassenheit, seine Haut rein. Das scheint unmöglich.

Es muss einen Trick geben.

Die Bewegung seines Kiefers verrät ihn, die Art, wie er die Zunge in die Wange schiebt. Ein Bonbon. Nein, viele Bonbons, die rechts und links neben den Backenzähnen klemmen. Charlie will Thomas warnen, doch die Miene seines Freundes verrät, dass er sie ebenfalls gesehen hat. Mehr noch: Sie bestätigen einen lang gehegten Verdacht.

»Sie binden den Rauch der Zigarette, sobald er entsteht«, sagt Thomas leise, allerdings nicht so leise, dass Julius ihn nicht hört. »Das ist ganz nach seinem Geschmack – der schmale Grat zwischen Kontrolle und Wahnsinn. Boshaft, aber blitzsauber.«

Julius lächelt, tritt wieder in die Mitte des Rings, hebt die Fäuste, wippt auf den Zehen.

»Bereit, wenn du es bist, Argyle. Wenn du genug geredet hast.«

Seine Zunge wandert hin und her, verteilt Bonbons neu.

*

Julius boxt mit gelassener Brutalität. Er trifft Thomas beinahe nach Belieben, meistens mit Geraden. Wenn sein Gegner nach ihm schlägt, weicht er aus und kontert, immer mit der gleichen kühl-beherrschten Miene. Thomas hingegen lässt sich von seiner Wut ablenken. Er holt weit aus, steht plattfüßig da, findet sein Gleichgewicht nicht, ist immer einen Schlag zu spät für den Takt dieses Tanzes. Schon jetzt ist der Atem vor seinem Mund schwarz, und zwischen seinen Schultern hat sich ein drei Zentimeter langer Streifen gebildet, der aussieht wie der geschwollene Körper eines Blutegels.

Als die Runde zu Ende ist, beugt sich Julius über die Seile, die den Ring begrenzen, und spuckt ein verbrauchtes Bonbon aus. Für den Bruchteil einer Sekunde fühlt Charlie sich in die Schule zurückversetzt, zu diesem ersten Kampf zwischen Thomas und dem Schulsprecher. Auch da ist ein schwarzer Klumpen auf dem Boden gelandet und über die Fliesen im Waschraum gesprungen.

Damals haben sie ihn für einen Zahn gehalten.

Die zweite Runde beginnt. Thomas hat keine Chance. Julius boxt weiterhin methodisch, bringt ihm die größtmögliche Bestrafung bei, bearbeitet sein Gesicht ebenso hart wie den seitlichen Brustkorb, die weiche Magengegend. Thomas wirkt, als würde er ertrinken. Er raucht vor Schmerz und Hilflosigkeit, stolpert, schwankt, sackt zusammen. Charlie kommt nicht einmal auf die Idee, dass er seinen Gegner vielleicht nur aus der Deckung locken will. Als Julius jedoch den taumelnden Körper seines Gegenübers in die Seile schubst, richtet Thomas sich plötzlich auf und landet aus dem Nichts einen Haken, der vier, fünf Bonbons aus Julius' Mund fliegen lässt, ein paar dunkel, andere noch glasklar, gefolgt von einem Schwall Blut.

Noch immer greift Julius an, noch immer raucht er nicht. Allerdings ist er jetzt vorsichtiger, boxt aus der Distanz. Schlag um Schlag hagelt auf Thomas nieder; das dumpfe, trockene Trommeln von Luft, die aus dem Handschuh gepresst wird. Erst als die Sanduhr beinahe durchgelaufen ist, erkennt Charlie, dass auch Thomas seine Strategie geändert hat. Er lehnt sich weit vor, grinst, verhöhnt seinen Gegner, lässt sich von ihm treffen.

Füttert Julius' Rausch.

Erschöpft die verbleibenden Bonbons.

Bis schließlich, ohne Vorwarnung, nur Sekunden vor dem Ende der Runde, das letzte Bonbon verbraucht ist. Julius *explodiert*. Der Rauch färbt ihn schwarz, hüllt auch Thomas ein, der ihn mit einer hasserfüllten Wolke begrüßt. Sie gehen zu Boden. Julius' Fäuste prasseln auf Thomas nieder, unermüdlich, mit schier unmenschlicher Wucht, während Thomas vor Schmerz und Hass schreit, das Kinn von feuchtem Rauch und Blut triefend. Die Runde ist längst vorüber, und Charlie springt in den Ring, um Julius von Thomas herunterzuziehen. Vergeblich. Julius rührt sich keinen Zentimeter, tritt mit den Füßen hinter sich, während seine Fäuste weiter Thomas' blutiges Gesicht bearbeiten.

Noch einmal will Charlie Julius wegzerren. Noch einmal scheitert er; panischer Rauch schwärzt seine Atemzüge. Dann kommt ihm eine Idee. Er zögert nicht lange, wirft sich flach auf den Bauch und sucht den Boden nach den unverbrauchten Bonbons ab, die Thomas seinem Gegner aus dem Mund geschlagen hat. Er findet eins, dann ein zweites, das die Farbe von hellem Bernstein hat, kriecht hinüber zu Julius, tastet durch den Rauch nach seinem Hals, dem Kinn, dem Mund, versucht, die Bonbons hineinzuschieben. Zähne schneiden in seinen Daumen, seinen Zeigefinger, die Knöchel. Plötzlich trifft ihn ein Ellbogen an der Schläfe und schickt ihn neben den Kämpfenden zu Boden. Als er nach Luft schnappt, dringt nur Rauch in seine Lunge und verwandelt alles Denken in Wahnsinn.

*

Es funktioniert, irgendwie. Die frischen Bonbons binden den stärksten Rauch und verleihen Julius' Hass ein Mindestmaß an Klarheit. Er rollt sich von Thomas herunter – um sich zu sammeln?, den Hocker zu holen und ihnen den Schädel einzuschlagen? –, kommt stolpernd auf die Beine und schreit etwas. Plötzlich stutzt er, starrt durch die offene Tür in den Korridor. Und rennt los. Wohin, interessiert Charlie nicht. Er hört seine Schritte kaum, so laut pocht das Blut in seinen Ohren. Julius ist weg, das ist alles, was zählt.

Charlie würgt, beobachtet, wie Thomas' Rauch verebbt. Als sein Freund sich aufsetzt, hinterlässt er seine Silhouette auf dem Parkett. Ein blasser Schatten in der Farbe des Holzes, wie aus tiefschwarzem Papier ausgeschnitten. Immer noch auf allen vieren kauernd, fährt Charlie mit dem Finger durch den Ruß. Er ist warm, beinahe heiß, und fein wie Kohlenstaub. Charlie hat das Gefühl, etwas sagen zu müssen, irgendetwas, das sie in die Realität zurückbringt: eine Welt, in der Menschen ihre Gefühle mit Worten ausdrücken. Aber ihm will nur eine Lüge einfallen.

»Ich habe noch nie jemanden so rauchen sehen.«

In Wahrheit hat er das sehr wohl. Sie beide haben es. Auf einem Platz in London, als eine Mörderin am Galgen baumelte.

Thomas' Gesichtsausdruck ist unter dem Ruß nicht zu deuten.

»Meinst du ihn oder mich?«

Charlie schließt die Augen, sieht wieder die rauchenden schwarzen Körper auf dem Boden, ineinander verschlungen wie die verkohlten Überreste eines Liebespaars in einer niedergebrannten Scheune.

»Ihn«, flüstert er. Aber er denkt: *Dich. Euch beide.*

Durch eine seltsame Alchemie haben Thomas' und Julius' Rauch miteinander reagiert und etwas erzeugt, für das Charlie keine Worte hat. Er ist nur für ein paar Sekunden hineingeraten, doch was er eingeatmet hat, was in seinen Körper eingedrungen ist, hat so bestimmt die Kontrolle übernommen wie die Hand eines Puppenspielers, hat alle Wahrheiten auf den Kopf gestellt. Schmerz war Freude in diesem Rauch, Wut Frieden, Gewalt Liebe.

Wie um die Erinnerung auszulöschen, rappelt Charlie sich auf. Kaum ist er, immer noch benommen, auf den Beinen, sieht er, was Julius gesehen hat.

Livia.

Ihrem Blick nach zu urteilen, ist sie schon eine ganze Weile da.

Sie steht draußen auf dem Korridor, einen halben Meter von der Tür entfernt, in einem strahlend weißen Kleid, als wäre sie auf dem Weg zu einer Gesellschaft. Ihre Wangen sind gepudert, ihr Haar zu einem Knoten geschlungen. Es verstört Charlie, dass er in einem Moment wie diesem ein solches Detail wahrnimmt. Und würdigt. Die Frisur schmeichelt ihr, betont ihren schlanken Hals. An ihren Ohren schaukeln zwei Perlen an silbernen Ringen.

»Miss Naylor!« Charlie hebt die Hand, lässt sie wieder sinken. Alle gesellschaftlichen Konventionen sind wie weggefegt. Seine nackte schwarze Brust überläuft ein Kälteschauer. Eine Seite der Sanduhr ist mit Ruß bedeckt, als wäre sie Zeuge eines Sturms geworden.

Zu Charlies Überraschung rennt Livia nicht davon, sondern betritt das Zimmer. Sie klettert in den Ring, geht an ihm vorbei und beugt sich zu Thomas hinunter; der Saum ihres Kleids wird schmutzig. Ihre Stimme verrät, wie sehr sie verabscheut, was sie mit angesehen hat. Doch noch etwas anderes schwingt in ihr mit. Mitleid.

Es lässt ihre Worte weicher klingen.

»Sie müssen dieses Haus verlassen, Mr Argyle. Bevor er sie zum Krüppel schlägt.«

Thomas schüttelt den Kopf und krächzt etwas, das nur sie hören kann. Sie errötet, versteift sich, schüttelt den Kopf.

»Das kann ich nicht. Das tue ich nicht.«

Noch ein Krächzen. Dieses Mal richtet Livia sich auf. Alles Mitleid hat sich in Luft aufgelöst. »Ich werde Ihnen das Labor nicht zeigen, Mr Argyle. Und Sie *werden* abreisen, sobald es sich einrichten lässt.«

Erst jetzt wendet sie sich an Charlie.

»Sorgen Sie dafür, dass er wieder vorzeigbar wird, und zwar schnell. Es ist Silvester; Mutter hat ein festliches Dinner geplant. Wir essen um sechs.«

*

Beim Dinner ist Julius ruhig, charmant, aufmerksam gegenüber seiner Mutter. Der Bluterguss an seiner Wange fällt kaum auf. Während ein aufwendiger Gang nach dem nächsten serviert wird, bessert sich seine Laune zusehends. Auf den Wein verzichtet er, da er schließlich, wie er Lady Naylor erinnert, noch zur Schule gehe; sein Lehrer für Rauch und Moral würde es nicht gutheißen. Dabei grinst er Thomas an. Die beiden sitzen einander direkt gegenüber.

Thomas' Gesicht ist rot und geschwollen. Ein Auge verschwindet fast zwischen Braue und Wange. Das andere leuchtet in einem ungesunden Gelb, das stellenweise bereits violett, braun und schwarz schillert. Morgen wird es noch schlimmer aussehen. Doch Charlie macht sich mehr Sorgen um Thomas' Körper. So wie er sich, einem kenternden Schiff gleich, zur Seite neigt, hat er offenbar große Schmerzen. Charlie selbst zuckt jedes Mal zusammen, wenn er einen zu tiefen Atemzug tut. Seine Rippen sind so empfindlich, dass er den Ellbogen beim Essen weit wegstreckt, damit er nicht versehentlich seinen Brustkorb streift.

Es dauerte den ganzen Nachmittag, sich wieder einigermaßen in Schuss zu bringen. Der Ruß ließ sich nur durch stundenlanges Schrubben entfernen, aber Thomas' Haut war so wund, dass ihm jede Berührung mit der Bürste Tränen in die Augen trieb. Er schaffte es kaum, Hose und Hemd anzuziehen, schlug Charlies Hilfe jedoch aus; brauchte mehrere Minuten für jede Socke, weil er sich nicht zu den Füßen hinunterbeugen konnte. Am Ende kroch er auf sein Bett und blieb einfach reglos dort liegen, den Plastron auf der Brust ausgebreitet wie einen toten Schmetterling, während Charlie rastlos im Zimmer auf und ab lief und sich das Gehirn nach angemessenen Worten zermarterte.

»Wie wär's, wenn wir nächstes Jahr bei meinen Eltern Silvester feiern? Da geht es ruhiger zu.«

Thomas lächelte nicht. Vielleicht glaubt er nicht, dass er noch ein Jahr hat.

Als sie zur vereinbarten Zeit im Speiseraum erscheinen, bildet ihr Aufzug – zerknittert, humpelnd in ihren unpolierten Schuhen – einen krassen Kontrast zu Lady Naylors prächtigem Kleid und Julius' elegantem Gehrock. Livia trägt eine Rubinkette über dem hochgeschlossenen Dekolleté, was ihr erstaunlich gut steht. Weder sie noch ihre Mutter kommentieren Thomas' Aussehen. Als während des Essens seine Lippe aufplatzt, beugt sich die Baroness vor und reicht ihm ihr Taschentuch.

Eine halbe Stunde vor Mitternacht entschuldigen sich Lady Naylor und Livia. Sie wollen mit dem Baron zusammen sein, wenn die Uhr zwölf schlägt: Das ist Familientradition. Die drei Jungen bleiben allein am großen Tisch zurück. Julius nimmt sich noch ein Stück Kuchen, dann macht er es sich bequem, legt die Füße auf einen Stuhl. Einen Augenblick später betritt Mr Price das Zimmer und bezieht schweigend Stellung an der Wand, direkt hinter Thomas und Charlie. Charlie kann sich des Eindrucks nicht erwehren, dass er etwas in der Hand hält, doch er will sich nicht umdrehen. Niemand sagt etwas. Jedes Mal, wenn Julius ein Stück Kuchen aufspießt, kratzt die Gabel über das Porzellan.

Die Minuten kriechen dahin. Mitternacht rückt näher. Charlies Rücken kribbelt. Jede Sekunde könnte Mr Price sich von hinten auf sie stürzen. Vielleicht hat er eine Peitsche, einen Knüppel, eine Pistole? So verrückt ist Julius bestimmt nicht.

Kaum hat Charlie diesen Gedanken zu Ende gedacht, kommt die Erinnerung an den Boxring zurück. Wie er nach dem Kampf über den Boden gestrichen hat. Ruß so fein wie Kohlenstaub.

Wer weiß schon, wie verrückt Julius wirklich ist?

Noch eine Minute vergeht. Julius stellt den Teller zurück auf den Tisch, behält jedoch die Gabel in der Hand und klopft sich mit den Zinken gegen die Zähne. Hinter ihnen summt Mr Price »Rule, Britannia!«.

Drei Minuten vor Mitternacht gesellt sich Thorpe zu ihnen. Energischen Schrittes betritt er das Zimmer und öffnet mit viel Aufhebens die Champagnerflasche, die in einem silbernen Eimer kühlstand. Er ist ein ruhiger, in sich gekehrter Mann; neben Mr Price' Körperfülle wirkt er klein und schmächtig. Trotzdem verschwindet sofort alle Spannung aus dem Zimmer. Als Charlie sein Glas hebt, damit Thorpe ihm einschenken kann, zittert er vor Erleichterung. Die Uhr in der Ecke schlägt leise Mitternacht. Mr Price durchbricht die Stille mit einem herzhaften, von seinem schottischen Akzent gefärbten »Auld Lang Syne«.

Niemand stimmt mit ein.

Kaum hat Mr Price sich durch den letzten Refrain gequält, steht Charlie auf.

»Ich gehe zu Bett.«

Thorpe stellt die Flasche ab.

»Sehr wohl. Ich leuchte Ihnen und Mr Argyle den Weg.«

Charlie vermutet, dass er Anweisung hat, sie sicher in ihr Zimmer zu geleiten.

Gerade als Thomas sich mühsam hochstemmt, beugt Julius sich über den Tisch und packt ihn am Handgelenk. Seine Stimme ist gelassen, ungerührt.

»Hör zu, Argyle. Mutter hat recht. Was sie gesagt hat, gefällt mir nicht, aber es lässt sich nicht leugnen. Wir sind verwandte Seelen. Wir sollten Freundschaft schließen.«

Thomas erstarrt, sieht ihn scharf an und spuckt plötzlich einen Schwall Rauch aus, begleitet von einem fauligen Geruch und einem Würgen, das eher Bestürzung als Wut zum Ausdruck bringt. Julius weicht zurück, fängt an zu lachen und bedeutet seinem Leibdiener, die Fenster zu öffnen.

Er lacht immer noch, als Charlie und Thomas hinter Thorpe das Zimmer verlassen.

*

Sie löschen das Licht nicht. Keiner von ihnen hat es erwähnt, aber sie sind sich beide nur zu bewusst, dass ihre Tür kein Schloss hat. Thomas liegt auf der Bettdecke, immer noch die Schuhe an den Füßen. Vielleicht schafft er es nicht, sie auszuziehen.

»Wir sollten Renfrew schreiben«, sagt Charlie in die Stille. »Ihm von all dem berichten. Von Julius. Den Zigaretten. Dem, was Lady Naylor dir erzählt hat. Renfrew kämpft auch gegen den Rauch.«

Thomas denkt nach, widerspricht. »Renfrew kämpft gegen die *Sünde*. Wir wissen zu wenig, um uns auf irgendjemandes Seite zu schlagen.« Er runzelt die Stirn, zuckt zusammen. Die Bewegung muss schmerzen. »Julius hat sich verändert, oder? Ich meine, er war schon immer ein Mistkerl, aber jetzt … Jetzt ist er außer Kontrolle.«

»Zu viele Zigaretten?«

»Möglich. Wer weiß, wie viele er pro Tag raucht, ein Bonbon in jeder Wange. Auf jeden Fall: Keine Briefe, Charlie. Zumindest noch nicht.«

*

Er muss eingeschlafen sein. Er hat sie weder klopfen (falls sie das überhaupt getan hat) noch hereinkommen hören. Es versetzt ihm einen Stich, dass sie Thomas zuerst geweckt hat. Die beiden verhandeln.

»Sie müssen so schnell wie möglich von hier fort.«

»Sie sind sehr erpicht darauf, uns loszuwerden, Miss Naylor.«

»Ich habe versucht, Mutter davon zu überzeugen, Sie wegzuschicken, aber sie will mir nicht glauben. Sie hält das für einen normalen Schuljungenstreit. Das Gesetz des Pausenhofs. Sie hat nicht gesehen, was ich gesehen habe.

Sie müssen fort von hier«, wiederholt sie. »Sonst werden noch weitere solcher Vorfälle folgen. Das ganze Haus stinkt schon nach Ihrer Sünde.«

Thomas antwortet mit kalter Stimme. »Sie wissen, was ich verlange.«

»Versprechen Sie mir, dass Sie gehen, wenn ich es Ihnen zeige?«

»Das tun wir«, schaltet Charlie sich ein und bringt Livia dazu, sich umzudrehen. »So schnell wir können.«

Livia nickt. »Habe ich Ihr Wort darauf, Mr Cooper?«

»Das haben Sie.«

»Und Ihres, Mr Argyle?«

»Ja.«

»Dann folgen Sie mir.«

*

Sie führt sie in den dritten Stock. Charlie hatte die seltsame Vorstellung, das Labor müsse sich in einem abgelegenen Keller befinden, versteckt unter einer Falltür, doch jetzt sind sie hoch oben im Hauptflügel, nur ein paar Schritte von allen wichtigen Räumen entfernt. Die Tür, vor der Livia stehen bleibt, sieht aus wie alle anderen. Sie ist nicht einmal verschlossen. Dahinter allerdings ist eine zweite, schwerere Tür, mit schwarzem Leder verkleidet.

»Nur Mutter hat den Schlüssel. Ich habe geschworen, ihn nicht anzurühren.«

Noch während sie spricht, öffnet sie die linke Faust. Sie hat den Schlüssel so fest umklammert, dass sich sein Umriss in ihre Haut geprägt hat. Vielleicht hat Livia heute zum ersten Mal ein Versprechen gebrochen, überlegt Charlie. Ihre Bewegungen, als sie geschickt die Tür aufsperrt, lassen jedoch nichts erkennen.

Das Labor besteht nicht nur aus einem Zimmer, sondern aus einer ganzen Zimmerflucht, aneinandergereiht wie Zugwaggons. Als Livia die Tür hinter ihnen zugemacht und von innen abgeschlossen hat, entzündet sie eine Lampe, die sie Charlie reicht.

»Sie können sich umsehen, aber fassen Sie nichts an. Sie haben eine Viertelstunde. Dies ist das Lebenswerk meiner Mutter. So fehlgeleitet es sein mag, wir sollten es respektieren.« Ihre Lippen flackern rot im Schein der Gaslaterne. Nicht zum ersten Mal fragt sich Charlie, was sie wohl täte, wenn er sie einfach küssen würde.

Die beiden Jungen wandern umher. Es gibt so viele Tische, Sekretäre und Regale, dass sie gar nicht wissen, wo sie anfangen sollen. Livia bleibt allein neben der Tür zurück, als Schiedsrichter und Zeitnehmer.

Ein großer Schreibtisch erregt ihre Aufmerksamkeit. Er steht abseits in einer Ecke, doch die Menge an Büchern und Dokumenten darauf weist ihn als Mittelpunkt der Aktivitäten in diesem Raum aus, genau wie der bequeme Stuhl mit dem abgenutzten Bezug davor. Ganz oben auf einem wackeligen Bücherstapel balanciert ein ledergebundenes Heft mit dem Wappen des Barons. Die Seiten sind von einer winzigen, engen Handschrift bedeckt. Charlie beugt sich darüber, kann die Buchstaben jedoch nicht entziffern. Das Tagebuch – falls es sich tatsächlich um eins handelt – ist vollständig auf Altgriechisch verfasst.

Als er das Heft in die Hand nimmt, verschieben sich zwei Bilder, die als Lesezeichen an zwei Stellen stecken. Das eine zeigt ein Mädchen, wenig jünger als Charlie selbst. Auf den ersten Blick bemerkt man die Eisenringe um ihren Hals und die Handgelenke kaum. Sie ist an eine Wand gekettet. Trotzdem hat sie genug Platz gefunden, sich von der Kamera wegzudrehen. Die Bewegung verwischt ihre Gesichtszüge und versieht sie mit zwei Köpfen, von denen einer den anderen überlagert. Der erste schaut den Betrachter an, der zweite wendet sich ab, zeigt Kinn und Auge im Profil. Der Mund des Mädchens verbindet die beiden Gesichter, zu einem bitteren, unnatürlich breiten Lächeln verzerrt. Eine dunkle Strähne hat sich aus dem Knoten am Hinterkopf gelöst und zieht sich quer über die blasse Haut wie ein Riss. Ihre Züge sind fremdländisch, schwierig einzuordnen. Ein Gesicht, das man nur schwer vergisst, denkt Charlie.

Etwa dreißig Seiten hinter dem Mädchen liegt das Bild eines vertrauten Paars. Master Renfrew und Baron Naylor inmitten einer weiten Ebene, so flach, dass der Horizont eine schnurgerade Linie bildet. Wie auf dem Bild im Sportraum sind beide viel jünger: Renfrew ist Student, der Baron ein Mann von Anfang vierzig in einem dicken Kammgarnanzug. Das Licht ist so hell, dass der Himmel über ihnen strahlend weiß erscheint, als wären ihre Köpfe ins Nichts getaucht. Der Boden unter ihren schweren Stiefeln ist mit hartem wildem Gras bedeckt. In ganz England gibt es keinen derart flachen, derart kargen Landstrich. So stellt Charlie sich den Mond vor.

Thomas interessiert sich jedoch für ein anderes Detail. Zögernd, mit ungeschickten, geschwollenen Fingern, die bei jeder Bewegung schmerzen, beugt er sich vor und nimmt Charlie das Bild aus der Hand, hält es im stumpfen Winkel vor die Lampe, reibt über eine Ecke, als würde er ein Stück Stoff prüfen.

»Fühl mal, Charlie. Das ist keine Daguerreotypie. Und schau – wenn man es ins Licht hält, schimmert es, als wäre es mit Silber durchzogen.«

Charlie versteht sofort. »Eine neue Technologie. Vom Kontinent. Trotz des Embargos.«

»Neu für uns. Aber dieses Bild muss mindestens fünfzehn Jahre alt sein.« Thomas steckt es zurück zwischen die Seiten des Tagebuchs. »Das allein würde reichen, um Lady Naylor hinter Gitter zu bringen.«

*

Sie schauen sich weiter um. Nach ein paar Minuten löst sich Thomas vom Schreibtisch mit den Dokumenten und humpelt im Mondlicht in den nächsten Raum. Währenddessen hat Charlie sich in etwas vertieft, das wie ein Journal aussieht und bei seinem letzten Eintrag aufgeschlagen daliegt. Charlie ist mit der hohen Kunst der Buchführung nicht vertraut, doch Ausgaben und Einnahmen sind in verschiedenfarbiger Tinte – rot und schwarz – vermerkt und daher sofort erkennbar. Die als Ausgaben gelisteten Summen sind gewaltig. Ein Posten sticht heraus. Die Zahl ist so hoch, dass Charlie zuerst denkt, er hätte sich verlesen. Der Posten ist nur als »Lieferung« bezeichnet; mit Bleistift ist ein Datum hinzugefügt: »12. Januar«. Das ist in weniger als zwei Wochen. Die Baroness hat ihre Bestellung im Voraus bezahlt. Ein Brief, knapp bis zur Unverständlichkeit, ist mit einer kleinen Nadel an die Seite geheftet. Er nimmt ebenfalls auf eine Lieferung Bezug und nennt dasselbe Datum. »Tabakdock. Die *Haarlem* (La Rochelle). Mitternacht. Bitte pers. abholen & Transport veranlassen.« Ein Kapitän van Huysmans hat unterzeichnet.

Was die Spalte der Einnahmen angeht, wiederholt sich jede der Zahlen darin noch einmal in einer separaten, mit einem großen V betitelten Spalte. Charlie wird aus dieser eigenartigen Dopplung nicht schlau, bis er daraufkommt, dass V »Verbindlichkeiten« bedeuten muss. Hinter jeder Summe in dieser Spalte ist ein Name angegeben, immer derselbe, immer derart pedantisch ausgeschrieben, dass es an Zwanghaftigkeit grenzt.

*Spencer.*

*Spencer.*

*Spencer.*

*Spencer.*

*Spencer.*

Als wolle Lady Naylor um keinen Preis vergessen, wem sie ihr Geld schuldet. Der Übertrag von den vorherigen Seiten ist bereits so hoch, dass die Schlussfolgerung auf der Hand liegt: Die Naylors sind bankrott. Im Grunde gehören sie den Spencers. Also Julius, sollte sein Großvater sterben. Und es heißt, der Mann sei schon sehr alt und wegen seiner Gicht ans Bett gefesselt.

*

Charlie reißt sich los, wandert weiter. Der Raum birgt noch mehr Rätsel. Einen Tisch zum Beispiel, der fast gänzlich mit technischen Zeichnungen bedeckt ist, viele davon auf einem dunkelblauen Papier von eigentümlicher Beschaffenheit; die Zeichnungen selbst sind weiß. Als Charlie sie vor sich auszubreiten versucht, rutschen ein paar zu Boden. Er sieht, wie Livia bei dem Geräusch zusammenzuckt. Schnell hebt er sie wieder auf, bemerkt jedoch, dass er keine Ahnung hat, in welcher Reihenfolge sie lagen. Auf der obersten erkennt er ein Gewirr aus langen, sich kreuzenden Gassen: ein so komplexes, verwinkeltes System, dass es schwer ist, sich eine Stadt vorzustellen, die danach erbaut wurde. Aber vielleicht zeigt das Dokument auch ein Schienennetz oder eine Ausgrabungsstätte. Den einzigen

Hinweis darauf, womit Charlie es zu tun hat, liefert ein Wort, das in Schmuckversalien entlang des unteren Rands gedruckt ist: A·S·C·H·E·N·S·T·E·D·T. Er hat noch nie von einem Ort dieses Namens gehört, allerdings kennt er das deutsche Wort *Asche* und weiß, dass *Stedt* dem deutschen Wort *Stadt* sehr ähnlich ist. Eine Stadt aus Asche. Das beschwört Bilder von Tausenden brennenden Schmelzöfen in der Dunkelheit herauf.

Ein Zischen reißt Charlie aus seinen Gedanken und ruft ihn zu seinem Freund. Der zweite Raum scheint das eigentliche Labor zu sein. Hier sind die Wände mit pharmazeutischen Utensilien gesäumt: Glasgefäßen und Röhrchen und Chemikalien in dunkelbraunen Flaschen. Mehrere Apparaturen sind aufgebaut, obschon im Moment keine in Gebrauch ist. Ein Mikroskop nimmt einen Ehrenplatz auf einem separaten Tisch ein. Thomas steht daneben, über einen Stapel Notizbücher gebeugt.

»Ihre Notizen sind alle auf Französisch. Da drüben gibt es eine riesige Sammlung wissenschaftlicher Abhandlungen. Bücher auf Deutsch, Italienisch, Russisch – was du willst. Die meisten bestimmt illegal. Und dann ist da noch das hier.«

Thomas zieht Charlie zu einer Vitrine in der Ecke, die ebenfalls mit Apothekerfläschchen gefüllt ist, jedes sorgfältig mit einem Namen und einem Datum beschriftet. Sie enthalten allesamt eine schwarze, eher flüssige als pulverförmige Substanz.

Ruß.

Thomas deutet auf eine Flasche.

»James Hardy. Erinnerst du dich? Nein? Ein Anwaltsgehilfe. Wurde beschuldigt, seine Frau und seine Kinder umgebracht zu haben. Die Zeitungen haben sich auf die Geschichte gestürzt. Vor zwei oder drei Jahren war das, oben in Hexham. Er wurde gehängt.« Thomas zeigt auf das Etikett. »An meinem Geburtstag – deswegen weiß ich es noch so genau. Und hier, Anne MacNamara. Von ihr hast du aber gehört, oder?«

Charlie nickt. »Hat eine Kirche in Ipswich angezündet. Mehr

als fünfzig Tote. Sie hat behauptet, ein Buch hätte sie auf die Idee gebracht. Ich erinnere mich, wie meine Eltern sich über die Gerichtsverhandlung unterhalten haben.«

»Sie wurde zum Tode verurteilt. Das Datum weiß ich nicht mehr, aber ich wette mit dir, es stimmt mit dem Datum auf dem Etikett überein. Letzten Sommer.«

Charlie lässt den Blick über die Flaschen schweifen. Es sind mehr als zwei Dutzend.

»Du glaubst, das sind alles ...«

»Ja.«

»Und alles Verbrecher? Mörder?«

»Ja. Sie erntet ihren Ruß, wenn sie hingerichtet werden.«

Das Wort lässt Charlie zusammenzucken. *Ernten.* Das macht der Teufel angeblich mit Seelen.

»Was hast du sonst noch gefunden?«

»Objektträger für das Mikroskop. Ruß, Blutstropfen, Stofffasern. Ein paar Körner von diesen Zigaretten: Sie hat sie aufgeschlitzt und ihren Inhalt untersucht. Medizinische Traktate, anatomische Schaubilder. Der einzige englische Text hier ist eine handschriftliche Abhandlung über irgendein chirurgisches Verfahren, aber die kann man im Mondlicht kaum entziffern. Und dann noch das hier.«

Thomas nimmt Charlie die Laterne aus der Hand und richtet sie auf ein weiteres Regal. Ihr Schein erfasst eine Reihe von Glasgefäßen mit einer Flüssigkeit, die zu zähflüssig ist, um Wasser zu sein. Seltsame fleckige Gegenstände schweben darin. Es dauert einen Moment, bis Charlie sie als Organe erkennt, vor allem Lungen und Lebern – die sind ihm aus dem Speisesaal der Schule vertraut, wo Innereien ein Grundnahrungsmittel darstellen. Das schwammige Gewebe wirkt blass und aufgedunsen in der Konservierungsflüssigkeit.

»Von Menschen?«

Thomas zuckt mit den Achseln. Er muss es nicht laut aussprechen. Welches Interesse sollte Lady Naylor an Tierorganen haben?

Livia ruft leise aus dem ersten Zimmer: »Wir müssen gehen.«

»Eine Minute noch.« Thomas wendet sich von den Glasgefäßen ab und zerrt Charlie zum letzten Zimmer. »Nur ein kurzer Blick.«

Der Strahl der Laterne eilt ihnen voraus. Sie selbst treten nie über die Schwelle.

Der Raum ist ähnlich groß wie die anderen; quadratisch, holzgetäfelt und mit einem schmalen Fenster versehen, durch das der Mond dringt; noch mehr Schreibtische und noch mehr Regale; Bücher, wissenschaftliche Instrumente, ein staubiges Tuch, unter dem sich eine unförmige Maschine verbirgt.

Doch was Charlies und Thomas' Aufmerksamkeit erregt, ist eine Art Alkoven oder Schrank am anderen Ende, nicht groß genug, um als eigenständiges Zimmer zu gelten. Er ist durch Eisenstäbe vom Hauptraum abgetrennt, in die eine Tür, gerade breit genug für eine Person, eingearbeitet ist. In der Zelle stehen eine Pritsche, ein Hocker und ein Nachttopf. Der dicke kleine Teppich, der einen Großteil des Bodens bedeckt, will nicht recht ins Bild passen, genauso wenig wie die Tapete mit den Silhouetten von Damen in Ballkleidern, Blattgold auf Mauve; jede ist in einer anderen Pose eingefangen und tanzt und zuckt im flackernden Licht der Laterne. Die Pritsche, die irgendwie zu schmal und zu kurz wirkt, um bequem zu sein, ist frisch bezogen. Auf Höhe des Halses, der Handgelenke und der Fußknöchel sind Lederriemen am Metallrahmen angebracht. In die Wand ist ein Stahlring eingelassen.

Eine ganze Minute lang starren die Jungen diesen Alkoven an. Wieder und wieder richtet Charlie die Laterne auf die Tapete, die Pritsche, den Nachttopf. Vor allem der Nachttopf erfüllt ihn mit Entsetzen. In Abwesenheit eines Gefangenen vereinigt er alles Böse, die gesamte Aura der Erniedrigung dieses Käfigs in sich.

»Wir müssen gehen«, ruft Livia noch einmal leise durch die Dunkelheit.

Wortlos drehen die Jungen sich um und kehren mit wutverzerrten Gesichtern zu ihr zurück.

*

Sie löschen die Laterne, bevor Livia die Tür aufmacht. Der lange Korridor ist dunkel und still. Livia dreht sich um und sperrt ab. Die Anspannung weicht aus ihrem Körper, als hätte sie ein Korsett abgelegt.

Als sie den Schlüssel in ihre Faust schließt und sie zurück zu ihrem Zimmer führen will, wird plötzlich ein Licht entzündet oder vielmehr die Abdeckung einer bereits brennenden Laterne geöffnet. Sie sind Gefangene des Strahls, den der Parabolspiegel auf sie lenkt, erstarren, blinzeln blind in das Gleißen, sehen den Umriss einer Gestalt hinter der Laterne, zehn Meter weiter. Dann wird die Abdeckung wieder geschlossen. Schritte entfernen sich in die erneut undurchdringliche Finsternis des Hauses. Das alles passiert so schnell, dass sie keine Zeit haben, sich zwischen Flucht und Verfolgung zu entscheiden. Bis ihre Augen sich hinreichend an die Dunkelheit gewöhnt haben, um überhaupt eins von beiden in Betracht zu ziehen, ist es zu spät. Übertrieben langsam gehen sie zum Zimmer der Jungen.

»Es tut mir leid«, sagt Charlie zu Livia, als sich ihre Wege trennen. Dass sie sie in Schwierigkeiten gebracht haben. Dass sie sie zu ihrer Komplizin gemacht haben und nicht schlau genug waren, sich nicht erwischen zu lassen.

Doch Livias Miene raubt seinen Worten alle Kraft. Selbstvorwürfe zeichnen sich darauf ab, die sich rasch in eine Art nonnenhaften Stolz verwandeln: Stolz darauf, wie schwer die Strafe sein wird, die sie schon für sich selbst ersinnt.

»Es wird nicht nötig sein, dass Sie mir morgen mit meinem Vater zur Hand gehen, Mr Cooper. Gute Nacht, Mr Argyle.«

Sie klingt so förmlich wie ein Gerichtsmediziner, der jemanden für tot erklärt.

*

Sie finden keinen Schlaf. Getrennt von den zwei Metern zwischen ihren Betten und den Mauern, die sie um ihre Gedanken herum errichtet haben, liegen sie im Dunkeln und lauschen dem Atem des anderen. Ihre Unterhaltung stockt, wird immer wieder von minutenlangem Schweigen unterbrochen.

»Wer war das mit der Laterne?«

»Lady Naylor. Oder Thorpe oder Julius oder Price. Macht das einen Unterschied? In jedem Fall weiß sie jetzt Bescheid.«

Es raschelt, als würde etwas über ein Leinentuch schaben. Vielleicht fährt Thomas mit der Hand über sein Kopfkissen, oder eine Maus scharrt am Fuß der Matratze. Charlie will ein Streichholz anreißen und nachsehen, doch das Zimmer um ihn herum ist kalt, sein Körper bleischwer. Er spricht, nur um etwas zu sagen, um das Geräusch zu übertönen.

»Wofür braucht sie den ganzen Ruß?«

»Keine Ahnung. Aber sie mag ihn frisch, von Mörderleichen, die noch warm sind.«

Mit dem nächsten Atemzug verändert sich Thomas' Stimme, wird irgendwie jünger. In der Dunkelheit ist es leicht, ihn sich als Kind vorzustellen, als Zwölfjährigen, in dessen Augen Angst und Trotz lodern.

»Sie sammelt Ruß, den schwärzesten, den sie kriegen kann. Für wen ist dann der Käfig, Charlie?«

Charlie antwortet nicht gleich. Er denkt an den Eisenring in der Wand über der zu kurzen Pritsche zurück. Für Thomas' Hals wirkte er zu schmal.

»Das würde sie nicht tun«, sagt er schließlich.

»Wir haben keinen blassen Schimmer, was Lady Naylor tun oder nicht tun würde.«

»Dann müssen wir unser Versprechen einlösen und verschwinden. Noch heute.«

Statt einer Antwort entzündet Thomas eine Kerze, hält sie dicht vor sein Gesicht. Die Schatten der Flamme zucken über seine geschwollenen Wangen und Brauen. Seine Stimme ist ruhig, beherrscht.

»Wenn es nötig wäre … um den Rauch zu besiegen, meine ich, ein für alle Mal. Wenn ihr nur noch ein bisschen Ruß fehlen würde, der *richtige* Ruß, von Geburt an verdorben … wenn es das ist, was in mir wächst, und sie mich fragen würde … ich würde es tun, Charlie, wirklich. Selbst wenn es diesen Ring bedeutet. Oder den Strick.«

Charlie beobachtet, wie der Gedanke in Thomas' Kopf arbeitet. Er versucht nicht, es ihm auszureden. Er sagt nur: »Sie hat dich nicht gefragt.«

»Vielleicht hat sie es noch vor.«

»Vielleicht. Dann kann sie dir einen Brief schreiben.«

Auf Thomas' steinerner Miene breitet sich langsam ein Lächeln aus.

»Einen Brief?«

»Ja. Ich wäre Ihnen sehr verbunden, wenn Sie sich freiwillig umbringen lassen würden. Erbitte baldigst Antwort.«

Sie kichern. Der Klang der Erleichterung.

»Du hast recht, Charlie. Hauen wir ab von hier, und zwar schnell.« Und: »Wo sollen wir hin?«

»Zu mir nach Hause. Meine Eltern sind heute nach Irland aufgebrochen. Aber das braucht Lady Naylor ja nicht zu erfahren. Wir haben das ganze Haus für uns.«

Thomas schweigt einen Augenblick lang.

»Vielleicht lässt sie uns nicht gehen«, sagt er.

»Kann sein«, räumt Charlie ein. »Aber dann wissen wir wenigstens, woran wir sind.«

Und nach einer Weile: »Ich bin ein Cooper. Der erstgeborene Sohn des achten Earl of Shaftesbury. Es wäre ziemlich schwer, mich verschwinden zu lassen.«

*

Sie schneiden das Thema beim Mittagessen an. Vorher konnten sie Lady Naylor nicht ausfindig machen; das Frühstück war ihnen im kleinsten der drei Speisezimmer serviert worden, allein. Charlie übernimmt das Reden. Er erklärt, der kürzlich eingetroffene Brief seiner Schwester habe auch eine Nachricht von seinen Eltern enthalten, die ihn dringend bäten, zusammen mit seinem Freund nach Hause zu kommen. Besonders seine Mutter wolle Mr Argyle, von dem sie schon so viel gehört habe, unbedingt kennenlernen, während sein Vater auf ihre baldmöglichste Ankunft hoffe, damit er sie einem Cousin aus Irland vorstellen könne, der gerade zu Besuch sei.

Thomas unterbricht seinen eloquenten Redefluss.

»Kurzum, wir verlassen Sie heute.«

Lady Naylor sitzt steif und ausdruckslos da, die Gabel in eine Scheibe kalten Schweinebraten gestochen.

»Es wäre dunkel, noch bevor Sie den Bahnhof erreichen. Die Straßen sind nicht sicher. Außerdem sind Sie schon zu spät für den Schnellzug.«

Thomas will etwas einwenden, doch sie hat sich bereits zu ihrem Butler umgedreht.

»Thorpe, bitte sprechen Sie mit dem Kutscher und helfen Sie den Gentlemen beim Packen. Sie verlassen uns morgen bei Tagesanbruch.«

*

Den Rest des Tages verbringen sie in ihrem Zimmer und wagen sich nur hinaus, wenn es unvermeidlich ist. Den Grund sprechen sie nicht laut aus, aber sie kennen ihn beide: Sie haben Angst. Angst, dass irgendetwas schiefgeht, irgendjemand sie aufhält, ihre Flucht vereitelt. Als sie vor zehn Tagen hier angekommen sind, hat das Haus sie gelangweilt. Jetzt empfinden sie es als Falle. Während sie herumsitzen und die Stunden zählen, wandern Charlies Gedanken zu Livia. Er hat das Gefühl, dass er ihr eine Erklärung schuldet. Oder sie ihm. Wofür genau, ist schwer zu sagen.

Nach dem Abendessen bittet Lady Naylor sie in ihr Studierzimmer. Sie nimmt hinter dem Schreibtisch Platz und lässt Charlie und Thomas schwören, »absolutes Stillschweigen über meine Forschung sowie jedwede historischen Erkenntnisse, in die ich Sie eingeweiht habe, zu bewahren, bei Ihrer Ehre als Gentlemen«. Der Satz klingt derart umständlich und pedantisch, dass Charlie nicht überrascht gewesen wäre, wenn sie ein Dokument aus der Schublade gezogen und ihre Unterschrift verlangt hätte. Doch sie erhebt sich nur, um ihnen die Hand zu schütteln.

Thomas ist zuerst an der Reihe.

»Ich bedauere sehr, dass Sie es so eilig mit Ihrer Abreise haben, Mr Argyle. Ich hatte große Hoffnungen in Sie gesetzt.«

»Hoffnungen enttäusche ich oft.«

Sie lächelt. »Das kann ich mir vorstellen.« Ihr Blick fällt auf einen Brief, der auf dem Tisch liegt. »Ich habe Neuigkeiten aus dem Parlament erhalten, gerade eben erst. Heute Morgen hat eine Sondersitzung stattgefunden. An Neujahr, ist das zu fassen? So etwas hat es noch nie gegeben. Der Vorsitzende hat zur Abstimmung über die vorgeschlagene Novellierung des Gesetzes zur Reinhaltung des Königreichs aufgerufen. Natürlich waren die meisten Abgeordneten nicht in der Stadt. Die Novellierung wurde abgelehnt. Das Embargo bleibt bestehen. Ein perfekter

Triumph für die Torys. Ich fürchte, Ihr Dr. Renfrew wird niedergeschmettert sein.« Sie schaut sie schmerzerfüllt und verächtlich an. »Wir leben in schicksalhaften Zeiten, meine Herren. Es geht um die Zukunft unseres Landes, aber Sie beide benehmen sich wie Kinder, die Verstecken spielen.«

Sie lässt Thomas' Hand so brüsk los, dass es schon an Gewalt grenzt. Dann ist Charlie dran. Von Nahem wirkt ihr Gesicht müde, beinahe verhärmt. Das ist ihm noch nie aufgefallen.

»Ich vertraue darauf, dass Sie die Einzelheiten über den Zustand meines Mannes niemandem – auch nicht Ihrer Familie – gegenüber erwähnen. Vielleicht wäre es das Beste, wenn Sie behaupten würden, ihn nie persönlich getroffen zu haben. Er ist bettlägerig. Belassen Sie es dabei.«

Sie drückt ihm ein letztes Mal die Hand, dreht sich um und setzt sich wieder.

»Das wäre dann alles. Leben Sie wohl, meine Herren. Gute Reise.«

»Werden wir Sie morgen früh nicht sehen?«

»Ich habe zu tun.«

So entlässt sie die beiden: über den Tisch gebeugt, den Federhalter in ein Fässchen Tinte getaucht. In ihrem Kopf scheinen sie schon nicht mehr zu existieren.

*

Vor Lady Naylors Büro begegnen sie Livia. Es ist offensichtlich, dass sie auf sie gewartet hat, doch als sie sich nähern, dreht sie sich plötzlich um und geht. Charlie läuft ihr ein paar Schritte hinterher, bleibt stehen, ruft: »Wir brechen bei Tagesanbruch auf.«

Sie schaut zu ihm zurück und rennt gleichzeitig los. Ein Zucken gräbt eine Falte in ihr feines, gefasstes Gesicht. Und dann geschieht das Unmögliche: eine Rauchperle, bläulich grau und beinahe flüssig, tropft von ihrer Nase auf die Oberlippe. Im nächsten Augenblick biegt sie um die Ecke. Aus weiter Ferne dringt ein Wort an die Ohren der Jungen, gedämpft, obschon sie es laut gerufen haben muss.

»Adieu.«

# THOMAS

Ich schlafe nicht. Es gibt einen anderen Ort, einen Ort des Nicht-Schlafens, den ich jederzeit betreten kann, an dem man träumt, aber keine Erholung findet. Er ist wie ein Zimmer mit einer Tür, die einen Spaltbreit offen steht. Ich versuche, ihm zu widerstehen, doch er lockt mich ein ums andere Mal. Ich stoße die Tür auf, stecke den Kopf (nur den Kopf!) hinein. Dort sitzt ein anderes Ich, mit einem Eisenring um den Hals, und die Tapete veranstaltet einen Ball mit tausend tanzenden *Grandes Dames*. Blattgold auf Mauve. Mein Rauch (der des anderen Ichs, das ich beobachte) brennt auch meine Silhouette in die Wand, belästigt die Tänzer. Als die Morgendämmerung durch die offenen Vorhänge dringt, bin ich erschöpft. Mein Gesicht ist immer noch geschwollen wie ein Kürbis. Der Fasan, dessen stete Patrouille unseren Aufenthalt hier so geprägt hat, ist nirgendwo zu sehen. Vielleicht weilt er nicht mehr unter uns. Gestern Abend gab es Fasanensuppe.

Unser Aufbruch verläuft nicht nach Plan. Die Kutsche wartet, und Thorpe hat jemanden geschickt, der unser Gepäck einlädt, doch auf dem Bock sitzt nicht Harrington, der uns hergebracht hat, sondern Mr Price, eine schwere Schrotflinte auf den Oberschenkeln. Als ich ihn frage, was er da oben zu suchen hat, knurrt er ein paar Sätze in seinen dicken Wollschal.

»Befehl von Lady Naylor. Eine Zigeunerbande. Keine fünfzehn Kilometer von hier gesichtet. Da braucht's jemanden, der mit 'ner Waffe umgehen kann. Nur für den Fall.«

Er schneidet ein Stück Kautabak ab, schiebt es sich in den Mund. Thorpe öffnet uns den Schlag. Seine Miene ist ausdruckslos. Charlie steigt zuerst ein.

»In ein paar Stunden sitzen wir im Schnellzug«, sagt er.

Neid durchfährt mich. Charlies Seele ist für die Zuversicht geschaffen. Meine steckt im Schlamm all dessen, was schiefgehen könnte.

Niemand winkt uns zum Abschied. Kaum hat Thorpe die Kutschtür geschlossen, dreht er sich um und verschwindet im Haus. Die Sonne geht langsam auf, scheucht den Nebel über den Boden. Der Schotter knirscht, als sich die Räder in Bewegung setzen. Die Kutsche hat ein kleines Rückfenster. Charlie und ich pressen die Wange dagegen, blicken zurück. Wir hinterlassen einen Haufen Pferdeäpfel. Ein Hund bellt, ein Hahn begrüßt krähend den Morgen. Dann passieren wir das Tor.

Keine zweihundert Meter später halten wir wieder an. Bevor wir den Schlag öffnen können, um nachzusehen, was los ist, hören wir Price' Stimme. Er diskutiert mit jemandem.

»Unmöglich. Niemand hat mir gesagt, dass Sie –« Und: »Weiß Ihre Mutter davon?«

»Fahren Sie«, sagt Livia, als sie in die Kutsche steigt. Sie trägt einen Rock und einen Mantel aus dunkler Wolle. »Ich begleite die Herren zum Bahnhof. Rasch, sonst verpassen wir den Zug.«

Widerwillig setzt Price die Kutsche in Bewegung. Livia nimmt uns gegenüber Platz und starrt uns mit grimmig-blassem Gesicht an.

Falls wir erwarten, dass sie ihr Verhalten erklärt, liegen wir falsch. Andererseits ist es auch offensichtlich. Charlie und sie haben sich nicht voneinander verabschiedet. Sie mögen sich, und Livia ist die Sorte Mädchen, für die so etwas eine große Sache ist. Nur sind wir jetzt zu dritt in der Kutsche – einer zu viel für gewisse Gespräche. Deswegen mustert sie mich wütend, während Charlie sich schüchtern erkundigt, wie es ihr gehe und ob sie gut geschlafen habe. Ich könnte aussteigen, sie allein lassen, aber auf dem Kutschbock ist nur Platz für eine Person, und den belegt Price, zusammen mit seiner armdicken Schrotflinte. Also ziehe ich meinen Mantel enger um mich und gebe vor zu schlafen. Das Zimmer finde ich ohne Schwierigkeiten. Die Tür ist nur angelehnt. Ich spüre das Holz an meiner Wange, den Griff in meiner Hand. Was kann es schaden, einen kurzen Blick hineinzuwerfen?

Ich wache auf – wenn man es so nennen kann –, als die Morgensonne durch das Fenster der Kutsche auf mein Gesicht fällt. Blinzelnd beuge ich mich hinaus, sehe eine Windmühle, die sich aus ihrem langen Schatten erhebt, und habe plötzlich ein Déjà-vu-Erlebnis. Dieselbe Windmühle habe ich schon einmal gesehen, im gleichen Licht, am Tag unserer Ankunft. Auch damals war ich gerade aus den Tiefen eines Traums aufgetaucht, und seine Strömungen und Gezeiten haben noch an meinen Gliedern gezerrt. Dann merke ich, dass mich nicht nur die Sonne geweckt hat. Wir haben angehalten.

Was anschließend passiert, ist seltsam chaotisch und verletzt die Regeln der logischen Abfolge. Das beunruhigt mich ebenso sehr wie die einzelnen Ereignisse selbst. Zuerst die Vögel, eine Explosion von Vögeln, die aus der Windmühle fliegen wie aus einer Kanone. Sperlinge. Es müssen Tausende sein, eine Wolke von Tintenklecksen, die zusammenlaufen, zerfließen, die Sonne verhüllen.

Danach (aber wie kann es *danach* und nicht *davor* sein?) der Peitschenknall eines Schusses, gefolgt von – oder nachfolgend? – einem Schrei, einem Wiehern, einem Geräusch irgendwo zwischen der Pferde- und der Menschensprache, sodass ich seinen Urheber nicht einordnen kann. Die Kutsche bebt, zuckt, Charlie ruft etwas, und meine Hand findet den verfluchten Türgriff nicht. Als ich den Schlag endlich aufbekomme, wird das zweite Pferd erschossen. Nein, das Wort trifft es nicht. Es ist, als würde ihm ein Beil in den Hals geschlagen. Ein faustgroßes Stück verschwindet einfach, in einer Kaskade aus Fleisch und Blut, bevor das Tier in seinem Geschirr zusammenbricht. Ich beobachte, wie Price vom Kutschbock springt und hart im Schlamm landet; sehe eher, als dass ich es höre, wie er uns zuschreit, in Deckung zu gehen. Hinter ihm glotzt das erste Pferd mit Schaum vor dem Mund auf das tote Gewicht seines Hufs, der an einem Hautfaden baumelt.

Währenddessen hänge ich halb in der Kutsche, halb draußen. Ich will Price fragen, warum er angehalten hat, wer uns angreift, ob er eine zweite Waffe hat, was für einen schlechten Scherz er sich erlaubt. Mein Kopf ist so voller Fragen, alle gleichzeitig *da*, gleichzeitig präsent, dass er sich ganz leicht anfühlt, als wären meine Gedanken Luft, nein, leichter als Luft, als würden sie durch die magischen Kräfte von Ballongas emporschweben, und trotzdem kann ich meine Beine nicht bewegen, bin erstarrt, angewurzelt, mit Hand und Fuß am Türrahmen der Kutsche festgewachsen.

Dann wird Price getroffen. Der Schwung eines Knüppels, einer Axt, eines Vorschlaghammers, unsichtbar; danach ein Knall, wie ein nachträglicher Einfall. Was für eine Waffe schleudert einen Mann gegen eine Kutsche und verwandelt seine Brust in ein Loch, das jedermann Einblick in sein Innerstes gewährt?

Jetzt bin ich dran. Ich spüre einen Schlag, Hitze, ein Brandeisen, das sich in meine Schläfe frisst. Mein letzter Gedanke ist auch eher eine Frage, ein stummes Erstaunen über die Tatsache, dass weder Price noch ich Zeit gefunden haben, unseren Sturz in Rauch zu hüllen.

*Unnachgiebige Hände greifen nach mir und ziehen mich nach hinten.*

Von all den Todesmetaphern scheint mir diese der Sache am nächsten zu kommen.

III

# GEMEINE

*Wenn man sich die Umstände ins Gedächtnis zurückruft, unter denen die Arbeiter leben, wenn man bedenkt, wie gedrängt ihre Wohnungen sind, wie vollgepfropft jeder Winkel von Menschen ist, wie Kranke und Gesunde in* einem *Zimmer, auf* einem *Lager schlafen, so wird man sich noch wundern, daß eine ansteckende Krankheit, wie dies Fieber, sich nicht noch mehr verbreitet.*

FRIEDRICH ENGELS, *DIE LAGE DER ARBEITENDEN KLASSE IN ENGLAND* (1845)

# IM WALD

Thomas schlägt hart auf. Es ist Charlie, der ihn zu Boden zerrt. Die Gewalt überrascht Livia: Charlie packt Thomas an Hals und Schulter und tritt ihm die Beine unter dem Körper weg. Hauptsache fort von der Tür. Aus der Schusslinie. Im Sturz prallt Thomas' Schulter gegen die Sitzkante, sodass er mit dem Gesicht nach unten landet, die Arme in seltsamen Winkeln unter sich begraben. Wahrscheinlich sind ein paar Knochen gebrochen. Aber was macht das schon? Er ist bereits tot. Livia hat gesehen, wie er getroffen wurde. Irgendetwas ist abgeplatzt, ein Klumpen Fleisch, aus seinem Gesicht, seinem Kopf, ist durch die Luft gesegelt. Dieses Bild wird Livia bis an ihr Lebensende verfolgen. Ihr Gesicht ist mit seinem Blut besprenkelt.

Und es ist immer noch nicht vorbei. Der nächste Schuss – der fünfte, der sechste? – reißt ein faustgroßes Loch in die Wagentür. Die ganze Kutsche bäumt sich auf und macht einen Satz, als würden selbst Holz und Räder versuchen, den Schützen zu entkommen. Für einen Atemzug hält das Gefährt inne, sammelt Kraft. Dann macht es noch einen Satz, neigt sich zur Seite, kippt um. Im nächsten Augenblick gibt der Boden unter ihnen nach, und sie stürzen in die Tiefe, überschlagen sich. Livias Schrei wird von dem der Pferde übertönt. Der Aufprall wirbelt ihre Gliedmaßen wild durcheinander und lässt die Kutsche wie eine Kastanie aufplatzen: über ihnen der Himmel, das Spiel von Sonne und Wolken.

Erst als sie die Bäume sieht, begreift sie, was geschehen ist. Sie hätte es wissen können: Sie kennt diesen Weg, ist ihn schon hundertmal entlanggeritten. Gegenüber der alten Windmühle verläuft ein steiler Abhang, beinahe eine Schlucht, parallel zur Straße, fällt sechs oder sieben Meter zum Saum eines Waldes ab. In ihrer Todesangst müssen die Pferde sie hinuntergezerrt haben. Drei hängen tot im Geschirr – zwei bluten aus Schusswunden, der Kopf des dritten ist nach hinten verdreht. Nur das vierte Pferd schreit weiter. Zwei seiner Beine sind gebrochen, baumeln an den Kniegelenken wie schlaffe Flossen. Livia rappelt sich auf, nur um diesen Schreien zu entfliehen. Neben ihr zieht Charlie bereits Thomas' Leiche aus den Trümmern der Kutsche. Es fordert Mut, sich umzuwenden und ihm zu helfen, den Körper über die Schulter zu hieven. Sie ist froh, dass sie diesen Mut aufbringt, und noch froher, dass Charlie nicht mehr von ihr verlangt. Sie rennen auf die Bäume zu, weg von den Angreifern. Thomas' Kopf, Brust, Arme schwingen über Charlies Rücken.

Der Wald ist dicht. Man erkennt keinen klaren Pfad, und das Unterholz am Waldrand reißt ihnen die Kleider in Fetzen. Erst nach gut fünfzig Metern kommen sie leichter voran. Hier wachsen ältere, größere Bäume, die mächtige Schatten werfen und nicht genug Licht für kleineres Gehölz durchlassen. Totes Laub schluckt ihre Stiefel bis zu den Knöcheln. Sein Rascheln, das Geflüster des Waldes, folgt ihnen, weist den Angreifern den Weg. Weder sie noch Charlie schlagen vor, langsamer zu laufen.

Irgendwann jedoch müssen sie anhalten. Das Gewicht des zweiten Körpers wird Charlie zu viel. Es ist ohnehin erstaunlich, dass er es überhaupt so weit geschafft hat. Er stolpert, lässt seine Last fallen, sackt neben ihr zu Boden und bleibt schwer atmend liegen. Als auch Livia auf die Knie sinkt, sieht sie, dass Thomas' Blut die Rückseite von Charlies Jackett durchtränkt hat. Es ist unmöglich, jetzt noch als Mr Cooper von ihm zu denken.

»Lebt er noch?«, fragt Charlie. Er muss gegen sein Keuchen ankämpfen, die Worte zwischen den Atemzügen hervorstoßen. Es verleiht seiner Stimme einen seltsam unbewegten Klang, als wäre er für Gefühle zu erschöpft.

»Wir müssen den Puls tasten«, antwortet sie. »Hier geht es am besten. Am Hals.«

Ohne zu zögern, legt Charlie seine Finger in das Blut, das stetig über Thomas' Hals strömt. Er wurde links getroffen, neben dem Ohr. Man kann nicht erkennen, wie tief die Wunde ist. Blätter und Dreckklumpen kleben daran, als würde die Erde ihn bereits für sich beanspruchen.

»Ich spüre nichts, Livia. Meine Hände funktionieren nicht.«

Als sie ihrerseits die Hand an Thomas' Kehle legt, versteht sie, was er meint. Jeder ihrer Finger pocht. Ihr eigener Puls jagt das Blut bis in die Spitzen. Es ist unmöglich, etwas zu ertasten. Sie zieht die Hand zurück, beugt sich tiefer, presst ein Ohr an Thomas' Lippen. *Verrat mir dein Geheimnis*, denkt sie. *Lebst du noch?* Charlie beugt sich ebenfalls hinunter, bis er beinahe flach auf dem Waldboden liegt, auf ihrer Augenhöhe, sein Mund nur wenige Zentimeter von ihrem entfernt. Sein Gesicht hat etwas Sonderbares. Sie hat es während der gesamten Kutschfahrt studiert, als sie einander in verlegenem Schweigen gegenübergesessen haben. Dieser Zug um den Mund, die weit geöffneten Augen; ein Gesicht, wie es Heilige manchmal auf Kirchenfenstern haben, so ehrlich und unverstellt, ohne jedes Anzeichen von Selbstzucht, dass es sie zu verhöhnen scheint, ihr Angst einjagt. Welches Wesen kann so ungeschützt leben und doch so rein bleiben?

Irgendetwas dringt zu ihr. An ihr Ohr. Kein Geräusch: ein Lufthauch, wie das Lecken einer winzigen Zunge.

»Er atmet.« Sie richtet sich auf, dreht sich weg, fasst unter ihr

Kleid, reißt Streifen ihres Unterrocks ab. »Er darf nicht verbluten.«

Hinter ihr fängt Charlie an zu beten, mit leiser, fester Stimme.

*

Die Frau taucht auf wie ein Geist. Im einen Augenblick ist sie noch nicht da, im nächsten tritt sie aus dem Schatten eines Baums hervor, keine vier Meter von ihnen entfernt. Charlie bemerkt sie nicht. Er versucht verzweifelt, aus den Streifen von Livias Unterrock einen Verband zu knüpfen. Sie haben kein Wasser, können die Wunde nicht reinigen.

»Schnell«, treibt er sich selbst an. »Wir müssen weiter.«

Als Livia ihm die Hand auf die Schulter legt, reagiert er nicht.

Die Frau ist fast völlig farblos. Sie trägt eine Art Kittel aus Stoff- und Lederresten. Alles an ihr – ihr Kleid, ihre Haut, ihr Haar – ist gleichmäßig grau, vom Ton verbrannter Kohle. *Aschgrau.* Sie steht reglos da, die Knie gebeugt, den Rücken gewölbt, bereit zur Flucht. Ihre Haltung erinnert Livia an eine Katze, die das Treiben in der Küche beobachtet. Neugierig, scheu, nervös, die Ohren angelegt. Und die ganze Zeit über raucht sie, raucht so stetig, wie sie atmet, rhythmisch, unaufhörlich, und fügt ihrer aschgrauen Haut weitere Farbschichten hinzu.

Endlich blickt Charlie hoch, sieht die Frau, fährt auf. Seine Bewegung lässt sie zurückschrecken. Doch sie läuft nicht davon, nicht einmal, als er ihr die blutverschmierten Handflächen entgegenstreckt.

»Unser Freund ist verwundet«, sagt er, ruhig, besänftigend, auf seine besondere Art. Offenbar hat er entschieden, dass die Frau kein Feind ist. Livia teilt seine Einschätzung. Wer auch immer sie ist, sie gehört nicht zu jenen, die auf sie geschossen haben. Sie ist Teil des Waldes. Vielleicht verbirgt sie einen scharfkantigen Stein in ihrer Faust, vielleicht sogar ein Messer. Aber kein Gewehr.

»Wir brauchen Hilfe. Wasser. Einen Arzt. Gibt es hier irgendwo Menschen?«

Die Frau antwortet nicht, geht jedoch zwei Schritte zur Seite, um Thomas besser sehen zu können. Livia folgt ihrem Blick. Der Verband hängt schlaff an Thomas' Kopf und Gesicht und ist schon jetzt mit roten Tupfern übersät. Das Blut wird durchsickern, noch bevor sie ihn einen halben Kilometer weit getragen haben.

Charlie wagt sich einen Schritt vor. Die Frau starrt ihm aus ihrem grauen Gesicht entgegen.

»Wir brauchen Hilfe, verstehen Sie? Jemanden, der sich um seine Wunde kümmert.« Charlie deutet auf Thomas' Kopf. »Der die Blutung stillt.«

Sie reagiert nicht, erlaubt ihm allerdings, sich bis auf zwei Meter zu nähern. Charlie faltet die Hände in der Geste eines Messdieners, die Finger geschlossen, die Daumen an den Nasenrücken gelegt.

»Bitte.«

Das Wort löst etwas in ihr aus. Es ist ihr vertraut, macht ihr Angst, versetzt sie in die Vergangenheit zurück. Sie zieht ruckartig den Kopf zwischen die Schultern, eine Katze, die durch ein Geräusch erschreckt wird. Dann probiert sie das Wort aus, formt die Lippen um den Klang. Beißt ab. Prüft seinen Geschmack. Bereit, es wieder auszuspucken.

»Bi-täh.«

Ihre Miene bleibt unverändert, während sie spricht, so als hätte sie die passenden Gesichtsausdrücke verlernt. Jetzt ist Livia sich ganz sicher, dass die Frau hier im Wald lebt, allein, ohne menschlichen Kontakt. Plötzlich fallen ihr die Geschichten der alten Bediensteten wieder ein. Über den Waldgeist. Die Seele ihres Vaters. Seinen Verstand, der sich verirrt hat und im Morgengrauen unter den Bäumen wandelt. Doch diese Frau wirkt ebenso ausdrucksleer wie er und raucht mit ähnlicher Hingabe.

Etwas an ihrem Rauch allerdings ist seltsam, anders. Livia braucht einen Moment, um es zu erfassen: Sie raucht vollkommen unbekümmert. Unentwegt, fast pausenlos, immer im gleichen hellgrauen Ton, unauffällig wie Nebel. Die Schwaden kleiden sie gründlicher als ihre Lumpen. Livia ertappt sich bei der Vorstellung, wie die Frau im Sommer nackt durch den Wald streift, nur in ihren Rauch gehüllt. Der Gedanke lässt ihr das Blut in die Wangen schießen. Vor Wut. Scham. Neid? Als Thomas stöhnt, löst sich das Bild auf.

Die Fremde reagiert auf das Stöhnen. Sie schaut wieder zu Thomas hinüber und wühlt in einer Art Lederbeutel, der direkt auf ihr Gewand genäht scheint, holt etwas daraus hervor. Moos. Obwohl es getrocknet ist, schimmert es gespenstisch grün in ihrer grauen Hand. Doch sie wagt sich erst an Thomas heran, als Charlie sich entfernt und Livia mit sich zieht. Er greift so selbstverständlich nach ihrer Hand, als hätte er sein Leben lang nichts anderes getan.

»Bitte«, wiederholt er, und in einem jähen Bewegungsausbruch hastet die Frau zu Thomas hinüber, fällt auf die Knie, nimmt ihm den Verband ab und wirft die Stofffetzen achtlos beiseite. Sie drückt das Moos auf die Wunde, gräbt neben einer Baumwurzel eine Handvoll feuchten Lehms hervor und schmiert ihn darüber. Unwillkürlich tritt Livia einen Schritt vor, aber Charlie hält sie zurück. Der Lehm trocknet an der kalten Luft. Unterdessen kramt die Frau weiter in ihrer Tasche, verwirft ein Dutzend Kräuter, bis sie eine getrocknete Blume findet und Thomas zwischen die Lippen zwingt, unter seine Zunge schiebt. All das dauert kaum eine Minute. Zuletzt knotet sie die besudelten Streifen des Unterrocks zusammen und lässt sie flink in ihren Beutel gleiten.

Als Livia und Charlie zu Thomas hinüberlaufen, weicht die

Frau wieder zurück, kauert sich in das Laub am Waldboden. Ihr Umschlag sieht barbarisch aus und als würde er bei der kleinsten Berührung zerbröckeln. Doch die Blutung ist gestillt. Charlie will Thomas gerade hochheben, da hält er inne.

»Wir müssen ihn in Sicherheit bringen«, sagt er zu Livia. »Hast du eine Ahnung, wo wir sind?«

Sie schließt die Augen und versucht, sich den Wald und die Umgebung vorzustellen. Es ist schwer, Entfernungen zu Pferde in ihr Gestolper umzurechnen.

»Es gibt hier irgendwo ein Dorf. Am anderen Ende des Walds. In der Nähe des Flusses. Aber bis dahin sind es mehrere Kilometer.«

Charlie nickt, wendet sich wieder der Frau zu, macht einen vorsichtigen Schritt. Sie bewegt sich nicht. Seine Stimme ist sehr sanft. Einfühlsam, jedoch nicht herablassend. *Wie lange ist es wohl her, seit jemand mit dieser Frau von Mensch zu Mensch gesprochen hat und nicht wie mit einem Tier?*, fragt sich Livia.

»Wir brauchen Hilfe«, erklärt Charlie. »Menschen. Ein Dorf. Aber wir kennen den Weg nicht.«

Er kniet sich hin, wischt ein paar Blätter beiseite, benutzt einen Zweig, um in die Erde zu ritzen. Ein Haus, so wie ein Kind es malen würde, ein Viereck mit einem Dach darauf. Ein Strichmännchen, dann noch eins, mit einem dreieckigen Kleid. Als die Frau noch immer keine Reaktion zeigt, skizziert er ungeschickt einen Fluss, gewunden wie ein Wurm. Der Fluss sagt ihr etwas. Sie zeichnet ihn mit dem Finger in die Luft.

»Der Fluss! Wissen Sie, wo er ist?« Nach Charlies warmem Flüstern kommen Livia ihre eigenen Worte harsch vor.

»Fluuuss.«

»Ja, der Fluss. Da sind Menschen. Können Sie uns hinbringen?«

Die Frau scheint die Bitte zu bedenken. Sie legt den Kopf schief und verharrt einen Moment lang reglos. Im Profil wirkt ihr Gesicht wieder völlig fremd, die Züge ausländisch: ein ausgeprägter Kiefer, das kleine dunkle Auge fast unter dem schweren Lid begraben. Als sie mit dem Kopf ruckt und ihnen bedeutet, ihr zu folgen, zuckt Charlie plötzlich zusammen.

»Ich habe sie schon mal gesehen!«

»Wo?«

»Auf einem Bild deines Vaters, das vor etwa fünfzehn Jahren aufgenommen wurde. Nur hatte sie darauf zwei Köpfe.«

Ohne es näher zu erläutern, bückt er sich und hievt sich Thomas, auf dessen Gesicht der Schlamm wie ein dreckiger Tumor wuchert, auf die Schultern.

»Glaubst du, wir werden verfolgt?«, fragt Livia.

»Gehen wir lieber, bevor wir es herausfinden.«

*

Sie laufen über eine Stunde lang. Charlie ermüdet schnell unter seiner Last, und Livia besteht darauf, ihm mit Thomas' schlaffem Körper zu helfen. Sie legen sich seine Arme um die Schultern und lassen seine Füße über den Waldboden schleifen. Sie kommen nur langsam voran. Livia könnte nicht sagen, wie viel Abstand sie zwischen sich und ihre Angreifer bringen. Die Frau ist ihnen gut zehn Schritte voraus und scheint nach Belieben mit den Bäumen zu verschmelzen, bevor sie nach ein paar Metern wieder hervortritt und sie mit einem Kopfrucken weiterwinkt. Endlich erreichen sie den Fluss. Zuerst sehen sie nur eine Wand aus Licht, die das dunkle Meer der Bäume teilt: die Sonne, die vom Wasser reflektiert wird. Der Fluss ist so ruhig, dass er lautlos dahinfließt. Am anderen Ufer stehen die Bäume dicht an dicht. Wo auch immer sie sind, hier gibt es keine Menschen.

Doch ihre Führerin hat sie nicht grundlos hergebracht. Sie lockt sie weiter, folgt mit raschen Schritten dem Flusslauf. Livia spürt, wie ihre Kräfte schwinden. Auch Charlie taumelt unter

Thomas' Gewicht, atmet stoßweise; sein Kopf ist knallrot. Nach dreißig Schritten allerdings sind sie am Ziel. Die Frau hält an und taucht in ein Gebüsch. Bis Livia und Charlie dort sind, hat der Schatten des Waldes sie verschluckt. Das Ufer fällt hier steil ab. Der Fluss ist nach dem Regen der letzten Tage stark angeschwollen, und sie stehen nur einen knappen Meter über der Wasseroberfläche.

»Siehst du sie?«, keucht Charlie.

»Nein. Aber da ist etwas hinter den Büschen. Vielleicht wollte sie uns das zeigen.«

Es ist ein Ruderboot, kaum anderthalb Meter lang. Der Wald hat es sich schon fast einverleibt. Die Seitenwände sind mit Moos überwuchert, und das Segeltuch, das dazwischen gespannt ist, wird von Laub und Erde niedergedrückt. Graue Ranken krautiger, halb verkümmerter Pflanzen sprießen daraus hervor. Als sie das Tuch zur Seite ziehen, entdecken sie zwei Ruder in einer Lache fauligen Wassers. Von dem Gestank müssen sie würgen. Für die Ruder ist links und rechts je eine rostige Eisendolle in die Bootswand eingelassen. Als Livia Charlie hilft, das Boot aus dem Gestrüpp zu zerren, wischt sie mit den Fingern über den Bug und legt ein geschnitztes Wappen frei: ein Keiler im Schein des aufgehenden Monds. Sie erkennt es sofort. Es ist ihr eigenes Wappen, das ihrer Familie, das alte Emblem der Naylors.

»Früher ist mein Vater manchmal tagelang verschwunden. Zum Angeln. Das war seine einzige Schwäche.« Livia erschaudert, als sie in diese längst vergangene Zeit zurückversetzt wird. Ihre frühe Kindheit. Die Hand ihres Vaters, die ihr übers Haar streicht. »Aber das ist Jahre her.«

»Meinst du, das Boot trägt uns noch? Das Holz ist halb verrottet, aber die Außenseite ist geteert, und das Segeltuch hat den Regen ganz gut abgehalten.«

»Wollen wir's hoffen. Es ist unsere einzige Chance.«

Das Boot ins Wasser zu bringen, stellt sich als schwierig heraus. Sie können es nicht einfach fallen lassen, dafür ist die Böschung zu hoch, also müssen sie es ganze zehn Meter zurückzerren, um eine leichter zugängliche Stelle zu finden. Charlie testet das Boot, steigt so vorsichtig vom Bug zum Heck, als würde er damit rechnen, jede Sekunde einzubrechen. Doch das Boot hält, dreht sich sanft in der ruhigen Strömung, bereit zum Ablegen.

Als sie Thomas ins Boot hieven, werden sie triefnass. Livias vollgesogenes Kleid klebt auf sehr unanständige Weise an ihrem Körper. Außerdem ist das Boot zu klein für drei und taucht tief ins Wasser, als sie hineinklettern. Schließlich schaffen sie es jedoch, zitternd vor Kälte, ihr Gewicht gleichmäßig zu verteilen: Thomas liegt ausgestreckt auf den Planken; Livia kauert dicht neben ihm, seinem lehmverschmierten Gesicht unangenehm nah; Charlie sitzt über ihnen und rudert. Am Boden des Boots ist der Fäulnisgeruch besonders stark, und es fällt Livia schwer, ihn nicht mit Thomas' Wunde in Verbindung zu bringen. Bevor sie ablegen, späht sie noch einmal über die Bootswand und erhascht einen letzten Blick auf die Frau, die sich am Ufer ins Unterholz duckt. Irgendetwas verbindet sie mit ihrem Vater, und Livia fürchtet, dass sie es nie herausfinden wird. Dann ist die Frau verschwunden, und Livia hört nur noch das Gurgeln des Flusses unter sich und spürt Thomas' Hitze, viel zu dicht an ihrer Seite. Charlie ist nicht mehr als ein dunkler Schatten über ihr; die Sonne steht hoch und sticht ihr in die Augen, wann immer sie aufblickt. Es muss fast Mittag sein.

Die Zeit vergeht. Das Boot treibt mit der Strömung und macht bei jedem Ruderschlag einen kleinen Ruck nach vorn. Irgendwann bemerkt Livia, dass Wasser durch die Bootswand sickert und die Nässe an ihrem Rücken und den Beinen nicht bloß vom Einsteigen herrührt. Doch sie kann nichts tun, kann nicht schöpfen, weil sie kein Gefäß hat. Plötzlich ändert sich das Geräusch des Flusses unter den morschen Planken. Erschrocken schaut Livia auf. Die Sonne ist mittlerweile so weit gewandert, dass sie Charlies Rücken erkennt, der sich im Rhythmus der Ruderschläge vor und zurück neigt. Er hält das Boot in der Mitte des Flusses, die Augen stromaufwärts gerichtet, vermutlich zu erschöpft, um sich umzuwenden. Livia stützt sich auf die Ellbogen, riskiert einen Blick. Der Fluss ist nicht länger ruhig und glatt. Vor ihnen liegen Untiefen, Felsen, die aus dem Wasser ragen, und die Strömung wird stärker. Noch ehe sie den Gedanken zu Ende denken kann, vernimmt sie ein Schaben, und frisches Wasser dringt ins Boot.

»Vorsicht, Charlie, da sind Stromschnellen. Beeil dich, sonst gehen wir unter!«

*

Sie können es nicht verhindern. Während Charlie angestrengt versucht, sie an einem großen Felsen vorbeizumanövrieren, bricht eins der Ruder, und im nächsten Augenblick wirbeln sie im Kreis herum. Das Heck rammt einen weiteren Stein, eine Planke löst sich, und Wasser sprudelt herein, schnell und unaufhaltsam. Zum Glück hat die Strömung sie näher an die grasüberwachsene Böschung getragen. Ohne Charlie zu fragen, springt Livia von Bord, versinkt bis zu den Knien in eiskaltem Wasser und Matsch, packt den Bug und zieht das Boot in Richtung Ufer. Sie müssen sich beeilen. Thomas kann sich nicht bewegen, und das Wasser steigt stetig. Als sie noch mit seinem Körper kämpfen, zerbirst die gesamte Längsseite in einer Wolke aus Holzfäule. Sie zerren Thomas durch die Öffnung und an Land, fühlen besorgt seinen Puls. Flussabwärts stürzt das Wasser anderthalb Meter in die Tiefe. Flussaufwärts sinkt die Sonne dem Horizont entgegen. Sie haben vielleicht fünf oder sechs Kilometer zwischen sich und ihre Verfolger gebracht.

Sofern sie tatsächlich verfolgt werden.

Ein Geräusch reißt Livia aus ihren Gedanken. Sie erkennt es sofort: Kleider, die im Wind flattern. Als sie um ein paar dichte Büsche herumgeht, die auch als Hecke gelten könnten, findet sie eine Wäscheleine mit Hemden und Betttüchern, die sich in der Brise bauschen. Die Hälfte der Leine ist bereits leer; eine Bäuerin rafft die Wäsche mit kräftigen Armen zusammen. Irgendwann entdeckt sie Livia und kommt mit gemächlichen, wiegenden Schritten auf sie zu. Dann fällt ihr Blick auf Thomas und Charlie.

»Gleich drei von der Sorte!«, ruft sie von Weitem. »Ihr seid ja nass wie frischgebor'ne Lämmchen. Und wo is euer Boot?«

Livia unterbricht sie. »Gibt es hier ein Dorf? Einen Arzt?«

»Eine Stunde da lang.« Die Bäuerin deutet in die Richtung und fügt mit gewohnheitsmäßigem Verdruss hinzu: »Mein Mann, der alte Schafskopf. Sagt, er wohnt lieber 'n bisschen außerhalb. Und das tun wir, Gott sei uns gnädig.«

Plötzlich bemerkt sie Thomas' Gesicht. Ein Großteil des Lehmwickels ist fortgespült worden, der Hemdkragen blutgetränkt. Die Heiterkeit der Frau ist schlagartig verschwunden. Energisch übernimmt sie das Kommando.

»Lebt er noch? Dann tragen wir ihn besser rein.« Ohne auf eine Antwort zu warten, drückt sie Livia die saubere Wäsche in die Hand und greift Thomas unter die Achseln.

»Na los, Junge, pack zu«, fährt sie Charlie an. »Du nimmst die Füße.«

Ihre Kate ist keine zwanzig Meter entfernt, aber so dicht an einen Hügel gedrängt, dass man sie erst sieht, wenn man direkt davorsteht. Drinnen brennt ein Feuer im Ofen. Küche und Wohnzimmer sind ein einziger niedriger Raum mit Balkendecke. Sie legen Thomas auf den Küchentisch. Die Frau holt einen Bottich mit Wasser und ein paar saubere Tücher.

»Ham dich im Schlamm gewälzt, was?«, murmelt sie vor sich hin, während sie Thomas' Wunde säubert. »Moos is auch drin. Na ja, immerhin hat's das Leck gestopft. Ganz schöne

Schramme, das halbe Ohr ab. Und 'ne pfeilgerade Furche im Schädel, wie mit dem Lineal gezogen. Aber kein Bruch, soweit ich seh'n kann. Komischer Geruch, bisschen angesengt. Mit 'ner Waffe rumgespielt, würd ich denken. Und geschlagen haben sie dich wohl auch, ne ordentliche Tracht Prügel. Himmel, schau dir die blauen Flecken an. Du schillerst ja wie ein Regenbogen, bis runter zum Nabel.« Sie hat Thomas' Hemd aufgeknöpft, verbindet ihm den Kopf. »So ist's gut, Kleiner. Frisch verpackt wie ein Wickelkind. Wenn du dich schonst und sich nichts entzündet, kann's wieder werden. Hallo! Da bist du ja. Auferstanden von den Toten, ein Auge offen wie ein Pirat zur See. Guten Tag, Sir, das Vergnügen ist ganz meinerseits, aber versuchen Sie bloß nicht zu sprechen, schön ruhig liegen bleiben.«

Vielleicht haben ihn die Schmerzen geweckt, vielleicht ihre tiefe, angenehme Stimme. Als Livia und Charlie sich über ihn beugen, steht tatsächlich eins seiner Augen offen und schaut panisch zwischen all den Binden hindurch, die kreuz und quer über sein Gesicht verlaufen. Losgelöst von seinen Zügen wirkt es weniger wild, als Livia es in Erinnerung hat. Und jünger. Verletzlich. Doch schließlich ist er auch gerade erst aus dem Totenreich zurückgekehrt.

Sofort reden Livia und Charlie auf ihn ein, wollen ihn beruhigen.

»Du bist in Sicherheit«, sagt Livia. »Du wurdest angeschossen, aber jetzt ist alles gut.«

»Du bist in Sicherheit«, wiederholt Charlie. »Ich hole Hilfe. Hier in der Nähe gibt es ein Dorf. Ich schicke jemanden zu Lady Naylor.«

Augenblicklich wird Thomas unruhig. Seine Glieder zucken, und inmitten der Verletzungen und Verbände regen sich seine Lippen.

»Still, du musst dich ausruhen.«

Doch Thomas hört nicht auf Charlie, versucht immer wieder, sich aufzurichten, zu sprechen, aber kein Ton will herauskommen. Die Bäuerin reicht Livia ein Glas Wasser. Ihr Gesichtsausdruck hat sich kaum merklich gewandelt. Sie hat den Namen gehört. *Lady Naylor*. Die Gutsherrin.

Das ändert etwas für sie.

*

Das Wasser hilft Thomas. Er nimmt einen Schluck, hustet, fährt sich mit der Zunge über die Lippen. Sie sind so blutleer, dass sie grau auf seinen Zähnen liegen. Wieder versucht er zu sprechen, wieder vergebens. Er braucht noch vier, fünf Anläufe, bis es aus ihm herausbricht, rau und mit Nachdruck.

»Sagt es niemandem.« Und dann erneut, lauter, spuckend. »Sagt es niemandem. Traut keinem.«

Livia starrt in sein lädiertes Gesicht. Er ist kaum eine Minute wach, und schon macht er sie wütend.

»Sagt es niemandem? Er glaubt, dass Mutter –« Sie wendet sich an Charlie. »Das ist lächerlich!«

Thomas stößt ein weiteres Wort hervor, die Silben fein säuberlich voneinander getrennt.

»La. Bor.«

Livias Wut ballt sich wie eine dunkle Wolke zusammen. All die Jahre der Disziplin durch ein paar wirre Brocken vernichtet.

»Er hat den Verstand verloren. Was soll das heißen? Wir haben uns in Mutters Labor geschlichen, und jetzt bringt sie uns um? Meinst du, sie hat ihr Reitkostüm angezogen, sich eine Schrotflinte geschnappt und uns aufgelauert? Oder vielleicht Thorpe geschickt, den alten Knacker?«

»Oder Julius«, sagt Charlie leise. Sein Gesicht ist wie ein offenes Buch.

»Der würde niemals seinen Leibdiener erschießen. Der Mann ist wie ein Vater für ihn!«

Der Rauch hinterlässt einen bitteren Geschmack in ihrem Mund. Charlie antwortet nicht. Thomas ist wieder in Bewusstlosigkeit gesunken, einen Arm unter das offene Hemd geschoben, um die eigene Brust geschlungen. In der Stille, die seiner Ohnmacht folgt, spürt Livia, wie sich seine Zweifel in ihr einnisten. Weil sie selbst keine bessere Erklärung findet. Neben ihr steht die Bäuerin und faltet Wäsche. Sie hat zugehört, dabei jedoch so getan, als sei sie taub. Livia mustert ihr Gesicht. Ihre Mimik ist von bewusster Neutralität, die intelligenten Augen unter gesenkten Lidern verborgen. Die Frau scheint Übung darin zu haben, sich dumm zu stellen, wenn ihr Gegenüber es von ihr erwartet. Ihre *Herrschaft*. Das ist ein neuer Gedanke für Livia. Von klein auf ist sie schon von Dienern umgeben, aber sie war noch nie im Dienstbotentrakt, in einem Bauernhaus, in einer Fabrik. Von allein wäre sie nie auf die Idee gekommen, dass sie bereits ihr ganzes Leben lang verstohlen gemustert wird. Beurteilt.

»Lass uns rausgehen«, sagt sie zu Charlie.

*

Sie diskutieren leise, fünf Schritte von der Haustür entfernt. Livias Kleider sind noch immer nass, und sie zittert vor Kälte.

»Das ist doch lächerlich«, sagt sie erneut.

»Vielleicht nicht. Was, wenn wir etwas gesehen haben? Im Labor. Etwas so Wichtiges, dass es alles verändert. Etwas, das niemand erfahren darf. Um keinen Preis.« Charlie ist ruhig, analytisch, bereit, sogar einen Angriff auf sein Leben zu verzeihen. »Lass uns einmal gründlich durchdenken, was passiert ist. Sechs Schüsse, oder? Einer nach dem anderen, in schneller Folge. Und aus großer Entfernung. Ein Gewehr oder mehrere? Auf jeden Fall ein exzellenter Schütze. Wären es Wegelagerer gewesen, hätten sie die Pferde am Leben gelassen. Die sind bestimmt einiges wert.« Er beißt sich auf die Lippe. »Wenn Thomas recht hat –

wenn jemand hinter uns her ist, weil wir etwas wissen … dann ist es wirklich das Beste, wenn niemand erfährt, wo wir sind. Absolut niemand.«

Livia versucht, seine Worte abzutun und damit auch ihre Zweifel. »Glaubst du tatsächlich, meine Mutter würde ihr eigenes Kind in Gefahr bringen?«

»Nein. Aber du hättest ja gar nicht bei uns sein sollen. Du bist heimlich in die Kutsche gestiegen. Außerhalb der Tore.« Er sieht ihr in die Augen, hält ihren Blick mit sanftem Staunen. »Warum hast du das eigentlich getan?«

Sie will etwas Nichtssagendes erwidern, wütend werden oder zumindest kratzbürstig. Doch sein Gesicht macht es ihr schwer.

»Ich wollte mich verabschieden. Mutter war dagegen, dass ich euch zum Bahnhof begleite. Wir hatten gestern Abend eine Auseinandersetzung deswegen. Ich habe beschlossen, ihren Wunsch zu missachten.« Sie schweigt kurz, fährt dann fort. »Ich wollte mit zum Bahnhof kommen, um dir Lebewohl zu sagen, Charlie. Ich habe sogar ein Taschentuch mitgenommen, um zu winken.«

»Ich will dich küssen, schon lange.« Er sagt es bestimmt, als wäre es ganz einfach, eine schlichte Tatsache wie die Sonne am Himmel und das Gras unter ihren Füßen.

Vielleicht ist es das auch.

Sie gehen zurück zum Haus. Die Bäuerin reicht ihnen Wolldecken und bedeutet ihnen, sich vor den Ofen zu setzen. Sie hat Thomas die nassen Kleider ausgezogen und eine dicke Daunendecke über ihn gebreitet. Livia sehnt sich danach, sich auch umziehen zu können. Nach kurzem Zögern gleitet sie von dem harten Holzstuhl und kniet sich vors Feuer, um wenigstens etwas zu trocknen.

Innerhalb von Minuten ist sie eingeschlafen.

*

Als sie wieder aufwacht, sind die Männer da, drei an der Zahl, in einfachen Anzügen aus Halbleinen. Sie stehen vor dem Küchentisch und blicken auf Thomas hinab. Ein Vater und zwei Söhne. Die Söhne haben die gleiche Statur: schmal, schlaksig und hoch aufgeschossen. Der Vater ist kleiner, stämmiger; eine Pfeife klemmt zwischen seinen vollen, von der Kälte gesprungenen Lippen. Wie sie so dastehen, Seite an Seite, Hüfte an Hüfte, wirkt das Häuschen plötzlich sehr klein.

Livia rappelt sich auf, streift die Decke ab. Ihre Hände streichen rasch über ihre Kleider, stellen sicher, dass sie ehrbar aussieht. Die Bewegung weckt Charlie, der vornübergebeugt auf seinem Stuhl gedöst hat. Er schreckt hoch, bemerkt die Männer und tritt sogleich auf sie zu.

»Mein Name ist Charlie Cooper. Vielen Dank für Ihre Gastfreundschaft.«

Er schüttelt ihnen auf seine schlichte, herzliche Art die Hand. Die Männer scheint diese Begrüßung zu irritieren, doch sie akzeptieren sie wortlos.

Dann wandern ihre Blicke zu Livia.

Sie zögert, wohl wissend, dass sie es Charlie unmöglich gleichtun kann, weil sich das für eine Dame nicht schickt. Die Männer verbeugen sich nicht, und ein Knicks käme ihr albern vor. Sie sieht ihnen an, dass die Bäuerin ihnen gesagt hat, wer sie ist. Die steht jetzt am Herd und verfolgt schweigend das Geschehen. Livia wird den Männern ihre Befangenheit nicht nehmen können, nicht als Tochter jenes Mannes, dem all das Land unter ihren Füßen gehört.

Also versucht sie es mit der Wahrheit.

»Ich bin Livia Naylor. Wir sind heute früh auf dem Weg zum Bahnhof in einen Hinterhalt geraten. Mr Argyle hier wurde verwundet. Im Augenblick wissen wir noch nicht, wer … Nun, jedenfalls halten wir es für das Beste, wenn niemand erfährt, dass wir hier sind.« Sie strafft die Schultern. »Können wir auf Sie zählen?«

Als Antwort erhält sie ein kurzes Nicken vom Vater. Es ist eine bedächtige Geste, die erst nach langem Abwägen gewährt wird. Sie scheint einem Eid gleichzukommen.

*

Bis zum Abendessen stellt ihnen niemand irgendeine Frage. Die Männer reden offenbar nicht gerne. Bisher hat Livia nur ihre Namen erfahren. Der Vater heißt Bill Mosley. Der ältere, dunkelhaarige Sohn mit dem dichten, schweren Schnurrbart heißt Jake. Sein Bruder Francis hat helleres Haar und feinere Gesichtszüge. Er scheint stumm zu sein. Die Bäuerin heißt Janet und möchte auf keinen Fall Mrs Mosley genannt werden, wie sie dreimal wiederholt. Sie bestreitet die gesamte Unterhaltung allein, während sie am Herd steht und kocht.

»Meine Männer arbeiten drüben in der Zeche, alle drei«, erklärt sie beiläufig.

In diesem Moment bemerkt Livia auch die schwarzen Sicheln unter ihren Fingernägeln und den Staub, der an den Knöcheln in die Haut eingedrungen ist und sie blau färbt. Ansonsten sind die Männer penibel sauber geschrubbt.

Das Abendessen ist eine deftige Angelegenheit, bestehend aus Kartoffel-Kohl-Suppe mit ein paar Scheiben Speck und einem ganzen Laib groben Graubrots. Sie haben Thomas vom Tisch in ein Bett im hinteren Bereich der Kate verfrachtet. Alle paar Minuten sieht Charlie nach seinem Freund.

»Er ist wach. Ich versuche, ihm ein wenig Suppe einzuflößen.«

Mrs Mosley begleitet ihn. Livia bleibt allein mit den drei Männern zurück.

Sie beobachtet sie. Der Vater ist bereits fertig mit dem Essen und fingert an seiner Pfeife herum. Der stumme Sohn löffelt seine Suppe, während er gedankenverloren vor sich hin lächelt.

Sein Bruder ist damit beschäftigt, sein Brot zu buttern, mit einer an Wut grenzenden Hast, als wäre der Laib sein persönlicher Feind, den es einzuschüchtern gilt. Dabei starrt er Livia an. Sein Blick ist nicht freundlich.

»Heute war der Pfarrer in der Zeche, Mum«, verkündet er plötzlich, langsam und mit Nachdruck. Sein Blick ist weiterhin auf Livia gerichtet, obwohl er vorgibt, mit seiner Mutter zu sprechen. »Hat uns in der Waschkaue erwischt. Keine Chance zu entkommen. Immer die gleiche Leier. ›Rauch ist Sünde. Glaubt ja nicht, dass er weniger schlecht ist, nur weil ihr ihn unter Tage nicht seht. Gottes Augen …‹ und so weiter und so fort.« Er schnaubt, kaut, schluckt. »Der Rauch is keine Sünde, sondern eine Waffe. Eine Waffe der feinen Herren, um uns kleinzuhalten. Weil er beweist, dass alles so is, wie's sein soll: sie selbst ganz oben, selbstgefällig wie ein Haufen Mistkäfer, die sich ihr Mittagessen rollen.«

Sein Vater legt die Pfeife neben seinen Teller, bevor er ihm in seiner bedächtigen Art antwortet.

»Ich weiß nich, Jake. Ganz so einfach is es nich. Wünschte, es wär so. Aber denk mal an die ganzen Dauerraucher drüben im Dorf. Deren Rauch voller Hass ist. Collins zum Beispiel. Hazard. Lawrence. Der alte Jimmy Becket. Alles richtige Dreckskerle. Lügner, Säufer, Betrüger. Warum soll man das nich Sünde nennen?«

Der Sohn schnaubt wieder, respektiert seinen Vater jedoch zu sehr, um ihm direkt zu widersprechen.

»Tief unten macht's keinen Unterschied«, ist alles, was er sagt. »Das weißt du genau.«

»Wohl wahr«, antwortet der Vater. »Tief unten macht's keinen Unterschied.« Dann wendet er sich an Livia, kneift ein Auge zu und fragt bestimmt, aber nicht unfreundlich: »Was denken Sie darüber, Miss?«

Livia zögert. Um die Wahrheit zu sagen, sie ist überrascht. Nicht nur vom Inhalt der Worte, sondern vor allem von der Tatsache, dass diese Leute – Bauern, Bergmänner – so offen über den Rauch sprechen, beim Abendessen seine Geheimnisse zu ergründen suchen. In ihrer Vorstellung wurden solche Überlegungen stets nur von ihren Eltern und ihresgleichen angestellt. Von kultivierten Geistern, wie ihre Lehrer es ausdrücken würden. Von denen, die herrschen.

»Der Rauch ist die Verkörperung der Sünde«, sagt sie schließlich mit all der Demut, in der sie sich seit Jahren übt. »Ein von Gott gesandtes Mal des Bösen. Aber vielleicht haben wir es bisher zu bereitwillig als Rechtfertigung für die Leiden der Sünder benutzt.«

Bei ihrem *wir* stößt der ältere Sohn ein verächtliches Geräusch aus. Er und seine Familie sind darin von vornherein ausgeschlossen. Sein Bruder jedoch nickt schweigend und versucht, eine saure Gurke aufzuspießen. Sie entflieht seiner Messerspitze, springt vom Teller und rollt über den Tisch, wo sie eine Essigspur hinterlässt. Einem Impuls folgend, greift Livia danach und beißt hinein. Die Gurke ist so sauer, dass ihr die Augen tränen und sie gar nicht mehr aufhören kann zu husten. Irgendwie löst das die angespannte Stimmung. Am Ende steht selbst Jake neben ihr und schlägt ihr lachend auf den Rücken. Zehn Minuten später haben die Männer ihr Abendessen beendet. Sie wollen ins Dorf, ein Bier trinken.

Livia und Charlie können nur hoffen, dass sie niemandem von den hohen Herrschaften erzählen, die sie heute Nacht beherbergen.

*

Kaum zwei Stunden später sind sie zurück. Mrs Mosley hantiert noch immer in der Küche herum und bereitet das Essen für den nächsten Tag vor. Livia betet. Sie würde gerne ins Bett gehen, weiß aber nicht, wo. Die Kate wirkt viel zu klein für sie alle.

Charlie ist auf einem Stuhl eingedöst. Sein Gesicht sieht friedlich aus im Schlaf; der Mund steht offen, die Lippen sind zu einem verhaltenen Lächeln verzogen. Als die Männer hereinkommen, wacht er auf. Sein Blick huscht erst zu ihr, dann zu Thomas. Vergewissert sich, dass sie in Sicherheit sind. Wider besseres Wissen lässt die Reihenfolge der Blicke Livia vor Freude erröten.

»Schon zurück?«, begrüßt Mrs Mosley ihre Männer. »Und stocknüchtern, wie's sich für gute Christenmenschen gehört.« Doch ihr Mann und ihre Söhne gehen nicht auf ihr Geplauder ein. »Was ist los?«

»Sie sind Stadtgespräch«, erklärt Jake schroff und nickt in Charlies und Livias Richtung. »Besser gesagt, ihre zerschossene Kutsche in der Schlucht neben der Hochstraße. Fowler war heute Nachmittag in der Stadt. Angeblich redet keiner mehr über was anderes. Gerüchten zufolge saß Lady Naylor höchstpersönlich in der Kutsche und ist entführt worden. Und dann verkündet Sutter, er hätte 'n Boot entdeckt, oder was davon übrig war, anderthalb Kilometer flussabwärts zwischen ein paar Felsen. Sagt, da wär ein Wappen drauf gewesen. Erst hätte er sich nicht viel dabei gedacht. Jetzt rätseln alle, was für 'ne Verbindung es zwischen Kutsche und Boot gibt. Und wer drin war.«

Sein Vater legt ihm die Hand auf den Arm. Jake verstummt, räumt das Feld.

»Sie können nicht hierbleiben«, sagt Mr Mosley nach einer kurzen Pause. »Nicht, wenn Sie nicht gefunden werden wollen. Das gesamte Dorf redet über Sie. Und die Zechenverwaltung hat immer einen Spitzel in der Schenke. Irgendwer kommt mit Sicherheit bald her und stellt Fragen.« Plötzlich entwischt ihm ein kleiner Rauchfaden. Er beobachtet ihn und wedelt ihn mit der Hand fort. »Verzeihung.«

Als würde er sich für einen Darmwind bei Tisch entschuldigen. Der Rauch ist der einzige Hinweis darauf, dass er aufgewühlt ist.

»Wir gehen gleich morgen früh«, sagt Charlie.

Der Mann schüttelt nachdenklich den Kopf.

»Nein. Der Junge da« – er deutet auf Thomas – »kann nicht laufen. Noch ne ganze Zeit lang. Und er braucht einen Arzt. Oder eine Krankenschwester. Er ist noch nicht übern Berg.« Schweigend zündet er seine Pfeife an. »Aber es gibt da einen Ort. An dem Sie niemand sieht. Und selbst wenn, wird Sie niemand verraten. Wenn Sie's ernst meinen. Für ne Weile unterzutauchen.«

Er schaut Charlie an, doch Charlie schaut zu Livia hinüber. Die versteht seinen Blick. Ihre Mutter ist diejenige, die krank vor Sorge über das Verschwinden ihrer Tochter sein wird. Und auch diejenige, die vielleicht versucht hat, sie umzubringen.

Es ist ihre Entscheidung.

Wenn sie sich allerdings falsch entscheidet, sind es Charlie und Thomas, die sterben werden.

»Wann brechen wir auf?«, fragt sie.

Mr Mosleys Miene bleibt unverändert. Er nimmt einen Zug aus seiner Pfeife, bläst den Rauch aus. »Heute Nacht. Aber nicht vor zwei Uhr. Zwischen den Schichten.«

Bevor er sich abwenden kann, tritt Livia auf ihn zu, sieht ihm in die Augen.

»Sie müssen uns nicht helfen. Danke, dass Sie es trotzdem tun.«

Sein Gesicht verdunkelt sich. Es dauert einen Augenblick, bis sie erkennt, dass er errötet.

»Es war Francis' Idee«, sagt er und deutet auf seinen schweigsamen Sohn. »Auf dem Heimweg. Ich war mir erst nich sicher. Aber jetzt glaub ich, dass er recht hat.« Er hält inne, dreht sich zu seiner Frau. »Das Mädel braucht vermutlich ein paar Frauensachen. Dann einen Krug oder so was, Löffel und Messer für beide. Und sämtliche Decken, die wir entbehren können.«

»Erzähl du mir nicht, was zu tun ist«, erwidert Mrs Mosley säuerlich.

Ihre Hände packen bereits einen Korb. Eine Flasche wandert hinein, zwei Tassen und eine so große Pluderhose, dass Livia sie wahrscheinlich mit einem Gürtel wird festbinden müssen.

»Wohin bringen sie uns?«, fragt Livia, als sie den Korb ein paar Stunden später entgegennimmt.

Die Frau wirft ihr einen langen ernsten Blick zu. Vielleicht denkt sie, dass ihre Männer einen Fehler machen. Oder Livia und Charlie.

»Wohin?«, sagt sie schließlich. »Wo wir alle irgendwann hingehen. Unter die Erde.«

# THORPE

Die Neuigkeiten erreichen uns um vier Uhr dreiunddreißig, nach der großen Comtoise-Uhr im vorderen Empfangszimmer. Eine Gruppe Reiter aus der Stadt bringt sie, angeführt von einem Friedensrichter. Die anderen sind brave Bürger, die anscheinend nichts Besseres zu tun haben. Ein »Suchtrupp«, wie einer von ihnen es ausdrückt. Um den königlichen Frieden zu wahren.

Es gibt die Neuigkeiten, wie sie Milady mitgeteilt werden, und jene, die an die Küchentür klopfen, in Gestalt eines Stallknechts, dem sie von einem Leibdiener der Stadtleute erzählt wurden, als er sein Pferd abgerieben hat. Dieselben Informationen, andere Worte. Durch die Küche kommt die dramatische Version: das Blut, der Geruch, Ausdrücke aus Groschenromanen. Die Pferde »abgeschlachtet«, die Kutsche »zu Kleinholz verarbeitet«, Mr Price »niedergemetzelt«, sein Bauch ein »gähnendes Loch«, über dessen Inhalt sich schon die Krähen her macht. Hat ihn dort liegen gelassen, der Suchtrupp. Zu schwer zu tragen, und wahrscheinlich auch zu blutig, zu stinkend, zu dreckig, um ihn übers Pferd zu werfen. Sie schicken einen Karren, um ihn abzuholen.

Von den beiden Jungen fehlt jede Spur.

Angeblich hat Milady es gut aufgenommen. Ich bin nicht da, um es zu sehen. Wie es der Zufall will, überwache ich gerade das jährliche Polieren des Silbers. Sorge dafür, dass die Mädchen ehrlich bleiben. Zähle die Kaffeelöffel. Aber ich kann es mir vorstellen: wie sie, blass und aufrecht, den Mann dazu auffordert, seine Gedanken zu ordnen und der Reihe nach zu berichten. Sie lässt Erfrischungen in den Garten bringen. Eine gute Entscheidung. Wir wollen nicht, dass diese Männer unser Empfangszimmer beschmutzen oder in unseren Korridoren herumlungern.

Milady schickt nach Livia, um sie von den Neuigkeiten in Kenntnis zu setzen. So kommt schließlich heraus, dass sie verschwunden ist. Ihre Kammerzofe sagt, sie sei noch vor dem Morgengrauen aufgestanden und habe ihre Reisekleider angelegt. Sie, die Zofe, habe sich nichts dabei gedacht. Jetzt ist sie in Tränen aufgelöst. Ich werde sie morgen entlassen.

Bei der anschließenden Suche stellt sich heraus, dass einer der Stallburschen gesehen hat, wie sie im Dunkeln das Anwesen verließ, als er sich gerade neben der Scheune erleichterte. Ob ihm das nicht merkwürdig erschienen sei? Der Junge zuckt nur mit den Achseln. Er wundere sich schon lange nicht mehr über das Verhalten der Hochwohlgeborenen. Als ich den Stock für ihn anordne, erbleicht er und fängt an zu rauchen. Zehn Schläge werden ihm wahrlich guttun.

Zu diesem Zeitpunkt hat der junge Spencer bereits das Kommando über den Suchtrupp übernommen und will losreiten, um die Zigeuner zur Strecke zu bringen, wie er es formuliert. Tatsächlich ist vor einer Woche eine Zigeunerbande gesichtet worden, allerdings fünfzehn Kilometer weiter südlich. Seine Hündin soll ihn begleiten. Sie tapst aus ihrem Zwinger, schnüffelt an ihrem Herrchen und stößt ein Jaulen aus, das einem das Blut in den Adern gefrieren lässt. Als er sie streichelt, tritt eine Träne in sein Auge, und seine Hand zittert. Die Trauer um seinen Leibdiener, meint die Küchenmagd träumerisch. Sie hegt romantische Gefühle für den Jungen und hat schon des Öfteren darüber gesprochen, »wie eng seine schicken Reithosen sitzen«. Ihr Rauch riecht nach verbrannten Nelken.

Die Abendessenszeit kommt und geht. Ich lasse das Mahl wie geplant zubereiten, aber Lady Naylor beliebt nicht, zu Tisch zu erscheinen. Das macht mir Sorge. Ich suche nach ihr, ohne jedoch den Anschein zu erwecken, es zu tun. Jemand sollte eine Abhandlung über den Gang des Butlers verfassen. Ein Handbuch für diejenigen, die neu in diesem Beruf sind. Leisen Schritts, aber niemals lautlos; unberechenbar in seinem Wohin, aber niemals richtungslos. Eine Wissenschaft des Gehens. Ich bin zweifellos ihr Meister.

Ich finde sie nicht sofort. In ihrem Studierzimmer brennt kein Licht, in ihrem Boudoir bewegt sich nichts. Kein Flackern dringt aus dem Schlüsselloch ihres Labors. Ich zögere lange, denke nach, doch schließlich steige ich die Treppe zum Dachboden hinauf.

Milady ist bei ihrem Ehemann, ihr fuchsiafarbenes Kleid ein Farbklecks im düsteren Zimmer. Sie ist zu ihm ins Bett geschlüpft, liegt dicht neben ihm, das Gesicht an seiner Brust vergraben. Arme und Beine des Barons sind festgebunden, doch er ist ruhig, seine Züge schlaff, die Atmung gleichmäßig. Ich stehe ein paar Minuten im Türrahmen und beobachte das Geschehen. Ob Milady mich bemerkt, weiß ich nicht. Als ich sicher bin, dass sie meiner Dienste nicht bedarf, ziehe ich mich wieder zurück. Mit feuchten Augen, zugegeben. Man wird nicht oft Zeuge wahrer Liebe. Ich habe sie früher bereits gesehen, als Milady noch jünger war und der Baron der klügste Mann im ganzen Land. Ich war sein Leibdiener, sein Vertrauter. Schon damals der Hüter des Hauses.

Seither war ich vieles. Wachmann und Spion. Krankenpfleger und Kerkermeister. Selbst Totengräber, einmal.

Und stets habe ich bereitwillig gedient.

Mr Spencer hat seinen Hund. Ich bin der Hund der Naylors. Das werde ich mit Stolz verkünden, wenn ich meinem Schöpfer gegenübertrete. Es bestehen kaum Zweifel, dass ich in den Himmel auffahre. Für einen Mann meines Standes rauche ich nur sehr selten.

Woher kommen dann die Träume, die mich in heiße Flammen tauchen?

## DUNKELHEIT

Es sind gut anderthalb Kilometer bis zum Förderschacht. Sie gehen zu Fuß, im Licht der Sterne; ihre Gesichter sind aus Schatten gewoben. Die Nacht ist so kalt, dass jeder durch den Atem seines Vordermanns läuft, der weiß wie gefrorener Rauch in der Luft hängt.

Der Weg führt an Feldern vorbei, hinauf zum Kamm eines Hügels, den eine knorrige alte Eiche krönt. Unter ihnen, in der Dunkelheit einer schmalen Schlucht, erstreckt sich die Zechenkolonie. Livia ist nicht auf das Elend vorbereitet, die langen Reihen winziger Häuschen, aneinandergequetscht wie die Falten eines Akkordeons, aus dem die Luft herausgepresst wurde. Am Ende der Schlucht erhebt sich ein Müllhaufen, auf dem ein paar Straßenköter patrouillieren. Der Geruch nach gekochten Steckrüben liegt über dem Dorf.

Mr Mosley antwortet, ohne dass sie eine Frage gestellt hätte. Vielleicht hat er es ihr angesehen. Entsetzen. Unbehagen. Den Schauder beim Gedanken an ein Leben im Mief des gestrigen Mittagessens.

»Newton Village«, sagt er. »Sechshundert Seelen. Neun von zehn arbeiten unter Tage. Männer, Frauen, Kinder. Leben von der Hand in den Mund. Lassen beim Krämer anschreiben, der sie beim Abwiegen betrügt. Meine Frau sagt immer, wir sind zu gut für das Dorf. Aber in Wahrheit will uns das Dorf nicht zu nah bei sich wohnen haben. Ich bin Steiger, verstehen Sie, wie auch schon mein Vater. ’n feiner Pinkel.« Mr Mosley hält inne, schnaubt. »Es stimmt, was die Fischweiber sagen: Geld macht einsam.«

So lange hat Livia ihn noch nie am Stück reden hören. Es ist zu dunkel, um seine Miene zu erkennen, seine Stimme zu ausdruckslos, um seine Gefühle zu erraten. Er ist nicht stehen geblieben, sondern läuft mit großen Schritten weiter, die Augen auf den Weg gerichtet. Hinter ihnen hat Charlie alle Hände voll mit Thomas zu tun, der sich kreidebleich und schwer auf ihn stützt. Jake und Francis sind vorausgerannt, um »Vorkehrungen zu treffen«. Welcher Art, das weiß Livia nicht. Am Horizont zeichnet sich der Umriss des Förderturms ab, ein schwarzes Gittermuster, das die graue Nacht zerteilt.

Als sie sich der Zeche nähern, treten noch mehr Dinge aus dem Schatten: Lagerhäuser, Schornsteine, Brennöfen, eine Schindelhütte, aus der gelbes Licht sickert, eine Maschine, die über und über mit Hebeln, Messanzeigen und Sprossen bedeckt ist, die überdachten Schlünde der beiden Förderschächte. Als Letztere in Sicht kommen, hält Mr Mosley an. Ein mannshoher Stapel Brennholz bietet ihnen Schutz vor neugierigen Augen. Hier in der unmittelbaren Nähe der Grube übertönt ein hohes, singendes Pfeifen alle anderen Geräusche, als würden Klingen über Glas gezogen; ein Ton, der einem in Haut und Zähne fährt und sie dem Rest des Körpers entfremdet. Wäre man dazu verdammt, in seiner Gegenwart zu leben, würde man verrückt, denkt Livia. Sie sucht nach seiner Quelle. Thomas sackt unterdessen auf dem Boden zusammen, Kopf und Schultern in Decken gewickelt, den Mund verzerrt, nach Atem ringend.

Livia braucht eine Weile, um das Pfeifen mit den Förderschächten in Verbindung zu bringen und ihm an zwei dünnen Drahtseilen bis zu zwei Metallrädern ganz oben auf einem der beiden Fördertürme zu folgen, einem gewaltigen Gerüst, das wie eine Spinne aus Holz und Stahl über dem Schacht hockt.

Die Seile verlaufen straff gespannt über diese Räder und von dort wieder nach unten zu einem niedrigen Anbau mit Pultdach, zehn Meter entfernt. Große Trommeln drehen sich wie riesige Spindeln darin und wickeln Drahtseil auf und ab, mit einer Geschwindigkeit, die jede Wahrnehmung von Bewegung auslöscht. Deshalb liegt trotz der fieberhaften Aktivität eine gespenstische Ruhe über allem. Die Seile stehen, wie von einem Fakir verzaubert, im schwarzen Schlund des Schachts, während ihre unsichtbare Bewegung dem Tuch der Nacht Geräuschfetzen entreißt.

Sie warten. Stumm tritt Charlie neben Livia, lindert ihre Anspannung mit einem schnellen, schüchternen Lächeln. Seite an Seite spähen sie in die Dunkelheit. Endlich kommt eine Gestalt aus der Tür – einem Rechteck aus Gaslicht – der Hütte vor ihnen. An ihrem Gang erkennt Livia sie als Jake. Er überwindet die dreißig, vierzig Meter zwischen ihnen mit langen Schritten, ohne zu rennen, aber nicht minder zügig. Schon hat Mr Mosley sie hinter ihrem Holzversteck hervorgezerrt und führt sie zu den Förderschächten. Die Nacht wird noch dunkler, als sie den Schatten des größeren Gerüsts erreichen. Zwischen seinen gespreizten Beinen, umrahmt von einer Art hölzernen Veranda, gähnt der Grubenschacht, ein glatter, geziegelter, lippenloser Mund, der Gerüche ausströmt wie ein Tier mit Verdauungsstörungen.

Noch einmal drehen sich die großen Räder um die eigene Achse, noch einmal erklingt das gespenstische Lied der Drahtseile. Dann spuckt der Schacht einen Korb aus, der schwankend über dem Schwarz hängt.

»Schnell, steigen Sie ein.«

Jake zieht die Tür auf. Nacheinander überschreiten sie den Rand des Schachts und betreten den unebenen Boden des Korbs. Er zittert unter ihrem Gewicht, wirkt instabil. Sein eisernes Gestell ist von einem schützenden Gitter umgeben und hat ein Blechdach mit einem rostigen Haken, der den Korb mit dem Drahtseil verbindet. Wie viele Männer wohl hineinpassen? Schon zu fünft, mit dem ausgestreckt auf dem Boden liegenden Thomas, fühlt es sich voll an, doch unwillkürlich schießt Livia ein Bild durch den Kopf: zwanzig, dreißig, vierzig Männer, Frauen und Kinder, Schulter an Schulter, Brust an Rücken, die Gesichter gegen das Gitter gepresst, wie Köder, die anlocken sollen, was auch immer dort unten in der Tiefe lauert. Livia wird übel. Um sich abzulenken, konzentriert sie sich auf Mr Mosley. Der Bergmann hat eine lederne Kappe aufgesetzt und eine seltsam geformte Laterne an seinem Knopfloch befestigt. Sie brennt nicht.

»Wird der Maschinist uns nicht verraten?«

Mr Mosley schüttelt den Kopf. »Nein, der ist einer von uns. Außerdem hat er Sie nie gesehen. Zu dunkel. Für ihn ist das bloß eine außerplanmäßige Seilfahrt.«

Er tritt auf sie zu und streckt die Hand aus, als wolle er sie berühren, ihr beruhigend auf die Schulter klopfen. Im letzten Moment fällt ihm wieder ein, wer sie ist. Sie wünschte, es wäre anders.

»Gut festhalten, Miss.«

Der Schacht verschluckt sie. Es gibt kein anderes Wort dafür. Livia wäre nicht überrascht gewesen, wenn er sich die Lippen geleckt hätte. Sie stürzen so rasch in die Tiefe, dass ihr Magen nach oben schnellt und sie einen heftigen Brechreiz verspürt. Dann wird die Finsternis undurchdringlich, der Himmel eine ferne Erinnerung hoch über ihnen. Einen endlosen Moment lang herrscht völlige Reglosigkeit, während der Förderkorb gleichmäßig durch den Schacht fällt. Livias Angst schwindet, verdrängt von etwas anderem, das ihren Körper bewohnt, älter noch als jede Furcht und vertraut mit diesem blinden Schweben über dem Nichts. Ein Kreischen durchfährt ihre Knochen, als der Korb die stählernen Spurlatten berührt, ehe er sie zurück ins Vergessen befördert, in eine so absolute Stille, dass sie jedes Denken auslöscht. Eine Ewigkeit später flackert ein Lichtschein auf. Eine Kammer, in der sich Kohlenwagen drängen, öffnet sich vor ihnen. In der Nähe des Schachts steht ein Pferd, bleich wie ein Geist; in seinen dunklen Augen spiegelt sich Livias Entsetzen. Ein Wimpernschlag, und es ist wieder verschwunden.

Sie fallen weiter.

Irgendwann bemerkt Livia das Wasser. Sie hört es, bevor sie es fühlt. Ein Prasseln auf dem Dach des Förderkorbs. Kurz darauf strömt es über die Wände des Schachts, teilt sich am Gitter, versetzt ihrer Haut kalte Nadelstiche.

Der Korb hält so plötzlich an, dass sie das Gleichgewicht verliert, erst gegen Charlie stolpert, dann gegen Jake, dessen Hände vorschnellen, um sie zu stützen; kaum hat er sie berührt, zuckt er zurück, als hätte er sich verbrannt. Streichhölzer flammen auf, als Jake und Mr Mosley ihre Lampen entzünden. Das trübe Licht offenbart einen gemauerten Raum, länglich, schmal, mit einem großen Metalltor am Ende. Sie öffnen die Tür des Förderkorbs. Kaum ist Livia hindurchgetreten, wird der Korb wieder nach oben gerissen, wie eine Marionette nach ihrem Auftritt. Hinter ihnen tut sich der Schacht auf, zu finster, um seine Tiefe erahnen zu lassen. Genauso gut könnte er mit Ruß gefüllt sein.

Charlie verweilt am längsten am Abgrund, starrt bleich und mit großen Augen in die Dunkelheit.

»Wie weit geht es da runter?«, hört Livia ihn fragen, als Jake ihm mit Thomas hilft.

»Bis ganz nach unten? Keine Ahnung. Wir zählen immer auf dem Weg. Ein nettes Spiel. Der eine kommt auf vier Minuten, der nächste auf sechs fünfundvierzig. Keiner hier ist reich genug, um 'ne Uhr zu besitzen.«

Er spuckt aus, zieht Charlie weg, deutet in die andere Richtung, zum Metalltor. »Aber von dieser Sohle hier kennen wir die

Teufe. Zweihundertfünfundsechzig Meter. Leise jetzt. Wir müssen uns beeilen. Hier, packen Sie mit an.«

*

Das Metalltor fungiert als eine Art Luftschleuse. Dahinter beginnt die richtige Grube. Hier herrscht ein anderes Klima. Die Luft ist kalt und feucht und schmeckt nach Schimmel. Nur hin und wieder erreicht sie an einer Kreuzung ein wärmerer Luftstoß, heiß wie ein Brennofen, eine Linderung für Haut und Lunge, aber tot und schwer wie Blei.

Sie laufen an Schienen entlang. Das wird Livia erst nach einer Weile richtig bewusst. Ein Bild setzt sich in ihrem Kopf fest: der riesige Eisenkörper eines dampfbetriebenen Ungetüms, das aus der Finsternis auf ihre kleine Prozession zuhält. Doch aus dem Tunnel vor ihnen taucht nichts auf, kein Zug, kein Bergmann, kein Lichtstrahl. Der Tunnel selbst ist mannshoch und leicht abschüssig. Stahlträger krümmen sich alle vier Meter zu gotischen Spitzbögen; ein Kreuzgang aus Backstein und Rost. Ab und zu zweigen niedrigere Stollen ab, dunkle Pforten, die in noch tiefere Dunkelheit führen. Seltsame Geräusche dringen daraus hervor, das Ächzen von Stahl und Holz, das rhythmische Pfeifen eines Luftzugs. Sie bleiben nicht stehen, sondern wandern mit eingezogenen Köpfen weiter: Galgenvögel mit gebrochenen Hälsen, die durch das nach Verwesung stinkende Labyrinth des Jenseits schreiten – unter einer zweihundertfünfundsechzig Meter dicken Felsschicht.

Die Schienen enden. Dahinter verjüngt sich der Tunnel. Die Stahlträger weichen krummen Holzbalken, die gemauerten Wände bloßem Fels. Und immer noch laufen sie weiter, gebückt jetzt, in tiefer Verbeugung vor dem toten Gewicht des Gesteins.

Endlich kommen sie an ihr Ziel. Oder zumindest an *ein* Ziel. Der Tunnel weitet sich zu einem langen Raum, der jäh in einem bis zur Decke aufgetürmten Geröllhaufen endet. Zu ihrer Rechten gähnt ein Hohlraum, keine anderthalb Meter hoch, aber zehn Meter breit und ungefähr drei Meter tief. Seine Rückwand ist so schwarz, dass sie alles Licht schluckt. Erschrocken erkennt Livia, dass es sich um einen Flöz handelt, aus dem die Kumpel auf der Seite liegend die Kohle gebrochen haben müssen. Allerdings wirkt es nicht, als wäre hier vor Kurzem noch gearbeitet worden. Stattdessen fällt Mr Mosleys Lampe auf mehrere Laken, die an den Stützbalken befestigt sind und den Hohlraum in schmale Nischen aufteilen, jede davon spärlich mit schmutzigem Stroh bedeckt. Ein seltsames Geräusch durchdringt den eingestürzten Raum, eine Art Schlürfen, als würde die Luft gierig durch einen halb geschlossenen Belüftungsschlitz gesogen. Die Atmung der Grube ist mühsamer geworden, die Luft schwerer. Sie klebt an der Haut wie Ruß.

»Was ist hier passiert?«, fragt Livia.

»Nach was sieht's denn aus?«, fragt Jake zurück. »Schlagwetter. Der ganze Streb wurde stillgelegt. Der Flöz trifft auf eine Verwerfungslinie.« Er deutet auf den Fels. »Ist die Mühe nicht wert.«

»Und das da?« Sie zeigt auf die behelfsmäßigen, mit Kohlenstaub überzogenen Betten in den Nischen. »Wer kommt hierher?«

»Junge Pärchen. Stehlen sich während der Schicht ein Stündchen davon. Um allein zu sein.« Er richtet die Lampe auf ihr Gesicht. »Vor allem im Winter. Wenn es im Wald zu kalt ist.«

Sie spürt, wie sie errötet.

»Das ist ekelhaft.«

»Tatsächlich, Miss? Es ist nicht leicht zu warten, wenn man verliebt ist und nicht genug Geld hat, um sich ein Haus zu bauen. Aber davon verstehen Sie natürlich nichts.« Er schnaubt, wendet sich ab, läuft hinüber zur Einbruchstelle am anderen Ende des Raums. »Auf jeden Fall müssen Sie leise sein. Sie sind keine fünfzehn Meter von ihnen entfernt.«

Sie will gerade fragen, was er damit meint, als der Fels ihn verschluckt. Nur der Schein seiner Lampe ist noch zu erkennen, seltsam gebrochen, Lichtsplitter auf dem Boden.

»Gehen Sie«, ermutigt Mr Mosley sie. »Ich helfe Mr Cooper mit dem verletzten Burschen. Der letzte Teil wird mühsam.«

*

Ein Pfad führt durch die Geröllwand. Nein, kein Pfad: Ein Schlitz, so eng, dass sie sich seitlich hindurchschieben muss, und so gewunden, dass man ständig glaubt, es gehe nicht mehr weiter. Doch hinter jeder Biegung tut sich der nächste Spalt im herabgestürzten Gestein auf. Die Lampe vor Livia spendet so wenig Licht, dass sie sich mit Händen und Füßen vorantasten muss, ganz sacht, damit sich keine Steine lösen und auf sie herniederkrachen. Sie wird das Gefühl nicht los, in ihr eigenes Grab zu laufen.

Dann endet das Labyrinth plötzlich und spuckt sie in einen niedrigen Tunnel. Jakes Lampe erfasst hölzerne Querbalken an der Decke, die in der Dunkelheit verschwinden wie Bahnschwellen in einer verkehrten Welt. Anstatt dem Tunnel zu folgen, biegen sie nach links, wo sich ein schmaler Durchgang zu einem quadratischen Raum öffnet. Livias Augen wandern über die Tische und Bänke, die Regale mit den Werkzeugen und Vorräten, bestaunen den Überfluss an Platz. Hier würden bequem fünfzig Leute hineinpassen. Auf einer Seite befindet sich eine klobige Konstruktion, einem Regal nicht unähnlich, aber tiefer. Sie besteht aus langen, rechteckigen Kisten in der Größe von Särgen, deren Zweck Livia Rätsel aufgibt.

»Und wofür sind die? Erzählen Sie mir nicht, dass sie auch für Schäferstündchen herhalten müssen. Liebespaare brauchen keine Stockbetten.« Sie ist überrascht, wie kalt ihre Stimme klingt. Wie verständnislos. Urteilend. »Sie haben etwas vor. Was?«

Als Jake nicht sofort antwortet, geht sie zu einem kleinen, an die Wand geschraubten Käfig, in dem ein paar schlappe Kanarienvögel die Schnäbel durch den Draht stecken. Die Kiste darunter ist mit gut zwanzig Holzknüppeln gefüllt; ihre Griffe sind mit Schnur umwickelt, für besseren Halt. Livia erinnert sich an einen Artikel, den sie im Grafschaftsrundbrief gelesen hat, von einem Oxford-Dozenten, der um das Staatswohl fürchtet.

»Das ist ein Versammlungsraum. Sie organisieren die Querulanten, ist es nicht so? Eine ›Gewerkschaft‹, so nennen Sie es doch. Eine Bande von Dieben.«

Ein Blick in Jakes Gesicht verrät ihr, dass sie recht hat. Wut spiegelt sich darin, über ihren Ton ebenso sehr wie über die Leichtigkeit, mit der sie sein Geheimnis gelüftet hat. Er kommt auf sie zu, hebt eine Hand und spreizt die Finger vor ihrem Gesicht, als wolle er sie hineindrücken. Doch die Hand bleibt, wo sie ist, ein ausgeklappter Fächer mit fünf Stäben.

»Jeder dieser Finger kann von einem Kind gebrochen werden.« Er wackelt vor ihrem Gesicht damit herum, dann ballt er sie, bis die Knöchel weiß leuchten. »Aber versuchen Sie mal, die hier zu brechen!«

Eine Faust von der Größe eines Schweineschenkels, die einen schwarzen Schatten auf ihr Gesicht wirft. Livia ist allerdings viel zu entrüstet, um Angst zu haben.

»Es ist illegal, sonst nichts. Und es wird Sie alle ins Gefängnis bringen.« Die Warnungen aus dem Artikel fallen ihr wieder ein, wohldurchdachte Sätze, Mahnungen an die Hüter von Land und Krone. »Was will Ihre kleine Gewerkschaft denn erreichen? Krawalle auf den Straßen? Niedergebrannte Herrenhäuser, geplünderte Getreidespeicher? Kostenlosen Gin für jeden Mann, jede Frau, jedes Kind? Anarchie! Und ehe man sich's versieht, stecken wir mitten in einer Hungersnot.«

Jake lässt die Faust sinken.

»Wir kämpfen für eine anständige Versicherung«, erwidert

er seltsam würdevoll. »Wenn's zu nem Unfall kommt. Letzten Monat ist ein Drahtseil gerissen. Ein Mann hat beide Hände verloren. Die Zechenverwaltung hat ihm keinen Penny gegeben.«

Er hebt die Lampe, öffnet sie, bläst die Flamme aus.

»Die dürfen Sie hier nicht anzünden. Wegen des Schiefergases. Außerdem fängt bald die nächste Schicht an. Licht scheint weit unter Tage, und Kumpel haben scharfe Augen.«

Die Dunkelheit ist so undurchdringlich, dass sich die Worte von ihrem Sprecher lösen. Jake existiert nicht mehr. Auch ihr eigener Körper ist verschwunden. Livia besteht nur noch aus dem Atem in ihrer Lunge, dem Geschmack auf ihrer Zunge zwischen den Zähnen.

»Kein Licht?«, fragt sie. Ihre Stimme strömt aus ihrem Mund, verflüchtigt sich in der Finsternis. »Wie sollen wir ohne Licht leben?«

Jakes Antwort hat die Schlichtheit einer Tatsache.

»Sie gewöhnen sich daran.«

*

Kurz darauf ist sie allein.

Zumindest fühlt es sich so an. Als wäre sie zurückgelassen worden, um hier zu verrotten.

»Horchen Sie auf die Kanarienvögel. Wenn die sterben, strömt Gas aus. Aber keine Sorge, Ihnen wird schon nichts passieren. Ich schicke jemanden runter, der nach Mr Argyle sieht. Wenn die übernächste Schicht anfängt.«

Das hat Mr Mosley gesagt. Und warum sollte er lügen? Doch es war schon dunkel, und seine Stimme hatte keinen Körper mehr, keine Gestalt, kam aus dem Nichts. Wie Gottes Stimme an dem Tag, als er die Erde erschuf. Aber das ist Blasphemie. Kein Wunder allerdings, dass er zuerst das Licht erschaffen hat.

Die Dunkelheit ist ein einsamer Ort. Livia ist erst seit tausend Atemzügen hier, doch so viel weiß sie bereits.

Natürlich ist sie nicht allein. Thomas ist da; sie hat gehört, wie er in eins der Betten verfrachtet wurde. Und Charlie, keine fünf Schritte von ihr entfernt. Thomas' Wunde ist wieder aufgegangen, hat er gesagt. Jetzt steht er an seinem Bett, murmelt vor sich hin, versucht, die Blutung zu stillen. Livia zwingt sich, nicht mit ihm zu sprechen, ihn nicht von seiner Arbeit abzulenken. Also wartet sie, lauscht, ertrinkt in der Finsternis.

Die Orientierungslosigkeit ist absolut. Livia ist, für das Empfinden ihrer eigenen Sinne, nur noch ihr Atem und das Gluckern ihres Magens. Ihr Körper hat sich aufgelöst und kann nur wieder zusammengesetzt werden, indem sie sich über ihr Gesicht, ihren Hals und (schamhaft) die Vorderseite ihres Kleids fährt, indem sie Oberschenkel, Knie, Waden berührt und sich das Bild vergegenwärtigt, das sie sich durch Hunderte von Begegnungen mit dem Spiegel von sich selbst gemacht hat.

Sie beißt sich auf die Lippe, genießt die Wirklichkeit von Fleisch und Schmerz.

Die Zeit vergeht, streicht auf leisen Sohlen durch das Dunkel. Ohne das Sehvermögen werden die anderen Sinne wacher, füllen die Leere mit Bedeutung, wahr oder falsch. Manchmal kommt es Livia vor, als wären noch andere Menschen im Raum, würden schweigend herumschleichen, nur wenige Zentimeter von ihr entfernt, würden ihre Kleider streifen und Grimassen vor ihrem blinden Gesicht schneiden. Geräusche zerren an ihr, die keinen anderen Ursprung als die Finsternis haben. Thomas' Stöhnen vielleicht oder Charlies Murmeln. Liebende, die einander in der Höhle nebenan umarmen. Ein Bergmann, der in der Ferne schreit, weil Schiefergas seine Hände verbrennt. Die spröden Krallen der Kanarienvögel, die über den Käfigboden scharren, während sie langsam ersticken.

Denn das müssen sie, weil es hier unten keine Luft gibt, nur kalte, bleierne Schwere, die auf sie herniederdrückt, zusammen mit dem Gewicht des Fels, diesen Hunderten und Aberhunderten Metern, die nur von ein paar morschen Balken gehalten werden, Streichhölzern gleich, die die Steinplatte eines gewaltigen Grabs stützen. Livia schaudert, wird wütend ob ihrer Angst, zwingt sich, etwas zu tun, den Raum zu erforschen. Sie traut ihren Beinen nicht, lässt sich zu Boden sinken, muss ihn mit den bloßen Händen fühlen, um zu wissen, dass er da ist. Auf allen vieren, wie ein Tier, kriecht sie herum, ertastet eine Wand, ein Regal, eine Dose gefüllt mit etwas, das Essen sein könnte. Shortbread, Haferkekse, Zwieback? Ihre Fingerspitzen lassen sie im Stich, sind unfähig, im Dunkeln Beschaffenheiten zu deuten, und ihre Nase erkennt den Geruch nicht. Sie packt ein Stück, zu fest allerdings, und spürt, wie es zerkrümelt. Jetzt fängt sie an zu weinen. Niemand kann es sehen; jeder Schluchzer ist leise, verborgen, verschluckt. Und doch findet Charlie sie. Im einen Moment ist sie noch allein, verzweifelt, die Hand mit Bröseln bedeckt, der Rücken schweißnass. Dann ist seine Stimme in ihrem Ohr.

»Ziemlich unheimlich hier unten«, sagt er, als würde er am Frühstückstisch sitzen und eine Bemerkung über den Haferbrei verlieren. »Als wäre man in einer seltsamen Kirche. Man traut sich kaum zu sprechen.« Er hält kurz inne, aber sein Tonfall ändert sich nicht. »Hast du Angst, Livia?«

»Nein.«

»Ich schon.«

Sie stellt sich sein Gesicht vor, als er das sagt, die gehobenen Augenbrauen, das Erstaunen über sich selbst. Etwas berührt sie zwischen Hals und Brust, tastend, suchend, bevor es sich hastig zurückzieht, als hätte es sich verbrannt. Zu spät begreift sie, dass es seine Hand war. Die nach ihrer gesucht hat. Und verlegen war über das, was sie gefunden hat: ihren weichen Körper.

Sie muss beinahe lachen.

Einen Augenblick später streckt sie selbst die Hand aus, berührt Charlie; Stoff, vielleicht seine Hüfte, sein Knie, den schmalen Streifen seiner Taille. Die Möglichkeiten locken sie. Wie leicht wäre es zu verweilen, in dieser allumfassenden Abwesenheit des Sehens? Doch auch sie zieht die Hand zurück. Sie einigen sich auf eine keuschere Art der Berührung, sitzen aneinandergelehnt, Schulter in Schulter gebohrt, bis Livias Beine unter ihr einschlafen und sie jedes Gefühl dafür verliert, wo sein Körper aufhört und ihrer beginnt.

»Wie lange sind wir schon hier?«, fragt sie.

»Zehn Minuten«, antwortet er. »Zehn Wochen. Kürzer jedenfalls als die Schicht eines Bergmanns.«

Die Schicht eines Bergmanns. Wie lange ist die? Acht Stunden? Zehn Stunden? Zwölf?

Hilfe kommt erst, wenn sie vorbei ist.

*

Als tatsächlich Hilfe eintrifft, hat sie eine vertraute Stimme. Vertraut, aber schwer einzuordnen. Sie ruft leise durch die Dunkelheit, reißt Livia aus dem Schlaf. Charlies Jackett liegt unter ihrer Wange, dient ihr als Kopfkissen. Erst als ein Streichholz angezündet wird – schwach, flackernd, von einer glühenden Hand abgeschirmt und trotzdem blendend, gleißend, ein Leuchtfeuer aus einer anderen Welt –, bekommt die Stimme ein Gesicht. Sofort schmeckt Livias Erleichterung bitter.

»Du? Was machst du denn hier?«

Die Stimme klingt genauso überrascht wie sie. Und eingeschnappt.

»Ich bin in diesem Dorf geboren! Die Hälfte Ihrer Dienerschaft stammt von hier.« Und: »Wenn ich gewusst hätte, dass Sie es sind, wäre ich nicht gekommen.«

Es ist Lizzy, die Küchenmagd, die sie an Weihnachten wegen Diebstahls entlassen mussten. Sie trägt Bergmannskluft und hat eine Grubenlampe dabei, öffnet den Glaszylinder, entzündet den Docht, dreht die Flamme zu einem Glimmen herunter, lässt es durch den Raum wandern.

»Sie sind *das* Gesprächsthema. Von Zigeunern geschändet. Manche behaupten allerdings, Sie wär'n durchgebrannt.« Lizzy lacht höhnisch, hemmungslos in ihrer Wut. »Und wer ist hier krank? Sie seh'n kerngesund aus.«

Ihr Verhalten ändert sich, als der Lichtschein Thomas erfasst. Sein Verband ist durchtränkt; das Blut sitzt auf seinem Gesicht wie eine Krabbe, rot-schwarz und vielfüßig.

»Er! Das hat Mr Mosley mir nicht gesagt. Nur dass sie jemanden bräuchten, der sich um einen Kranken kümmert. Ich dachte, es wäre ein Kumpel. Oder jemand, der auf der Flucht ist. Vor dem Gesetz.«

Das letzte Wort wird von einem Schatten begleitet: Rauch, der wie Staub durch den Schein der Lampe schwebt. Er ist geruchlos.

Und plötzlich ist Lizzys Wut wieder verflogen, einfach so. Sie kniet sich neben das Stockbett, fängt an, Thomas' Verband abzuwickeln, benetzt ein Tuch mit Wasser aus einer Flasche und macht sich daran, die Wunde zu säubern. Sie bedeutet Charlie, ihre Tasche aufzuhalten.

»Rasch, Mr Cooper. Ich habe versprochen, die Lampe so wenig wie möglich zu benutzen. Das ist gegen unsere Regeln.«

Livia drückt sich hinter den beiden herum, beobachtet Lizzy bei der Arbeit.

»Was verstehst du von Krankenpflege?«, fragt sie, unfähig, die Szene vor ihren Augen mit ihrem Wissen über das Mädchen in Einklang zu bringen. »Du bist Küchenmagd.«

»Ich springe ein, wenn ein Kumpel sich verletzt. Schnittwunden, Verbrennungen, zertrümmerte Glieder. Hab's gelernt, als sie meinen Pa eines Nachts nach Hause gebracht haben. Gebrochenes Rückgrat.«

»Was ist mit ihm passiert?«

Lizzys Schultern versteifen sich.

»Was glauben Sie, was mit einem Mann passiert, der sich das Rückgrat gebrochen hat?«

Erneut strömt Rauch aus ihrem Mund. Erneut ist er geruchlos. Als er sich in Ruß verwandelt, vermischt er sich mit dem Kohlenstaub auf dem Boden, an den Wänden, auf ihrer Haut und ihren Kleidern. Lizzy beachtet ihn gar nicht. Sie dreht sich zu Charlie und beauftragt ihn, einen Eimer Wasser aus dem Fass draußen im Tunnel zu holen; ein Seil an der Tunnelwand würde ihm den Weg weisen. Sobald Charlie verschwunden ist, wendet sie ihre Aufmerksamkeit wieder Thomas zu und würdigt Livia keines Blickes, als würde sie gar nicht existieren. Das ist eine so eklatante Umkehrung der Verhältnisse, dass Livia eher neugierig wird als böse.

»Warum bist du wütend auf mich? Weil ich dich beim Stehlen erwischt habe?«

»Ich hab nicht gestohlen.«

»Hast du wohl. Ich habe dich auf frischer Tat ertappt, wie du die Geschenke unter dem Baum durchwühlt hast.«

»Ich hab nicht gestohlen«, wiederholt Lizzy. »Ich wollte ein Geschenk dazulegen. Es unter den anderen verstecken.« Nach einer kurzen Pause fügt sie hinzu: »Für ihn«, und deutet mit dem Kinn auf Thomas. »Und dann sind Sie reingekommen und haben mich eine Diebin genannt.«

»Du lügst. Ich habe gesehen, wie du geraucht hast: dicke grüne Schwaden. Das war so gut wie ein Geständnis.«

Jetzt schaut Lizzy sie an. Ihr Blick ist hart. Kohlenstaub hat sich in ihren Wimpern verfangen und verleiht ihren Augen eine stechende Schönheit.

»Ich war wütend, sonst nichts. Ich wäre Ihnen am liebsten an die Gurgel gesprungen.«

Livia glaubt ihr immer noch nicht. »Du hast nichts davon gesagt. Und du hattest kein Geschenk in der Hand. Zumindest kein eigenes.«

»Ich hab's in meine Bluse gesteckt. Oh, natürlich hätte ich es Ihnen zeigen und alles erklären können. Aber das hätte ich nicht ertragen. Sie hätten mich ausgelacht. Neben der ganzen Pracht war es so erbärmlich. Und natürlich hätten Sie meine Karte gelesen und sich darüber lustig gemacht.« Sie senkt die Stimme zu einem Zischen. »Es war für *ihn* bestimmt, nicht für Sie!«

Der Zorn hinter Lizzys Worten verblüfft Livia.

»Und *er*?«, fragt sie. »Hätte er nicht gelacht? Über dein erbärmliches Geschenk und deine Karte?«

»Vielleicht nicht.«

Endlich versteht Livia.

»Du *magst* ihn.«

Lizzy reckt das Kinn, als sie antwortet. Im Herrenhaus hätte ihr eine solche Demonstration von Stolz eine Ohrfeige von Thorpe eingebracht.

»Er sieht jeden gleich an. Sie, Ihre Mutter, die Dienstboten. Nicht freundlich, aber gleich. Ob hoch oder gering.«

Livia muss an ihre eigenen Begegnungen mit Thomas denken. »Er sieht einen an, als wolle er einen durchsuchen. Bis zu den Unterröcken. Sämtliche Geheimnisse enthüllen. Kein angenehmer Blick.«

Doch Lizzy zuckt nur mit den Schultern. »Das macht mir nichts aus. Ich hab nichts zu verbergen.« Sie seufzt, beugt sich über ihn. »Damals war er hübsch. Jetzt wird er für immer hässlich sein.«

»Pst. Er könnte dich hören.«

Wieder flackert Wut in Lizzy auf, wie von einem flüchtigen Luftzug angefacht. »Na und? Einer wie er hat keine Angst vor der Wahrheit.«

Sie verstummt, wendet sich ihrem Patienten zu, die Finger mit Kohle und Blut befleckt.

Livia beobachtet Lizzy bei der Arbeit und staunt, wie viel das Mädchen gesehen und begriffen hat. Nach nur drei, vier kurzen Kontakten. Nein, nicht Kontakten. Weniger noch. Momenten räumlicher Nähe. Ein, zwei Begrüßungen, ein Blickwechsel, als Thomas im Korridor an ihr vorüberging. Und doch weiß sie mehr über ihn als Livia.

Sie tritt einen Schritt zur Seite, um Thomas besser sehen zu können. Sein Gesicht ist entblößt. Lizzy entfernt gerade mit einem Rasiermesser die Haare rund um die Wunde. Trotz ihrer Bemühungen mit Lappen und Wasser ist der Kohlenstaub überall. Auch in die offene Haut ist er bereits eingedrungen. Dort wird er für immer bleiben, ein Tintenfleck an Thomas' Haaransatz, der sich bis in die Wange frisst. Der obere Teil seines Ohrs fehlt, der Rest ist ein geschwollener, knotiger Stummel. *Hässlich.* Ja, zweifellos. Doch zum ersten Mal erkennt Livia etwas in Thomas, das ihr zuvor entgangen war. Adel, der nichts mit Stammbäumen oder dem Glücksspiel der Geburt zu tun hat. Seine Augen sind geöffnet, starren aber ins Leere. Bald verschwinden seine Gesichtszüge wieder unter Baumwollschichten, deren Weiß sich rasch in Grau verwandelt.

Charlie kehrt zurück, beladen mit einem großen Eimer, über dessen Rand schwarzes Wasser schwappt. Als Livia ihm zu Hilfe eilt, ist aus dem Krankenbett ein dringliches Flüstern zu vernehmen, wie das Zischen eines Teekessels.

»Fieber«, sagt Lizzy und löscht die Lampe. »Er redet im Schlaf.«

Schon sind sie wieder in Dunkelheit gehüllt, der nur das Delirium eines Kranken Struktur verleiht.

*

Livia entdeckt bald, dass es in der Dunkelheit keine Tage oder Nächte gibt. Sie essen, wenn sie hungrig sind, lernen das Schmecken neu, getrennt vom Sehsinn, schlafen in den Stockbetten, wenn sie müde werden, laufen durch den Tunnel vor ihrer Tür, wenn sie Bewegung brauchen. Hier unten befinden sich noch andere Räume, verbunden durch ein System von Seilhandläufen. Einige sind bis zum Bersten mit Essen, Kleidung, Möbeln und Werkzeug gefüllt, als würden sich die Bergleute auf eine Belagerung vorbereiten. In zwei Räumen stehen riesige Wasserfässer; einer dient als Latrine. Dahinter endet der Tunnel in einer Wand aus reiner Kohle, die sich eigenartig weich anfühlt.

Menschen kommen und gehen. Lizzy lebt nicht mit ihnen unter Tage, schaut aber regelmäßig vorbei, um den Verband zu wechseln und auf Anzeichen von Wundbrand zu achten. Mr Mosley und Jake besuchen sie ebenfalls ab und zu und erkundigen sich ausdruckslos nach Thomas' Zustand. Manchmal werden sie von anderen Männern begleitet, die Livia nur durch ihre Stimmen bekannt werden oder durch ihre Umrisse, wenn Lizzy kurz die Lampe entzündet. Diese Männer stellen sich nicht vor, und sie stellen auch keine Fragen, vermeiden es selbst untereinander, Namen zu benutzen. Falls sie sich wundern, was die drei Adelssprosse hier verloren haben, bringt es jedenfalls keiner von ihnen zum Ausdruck.

Nach allem, was Livia von ihren Gesprächen belauscht, gehören sie offenbar zum inneren Kreis der wie auch immer gearteten Revolution, die sich in den Tiefen der Erde zusammenbraut. Zu ihrer einzigen persönlichen Begegnung mit einem dieser »Gewerkschaftler« kommt es, als sie sich in die Latrine tastet und mit den ausgestreckten Händen plötzlich ein Gesicht mit einem stacheligen Bart berührt, das in Hüfthöhe in der Dunkelheit schwebt. Als sie begreift, dass der dazugehörige Mann mit heruntergelassener Hose dort hockt, stößt sie einen Schrei aus und springt zurück.

»Tut mir leid! Ich wusste nicht –«

Der Mann antwortet mit einem heiseren Lachen.

»Das braucht dir nicht leidtun, Mädel. Hier unten isses dunkel wie im Bärenarsch. Wir könnten alle im Adamskostüm rumlaufen, und keiner würd's merken.«

Sie hört, wie er aufsteht und sich die Hose hochzieht.

»Keine Angst, Mädel, ich lass dich in Frieden. Wenn du willst, bewach ich die Tür, damit du deine Ruhe hast. Ihr jungen Leute seid da ja genierlich.«

Im Davongehen stampft er laut mit den Füßen, damit sie weiß, wo er ist. Nur gut, dass sie ihn niemals wiedererkennen würde, wenn sie ihn im Hellen träfe.

*

Das Einzige, was ihr in dieser tristen blinden Welt bleibt, ist das Reden: geflüsterte Gespräche im Nichts. Oft sitzt sie dabei auf dem Boden, den Rücken an die Wand gelehnt, und spricht mit einer neu entdeckten Hemmungslosigkeit, als fände alles nur in ihrem Kopf statt. Meistens redet sie mit Charlie. Überraschenderweise driften ihre Unterhaltungen oft in Streit ab.

»Was hast du gedacht, als du mich zum ersten Mal gesehen hast?«, will sie wissen. Hier im Dunkeln ist ihr gleichgültig, dass die Frage ihre Eitelkeit entlarvt.

»Dass du steif bist.«

»Steif?«

»Ja. Hochnäsig. Und hübsch.«

»Jetzt, wo du mich nicht mehr sehen kannst, bin ich vermutlich nur noch hochnäsig.«

»Du versuchst, eine Heilige zu sein. Aber das passt nicht zu dir.«

»Soll das heißen, dass ich im Grunde meines Herzens ein schlechter Mensch bin?«

Er schweigt, länger als angenehm. »Nicht schlecht, nein. Einfach du selbst.«

Und später: »Wir können uns nicht aussuchen, wie wir sind.«

Sie zieht sich zurück, um allein mit ihren Gedanken zu sein.

*

Als sie sich das nächste Mal unterhalten, ertappt sie sich dabei, wie sie ihn für sein »Das passt nicht zu dir« bestraft. Charlie liefert ihr selbst die Vorlage. Er fragt nach Thomas' Vater, den Einzelheiten seines Verbrechens.

Sie lässt ihn zappeln.

»Das weißt du nicht?«, fragt sie zurück, als wäre sie bass erstaunt. »Du bist sein bester Freund, und er hat es dir nie erzählt?«

»Er hat nur gesagt, dass sein Vater jemanden umgebracht hat. Ich dachte, er würde es mir früher oder später erklären. Aber das hat er nicht.«

Erst als sie den Schmerz in Charlies Stimme hört, begreift sie, was sie da tut. Und schämt sich.

»Ich erzähle dir, was ich von Mutter weiß«, bietet sie an. Sie liegen nebeneinander auf einer Decke. Ihre Unterarme berühren sich beinahe; sie spürt, wie seine Härchen ihre Haut streicheln. Das machen sie in letzter Zeit oft: sich beinahe berühren. Gäbe es Licht, bei dem Livia ihr Verhalten beobachten und beurteilen könnte, hätte sie es als Unzucht verdammt. Doch in der Dunkelheit hat ihre Nähe keinen Sittenrichter.

»Nun, Thomas' Vater ist mit einem seiner Pächter aneinandergeraten, der behauptet hat, Mr Argyle habe sich Freiheiten bei seiner Frau erlaubt. Angeblich ist er am helllichten Tag in die Schankwirtschaft gestürmt und hat dem Mann den Schädel eingeschlagen. Er wurde festgenommen und vor Gericht gestellt, ist aber im Gefängnis gestorben, ehe das Urteil gesprochen werden konnte. Grippe, hat Mutter gesagt. Thomas war damals gerade elf Jahre alt geworden.

Als die Neuigkeiten Thomas' Mutter erreichten, war sie bereits krank. Eine Geschwulst in ihrer Brust. Die Familie war verarmt, das Anwesen hoch verschuldet, aber sie hat jede Hilfe abgelehnt. Alle dachten, sie hätte ihren Sohn auf eine Schule in der Nähe geschickt, irgendwo im Norden, ein Provinzinternat für die Kinder des niederen Adels. Doch anscheinend hat sie ihn bei sich behalten, damit er sich um sie kümmert. Er stammt aus einer abgeschiedenen Gegend; dorthin verirren sich kaum Besucher, und der nächste Nachbar ist dreißig Kilometer entfernt. Niemand hat etwas bemerkt, zumindest niemand von Belang, bis sie gestorben ist. Dann haben sich die Anwälte eingeschaltet. So wie immer, sagt Mutter. Als Nachlassverwalter, der sich bis zu Thomas' einundzwanzigstem Geburtstag um das Anwesen kümmern soll, wurde sein Onkel bestellt, ein gewisser Lord Wesley of Pembrokeshire, der Bruder seines Vaters.

Besagter Lord Wesley war wohl nie selbst dort, sondern hat stattdessen einen Gutsverwalter geschickt. Der hat Thomas schließlich gefunden. Mutter sagt, er habe ganz allein gelebt und bei der Ankunft des Mannes gerade inmitten einer Schar Dorfbengel Hof gehalten. Alle Dienstboten waren fort. Also hat der Verwalter an Lord Wesley geschrieben, der daraufhin an Mutter geschrieben hat, und die hat wiederum dafür gesorgt, dass Thomas schnellstmöglich ins Internat verfrachtet wird.«

Charlie klingt skeptisch. »Von dieser Geschichte höre ich zum ersten Mal.«

»Wie sollte es auch anders sein? Alles wurde sorgfältig vertuscht. Ein Adeliger, der einen Mord begeht – unmöglich! Stell dir den Skandal vor, die Folgen, wenn sich das herumsprechen würde. Also haben sie die Zeugen bestochen und jede Erwähnung der Angelegenheit verboten. Selbst die Gerichtsverhandlung wurde heimlich abgehalten. Mutter hat es nur erfahren, weil Thomas' Mutter irgendwann ihr Schweigegelübde gebrochen und ihr einen Brief geschrieben hat.«

»Trout weiß bestimmt Bescheid. Unser Direktor. Aber er hat es den anderen Lehrern nicht gesagt. Die hätten es sonst gegen Thomas verwendet.«

Sie flüstern zu leise, als dass jemand sie belauschen könnte. Nichtsdestoweniger dringt plötzlich ein Schrei aus Thomas' Bett. Als sie zu ihm laufen, ist sein Gesicht nass von Blut oder Tränen.

*

Wenn Lizzy da ist, lässt sie Livia meist links liegen. Livia ertappt sich dabei, dass sie Lizzy und Thomas meidet. Sich von ihnen entfernt, in die Dunkelheit flüchtet. Lizzy ist die Einzige, die immer eine Lampe entzündet.

Manchmal jedoch bleibt Livia und sieht zu, wie Lizzy ihren Patienten versorgt, die Infektion aus der Wunde zieht, dem fiebernden Jungen Suppe einflößt. In Lizzys Bewegungen ist mehr als nur Fürsorge, selbst wenn sie seinen Eiter abwischt. Das verstört und fasziniert Livia gleichermaßen.

In regelmäßigen Abständen zwingt sie sich, Lizzy dabei zu helfen, Thomas umzudrehen oder seine schweißgetränkten Laken zu wechseln. Einmal, als sie damit fertig sind und noch neben dem Krankenbett kauern, spreizt Lizzy die Finger und fährt Thomas damit durchs zerzauste Haar. Ihr Blick ist auf Livia gerichtet. Unvermittelt sagt sie: »Sie mögen ihn wirklich nicht, was? Na ja, gegen sein Herz kommt man nicht an.« Sie spuckt aus, unbefangen, nicht als Beleidigung, nur um den Hals zu befreien. »Aber was ist mit Mr Cooper? Auf den haben Sie ein Auge geworfen, oder?«

»Ein Auge geworfen?«

Schon als Livia es sagt, merkt sie, dass es falsch klingt; als würde eine Herrin mit ihrer Dienerin sprechen. Dabei ist sie an diesem Ort die Bittstellerin. Livia versucht, die in jahrelanger Anstrengung herangezüchtete Demut heraufzubeschwören. Von allein kam sie nie.

Sie kommt auch jetzt nicht.

»Er ist ein netter junger Mann«, ist alles, was sie zustande bringt.

Lizzy schnaubt, und einen Moment lang spürt Livia die ganze Verachtung der Gemeinen für dieses Leben, in dem man seine Gefühle nicht in Worte zu fassen wagt.

*

Thomas' Fieber sinkt. Er ist noch immer schwach, still, schläft drei von vier Stunden. Aber er ist auf dem Weg der Besserung. Das nötigt Charlie und Livia, über die Zukunft zu reden. Bisher haben sie das Thema vermieden. Teilweise, weil Charlie sich Vorwürfe macht. Er sagt: »Ich hätte über Tage bleiben sollen. Herausfinden, was da vor sich geht. Oder zurück zur Schule fahren und mit Trout sprechen.«

Livia antwortet nicht, steht unsichtbar in der Finsternis, nur einen Schritt von ihm entfernt, schlingt die Arme um den Oberkörper und denkt: *Wir würden einander nicht kennen, wenn du über Tage geblieben wärst.*

Doch Charlies Gedanken sind weit weg.

»Ich könnte meinen Eltern schreiben«, sagt er. »Ihnen die Situation erklären, sie um Hilfe bitten. Die Bergleute würden den Brief bestimmt aufgeben.«

»Wirklich? Dazu müsste Mr Mosley in die Stadt fahren, zum Postamt. Ich bezweifle, dass er sonst viel Korrespondenz pflegt. Irgendjemandem würde es auffallen. Wir sollten lieber noch ein bisschen stillhalten. Untertauchen. Verschwinden.«

»Jetzt klingst du schon wie Thomas. *Misstrauisch.*«

Sie will ihm sagen, dass mehr dahintersteckt. Dass sie etwas entdeckt hat, hier in der Dunkelheit, etwas, das sie noch nicht ganz versteht. Stattdessen sagt sie: »Ja, weil Thomas recht hat. Er ist in Gefahr. Irgendwer hat ihm das halbe Gesicht weggeschossen.«

Charlie ist zu ehrlich, um es dabei zu belassen.

»Wenn er sich irrt, ist deine Mutter inzwischen krank vor Sorge. Um uns alle, aber vor allem um dich.«

Ihre Antwort ist schroff. »Mutter wird mich nicht vermissen. Ich bin eine Enttäuschung für sie.«

»Warum?«

»Ich weiß es nicht.«

Livia spürt eine so heiße, lodernde Wut in sich aufsteigen, dass sich ihre Haut eigentlich schwarz färben müsste. Die Wut wird allerdings schnell durch Verwirrung erstickt, als etwas Weiches über ihre Wange streift, ihren Mund findet. Charlies Lippen fühlen sich trocken an. Livia befeuchtet sie mit der Zunge. Sie ist sich nicht bewusst, wie nah sie voreinander stehen, bis ihre Brust gegen die seine stößt. Das setzt etwas in ihr frei, das sich durch ein Seufzen, ein Fiepen Gehör verschafft – dem Geräusch, das ein schlafender Welpe macht, wenn man seinen Bauch streichelt. Es jagt ihr Angst ein. Sie weicht zurück, schnuppert, spürt eine Gier die Leiter ihres Brustkorbs erklimmen; sucht Charlie erneut, erforscht ihn mit ihrem Gesicht, ihrem Mund, und hat zum ersten Mal in ihrem Leben das Bedürfnis, an der Haut eines anderen zu knabbern, in seine Lippen zu beißen, seinen Atem in ihre Lunge zu saugen. Einen Augenblick lang. Dann besinnt sie sich, zieht sich zurück, leckt sich die Lippen, die Zähne, sucht nach dem Geschmack der Sünde, findet aber nur Charlie: Schweiß und Kohlenstaub und eine Spur der kalten Kohlsuppe, die es zum Mittagessen gab.

Ein neues Rätsel.

Francis hilft ihr schließlich, es zu lösen. Der stumme Sohn. Als er vorbeikommt, um nach Thomas zu sehen, und sich flüsternd mit Lizzy unterhält, hört sie seine Stimme zum ersten Mal. Livia sitzt ein paar Meter weiter, in der Nähe der Tür zum Krankenzimmer, den Rücken an die Tunnelwand gelehnt. Sie versucht nicht, der Unterhaltung zu folgen. Ihre Ohren hängen an etwas anderem. Es dringt aus den Ritzen und Spalten des Geröllhaufens, der sie von der eigentlichen Grube trennt. Dahinter liegt die Höhle der Liebenden. In letzter Zeit zieht es Livia oft hierhin. Die Geräusche sind leise, weit entfernt. Gespräche, Seufzer, gedämpftes Lachen. Und ab und zu ein unterdrücktes Stöhnen, das ihre Haut kribbeln lässt. Sie braucht eine Weile, bis sie es benennen kann. *Der Klang des Sichgehenlassens.* Sie kann sich nicht vorstellen, ihn je selbst hervorzubringen.

Francis nähert sich ihr. Er bewegt sich beinahe lautlos. Trotzdem hört sie ihn, kann abschätzen, in welcher Entfernung er stehen bleibt. Mittlerweile ist sie wie eine Fledermaus an das Leben in der Dunkelheit angepasst.

Bei dem Vergleich muss sie lächeln.

»Kommen Sie hier unten gut zurecht?«, fragt er.

»Ich dachte, Sie wären stumm.«

»Nur da oben. Hier unten bin ich ein regelrechtes Plappermaul.« Sie flüstern so leise, dass sie einander selbst kaum verstehen. Und doch spürt sie, dass er mit seinem Geplänkel etwas bezweckt. »Ich will Ihnen etwas zeigen. Draußen in der Grube. Aber Sie müssen sich umziehen.«

»Jetzt?«

»Bald. Wenn die Schicht zu Ende ist. Dann ist es am sichersten.«

Er dirigiert sie in einen der Lagerräume, wo sie ein Hemd, eine Jacke, eine Hose und eine Kappe findet und die Bergmannskluft im Dunkeln anlegt. Wie seltsam, dass sie nicht einmal die Tür schließen muss, dass sie sich entblößen kann, ohne einen Gedanken an Sittsamkeit zu verschwenden. Francis steht dort, wo sie ihn zurückgelassen hat, draußen im Tunnel in der Nähe der Einbruchstelle. Er fragt, ob sie bereit sei, und bittet sie, die Haare unter die Kappe zu stecken. Dann greift er nach ihrer Hand. Die Geste ist so intim, dass sie sich automatisch versteift.

»Keine Sorge. Von mir haben Sie nichts zu befürchten«, versichert er ihr. »Ich habe schon ein Mädchen. Eine echte Plaudertasche, genau wie ich. Leise jetzt. Es ist nicht weit.«

Ohne weitere Erklärung zieht er sie hinter sich her, den gewundenen Pfad durch das herabgestürzte Gestein entlang, vorbei an der Höhle der Liebenden in den Tunnel dahinter. Nichts rührt sich.

Er entzündet seine Lampe und eilt beinahe im Laufschritt durch mehrere Querschläge. Einmal hält er unvermittelt an, erstickt die Flamme und wartet, bis eine Gruppe Schlepperinnen, die tief gebeugt ihre Last schieben, in der Ferne vorübergegangen ist. Keine von ihnen dreht den Kopf.

»Die sollten gar nicht hier sein«, flüstert Francis rau. »Ihre Schicht ist vorbei. Und Vater hat den Plan für die nächste Schicht frisiert, damit niemand in der Nähe ist.«

»Haben sie uns bemerkt?«

»Hoffentlich nicht. Die Zechenverwaltung hat ihre Leute in jeder Kameradschaft. Sie spionieren uns aus und stellen sicher, dass wir nicht faulenzen. Keine Politik, keine Unterhaltungen, eine Viertelstunde Mittagspause.« Er flucht leise, macht die Lampe wieder an. »Einerlei. Wir sind fast da.«

Bald darauf erreichen sie ihr Ziel: einen langen, schmalen, von Holzbalken abgestützten Raum. Feuchter Tiergeruch liegt in der Luft; Atemgeräusche, eigenartig schwer und vielstimmig. Eine Reihe hölzerner Verschläge nimmt den meisten Platz ein. Als der Strahl der Lampe sie streift, erfasst er den Umriss einer Schnauze. Weiches rosafarbenes Fleisch, das zwei geweitete Nüstern rahmt. Ein Wiehern ertönt.

»Pferde?«, fragt Livia unsicher.

»Grubenponys. Hier, geben wir ihnen ein paar Leckereien.«

Francis kramt in seiner Tasche, holt mehrere Karotten heraus. Eine reicht er Livia. Als sie sie vor die Tür der ersten Box hält, taucht der Kopf eines Ponys aus dem Schatten auf, die Zähne gebleckt. Die Lippen des Tiers berühren ihre Handfläche, als es die Karotte aufnimmt. Zum Fressen wendet es sich ab, wie ein Hund, der seinen Knochen beschützt. Das Nachbarpony tritt gegen die Zwischenwand. Es hat die Karotten erschnuppert und will seinen Anteil.

»Was halten Sie von den Tieren?«, fragt Francis, während er an den Boxen entlanggeht, die Leckereien verteilt.

»Sie sind schmutzig und viel zu klein. Ihre Beine sind krumm.«

»Mum sagt, das liegt daran, dass sie keine Sonne bekommen.«

»Sie bringen sie nie über Tage?«

»Selten. Sie geraten immer in Panik bei der Seilfahrt. Manche sterben buchstäblich vor Angst. Und wenn sie draußen sind, na ja, dann drehen sie durch. Galoppieren so lange, bis sie vor Erschöpfung zusammenbrechen. Andere stehen nur da, zittern und schließen die Augen wegen der grellen Sonne.«

Sie schaut ihn an. Er mustert sie, als würde er auf ihr Urteil warten.

»Das ist traurig«, sagt sie schließlich.

Der junge Mann nickt. »Ja.« Sein Blick bleibt erwartungsvoll, harrt darauf, dass sie fortfährt.

»Warum haben Sie mich hierhergeführt, Francis? Es ist ein ziemliches Risiko, nur um mir kranke Tiere zu zeigen.«

Er zuckt mit den Schultern, lässt sie nicht aus den Augen.

»Was denken Sie darüber?«, fragt er kryptisch. »Über unser Leben unter Tage?«

Sie setzt zu einer Antwort an, zögert, tastet sich fort aus dem Schein der Lampe. Ein Gedanke ist in ihr gewachsen, beinahe unmerklich. Jetzt drängt er hinaus.

»Sie sind frei«, sagt sie. »Zuerst habe ich es nicht verstanden. Ihre Vorliebe für die Dunkelheit, die Abneigung, Lampen zu entzünden – es liegt nicht nur an der Angst vor Gas oder davor, entdeckt zu werden. Es ist eine Lebenseinstellung. Beinahe eine Religion. Sie errichten ein Königreich. Fernab der Herrschaft des Rauchs.« Sie macht eine Pause, beäugt die Ponys. »Und doch ist es dem Untergang geweiht.«

Er nickt, hält das Licht weiter auf ihr Gesicht, über die drei Meter hinweg, die sie zwischen ihn und sich gebracht hat.

»Ja, wir sind frei hier unten«, sagt er. »Aber der Mensch ist nicht dazu geschaffen, im Dunkeln zu leben.«

Unvermittelt streckt er die linke Hand aus und legt sie um den Glaszylinder der Lampe. Schatten füllen den Raum, verschlucken Livia. Das Licht lässt seine Hand rot glühen, sickert rosafarben zwischen den Fingern hindurch, fällt weiß auf sein verzerrtes Gesicht.

*Das Glas ist heiß*, erkennt Livia. *Es verbrennt seine Haut. Aber warum …?*

Wie um ihre stumme Frage zu beantworten, entströmt Francis eine dunkle Wolke: Schmerz, der sich in Sünde verwandelt hat. Er lässt das Glas los, fächelt Rauchfäden in ihre Richtung, als sei es Weihrauch. Sie sieht sie, riecht sie aber nicht, bleibt unbewegt. Plötzlich spürt sie wieder Charlies Mund auf ihrem, während ihr ganzer Körper vor Rauch prickelt.

»Er riecht nach nichts, ist nicht infektiös«, flüstert sie. »Als wäre er tot. Wie kann das sein?«

»Wir glauben, es liegt am Kohlenstaub. Der filtert ihn irgendwie. So raucht jeder für sich allein. Ungesehen, unbeachtet. Kumpel, die kämpfen, sterben, sich lieben. Mutterseelenallein.«

»Aber das ist doch etwas Gutes, oder? Besser als über Tage.« Sie sucht nach dem richtigen Wort. »Ordentlicher.«

»Ordentlicher? Ja, vielleicht. Mein Bruder Jake hat einen Namen für unser Leben hier unten. Er nennt es Demokratie.«

Demokratie. Sie kennt den Begriff, hat seine Definition in einer Übersetzung ihres Vaters aus dem Griechischen gelesen. Demokratie, sagt Aristoteles, ist die Herrschaft der vielen, also: der Armen. Sie führt zu Chaos, Gier, Zerstörung.

»Werden Sie zu den Waffen greifen?«, fragt sie brüsk. »Sich erheben?«

»Wie könnten wir? Die Leute Ihres Stands sind wie Engel: helle Wangen, Hände wie Marmor, Laken so weiß wie an dem Tag, an dem sie gesponnen wurden.« Er schüttelt den Kopf, voll Staunen, nicht Wut. »Hier unten können wir Sie verfluchen und den Aufstand planen. Aber dort oben, im Licht der Sonne? Sicher, auch dort machen wir unsere Witze, lachen und spotten. Aber wer wäre so barbarisch, dass ihn die Reinheit Ihrer Haut nicht beschämt? Gott hat Sie auserwählt, zu etwas Besonderem erkoren. Deshalb herrschen Sie über uns; nicht durch Gewalt, sondern durch diese einfache Tatsache.« Er beugt sich vor, begierig nun, dass sie begreift; der stumme Mann, der spricht. »Wir müssen uns unter der Erde verkriechen, nur um Mut zu lernen.«

Seine Worte sind so sorgsam gewählt, seine Stimme klingt so ernst, dass er sie an einen ihrer Lehrer erinnert: Master Lloyd, der philosophische Theologie unterrichtet. Doch Francis ist nur ein gemeiner Arbeiter, der Sohn eines Bergmanns, nicht diszipliniert. Er hat nie Leibniz' Theodizee oder Kants *Drei Abhandlungen über den Rauch* gelesen.

»Wie lange sind Sie zur Schule gegangen?«, fragt sie.

»Vier Jahre. Ich beherrsche meine Zahlen und Buchstaben. Aber das bringt mir nicht viel. Für Bücher ist kein Geld da.«

»Trotzdem haben Sie mich heute etwas gelehrt.«

Er lächelt. »Irgendwann kommt vielleicht eine Zeit, in der wir einander verstehen müssen. Meine Leute und Ihre.«

Seine Leute und ihre. Er erklärt nicht, wen er damit meint. Das muss er auch nicht. Die Armen und die Reichen. Noch vor einer Woche hätte sie gesagt: die Sünder und die Gerechten.

»Ich bin nur ein Schulmädchen«, sagt sie leise. »Was kann ich schon ausrichten?«

»Sie sind die zukünftige Baroness Naylor«, antwortet Francis und verbeugt sich vor ihr. Sie hätte nicht gedacht, dass eine Verbeugung gleichzeitig Spott und Bewunderung auszudrücken vermag. Bevor sie reagieren kann, hat Francis sich bereits umgedreht und führt sie zurück.

*

Sie schweigen, bis sie die Höhle der Liebenden erreichen. Sie ist immer noch leer. Livia erkennt es an den Geräuschen, der Qualität der Luft; Francis hat die Lampe gelöscht. Es stört Livia nicht, im Gegenteil: Die Dunkelheit ist eigenartig tröstlich.

»Wie lange sind wir schon hier unten?«, fragt sie.

»Sechs Tage.«

Die Zahl lässt sie erschaudern. Sechs Tage unter der Erde. Und doch fühlt es sich noch viel länger an. Sie hat sich bestimmt schon ein Dutzend Mal schlafen gelegt. Nickerchen; ihr natürlicher Rhythmus, wenn sie von der Sonne getrennt ist.

»Sucht jemand nach uns?«

Er antwortet langsam, wählt seine Worte mit Bedacht.

»Ja. Es geht das Gerücht, dass Sie im Dorf waren. Irgendjemand gibt eine Menge Geld aus, um Sie zu finden. Die Männer, die von Ihnen wissen, haben einen heiligen Eid geleistet. Aber es ist wirklich ein großer Batzen, und manche haben mehr Mäuler zu Hause, als sie stopfen können, und andere ein Kind, das den Arzt braucht.« Nach einer kurzen Pause fügt er hinzu: »Lizzy sagt, Ihrem Freund gehe es besser. Dass er aufstehen kann. Sich bewegen.«

»Deswegen sind Sie heute zu mir gekommen! Wir bringen Sie in Gefahr. Selbstredend verschwinden wir so schnell wie möglich.«

Er drückt ihre Hand, hebt sie an die Stirn, als würde er ihren Segen empfangen.

»Mein Vater wird Sie holen.«

Sie hört ihn davongehen. Selbst sein Gang hat etwas Elegantes, eine vornehme Entschlossenheit. Sie muss lächeln. Wäre er ein paar Jahre jünger und ein wenig hübscher, könnte sie ihn vielleicht genauso lieb gewinnen wie Charlie.

»Nehmen Sie sie je mit hier runter?«, flüstert sie ihm hinterher und gestikuliert ungesehen in Richtung Höhle. »Ihr Mädchen? Die Plaudertasche?«

Seine Antwort erreicht sie so leise, dass sie womöglich nur in ihrer Einbildung existiert.

»Nein. Wenn es so weit ist – in unserer Hochzeitsnacht –, will ich ihren Rauch mit ihr teilen.« Und: »Im Rauch liegt Leben, Miss Naylor. Gemeinschaft. Was die Leute hier unten tun, ist etwas anderes.«

Dann ist er fort. Und lässt sie mit der Frage zurück, was es mit ihr anstellen würde, wenn sie Charlie draußen im Sonnenlicht küsste.

*

Wenig später hat sie Charlie gefunden und erzählt ihm, dass sie von hier weg müssen.

»Und zwar schnell. Wir bringen die Bergleute in Gefahr.«

Falls Charlie überrascht ist, zeigt er es nicht.

Er sagt nur: »Thomas geht es besser.« Und: »Wir sollten uns überlegen, wo wir hinwollen.«

Sie sitzen in einem Lagerraum, wo sie sich unterhalten können, ohne Thomas' Schlaf zu stören. Ihre Hüften und Schultern berühren sich, kommen sich in die Quere. Es wäre bequemer, wenn sie einen Arm um ihn legen, den Kopf an seine Schulter lehnen würde. Sie will es gerade tun, da spricht er weiter.

»Du hast dich verändert hier unten.«

»Habe ich das? Inwiefern?«

Er muss nicht nachdenken, bevor er antwortet: »Du bist glücklich.«

»Ich war auch vorher glücklich.«

»Nein. Du hast Glück für eine Art Rauch gehalten.«

Erst später, nachdem sie beleidigt davongelaufen ist, erkennt sie, dass Charlie recht hat. Und Angst.

Dass das Tageslicht ihre Veränderung wieder rückgängig machen könnte.

*

Sie muss sich bewegen, wandert zur Höhle der Liebenden, die leer ist bis auf das ihr eigene schlürfende Pfeifen. Der Atem der Grube. Als sie kurz darauf ins Krankenzimmer zurückkehrt, scheint auch das verlassen. Bevor sie den Eindruck überprüfen kann, durchschneidet Thomas' Flüstern die Stille.

Er redet nicht mit ihr.

»Bitte, wenn du willst«, sagt er. »Immerhin verdanke ich dir mein Leben.«

Statt einer Antwort ertönt ein Geräusch, leise und schmatzend, gefolgt von einem Kichern und dem Klappern flacher Schuhe, die sich entfernen. Jäh begreift Livia, dass sie soeben Zeuge eines Kusses geworden ist. Daraufhin tut sie etwas, das sie hier unten noch nie getan hat: Sie entzündet eine Lampe. Die Tätigkeit ist ungewohnt für ihre Finger. Als es ihr endlich gelingt, sieht sie Thomas vornübergebeugt auf seinem Bett sitzen. Sein Kopf ist nach wie vor von einem Verband bedeckt, der mittlerweile allerdings eher einem dünnen Stirnband als dem dicken Baumwollturban der letzten Tage gleicht. Sein Gesicht ist eingefallen, hager. Nase, Augen, Mund wirken übergroß, als wären sie aufgeklebt. Das macht es schwer, ein Lächeln von einem Grinsen zu unterscheiden.

»Haben wir gelauscht, Miss Naylor? Wie ungezogen.«

Sofort packt sie die Wut. Rauch tröpfelt ihr aus der Nase. Hier unten fehlt ihr der Wille, ihn mit Demut zu ersticken.

»Sie sind ein Flegel, Mr Argyle.«

Er zuckt mit den Achseln, blinzelt in die Lampe, reckt das Kinn, um ihr einen besseren Blick zu gewähren.

»Verraten Sie mir – bin ich sehr hässlich geworden?«

Sie sucht nach ihrer Verächtlichkeit, findet sie wie ein Kleid, das sie seit dem Sommer nicht getragen hat. Etwas, das in die Welt des Lichts gehört.

»Keine Sorge, mit der Narbe sehen Sie aus wie ein harter Kerl. Wie ein Hund nach einer ordentlichen Balgerei, das halbe Ohr abgebissen. Alle Jungen werden begeistert sein.«

»Hm«, macht er gedehnt. »An die Jungen hatte ich eigentlich nicht gedacht.«

Sechs Tage lang hat sie kaum mit ihm gesprochen, ihn gemieden. Jetzt mustern seine Augen sie scharf und unerbittlich. Sie beugt sich vor, um die Lampe auszublasen.

»Halten Sie sich bereit, Mr Argyle. Wir brechen auf. Bald.«

»Gut. Ich habe mich schon verabschiedet. Und ich weiß, wohin wir als Nächstes gehen.«

Es ärgert Livia, dass er – verwundet, schwach, von den Toten auferstanden – so selbstverständlich das Kommando übernimmt.

Und mehr noch, dass sie bereit ist, ihm zu folgen.

# LIZZY

Lord Spencer kam an ebenjenem Tag ins Dorf, als sie mich gebeten haben, in die Grube einzufahren. Ich soll mich um einen verletzten Genossen kümmern, sagte Mr Mosley. Ich kenne Mr Mosley gut. Er ist einer von den Gewerkschaftlern, eine Stimme in der Dunkelheit: diejenige, die mich im Alter von vierzehn Jahren gefragt hat, ob ich eintrete. Sie brauchten eine Krankenschwester, und mein Vater hatte sich auf dem Sterbebett für mich verbürgt. Doch dann hat Mutter mich weggeschickt, ehe das Jahr vorüber war.

Als wir neben dem Schacht standen und auf den Förderkorb warteten, sah ich oben auf dem Hang einen Reiter, der aufrecht im Sattel saß und auf uns herabschaute. Dunkles Haar, mehr konnte ich nicht erkennen. Ich weiß noch, dass ich dachte: So würde Mr Argyle zu Pferd aussehen. *Thomas*. Wir nennen uns beim Vornamen, jetzt wo ich ihn gewaschen und zusammengenäht habe. Es wäre auch nicht angegangen, einen »Mister« zu küssen.

Als ich aus der Grube zurückkehrte, hat das ganze Dorf über nichts anderes mehr geredet. Lord Julius Spencer, Lady Naylors Sohn, der uns einen Besuch abstattet. Fragen stellt. Und Neuigkeiten bringt: dass Lady Naylors Kutsche angegriffen und ihre Tochter entführt worden sei, zusammen mit zwei jungen Gentlemen. Dass sie möglicherweise ihren Angreifern entfliehen konnten und nun verwundet im Wald umherirrten. Ob wir irgendetwas wüssten?

Sie erzählten ihm von dem Ruderboot unterhalb der Stromschnellen, und er bat darum, es ihm zu zeigen. Beide Uferseiten ist er abgeschritten, dann flussaufwärts gegangen, sein Hund immer mit der Nase im Gras. In der Nähe der Kate der Mosleys schlug er an. Daraufhin hat Lord Spencer Mrs Mosley befragt, und zwar sehr geduldig, wie am Abend in der Dorfschenke berichtet wurde. Hat eine ganze Stunde bei ihr zugebracht. Und ihr einen tüchtigen Batzen Geld dagelassen. *Für ihre Mühen.* Am Sonntag hat sie alles in den Opferstock gesteckt.

Am nächsten Morgen kam Lord Spencer wieder. Und am übernächsten und am überübernächsten auch, bei Tagesanbruch, allein zu Pferd. Ihm gefalle das »Potenzial« des Dorfs, meinte er, und dass er sich für den Bergbau interessiere. Jeden Tag brachte er mehr Geld unter die Leute, redete mit den Säufern, Raufbolden und Straßenkindern. Zwei Pence für jeden, der irgendwas zu erzählen hatte; ein Glas Bitter in der Schenke. In seiner Börse eine wertvollere Münze für diejenigen mit echten Informationen. Überall hat er sie herumgezeigt, sie die Leute in der Hand wiegen lassen. Alle waren zutiefst beeindruckt. Keiner hatte je Gold angefasst.

Ich bezweifle, dass der junge Lord viel Nützliches erfahren hat. Außer natürlich ein paar Andeutungen über die Gewerkschaft. Die meisten Dorfbewohner dachten, er wäre deswegen gekommen. Um Nachforschungen über uns anzustellen. Obwohl man aus seinem Lächeln hätte schließen können, dass er die Dorfschönheiten umwerben wolle. Die sind natürlich im Sonntagsstaat angetanzt, haben die Röcke gelüftet, wenn sie ihm auf der Straße begegnet sind, die prallen Waden aufblitzen lassen. Und Lord Spencer hat den Hut gezogen. Tagelang haben sie über nichts anderes geklatscht.

Aber über die drei Leute, die wir unten in der Dunkelheit der Grube verborgen halten, hat niemand ein Wort verloren. Nur die Gewerkschaftler wissen davon, und auch nur der innere

Kreis. Ich selbst hab's keiner Menschenseele verraten, hab mich Nacht für Nacht mit Mr Mosleys Hilfe unter Tage gestohlen. Aber es lastet schwer auf uns, dieses Geheimnis, vor allem, weil wir keine Ahnung haben, auf was wir uns da eingelassen haben. Niemand hat zu fragen gewagt, warum das Mädel sich vor seiner eigenen Mutter versteckt. Man stellt keine Fragen. Nicht hier unten. Das ist gegen die Regeln, gegen den Gewerkschaftsgeist. Außerdem ist es sicherer. Je weniger wir wissen, desto weniger kann man uns vorwerfen.

Trotzdem gibt es natürlich Theorien über unsere Schützlinge. Die gibt es immer. Entfremdung, eine verbotene Liebschaft, eine Prügelei unter Adeligen. Am häufigsten (geflüstert, im Dunkeln, weit weg von Lord Spencers Ohren) habe ich Folgendes gehört: dass die drei auf der Flucht vor dem Gesetz sind. Dass sie ein schreckliches Verbrechen begangen haben, das schlimmste von allen. *Hochverrat*. Jetzt wartet der Galgen auf sie. Wenn sie gefunden werden. So wie das Geflüster es klingen lässt, sind sie schon so gut wie tot.

Die Sache ist die: Früher oder später wird jeder gefunden. Kein Missetäter ist je dem Büttel entkommen. Du kannst dich eine Woche, einen Monat, ein Jahr lang verstecken, aber das Gesetz vergisst nicht. Zumindest sagt das meine Mutter immer. Und die muss es wissen. Ihr Bruder sitzt irgendwo im Gefängnis, und einer ihrer Onkel wurde gehängt.

Eins ist sicher: Wenn Lord Spencer mir auf den Fersen wäre, würde ich mich auch verstecken. Sein ständiges Lächeln hat etwas Gezwungenes, seine endlose Fragerei etwas Wahnsinniges. Als er den dritten Tag nacheinander ins Dorf kam, hat der Fleischer ihm zu Ehren ein Schwein geschlachtet. Lord Spencer hat zugesehen. Das haben wir alle schon mal gemacht, jedes Kind im Dorf, aus Neugier oder als Mutprobe oder weil die Schreie uns angelockt haben; sind über den Zaun geklettert und haben einen Blick riskiert. Und wir haben alle geraucht, sind ordentlich schmutzig geworden und dann nach Hause gelaufen, wo uns wegen der ruinierten Kleider eine Tracht Prügel erwartet hat. Frisches Blut und Innereien haben etwas an sich, das den Rauch auslöst. Es dauert viele Monate, bis man sich daran gewöhnt, bis man eine Sau so ruhig schlachten kann, als würde man ein Kind ins Bett bringen. Das hat mir zumindest Mr Dillon, der Fleischer, erzählt; er hatte mal ein Auge auf mich geworfen, obwohl er damals schon fünfzig und ich erst vierzehn war und noch ständig rot geworden bin. Deswegen hat Mutter mich auch in Dienst gegeben. Um meine Unschuld zu schützen. Nun, um die hat sich das Herrenhaus bald gekümmert.

Auf jeden Fall hat Lord Spencer die Tradition des Dorfs gewahrt, ist in Hemdsärmeln im Schlachthaus aufgetaucht und hastig zu einem Hocker geführt worden, auf dem er dann bleich und schwitzend, mit zuckender Wange gesessen hat. Angeblich hat er ziemlich geschluckt, als das Blut in den Eimer geflossen ist. Aber geraucht hat er nicht. Die frisch gestärkten Hemdsärmel sind blütenrein geblieben.

Das ist nicht die einzige seltsame Begebenheit. Die kleine Beth Kendrick, behauptet steif und fest, sie hätte ihn weinend und ohne Hut den Reitweg entlanglaufen sehen. Und der alte Todd schwört hoch und heilig, dass Lord Spencer nach Einbruch der Dunkelheit mit einer Teufelsfratze aus Metall und Gummi nach Hause geritten sei. Ich selbst habe beobachtet, wie er seinen Hund mit der ledernen Leine geschlagen hat, weil er hinter einem Eichhörnchen oder einer Ratte hergejagt ist. Sein Mund hat sich bewegt, als würde er ihn ausschelten, aber kein Laut ist über seine Lippen gedrungen. Nicht einmal dabei hat er geraucht.

Lord Spencer ist nicht immer so gewesen. Als ich ihn zum ersten Mal getroffen habe, stand ich gerade ein, zwei Monate in Diensten der Naylors. Ihre Köchin, eine alte Freundin meiner Mutter, stammt aus unserem Dorf und hat mich empfohlen. Ich bin im Mai angekommen, nach einem Zehn-Kilometer-Marsch, meine guten Kleider zusammengefaltet in einem regendurchweichten Korb. Milord kam in den Sommerferien. Vor seinem Eintreffen wurde ein großer Wirbel veranstaltet: von den Dienern, nicht von seiner Familie. Baron Naylor war bereits »unpässlich«. Damals wusste ich noch nicht, was das bedeutet. Als die Kutsche vorfuhr, haben wir uns mit viel Gekicher in der Auffahrt versammelt.

Ich mochte ihn irgendwie. Er wirkte düster und schlich herum und trug immer Handschuhe aus gegerbtem Leder, selbst drinnen. Hat viel gegessen, vor allem Süßes. Hat lang geschlafen, ist auf die Jagd gegangen. Seine Laken waren öfter rußbefleckt, als sie sollten, wenn man seinen Stand bedenkt. Furchtbar eingebildet war er schon damals, aber warum auch nicht, als zukünftiger Herr des Hauses. Hübsch. Verwegen. Uns Mädchen gegenüber immer einen frechen Spruch auf den Lippen.

Dann hat er sich verändert. Das war gegen Ende des Sommers. Den Gerüchten in der Gesindeküche zufolge hat Lady Naylor angefangen, ihm ihre *Gunst* zu schenken. Hat ihn in ihre Gemächer gerufen, sich stundenlang mit ihm eingeschlossen. Niemand konnte sich einen Reim darauf machen: was sie einander bedeuteten, was sie empfanden. Ich meine, er ist die Frucht ihres Leibes. Andererseits war er von den Eltern ihres ersten Ehemanns aufgezogen worden, von Leuten also, die Lady Naylor nicht einmal zu Weihnachten sehen will. Wie Mutter es ausdrücken würde: ein adeliger Saustall.

Im Laufe des Sommers hat Lady Naylor für Lord Spencer getan, was eigentlich diese vornehmen Schulen für die hochwohlgeborenen Sprösslinge tun sollten: Sie hat sein Blut abgekühlt. Ihm den Rauch ausgetrieben, ihn an die Leine gelegt. Die wenigen Adeligen, die ich während meiner Zeit im Herrenhaus getroffen habe, waren immer ein wenig blass um die Nase. So als hätten sie Verstopfung, aber gerade keinen Pflaumensaft zur Hand. Obwohl es laut dem Pfarrer natürlich der einzige Weg ist, in den Himmel zu kommen.

Bei Lord Spencer war es anders. Keiner von uns hat ihn je wieder rauchen sehen. Nicht ein Fleck auf seinen Laken. Aber das Düstere in ihm ist weitergewachsen. Du konntest es beinahe spüren, wenn er im Korridor an dir vorbeiging; so wie ein Mädchen weiß, dass ein Mann sie anstarrt und Rauch aus seiner Haut aufsteigt, selbst wenn er zehn Meter gegen den Wind hinter ihr läuft. Die Pferde haben es auch gespürt, waren unruhig in seiner Nähe, außer er hatte sie schon vorher geritten. Sie eingebrochen. Genau wie die Hunde. Nur seine eigene Hündin ertrug seine Nähe. Es ist sein Geruch, haben manche von den Stallknechten gesagt, zu fein für die menschliche Nase. Als wäre sein Rauch unsichtbar geworden. Aber kratz ihn, und ich schwöre, er blutet Ruß.

*

Nach sechs Tagen verkünden unsere Schützlinge, dass sie fort wollen. Schnell. Sobald wir sie rausschmuggeln können.

Ich fahre mit Mr Mosley ein, als er sie holt, tief in der Nacht, vier Stunden vor der nächsten Schicht. Ich habe darum gebeten, mitkommen zu dürfen, um die Verbände ein letztes Mal zu wechseln. Aber sie müssen gar nicht gewechselt werden. Die Blutung ist längst gestillt. Ich wollte ihn nur noch einmal sehen. Thomas. Sechs Tage lang habe ich ihn gepflegt. Und einen Kuss dafür bekommen. Ich weiß selbst, dass er mich nicht auf die gleiche Art mag wie ich ihn, das erkenne ich in seinen Augen, wenn wir die Lampe anmachen. Trotzdem war es ein schöner Kuss. Er drückt meine Schulter zum Abschied, und ich drohe ihm mit dem Finger. Bruder und Schwester also. Damit kann ich leben.

Bevor sie aufbrechen, möchten auch die anderen beiden

Lebewohl sagen. Sie stellen sich vor mir an, als würden sie beim Krämer darauf warten, bedient zu werden. Wir sind in Thomas' Krankenzimmer, das wir so großspurig unser Gewerkschaftshaus nennen. Ich werde nicht mit ihnen auffahren, sondern hier unten alle Spuren beseitigen. Mr Cooper fängt an. Er schüttelt mir die Hand. »Vielen Dank«, sagt er und verbeugt sich sogar leicht. Wenn er mir auch noch einen Handkuss gegeben hätte, wäre ich vor Lachen gestorben. Trotz aller Bemühungen habe ich Mr Cooper gern gewonnen. Es ist schwer, ihn nicht zu mögen. Das Problem ist bloß, dass er so furchtbar vornehm ist. Hochwohlgeboren bis in die Aussprache dieses *Vielen Danks* hinein. Er kann natürlich nichts dafür, aber jedes Mal, wenn er den Mund aufmacht, wird mir wieder bewusst, wer er ist. Und wer ich bin. *Nicht von seinem Stand.* Ein Dienstmädchen, die Tochter eines Bergmanns. Durch und durch gewöhnlich. Einmal wollte er seine Kleider waschen, in einem Kübel; das war so mitleiderregend, dass ich es am Ende für ihn getan habe. Aber nur, weil Miss Naylor nicht da war. Die junge Herrin.

Wenn sie in Flammen stünde, würde ich sie nicht einmal anpinkeln.

Doch auch sie versucht, sich zu bedanken. Oder vielmehr, mich zu bezahlen. Sie nimmt das silberne Kreuz von ihrem Hals und streckt es mir entgegen.

»Für deine Mühen«, sagt sie.

Vermutlich will sie nett sein. Im Dunkeln hätte ich es vielleicht genommen und in meine Bluse gesteckt. Aber im Strahl der Lampe sehe ich ihre steife Haltung, den demütigen Ich-bin-eine-Heilige-weil-ich-weiß-dass-ich-eine-Sünderin-bin-Blick. Als würde sie für eine Büste von Jesus Christus Modell stehen.

»Bitte akzeptiere es als Zeichen unserer Dankbarkeit.«

Ich zische meine Antwort. »Geht nicht. Dann denken die Leute, dass ich es gestohlen hätte. Der Friedensrichter wird mich auspeitschen lassen.«

Miss Naylor wirkt gekränkt. Und auch ein bisschen verärgert. Aber sie schluckt es hinunter, zieht die Bergmannsjacke aus, reißt einen Ärmel der Bluse darunter ab und hält ihn mir hin.

»Das ist französische Spitze. Du kannst sie umnähen. Zu einem Taschentuch oder einem Taufkleid. Später, wenn du Kinder hast.«

Der mit Kohlenstaub verschmierte Fetzen hängt schlaff in meiner Hand. Wahrscheinlich sieht sie mir an, was ich denke, denn plötzlich wird sie verlegen und entreißt ihn mir wieder.

»Bitte entschuldige. Es tut mir leid.«

Und für einen kurzen Augenblick klingt sie sogar ehrlich. Fast ein wenig verzweifelt. Als würde sie wirklich versuchen, die Kluft zwischen uns zu überwinden. Gott weiß, wer sie gegraben hat.

Auf einmal habe ich Mitleid.

»Ich behalt sie«, sage ich. »Sie ist sehr hübsch.«

Wir lächeln uns an. Dann schlüpft sie schnell in die Jacke, damit die Jungen sie nicht in diesem unziemlichen Zustand sehen. Und ist wieder die Alte. Distanziert. Kalt wie ein Fisch.

»Mr Argyle verdankt dir sein Leben«, schließt sie unser Geschäft ab. »Wir stehen in deiner Schuld.«

Ich nicke und wedele mit dem Stoff vor ihrem Gesicht.

»Das stimmt. Aber Sie haben ja soeben bezahlt.«

# DER LIBERALE

Die Sonne geht auf, und Charlie glaubt, sein Herz müsse vor Glück zerspringen.

Sie wandern schon seit Stunden, stolpern durch die Dunkelheit, machen alle paar Minuten eine Pause, wenn Thomas nicht länger Schritt halten kann oder ihm schwindelig wird. Plötzlich taucht ein Streifen Licht am Horizont auf, blass und dunstig. Doch welche Wunder diese fahle Schliere enthüllt! Sie laufen auf einem schlammigen Weg. Rechteckige Felder erstrecken sich zu beiden Seiten, eingefriedet und mit kahlen Bäumen gesprenkelt. Über ihnen hängt ein bleifarbener Himmel, die Wolken zu einer undurchdringlichen Decke verschmolzen. Eine Welt aus Braun- und Grautönen. Aber was für Grautöne! Wie viele Braunschattierungen!

Charlie traut seinen Augen nicht, bleibt wie angewurzelt stehen, blinzelt gegen die Tränen an. Ein Klecks Orange steigt zwischen den Kuppen der niedrigen Hügel im Osten auf und verteilt sich über der Landschaft. Es ist kein Sonnenaufgang wie aus dem Bilderbuch, kein feuerroter Ballon, der sich langsam über den Rand der Welt schiebt und einen Moment darauf kauert, um dann grazil den Himmel zu erklimmen. Dennoch ist es das Schönste, was Charlie je gesehen hat. Nach und nach gewinnt die Welt an Kontur. Und als die Wolkendecke kurz aufreißt, greifen die Sonnenstrahlen wie Finger nach seinem Gesicht und erforschen seine Züge. Er starrt an sich hinunter, auf seine Hände, seine Beine, und lacht aus reiner Freude, staunt, wie selbst seine Stimme unter freiem Himmel anders klingt.

Erst dann dreht er sich zu seinen Freunden um.

Die letzte Woche, gefangen in einem Loch unter der Erde, war für Charlie sehr einsam. Stunde um Stunde saß er an Thomas' Bett und lauschte seinem düsteren Delirium, zumeist unfähig, durch das Fieber zu ihm durchzudringen, und sogar von seinem Rauch abgeschnitten, der in der Finsternis weder Geruch noch Ansteckungskraft zu besitzen schien, sondern ziellos im scheuen Licht waberte – wenn sie es denn einmal wagten, eine Lampe anzuzünden. Natürlich hat er mit Lizzy geredet, aber das Mädchen war ihm gegenüber wortkarg, eifersüchtig darauf bedacht, Thomas für sich zu haben. Und er hat sich mit Livia unterhalten, sie berührt, geküsst, ihren Atem eingesogen. Doch auch das war ein verfälschtes Glück in dieser blinden Welt, eine Liebesbeziehung von Schatten. Im Dunkeln, das hat Charlie gespürt, waren sie dem anderen nie vollkommen gegenwärtig. Eine Welt ohne Lächeln. Ohne Schönheit. Immer wenn er aufwachte, plagte ihn die Angst, er würde noch schlafen. Er streckte die Hand aus und fand niemanden; oder einen Fremden; oder eine Freundin – Geliebte? –, deren Gefühle er nicht deuten konnte.

Trotzdem hat die Dunkelheit etwas mit Livia angestellt, etwas Wichtiges, hat sie gehärtet wie ein Schmied den Stahl. Charlie sieht sie zum ersten Mal seit ihrem Kuss an. Sie hat sich verändert. Ist dünner geworden. Schmutziger natürlich. Hält sich anders. Das macht ihn schüchtern und befangen, und als sie seinen Blick erwidert, nicht jedoch sein Lächeln, wird er noch schüchterner, noch befangener.

Im Vergleich zu Livia ist Thomas ausgemergelt; sauberer als sie beide (dafür hat Lizzy durch den unermüdlichen Einsatz von Eimer und Lappen Sorge getragen) und bleich unter den Kohlenstaubsprenkeln. Unter dem Rand seines Verbands kriechen die Ranken einer dunkelblauen Tätowierung hervor, berühren seine Braue und den Augenwinkel, wo die Kohle in das frische Narbengewebe eingewachsen ist. Sein Gesicht ist eine Maske der Konzentration, auf den unebenen Weg, auf jeden einzelnen Schritt. Nur sein Wille hält ihn auf den Beinen.

Als der Morgen dem Vormittag weicht, kommt ihr Ziel in Sicht: weniger ein Dorf als ein Rangierbahnhof. Hier halten Güterzüge, um Ladung aufzunehmen. Angeblich kann man für ein paar Pennys zusteigen und mit Schweinen oder Hühnern oder schwarzen Kohlebergen fahren. Mr Mosley hat ihnen dazu geraten; hier würden sie weniger Aufmerksamkeit erregen als in der Stadt, hat er gesagt. Hier würden auch Landstreicher nach Mitfahrgelegenheiten suchen. Landstreicher. Nun, denkt Charlie, in dieser Rolle machen wir uns bestens. Seine Hose und sein Jackett starren vor Dreck. Es hat angefangen zu nieseln, und der Regen zeichnet Muster auf seine schmutzige Haut. Wie auf Kommando bleiben sie im Schutz eines Hügels stehen. Es wird Zeit, Entscheidungen zu treffen.

*

Und doch kommen die Worte nicht sofort. Überwältigt von dieser deckenlosen Welt, haben sie den ganzen Morgen nur wenig gesprochen. Eine seltsame Scheu hält sie zurück, als würden Worte etwas Unwiderrufliches in Gang setzen, einem Teil ihres Lebens ein Ende bereiten und sie zu einem anderen verpflichten.

Charlie findet sich als Erster damit ab.

»Willst du nach Hause?«, fragt er Livia. »Zu deiner Mutter?«

Livia schüttelt den Kopf. Sie ist hier gelandet, weil sie von einer Mitschuld ihrer Mutter an dem Angriff ausgeht. Jetzt wird sie es auch bis zum Ende durchziehen. Charlie hütet sich davor, mit ihr zu diskutieren.

»Dann also nach London?«

Charlie vernimmt die Frage in seiner Stimme. Sie ist an Thomas gerichtet. Er ist ihr Anführer. Sie haben nicht darüber abgestimmt, niemand hat ihn auserkoren, dennoch ist es so, selbst jetzt – besonders jetzt –, in seinem verwundeten und schwachen Zustand.

»Ich meine, wenn wir nicht zu Lady Naylor zurückkönnen und auch nicht nur herumsitzen wollen, ist es die einzige Option. ›Tabakdock. Mitternacht. 12. Januar.‹ Das stand in diesem Journal im Labor. ›Bitte persönlich abholen.‹ Lady Naylor wird dort sein. Sie arbeitet an etwas Wichtigem und hat ein Vermögen bezahlt, nur für diese eine Lieferung.«

Thomas hatte offensichtlich genau denselben Gedanken. Trotzdem ist seine Antwort zögernd.

»Welches Datum haben wir heute? Am Zweiten wurden wir angegriffen, am Dritten sind wir in die Grube eingefahren. Sechs Tage unter der Erde. Den Neunten?«

Charlie und Livia bestätigen seine Rechnung.

»Also haben wir noch vier Tage. Mehr als genug Zeit.« Er zittert leicht, geht in die Hocke, stützt sich mit einer Hand am Boden ab. Charlie erkennt, dass er kurz davor ist, in Ohnmacht zu fallen. Dass er nicht einmal mehr genug Kraft zum Stehen hat.

Doch seine Stimme klingt entschlossen.

»Wir müssen mit jemandem reden, der Licht in die Sache bringen kann. Das Labor, die Experimente. Lady Naylors Theorie über den Rauch. Neue Informationen. Eine andere Perspektive. Sonst tappen wir weiter im Dunkeln.« Thomas reckt das Kinn. Er hat eine Entscheidung getroffen. »Ihr beide fahrt nach London. Ich statte Renfrew einen Besuch ab.«

»Renfrew? Aber woher weißt du, dass wir ihm vertrauen können?«

»Tu ich nicht. Aber er war Baron Naylors Student. Und derjenige, der mir erzählt hat, dass ich krank bin. Wenn … wenn dieser Käfig im Labor wirklich für mich bestimmt ist – wegen dem, was in mir wächst –, dann muss ich herausfinden, was sie von mir wollen, Charlie. Sonst rate ich ins Blaue hinein. Und das bin ich leid!«

Charlie wünscht, er könnte seinem Freund sagen, dass er sich irrt und Renfrew gar nichts weiß. Dass der Lehrer für Rauch und Moral ihn wie einen fehlgeleiteten Schuljungen behandeln, ausschelten, in ein Klassenzimmer einschließen und zur Strafe den Boden schrubben lassen wird. Doch vor seinem inneren Auge sieht er Renfrew wieder in der Kutsche sitzen, auf dem Weg von Oxford zurück zum Internat, hört ihn sich leise mit Thomas unterhalten. Renfrew weiß etwas. Renfrew weiß vieles.

Vielleicht können sie ihn dazu überreden, sein Wissen mit ihnen zu teilen.

Also schaut Charlie Thomas ruhig an und sagt: »In dem Fall gehen wir alle.«

Aber davon will Thomas nichts hören.

»Zu gefährlich. Immerhin haben wir keine Ahnung, auf wessen Seite er steht. Er könnte genauso gut in die ganze Sache verwickelt sein und mit Lady Naylor unter einer Decke stecken. Falls sie wirklich unser Feind ist. Wir müssen uns aufteilen. Um sicherzustellen, dass jemand dort ist. In London. Falls Renfrew mich festhält. Jemand, der Bescheid weiß und als Zeuge auftreten kann.«

Wieder ist Thomas' Argumentation stichhaltig. Und wieder zieht Charlie eine andere Schlussfolgerung.

»Dann werde *ich* gehen.« Er übertönt Thomas' gemurmelte Einwände und fährt fort: »Wenn du recht hast – was den Käfig betrifft, den Rauch in dir, alles –, dann bist *du* derjenige, auf den es ankommt. Nicht ich.«

Thomas will sich erheben, vor Erschöpfung am ganzen Körper zitternd, wütend protestieren.

Livia unterbricht ihn.

»Sie können nicht gehen«, sagt sie. »Nicht alleine. Das würden Sie niemals schaffen. Jemand müsste mit Ihnen gehen und Sie pflegen. Egal, was Sie tun, Sie bringen einen von uns in Gefahr.« Sie spricht ruhig, sachlich, zählt die Fakten auf.

»Ich kenne diesen Master Renfrew nicht und weiß auch nicht, wo er zu finden ist. Und Sie brauchen jemanden, der Sie stützt. Also gehen wir entweder alle und riskieren unsere Haut. Oder keiner von uns geht. Oder Charlie geht allein und trägt die Konsequenzen Ihrer Entscheidung.«

Sie schaut zwischen den Jungen hin und her, als würde sie sie gegeneinander abwägen.

»Sie müssen sich entscheiden, Mr Argyle«, fügt sie leise hinzu, traurig, als wüsste sie, dass er das längst getan hat.

*

Sie trennen sich, sobald sie einen Treffpunkt und eine Zeit vereinbart haben. Beides ist nicht schwer. Es gibt nur einen Ort in London, den beide Jungen sicher wiederfinden. Hinrichtungsplatz, am Fuß der Richtbühne. Drei mögliche Zeitpunkte pro Tag: Morgengrauen, Mittag, Abenddämmerung, von morgen Mittag an. Früher kann Charlie es kaum nach London schaffen. Er wird in der Schule übernachten müssen. Oder unterwegs.

Sie beschließen, dass es besser ist, wenn sie den Bahnhof nicht zusammen betreten. Wer auch immer ihnen auf den Fersen ist, sucht drei Adelssprosse, zwei Jungen und ein Mädchen. Vielleicht sind sogar Flugblätter im Umlauf, wachsame Augen in jedem Bahnhof. Aber die würden sich weder für einen schmutzigen Landstreicher in gestohlenen Kleidern noch für ein Grubenmädchen und seinen Begleiter interessieren. Zumindest hoffen sie das. Charlie soll als Erster gehen. Ein Vorsprung von drei Stunden. Genug Zeit, damit man den einen Fremden nicht mit den anderen beiden in Verbindung bringt. Und damit Thomas sich ausruhen kann.

Charlie tritt zu Livia. Thomas sieht weg, betrachtet eingehend seine Schuhe. Gibt ihnen Privatsphäre. Trotzdem fällt es ihnen nicht leicht, sich zu verabschieden. Sie wissen nicht, wie. Sie haben einander noch nie bei Tageslicht berührt.

Schließlich streckt Charlie die Hand aus, und Livia nimmt sie schüchtern. Sie hätten ebenso gut Fremde sein können, die sich auf einer Dinnerparty zum ersten Mal begegnen. Nur dass sie nicht sofort wieder loslassen, sondern in dieser Position verharren, ihre kleinen Finger zwischen seinen. Charlie überlegt, ihre Hand zu küssen, doch sie zieht sie fort, noch bevor er sie halb an den Mund geführt hat.

»Zu dreckig«, flüstert sie und starrt angewidert auf ihren Handrücken. »Sei vorsichtig, Charlie.«

»Du auch.«

Dann ist Thomas an der Reihe. Charlie geht neben ihm in die Hocke.

»Pass auf sie auf, in Ordnung? Für mich.«

Thomas nickt, aber sein Blick ist trostlos. In seinen Augen liegt eine Angst, die Charlie nicht ergründen kann.

»Ich bin der, der gehen sollte«, sagt Thomas nach einer Weile.

»Wir haben darüber geredet. Es ist die einzig sinnvolle Entscheidung.«

Thomas zuckt mit den Achseln. »Pass auf, was du Renfrew erzählst. Verrate ihm nicht zu viel.«

»Ich erzähle nur, was ich darf. Wir haben Lady Naylor unser Wort gegeben, über bestimmte Dinge Stillschweigen zu bewahren. Vielleicht ist sie eine Verbrecherin, eine Aufständische. Aber versprochen ist versprochen.«

Er umarmt seinen Freund, dreht sich um und verschwindet.

*

Charlies Sorge, dass er in dem Weiler mit dem Verladebahnhof auffallen würde, erweist sich als unbegründet. Auf der Straße laufen mehr als genug seltsame Gestalten in den unterschiedlichsten Kleidern herum, und kaum eine ist sauber. Alte und junge Frauen, eine Horde Straßenkinder, die einander mit Steinen bewerfen, Arbeiter, Händler, arbeitslose Bergmänner. Ein Stutzer ohne Schuhe, der einen Esel hinter sich herzieht. Ein bulliger Schotte im Lodenmantel, der betrunkene Flüche gen Himmel schreit, während sein Akzent jeden Vokal verzerrt. Eine spindeldürre Schwindsüchtige, die an einem Grill am Straßenrand verkohlte, knochengespickte Fleischstücke verkauft. Ein Bettler, der kaum mehr als ein Unterhemd trägt und jedem Passanten seine Beinstummel zeigt.

Wo Menschen sind, ist auch Sünde. Charlie erschrickt, als ihn die erste Fahne erreicht. Er hat seit einer Woche keinen Rauch mehr gerochen. Als er sich dem Bahnhof nähert, sieht er die grauen Wolken, die im Wind treiben und die Gebäude mit Ruß überziehen. Er atmet sie ein und fühlt sich sofort gereizt. Es ist schwer, in dieser Welt nicht mit geballten Fäusten herumzulaufen.

Sich eine Mitfahrgelegenheit nach Oxford zu verschaffen, stellt sich als überraschend leicht heraus. Ein Mann auf dem Bahnsteig hat ein Geschäft daraus gemacht und verkauft Tickets für einen Platz im Güterzug. Ganz offen steht er hinter seinem kleinen Tisch, fast wie ein normaler Fahrkartenverkäufer. Ein paar Kerle, einer zwielichtiger als der andere, patrouillieren in seinem Auftrag über den Bahnsteig, als Abschreckung für jeden, der meint, er könne einfach aufspringen. »Wir sin Schaffner«, ruft einer von ihnen immer wieder. »Wer kein Ticket hat, zahlt die Fahrt in Zähnen.« Ihm fehlt selbst ein Großteil des Gebisses, ebenso wie ein gutes Stück Unterkiefer, das allem Anschein nach einem Messer zum Opfer gefallen ist.

Wie Thomas hat Charlie auf der Flucht zusammen mit seinem Gepäck auch seinen Handkoffer verloren. Livia hatte erst gar keine Geldbörse dabei. Folglich bleiben ihnen nur die paar Pennys, die Mr Mosley heute Morgen in Charlies schmutzige Hand gezählt hat.

»Ohne kommt ihr nicht weit«, erwiderte er, als sie das Geld ausschlagen wollten.

Sie haben es hälftig geteilt, bevor sie sich getrennt haben, schließlich muss Charlie zwei Zugfahrten bezahlen und Thomas und Livia nur jeweils eine. Doch jetzt, da Charlie vor dem Fahrkartenverkäufer steht, fürchtet er, dass es nicht reichen könnte. Unschlüssig hält er dem Mann die Münzen hin.

»Wie viel …?«

Der Mann schaut ihn an, schnaubt und schnappt sich alles. Erst dann fragt er: »Wohin?«

»Oxford.«

»Ohx-fjord«, imitiert der Mann seine Aussprache. »Feiner Pinkel, was? Ausgebüxtes Bürgersöhnchen? Vor ’ner Tracht Prügel Reißaus genommen. Oder dich in ’n Mädel verliebt, das nich von Stand war. Aber Hauptsache, bei dir steht alles stramm, was?« Dabei macht er eine derart obszöne Geste, dass Charlie bis zu den Haarwurzeln errötet. »Hättest mit volleren Taschen davonlaufen sollen, Junge. Aber keine Sorge, heut is dein Glückstag. Der Zug kommt in ’ner Stunde. Die hinteren fünf Waggons, Türen sin offen. Wenn dich der Bahnhofsvorsteher erwischt, in Oxford zum Beispiel, sag einfach, dass du mit dem Schnellzug gekommen bist. Dann kriegst du keine Schwierigkeiten, der is gut geschmiert.«

»Vielen Dank.«

»Keine Ursache. Is mir ’n Vergnügen, ’nem feinen Herrn wie dir zu helfen. Und jetzt ab mit dir, ich hab zu tun.«

*

Er kommt erst gegen Abend in Oxford an. Der Zug bewegt sich stetig, aber langsam, und schnauft und keucht bei jedem kleinen Hügel. Die ganze Fahrt über sitzt Charlie eingequetscht zwischen anderen Landstreichern, von denen einer ganz ungeniert die Hand in seine Tasche steckt und nach Geld kramt, während er wie ein Schlot aus Mund und Ohren raucht. Als sie anhalten, erkennt Charlie den Bahnhof zunächst gar nicht: Sie stehen weit abseits vom öffentlichen Bahnsteig, hinter einer schmutzigen Backsteinmauer, die ihnen die Sicht versperrt. Weiter vorn springen Schatten aus den Waggons und klettern über die Mauer. Charlie folgt ihrem Beispiel und wird in ein Labyrinth aus Seitenstraßen und Hinterhöfen gespült, in denen es vor Gerüchen, Geräuschen und Menschen nur so wimmelt. Er orientiert sich an der untergehenden Sonne und läuft in Richtung Westen, auf der Suche nach der Straße zur Schule. Einen Kilometer außerhalb der Stadt überholt ihn ein Pferdewagen. Der Fahrer bietet Charlie an, ihn im Austausch für seinen Mantel mitzunehmen, so dreckig der auch ist.

»Wohin soll's gehen?«, fragt der Fahrer.

Als Charlie, der einfach nicht lügen kann, den Namen der Schule nennt, mustert der Mann ihn gründlich.

»Willst du dort betteln? Is die Mühe nicht wert. Sin Ferien. Keiner da. Außerdem sind das Geizkragen, allesamt. Da bist du besser dran, wenn du dein Glück im Dorf versuchst.«

Will Charlie betteln? Nun, in gewisser Weise ja. Doch er murmelt nur, dass er einen der Pförtner kenne, bewusst undeutlich, um seine Aussprache zu verbergen. Der Gedanke an den einfältigen, mürrischen Cruikshank versetzt ihm einen Stich.

Der Mann lässt ihn in der Nähe des Dorfs aussteigen, eine Stunde Fußmarsch von der Schule entfernt. Mittlerweile ist es bestimmt acht Uhr. Der Himmel ist klar, und es wird kälter. Vom Dezemberschnee ist nichts liegen geblieben, aber der Wind trägt den Geruch von neuen Flocken.

Charlie eilt weiter, bis der dunkle Schatten der Schule vor ihm aufragt. Er hat sie schon einmal aus diesem Winkel gesehen, bei ähnlichen Lichtverhältnissen: in der Nacht, als sie von ihrem Ausflug nach London zurückgekehrt sind. Ein einzelnes Fenster ist erleuchtet, hoch oben in Trouts Räumlichkeiten. Der Direktor hat Charlie gebeten, die Naylors auszuspionieren, und wäre sicher sehr interessiert an seinem Bericht. Doch Charlie will nicht zu ihm.

Stattdessen folgt er dem schmalen Weg, der am Rugbyfeld vorbei über den kleinen Bachlauf zu einem einsamen, von einem Lattenzaun umgebenen Häuschen führt. Die meisten Lehrer wohnen im Haupthaus und fahren in den Ferien zu ihrer Alma Mater oder nach Hause zu Frau und Kindern. Eine Handvoll jedoch – die ärmeren, sagen manche spöttisch, diejenigen ohne Familienbande oder Grundbesitz – lebt in Häusern am Rand des Schulgeländes, die das ganze Jahr über an sie vermietet werden. Wie Renfrew. Über der Tür brennt eine Lampe, und durch die zugezogenen Vorhänge dringt ein schummeriger Schein. Charlie hält am Bach an, taucht die Hände in das eiskalte schwarze Wasser, wäscht sich das Gesicht. Viel kann er ohne Seife nicht ausrichten, aber er will wenigstens wach sein, wenn er seinem Lehrer gegenübertritt. Der Türklopfer hat die Form einer silbernen Eule. Minerva, die Göttin der Weisheit.

Vielleicht ist es kindisch, doch Charlie bekreuzigt sich, bevor er nach den Klauenfüßen greift.

*

Die Tür wird so prompt geöffnet, als habe jemand direkt davorgesessen. Tatsächlich entdeckt Charlie einen Hocker in der einfachen Diele, die sich vor ihm auftut, aber keinen Menschen. Er muss die Blickrichtung nach unten korrigieren, um zu begreifen, wer den Türknauf betätigt hat. Das Mädchen trägt ein schlichtes graues Kittelkleid und kann nicht älter als acht oder neun Jahre sein. Zwei große, angstvolle Augen schauen aus dem schmalen Gesicht, und das helle Haar ist zu zwei Zöpfen geflochten. Schultern und Oberkörper stecken in einem seltsamen Metallkorsett. An beiden Seiten des Halses verläuft ein Stab bis zu der Stelle, wo der Kieferknochen sich zu den Ohren hinaufbiegt. Vorne, genau in der Mitte des Brustbeins, ist ein kleines Messingrad angebracht. Das Mädchen zittert wie ein Kaninchen, das auf freiem Feld vom Fuchs erwischt wurde.

»Hallo«, sagt Charlie. Dann geht er auf der Türschwelle in die Hocke und wiederholt mit sanfterer Stimme: »Hallo, du. Du brauchst keine Angst haben.«

Das Mädchen rührt sich nicht, sondern sieht ihn nur an, bevor es sich plötzlich an die Brust fasst und ruckartig an dem Rad dreht. Seine Augen füllen sich mit Tränen, doch es fängt nicht an zu weinen.

»Ich heiße Charlie«, sagt er. »Ich suche Master Renfrew. Ich bin einer seiner Schüler. Ist er zu Hause?«

Das Mädchen schüttelt steif den Kopf, das Kinn weit nach oben gereckt, um den Stäben des Geschirrs auszuweichen.

»Also wartest du auf ihn?« Charlie deutet auf den Hocker. »Bist du seine Tochter? Ich wusste gar nicht, dass Master Renfrew verheiratet ist.«

Das eigenartige Maschinenmädchen schüttelt erneut den Kopf, mit der gleichen steifen Bewegung.

»Nun, dann hilfst du ihm wahrscheinlich, den Haushalt zu führen.« Charlie erhebt sich, klopft auf die Sitzfläche des Hockers. »Hier, setz dich doch. Darf ich dir beim Warten Gesellschaft leisten? Ja? Das ist sehr nett von dir. Es ist kalt draußen. Wir sollten die Tür schließen, meinst du nicht auch? Wir lassen die ganze Wärme raus, und du holst dir noch den Tod, wenn du hier im Luftzug stehst.«

Keine Stunde später kehrt Renfrew zurück. Charlie und das Mädchen haben sich nicht von der Stelle gerührt, stehen immer noch in der Diele, zwei Schritte voneinander entfernt, zwischen ihnen der Hocker, den das Mädchen sich nicht zu benutzen traut. Mehrmals überlegt Charlie, ob er nicht besser draußen warten soll. Aber ihm missfällt der Gedanke, dass dieses kleine Kind allein im Haus ist. Auch wenn es ihm nicht gelingt, das Mädchen in ein Gespräch zu verwickeln, er ihm nicht einmal ein Lächeln entlocken kann, so merkt er doch, dass seine Anwesenheit es beruhigt; dass nicht er die Ursache für seine Angst ist, sondern etwas anderes, eine Last, die so schwer auf seinem kindlichen Herzen liegt, dass es kaum zu atmen wagt.

Schritte knirschen auf dem Schotterweg draußen. Charlie öffnet die Tür, lange bevor der Lehrer das Haus erreicht. Er will sich offenbaren und für sein Eindringen entschuldigen. Dr. Renfrew trägt ein schlammbespritztes Reitgewand aus dunklem Leder, das von der Hitze körperlicher Anstrengung dampft. Sein Pferd hat er vermutlich in den Stallungen der Schule gelassen. Als er Charlie sieht, bleibt er wie angewurzelt stehen. Seine Miene wirkt überrascht, ja sogar erschrocken. Dann fasst er sich, geht weiter und nimmt die Reitgerte in die linke Hand, um Charlie die rechte entgegenzustrecken.

»Mr Cooper! Welch unverhoffter Besuch. Bitte, kommen Sie doch herein!«

Renfrew reicht dem steifen kleinen Mädchen seinen Hut und die Handschuhe, setzt sich auf den Hocker und zerrt an den langen Reitstiefeln.

»Bitte entschuldigen Sie. Ich bin eben erst aus dem Parlament zurückgekehrt. Man hat mich gebeten, vor den Abgeordneten zu sprechen, über Themen, die die Zukunft des Königreichs betreffen.«

Er stöhnt leise auf, als seine Füße aus dem Stiefelschaft rutschen, und schlüpft in die Pantoffeln, die das Mädchen rasch für ihn geholt hat; das klobige Korsett verleiht jeder seiner Bewegungen etwas seltsam Förmliches.

»Eine schreckliche Sitzung. Reihen um Reihen vollendeter Schwachköpfe, die pausenlos von ›Tradition‹ faseln und die wenigen Leitsterne der Wissenschaft und Vernunft im Raum niederschreien. Wenn das einen Mann nicht um den Verstand bringt …« Renfrew runzelt die Stirn. »Aber da schwatze und schwatze ich, dabei sind *Sie* es doch, der etwas zu erzählen hat, Mr Cooper. Halb England sucht nach Ihnen – einschließlich Ihres Vaters, der Hals über Kopf aus Irland angereist ist und die Schließung der Grenzen fordert! Zuletzt hieß es, Sie seien von Zigeunern entführt worden. Obwohl es auch andere, noch haarsträubendere Gerüchte gab. Es ist schön zu sehen, dass Sie wohlauf sind. Aber heraus damit: Was um alles in der Welt ist geschehen?«

Charlie blickt in das kantige, ernste Gesicht seines Lehrers und weiß nicht, was er antworten soll. Deshalb tut er, was er immer tut: Er lächelt.

»Ich habe Hunger, Master Renfrew.«

Renfrew lacht. »Da geht es Ihnen wie mir. Nun, vermutlich kann es bis nach dem Abendessen warten. Zu Tisch, also. Meine Nichte haben Sie ja bereits kennengelernt. Eleanor, sei ein braves Mädchen und leg noch ein weiteres Gedeck auf. Ich mache mich nur rasch frisch. Ihnen würde ein wenig Wasser und Seife auch nicht schaden, Mr Cooper. Bitte sagen Sie mir, dass das kein Ruß ist.«

*

Das Abendessen ist eine frugale Angelegenheit aus Käse, Brot und sauren Gurken. Das Brot ist schon ein paar Tage alt, und es gibt weder Butter noch Dessert. Renfrew hat Charlie den Platz ihm gegenüber zugewiesen, während seine Nichte gleich neben ihm sitzt. Der Lehrer für Rauch und Moral spricht ein kurzes Gebet, bevor er das Brot anschneidet. Danach isst er in beinahe zeremoniellem Schweigen. Charlie bemüht sich angestrengt, keine Geräusche mit Messer und Gabel zu machen. Auch das Mädchen isst mit übermäßiger Vorsicht und hebt nie den Blick. Einmal hört es abrupt auf, legt sein Brot auf den Teller und fasst sich an die Brust, um erneut an dem Rädchen zu drehen, das wie ein Geschwür aus dem Korsett ragt. Ein ruckartiges Zittern durchfährt den kleinen Körper. Wieder füllen sich die Augen des Mädchens mit Tränen. Renfrew verfolgt das Geschehen gelassen und fragt seine Nichte mit sanfter Stimme: »Hast du geraucht, Liebes?«

Das Mädchen flüstert die Antwort eher, als dass es spricht. Seine Augen sind auf den Tisch gerichtet.

»Ich dachte, ich hätte seinen Keim gespürt.«

»Das hast du gut gemacht. Du kannst jetzt aufstehen und zu Bett gehen. Es ist schon weit nach deiner üblichen Zeit.«

Gehorsam schiebt das Mädchen den Stuhl zurück, nimmt Teller und Besteck und verlässt das Zimmer. Jede seiner Bewegungen ist so behutsam, so übertrieben langsam, als würde es gegen die Versuchung der Eile ankämpfen. Als Eleanor fort ist, legt auch Renfrew Messer und Gabel beiseite und wendet sich an Charlie.

»Ein artiges Kind. Die Tochter meines Bruders. Ihre Eltern sind gestorben, als sie noch ein Säugling war. Ich habe sie sehr lieb gewonnen. Wie alt würden Sie sie schätzen?«

Charlie denkt darüber nach. »Neun?«

Renfrew lächelt. Es ist ein stolzes Lächeln, das auf seinem asketischen Gesicht seltsam deplatziert wirkt. Einen Augenblick lang ist Charlie verwirrt. Dann begreift er.

»Sie raucht nicht.«

»Kaum.« In Renfrews Zügen scheint etwas von dem Glühen auf, das Charlie auch nach ihrer Rückkehr aus London bemerkt hat. »Es heißt, man könne Selbstbeherrschung erst mit vierzehn oder fünfzehn erlangen, und selbst dann nur unvollkommen. Doch das Mädchen ist erst acht und hat seit über sechs Monaten nicht mehr sichtbar geraucht. Ich erziehe sie nach einem bestimmten pädagogischen System, müssen Sie wissen.«

»Das Korsett?«

»Ist ein kleiner, aber wichtiger Teil davon, ganz recht. Eine eigene Erfindung, nach dem Vorbild einer Vorrichtung, die ich während meiner Reisen gesehen habe. In Italien. Ursprünglich sollte es die Haltung korrigieren, aber letztendlich hat es sich als noch nützlicher für die Korrektur der Seele erwiesen. Das Rädchen verengt das Korsett, wenngleich nur sehr geringfügig, und verursacht einen Schmerzreiz. Mit der Zeit hat Eleanor gelernt, ihren Körper so vor der Versuchung zu warnen. Das könnte die Erziehung revolutionieren. Vorausgesetzt, die Regierung kommt zur Vernunft und erlaubt die Einführung solcher Innovationen.«

Renfrew beobachtet Charlies Reaktion auf seine Erklärung mit distanzierter Belustigung.

»Es gibt keinen Grund, Eleanor zu bemitleiden, Mr Cooper. Sie ist an das Korsett gewöhnt. Und aufgrund der Fortschritte, die sie in den vergangenen zwei Jahren gemacht hat, darf sie es mittlerweile über Nacht ablegen. Obschon sie sich meistens dagegen entscheidet.«

Er führt Charlie zu den Armsesseln vor dem Fenster und schenkt zwei Gläser Wasser aus einem schlichten Steingutkrug.

»Doch genug davon. Es wird Zeit, dass Sie Ihr großes Geheimnis lüften. Sie stehen spätabends vor meiner Tür, eine Woche nachdem Sie verschwunden sind, dreckig wie ein Spatz und – verzeihen Sie, wenn ich das sage – in einem ziemlich zwielichtigen Aufzug. Was ist Ihnen widerfahren? Und weshalb sind Sie hier?«

*

Charlie beginnt mit dem einfachen Teil: wie man sie angegriffen, ihren Kutscher umgebracht und Thomas angeschossen hat; wie sie durch den Wald geflohen sind und bei »guten Menschen« Zuflucht gefunden haben. Er erklärt weder, warum sie nach dem Angriff niemanden benachrichtigt haben, noch erwähnt er die Frau aus dem Wald, die ihnen geholfen hat, die Blutung zu stillen, oder die Bergleute und die Woche unter Tage. Noch ausweichender wird er, als Renfrew sich nach den Naylors und besonders dem Gesundheitszustand des Barons erkundigt. Seine Haut juckt, wo er sie mit Renfrews Seife geschrubbt hat, und ohne die schützende Kohlenstaubschicht kommt er sich im grellen Licht der Gaslampe eigenartig nackt vor. Als Renfrew beharrlich in ihn dringt, auf seine ruhige, methodische Weise, rutscht Charlie an die Kante des Sessels und schaut ihm direkt in die Augen.

»Es gibt vieles, was ich Ihnen nicht verraten kann, Master Renfrew. Ich habe mein Wort gegeben.«

Der Lehrer kneift die Augen zusammen, zögert, schürzt die Lippen. »Weshalb sind Sie dann hier, Mr Cooper?«

Jetzt zögert Charlie, unsicher, wie er das Thema anschneiden soll. Und flüchtet sich in eine Frage.

»Sie sagten, es habe noch andere Gerüchte gegeben. Vorhin in der Diele. Ein Zigeunerüberfall, aber auch andere Gerüchte. Was haben Sie damit gemeint?«

Renfrew steht auf und stellt einen Kessel auf den Kamin. Charlie sieht, dass er nachdenkt, kalkuliert, wie viel er offenbaren soll. Genau wie er selbst. *Ein Schachspiel.* Thomas würde aggressiv vorgehen und Renfrew mit seiner Königin bedrohen. Doch Charlie weiß um den Wert des Stellungsspiels. Und der Geduld.

Als Renfrew wieder Platz nimmt, hat er anscheinend beschlossen, ehrlich zu sein.

»Die Gerüchte betreffen die Kugeln, die man in den Kadavern der Pferde gefunden hat«, fängt er an, mit klarer, fester, emotionsloser Stimme. »Ein rühriger Friedensrichter hat darauf bestanden, sie herauszuschneiden. Eine sehr unorthodoxe Maßnahme. Hat unter den Konservativen einiges Stirnrunzeln hervorgerufen, verstehen Sie? Ein englischer Friedensrichter, der das Skalpell schwingt – das riecht nach den Methoden vom Kontinent.« Renfrew gestattet sich ein Lächeln. »Jedenfalls waren die Kugeln sehr ungewöhnlich. Sie stammen nicht aus inländischer Herstellung und wurden aus einem Gewehr abgefeuert, das von Rechts wegen auf dieser Seite der Meerenge gar nicht existieren dürfte. Einem sehr eindrucksvollen Gewehr. Natürlich kann man all das schwerlich offen diskutieren. Schließlich wissen wir offiziell nicht einmal, dass es solche Waffen überhaupt gibt. Der Bericht zirkulierte nur vertraulich, was so viel heißt wie er ging in die Welt der Gerüchte ein. Ich wage zu behaupten, dass die Hälfte aller englischen Lords nachts kein Auge mehr zutut, vor lauter Sehnsucht nach einem solchen Gewehr.«

»Wollen Sie damit sagen, dass es nicht die Sorte Waffe war, die ein armer Mensch besitzen würde?«

»Richtig. Zigeuner benutzen Donnerbüchsen oder etwas ähnlich Primitives. Sie haben Ihre Angreifer wirklich nicht gesehen?«

Charlie schüttelt nachdenklich den Kopf. Dann entscheidet er sich, ein Risiko einzugehen.

»Ich habe gewisse Dinge gehört«, sagt er. »Über den Rauch. Und ich bin heute Nacht hergekommen, um herauszufinden, ob sie wahr sind.«

»Ah«, sagt Master Renfrew. »So etwas habe ich mir beinahe gedacht.«

Der Kessel hinter ihm fängt an zu pfeifen und ruft sie zum Tee.

*

Charlie ist am Zug. Er hat beide Hände um die Teetasse gelegt und wartet, bis sich die Wärme in seinen Fingern ausbreitet, bevor er sagt: »Es gab eine Zeit vor dem Rauch.«

Renfrew lächelt, kontert: »Wie ich sehe, haben Sie mit Baron Naylor gesprochen. Wie geht es ihm? Er beantwortet meine Briefe nicht mehr, schon seit vielen Jahren. Das ist überaus verdrießlich, ja sogar verdächtig.

›Es gab eine Zeit vor dem Rauch.‹ Ich erinnere mich noch daran, wie er mir genau diese Worte zugeflüstert hat und wie erschüttert ich war. Als hätte mich aus heiterem Himmel der Blitz getroffen. Drei ganze Jahre lang konnte ich an nichts anderes mehr denken.

Und welche Anstrengungen der Baron unternahm, um es zu beweisen! Gemälde, Briefe, Tagebücher, auf alles machte er Jagd. Er war wie besessen. ›Keiner dieser Berichte erwähnt Schnee‹, hat er mir einmal anvertraut. ›Der ganze Rauch in der Atmosphäre hat unser Klima verändert; er versperrt der Sonne den Weg.‹ Manchmal hatte ich schon Sorge, er sei verrückt geworden. Doch irgendwann hatte er mich überzeugt. Nächtelang saßen wir beisammen und redeten.«

Renfrew lacht leise, als er daran zurückdenkt. Es klingt liebevoll; ein Mann, der sich an seinen Freund und Mentor erinnert.

»Und wenn es stimmt, Mr Cooper? Wenn es eine Zeit vor dem Rauch gegeben hat? Wenn er im siebzehnten Jahrhundert über uns gekommen ist, wie Baron Naylor postuliert, auf dem Land- oder auf dem Seeweg, aus irgendeinem weit entfernten Winkel dieser Welt? Was wäre dann? Welchen Unterschied würde es machen?«

Charlie ist selbst überrascht von der Heftigkeit seiner Antwort. »Es würde bedeuten, dass wir den Rauch bekämpfen können. Ihn bezwingen.«

Renfrew lächelt, freundlich, aber herablassend.

»Genau das hat auch der Baron gedacht. Er hat dem Rauch

den Krieg erklärt und einen Kreuzzug begonnen. Sich in einen wahren Forschungswahn hineingesteigert, an allen möglichen Fronten: Geschichte, Archäologie, Anatomie. Er hat die ganze Welt bereist und Beweise gesammelt, ein Dutzend Leichen aufgeschnitten und ihre Lebern konserviert.

Und wofür das alles? Um ein Symptom zu besiegen. Die eine Sache, die uns darauf hinweist, dass wir krank sind. Töricht. Das hat er nie begriffen. Na schön, der Rauch hat eine Geschichte. Aber die hat die Sünde auch! Sie ist nicht vor zweihundertfünfzig Jahren über uns gekommen, nein: Sie ist älter, viel älter. Allerdings *nicht*« – hier erhebt sich Renfrew, überragt Charlie, die dampfende Porzellantasse in der Hand – »ohne Ursprung.«

Charlie schaut zu ihm auf, flüchtet sich in Verständnislosigkeit, die nur halb gespielt ist.

»Das verstehe ich nicht.«

Seine Worte veranlassen Renfrew, im Zimmer auf und ab zu marschieren, drei Schritte in die eine, drei Schritte in die andere Richtung. Das Haus ist wirklich sehr klein, und an einer weiß getünchten Wand wächst und gedeiht der Schimmel.

»Erinnern Sie sich an die Bibel, Mr Cooper. Die Heiligen Schriften des Judentums, die wir Altes Testament nennen. Das erste Buch Mose: der Baum, die Schlange, die Vertreibung aus dem Paradies. Was ist dieses Buch, wenn nicht die Niederschrift einer Erinnerung, einer sehr alten Erinnerung, die in Form einer Geschichte bewahrt wurde? Ein primitives Volk, das versucht, aus einem folgenschweren Ereignis in seiner Vergangenheit schlau zu werden. Die Erinnerung an die Ankunft der Sünde.

Die Sünde ist eine *Krankheit*. Ein Bazillus, wie einige der Kontinentalwissenschaftler sagen würden. Im Laufe der Zeit hat sie sich äußerlich manifestiert, ist für das bloße Auge sichtbar geworden. Ein bestürzendes Ereignis, keine Frage, aber gleichzeitig völlig belanglos, lediglich eine Veränderung in der Symptomatik. Woran wir in Wahrheit arbeiten müssen – wissenschaftlich arbeiten, meine ich; all unsere Kenntnisse vereinen, anstatt uns hinter künstlichen Mauern wie dem Embargo zu verstecken –, ist die Ausmerzung der eigentlichen Krankheit. Ich habe ein Programm entworfen. Wir müssen die Seuche aus unserer Gesellschaft wegzüchten. Zunächst aus dem Adel. Und dann … bis wir schließlich alle gleich sind.«

Er bleibt wie angewurzelt stehen und blickt Charlie beinahe erschrocken an – ob wegen der Macht seiner Vision oder aus Angst, vor einem Schüler zu viel preisgegeben zu haben, ist schwer zu sagen. Ein Kopfschütteln zerstreut seine Bedenken, und er marschiert weiter.

»Wussten Sie, dass in den Kerkern Ihrer Majestät ein Gelehrter dahinsiecht, der behauptet, dass die Menschheit durch die Entwicklung – *Evolution* – aus primitiveren Organismen entstanden ist, Mr Cooper? Wir verändern uns über die Generationen hinweg, entsprechend unserer Umwelt und unserer Lebensgewohnheiten. So bilden sich im Laufe der Zeit neue Spezies aus den alten.

Haben Sie schon einmal ein Bild von einer Giraffe gesehen, Mr Cooper? Nein, natürlich nicht, die sind ja verboten. Nun, ich habe diese Tiere in freier Wildbahn beobachten können, in der afrikanischen Savanne, zusammen mit Baron Naylor. Sie sehen beinahe aus wie große Rehe, nur mit braun-gelb geflecktem Fell und Hälsen, die fast anderthalb Meter lang sind. Wirklich sehr erstaunlich. Nun, die Theorie besagt, dass der lange Hals vom Strecken kommt, weil die Tiere die Blätter in den Baumkronen erreichen wollen. Generationenlanges Strecken. Wie Gymnastik. Und jede Generation gibt einen Teil ihrer neuen Stärke weiter. Das Ganze ist natürlich ein sehr langsamer Prozess, der Tausende von Jahren dauert. Was aber wäre, wenn wir die schwächsten Tiere töten würden? Die mit den kürzesten Hälsen. Jene, die sich nicht verändern wollen. Wenn wir ein systematisches Programm mit Streckübungen ersinnen und auf alle Jungtiere anwenden würden, von der Wiege an sozusagen? Stellen Sie sich die Beschleunigung vor, die Geschwindigkeit des Fortschritts! Und jetzt übertragen Sie das alles auf den Schauplatz der Moral.« Renfrew hält inne und lässt sich behutsam wieder in den Sessel sinken, um seinen Tee nicht zu verschütten. »Gott ist ein Wissenschaftler, Mr Cooper. Uns wurde die Wiederkunft des Herrn versprochen. Eine Republik der Gerechten. Aber wir müssen etwas dafür tun.«

Die Decke über ihnen knarrt. Charlie malt sich aus, wie das kleine Mädchen sich unbeholfen über den Waschtisch beugt, um seinen Körper unter dem Metallkorsett, das es vor sich selbst beschützt, zu reinigen. Vielleicht arbeitet aber auch nur das alte Holz in der Kälte der Nacht.

Als Charlie seine Aufmerksamkeit wieder Renfrew zuwendet, mustert der ihn gespannt, fast, als hätten sie die Rollen getauscht. Als wäre Charlie der Lehrer und Renfrew der Schüler, der ein Urteil zu seinem Aufsatz über politische Ethik erwartet. Ein anderer Junge hätte die Situation möglicherweise genossen. Für Charlie ist sie eher schmerzvoll; Beweis dafür, dass die Welt aus den Fugen geraten ist.

»Dann sind Sie also viel gereist?« Mit seiner Frage weicht er dem Blick und der dahinterstehenden Erwartung aus. »Wir haben bei den Naylors eine Fotografie gefunden, von Ihnen und dem Baron in einer unbekannten Ebene. So eine Landschaft habe ich noch nie gesehen. Flach, offen, völlig karg. Mit einem kilometerhohen Himmel.«

Falls Renfrew über Charlies Themenwechsel verärgert ist, zeigt er es nicht. Er runzelt weder die Stirn, noch schürzt er die Lippen. Doch der jungenhafte Ausdruck in seinem Gesicht verschwindet und lässt einen härteren Mann zurück. *Nicht hart*, denkt Charlie. *Rechtschaffen. Rational.*

Was aufs Gleiche hinausläuft.

»Ja, wir sind viel und weit gereist – damals war es noch nicht verboten. Auf den Kontinent. In sämtliche Kolonien. Und darüber hinaus. Bis hinter die Grenzen der Zivilisation.«

»Ich glaube, ich weiß, wonach Sie gesucht haben. Nach der Geburtsstätte des Rauchs. Woher er ursprünglich kam. Seiner Quelle.«

Renfrew schüttelt den Kopf. »Nicht schlecht, Mr Cooper, aber falsch. Das habe ich auch erst gedacht, als Baron Naylor mir seine Theorien erläutert und mich gebeten hat, ihn auf seinen Reisen zu begleiten. Das war im Sommer nach meinem ersten Jahr in Cambridge. Ich war nur wenig älter als Sie jetzt. Er hat mich in sein prächtiges Herrenhaus eingeladen. Wir sind ausgeritten, haben gelesen, gejagt, geboxt. Oh, er hat mich gut ausgewählt! Einen armen Stipendiaten, der sich über seinen Stand erhoben hat. Sowohl von seinem Titel als auch von seinem Intellekt zutiefst beeindruckt.«

Verachtung schwingt in Renfrews Tonfall mit, und seine Körperhaltung ist seltsam steif. Charlie braucht einen Moment, bis er begreift. Da sitzt er nun, der arme Stipendiat, und unterrichtet Englands Elite an der angesehensten Schule des Landes. Nein, *unter*richtet trifft es nicht. Richtet über sie. Titel können ihn nicht mehr beeindrucken.

»Unsere erste Reise führte uns nach Bulgarien, in alte Klosterbibliotheken. Doch schon im nächsten Sommer hatte der Baron eine neue, noch kühnere Idee. Wenn der Rauch erst im siebzehnten Jahrhundert nach Europa gekommen ist, so argumentierte er, gibt es vielleicht noch Orte, die er bisher nicht erreicht hat. Abgelegene Orte am Rande der bekannten Welt. Er suchte nach einem *Unschuldigen*.«

Charlie erinnert sich an das Bild: ein Mädchen, das an die Wand gekettet ist, den Kopf von der Kamera wegdreht. Eine Frau, die Thomas das Leben gerettet hat.

»Und Sie haben einen gefunden.«

»Wir haben ein ganzes Volk gefunden. Oder zumindest von

ihm gehört. Ein Volk ohne Rauch, das in winzigen Stämmen im Land des ewigen Eises lebt und mit Booten von der Größe eines Dingis Wale jagt. Rohes Robbenfleisch isst. Die Stämme in den südlicheren Regionen hielten sie für Dämonen. Sobald sie einen von ihnen sahen, machten sie kehrt und flohen.

Somit hatten wir ein Problem. Nicht nur, dass keiner der Führer uns zu ihnen bringen wollte, es stellte sich auch die Frage, ob der Kontakt mit uns den Stamm infizieren würde. Dann würden wir ebenjene Testobjekte zerstören, für die wir so weit gereist waren! Wochenlang haben wir darüber diskutiert.

Am Ende hat das Schicksal die Angelegenheit für uns entschieden. Ein Jäger aus der Gegend hat ein Exemplar in seiner Falle gefangen. Aus Versehen, wohlgemerkt; es war eine Bärenfalle. Gott weiß, was das Mädchen so weit in den Süden getrieben hat. Es war ungefähr vierzehn Jahre alt. Der Jäger wollte ihm nicht zu nahe kommen, aber er hat uns die Information über seinen Aufenthaltsort verkauft. Für zwanzig Pfund Sterling, in Gold. Der Baron hat nicht einmal versucht zu verhandeln.

Ihr Bein war in einem schlimmen Zustand. Gebrochener Knöchel, von tausend Fliegen umschwärmt, die ihre Eier in die Wunde legten. Aber sie war am Leben und bei Bewusstsein. Wir haben sie eine gute Stunde lang beobachtet: wie sie geschrien, geheult, uns angebrüllt hat – und nicht ein Fitzelchen Rauch! Uns hat nicht nur die Vorsicht ferngehalten, nein – auf diese völlige Rauchlosigkeit waren wir nicht vorbereitet. Wir hatten Angst, sie zu berühren.

Doch am Ende ging uns auf, dass sie sterben würde, wenn wir es nicht tun. Also haben wir sie in unser Lager gebracht. Die meisten der einheimischen Führer sind sofort geflüchtet, in panischer Angst vor dem Ungeheuer in unserer Mitte; einen Großteil unserer Vorräte haben sie mitgenommen. Wir haben unser einziges Zelt zu einem Lazarett umfunktioniert und im Freien geschlafen.

Das Bein verheilte gut. Wir haben uns um das Mädchen gekümmert, aber ansonsten Abstand gehalten. Sie hat sich zurückgezogen, nicht gesprochen, kaum gegessen. Ohne Führer und Vorräte konnten wir unsere Expedition nicht fortsetzen, also haben wir sie mit nach England genommen. Zu Baron Naylor. Um sie zu studieren und Experimente durchzuführen.«

»Und dann?«

»Weniger als drei Wochen nach unserer Rückkehr hat sie angefangen zu rauchen. Wir hatten sie während der gesamten Reise isoliert. Niemand außer dem Baron und mir ist je näher als fünf Meter an sie herangekommen, und wir beide haben uns immer nur mit den reinsten Absichten genähert. Trotzdem hat sie sich infiziert.« In Renfrews Lächeln schwingt schmerzliche Enttäuschung mit. »Die ganze Sache war ohnehin ein Fehler. Dem Rauch nachzujagen. Wir hätten gleich erkennen müssen, dass in dem Mädchen keine Tugend steckte.« Er schweigt kurz. »Ein paar Monate später hat Baron Naylor mir geschrieben. Er hatte alle Experimente abgeschlossen. Das Mädchen war gestorben.«

»Aus Mangel an Liebe«, murmelt Charlie.

»Liebe ist keine wissenschaftliche Größe.«

Charlie denkt über Renfrews Antwort nach und beschließt, ihm nicht zu verraten, dass das Mädchen quicklebendig durch die Wälder von Nottinghamshire streift. Vielleicht ist sie entkommen. Doch tief in seinem Herzen will Charlie glauben, dass Baron Naylor sie freigelassen hat.

Renfrew scheint unterdessen das Interesse an der Vergangenheit verloren zu haben und konzentriert sich wieder auf die Zukunft.

»Mir ist nicht entgangen, dass Sie sich nicht zu meiner Vision geäußert haben. *Eine Republik der Gerechten*. Ich muss zugeben, dass ich mir ein wenig mehr Begeisterung erhofft hatte. Reformen müssen von der jungen Generation getragen werden. Von

Leuten wie Ihnen. Aber womöglich denken Sie an die Belangen Ihrer Familie. Und teilen die Ansichten Ihres Vaters, des großen Tory-Anhängers. Veränderungen fielen den Mächtigen immer schon schwer.«

Renfrew steht auf, tritt zu Charlie, zieht ihn sanft an den Schultern hoch. Von Nahem riecht er immer noch nach Leder und Pferd.

»Es wird der Tag kommen, da Sie sich zwischen Tugend und Sünde entscheiden müssen, Mr Cooper. Der Tag der *Abrechnung*. Fragen Sie sich selbst, woher all das Geld stammt. Das Geld der Reichen. Auch Ihrer Familie. Eine Buchprüfung vor Gott und den Menschen. Unsere Währung darf nicht weniger rein sein als unsere Gedanken.«

Charlie weiß nicht, was er darauf erwidern soll, also nickt er einfach. Renfrew akzeptiert das als eine Art Versprechen.

»Sehr gut. Und nun, Mr Cooper, muss ich Sie bitten, Ihre Zurückhaltung aufzugeben und mir einen vollständigen Bericht darüber zu erstatten, was Ihnen seit Ihrer Abreise hier widerfahren ist. Was der Baron Ihnen erzählt hat. Was Sie von seinen neuesten Experimenten gesehen haben – oder von denen seiner Frau, wenn die Gerüchte über seinen schlechten Gesundheitszustand zutreffen. Wo Sie die letzte Woche über waren und mit wem Sie gesprochen haben, einschließlich einer vollständigen Liste sämtlicher Namen. Erzählen Sie mir, was Sie dazu veranlasst hat, sich vor den Naylors zu verstecken – ach, bemühen Sie sich nicht, es zu leugnen, warum sonst hätten Sie die Naylors nicht über Ihren Aufenthaltsort unterrichten sollen? Sie sind offenbar überzeugt, dass sie in den Überfall verwickelt sind. Zudem müssen Sie mir verraten, wo Miss Naylor und Mr Argyle sind. Der Junge ist äußerst labil, eine potenzielle Gefahr für alle in seiner Nähe. Kurzum, ich muss auf der Wahrheit bestehen. Als Ihr Lehrer. Und als Diener Englands.«

Charlie schaut Renfrew direkt in die Augen. Bei allem Nachdruck geht keine Wut, keine Bedrohung von seinem Lehrer aus. Er hält nur fest, was er als Charlies Pflicht ansieht. Einen Moment lang ist Charlie versucht, ihm den Gefallen zu tun. Die Verantwortung auf diesen Mann zu übertragen, der so überaus verantwortungsvoll ist. Der eine Stunde lang zugesehen hat, wie ein Mädchen vor Schmerzen schrie. Der es als »Testobjekt« an eine Wand gekettet hat.

»Es tut mir leid, Master Renfrew, aber ich kann nicht. Ich habe mein Wort gegeben. Als Gentleman.«

Renfrew wirkt betrübt über seine Antwort.

»Nun gut, Mr Cooper. Wir alle müssen unserem Gewissen folgen.«

Er dreht sich um, nimmt eine Lampe vom Tisch und nickt in Richtung Treppe.

»Ich schlage vor, wir ziehen uns zurück. Morgen werde ich noch einmal an Sie appellieren. Vielleicht kann ich Sie dazu bringen, Ihre Meinung zu ändern.«

*

Das Gästezimmer ist klein und einfach eingerichtet, doch nachdem Charlie eine Woche lang unter einer schmutzigen Wolldecke geschlafen hat, wirkt das weiße Federbett herrlich einladend. Master Renfrew legt ein Nachthemd für Charlie bereit und füllt die Waschschüssel mit frischem Wasser, bevor er ihn allein lässt. Kurz überlegt Charlie, Renfrews Gastfreundschaft auszuschlagen und sich wieder auf den Weg zu machen. Aber draußen schneit es, und die Kälte kriecht ihm schon hier drin in die Knochen. Als er unter die Daunendecke schlüpft, überrollt ihn eine beinahe beschämende Welle des Wohlbefindens.

Er will gerade die Lampe löschen, als sich die Tür noch einmal öffnet. Renfrew, immer noch in Reisekleidung, kommt mit einem Tablett herein, auf dem eine dampfende Tasse Milch mit Honig steht.

»Hier, Mr Cooper. Sie sehen aus, als könnten Sie es vertragen. Sie haben bestimmt drei Kilo verloren.«

Er setzt sich an Charlies Bett und schaut zu, wie er trinkt, bevor er das Tablett wieder mit nach unten nimmt. Seine Fürsorge hat etwas so rührend Mütterliches, dass Charlie, als er in den Schlaf sinkt, das Bild seiner Mutter vor Augen hat, wie sie leise singt und ihn sanft zudeckt.

# CÄSAR

Der Mann, der mich auf die richtige Spur bringt, will mir eigentlich von einer Gewerkschaft erzählen, die diese Bergleute gegründet haben. Das Gold wiegt schwer in seiner Hand. Er kann die Augen nicht von der Münze lösen. Hat schon dreimal draufgebissen. Ich hätte sie vorher meiner Hündin in den Arsch schieben sollen. Ob sie ihm dann auch so gut geschmeckt hätte? Bestimmt wäre es ihm egal gewesen.

Er ist wie so viele Männer seines Standes: plump, gierig und dumm. Rauch entströmt seinem Haaransatz in dünnen, öligen Fäden. Er hat die Schultern hochgezogen, als Entschuldigung oder aus Angst.

»'N aufrührerischer Haufen«, sagt er zum vierten oder fünften Mal und schielt mich an. »Verbrecher, wenn Sie mich frag'n.«

Er klingt, als würde er aus dem Südwesten kommen. Ein Zugezogener also, ein Außenseiter. Der sich mit einer Handvoll Lügen durchschlägt, die durch ständiges Wiederholen Wahrheit geworden sind.

»Ich bin 'n anständiger Kerl, wirklich. Salz der Erde.«

Er beißt noch einmal auf die Goldmünze, wischt sich mit dem Handrücken Rotz in den Bart, furzt. Angstwind, hat Price das immer genannt. Den hat er bei einer Menge Leute ausgelöst, um dann schnuppernd dazustehen und mir zuzuzwinkern. Der Gedanke an ihn lenkt meine Konzentration wieder auf die Aufgabe.

Ich frage erneut nach den beiden Jungen und dem Mädchen.

»Vornehme Leute«, sage ich. »Adelige. Einer ist schwer verwundet.« Es ist nicht leicht, dem Mann begreiflich zu machen, dass ich mich einen Dreck um seinen Zwergenaufstand schere. Ist ja nicht so, als würde die Zeche den Spencers gehören.

Endlich fällt ihm etwas ein. Eine Schlepperin hat unter Tage ein Mädchen gesehen. Eine Fremde. In Begleitung eines gewissen Francis Mosley.

»Aber adelig war die nich, nie und nimmer«, meint er nachdenklich. »Dreckig wie'n Mohr, versteh'n Sie. Und in Bergmannskluft. Wahrscheinlich 'ne Hure. Und dann«, fügt er nach langem Stirnrunzeln hinzu, »war'n da noch die drei Gestalten, die heut in aller Herrgottsfrühe an Stevie Milner vorbeigelaufen sind. Aber das war'n auch keine Adeligen.« Er schaut mich resigniert an, fürchtet wohl, dass ich ihm sein Gold wieder wegnehme.

»Lassen Sie mich raten: Sie waren ebenfalls dreckig.«

»Als hätt'n sie im Schlamm gebadet.«

»Bringen Sie mich dorthin.«

Meine Hündin knurrt, als er sich bewegt. Nótt, nach der nordischen Göttin der Nacht. Sie hat Gefallen an dem schmierigen kleinen Kerl gefunden, schnüffelt an seinem Schritt, als wäre es Speck. Er lässt beinahe die Münze los.

*

Ich suche sie seit sechs Tagen. Jeden Morgen stehe ich vor der Dämmerung auf und sattle mein Pferd. Jeden Abend kehre ich zurück und esse zusammen mit Mutter, die mir blass und besorgt gegenübersitzt, im Blick eine Frage, die sie nicht zu stellen wagt. Wir haben eine einfache Beziehung, Mutter und ich. Gefühle sind durch Geschäft ersetzt. Unlängst ist zu den Banden aus Blut und Schulden noch Verbrechen hinzugekommen.

»Unterstützt du den Suchtrupp des Friedensrichters?«, fragt sie mich am zweiten Morgen, als ich gerade aufbrechen will.

»Nein. Ich verfolge eigene Pläne.«

»Also hast du eine Spur gefunden?«

»Vielleicht.«

»Bitte, sei vorsichtig«, sagt sie, und einen kurzen Moment lang glaube ich, dass sie vorsichtig um meinetwillen meint. Ich schaue sie an. Mein Frühstück kommt mir wieder hoch, so sehnlich hoffe und fürchte ich, dass sie ein Gespräch erzwingt.

Doch sie schweigt.

Als ich dem Pferd die Sporen gebe, streicht sie über die gewölbte Satteltasche neben meinem Oberschenkel.

*

Ich wäre nie darauf gekommen, dass sie sich unter Tage verstecken. Aber Nótt führt mich geradewegs zum Bergwerk, nachdem sie auf dem schmalen Reitweg die Fährte der drei Fremden aufgenommen hat. Die Bergmänner erstarren förmlich, als ich das Zechengelände betrete. Es riecht nach Schnee, doch noch ist keiner gefallen. Der Himmel hängt tief über den Hügeln. Das hätte ein schönes Motiv für ein Gemälde abgegeben: Nótt mit der Nase auf dem Boden, den langen Schwanz erhoben, die Ohren angelegt. Ich reite hinüber zum Schacht, beobachte, wie er einen Förderkorb ausspuckt. Am Grunde dieses Lochs gründet sich also eine Gewerkschaft und schwingt zwischen zwei Bissen Schmalzbrot revolutionäre Reden. Man müsste nur das Drahtseil kappen, und sie säßen wie Ratten in der Falle. Großvater hat recht: Diese Welt ist voll von Idioten. Ich warte, bis Nótt ihre Blase entleert hat, dann drehen wir um. Sie müssen vor dem Morgengrauen aufgebrochen sein. Sechs Stunden Vorsprung. Aber ich habe ein Pferd.

*

Sie haben sich aufgeteilt, als sie den Verladebahnhof erreicht haben. Um das herauszubekommen, brauche ich eine Weile. Die Männer hier sind verschwiegen, misstrauisch. Aber kein armer Schlucker kann Gold widerstehen.

An einen Jungen mit Kopfverband erinnern sie sich natürlich. Er war in Begleitung eines Mädchens. Die beiden sind nach Süden gefahren. Richtung London. In einen Hühnerwaggon gepfercht, zusammen mit ein paar anderen Verbrechern, die nach Hause wollten.

Über den zweiten Jungen kann mir niemand etwas sagen. Bis ich einen Mann finde, der mit ihm gesprochen hat: den Chef eines »Unternehmens«, das Fahrkarten für Frachtzüge verkauft. Er beschäftigt eine Bande degenerierter Schläger, die dir die Beine brechen, wenn du schwarzfahren willst.

Wir unterhalten uns eingehend. Ein geschäftstüchtiger Mann. Erinnert mich an meinen Großvater. Leutselig mit einem Hang zur Schrulligkeit. Am glücklichsten, wenn er ein gutes Geschäft macht, ohne ins Schwitzen zu geraten.

»Was kümmert er dich?«, fragt er, nachdem wir uns einig sind, dass er den gesuchten Jungen kennt.

»Ich bin sein großer Bruder.«

»Ihr seht euch nich ähnlich.«

»Nun, darüber müssen Sie mit unserer Mutter reden.«

Der Mann lacht. Ich schiebe ihm Geld hin.

»Von zu Hause abgehau'n, was? Dein Bruder.«

»Schuldig im Sinne der Anklage.«

Der Mann lässt die Münzen in seiner fleischigen Faust klimpern.

»Ziemlich dreckig für 'nen Adeligen«, sagt er nachdenklich.

Ich lächele und lege eine weitere Münze in seine Hand. Dann rufe ich Nótt. Der Mann beäugt sie, ihr Gewicht, ihre Zähne.

»'N großer Hund.«

»Kommen wir zur Sache.«

Der Mann zuckt mit den Achseln, zählt das Geld. »Wollte nach Oxford. Habt ihr da Familie?«

»Einen guten Onkel.«

»Das sin die Besten.«

*

Ich muss mich also entscheiden. London oder Oxford. Ich tendiere zur Hauptstadt. Dort ist Thomas. Er quält mich wie ein Abszess im Hals. Wie geschickt er sich Mutters Achtung erschlichen hat, wo ich nur mit meinem Geld wedeln konnte. Wie hinterlistig er meinen Namen befleckt hat, sodass ich jetzt Renfrews anmaßende Fragen erdulden muss. Und wie sehr sich unser Rauch ähnelt, wenn er erst einmal geweckt ist, wie verführerisch in seiner Verwandtschaft, wie unerträglich in seiner Rivalität. Doch in London wird es vermutlich schwierig, jemanden aufzuspüren. Zu viele Leute, zu viele Fährten, sogar für Nótt. Oxford wäre einfacher. Charlie Cooper ist bestimmt auf dem Weg zurück zur Schule. Um was zu tun, frage ich mich, mit wem zu sprechen? Wie viel hat er gesehen? Das gibt schließlich den Ausschlag. Eigentlich will ich Thomas. Aber ich muss verhindern, dass es zu Gerede kommt.

Der nächste Zug nach Oxford fährt erst morgen, zumindest von diesem Bahnhof. Also beschließe ich zu reiten. Das geht zwar nicht schneller, aber nach einer Woche Warten fühlt es sich gut an.

Es dämmert früh. Und mit der Dunkelheit beschleicht mich eine Unruhe, halb kindische Angst, halb Verlangen, und meine Hand taucht in die Satteltasche. Das Gefühl ist mir seit Price' Tod vor einer Woche vertraut geworden. Es ähnelt dem Chaos aus Scham und Erregung, das die Entdeckung der Selbstbefriedigung begleitet.

Verwirrt und nervös, weil ich nicht weiß, ob ich dem Gefühl

nachgeben oder mich irgendwie ablenken soll, suche ich nach Gesellschaft und Obdach, sehe den Schornstein eines Bauernhauses in der Ferne, bevor ich den Schein eines Feuers in einem Feld ganz in der Nähe bemerke. Zwei Männer sitzen um einen Topf herum, in dem Kartoffeln kochen. Zwei schlecht gehäutete Kaninchen braten über dem Feuer. Die Männer springen erschrocken auf: zwielichtige Gestalten, spindeldürr, in Kleidern, die kaum mehr sind als Lumpen. Unter all dem Dreck und Ruß ist ihre Haut hell und rötlich. Irische Landstreicher also, keine Zigeuner. Doch genauso unerwünscht auf dieser Insel.

»Welch idyllischer Anblick«, begrüße ich sie und überspiele meine Erleichterung mit Überheblichkeit. »Zwei Iren, die auf anderer Leute Land wildern.« Ich sitze ab. »Aber es ist nicht mein Land, keine Sorge. Ich bin nur ein Reisender wie Sie. Und erschöpft. Würden Sie mir wohl etwas abgeben, meine Freunde? Immerhin haben Sie die Kaninchen gestohlen und speisen umsonst.«

*

Die beiden Iren sind Trinker. Normalerweise trinke ich keinen Alkohol, doch als ich dort liege und zuhöre, wie sie reden und lachen, nehme ich die Flasche entgegen und gönne mir einen Schluck, und später noch einen und noch einen. Es wärmt den Magen und verleiht der Nacht eine seltsame Schärfe. Irgendwann schiebe ich mir ein Bonbon unter die Zunge und schmecke den Schnaps durch sein Kräuteraroma.

Was die Paddys angeht, die stören sich mittlerweile nicht mehr an meiner Anwesenheit. Sie halten mich für leichte Beute: einen reichen Narren, der nur darauf wartet, ausgeraubt zu werden. Ich wiederum bin zu sehr in meine Gedanken versunken, um sie eines Besseren zu belehren. Als einer von ihnen sich zu der Stelle schleicht, wo ich meinen Sattel und die Taschen abgelegt habe, muss Nótt aufspringen und ihm die Schnauze in den Bauch drücken. Das habe ich ihr beigebracht, daher kenne ich das Gefühl, wie ihr heißer, feuchter Atem durch das Hemd dringt: als würde die Haut dünn wie Papier. Der Mann fängt schwach an zu rauchen, und Nótt wedelt mit dem Schwanz.

»Ich hatte nix Böses im Sinn«, sagt er beinahe beleidigt, während er stockstill dasteht. »Wollt mir bloß das Gewehr anschau'n. Außergewöhnliches Modell. Ausländisch, nich?«

»Was wissen Sie denn über Gewehre?«

»Mein Vater war Büchsenmacher. Hab den Beruf aber nie selbst gelernt.«

Ein Handwerkersohn, der harte Zeiten durchlebt. Einen Augenblick lang verspüre ich das Verlangen, ihm mehr von diesem Gewehr und seinem Zielfernrohr zu erzählen, das bis zu einer Entfernung von vierhundert Metern treffsicher ist. Ein deutsches Modell. Illegal. *Verflucht*.

Mich treibt nicht die Prahlsucht, das ist mir bewusst, sondern der Reiz des Geständnisses, kindisch und schwach; und unter dieser Schwäche sitzt, wie ein Stachel, noch ein anderes Verlangen, dunkler und weitaus stärker, das der Nacht längst ihren Ausgang eingeschrieben hat.

»Lassen Sie es gut sein, mein Freund.«

Doch der Mann hat mein Zögern gespürt. Genau wie Nótt, die verwirrt zurückgewichen ist, während der Landstreicher, langsam, aber dreist genug, neben meiner Satteltasche in die Hocke geht und prüfend die Ausbuchtung betrachtet. Und wieder beschleicht mich der Drang, mich selbst zu betrügen.

»Nur zu«, sage ich und sauge schwach an meinem Bonbon. »Holen Sie es heraus, wenn es denn sein muss.«

Was zum Vorschein kommt, sieht (selbst für mich, der ich es mittlerweile gut kenne) wie das Gesicht eines Menschen aus, von den Knochen befreit und von einem Gerber bearbeitet. Messingumrandete Glasscheiben bilden die Augen. Wo eigentlich Mund und Nase sitzen müssten, baumelt ein Rüssel, lang und schlaff wie eine nasse Socke und am Ende mit etwas versehen, das dem Brauseaufsatz einer Gießkanne gleicht. Ein Windstoß erfasst die Maske und bläht ihre Züge auf, dann stülpt sich das Gummi um, und das Gesicht hängt wieder leblos in der Hand des Mannes.

»Was ist das? 'Ne Art Maske?«

Ich suche nach meiner normalen Stimme, finde etwas Ähnliches, brüchig an den Rändern.

»Ein Atemschutzgerät. Ein Typ namens György hat es entworfen. Ungar. Er wollte die Soldaten vor dem Wahnsinn der Schlacht bewahren. Es filtert den Rauch aus der Luft. Das Problem ist nur, dass man darunter kaum welche bekommt. Und wer hat gesagt, dass Soldaten bei klarem Verstand sein sollen?« Ich zögere, fühle mich von den Glasaugen der Maske beobachtet, jeder Windhauch simuliertes Leben in den Gummiwangen. »Aber jetzt funktioniert es anders. Ein Freund der Familie hat ein paar Änderungen vorgenommen, verstehen Sie?«

Der Ire hört meiner Erklärung längst nicht mehr zu, sondern greift nach dem Trinkschlauch, der neben der Maske verstaut war. Er ist schwerer, als er erwartet hat. Der Bauch ist geschwollen wie der Hintern einer Frau, der Hals welk in seiner Faust. Er öffnet den Verschluss, schnuppert, quetscht einen Tropfen auf seine Hand.

»Was ist das? Teer? Ruß?«

Schmerz, antworte ich. Wut. Fetzen der Kindheit, der frühesten Jahre, längst vergessen. Roh verkorkt.

Ich weiß selbst nicht mehr, ob ich laut spreche.

Der Ire starrt mich an, zuckt mit den Schultern, legt den Trinkschlauch zurück und richtet seine Aufmerksamkeit erneut auf das Gewehr, den eckigen, mit feinstem Silber beschlagenen Kolben. Allein das Lederfutteral ist fünf Guinee wert.

»Wir sin keine Diebe«, murmelt er – ob er damit mich oder

sich selbst überzeugen will, ist schwer zu sagen –, dreht sich auf dem Absatz um und setzt sich wieder ans Lagerfeuer, um mir einen weiteren Schluck Schnaps anzubieten. »Nein, ganz bestimmt nich.«

Und ohne viel Federlesen, während er seine Schuhe wegschleudert und Dreckklumpen zwischen den Zehen hervorpult, stimmt er ein klagendes hohes Lied an. Als es zu Ende ist, schaut sein schweigsamer Gefährte, einen Grashalm zwischen den Lippen, zu mir herüber und sagt lächelnd:

»Verzeih'n Sie, Sir, aber Sie dürfen nicht zulassen, dass mein Bruder uns die Nacht mit seinem armseligen Gejaule verdirbt. Erzähl'n Sie uns eine Geschichte, die uns die Zeit vertreibt, solange noch Schnaps in der Flasche ist. Sonst hält er nie die Klappe.«

»Eine Geschichte?«, frage ich, und mein Blick wandert zur Maske hinüber, die, achtlos in die Satteltasche zurückgestopft, einäugig den Mond anblinzelt.

Warum nicht?

Sie haben das Gewehr gesehen. Unser Schicksal ist bereits besiegelt.

Und ich – betrunken, unglücklich, an der Schwelle meiner Zukunft – brauche jemanden zum Reden.

*

»Eigentlich wollte er nur Pferde erschießen.

Stellen Sie sich einen jungen Mann vor, der nackt auf einer Wolldecke liegt, hoch oben auf dem Kappenboden einer verfallenen Mühle. Nicht ich, nein, aber jemand wie ich: ein wohlgeborener, gut aussehender Junge, der Erbe eines großen Vermögens. Wie ein Prinz im Märchen. Er friert, unser Prinz. Es ist ein Januartag, kurz nach der Morgendämmerung. Über ihm die verrotteten Kammräder, die früher von den Flügeln angetrieben wurden. Ein fahler Lichtstrahl fällt durch das löchrige Dach über seine Schultern, ein anderer trennt seine Hand vom Arm. Das Fenster vor ihm geht nach Westen hinaus. Überall um ihn herum im alten Gebälk nisten Sperlinge, Tausende Sperlinge. Sie sind aufgeflogen, als er hinaufgeklettert kam. Aber jetzt, eine Stunde später, sind sie nach Hause zurückgekehrt. Ein Gewehr ragt aus der Hand des jungen Mannes.

Seine Kleider liegen in einem Bündel neben seinen Füßen, zusammen mit einem Stück Seife und einem rauen Baumwollhandtuch. Neben seiner rechten Schulter steht eine Dose Bonbons. (Sie wissen, was Bonbons sind, meine Freunde? Oh, ich glaube doch!) Unser Prinz erwartet, dass er an diesem Morgen rauchen wird, verstehen Sie? Nicht viel – er schiebt sich ein Bonbon in den Mund, als er daran denkt –, aber ein bisschen. Pferde zu erschießen, ist etwas anderes, als Rotwild zu erlegen. Vor allem, wenn sie angeschirrt sind, in Arbeitskleidung. Seine Finger sind feucht.

Er muss sich lange gedulden. Zeit für tausend Gedanken. Er raucht eine Zigarette. Um sich zu beruhigen. Um in Stimmung zu kommen. Zigaretten und Bonbons: Die gönnt er sich dieser Tage oft. Es verändert ihn, nach und nach, von innen her. Als hätte sich seine Haut in einen weichen Kokon verwandelt. Ein neues Ich drückt dagegen, beult ihn aus, spannt ihn straff. Der Prozess ist nicht schmerzlos.

Bald wächst die Sorge in ihm. Dass er es nicht schafft. Dass sein Geist zu verzagt ist, seine Nackenhaare sich nicht sträuben. Dass er versagt, nicht trifft, gedemütigt wird. Ein Vermögen in Zigaretten liegt als Stummel neben ihm, und doch findet er keinen Funken, kein Feuer in sich, fühlt sich wie ein Streichholz, das einfach nicht zündet. Seine Zähne schmerzen von den Bonbons. Er steht auf, greift nach dem Bündel. Nimmt die Maske.

Die ist sein neues Spielzeug. Eher geborgt als gestohlen; bezahlt, wenn man kleinlich sein will, vom Geld seines Großvaters. Wie Zigaretten sei das, hat man ihm gesagt, aber gleichzeitig ganz anders. Er hat sie noch nicht ausprobiert. Angeblich ist es eine einfache chemische Reaktion. Du füllst einen dosenartigen Behälter und schraubst ihn vorne an die Maske. Und dann, wenn du bereit bist, injizierst du etwas mit einer Spritze. Die Wissenschaft dahinter, nun, die ist ein wohlgehütetes Geheimnis. Die Grundlage des Reichtums seiner Familie. Aber all das ist unserem Freund egal. Er liegt nackt auf dem Bauch, eine Maske über dem Gesicht. Gänsehaut auf Rücken und Hintern, Schweißperlen an der Innenseite des Gummis.

Er wartet, bis sie in Sicht kommen. Ein Vierergespann vor einer vierrädrigen Kutsche, langsam auf der schlammigen Straße. Zwei Pferde, das haben er und sein Mann vereinbart, sobald die Kutsche anhält. Ein einfaches Ziel bei einer so präzisen Waffe. Das Zielfernrohr stößt gegen die Glasscheiben der Maske. Was unseren Freund angeht: der hat Angst, der Feigling. Sein Darm gluckert, als hätte er verdorbenes Fleisch gegessen. Mit letzter Kraft drückt er auf die Spritze.

Jetzt muss er nur noch einatmen und ertrinken.

Zuerst verspürt er nichts als Panik. Es sollte wie bei Zigaretten sein, wie bei den besten und stärksten Zigaretten, pechschwarz, genauso, nur noch mehr, ein neuer Kick.

Doch was er da einatmet, ist ganz anders, überwältigend in seiner Reinheit, lebendig und böse. Die Sünden Sterbender, handverlesen und destilliert. Seine eigenen mickrigen Sünden folgen ihrem Ruf; Kinderstreiche, die vor dem Teufel antreten. Die Bonbons in seinem Mund haben sich längst in Kohleklumpen verwandelt.

Ihr Plan ist simpel. Es ist kein guter Plan, improvisiert und unlogisch, aber nichtsdestoweniger ein Plan. Er soll auf die vorderen beiden Pferde zielen. Sein Mann wird sie losschneiden, die Kutsche mit den beiden verbleibenden Pferden wenden und sie zurück nach Hause peitschen, während unser Prinz weitere

Schüsse auf die Entfliehenden abfeuert. Der Vorfall wird eine Ermittlung nach sich ziehen, eine Ausgangssperre, eine landesweite Suche. Und all das nur, um zwei Schuljungen zum Bleiben zu bewegen. Von unwillkommenen Gästen kann jeder ein Lied singen, Sie sicher auch, nicht? Nun, diese Gäste sind höchst willkommen. Man will nichts von ihrer Abreise hören.

Die erste Kugel ist ein glatter Durchschuss. Es ist so einfach: Unser junger Freund drückt *hier* den Abzug, und *dort drüben* spritzt es rot durch die Luft. Er hat schlecht gezielt, einen ganzen Meter zu tief. Der Schuss zerschmettert das Schienbein und lässt den Rumpf des Pferds erzittern. Im Fadenkreuz ist er so nah, dass unser Prinz meint, nur die Hand ausstrecken zu müssen, um das Zucken der Muskeln unter dem Fell zu spüren.

Er hält inne, schaut auf. Die Luft um ihn herum ist erfüllt von aufgeschreckten Vögeln. Tausend Flügel meißeln Muster in seinen Rauch. Kleine Wirbel, Schattenskulpturen. Nur für einen Augenblick, nicht länger; für einen Doppelschlag seines Herzens. Dann zielt er auf das zweite Pferd, durchschießt ihm den Hals.

Er hat es geschafft. Die Pferde sind tot, Auftrag ausgeführt. Doch schon hat er den Verschluss des Gewehrs wieder zurückgezogen, die nächste Kugel in die Kammer geschoben. Er ist nicht mehr er selbst, verstehen Sie? Er trägt ein neues Gesicht.

Das Zielfernrohr findet den Kutscher. Es ist der Leibdiener des jungen Prinzen, sein Vertrauter, sein Ersatzvater. Man könnte sagen, dass er ihn liebt. Trotzdem dröhnt das Wort in seinen Ohren: *Vater*. Wie nah haben sie sich gestanden, wie viele Jahre hat der Ältere ihn beschützt, wie viele Male hat er ihn getröstet, ihm die Tränen weggewischt?

Wie viele Demütigungen hat er bezeugt?

*Vater*. Ein armseliger Ersatz: dumm, plump, ein ungeschickter Trampel. Eine Karikatur, gekauft, um ihn zu verhöhnen, in Dienst behalten als Mahnung, als Witz. Der Gedanke verdichtet den Rauch in seiner Maske, verleiht ihm den Geschmack der Kindheit. Sie müssen wissen, dass unser junger Freund Waise ist oder zumindest so etwas Ähnliches. Seine Eltern waren ein gerahmtes Bild auf dem Nachttisch neben seinem Bett. ›Die da ist eine Schlange‹, hat sein Großvater oft erklärt, ›und der da war ein Schlappschwanz. Ein Wunder, dass er dich überhaupt gezeugt hat.‹ Kein Gutenachtkuss, nur die schwere Hand des alten Mannes. Ein Junge, der nicht zur Schwäche erzogen wurde. Ein Fadenkreuz auf der Brust seines Vaters. Ein Krümmen des Fingers. Der Mündungsrauch verschluckt von den Schwaden seines eigenen Scheiterhaufens.

Vatermord. Man sollte meinen, damit sei es getan; der Tribut gezahlt, die Maske zufriedengestellt. Aber schon hat unser Freund erneut den Verschluss betätigt, visiert ein neues Ziel an: einen jungen Mann im offenen Schlag der Kutsche. Das Zielfernrohr holt ihn ganz nah heran. Ein Zerrspiegel: der Zwillingsbruder aus einem anderen Schoß. Er glotzt, noch nicht ängstlich, den Mund zu einem großen O geformt. Drei Schüsse. Der dritte trifft ihn in den Kopf. Der Peitschenhieb des Einschlags. Er sollte tot sein.

Dann kippt die Kutsche um, wird von einem Loch verschlungen. Unser Prinz versteht nicht, denkt, die Erde habe sich für seine Beute aufgetan. Vögel im Himmel. Die Kammer ist leer, der Hahn schlägt vergeblich, die Finger sind zu glitschig vom Ruß, um nachzuladen.

Mittlerweile hat die Maske von ihm Besitz ergriffen, ist in seine Haut eingewachsen. Erstickt ihn. In seinem Ringen nach Luft schafft er es schließlich, sie herunterzureißen. Trockenes Würgen und Tränen: Der Wind hat gedreht, sein eigener Rauch brennt ihm in den Augen. Er stolpert über den Gewehrlauf am Boden.

Wie kommt er hinunter? Vielleicht ist er wahnsinnig geworden. Nur ein Wahnsinniger würde es riskieren, die wackelige

Leiter zu nehmen, während sein Körper vor Kälte und Schock zittert; die hundert Meter bis zur Kutsche nur in einen Mantel aus Ruß gehüllt zurückzulegen; sich über den zerschmetterten Körper seines Vaters zu beugen und ihn, den Mund weit aufgerissen, mit seinem Rotz zu salben. Unser Freund verliert das Gleichgewicht, als er versucht, sich zu schnäuzen; fällt rücklings in den Dreck und beobachtet den Tanz der Sperlinge, die dunkle Wolken in den Himmel zeichnen.

Die Kutsche liegt auf dem Grund einer steilen Schlucht. Er blickt hinab, sieht drei Gestalten im Wald verschwinden. Sie könnten ihn ebenfalls gesehen, ihn erkannt haben. Also muss er ihnen folgen. Nur wie? Er ist nackt und schmutzig und hat sein Pferd im Stall gelassen, damit niemand merkt, dass er weg ist. Noch etwas anderes hält ihn zurück: eine Entdeckung. Ohne die Maske ist er wieder ein Schuljunge, ein Feigling. Auf dem Heimweg kommt er an einem Bach vorbei, in dem er sich Hände, Hals und Gesicht mit Lavendelseife wäscht. Erst dann schlüpft er in seine Kleider. Der Ruß klebt ihm so dick an Knien und Oberschenkeln, dass er sich die Haut während des fünf Kilometer langen Fußmarsches wund scheuert. Er schleicht sich durch die Hintertür und stellt sicher, dass man ihn am späten Vormittag, zu seiner üblichen Zeit, sein Zimmer verlassen sieht. Räucherhering zum Frühstück und eine Kanne starken Tee.

Wussten Sie, dass Tee besser schmeckt, je dünner die Tasse ist? In diesem Haus ist das Porzellan so dünn, dass die Sonnenstrahlen, wenn man es gegen das Licht hält, direkt hindurchscheinen. So findet ihn das Dienstmädchen, das frischen Toast bringt: gedankenverloren die leere Tasse in die Morgensonne erhoben.

›Geht es Ihnen gut, Sir?‹, fragt es in seiner schlichten Art.

*Geht es Ihnen gut?* Haben Sie je versucht, sich den Moment auszumalen, wenn eine Motte der Enge ihres Puppengefängnisses entflieht und die Farbe ihrer neuen Flügel bestaunt? Wie sie nass und klebrig im Wind sitzt, bevor sie zum allerersten Mal fliegt? Wahrscheinlich hat sie schreckliche Angst. Erst später kann sie sich als neugeboren betrachten.

›Es ging mir nie besser‹, sage ich und überrasche das Mädchen mit einem schüchternen Lächeln.«

*

So verbringen wir die Nacht. Die Flasche macht die Runde, und der Schnaps wogt in mir, bis ich aufstehe und halb gares Kaninchen erbreche. Sie erzählen mir, wie sie Irland verlassen haben. Vom Vater, der ein Spieler war, der Schwester, die sie begraben haben, dem Engländer, der sie um Land und Betrieb gebracht hat. Worte sind wie Rauch, entdecke ich: Lässt man sie erst einmal hinaus, vermehren sie sich unkontrolliert. Ich vertraue ihnen vieles an. Meine Pläne und meine Geheimnisse, mein Leben und meine Träume. Ich rede und rede.

Es tut mir unendlich gut.

*

Ich wache vor ihnen auf, mit den ersten fahlen Sonnenstrahlen. Man sagt, den Preis für eine durchzechte Nacht zahlt man am nächsten Morgen, doch mein Kopf ist klar und mein Blut seltsam willig; es begrüßt sein Schicksal. Ich kleide mich nicht sofort an. Die beiden Iren haben nicht versucht, mich auszurauben; Nótt hat Wache gehalten. Außerdem sind wir jetzt Freunde. Daniel und Stephen. Aus Donegal.

Mein Messer durchschneidet Daniels Kehle wie Butter. Das Blut spritzt heraus, trifft die Maske: verschmierte Glasaugen, die rotsehen. Was sich in meinen Lungen befindet, was den Insektenrüssel hinaufsteigt, braucht das Sehvermögen nicht. Es führt meine Hand durch den Tastsinn. Was den Jungen unter der Maske angeht: Er will nichts sehen.

Stephen erschlage ich mit dem Gewehrlauf. Er erwacht beim zweiten und stirbt beim dritten Hieb. Blassgrüne Augen, die Wimpern verklebt vom Schlaf.

Ich lasse sie mit zehn Pfund Sterling und dem Gewehr zurück, das ich locker unter Daniels Hand schiebe; nun liegt sie auf dem silbernen Kolben, den er so sehr bewundert hat. Zwei tote Iren mit Geld in den Taschen und einem ausländischen Gewehr. Zeig mir einen Friedensrichter, der einen derart klaren Fall nicht abschließt.

Als der Morgen richtig anbricht, bin ich schon drei Kilometer weiter westlich. Der Schnee fällt in dicken, nassen Flocken. Das wird ein mühsamer Ritt. Keine Menschenseele ist unterwegs. Erst am späten Vormittag merke ich, dass ich noch immer die Maske trage. Ihre Schnallen sind starr unter meinen steif gefrorenen Fingern.

»Scheusal«, schreie ich, während ich versuche, sie herunterzureißen. »Missgeburt, Monster, Elefantenmensch.«

Bald wird sie mich voll und ganz in Besitz genommen haben, Leib und Seele.

Vielleicht würde Mutter mir helfen. Ich könnte immer noch umkehren.

Aber dafür ist keine Zeit. Charlie Cooper verbreitet in Oxford Gerüchte über mich.

# FRAGEN UND ANTWORTEN

Als Charlie aufwacht, ist das Zimmer lichtdurchflutet. Er spürt es eher, als dass er es sieht, weil er Schwierigkeiten hat, die Augen zu öffnen. Sein Körper gehorcht ihm nicht, liegt bleischwer und fremd unter der Daunendecke. Überrascht murmelt er etwas und bemerkt, wie trocken seine Zunge ist, so geschwollen, dass er kaum Luft bekommt. Kein Geräusch dringt aus seinem Mund. Während er gegen das Gewicht seiner Lider ankämpft, hört er ganz in der Nähe eine besänftigende Stimme.

»Langsam, Mr Cooper, lassen Sie sich Zeit. In der Milch war ein Schlafmittel. Sie hatten Erholung dringend nötig. Hier, ich helfe Ihnen, sich aufzusetzen.«

Renfrews Schatten beugt sich über ihn und schiebt ihm ein zweites Kissen unter den Kopf, bevor er sich wieder auf den Hocker neben Charlies Bett sinken lässt.

»Na bitte, schon viel besser.«

Renfrew befeuchtet Charlies Lippen mit einem Waschlappen.

»Sie sind bestimmt völlig ausgetrocknet. Eine Nebenwirkung des Schlafmittels.«

Verlegen, weil er so bemuttert werden muss, versucht Charlie erneut, den Schlaf abzuschütteln oder zumindest die Gewalt über seine Glieder wiederzuerlangen. Dabei fällt ihm auf, dass seine Arme mit Lederriemen ans Bettgestell gefesselt sind. Baron Naylor schießt ihm durch den Kopf, festgeschnallt, dunkel vor sich hin rauchend. Es hilft, in gewisser Weise.

Die Angst rüttelt ihn wach.

»Ah, Sie kommen allmählich zu sich. Sehr gut. Ich dachte schon, ich hätte ihnen zu viel verabreicht. Es ist bereits nach zehn. Nicht, dass Sie heute hätten abreisen können. Es schneit seit dem Morgen, heftig und dicht. Die Straße ist wahrscheinlich unpassierbar.«

Renfrew fühlt Charlies Stirn, bevor er einen Finger zwischen Handgelenke und Lederfesseln schiebt, um sicherzustellen, dass sie nicht einschneiden. Er lässt ihn einen Augenblick liegen und misst Charlies Puls. Seine Bewegungen sind ruhig und effizient. Er hätte einen guten Arzt abgegeben, oder besser noch: einen Chirurgen, der mit sicherer Hand verfaultes Fleisch entfernt. Jetzt richtet Renfrew sich wieder auf, rückt Kragen und Schlips zurecht und schaut Charlie direkt in die Augen.

»Ich bitte Sie noch einmal, mir genau zu erzählen, wie es dazu kam, dass Sie am Morgen nach Neujahr beim Verlassen von Baron Naylors Anwesen angegriffen wurden, Mr Cooper. Außerdem muss ich alles erfahren, was sich seither ereignet hat. Wir brauchen einen vollständigen Bericht. Es handelt sich, so fürchte ich, um eine Angelegenheit von nationaler Bedeutung.«

Charlie versucht zu antworten, doch seine Zunge will sich nicht bewegen.

»Wasser«, krächzt er. »Wasser.«

Renfrew schüttelt traurig den Kopf.

»Zuerst sollten wir uns unterhalten, Mr Cooper. Hier, ich befeuchte Ihnen noch einmal die Lippen. Es mag nur ein schwacher Trost sein, aber ich habe heute Morgen ein Glas Salzwasser geleert und seither nichts mehr getrunken. Dort drüben auf der Fensterbank stehen zwei Gläser Wasser. Lassen Sie uns gemeinsam trinken, Mr Cooper, und diesen infernalischen Durst stillen. Sobald wir unser Gespräch beendet haben. Was sagen Sie?«

Charlie starrt ihn nur an, zerrt an den Riemen.

»Sie sind verrückt geworden«, würgt er schließlich hervor.

Seine Kehle ist so ausgedörrt, dass seine Stimme nicht lauter ist als ein Flüstern.

»Wenn Sie sich erleichtern müssen, kann ich Ihnen eine Bettpfanne bringen«, erwidert Renfrew steif.

*

Die Stunden kriechen dahin. Das zugefrorene Fenster des Zimmers geht nach Süden hinaus, sodass Charlie den Lauf der Sonne beobachten kann, dieser fahlen gelben Scheibe, die durch den Frost gezogen wird. Renfrew sitzt einen halben Meter von ihm entfernt, einen Stift in der Hand und ein lackiertes Schreibpult auf den Knien. Er hat Charlie alles sehr geduldig erklärt.

»Bitte glauben Sie nicht, dass ich beabsichtige, meine Taten zu verheimlichen. Ich habe heute Morgen sogar darüber nachgedacht, Direktor Trout zu informieren, allerdings ist seine politische Loyalität ein wenig undurchsichtig. Es wäre nicht schwer, diese Situation auszunutzen, um meine Partei in Verruf zu bringen. Skrupellos natürlich, aber wahrlich nicht schwer. Der Sachverhalt ist folgender: Der Baron plant etwas – oder, falls die Gerüchte stimmen und er tatsächlich den Verstand verloren hat, seine Frau. Hinweisen zufolge haben sie Laborausrüstung aus dem Ausland erworben. Verstehen Sie mich nicht falsch: Ich bin selbst Wissenschaftler und erachte das Embargo als maßlose Torheit. Die alte Ordnung ist im Sterben begriffen. Unter der Maske der Tugend versucht sie, den Vormarsch der Wissenschaft – der Wahrheit! – zu verhindern, nur um ihr Leben zu verlängern. Nichtsdestoweniger naht eine Veränderung, eine große Veränderung; sie liegt schon in der Luft. Es gibt nur ein Problem, Mr Cooper: Diese Veränderung – diese Revolution – kann viele Formen annehmen. Sie kann neue Ordnung bringen oder uns ins Chaos stürzen. Wir – also ich, meine Partei, die Männer, die sich um die moralische Zukunft des Königreichs sorgen – müssen erfahren, ob wir Baron Naylor und seine Frau unterstützen oder aufhalten sollen.

Wussten Sie, dass vor nicht allzu langer Zeit ein Antrag gestellt wurde, das Anwesen der Naylors überwachen zu lassen? Natürlich nicht im Parlament, sondern in einem der parlamentarischen Ausschüsse, einem derer, die außerhalb der konventionellen Normen zu denken wagen. Der Antrag wurde sehr ernsthaft diskutiert. Das Dumme ist nur, dass es uns an einer Exekutive fehlt. Einer Polizei. Angeblich beschäftigt die Regierung Geheimagenten, aber falls dem so ist, für wen genau arbeiten sie? Wer gibt die Befehle? O nein, Mr Cooper! Wenn wir eine Republik der Gerechten wollen, müssen ganz gewöhnliche gute Männer vortreten und sich die Angelegenheiten des Landes zu eigen machen. Egal, welches Risiko sie damit eingehen.

Glauben Sie also nicht, ich würde nicht die volle Verantwortung für meine Taten übernehmen, Mr Cooper. Ich verfasse gerade einen Bericht, sehen Sie? Ich werde ihn mit der Abendpost versenden, einschließlich Ihrer Aussage. Oh, ich weiß, Sie halten das, was ich tue, für ein Verbrechen. Zweifelsohne werden Ihre Eltern auf meine Entlassung dringen, sobald sie davon erfahren. Vielleicht erstatten sie sogar Anzeige.«

Er schließt die Augen und öffnet sie wieder. Sein Blick ist ruhig.

»Der Rauch würde mich warnen, Mr Cooper. Wenn ich Unrecht täte.«

Anstelle einer Antwort entströmt Charlie ein grauer Kringel. Renfrew beachtet ihn gar nicht. Stattdessen greift er nach Charlies wehrloser Hand und beschwört ihn sanft.

»Ich war nie ein Anhänger des Utilitarismus, doch jetzt spüre ich zum ersten Mal die Schlagkraft von Mr Benthams Argument. Das Glück der vielen wiegt schwerer als das Glück der wenigen. Wie könnten wir uns selbst schonen, wenn Millionen Seelen auf dem Spiel stehen?

Und nun genug geschmollt, Mr Cooper. Es ist an der Zeit zu reden. Ich habe Sie immer für jemanden mit einem guten Herzen gehalten. Oder haben die Interessen Ihres Vaters sie vergiftet?«

Charlie schaut an ihm vorbei, auf die Sonne, die langsam über die vereiste Scheibe wandert, wie die Nebellaterne eines Schiffs in der Ferne. Der Wasserkrug und die gefüllten Gläser auf der Fensterbank glühen orangefarben.

*

Während der Tag sich weiter dahinschleppt, fällt es Charlie immer schwerer, den Blick vom Wasser zu lösen. Es steht einen guten Meter vom Fußende seines Betts entfernt. Je länger Charlie es anstarrt, desto mehr Details treten hervor. Die beiden Gläser sind bis zur exakt gleichen Höhe gefüllt. Eins hat einen Sprung, der das Sonnenlicht bricht und den Schatten der Flüssigkeit Struktur verleiht. Die Gesetze der Optik verzerren das Fensterkreuz dahinter; zuweilen erscheinen die Gläser flach, und die Scheibe wölbt sich. Wenn Charlie fest genug an seinen Fesseln reißt, um das Bett zum Wackeln zu bringen, leiten die alten Fußbodendielen die Bewegung zu Wand und Fensterbank weiter und lassen das Wasser wie durch Zauberkraft erzittern. Ein schwebendes Staubkorn im linken Glas tanzt so lange, bis es an der Innenwand kleben bleibt und seinen Schatten dem Muster hinzufügt. Charlie schluckt, sucht mit der schlafmittelgeschwollenen Zunge seinen Mund nach Speichel ab und findet nur Ruß, der wie Sand an seinem Zahnfleisch haftet. Als sein Blick zu Renfrew wandert, ertappt er den Lehrer dabei, wie auch er das Wasser mit sehnsuchtsvollem Verlangen anstarrt. Plötzlich steht er auf, geht mit steifen, langen Schritten zum Fenster und hebt ein Glas vor seine Augen.

»Der menschliche Körper kann vier, fünf Tage ohne Wasser überleben. In unserem feuchten Klima vielleicht noch länger. Doch es ist noch nicht einmal Abend, und wir haben beide bereits mit unserem Verzicht zu kämpfen. Ach, das Fleisch ist schwach.« Er lacht leise und stellt das Glas auf exakt dieselbe Position zurück. »Das hier ist eine gute Lektion.«

Als er sich vorbeugt, um Charlie in die Augen zu sehen, ist sein Atem sauer vom Durst.

»Werden Sie mir erzählen, was ich wissen muss, Mr Cooper? Zum Wohle des Königreichs?«

»Nein«, sagt Charlie, und seine trockenen Lippen schmerzen, als das Wort herausdringt.

»Dann müssen wir weiterleiden, auf unsere bescheidene Weise.«

*

Renfrew lässt ihn allein. Einen Augenblick lang malt Charlie sich aus, wie er in der Küche sitzt und gläserweise Wasser in sich hineinschüttet. Aber er weiß, dass dem nicht so ist. Renfrew ist ein Mann, der zu seinem Wort steht. Das macht ihn so Furcht einflößend.

Bald hört Charlie eine Schaufel über Stein kratzen. Der Lehrer räumt einen Weg von der Haustür bis zum Gartentor frei. Charlie sieht vor sich, wie er, einen Schal eng um den Hals geschlungen, mit raschen, effizienten Bewegungen arbeitet; die untergehende Sonne wirft einen langen, hageren Schatten hinter ihn. Es wird bald dunkel.

Während die Schaufel weiter Schnee schippt, entdeckt Charlie plötzlich Eleanor. Sie kommt nicht herein, sondern bleibt im Türrahmen stehen und steckt den Kopf ins Zimmer. Mit dem Korsett wirkt sie beinahe wie ein Ritter in Rüstung. Ein Aufziehritter, aus dessen Brust ein kleiner runder Schlüssel ragt. Es ist nicht schwer, sich vorzustellen, dass das Rädchen mit einem komplizierten Uhrwerk aus ineinandergreifenden Zahnrädern, Gewichten und Bleilagern hinter ihrem Brustbein verbunden ist. Ihr gesamter magerer Körper könnte eine Maschine sein, aber ihr Gesicht ist das eines kleinen Mädchens, schüchtern gerötet. Charlie lächelt sie an. Sie weicht zurück, als hätte sie sich verbrannt, und zieht die Nase wieder hinter die unsichtbare, von ihren Zehenspitzen markierte Linie.

Ein, zwei Minuten später jedoch dringen Kopf und Oberkörper erneut ins Zimmer vor. Und dieses Mal verjagt Charlies Lächeln sie nicht sofort.

»Hallo, Eleanor«, flüstert er.

Ihre Antwort ist kaum zu hören, wird eher mit den Lippen geformt als gesprochen.

»Hallo, Charlie.«

Sein Name klingt hübsch aus ihrem Kindermund.

»Hat dein Onkel dir verboten hereinzukommen?«

Sie nickt ernst, wirft einen prüfenden Blick auf ihre Füße: Sie haben die Türschwelle nicht überschritten.

»Was hat er sonst noch gesagt?«

»Dass ich nicht mit dir reden darf.«

Noch während sie spricht, greift sie automatisch nach dem Messingrad an ihrem Korsett und dreht daran. Ein Zittern folgt, ein Zucken in der Wange.

»Ich verstehe. Das tut mir leid. Aber um die Wahrheit zu sagen, ich brauche Hilfe. Willst du mir helfen, Eleanor?«

Das Mädchen antwortet nicht, sondern steht ganz still, als hätte es Angst, dass jede Bewegung seinen Wunsch verraten könnte. Charlie bemüht sich unterdessen, sich den Durst nicht anmerken zu lassen. Jedes Wort schleppt sich trocken und plump über seine ausgedörrten Lippen.

»Ich fürchte, wenn du mir helfen willst, kannst du deinem Onkel nicht gehorchen. Ich wünschte, es gäbe einen anderen Weg.«

Wieder schweigt Eleanor, sieht ihn nur aus klaren, ehrlichen Augen an. Er drängt sie nicht, erwidert geduldig ihren Blick. Als er sich nervös auf die Unterlippe beißt, ahmt sie ihn nach, die Schneidezähne kleine Hasenzähne über dem rosafarbenen Kinn. Charlie kneift ein Auge zu und beobachtet, wie sich auch ein Mädchenauge schließt; streckt die Spitze seiner schweren Zunge heraus und wird mit einem Aufblitzen von Eleanors Zungenspitze belohnt, zu einer anmutigen Röhre gerollt. Er lacht, sie stimmt ein. Plötzlich hält sie inne, springt panisch zurück und rennt davon. Ihre Füße trappeln den Flur entlang und die schmucklose Treppe hinunter.

Erst als sie den dämpfenden Teppich im Erdgeschoss erreicht, bemerkt Charlie, dass das Schaben der Schaufel verstummt ist.

*

Renfrew kehrt zurück. Er wirkt nachdenklich, tritt ans Fenster, starrt hinaus. Es ist jetzt beinahe dunkel, doch das fahle Funkeln des Schnees beleuchtet sein Gesicht.

»Ich habe einen Reiter gesehen. Draußen vor dem Schultor.« Er dreht sich zu Charlie um. »Vielleicht jemand, der zu Direktor Trout möchte. Aber er hat das Gelände nicht betreten. Oder jemand, der nach Ihnen sucht? Ein Mann mit einem Hund.«

»Julius.«

Charlie formt den Namen fast tonlos mit den Lippen. Trotzdem versteht Renfrew ihn.

»Mr Spencer? Ja, das könnte sein.« Er kratzt sich am Kinn, die Finger noch in den Handschuhen: schwarzes Leder in weißblondem Bart. »Wussten Sie, dass er Lady Naylors Sohn aus erster Ehe ist? Ja, vermutlich hat sie es Ihnen gesagt. Eine äußerst unglückliche Verbindung. Ich muss zugeben, ich habe meine Zweifel, was den Jungen angeht. Seine Ausgeglichenheit erscheint mir *künstlich*. Wissen Sie, was *Bonbons* sind? Sie absorbieren den Rauch im Moment seiner Entstehung.« Er runzelt die Stirn. »Sie müssen vollständig verboten werden. So wie sie sich gegenwärtig verbreiten, selbst über den Adel hinaus – das ist, als würde man das Himmelreich aus Pappe erbauen.«

Renfrew kommt näher, zieht die Handschuhe aus, legt sie ordentlich gefaltet auf den Nachttisch. Charlie zuckt zusammen, als der Lehrer sich an sein Bett setzt, doch Renfrew will ihn nur besser sehen; er hat noch keine Kerze entzündet. Auf seinem ernsten Gesicht spiegelt sich ehrliche Besorgnis. Er könnte auch an Charlies Krankenbett sitzen, erschöpft von den langen Stunden des Wachens. Unwillkürlich regt sich Verständnis in Charlie. Renfrew folgt den Befehlen seines Gewissens. Das hier bereitet ihm keine Freude.

Mit durstverzerrter Stimme sagt er: »Ich muss Sie noch einmal bitten, mir die Informationen zu geben, die für die Zukunft unseres Staates von so immenser Bedeutung sind, Mr Cooper. Bitte, Charlie«, fügt er so sanft hinzu, wie seine trockene Kehle es erlaubt. »Beenden Sie dieses alberne Spiel.«

Charlie denkt darüber nach. Es ist schwer zu sagen, ob seine Worte schaden oder helfen würden. Aber er hat es versprochen. Nicht nur Lady Naylor, sondern auch Thomas. Livia.

»Ich kann nicht.«

Renfrew nickt.

»Es mangelt Ihnen nicht an Mut.«

Er schiebt eine Hand in seinen Mantel und holt eine kleine Taschenflasche heraus, gefolgt von etwas, das aussieht wie ein kurzer breiter Gürtel mit einem steifen Stück Schlauch in der Mitte.

»Halten Sie still.«

In aller Seelenruhe fixiert Renfrew Charlies Kiefer, schlingt den Gürtel um seinen Kopf und zwingt den Schlauch zwischen seine Lippen und Zähne. Charlie schreit, würgt, tritt um sich, spürt, wie sich eine Schnalle in seinen Hinterkopf bohrt. Plötzlich bemerkt er eine kleine Gestalt im Türrahmen hinter Renfrews Schulter. Er will Eleanors Blick suchen, ihr bedeuten, dass sie keine Angst haben muss, doch er sieht nur ihre Füße, die Fersen, die sich aneinander reiben. Schließlich hört er auf zu kämpfen. Es ist ohnehin vergeblich, und er möchte dem Mädchen den Anblick ersparen.

»Na also«, sagt Renfrew, »so ist es besser.«

Er schraubt die kleine Flasche auf, dreht den Deckel um und benutzt ihn als Messbecher.

»Nicht würgen, Mr Cooper. Sie müssen es hinunterschlucken. Es ist nur Salzwasser. Aber behalten Sie es unten. Wenn Sie sich übergeben, ersticken Sie.«

Ohne das geringste Zögern kippt der Lehrer für Rauch und Moral die Flüssigkeit in den Schlauch. Einen Moment später ist sie in Charlies Hals. Sein gesamter Körper rebelliert gegen den Salzschock. Sein Magen hebt sich, nasskalter brauner Rauch entströmt seinem Mund.

Renfrew entfernt den Knebel und fächelt den Rauch mit dem Handrücken fort, bevor er selbst einen Deckel voll Salzwasser trinkt, die Lippen fest versiegelt gegen den krampfartigen Würgereiz. Sie starren einander an, Lehrer und Schüler, und in ihren Augen spiegelt sich der verzweifelte Durst des jeweils anderen. Verschwommen nimmt Charlie eine stumme Bewegung hinter Renfrew wahr. Eleanor hat sich davongeschlichen.

Irgendwann steht Renfrew auf und geht zur Fensterbank hinüber, holt die Gläser. Das Wasser zittert, als er sie auf dem Nachttisch absetzt.

»Vielleicht habe ich mich vorhin nicht deutlich genug ausgedrückt.« Die Worte kommen krächzend aus seinem wunden Hals. »Baron Naylor und ich waren früher einmal wie Vater und Sohn. Wir haben einen Pakt geschlossen, vor langer Zeit, um die Welt zu verbessern. Doch jetzt will er mich nicht mehr sehen und antwortet auf keinen meiner Briefe. Ich kämpfe für Veränderung, Mr Cooper, für Rechtschaffenheit. Ich muss nur sicher sein, dass die Naylors dasselbe tun.«

Charlie starrt seinen Peiniger an.

»Ich weiß es nicht«, flüstert er.

»Erzählen Sie mir alles«, erwidert Renfrew. »Dann finden wir es gemeinsam heraus.« Und fügt, während die aufgesprungenen Lippen in einem Anflug von Verbitterung zucken, traurig hinzu: »Warum vertraust du mir nicht, Charlie?

Hilf mir, Charlie. Hilf mir, die Sünde wegzuzüchten.«

*

Es klopft an die Vordertür, laut und beharrlich. Drei harte Schläge, die durch das Haus schallen. Charlie ist diesen Schlägen dankbar: Sie entbinden ihn einer Antwort. Es ist mittlerweile stockdunkel im Zimmer, bis auf den fernen Schein der Lampe im Erdgeschoss, der die Treppe heraufkriecht, und den schwachen Schimmer, der durch die porösen Fußbodendielen sickert.

Als weitere drei Schläge ertönen, erhebt sich Renfrew und zieht sein Jackett gerade, doch bevor er die Tür erreicht, dreht er sich noch einmal um. Im Dunkeln kann Charlie nicht erkennen, was er tut, bis er den glatten Schlauch spürt, der sich wieder in seinen Mund schiebt. Er ist zu erschöpft, um sich zu wehren.

»Es ist besser, wenn Ihre Anwesenheit hier geheim bleibt, bis wir unser Gespräch beendet haben«, sagt Renfrew leise. »Ich sehe nach, wer das ist.«

Erneutes Klopfen drängt ihn zur Eile. Die Treppe ächzt unter seinen hastigen Schritten. Einen Moment später hört Charlie, wie er die Tür öffnet. Der Boden ist derart schlecht isoliert, dass jedes Geräusch so klar zu ihm heraufdringt, als würden Renfrew und sein Gast in der Dunkelheit am Fußende des Betts stehen.

»Mr Spencer! Was für eine Überraschung. Was führt Sie zu mir, mein Junge?«

Während Renfrew bemüht, aber höflich klingt, ist die andere Stimme erfüllt von der routinierten Arroganz eines Herrn, der mit seinem Diener spricht. Selbst mit dem Knebel im Mund und dem vom Salz brennenden Zahnfleisch lässt der Tonfall Charlie zusammenzucken.

»Master Renfrew! Was für ein heimeliges Häuschen. Wirklich reizend. Wollen Sie mich nicht hereinbitten?«

»Wenn Sie wünschen.«

»Oh, unbedingt!«

Zwei Paar Füße und die krallenbewehrten Pfoten eines Hunds: Sie gehen den Flur unter Charlies Bett entlang bis zum Wohnzimmer auf der anderen Seite des Hauses. Dort sind ihre Worte gedämpfter; meistens redet Julius.

»Ah, gleich viel besser. Legen Sie doch noch ein wenig Holz nach, Master Renfrew. Die Straßen waren furchtbar heute, und ich bin nass bis auf die Haut. Und helfen Sie mir aus den Stiefeln, ja?« Einen Augenblick später fügt er hinzu: »Sagen Sie, ist noch jemand hier? Ein Besucher vielleicht?«

Daraufhin macht Renfrew etwas Unerwartetes.

Er lügt.

»Nein, ich bin allein. Was kann ich für Sie tun, Mr Spencer? Ich muss gestehen, dass es gerade etwas ungünstig ist.«

Julius ignoriert die Frage.

»Ich habe gehört, Sie würden hier mit Ihrer Nichte leben.«

»Ja. Aber sie verbringt die Ferien bei ihren Großeltern in Herefordshire. Ich versichere Ihnen, dass wir das Haus für uns haben.«

»Keine Dienstboten? Nicht einmal ein Kammerdiener. Wie unglaublich armselig. Aber keine Sorge, dieses Tête-à-tête kommt uns ganz gelegen. Die Sache ist die, Master Renfrew: Ich will mit Ihnen über Charlie Cooper reden. Er hat gestern Nacht an Ihre Tür geklopft. Ein Stallknecht hat einen Bettler gesehen, der zu Ihrem Haus gelaufen ist. Zufällig weiß ich, dass der Bettler keiner war. Ist er sofort wieder abgereist, oder hat er hier übernachtet?«

»Er ist heute Morgen aufgebrochen.«

Renfrew antwortet, ohne zu zögern, selbstbewusst, unanfechtbar. Gleichzeitig spricht er so laut, dass Charlie ihn durch die Decke deutlich versteht. Er fragt sich, was an Julius' Erscheinung den Lehrer für Rauch und Moral zu einem derartigen Lügner macht.

»Aber verraten Sie mir, Mr Spencer, Julius: Was ist Ihr Anliegen? Sie wirken verändert.«

»Tue ich das? Nun, mir sind die Bonbons ausgegangen, das ist alles. Schau einer an, wie rot Sie vor Empörung werden. Meine Familie besitzt das Monopol. Wir *produzieren* die verdammten Dinger! Haben Sie wirklich gedacht, ich wüsste über meine eigenen Geschäfte nicht Bescheid?«

»Von Rechts wegen sollten Sie das tatsächlich nicht! Sie sind minderjährig.«

»Ich werde nächsten Monat neunzehn und bin der einzige Erbe meines Großvaters, der sich in keiner guten Verfassung befindet. Ein Geschwür im Darm. Er wird den Frühling nicht mehr erleben. Vermutlich nehme ich also eher früher als später meine Rolle als Familienoberhaupt ein.«

Eine kurze Pause entsteht, in die Renfrew etwas Unhörbares einwirft, leise und warnend. Julius' Stimme dagegen ist laut und selbstgefällig.

»Ich glaube, Sie verkennen die Situation, Master Renfrew. Ich komme nicht als Schuljunge, den Sie herumkommandieren können. Ich muss wissen, was Cooper Ihnen erzählt hat, was er *gesehen* hat. Und wohin er unterwegs ist.

Habe ich Sie schon mit Nótt bekannt gemacht, Master Renfrew? Ist sie nicht eine Schönheit? Allerdings fürchte ich, dass sie im Moment schlecht gelaunt ist. Ein wenig grummelig. Hat seit gestern nichts gegessen. Sehen Sie, wie sie herumschnüffelt? Das ist Coopers Gestank, ich habe sie darauf angesetzt. Da, er muss auch an Ihnen hängen. Halten Sie still. Es wäre äußerst bedauerlich, wenn es einen Unfall gäbe.

Warum plötzlich so schweigsam, Master Renfrew? Sie sehen gar nicht gut aus, wenn ich das sagen darf. Irgendwie ausgetrocknet. Keine Sorge wegen Ihres Hemds – ein bisschen Geifer unter Freunden, das lässt sich auswaschen. Aber Nótt hat eine gute Nase. Ich wette, sie kann riechen, was Sie zum Mittagessen hatten, durch die Haut und den Darm hindurch. Fleischpastete? Oder vielleicht etwas Frugaleres: Haferbrei? Himmel, was sind Sie doch für ein widerwärtiger Tugendbold!

Cooper, Master Renfrew. Charlie Cooper. Was hat er Ihnen erzählt, und wem haben *Sie* es erzählt? Ich warne Sie. Ich bin in letzter Zeit nicht ich selbst. Hier, ich habe jetzt ein zweites Gesicht. Ich schwöre Ihnen, als ich gerade hereingekommen bin, wusste ich nicht, ob ich es trage oder nicht.

Ich stehe an einem Scheideweg, Master Renfrew: nicht länger das eine, noch nicht ganz das andere. In mir hat sich eine Tür aufgetan, ein Loch, ein Abgrund. Zuerst hat es mir Angst gemacht, aber ich habe mich an den Rand geschlichen und hinuntergespäht. Welche Schrecken, welche Wunder warten in der Tiefe!

Trotzdem fürchte ich mich, Master Renfrew. Ich fürchte mich vor dem, was dort lauert. Helfen Sie mir heute Abend. Helfen Sie mir, ich selbst zu bleiben. Noch eine Stunde, einen Tag. Bei all Ihrem grimmigen Gerede über Wohltätigkeit könnte das Ihre eine gute Tat sein.«

Während Charlie den Worten lauscht, ist ihm, als würden sie ihn in der Finsternis umzingeln: hier der riesige Hund, der die Schnauze in Renfrews Weste presst, der nasse Fleck, der sich von den Knöpfen bis zur Tasche ausbreitet; dort der Schulsprecher, der zuerst anmaßend in einem Armsessel lümmelt, dann aufspringt und seltsam rastlos zwischen Kamin und Tür hin und her marschiert. Und, vor diese ganze Szene geschoben, die große, steife Gestalt des Lehrers, der sich über Charlie beugt und ihm Salzwasser einflößt.

*Erzählen Sie es mir.*

*Hilf mir.*

*Warum vertraust du mir nicht?*

Das Loch des Schlauchs lässt bei jedem Atemzug nur ein Löffelchen Luft durch. Charlie liegt im Dunkeln und atmet schwer durch die Nase.

*

Mittlerweile ist es so dunkel, dass das Zimmer nur noch aus Fenster, Tür und den schwach leuchtenden Ritzen im Boden besteht. Trotzdem registrieren Charlies Sinne die Veränderung, lange bevor er sie sieht: Eleanor. Nur ein einziger Teil ihres Körpers ist nicht völlig farblos, ein Auge, das rechte, in dem sich der durch die Fensterscheibe dringende Schimmer des Nachthimmels fängt, um von seinem Grün und Weiß aufgesogen zu werden. Sie schaut nicht ihn an, sondern in die Ferne. Auch sie lauscht, versucht krampfhaft zu verstehen, was unter ihren Füßen geschieht. Plötzlich schiebt sich ihre Hand in seine. Es ist eine ganz natürliche Bewegung; sie tritt einfach einen Schritt vor und tastet das Bett ab. In seinem gefesselten Zustand kann Charlie nichts tun, als ihre Finger zu drücken. Das Mädchen reagiert nicht.

Wieder zieht die Stimme sie in ihren Bann. Sie ist jetzt leiser, oszilliert zwischen Rufen und Betteln, als würden zwei verschiedene Menschen reden, mit der gleichen Klangfarbe, aber unterschiedlicher Laune.

»Ich weiß genau, was Sie denken, Master Renfrew. ›Das

kann nicht passieren.‹ Oder: ›Das werde ich meinen Freunden in New Westminster melden. Wir stellen ihn vor Gericht.‹ Ich sehe es schon vor mir! Eine Woche lang debattieren Sie die Prinzipien des Liberalismus, und dann legen Sie mir den Strick um den Hals. Aus reiner Vernunft, natürlich, mit großem Bedauern. Wahrscheinlich rauchen Sie nicht einmal. Wussten Sie, dass ich schon so manche Nacht wach gelegen habe, dort drüben in meinem Schlafsaalbett, und mich gefragt habe, was es wohl bräuchte, um Sie zum Rauchen zu bringen, Master Renfrew?

Reden Sie, Master Renfrew, ich bitte Sie! Wenn Sie Ihr Schweigen nicht brechen, muss ich diese Maske aufsetzen. Dann werden wir beide rauchen. Ist es das, was Sie wollen? Sie, mein Judas, mein Getsemani? Oh, ich liebe Metaphern in letzter Zeit. Das ist der Rauch, der in Bildern spricht. Schauen Sie sich nur an, wie Sie die Stirn runzeln! Ich wette, Sie haben in Ihrem ganzen Leben noch keine gute Metapher benutzt.

Bitte, Master Renfrew, nicht so schüchtern! Ich bin Ihr Bräutigam, Sie meine Braut. Zwischen uns darf es heute Nacht keine Geheimnisse geben. Erzählen Sie mir von Charlie Cooper. Erzählen Sie mir, was er Ihnen erzählt hat. Erzählen Sie mir von Ihren Träumen und Ängsten. Bitte, Master Renfrew, reden Sie.

Reden Sie, oder ich muss unser beider Seelen in Brand stecken.«

Eleanor fängt an zu zittern. Charlie spürt es zuerst an seinen Fingern, bevor er sieht, wie ihr ganzer unförmiger Schatten in der Dunkelheit über ihm bebt. Gleichzeitig quellen kleine Rauchhickser aus ihrem Mund, einer nach dem anderen, bei jedem Atemzug. Und nach jedem Rauchkügelchen, das ihr entfleucht, wandert ihre freie Hand an das Korsett, zum Rädchen an ihrer Brust. Nach fünf Umdrehungen taumelt sie. Sie quetscht sich selbst zu Tode.

Charlie zieht an ihrer Hand.

»Nicht!«, versucht er zu sagen, »nicht!«, während sein eigener Rauch als schmaler, verdichteter Strahl durch den Schlauch schießt. Im nächsten Moment sieht er nichts mehr.

Erst jetzt bemerkt er, dass er weint.

»Du musst mich befreien«, ruft er in seinen Knebel, »wir müssen fliehen!« Doch alles, was herauskommt, ist ein Geräusch, als würde er auf seiner Zunge herumkauen.

Das Mädchen neben ihm dreht noch einmal an seinem Rad.

*

Sie löst seine Fesseln. Er weiß nicht, was sie zu diesem Entschluss bewogen hat, doch unvermittelt, ohne jede Vorwarnung oder Veränderung in ihrer Miene, beugt sie sich vor und öffnet die Riemen. Die Geschicklichkeit ihrer kleinen Hände verrät, dass ihr der Umgang mit Schnallen vertraut ist. Als Charlie frei ist und sich den Schlauch aus dem Mund gerissen hat, umarmt er sie, drückt ihren kleinen Körper so fest an den seinen, dass das Messingrad sich schmerzhaft in seine Brust bohrt. Sie raucht, weint, hängt schlaff und stumm an ihm, die Lippen fest zugekniffen, damit ihre Sünde nicht entweicht. Der Rauch strömt jetzt direkt aus ihrer Haut, aus dem Hals, den Wangen, den Augäpfeln, färbt sie schwarz.

Dann greift Charlie (immer noch mit Eleanor im Arm; ihre bestrumpften Beine baumeln an seiner Hüfte) nach dem Wasserglas und trinkt. Sein Magen rebelliert gegen den plötzlichen Ansturm, doch er behält das Wasser bei sich. Eine Stimme schallt durch den Fußboden, wahnsinnig, schrill: »Reden Sie, verdammt noch mal. Reden Sie endlich!«, gefolgt von einer Stille, die markerschütternder ist als ein Schrei.

Er muss sie aus dem Haus schaffen, das ist alles, was er weiß. Er muss Eleanor aus dem Haus schaffen, und zwar schnell, während Julius abgelenkt und sein Hund mit etwas anderem beschäftigt ist. Das Fenster in dem Zimmer, das sein Gefängnis war, lässt sich zwar leicht öffnen, aber dahinter geht es zweieinhalb Meter in die Tiefe, bis zu dem mit Blumentöpfen übersäten Boden. Das kann er nicht riskieren, nicht mit dem Mädchen, das in der Umklammerung von Korsett und Angst nach Luft ringt. Ein Windstoß wirbelt Schneeflocken und Kälte ins Zimmer, bevor er das Fenster wieder schließt.

Er dreht sich um, läuft leise durch den Flur in das Zimmer gegenüber. Sein ganzer Körper ist steif vom langen Liegen. Das Licht, das aus dem Erdgeschoss dringt, ist hier viel heller. Charlie achtet darauf, dass seine Füße die dunklen Rechtecke der zwei Teppiche nicht verlassen. Renfrews Schlafzimmer ist spartanisch eingerichtet, enthält kaum mehr als ein schmales Bett, einen Schrank und einen Waschtisch. Die Geräusche im Wohnzimmer dicht unter ihren Füßen entstammen einem Reich jenseits der Sprache. Sie vermischen sich mit dem Blut, das in Charlies Ohren pocht. Er geht auf Zehenspitzen und passt seine Schritte dem Takt seines Herzschlags an, dem schmerzerfüllten Stöhnen eines Mannes, dem tiefen Knurren eines Hunds. Eine Schneeflocke hat sich in Eleanors Wimpern verfangen und schmilzt, als Charlies Atem über ihr Gesicht fächelt.

Das Fenster ist blind vom Frost, doch als er es vorsichtig aufschiebt, gibt es den Blick auf das Flachdach eines Anbaus frei, das mit einer dreißig Zentimeter dicken Schneeschicht gepolstert ist. Er hebt zuerst das Kind hinaus und springt dann hinterher. Die Kälte brennt an seinen Wangen, und der Schnee spritzt nach allen Seiten, als sie zum eiszapfenbehangenen Rand des Dachs rutschen und in einem Schneehaufen darunter landen. Von dort erreichen sie den hinteren Gartenzaun und eine kleine Baumgruppe. Zwei Schritte bringen sie um die Hausecke herum zu einem hell erleuchteten Fenster, dessen Vorhänge nicht zugezogen sind. Durch die eisbedeckte Scheibe erkennen sie kaum mehr als ein Stück Wand, die Bewegung eines Schattens, das Flackern des Feuers, das vom Holzkreuz des Fensters in vier ordentliche Quadrate geteilt wird. Plötzlich, als hätte jemand Tinte in ein Wasserglas gekippt, wirbelt eine schwarze Wolke auf, erstickt das Licht im Raum und überzieht die Scheibe, bis sie vor Dunkelheit zu triefen scheint. Das Geräusch, das die Wolke begleitet, übertönt Eleanors Aufschrei: ein einzelner lang gezogener Ton, so schrill, als hätte er sich direkt Renfrews Stimmbändern entrissen.

Bevor Eleanor noch einmal schreien kann, hat Charlie sie schon hochgehoben und kämpft sich durch die Bäume.

*

Vielleicht sollten sie zu Trout gehen. Doch Charlies Handgelenke sind wund von den Fesseln und seine Kehle rau vor Durst. Er wird seine Freiheit nicht schon wieder aufs Spiel setzen, nicht noch einmal dem Urteil eines Erwachsenen über Richtig und Falsch trauen. Trotzdem braucht das kleine Mädchen eine Zuflucht, ihr Onkel Hilfe und der Rest der Welt eine Warnung vor dem Ungeheuer in ihrer Mitte.

Der kleine Anbau am Pförtnerhäuschen ist zu armselig, um ihn als Haus zu bezeichnen. Er steht, vor den Augen der Schüler verborgen, hinter einer breiten Dornenhecke. Im Innern – die Füße fast im Feuer neben einem Kessel an einer Kette, einen kratzigen Schal gegen den kalten Zug um den Kopf gewickelt – sitzt Cruikshank. Der Pförtner hat die Vorhänge nicht geschlossen, und das vom Gebüsch geschützte Fenster ist frei von Eis. Man kann das schmuddelige Bett und die Türme von dreckigem Geschirr neben dem Spülbecken sehen, die bröckelige Dartscheibe an der Wand, die kleine Schiefertafel, auf der die Punkte notiert werden. Sie schleichen sich so nah heran, dass sie fast die Scheibe berühren, und beobachten die gebeugte Gestalt, die konzentriert Socken stopft. Charlie will das Mädchen absetzen, doch Eleanor klammert sich an ihn. Ihr Korsett bohrt sich in sein Gesicht, und sie atmet noch immer schwer. Charlie hat versucht, das Metallgeschirr zu entfernen, aber seine Bemühungen waren vergeblich.

»Geh und klopf an die Tür«, flüstert er ihr zu. »Das ist Mr Cruikshank. Du musst ihm sagen, wer du bist und dass dein Onkel Hilfe braucht. Sag ihm, dass Spencer wahnsinnig geworden ist. Julius Spencer. Das ist sehr, sehr wichtig. Sag ihm, er soll den Direktor verständigen und einen Knüppel oder ein Messer mitnehmen. Meinst du, du kannst dir das alles merken?«

Das Mädchen antwortet nicht, klammert sich nur weiter an ihn, saugt mühsam Luft ein, die Lippen blau vor Kälte und Angst. Er löst die kleinen Hände, stellt Eleanor sanft auf die Erde, geht mit ihr zur Tür.

Erneut versucht er sie zu überzeugen, dass sie klopfen und mit Cruikshank sprechen muss, dass er nicht mitkommen kann. Erneut drängt sie sich an ihn, vergräbt zitternd das Gesicht an seinem Bauch.

»Bitte, Eleanor«, flüstert Charlie verzweifelt. »Geh, ich flehe dich an.«

Sie erwidert etwas. Um es zu verstehen, muss er sein Ohr so nah an ihre Lippen halten, dass er ihren Atem an seiner Wange spürt.

»Ich bin böse«, sagt sie. »Ich bin ein böses Mädchen. Deswegen ist der Teufel zu uns gekommen.«

Ihre Hand greift nach dem Rad an ihrer Brust. Charlie muss sie gewaltsam wegzerren.

»Du bist das beste kleine Mädchen, das ich je kennengelernt habe«, sagt er.

Schließlich zieht er seinen Gürtel aus der Hose, schlingt ihn durch ihr Korsett und bindet sie am Türknauf fest, bevor er laut anklopft. Eleanor fängt an zu weinen, als er durch die Hecke davonstolpert, doch sie schreit nicht. Vielleicht bekommt sie nicht genug Luft dafür.

*

Viel zu lange liegt er auf der anderen Seite der Hecke, presst sich flach auf den Boden, versteckt sich in der Dunkelheit. Vielleicht hat Julius Renfrews Haus schon verlassen. Vielleicht hat er ihre Spuren entdeckt (wie stark hat es geschneit?) oder ist nach oben gelaufen und hat gesehen, dass dort jemand war. Vielleicht hat sein Hund Charlies Fährte aufgenommen. Es ist Wahnsinn zu bleiben. Er muss fort, im Schneesturm verschwinden. Nach London gehen und seine Freunde suchen.

Stattdessen liegt er auf dem Boden und zählt die Minuten. Kriecht zurück durch die Hecke, zurück zum Fenster. Schiebt den Kopf über den Fenstersims, späht hinein.

Eleanor sitzt auf einem Stuhl. Tränen kullern über ihre Wangen, die leuchtend rot sind von der Kälte. Abgesehen von den Schluchzern, die ihren Körper schütteln, rührt sie sich nicht. Ihre Hände sind sittsam um eine Tasse geschlungen, ihre Augen gesenkt, als würde sie beten. Neben ihr kauert Cruikshank, in seiner Haltung einen halben Kopf kleiner als sie, und bearbeitet ihren Oberkörper mit einer Schere, wie ein Vogel, der Beeren aus einem dornigen Busch pickt. Jeder scharfe Schnitt durchtrennt einen Lederriemen an Eleanors Korsett. Als die eine Seite aufklafft wie ein aufgeplatzter Koffer, schlurft der bucklige alte Pförtner auf die andere, dem Fenster zugewandte Seite. Charlie duckt sich nicht schnell genug. Eine ganze Sekunde lang starren sie einander an, während das Mädchen sich reglos die Hände am heißen Tee wärmt.

Dann bricht Cruikshank den Blickkontakt und nimmt seine Arbeit wieder auf. Charlie dreht sich um und flieht in die eisige Nacht.

# DIREKTOR

Swinburne hat etwas Unangenehmes an sich. Nicht nur wegen seiner anmaßenden Bauernmanieren, seiner keuchenden Stimme, seines unförmigen, plumpen Körpers, der aussieht, als habe man einen Toten wieder zum Leben erweckt. Ich glaube, es liegt an seinen Augen: kleine runde Schweinsäugelchen, die unter zu vielen Falten vergraben sind. In diesem Moment sind sie auf mich gerichtet, mustern mich über den Rand der Teetasse hinweg, die er an den Mund gehoben und dann vergessen hat. Seine Gedanken sind leicht zu erraten. Er fragt sich, warum ich ihn hergebeten habe, zu einer so unkonventionellen Stunde, zu nah am Abendbrot für Tee. Noch mehr Fragen gären in ihm, dicht unter der Oberfläche. Am Ende kann er nicht anders: Das, was ihn am meisten beschäftigt, bricht unverhohlen aus ihm heraus. Es überrascht einen immer wieder, wie sehr dieser alte Mann doch einem Schuljungen ähnelt, hinter all dem Feuer-und-Schwefel-Gespucke: einem Schuljungen im Priesterrock mit der Erlaubnis, Hintern zu versohlen. Kaum verwunderlich, dass die Schüler ihn fürchten.

»Das ist unmöglich«, sagt er. »Vollkommen absurd!«

Ich lasse ihn zappeln, bis ich den Mince Pie in meinen Tee getunkt, einen Bissen genommen, ihn hinuntergeschluckt und Lippen und Bart von den Krümeln befreit habe. Zimt und Zucker versüßen das Bedauern in meiner Stimme.

»Cruikshank meint, das Mädchen habe den Namen sehr

deutlich gesagt und zweimal wiederholt. Eine Verwechslung ist ausgeschlossen.«

»Dann lügt sie!« Swinburne schaut sich mit finsterer Miene um. Sein Blick fällt auf die Tür, die zu meinem Schlafzimmer führt. »Ist sie hier?«

»Ja. Sie schläft. Das arme Ding ist völlig erschöpft. Wir dürfen sie nicht wecken.«

»Ist es wahr, dass sie nicht raucht?«

»Oh, sie raucht schon. Aber nicht mehr als unsere Sechzehnjährigen. Sogar weniger als manche. Wirklich bemerkenswert. Man sollte Renfrew gratulieren.«

»Also glauben Sie ihr?«

Es amüsiert mich, wie sehr die Vorstellung Swinburne erschüttert: dass man seinen Lieblingsschüler für einen Mörder halten könnte. Es wäre regelrecht rührend, würde seine Sorge nicht einzig und allein seiner Eitelkeit entspringen.

»Was ich glaube, spielt keine Rolle. Der junge Spencer wurde beschuldigt, deshalb muss er gefunden und befragt werden. Doch die Sache hat noch einen weiteren wichtigen Aspekt: Julius ist Lady Naylors Sohn. Er war bei ihr, als Argyle und Cooper entführt wurden. Das liefert der Regierung einen Vorwand, gegen Lady Naylor zu ermitteln. Und gegen ihren Ehemann, den Baron. Noch heute Abend werden Beamte an ihre Tür klopfen, mit einem richterlichen Durchsuchungsbeschluss.«

Ich halte inne und beuge mich ein wenig vor, damit Swinburne auch sicher mitbekommt, was ich sage. Der Mann ist nicht gerade der Hellste. Man muss einfühlsam mit ihm umgehen.

»Wissen Sie, wir hatten schon vorher Grund, sie zu verdächtigen. Vor ein paar Wochen wurde ein Brief von Lady Naylor abgefangen. Sie korrespondierte im Namen des Barons mit einem Wissenschaftler vom Kontinent. Wie der Zufall so will, kennen Sie den Mann. Er war wohl Ihr Schüler, vor zwanzig, dreißig Jahren.«

Swinburne erbleicht. »Der Apostat!«

Ich muss mich beherrschen, um bei dem Wort nicht hellauf loszulachen.

»Gewiss nur ein verirrtes Schäflein, oder? Sollten Sie nicht versuchen, ihn zu retten? Zur Herde zurückzuführen? Wie ich gehört habe, war er damals einer Ihrer Lieblinge. Sie haben ihm doch Griechisch beigebracht, auf seinen besonderen Wunsch hin.«

Swinburnes Miene ist bitter und hasserfüllt. »Wir hätten nie einen Ausländer aufnehmen dürfen. Er hat mich getäuscht, uns alle.« Als sein schwerfälliges Gehirn sich von der Vergangenheit zur Gegenwart vorgekämpft hat, fragt er: »Was will der Baron von ihm?«

»Wer weiß? Der Brief war ziemlich kryptisch. Und es ist uns bisher nicht gelungen, einen Spion ins Haus der Naylors einzuschleusen, um uns auf diesem Wege Informationen zu beschaffen.«

Swinburne scheint die Vorstellung, dass Spione den Schoß der herrschenden Familien infiltrieren, völlig kaltzulassen. Er fragt nur: »Wie kann das denn so schwer sein?«

Ich zucke mit den Schultern. »Die Naylors haben einen guten Butler. Wachsamer Bursche.«

»Sie hätten doch ein Dienstmädchen bestechen können.«

»Uns würde nicht im Traum einfallen, einem gemeinen Bediensteten zu vertrauen.« Swinburne zuckt zusammen. Es heißt, seine Mutter sei die Tochter eines Gerbers gewesen. In seinem Wortschatz befinden sich Ausdrücke, die jeden anderen Lehrer zum Erröten bringen. »In jedem Fall werden wir bald mehr wissen. Der Durchsuchungsbeschluss wurde per Eilboten versandt. Die Krone hat großes Interesse an dieser Angelegenheit.«

Als ich die Krone erwähne, denkt Swinburne noch angestrengter nach. Wieder ist es beinahe lächerlich einfach, seinem Gedankengang zu folgen.

*Was hat der dicke Trout mit der Krone zu schaffen?*

Er zerbricht sich beinahe den dummen Kopf, um dahinterzukommen.

»Direktor Trout«, wagt er sich schließlich beinahe schüchtern vor, »stimmt es, dass Sie früher eine Art Richter waren?«

»Ein Friedensrichter.«

»Ein *Hexenjäger*, hat Master Barlow mir einmal in einer Weinlaune erzählt. Ein *Inquisitor*.« Beide Wörter benutzt er ohne jeden Vorwurf.

Ich lache, tätschele meinen Bauch. »Nur ein einfacher Staatsdiener. Damals war ich noch schlanker.«

Das sollte genügen, damit Swinburne die Informationen, die sein Holzkopf sich merken kann, seinem Förderer übermittelt. Er ist schon lange Auge und Ohr der Torys an der Schule, genau wie Renfrew das der Liberalen. Der Krone ist daran gelegen, das Gleichgewicht zwischen den beiden Parteien aufrechtzuerhalten.

»Wenn Sie mich nun entschuldigen würden.«

»Natürlich, Herr Direktor.«

Erst als Swinburne sich bereits zum Gehen gewandt hat, fällt ihm auf, dass er sich vielleicht nach dem Opfer des Angriffs erkundigen sollte, egal, wie er zu dem Mann steht. Das geziemt sich für einen guten Christen. Trotzdem klingt die Frage eher unwirsch.

»Also ist Renfrew tot?«

»Keineswegs, im Gegenteil. Wir haben Anlass zur Hoffnung, dass er überlebt, wenn auch ziemlich verändert. Der Chirurg musste mehr als einen Meter Darm entfernen. Ein Parteigenosse von Renfrew, hat in Oxford studiert. Ich habe nach ihm geschickt.«

Swinburne runzelt die Stirn, befeuchtet die Lippen mit der dick geäderten Zungenspitze, senkt die Stimme zu einem bedeutungsvollen Flüstern.

»Das ist unnatürlich. Von Rechts wegen müsste er tot sein.«

»Warum so misstrauisch, Swinburne? Es gibt keinerlei Hinweis darauf, dass der Mann irgendwelche illegal erworbenen Techniken oder Technologien verwendet hat. Kein Grund also, die Angelegenheit weiterzuverfolgen. Sicher sind Sie genauso erfreut wie wir alle, dass Renfrew noch unter uns weilt.«

Als ich den alten Geistlichen zur Tür bringe, schlägt mir sein Atem entgegen. Über dem fauligen Gestank seiner Zähne liegt ein anderer, saubererer Geruch, beinahe medizinisch, vermischt mit der Süße von Terpentin. Vermutlich verlässt er seine Räumlichkeiten nie ohne ein Bonbon in der Wangentasche. Ich frage mich kurz, wie er das theologisch rechtfertigt, bevor mir klar wird, dass ein Mann wie Swinburne sich nicht mit Rechtfertigungen aufhält. Geistlichen und Lehrern ist der Konsum von Bonbons gestattet. Anderen nicht.

So einfach ist die Sache für ihn.

*

Das Mädchen schläft, als ich ins Schlafzimmer trete. Auf dem Kissen und dem Laken sind ein paar hellgraue Flecken, Albträume, die Gestalt angenommen haben. Es wäre kleinlich, sie als Sünden zu bezeichnen. Langsam, um sie nicht aufzuwecken, lasse ich mich auf den Stuhl neben dem Bett sinken und ziehe die Decke wieder bis zu ihrem Kinn hoch. Sie murmelt etwas, hebt die kleine Hand an die Brust und macht eine seltsame Bewegung, als würde sie ihr Herz in eine lockere Faust schließen und drehen. Die verstörende Geste eines verstörten Geistes. Man kann nur erahnen, was das Mädchen mit angesehen haben muss.

Ich habe Renfrews Haus erst betreten, als sie ihn schon weggebracht hatten. Cruikshank hatte ihn gefunden, zusammen mit zwei Stallknechten, die er auf die Warnung des Mädchens hin mit dicken Knüppeln bewaffnet hatte; er selbst hatte eine Axt dabei. Renfrews Tür war offen gewesen, als sie ankamen.

Alle drei waren durch sein Blut gelaufen. Das war das Erste, was ich bemerkt habe, blutige Fußspuren, die von der Eingangstür wegführten und mit jedem Schritt schwächer wurden, bis nur noch rosafarbene Absätze und Nägel im Schnee leuchteten. Es hatte fast die ganze Nacht geschneit. Auf der weißen Decke waren keine anderen Abdrücke zu erkennen.

Der Boden der ärmlichen kleinen Diele wies Spuren derselben drei Fußpaare auf, nebst einem vierten in schmalen Reitstiefeln, begleitet von einem Hund mit großen Pfoten. Ganz in der Nähe der Tür zum Wohnzimmer hatte ein Stallknecht seinen Knüppel fallen lassen.

Dahinter waren die Fußabdrücke nicht mehr zu sehen. Tatsächlich konnte man kaum den Schatten von Blut auf den schwarzen Fußbodenbrettern ausmachen. Es war, als hätte ein schreckliches Feuer gewütet, das nur die Menschen verzehrt, die Möbel jedoch unberührt gelassen hat. Zwei mutmaßliche Brandherde: ein Armsessel, dessen abgenutzter Lederbezug mit einer fingerdicken öligen Rußschicht bedeckt war, und eine Stelle auf dem Boden, zwei Schritte entfernt, wo ein Körper eine tiefschwarze Sichel ins dunkle Holz gemalt hatte. Dort hat sich auch das Blut gesammelt und mit dem Ruß zu einem zähen Sirup vermischt.

Wenn Menschen verbrennen, krümmen sie sich wie ein Fötus zusammen: die Knie an die Brust gezogen, die Fäuste vors Gesicht gehoben wie ein Boxer, der in Deckung geht, die Haut schwarzes Papier über den Knochen. Es drängte sich auf, diese Haltung auch dem Mann zuzuschreiben, der dort auf dem Boden gelegen und aus einer Unterleibswunde geblutet hatte – Cruikshank versicherte mir, dass »sogar die Eingeweide raushingen«. Ich habe ihn selten so erschüttert erlebt.

Während meines ersten Besuchs habe ich die privaten Unterlagen von Dr. Renfrew nur sehr flüchtig gesichtet. Er besaß einige belastende Manuskripte, die auf illegale Forschungen hindeuteten, sowie eine Fülle an ausländischer Korrespondenz, die ich sicherheitshalber an mich genommen habe, damit sie nicht in falsche Hände gerät. Erst bei einem zweiten Besuch ein paar Stunden später habe ich in einem hübschen tragbaren Schreibpult aus Mahagoni und Rosenholz einen äußerst interessanten, jedoch unvollständigen Bericht über Charlie Cooper gefunden. In einem Zimmer im ersten Stock stieß ich zudem auf ein Bett mit Lederriemen an beiden Seiten des Gestells.

Man muss kein Friedensrichter gewesen sein, um diese Beweise zu einer Geschichte zusammenzufügen und mit einer Handlung zu versehen. Cruikshank beharrt allerdings darauf, dass das Mädchen allein war, als es an seine Tür geklopft hat, und dass er, als er sich draußen umgeschaut hat, keine anderen Spuren entdecken konnte. Vermutlich hat er eine Schwäche für Cooper und glaubt, ihm einen Gefallen zu tun. Meiner Erfahrung nach ist der Rauch geneigt, uns zu verschonen, wenn wir aus Mitgefühl lügen. Dergleichen bringt Swinburne nachts um den Schlaf, weil es seinen Überzeugungen zuwiderläuft.

Das Mädchen murmelt etwas und holt mich aus meinem Tagtraum zurück. Ich beuge mich vor, bis meine Wange beinahe ihre Nase berührt. Mehrere Minuten lang muss ich mich gedulden, bis sie erneut spricht, Minuten, in denen ich unbeholfen dastehe, den Allerwertesten zurückgeschoben, um das Gleichgewicht zu halten, den Oberkörper weit vorgeneigt, während ich auf Wahrheit aus diesem Kindermund warte. Das Wort, das schließlich durch den Spalt zwischen ihren Lippen dringt, ist brüchig, ausländisch, überraschend.

»A-schen-stedt.«

Ich frage mich, was sie wohl dazu getrieben hat, in Renfrews Unterlagen zu schnüffeln, und was sie getan hat, um sich für diese offensichtliche Sünde zu bestrafen.

*

Ein Geräusch schallt durch meine Zimmer. Ich weiß sofort, was es ist, obwohl ich es noch nie zuvor gehört habe, zumindest nicht hier, in den Räumlichkeiten über meinem Königreich. Es dringt mir bis ins Mark, dieses Geräusch, das nicht existieren darf. Da ist es wieder, das schrille Kreischen einer Glocke. Es lässt mich aufspringen und zur Tür hasten. Beim dritten Klingeln sperre ich das Mädchen ein, erreiche den maßgefertigten Schrank beim vierten. Nummer fünf, sechs und sieben brauche ich, um den Schlüssel zu suchen, ihn in das Schlüsselloch zu stecken (wie ungeschickt meine Finger sind, wie feucht meine Hand!) und die Schranktür zu öffnen. Das Geräusch hört erst auf, als ich den Hörer vom Haken nehme.

»Hallo«, sage ich unsicher, weil ich das übliche Prozedere nicht kenne. »Hier spricht Samuel Trout.« Und dann, wütend in meiner Verwirrung, flüstere ich heiser in den Trichter an der Holzkiste: »Ich hoffe für Sie, dass es sich um einen Notfall handelt!«

Die Stimme antwortet mir so prompt, als stünde ihr Besitzer direkt neben mir. Die Worte strömen aus der Muschel des Hörers in mein Ohr, begleitet von einem Rauschen, als würde jemand in einem Sturm sprechen. Ich höre aufmerksam zu und ertappe mich dabei, wie ich nicke, bevor mir einfällt, dass der Apparat nur Schall überträgt, keine Bewegung.

Als ich eingehängt habe, verschließe ich den Schrank sorgfältig und lege den Schlüssel zurück in meine Brieftasche. Eine halbe Stunde später verlasse ich die Schule in unserem schnellsten Einspänner. In meiner Reisetasche, die ich eng an die Brust presse, befinden sich dreißig Pfund Sterling, zwei Wechselgarnituren Unterwäsche, mein Rasiermesser, meine Haarbürste, zehn illegale Zigaretten und eine Dose Bonbons.

Mein Colt steckt in seinem Holster. Er rutscht weit nach oben, den Kolben nach außen gedreht, bis er wie ein Türgriff aus meiner Achselhöhle ragt. Nur eine Mondsichel beleuchtet die dunkle Landschaft draußen.

IV

# ENGEL

*[Anschließend] fragte ich ihn, ob in der Nähe ein großes Feuer sei, denn die Straßen waren so voll von dickem braunem Qualm, daß man kaum etwas erkennen konnte.*
*»O nein, Miß. Das ist Londoner ›Echter‹.«*
*Ich hatte diesen Ausdruck noch nie gehört.*
*»Nebel, Miß.«*

CHARLES DICKENS, *BLEAKHAUS* (1853)

# LAND UND STADT

Es ist schwer zu sagen, wann es genau anfängt. Thomas ist müde und mit seiner Erschöpfung, seiner Wunde, seinen Gedanken an Charlie beschäftigt. Neben seinem Ohr gackern die Hühner. Er liegt in einer Ecke, zwei Schritte von der immer noch weit geöffneten Waggontür entfernt. Ein grausamer Wind peitscht ihm ins Gesicht, sobald sie schneller werden, und lässt nach, wenn der Zug sich den nächsten Hügel hinaufquält. Mit ihnen sitzen noch andere Männer im Waggon, andere Landstreicher, eine Zweiergruppe und ein dritter, der allein unterwegs ist. Livia hält Abstand zu ihnen, sitzt allein, die Knie an den Oberkörper gezogen. Erst später wird Thomas klar, dass sie versucht, ihre Brüste zu verstecken.

Die Männer kommen trotzdem dahinter. Es beginnt ganz harmlos, mit dummem Geplänkel, was für ein hübscher Junge sie doch sei, wie samtig ihre Haut.

»Klein für sein Alter«, ruft einer der beiden gegen den Wind an. »Bisschen dürr. Aber schöne gesunde Schenkel.« Als Livia aufsteht, um näher an Thomas heranzurücken, ruft sein Kumpan ihr hinterher: »Keine Angst, Schätzchen, is doch nur Spaß.« Die wenigen Rauchfäden, die von ihnen herüberwehen, wirken verspielt und seltsam einladend.

Aber sie haben die Rechnung ohne den dritten Mann gemacht. Er ist später zugestiegen, nachdem sie schon mehrere Stunden unterwegs waren, ist an einem steilen Hügelhang neben dem Zug hergerannt und hereingeklettert. Livia interessiert ihn gar nicht. Er hat Hunger. Die Hühner stecken in zwei riesigen Lattenkisten, stabil genug, um Diebe abzuhalten, jedoch mit Luftschlitzen an den Seiten. Von den Tieren sieht man nur eine Masse von Federn, ab und zu einen blutroten Schnabel, Dutzende starre Augenpaare. Sie sind aufs Geratewohl in die Kisten gestopft, buchstäblich gestapelt; kreischen rastlos und kämpfen um Bodenfläche und Luft. Der Mann hat zwei Finger durch einen Schlitz geschoben. Sein Gesicht ist wettergegerbt, die Falten rußverkrustet, darüber tief liegende Augen, so hell, als wäre ihre Farbe ausgelaufen.

Er erwischt etwas und zieht die Hand zurück, ein Hühnerbein zwischen den Fingern, zieht so lange, bis der helle, rosafarbene Knorpel in einen Kegel weißer Federn übergeht. Dann bleibt das Bein stecken: Der Schlitz ist einfach nicht breit genug.

Zuerst denkt Thomas, der Mann wolle es abschneiden, aber anscheinend hat er kein Messer. Stattdessen zerrt er immer weiter, und sein dunkles Gesicht wird vor Anstrengung noch dunkler. Das wütende Gezeter des Huhns begleitet seine Bemühungen.

Als Blut fließt, fängt der Mann an zu rauchen, und als sein Rauch die anderen beiden Männer erreicht, springt alles Dunkle aus ihnen hervor, wie ein Hund, der von seinem Herrchen gerufen wurde. Erneut wenden sie sich Livia zu, erneut necken sie sie, jedoch anders jetzt, gefährlich und drängend. Der Ton wird rasch derber.

»Komm schon, Süße, setz dich zu uns«, sagt einer der beiden. »Wir woll'n dir was zeigen.«

»Ist das da dein Schatz?«, wirft der andere ein. »Nicht gerade in guter Verfassung. Macht doch keinen Spaß, mit 'nem Kranken zu kuscheln.«

Livia sieht Thomas an. Es ist ein verschlossener, hochmütiger Blick. Er muss bedeuten, dass sie Angst hat. Sie bittet ihn nicht um Hilfe, aber Thomas ist bereits auf den Beinen. Der Rauch, der durch den Waggon wabert, hilft ihm, verleiht ihm Kraft. Er begrüßt ihn wie einen alten Freund, beobachtet, wie sein Körper einen feinen bläulichen Nebel ausströmt. Trotzdem achtet er darauf, nicht zu viel einzuatmen. Er muss einen klaren Kopf bewahren.

»Ha, guck dir den Kleinen an! Wie heldenhaft, 'n echter Ritter. Hat bloß die Rüstung vergessen, was?«

»Na, er hat ja sein Mädel dabei, um ihn zu beschützen«, erwidert sein Kumpan. »Was meinst du, mein Hübscher, soll'n wir dir helfen, sie einzureiten?«

Thomas ignoriert sie, stützt sich auf Livias Schulter. Aus dem Augenwinkel sieht er, wie der dritte Mann einen blutigen Hühnerklumpen rupft. Vor ihnen steigt die Landschaft zu einem flachen Hügel an. Livias Ohr ist direkt vor seinem Mund, außen sauber, innen leuchtend schwarz vom Kohlenstaub. Sie zittert unter seinen Händen, oder vielleicht zittert er und überträgt es auf ihren schmalen Körper. Er flüstert:

»Ich bin zu schwach, um gegen sie zu kämpfen, aber wenn wir hierbleiben, muss ich es tun.«

Ihr Blick huscht zu ihm, enthält eine Frage.

*Warum?*

»Der Rauch«, erklärt Thomas. »Ich bin nicht wie Charlie. Er nistet sich in mir ein.«

Als er es ausspricht, erkennt er, dass er nicht Angst vor einem Kampf mit diesen Männern hat, vor der sicheren Niederlage. Er hat Angst, dass er verschwindet, sich im Rauch verirrt, wie damals bei seiner Prügelei mit Julius. Irgendwann wird er nicht mehr zurückfinden.

Doch das braucht er Livia nicht zu erklären. Das Wichtigste hat sie bereits verstanden. Sie müssen raus aus diesem Zug.

»Wann?«, fragt sie.

»Jetzt.«

Er hat auf den Moment gewartet, in dem die Lok den Gipfel des Hügels erreicht. Den Moment, in dem sie am langsamsten ist, weil das Gewicht von einem Dutzend Waggons an ihrem Hintern und die Schwerkraft an ihrer Nase zieht. Es ist ein Geräusch, das man mit dem Körper, nicht mit den Ohren wahrnimmt, eine Veränderung im Rütteln des Zugs, die wie ein Gerücht von Waggon zu Waggon jagt: von Stahlrad zu Achse zu Kupplung zu Holz.

*Jetzt.*

Thomas versetzt Livia mit beiden Händen einen Stoß, aus Angst, dass sie den Moment verpasst, stößt vielleicht zu fest, sieht, wie sie unbeholfen über die Türschwelle stolpert. Der Wind zerrt an ihren Haaren. Dann ist sie verschwunden.

Ihn versuchen die Landstreicher noch aufzuhalten. Es ist ein plumper Angriff. Thomas duckt sich unter dem Arm des einen hindurch, weicht dem Bein des anderen aus und wirft sich hinaus. Spitze Äste peitschen gegen seinen Körper, der Boden rast auf ihn zu. Er prallt mit der Schulter auf, so hart, dass ihm die Luft wegbleibt, überschlägt sich, rollt bergab durch hohes Gras, die Welt ein Karussell; bei jeder Umdrehung prügelt die Erde auf seine Hüfte, seine Ellbogen, seine Knie ein.

*

Eigentlich haben sie sogar Glück gehabt. An der Stelle, an der sie hinausgesprungen sind, fällt der Hügel nur flach ab, und die Hecke, die das Gleis säumt, ist dornenfrei. Trotzdem haben die Zweige Kleider und Haut zerrissen. Thomas purzelt sechs, sieben Meter weit bis zu einem ausgetrockneten Bach, der ihn mit seinem harten Bett empfängt. Keuchend schaut er sich um und entdeckt Livia ganz in der Nähe, mit schmutzigem Gesicht und aufgeplatzter Lippe. Sie rappelt sich auf, blickt auf ihn herab, reibt sich die Oberarme und den Nacken. Er glaubt, dass sie ihn fragen will, ob alles in Ordnung ist, ob seine Wunde wieder aufgegangen ist, ob er sich etwas gebrochen hat.

»Dummkopf«, sagt sie stattdessen. »Wir hätten auf einen steileren Hügel warten sollen.«

Er will etwas erwidern, doch ihm fehlt die Luft.

»Wie weit noch bis London?«, fragt sie.

Er japst, spuckt aus.

»Keine Ahnung«, stößt er hervor. »Kann nicht mehr weit sein.«

»Dann los.« Sie wischt sich über die Kleider, das Gesicht. »Wir müssen einen Fluss finden. Ich will mich waschen.«

*

Sie lässt sich nicht davon abbringen. Wen stört es schon, wenn sie dreckig sind, versucht er ihr zu erklären. In London ist niemand sauber, da fallen sie wenigstens nicht auf. Sie könne doch ein Taschentuch mit Spucke befeuchten und das Blut abwischen. Aber seine Worte stimmen sie nicht um, lassen ihren Blick nur noch finsterer werden. Irgendetwas an ihm macht sie wütend. Das versteht er nur zu gut. Irgendetwas an ihr macht ihn ebenfalls wütend.

Eine halbe Stunde später findet sie einen kleinen Bach. Sie laufen auf einem Trampelpfad in Richtung Süden, behalten die Gleise im Blick. Die Sonne steht bereits tief am Himmel. Es hat aufgeklart, und das helle, reine Licht lässt jeden Grashalm in einem anderen Grün leuchten. Es ist schwer zu glauben, dass sie erst heute Morgen der Dunkelheit entstiegen sind. Sieben Stunden Tageslicht, und schon hat sich Thomas' Staunen über die Welt erschöpft. Sein Kopf, sein Rücken, die Prellungen an Hüfte und Knien schmerzen. Eine einsame Krähe sitzt in einem brachliegenden Feld und beobachtet, wie er vorüberhumpelt.

Der Bach ist ungefähr einen Meter breit und dreißig Zentimeter tief. Es gibt keine Brücke, aber ein umgestürzter Baum führt vom einen Ufer zum anderen. Livia klettert die Böschung hinunter, geht in die Knie, schaut ihn an.

»Was?«, fragt er verständnislos.

»Würdest du mich bitte allein lassen?«

»Du willst dich ausziehen? Mach einfach ein Taschentuch nass, wisch dir übers Gesicht und fertig.«

Genauso gut könnte er mit einem Felsblock reden. Er flucht, dreht sich um, humpelt zehn Schritte weiter. Die Krähe krächzt ihn heiser an und pickt ein Insekt aus der Erde. Während er ungeduldig wartet, macht er Bestandsaufnahme. In seinen Taschen befinden sich ein Klappmesser, ein Stück Garn, ein Taschentuch, das nur so vor Kohlenstaub starrt, ein abgebranntes Streichholz und ein Stein, den er aus einer kindischen Laune heraus, beeindruckt von seiner Glattheit, aufgehoben hat. Und die Zigaretten, vier an der Zahl, jede gekrümmt wie der Finger eines alten Mannes. Er erinnert sich daran, wie er Julius' kleines Kästchen aufgebrochen und sie eingesteckt hat. Der Geruch steigt ihm in die Nase, haftet an seinen Fingern, selbst nachdem er sie auf den Boden geworfen hat. Eine Einladung zur Sünde. Renfrew wäre erfreut zu sehen, wie er sie fürchtet.

Als Livia endlich wieder auftaucht, ist ihr Haar klitschnass. Sie hatte kein Handtuch, deswegen klebt das Hemd an ihrer feuchten Haut. Die Bergmannsjacke hat sie wie eine Decke um ihre Schultern geschlungen. Ihr Gesicht ist von der Kälte gerötet. Ihr junger Körper zittert, eher nackt als angezogen. Thomas dreht sich schnell weg.

Stille senkt sich über sie. Er hört, wie sie das Haar auswringt und in die Schuhe schlüpft, die sie in der Hand getragen hat.

»Na bitte«, verkündet sie schließlich. »Fast trocken. Ich musste... Diese Männer haben mir das Gefühl gegeben, schmutzig zu sein.«

Thomas hört sie kaum. Er fragt sich, ob sie seinen Blick bemerkt hat. Ob er geraucht hat. Er muss etwas sagen, sie warnen, sich entschuldigen. Ihr Bauchnabel hat sich dunkel unter der nassen Baumwolle abgezeichnet; ihre zarten Rippen waren zu sehen. *Nimm dich in Acht*, will er sagen. Ihr Arm geht in einem Bogen, einer Kuhle in den Oberkörper über, so viel weicher als der eines Jungen. *Ich bin nicht anders als diese Männer im Zug.*

Stattdessen sagt er, die Augen auf das Feld und die Krähe gerichtet, eher eingeschnappt als entschuldigend: »Livia. Was ist das überhaupt für ein Name?«

Ihre Stimme wird sofort kühl.

»Was kümmert es dich?«

Doch sein Gehirn ist bereits weitergewandert, gleitet von Gedanken zu Gedanken, ohne Halt zu finden.

»Ich wünschte, Charlie wäre hier«, murmelt er. Und dann: »Er ist in dich verliebt.«

»Und das passt dir nicht.«

Thomas lauscht in sich hinein, entdeckt, dass sie recht hat.

»Charlie ist der Beste«, sagt er. »Der ehrlichste, mutigste Mensch, den ich je kennengelernt habe.«

»Während ich nur ein hochnäsiges Prinzesschen bin, das so tut, als wäre es eine Heilige.«

»Du bist wie ich. Wütend und unvollkommen. Nur kannst du es besser verstecken. Eines Tages wirst du ihn enttäuschen.«

»Werde ich nicht.«

Die Traurigkeit, die in ihm aufsteigt, überrascht ihn selbst. »Wer kann das schon garantieren, Livia?«

Er dreht sich um, sieht ihr unverfroren in die Augen. »Du bist hübsch. Das ist mit vorher nie aufgefallen.«

Statt einer Antwort schlingt sie die Arme um ihren schmalen Körper.

Dann gehen sie weiter. Bevor sie aufbrechen, bückt Livia sich schnell, verstohlen, und hebt die Zigaretten auf, die er weggeworfen hat. Sie erklärt nicht, warum.

Thomas fragt auch nicht.

*

Sie erzählt es ihm später, als sie im Gänsemarsch laufen, Thomas vorweg, Livia hinterher, mühsam den Schritt seinem langsamen Humpeln anpassend. Ihre Erklärung hat deshalb kein Gesicht, nur eine Stimme, bedächtig und nüchtern, sachlich.

»Der Name ist römisch. Livia Orestilla. Eine Kaiserin: Caligulas Frau. Sie war einem anderen versprochen, aber Caligula hat sie in ihrer Hochzeitsnacht geraubt. Wenige Tage später hat er sich wieder von ihr scheiden lassen.«

»Eine seltsame Wiegengabe, anstelle von Weihrauch und Myrrhe.«

»Genau das hat Julius auch gesagt. Nicht mit denselben Worten natürlich, aber vom Gedanken her. Er hat es mir erzählt. Das mit Caligula.«

Getroffen fährt Thomas herum. Er achtet darauf, die Augen nur auf ihr Gesicht zu richten. Die Jacke ist jetzt zugeknöpft, verbirgt ihren Körper.

»Gut, dass du mich hasst. Ich bin gefährlich. Mein Blut ist verdorben.«

Es überrascht ihn, dass sie seinen Blick erwidert. Das muss sie in den Tiefen des Bergwerks gelernt haben. Davor hat sie ihn meist gemieden.

»Das stimmt«, sagt sie, gleichzeitig ernst und auch wieder nicht. »›Verdorben.‹ ›Gefährlich.‹ Warum, glaubst du, laufe ich drei Meter hinter dir?«

Gegen seinen Willen muss Thomas lachen. Als sie weitergehen, sind ihre Schritte im Takt mit seinen.

*Einen Meter*, denkt Thomas. *Höchstens zwei.*

Bei Einbruch der Dunkelheit erreichen sie die Stadtgrenze. Der Übergang ist fließend, aber deutlich zu erkennen. Auf ihrer Seite beleuchtet die untergehende Sonne reiche braune Erde, Bäume, die trotz der Winterruhe groß und stolz aufragen, grüne Stechpalmen voll Lebenskraft. Auf der anderen Seite sind alle Pflanzen verkümmert, die Erde karg, mit Ruß vermischt, die Pfützen von den öligen Hinterlassenschaften der Sünde überzogen, die Luft erfüllt von ihrem Gestank.

*Die andere Seite*. Die Stadt. London.

Es ist kälter geworden und riecht nach Schnee. Thomas fragt sich, ob er wohl schwarz vom Himmel fallen wird, *dort drüben*. Sie bleiben unter einem Baum stehen, einem Nadelbaum, der beinahe so breit wie hoch ist. Die Äste wachsen seitwärts und bilden eine Reihe von Plattformen aus, die die letzten Sonnenstrahlen abfangen. Auf der Londoner Seite ist der Baum rußverschmiert, das Nadeldach löchrig. Thomas tritt an den Stamm, berührt die Rinde. Livia beobachtet ihn verwundert.

»Was ist los?«

»Nichts. Es ist nur … ich mag diesen Baum.« Er hat ihr den Rücken zugewendet. Seine Stimme ist belegt, klingt sanfter, jünger. »So einen habe ich noch nie gesehen. Was für eine Art ist das?«

»Eine Libanonzeder«, antwortet Livia ohne zu zögern. »Auf dem Gelände meiner Schule gibt es einen kleinen Zedernhain, an dem eine Tafel aufgestellt ist. Ein Forscher hat im frühen siebzehnten Jahrhundert eine Handvoll Samen von einer Reise mitgebracht. Alle britischen Zedern stammen von dieser Handvoll Samen ab. Vor nicht allzu langer Zeit hat das Parlament darüber debattiert, ob man sie alle fällen sollte.«

»Warum? Nein, ich weiß schon. Weil sie aus dem Ausland kommen. Nicht einheimisch sind.«

»Nun, das stimmt ja auch, oder?«, sagt sie vernünftig. »Sie gehören nicht hierher.«

»Er ist wunderschön.«

Thomas legt beide Hände flach an den Stamm, lehnt sich dagegen. In seiner Brust summt etwas, leise und hoch. Knochenmusik, die von Zu Hause singt. Zu Hause? Ein Baum, der aus seiner Heimaterde an den Rand des Fegefeuers verpflanzt wurde. Im frühen siebzehnten Jahrhundert. Der Baum kam mit dem Rauch. Die Rinde unter Thomas' gespreizten Fingern ist warm und rau.

»Los«, drängt Livia, nicht unfreundlich. »Hier können wir nicht bleiben. Sonst holen wir uns den Tod.«

Tatsächlich steigt mittlerweile eine eisige Kälte aus dem Boden, und winzige Schneeflocken wirbeln durch die Luft, glitzernd im Sonnenuntergang. Nur der Wind, der aus südlicher Richtung weht, ist ein wenig wärmer. Er trägt London herbei, Schmutzwasser, Sünde und den Gestank von gekochtem Kohl.

*

Die Dunkelheit bricht in dem Moment herein, als der schmale, schlammige Weg in Kopfsteinpflaster übergeht. Plötzlich tauchen Menschen auf, Behausungen, räudige Hunde, die im Straßengraben nach Essensresten suchen. Sie sind noch weit vom Stadtzentrum entfernt, in einem Niemandsland aus Schweinefarmen und Fabriken, Gemüsebeeten und Schrägdächern aus Holz und Sackleinen. Je weiter sie kommen, desto schwerer finden sie sich zurecht, stoßen auf Senkgruben, Sackgassen, verwirrende Straßenkreuzungen. Und mit jedem Schritt wächst Thomas' Erschöpfung; die Schmerzen des Fiebers kehren in seine Gelenke zurück. Bald hält Livia ihn an.

»Wir laufen schon den ganzen Tag. Du musst dich ausruhen. Da drüben in dem Hauseingang sind wir geschützt.«

Thomas ist zu müde, um zu protestieren. Der Eingang ist von Gerüchen erfüllt, aber tief genug, damit sie in seinem Schatten verschwinden und sich sogar hinlegen können, den Kopf auf den Arm gebettet. Thomas' Magen rebelliert, als ihm der Modder durch Jackett und Hemd dringt, aber dann vertreibt die Erschöpfung jeden Ekel. Was bleibt, ist die Kälte. Selbst im Windschatten, trotz des Sündenpfuhls, der um sie herum brodelt, ist die Nacht eisig. Gegen ihren Willen müssen Thomas und Livia sich eng aneinanderpressen, Rücken an Rücken. Jeder hält den anderen durch sein Zittern wach. Der Boden des Eingangs ist ausgetreten, fällt zur Mitte hin ab. Irgendwann spät in der Nacht, ohne jede Erklärung, dreht Thomas sich um und nimmt Livia in den Arm, schmiegt Brust, Knie, Beine an ihren Körper. So ist es wärmer. Ihr Haar riecht nach Kohle, Schweiß und Pfirsichen. Die Pfirsiche irritieren ihn am meisten, als er langsam eindämmert. Der Morgen bringt Lärm und den stechenden Gestank von frischem Rauch. Sie rollen auseinander wie trotzige Hundewelpen und setzen ihren Weg mit steifen Gliedern fort. Der Hauseingang ist noch immer leer, die Tür verschlossen, das Haus selbst ohne Schild und Schmuck, bis auf den schiefen Umriss eines Kreuzes, das es als Kapelle ausweist.

*

Sie laufen entspannt nebeneinander her, mit zwei Schritten Abstand. Irgendwann im Lauf der Nacht scheinen sie einen Waffenstillstand geschlossen zu haben, beinahe so etwas wie Freundschaft, die die Spannung des vorherigen Tages auflöst. Thomas schöpft neue Hoffnung. In ein paar Stunden – spätestens am nächsten Morgen – werden sie Charlie wiedertreffen, und alle Gefahr wird gebannt sein, dieses vage Gefühl, dass am Straßenrand eine Falle lauert. Währenddessen gibt er sich ganz der Stadt hin. Im schwachen Morgenlicht wirkt sie vollkommen anders als bei seinem ersten Besuch. Oder vielleicht ist *er* anders, hat die Schule hinter sich gelassen, die Uniform abgelegt, ist einer von ihnen geworden. Schon jetzt sind die Straßen mit Karren und Menschen verstopft: Bauern, die Schafe zum Markt bringen, Straßenhändler, Säufer, Fabrikarbeiter, die zu ihrer Schicht marschieren. Der Rauch ist noch licht, ein diffuser gelblicher Nebel, der auf nicht nur unangenehme Weise an Thomas zerrt, wilde Gefühle wachruft, die er halbherzig unterdrückt. Livia neben ihm ist zurückhaltender, misstrauischer gegenüber dem Dunstschleier, doch auch sie starrt staunend das Menschenmeer an, dessen steter Strom sie mitreißt.

Den Platz finden sie am späten Vormittag. Heute steht dort keine Richtbühne, kein Henker, kein Wachtrupp, kein wütender Mob. Nichtsdestoweniger ist er derart überfüllt, dass jede Bewegung zur Verhandlungssache wird, zu eingefordertem und gewährtem Raum, sich streifenden Schultern, leicht verlagertem Gewicht. *London ist ein Ort, an dem Menschen sich berühren.* Das scheint Thomas eine prägnante Definition seiner Sünde zu sein.

Trotz des Gedränges fühlt es sich heute anders an. Während der Hinrichtung gab es hier nur eine einzige Menge, konzentriert auf das eine Spektakel. Heute gibt es viele Zentren der Aufmerksamkeit. Mehrere Bauern haben Stände aufgebaut und bieten ihre Waren einem drängelnden Pulk feil. Ihre Söhne sind mit Knüppeln bewaffnet, um Diebe abzuschrecken. Hinter den Ständen hat sich ein Ring um zwei kämpfende Hunde gebildet. Ein altes Weib mit einer Schiefertafel nimmt Wetten entgegen. Direkt neben ihr hat ein Mann eine Kiste erklommen und schreit auf seine zwanzigköpfige Gemeinde herab. Dahinter steht ein kleines Zelt, vor dem ein grellbunt gekleideter Junge Eintrittskarten für eine Schau verkauft, in der sich wohl, dem Schild um seinen Hals nach zu urteilen, eine Frau auszieht und ihren Skorpionschwanz enthüllt. Jede dieser Gruppen ist von einer hellen, flüchtigen Rauchwolke umgeben, die sich stellenweise zu dunklen Wirbeln verdichtet. An den Rändern vermischen sich die Wolken oder regnen als Ruß zur Erde, wo der schwarze Schlamm sie aufsaugt.

»Es ist ganz anders als unter Tage«, sagt Livia enttäuscht. »Dabei hatte ich schon gehofft, dass der Rauch harmlos ist.«

»Und jetzt bist du schockiert?«

»Nun, sieh es dir doch an. Es ist eine Schande.«

»Ich habe gerade genau das Gegenteil gedacht. Dass es eigentlich gar nicht so schlimm ist.«

Kaum hat Thomas den Satz beendet, bekommen sich zwei Frauen am anderen Ende des Platzes in die Haare. Die kleinere, stämmigere Frau ringt die andere nieder und lässt Beleidigungen auf sie herabprasseln.

*

Sie setzen sich auf die oberste Stufe einer flachen Treppe, die zu einer Kirche hinaufführt. Wobei *Kirche* die Größe des Gebäudes nicht erfasst – es ist beinahe eine Kathedrale. Eine Reihe Marmorsäulen erhebt sich hinter ihnen, trägt das Vordach über ihren Köpfen. Jenseits des Säulengangs ragt ein einzelner Turm sechzig Meter in den Himmel, wo der Rauch sich ausdünnt und die Wolken Schneeflocken ausspeien, die als schmutziger Sprühregen niedergehen. Trotz seiner Pracht ist das Gebäude marode. Die gewaltigen Eingangstüren lehnen verkohlt im Rahmen und werden nur von einem primitiven Flickwerk aus Holz zusammengehalten. Auch die Fenster haben längst ihre Scheiben verloren und sind mit Brettern zugenagelt. Hoch oben, wo sich das Mauerwerk unter dem Rußlack der Stadt hervorschält, leuchtet blasser Kalkstein. Die klaren, geraden Linien der 1720er: hundert Jahre nach Anbruch der Zeit des Rauchs. Thomas starrt die Kirche an und fragt sich, weshalb man damals, trotz allem, die Entscheidung getroffen hat, sie ausgerechnet hier, im Herzen der Sünde, zu errichten.

Es wird allmählich Nachmittag, und Charlie kommt nicht. Morgengrauen, Mittag, Abenddämmerung: Das sind die Treffzeiten, die sie vereinbart haben. Sie müssen bald los, sich etwas zu essen und eine Unterkunft für die Nacht besorgen. Auf dem Marktplatz gibt es eine Pumpe, und obwohl das Wasser grau ist und nach Blech schmeckt, waren sie schon wiederholt dort, um ihren Durst zu lindern und ihre Mägen mit etwas anderem als Luft zu füllen. Um Essen zu kaufen, müssen sie erst einmal Geld beschaffen. Oder stehlen. Vor diesem Problem stehen vermutlich viele Londoner.

Ein Mann nähert sich der Treppe. Zuerst begreift Thomas nicht, warum er ihm auffällt. Es sind schon viele vorübergegangen. Manche haben sie ungeniert taxiert, ihren Stand, ihre Vermögensverhältnisse abgeschätzt. Für andere war die Treppe, was sie auch für Thomas und Livia ist: ein Ort, um sich auszuruhen. Eine alte Frau hat hier eine Dose frisch ausgegrabener Maden an die Tauben verfüttert, vor sich hin gurrend und aus dem Schaft ihrer Stiefel rauchend.

Dieser Mann bewegt sich schnell, versucht jedoch, seine Eile zu verbergen, als würde er an der Leine seiner eigenen Diskretion zerren. Er ist um die fünfzig Jahre alt, hat eine Glatze und einen Knick im Hals, der das Kinn in Richtung Schulter neigt. Thomas' Aufmerksamkeit erregt allerdings etwas anderes. Er kann sich erst einen Reim darauf machen, als der Mann bereits in die Gasse neben der Kirche eingebogen ist. Jeder andere ist auf dem Weg an den zahlreichen Vergnügungsinseln vorbei irgendwo abgedriftet, wenn auch nur für einen Moment. Dafür hat der Rauch schon gesorgt, hat nach ihnen gerufen, sie angezogen, als wären sie Himmelskörper, die an der Sonne vorbeifliegen. Nur dieser Mann mit dem schiefen Hals ist, als er in seiner unterdrückten Hast durch den Sirenengesang der Sünde lief, nie von seiner Bahn abgekommen.

*Er isst Bonbons.*

Das ist die einzige Erklärung. Und doch kämpft sich noch etwas anderes an die Oberfläche von Thomas' Bewusstsein, eine Erinnerung, die älter ist als die Entdeckung der Bonbons, wenn auch nicht viel.

»Charlie«, sagt er unvermittelt und reißt Livia aus dem Dämmerschlaf. »Er hat mir einmal erzählt, dass er einen Engel gesehen hätte. Genau hier, auf diesem Platz. Einen Engel mit einem schiefen Hals.«

Livia starrt ihm hinterher, als er aufspringt und in die Gasse rennt. Aber der Mann ist längst verschwunden.

»Ist er denn wichtig?«

»Charlie dachte es zumindest«, erwidert Thomas. »Auf jeden Fall kann es kein Zufall sein. Zwei Begegnungen am selben Ort. Er muss geschäftlich hier zu tun haben.«

*

Wenig später verscheucht eine Gruppe stattlich gekleideter Männer Thomas und Livia von ihrem Aussichtspunkt. Auf dem offenen Landauer, in dem sie den Platz überqueren, prangen ein großer Schriftzug und das Symbol der Krone. Sie sind zu viert, dazu ein livrierter Kutscher; so offensichtlich Gentlemen mit ihrer weichen weißen Haut und dem gepflegten Schnurrbart, dass sie wie eine andere Spezies wirken.

»Wer ist das?«, flüstert Livia im Schutz der Gasse, in die sie sich geflüchtet haben. »Sind es Friedensrichter? Suchen sie nach uns?«

Thomas liest den Schriftzug an der Seite der Kutsche. TAYLOR, ASHTON AND SONS, INGENIEURBÜRO. Ihm fällt ein Stein vom Herzen.

»Nein. Das sind die Abwasserleute.« Er fasst schnell zusammen, was Renfrew ihnen vor ein paar Wochen in Oxford erklärt hat. »Liberale. Sozialpioniere. Sie wollen London säubern, angefangen bei den Senkgruben.« Er zuckt mit den Achseln. »Renfrew hat uns gepredigt, dass wir uns ihnen anschließen sollen. Allerdings hat er nicht verraten, dass es sich nur um einen Vergnügungsausflug in die Verderbtheit handelt – für diejenigen, die sich keine Zigaretten leisten können.«

»Vielleicht tun wir ihnen unrecht.« Livia beobachtet, wie die Kutsche am anderen Ende des Platzes verschwindet. »Sie sahen wie rechtschaffene Männer aus.«

»Sie waren sauber, Livia. Das ist alles.« Er greift nach ihrem Ellbogen, zieht sie zurück auf den Platz. »Ich sterbe vor Hunger. Besorgen wir uns was zu essen.«

*

Zum zweiten Mal in zwei Tagen macht Thomas eine Bestandsaufnahme seiner Besitztümer und überlegt, was er verkaufen könnte. Sein Klappmesser. Sein Jackett, aber dann erfriert er, wenn sie für diese Nacht keinen besseren Unterschlupf finden. Die Zigaretten, die Livia vom Boden aufgehoben hat. Angeblich sind sie ein Vermögen wert. Nur wer sollte in London Sünde kaufen? Die gibt es hier genauso umsonst wie die Luft, die sie atmen.

Die Marktstände auf dem Platz bieten außer rohem Fleisch und Gemüse nur Fisch an, der so übel riecht, dass sogar die Londoner ihn liegen lassen. Thomas und Livia biegen aufs Geratewohl in eine Straße, folgen zwei Schornsteinfegern, die entweder die sündhaftesten Menschen überhaupt sind oder einfach nur vom Ruß ihrer Profession überzogen. Eine Bäckerei lockt sie mit ihrem Duft. Das Klappmesser erkauft ihnen zwei Laibe Schrotbrot und ein Dutzend Brötchen. Sie kauern sich in einen Hauseingang und verschlingen die Brötchen, bis eine Horde Gossenkinder sie entdeckt und mit so schmutzfingriger Hartnäckigkeit einen Laib erbettelt, dass sie keine andere Wahl haben, als zu fliehen.

Und so treiben sie dahin, Fremde an einem fremden Ort, umgeben von der arbeitenden, schwatzenden, sich vergnügenden Stadt. In gewisser Weise ähnelt sie einem belebten Schulkorridor oder einem Jahrmarkt in einem ehrbaren Dorf. Nur dass hier in jeder Interaktion – jedem Wort, das gesprochen wird, jeder Münze, die den Besitzer wechselt – Gefahr mitschwingt und Stimmungen sich schon durch einen Windstoß ändern können. Sie laufen durch Streit, Trunkenheit, Gelächter, weichen einer Schwade roher Lust aus, einem sich küssenden Paar, ihre Hände in seiner Jacke vergraben, während ein nackter Hüftknochen in die Kälte ragt. Und mit jedem Schritt ruft der Rauch nach Thomas; ein Dutzend Schattierungen der Sünde.

Es passiert wie alle Unfälle, plötzlich, ohne Vorwarnung. Vielleicht ist es auch gar kein Unfall, sondern ein Überfall, gut einstudiert und souverän ausgeführt. Eine Bande Straßenkinder (dieselbe wie zuvor?, eine andere?) trennt sie voneinander, schubst Thomas gegen eine Wand und Livia gegen das Pärchen. Sie verliert das Gleichgewicht, und alle drei stürzen zu Boden. Noch während sie fallen, gleiten die Hände des Mannes in Livias Taschen, durchsuchen sie nach Münzen. Und entdecken, was Thomas am Tag zuvor entdeckt hat: dass die unförmige Jacke etwas Weicheres versteckt als den Körper eines Jungen. Der Mann grinst, leckt Livia übers Gesicht, befreit seine Beine aus den Röcken seiner Geliebten, springt auf und verschwindet mit der Frau, deren Wangen in vorgespiegelter Gesundheit purpurrot angemalt sind. All das geschieht in ein, zwei Wimpernschlägen, während Thomas gegen den Menschenstrom ankämpft und ihr letztes Brot in einer Pfütze zu seinen Füßen verdirbt. Er erreicht Livia, fällt auf die Knie, findet ihren Kopf, der seltsam verdreht im Dreck liegt, nimmt panisch mit beiden Händen ihr Kinn. Bei seiner Berührung bricht Rauch aus ihr hervor, dunkelgrün und dick. Seine eigene Haut antwortet. Sie erstarren, die Gesichter in einem so dichten Wirbel verbunden, dass sie einander nicht sehen können. Schließlich weicht Livia zurück, schüttelt seine Hände ab, tritt nach seinen Beinen, will fort von ihm.

»Rühr mich nie wieder an!«, schreit sie, während der verräterische Rauch weiter hervorquillt.

Dann rennt sie los, die Straße hinunter, bis sie außer Sichtweite ist.

*

Thomas sucht nach ihr. Er hat Angst, sie zu finden, Angst, sie nicht zu finden. Alle Straßen scheinen nach ihr zu riechen, Pfirsich und Rauch. Er sieht ihr Gesicht in jedem Mädchen, das geschäftig vorübereilt. Als es Abend wird, kehrt er zur Kirche zurück. Livia ist schon da, sitzt auf der Treppe, die Arme um die Knie geschlungen, Erschöpfung, Scham im blassen Gesicht. Sie hat es wund gescheuert, um es von seinem Ruß zu befreien. Immer noch schießen ihr Rauchfahnen aus dem Mund, in krampfartigen Stößen, so abrupt und heftig, dass es ihren Körper von Kopf bis Fuß schüttelt. Thomas steigt an ihr vorbei, setzt sich in den Gegenwind. Frische Fieberböen überziehen seine Glieder mit Gänsehaut. Ein kalter Nieselregen fällt, will sie zu der Nähe verlocken, zu der sie gestern Nacht Zuflucht genommen haben, Schulter an Schulter, Schenkel an Schenkel. Sie ignorieren ihn, sitzen meterweit voneinander entfernt. Trotzdem ist sich Thomas Livias Rauchs bewusst, spürt, wie er über die Lücke zwischen ihnen greift und an seinen Knochen zerrt. Als wäre er dazu geschaffen, ihre Sünde zu trinken.

*London ist ein Ort, an dem Menschen sich berühren.*

Die ganze Bedeutung dieser einfachen Wahrheit hat er erst jetzt erfasst.

Sie warten. Thomas' Fieber nistet sich in seinen Gelenken ein. Seine Knie und Knöchel schmerzen. Unter ihnen auf dem Platz packen die Verkäufer allmählich ihre Waren zusammen, bis nur noch ein Zahnarzt mit seinem Stand verbleibt. Er steht tief gebeugt über einem Patienten, dem ein Kieferspreizer den Mund aufsperrt, seine einzigen Werkzeuge sind ein Eimer und eine rostige Zange, von der die Farbe abblättert. Mit einem Schwall Schwarz, den Arzt und Patient gleichermaßen begrüßen, gibt der Zahn schließlich nach. Blut wird in den Eimer gespuckt, der Arzt bekommt sein Geld, der Zahn wird einem Rudel Hunde zugeworfen, die mit gesträubtem Fell darum kämpfen.

*

Eine halbe Stunde später taucht Charlies Engel wieder auf. Es ist beinahe dunkel. Der Mann wirkt auf Thomas wie ein Magnet, der seine Wut, seine Verwirrung, seine Hoffnung auf sich zieht. Er betritt den Marktplatz von der anderen Seite. Die letzten Sonnenstrahlen werfen seinen Schatten hinter ihn, lang und oben abgeknickt. Je eingehender Thomas ihn mustert, desto weniger ist er überzeugt, dass an ihm irgendetwas Besonderes ist. Er ist ebenso schmutz- und rußbefleckt wie alle anderen Menschen auch, wirkt niedergedrückter als die meisten. Kein Heiligenschein erhellt seine derben gewöhnlichen Züge. Doch wieder meidet der Mann alle Gruppen und Großbrände, läuft allein, lässt sich von keiner Menschentraube und keiner Rauchschwade ablenken.

Als er näher kommt, dreht sich Thomas absichtlich weg, beobachtet ihn nur aus dem Augenwinkel. Livia ist unterdessen erschöpft in sich zusammengesunken; ihr Oberkörper ist nach vorne gekippt, der Kopf hängt schlaff zur Seite, als würde sie den Engel imitieren. Am Fuß der Treppe biegt der Mann ab und verschwindet in der Gasse, die an der Seite der Kirche entlangführt. Für den Bruchteil einer Sekunde zögert Thomas. Er will Livia nicht aufwecken, ist wie gebannt von der Ausdruckslosigkeit ihrer entspannten Gesichtszüge, der Schlankheit ihres gebogenen Halses. Dann springt er auf und stupst sie mit dem Schuh an.

»Der Engel ist wieder da. Wir müssen ihm folgen.«

Sie will schon aufstehen, überlegt es sich schließlich aber anders und lässt sich auf die Treppe zurückfallen. »Geh du. Jemand muss hierbleiben. Wegen Charlie.«

Anscheinend ist Livia lieber allein und schutzlos als bei ihm.

*

Die Kirche hat noch einen zweiten Eingang. In der Mitte der Gasse führt eine schmale Treppe mit vier, fünf steilen Stufen an der Kirchenwand empor, zu einer so niedrigen Tür, dass man nur mit eingezogenem Kopf hindurchpasst. Thomas sieht den Fremden nicht hineingehen, er sieht nur, wie die Tür eineinhalb Meter über dem Boden zufällt. Einen Augenblick später dreht er selbst den einfachen Türknauf. Drinnen herrscht tiefe Düsterkeit, trotz der kleinen Ansammlung brennender Kerzen am Ende des Längsschiffs. Die Kirche ist in einem jämmerlichen Zustand. Die Bänke sind verschwunden – wahrscheinlich gestohlen, weil man das Holz gebrauchen konnte –, und der Steinfußboden ist mit Matsch und Müll übersät. Ein großes Kreuz aus schmucklosem, weiß lackiertem Holz erhebt sich über dem Altar.

Auf einem Hocker in einer Seitenkapelle sitzt eine Gestalt. Neben ihr steht ein Klapptisch mit einer Kerze, einem Krug und einem Becher Wein. Erst als Thomas näher getreten ist, bemerkt er, dass es sich nicht um den Mann handelt, dem er gefolgt ist. Der Pfarrer ist kleiner, blass und wieselgesichtig, sein Haar ein Stoppelfeld. Er blickt auf, schenkt einen zweiten Becher ein, bittet Thomas mit einer Handbewegung, Platz zu nehmen. Thomas ignoriert die Geste.

»Ich suche nach dem Mann, der gerade reingekommen ist.«

Seine Worte klingen barsch, herrisch. Er hat keine Geduld mehr, kein Interesse an diesem Fremden. Der Fremde seinerseits mustert Thomas eingehend, als wolle er seine Absichten durchschauen. Ruß ziert seine Wangen wie Rouge, geplatzte Äderchen überziehen die Nase.

»Ach ja?«

»Wo ist er hin? Ich will mit ihm sprechen.«

»Sprechen Sie mit mir. Dafür bin ich da.«

Thomas runzelt die Stirn, sieht sich um, beäugt misstrauisch den Kragen des Mannes, seinen Weinkrug, sein Priestergewand.

»Ihre Kirche ist der reinste Saustall«, sagt er schließlich.

Der Pfarrer zuckt mit den Achseln. »Welche Verwendung sollte der Herr für hübsche Fenster haben?«

»Und Sie sind betrunken.«

»Eine meiner Schwächen, das gebe ich zu. Aber ich bin ein freundlicher Betrunkener, und es hat keine Auswirkungen auf meinen Glauben.« Er lächelt. »Warum sind Laien nur immer die schlimmsten Puritaner? Aber bitte, setzen Sie sich doch. Wenn ich zu Ihnen aufschauen muss, komme ich mir vor, als würde ich mit dem Bischof reden, wenn er schlecht gelaunt ist.«

Widerwillig lässt sich Thomas auf einen Hocker sinken.

»Also sind Sie wirklich ein Pfarrer?«

»Ja, mein Sohn.«

»Und diese Kirche ist … geöffnet? Ich meine, die Leute kommen hierher?«

»O ja. Füllen sie am Sonntag die Bänke? Nein. Es gibt ja auch keine. Feiere ich die Heilige Messe in glänzenden Gewändern? Nein. Sie wurden vor ein paar Monaten gestohlen. Aber die Leute kommen. Vor allem deswegen.« Er deutet zuerst auf den Weinkrug, dann auf den schlichten Beichtstuhl ein paar Meter weiter. »Steht Ihnen danach der Sinn?«

Thomas schüttelt den Kopf. »Nein, ich bin … Aber ich muss

jetzt … Draußen wartet jemand auf mich.« Er steht auf. Plötzlich hat er es eilig zu verschwinden. »Ich bin nur einem Mann hinterhergelaufen. Einem ungewöhnlichen Mann. Mit einem schiefen Hals.«

»Und was wollen Sie von diesem ungewöhnlichen Mann?«

»Nichts. Ein Freund hat ihn einmal gesehen. Vor ein paar Wochen. Er glaubt, dass er ein Engel ist.« Thomas' Stimme schwankt zwischen Verbitterung und Hoffnung. »Ich schätze, ich wollte nur sichergehen, dass er unrecht hat.«

»Ein Engel? Was für ein abwegiger Gedanke. Wie ist er denn darauf gekommen?«

»Der Mann raucht nicht.«

»Ah! Also ist er ein Gentleman.«

»Nein. Mein Freund glaubt, dass der Mann nie raucht. Ich glaube, es ist ein Trick.«

»Ein Trick?«

Thomas schnaubt, erfüllt von einer jähen Wut. »Sie sind ein Mann der Kirche. Ich weiß, dass Sie mit Bonbons versorgt werden. Eine monatliche Zuteilung, damit Sie Ihre Gemeinde anlügen und so tun können, als wären Sie anständig.«

Das Wieselgesicht des Pfarrers verzieht sich zu einem Lächeln. Es steht ihm überraschend gut.

»Ach ja, die Bonbons … Die Kirche schickt mir jedes Jahr zu Weihnachten zwei Stück. Zwei! Mir ist schleierhaft, nach welcher Methode sie den Bedarf einer Gemeinde berechnen. Ich verkaufe sie für Alkohol. Eine Sünde – obwohl ich dabei noch nie geraucht habe. Ihr Engel ist also ein Betrüger, und Sie wollen ihn entlarven.«

»Keine Ahnung, was ich will. Vielleicht ist er ein Spion. Jemand, der sich als gewöhnlicher Bürger ausgibt.«

Kaum hat er es ausgesprochen, wird ihm bewusst, wie lächerlich es klingt. Der Pfarrer geht nicht darauf ein.

»Ja, ein Betrüger«, murmelt er. »Oder aber ein Wunder. Wissen Sie, was die meisten Menschen mit einem Wunder machen? Es wie Dreck behandeln. Auf dem Scheiterhaufen verbrennen.« Er sieht wieder zu Thomas auf. Sein Blick ist nüchtern, das kleine Gesicht schmutzig und klug. »Gehören Sie auch zu denen, mein Sohn?«

Thomas zittert, ganz benommen vom Fieber. Mit diesem Mann zu reden, fühlt sich gleichzeitig gefährlich und befreiend an. Es ist das erste Mal seit Monaten, dass er sich mit einem Fremden – einem Erwachsenen – unterhält und sich nicht sofort verurteilt vorkommt.

»Mein Vater hat einen Mann getötet«, sagt er mit heiserer Stimme und erschrickt über den stolzen Unterton. »Man hat mir gesagt, dass ich genauso ende.«

Der Pfarrer leert seinen Becher. »Ah. Nun gut. In diesem Fall … Ich werde mit Ihrem Engel sprechen und ihn fragen, ob er vorgestellt werden möchte.«

*

Sie finden ihn im Glockenturm, wo er eine angelaufene Messingglocke poliert.

»Die große Glocke läuten wir an Feiertagen«, erklärt der Pfarrer, während sie mühsam die schmale Treppe erklimmen, »aber mittlerweile klingt sie schief. Verschnupft. Das ist der ganze Ruß.

Er erledigt gelegentlich Arbeiten für mich«, fährt er fort, als sie einen winzigen Absatz erreichen. »Sein Name ist Grendel. Tobias Grendel. Gren, hier ist ein Junge, der dich kennenlernen will. Gewalttätig, behauptet er, aber ich glaube, er hat das Herz am rechten Fleck. Gut, dann lasse ich euch mal allein. Unterhaltet euch. Und ruft einfach, wenn ihr Erfrischungen braucht. Cheerio.«

Die Schritte des Pfarrers verklingen auf der Treppe. Thomas bleibt mit dem Fremden zurück. Er weiß nicht, was er sagen soll.

Der Mann arbeitet weiter. Während er mit einem schmutzigen Tuch die Flanke der Glocke abreibt, beobachtet er Thomas unter gesenkten Augenlidern. Der Knick in seinem Hals verleiht ihm etwas Unterwürfiges, verurteilt ihn dazu, sich ständig vor seinesgleichen zu ducken.

»Worum geht es?«, fragt Grendel, als das Schweigen allmählich unangenehm wird. Seine Stimme ist leise und sanft, mit einem leicht singenden Tonfall. »Gibt es ein Problem?«

Thomas schüttelt den Kopf, tritt einen Schritt näher.

»Sie waren bei der Hinrichtung«, sagt er schließlich, unsicher, wie er anfangen soll. »Ende November. Eine Frau. Der ganze Platz war schwarz.«

Der Mann nickt. In seinen Augen glänzt eine unbestimmte Angst.

»Trotzdem haben Sie nicht geraucht.«

Thomas streckt die Hand aus, packt den Kragen des Mannes, klappt ihn um. Er weiß, wie übergriffig, wie grob und unhöflich sein Verhalten ist. Das Hemd ist verfärbt, rußbefleckt, mehr schwarz als weiß, doch die Innenseite ist eher grau. Der gesamte Ruß klebt außen: die Sünde der Stadt, von den Mauern und aus der Luft.

»Woher bekommen Sie die Bonbons?«

»Bonbons?«, wiederholt der Mann und zittert ein wenig.

»Stellen Sie sich nicht dumm.«

»Der Pfarrer gibt sie mir.«

»Der Pfarrer hat mir gerade erzählt, dass er nur zwei pro Jahr kriegt und sie gegen Wein eintauscht.«

»Ich habe sie gefunden.« Der Mann weicht zurück.

»Genug, um nicht zu rauchen, während eine Frau am Galgen baumelt?«

Thomas schüttelt den Kopf. Ein unbekanntes Gefühl erfüllt ihn, beinahe wie Angst. Ehrfurcht vielleicht: eine Schraubzwinge um sein Herz. Es setzt ein bisschen Rauch frei, eine Jodwolke, die er dem Fremden ins Gesicht bläst. Sie treibt an seinen Wangen vorbei, fällt als Ruß auf seine Schultern, aber die breiten, ehrlichen Züge bleiben unverändert.

*

Livia stößt zu ihnen. Der Pfarrer muss sie von der Treppe geholt haben. Sie ist durcheinander, verärgert, verängstigt, weil Thomas nicht zurückgekehrt ist. Trotzdem hält sie Abstand.

»Charlie ist nicht gekommen«, zischt sie. »Ein Bettler hat mich belästigt.« Und: »Was machst du mit diesem Mann?«

Erst jetzt bemerkt Thomas, dass er immer noch Grendels Kragen umklammert. Die Finger seiner anderen Hand sind nass. Er hat sie Grendel in den Mund geschoben, um die Wangentaschen nach Bonbons abzusuchen.

»Er raucht nicht«, sagt er erschüttert und versucht, Livia das Ganze zu erklären. Ein Teil von ihm will vor diesem Mann auf die Knie fallen. Ein anderer ist wütend, weil er so einfältig wirkt.

Livia hört ihm regungslos zu. Schließlich sagt sie zu dem Engel, nicht zu Thomas: »Du hast Angst.«

Und tut etwas Unerwartetes. Thomas hätte nicht gedacht, dass sie zu solcher Huld fähig ist, nicht hier, nicht jetzt, wo ihre Lippen noch pechschwarz sind von ihrem eigenen Ruß.

Sie geht an ihm vorbei und umarmt den Engel.

Der Mann kichert nervös. Dann fängt er an zu weinen.

*

Er nimmt sie mit zu sich. Grendel. »Genau wie das Ungeheuer«, sagt er. Er sagt es fröhlich, weil Livia seine Hand hält.

Seine Gastfreundschaft ist ihr Verdienst. Sie hat ihn auf eine Weise ins Herz geschlossen, die Thomas nicht genau erklären kann, hat sich förmlich in seine Gegenwart geflüchtet. Eines der ersten Dinge, die sie zu ihm gesagt hat, war: »Ich wünschte, mein Vater hätte dich kennengelernt. Als er noch jünger war.« Und: »Er hat versucht, wie du zu sein, genau wie du.«

Grendel hat nur erregt abgewunken, bis sie stattdessen von ihrer Reise hierher erzählt hat und dass sie auf einen Freund warten.

»Sein Name ist Charlie. Du wirst Charlie mögen. Jeder mag Charlie.«

Ihr Blick huscht zu Thomas hinüber und offenbart ihren Schmerz, bevor er für den Rest des Abends aus ihren Augen verschwindet.

Grendel wohnt eine halbe Stunde Fußmarsch von der Kirche entfernt, in der Nähe der Themse. Es ist längst dunkel, und die Straßen sind gefährlich. Sie werden von Bettlern und Prostituierten bedrängt, von Laternenanzündern mit rauchenden Fackeln, die sie für zwei Pence nach Hause begleiten wollen.

Als sie sich Grendels Viertel nähern, wird der Gestank schlimmer: Müll und Schlick und schales, brackiges Flusswasser. Das Haus hat schon einmal gebrannt und mischt dem Mief noch kalte Asche bei. Es sieht unbewohnbar aus, doch Grendel führt sie durch ein Tor in einen Innenhof von der Form eines krummen Dreiecks, dann weiter zu einem Anbau mit durchhängendem Dach, der über das Flussufer hinausragt. Er verfügt über eine Reihe niedriger Zimmer, von denen zwei allerdings keine Fensterscheiben haben; bei einem ist die Außenwand eingestürzt und von einer dicken Schicht Moos überwachsen. Trotzdem ist es drinnen recht gemütlich. In der Küche steht ein farbenfroh lackierter Tisch vor einer gemauerten Feuerstelle, an der sich Grendel sofort zu schaffen macht.

Bevor sie ihre Befangenheit ablegen und ein Gespräch beginnen können, hören sie schwerfällige Schritte auf der Treppe. Grendel springt auf, um die Tür zu öffnen. Herein kommt eine Frau in matschverschmierten Stiefeln mit einem Eimer Wasser, das derart dreckig ist, dass es genauso gut Schlamm sein könnte. Auch ihre Arme sind von grünlich-braunem Schlick überzogen. Sie ist groß und so dürr, dass sie hager wirkt; ihr feinknochiges Gesicht wird von dünnem grauem Haar umrahmt. Während sie Thomas und Livia anstarrt und regungslos Grendels Erklärungen lauscht, wallt das Wasser im Eimer auf, und dunkle Scheren durchbrechen die Oberfläche, zusammen mit einem spastisch zuckenden gepanzerten Schwanz.

»Wer hätte das gedacht?«, sagt Thomas. »Der Engel hat eine Frau. Und sie war fischen.«

Sie lächelt, ein ungeübtes, verlegenes Lächeln, wäscht eine Handvoll Flusskrebse in der tiefen Bleispüle und bereitet sie fürs Abendessen zu.

Danach bleibt Grendel noch lange mit ihnen wach und erzählt, dass er krank ist.

*

»Es fing an, als ich neun war. Davor habe ich geraucht, allerdings nie besonders viel. Ein ruhiges Kind, haben sie gesagt, fröhlich und sanftmütig, vielleicht ein bisschen beschränkt. Dann hat der Rauch aufgehört. Ich war krank, daran erinnere ich mich noch. Röteln. Flecken am ganzen Körper und schreckliches Fieber. Als die Krankheit abklang, verschwand auch der Rauch. Seither nicht mehr der kleinste Fetzen.«

Sie sitzen noch immer am Esstisch, jeder auf einem unterschiedlich hohen Hocker, den Geruch nach Flusskrebsen an den Fingern. Dann und wann steht Mrs Grendel auf und hantiert am Herd herum, wo sie aus den leeren Krebsschalen eine Brühe kocht. Sie summt vor sich hin, während sie ihrem Ehemann lauscht. Zufriedenheit schwingt darin mit, aber auch Sorge wegen dieser Fremden, die plötzlich in ihr Leben geplatzt sind. Grendel wiederum spricht freimütig, vertrauensvoll, so begierig darauf, seine Geschichte loszuwerden wie ein Kind seine Sonntagskleider. Thomas hört ihm mit der geschärften Klarheit des Fiebers zu. Er sitzt weit von Livia entfernt, außerhalb ihres Blickfelds, und hat ein Flusskrebsbein vom Boden aufgehoben, schwarz, spindeldürr und spitz an den Gelenken, rollt es in der Hand, sodass die Kanten sich in seine Haut bohren.

»Zuerst ist es niemandem wirklich aufgefallen. Ich war vorher schon friedfertig und danach eben noch mehr. Meine Kleider haben mich schließlich verraten, meine Bettwäsche. Keine Flecken. Weder tagsüber noch nachts, wochenlang. Aber das war nicht alles: Ich habe mich nicht mehr gestritten, nicht mehr geprügelt. Ich habe meine Schwestern dabei beobachtet, habe zugesehen, wie sie sich richtig in die Haare gerieten und der Rauch von ihnen aufstieg wie Dampf von einer Heißmangel. Und mich ausgeschlossen gefühlt. Es war, als würden sie auf den Händen laufen oder eine fremde Sprache sprechen. Als wäre die Sünde eine Fertigkeit, die ich verlernt hätte.

Bald hat das ganze Dorf bemerkt, dass etwas mit mir nicht stimmt, allen voran die Kinder. Sie haben angefangen, mich zu hänseln, wollten mich dazu bringen, die Beherrschung zu verlieren, mir Ärger einzuhandeln, zu rauchen. Aber ich konnte nicht. Nicht, dass ich es nicht versucht hätte. Ich habe es mir fest vorgenommen, habe abends vor dem Einschlafen Pläne geschmiedet: wie ich jemandem eine verpassen oder den Hut meiner Großmutter an die Schweine verfüttern würde. Manchmal habe ich meine Pläne sogar in die Tat umgesetzt, einem Jungen einen Ast übergezogen oder die Bluse meiner Tante zerrissen. Aber ich war nicht mit dem Herzen dabei. Es war wie eine lästige Pflicht. Und der Rauch blieb aus.

Als ich elf war, mieden mich alle Kinder. Die Erwachsenen auch. Es hieß, dass ich irgendwie krank sei, nicht ganz richtig im Kopf. Meine Eltern haben versucht, die Gerüchte zu ersticken. Ich sei wie ein Gentleman, haben sie gesagt, ein Engel, ein richtiger kleiner Lord. Das Dorf solle stolz auf mich sein. Das hat die Lage für eine Weile beruhigt, aber das Misstrauen ist geblieben. Ich war nicht wie sie. *Anders*. Kein Teil des normalen Lebens. Ein Engel, ja, vielleicht. Aber wer will schon mit einem Engel angeln gehen?

Eines Tages haben sie mich zum Pfarrer gebracht. Unser Dorf war klein und abgelegen. Wir hatten zwar eine Kirche, aber keinen eigenen Pfarrer. Der kam jeden Sonntagmorgen, um uns, wie die Dorfbewohner immer sagten, eine herzhafte Predigt zu halten, die dann für die ganze Woche reichen musste. Ein untersetzter Mann mit prächtigen roten Locken.

Er hat mich in dem kleinen Anbau hinter der Kirche, der ihm als Büro diente, untersucht. Ich erinnere mich noch, wie ich nackt bis zur Hüfte vor ihm stand und er die Leberflecke auf meiner Brust zählte. ›Wohnt der Satan in dir?‹, hat er gefragt. Ich habe geantwortet, dass ich das nicht wüsste. Daraufhin meinte er, einer meiner Leberflecke sähe aus wie ein Pferdefuß. Ein Hexenmal, ein durch und durch böses Omen.

Angeblich hat er einen Bericht verfasst und ihn sogar an den Bischof gesandt. Aber er hat nie eine Antwort bekommen. Oder er hat den Bericht am Ende gar nicht abgeschickt. Er war ein einfacher Mann. Er wollte keinen Ärger heraufbeschwören.

Trotzdem hat sich die Sache mit dem Leberfleck herumgesprochen. Und das ganze Dorf gegen mich eingenommen. Es hieß, ich sei verflucht. Sie haben angefangen, mich den Wandernden Juden zu nennen. Den mit dem Kainsmal. Ich wusste damals nicht einmal, was ein Jude ist, aber von Kain hatte ich schon gehört. Als ich vierzehn wurde, habe ich das Dorf verlassen.

Einen Beruf hatte ich nicht erlernt, aber ich fand Arbeit in einem Gasthof, dreißig Kilometer von zu Hause entfernt. Drei Wochen ging es gut, dann hat mich der Wirt fortgeschickt. ›Du vergraulst die Kundschaft‹, hat er gesagt. ›Einem Mann, der nicht sündigt, kann man nicht trauen.‹ Seine Frau hat mir ein Paar Socken geschenkt und Wegzehrung eingepackt. Als ich gegangen bin, habe ich gesehen, wie sie sich bekreuzigt hat, um sich vor meinem Fluch zu schützen.

Bis ich zwanzig war, hatte ich gelernt, dass es besser ist, meinen Zustand zu verbergen. Ich bin für mich geblieben und alle paar Monate in die nächste Stadt weitergezogen. Der Wandernde Jude. Dazu verdammt, gut zu sein. Nein, nicht richtig gut: lau. Es gibt einen Bibelvers in der Offenbarung, der besagt, dass Gott die Lauen aus seinem Mund ausspeit. Er liebt die Heißen und die Kalten. Ich bin nicht willkommen an seinem Herd.«

Grendel runzelt die Stirn, aber plötzlich ist seine Frau da, legt ihm die Hände auf die Schultern. Ihr Blick ist auf Thomas und Livia gerichtet, warnt sie, seinen Kummer nicht noch zu vergrößern. Doch sie haben keine Zeit, rücksichtsvoll zu sein. Grendel ist entweder ein Wunder oder ein Mann mit einer verkrüppelten Seele. Das gilt es herauszufinden.

»Also fühlen Sie nichts?«, fragt Thomas.

»O doch«, erwidert Grendel ruhig und betrübt, greift nach oben, um den Arm seiner Frau zu streicheln. »Ich fühle Trauer und Wut. Und Dankbarkeit, weil ich eine feste Arbeit habe. Angst jeden Morgen, wenn ich mich auf den Weg durch die Stadt mache, und Erleichterung, wenn der Tag vorbei ist und meine gute Frau zu Hause auf mich wartet. Aber mein Herz sprudelt nicht über, ich vergesse mich nicht. Als wäre mein Blut dünner als das anderer Menschen.«

»Hören Sie nicht auf ihn«, wirft Mrs Grendel ein. Ihre Wangen sind dunkelrot, und ein schwacher Schatten schießt ihr aus den Nasenlöchern. »Er ist der beste Mensch, der je gelebt hat.«

»Ich glaube Ihnen«, beschwichtigt Livia sie. Jetzt, da sie bei Grendel sind, wirkt Livia verändert, hoffnungsvoll und gefasst. Der Schrecken des Nachmittags ist aus ihrem Gesicht verschwunden. »Wäre mein Vater nicht krank, würde er ihn im ganzen Land berühmt machen.«

Nur Thomas gelingt es nicht, mit einzustimmen. Er sitzt nur da und spielt mit dem Flusskrebsbein, während sein Ohrstummel von Fieber und Schweiß juckt.

# BAUER

Ein Junge klopft an meine Tür. Eigentlich ein junger Mann, mit rotem Flaum im Gesicht. Man trifft nicht viele mit seiner Haarfarbe. Kräftiges Kupferrot über kupferfarbener Haut. Wie ein rothaariger Tatar, der dazu noch leicht errötet; gesunde Wangen, die einen dunkleren Ton annehmen.

Irgendwie bin ich nicht überrascht, als ich seine Aussprache höre. Seine Kleider sind zwar schmutzig, aber man sieht es schon an seiner Haltung. Ich bin kein Freund der Blaublüter, aber sie wissen, wie man sich hält, das muss man ihnen lassen. Aufrecht, die Schultern gestrafft. Schauen dir entspannt in die Augen. Und für einen reichen Schnösel ist er wirklich höflich.

»Mein Name ist Charlie«, sagt er. »Ich bin auf dem Weg nach London. Dürfte ich Sie wohl um ein wenig Wasser und etwas zu essen anbetteln?«

*Anbetteln*: Er sagt es, wie es ist. Hat einen guten, offenen Blick. Da bereut man glatt, dass man keinen Sohn hat.

»Wasser können Sie auf jeden Fall kriegen.«

Ich hole ihm welches aus meinem Brunnen. Er trinkt es direkt aus der Kelle.

»Was das Essen angeht: Ich hab die Kartoffelfäule.«

Ich zeige ihm meinen Vorratsraum, wo die verschrumpelten schwarzgefleckten Knollen liegen, und breche eine auseinander, damit er die tiefen, schleimigen Adern sieht.

»Sie können gern einen Teller voll haben, wenn Sie sie vertragen.« Ich deute auf den Herd, wo mein Mittagessen vor sich hin köchelt. »Allerdings schaden sie vielleicht mehr, als sie nützen, wenn Sie solche Kost nicht gewohnt sind.«

Er schwankt, umklammert die auseinandergebrochene Kartoffel, die ich ihm in die Hand gedrückt habe, zu erschöpft, um nachzudenken. Als ich ihm einen Hocker bringe, sinkt er darauf nieder.

»Ich glaube, ich nehme einen Happen.«

Als die Kartoffeln gar sind, brate ich sie in ein bisschen Fett an. Selbst ich finde den Geruch, der aus der Pfanne steigt, widerwärtig, aber das Loch im Magen des Jungen erweist sich als größer als sein Ekel. Einen Nachschlag biete ich ihm nicht an. Ich habe nicht genug, um großzügig zu sein, und es wird ihm ohnehin nicht guttun, sobald das Essen erst einmal den Darm erreicht. Wir trinken jeder einen Fingerhut voll Schnaps hinterher. »Das beruhigt den Sturm, bevor er sich zusammenbraut«, hat meine Mary immer gesagt. Vermutlich eine bessere Verwendung für die Kartoffeln.

»Sie können sich doch kaum noch auf den Beinen halten, Junge«, sage ich, als er aufsteht und sich verabschieden will. »Bleiben Sie über Nacht. Draußen in der Scheune ist genügend Platz. Bis heute Abend schaffen Sie es nicht mehr nach London.«

»Ich kann nicht«, antwortet er, nachdem er darüber nachgedacht hat. »Ich habe Freunde, die auf mich warten. Sie werden sich Sorgen machen.« Und dann fügt er hinzu, nachdrücklich und mit einer Schlichtheit, die ich einem Adeligen nicht zugetraut hätte: »Sie sind ein guter Mensch.«

»Ach«, erwidere ich verlegen, »ich rauche genauso viel wie jeder andere Sünder. Aber heut scheint die Sonne, und mein Knie wird endlich besser. Man muss Gott für die kleinen Dinge danken, was, mein Junge?«

»Sind Sie verheiratet?«

»Ich war's«, sage ich und zeige auf die Kreuze im Garten, die

die Gräber meiner Frau und meiner Töchter markieren. »Das Leben ist hart.«

»Das Leben ist hart«, wiederholt er, als wäre diese Information neu und bedeutsam für ihn. »Vielen Dank für Ihre Hilfe. Leben Sie wohl. Und hüten Sie sich vor Hunden.«

*

*Hüten Sie sich vor Hunden.* Diesen Satz wälze ich die ganze Nacht, während die verfaulten Kartoffeln in meinem Magen rumoren. Am nächsten Morgen kommt der zweite Gentleman. Ein dunkler Junge, von Kopf bis Fuß; seine edlen Kleider glänzen vor Ruß, als hätte ein findiger Schneider sie damit lackiert. Er ist nicht viel älter als der Rotschopf. Sein Hund ist ein merkwürdiges Tier: schlaffe rote Augen in einem schlaffen düsteren Gesicht. Ein geprügelter Köter, sklavisch und bösartig. Er tritt ganz nah an mich heran und beschnüffelt mich, als wäre ich ein Stück Fleisch.

»Ich suche nach einem jungen Mann, der hier vorübergekommen ist«, sagt der Dunkle. Seinem Gesicht fehlt es an Farbe. Es ist blass und pergamenten unter dem Ruß, als hätte er es mit Kreide gepudert.

»Sie haben ihn nicht zufällig gesehen? Wohlgeboren, schmutzig, rothaarig.«

Die Worte sind sorgfältig gewählt, klar und eindringlich. Und doch klingen sie seltsam aus seinem Mund, als wären sie fremdartige Gebilde, etwas, das er in einem Pamphlet gelesen hat und jetzt vorträgt.

»Aber lügen Sie mich nicht an«, fügt er hinzu. »Sonst packt mich die Wut.«

Ich zögere ein, zwei Atemzüge lang, bevor ich ihm sage, dass ein Junge, der auf seine Beschreibung passt, gestern Mittag hier war. Er habe etwas Wasser getrunken und sei dann weitergegangen.

»Wohin?«

»Nach London, vermutlich.« Ich gestikuliere in Richtung Straße.

»Er ist nicht geblieben?«

»Wollte er nicht.«

Der dunkle Junge nickt. Dann beugt er sich vor und riecht an mir. War die Schnauze seines Hunds, nass an meinem Bein, schon aufdringlich, ist seine Nase, trocken an meiner Wange, ein Übergriff. Trotzdem lasse ich es zu, bewege mich nicht. Kein Gesicht war meinem so nah, seit ich meine Frau zum letzten Mal geküsst habe.

»Es ist mühselig, jemanden zu verfolgen, der nicht viel raucht.« Er schüttelt den Kopf, schnuppert wieder, nimmt meinen Geruch in sich auf. »Sie allerdings! Einer von der feigen Sorte. Zweimal so groß wie ich und stehen da wie eine Salzsäule. Und Ihr Rauch« – er schnüffelt, *kostet* mich, den blassgrünen Nebel, der aus meinem Mund strömt – »ist lasch. Kraftlos. Langweilig. Ein gebrochener Mann.«

Ich widerspreche ihm nicht. Er hat ja recht. Ich hätte mir eine Axt schnappen und ihn von meinem Grundstück jagen sollen. Aber er macht mir Angst, dieser Junge. Niemand ist bereit für Schmerzen, nicht einmal ich, dessen Frau und Töchter hinter dem Haus begraben liegen.

Er hat noch einen Wunsch, bevor er geht. Er trägt ihn so ruhig, so vernünftig vor, dass ich ihn erst verstehe, als er mich in die Küche schubst und das Messer holt. Er droht mir nicht, sagt auch nicht, was geschieht, wenn ich mich weigere.

»Aber warum?«, frage ich, als ich bereits am Tisch sitze und das Messer in meiner Hand zittert. Mein Rauch ist jetzt überall, dünn und schwach wie die Mehlsuppe eines armen Schluckers. »Das ergibt doch keinen Sinn.«

Er antwortet nicht, sondern sieht mich nur an. Sein Hund zuckt jedes Mal zusammen, wenn er sich bewegt.

»Na los«, sagt er. »Hier, ich hole den Schnaps. Zum Mutantrinken, was meinen Sie?«

Er leert die Flasche.

»Machen Sie schon. Ich habe nicht den ganzen Tag Zeit.«

Und währenddessen beobachtet er mich; eine Maus in der Falle, die hilflos an ihrem eingeklemmten Beinchen zerrt.

»Na los!«

Seine Stimme klingt jetzt unbeschwerter, fröhlich und erwartungsvoll. Er hat die Hand erhoben, streicht durch die Luft vor seinem Kinn, als suche er etwas, das nicht mehr da ist, einen Bart, eine Maske, ein zweites Gesicht.

»Na los!«

Schließlich tue ich es, ziele und hacke ihn ab. Mit einem Finger weniger kann man leben. Keine fünf Meter hinter dem Gartentor wirft er ihn ins Gebüsch; ein Kind, das seines neuen Spielzeugs schon überdrüssig ist. Sein Hund folgt ihm, winselnd, genauso wütend und verwirrt wie ich. Als es zu bluten aufhört, sind die beiden längst außer Sichtweite.

Irgendwo vor ihnen läuft der Junge mit dem kupferroten Haar. Ich würde ihm gern Glück wünschen. Aber der dunkle Gentleman hat mich verletzt, mir eine Wunde zugefügt, die tiefer geht als das Fleisch. Meine Hand sieht aus, als würde sie sich entzünden. Also sitze ich da, koche Kartoffeln und verfluche alle Hochwohlgeborenen.

# KNOCHENMUSIK

Sie sollen über Nacht bei Grendel bleiben. Livia ist froh, dass er es ihnen anbietet, und lächelt, als er sie stolz herumführt, von Zimmer zu Zimmer, in der Hand eine Talgkerze, die auf den Steinfußboden tropft.

»Bitte«, sagt Grendel zum hundertsten Mal, als sie in die Küche zurückkehren, wo sich Thomas keinen Zentimeter von seinem Hocker wegbewegt hat. »Sie *müssen.*« Als wäre er der Bittsteller und sie diejenigen, die über Wärme und Obdach verfügen.

Eine Weile lang fürchtet Livia, dass Thomas das Angebot ablehnt, dass sie wieder in seine Gesellschaft gestoßen wird, ohne den Schutz eines Zeugen. Aber eigentlich haben sie keine Wahl. Thomas ist schwach, die Nacht kalt und von fremden Stimmen erfüllt. Livia jedenfalls hat keine Angst, als sie sich auf die Holzpritsche legt und in den Schlaf sinkt. Sie vertraut Grendel. Sie kennt ihn seit gerade einmal vier Stunden und vertraut ihm mehr als sonst jemandem. Es ist nicht bloß ein Bauchgefühl, sondern eine Tatsache. Grendel raucht nicht, *kann* nicht rauchen. In ihm steckt nichts Böses.

*

Als Livia am nächsten Morgen aufsteht, schläft Thomas noch in dem ihm zugewiesenen Zimmer, eingerollt in eine Decke, kalten Schweiß auf der Stirn. Nicht einmal seine Stiefel hat er ausgezogen. Livia beobachtet ihn, vermutlich länger als schicklich, bevor sie auf Grendels Einladung hin mit zur Kirche geht. Es ist früh, der Tag kaum angebrochen, die Straßen beinahe menschenleer und frei von Rauch. In der friedlichen Stille fällt Livia auf, wie heruntergekommen die Stadt ist, wie dringend sanierungsbedürftig. Kaum ein Gebäude ist vom Verfall unberührt. Wände sind zusammengesackt, Fenster zerborsten, Decken und Böden eingebrochen, Löcher mit Lumpen, Pappe und Müll gestopft. Und doch scheint jedes Haus vor Leben zu strotzen, und in jedem Kellerloch wimmelt es von Gestalten, bekleidet oder nicht. Durch die scheibenlosen Fenster und türlosen Türrahmen stehen Hunderte Existenzen zur Einsicht offen. Eine Frau mit nacktem Oberkörper gibt ihrem Neugeborenen die Brust. Eine Horde Jungs umringt einen Nachttopf und erleichtert sich mit der Unbefangenheit von Welpen. Ein alter Mann in schweren Stiefeln bahnt sich einen Weg durch ein Dutzend Schlafender und hinterlässt eine dunkle Schlammspur. Grendel bemerkt, wie Livia starrt und errötet.

»Zu viele Menschen«, erklärt er. »Zusammengepfercht auf zu wenig Raum. Und alle haben unentwegt Hunger. Das macht den Rauch noch dunkler.«

»Haben sie denn keine Arbeit?«

»O doch. In den Fabriken meistens. Aber die kommen nicht für die Unterbringung auf.«

»Warum verlassen sie diesen Dreck dann nicht und ziehen aufs Land?«

Grendels Stimme ist sanft, als hätte er Angst, dass seine Antwort Livia ihre Ahnungslosigkeit vor Augen führen und sie in Verlegenheit bringen könnte. Sie wird noch röter.

»Das ist nicht so einfach, wissen Sie. Wenn sie derart schmutzig, hungrig und sündhaft in einer Gemeinde auftauchen, werden sie ›weitergeschickt‹. Besorgte Nachbarn, die sie im Morgengrauen zusammentreiben und bis an die Gemeindegrenzen begleiten.« Grendel verzieht das Gesicht, als wäre ihm diese Situation nur allzu vertraut. »Natürlich verbietet einem kein Gesetz, zu gehen, wohin man will. Aber ohne Arbeit kann niemand leben. Und für Fremde gibt es keine Arbeit.«

Livia denkt darüber nach. »Dann sind die Fabriken schuld«, sagt sie schließlich. »Die müssten doch Unterkünfte für die Arbeiter stellen, über das ganze Land verteilt. Wem gehören sie?«

»Wem die Fabriken gehören?« In Grendels Miene liegt kein Vorwurf. »Leuten wie Ihren Eltern vermutlich. Den Adeligen. Aber schauen Sie, da sind wir schon. Ich mache mich besser an die Arbeit.«

*

Charlie kommt nicht, nicht am Morgen, nicht am Mittag, nicht am Abend. Sie wartet auf der Kirchentreppe, bis ganz London in Dunkelheit versunken ist und die Menschen ihre Häuser vor der Nacht verbarrikadieren. Grendel läuft mit ihr nach Hause. Jetzt sind die Straßen voll und rauchgeschwängert. Thomas scheint sich keinen Zentimeter bewegt zu haben, seit sie ihn verlassen hat. Mrs Grendel erzählt ihr, er sei gerade lang genug wach gewesen, um sich mühsam aufzurappeln, fest entschlossen, zur Kirche zu gehen. Als sie ihm versichert habe, dass Livia und ihr Mann in ebendiesem Moment dort seien, um Charlie abzuholen, sei er an Ort und Stelle zusammengesackt und sofort wieder eingeschlafen.

»Lassen Sie ihn ruhen«, sagt sie. »Er muss sich erholen. Kraft sammeln. Das ist die letzte Phase. Noch zwei Tage, und er ist wieder kerngesund.« Sie klingt wie jemand, der schon viele Kranke gesehen hat. Thomas liegt wie tot zu ihren Füßen, schweißüberströmt und stinkend.

Livia zieht sich einen Hocker heran und setzt sich zu ihm. Sie tut es aus Pflichtgefühl, auch Charlie gegenüber; zumindest redet sie sich das ein. Und doch ist mehr in ihrem Blick, als sie seine eingerollte Gestalt betrachtet, die kühnen Gesichtszüge, den blauschwarzen Fleck, der aus dem Krater der Wunde in seine Wange kriecht. Ihre Füße sind einen Meter von seiner Brust entfernt. Essensgerüche dringen aus der Küche herein, während sie dasitzt, eine unterschwellige Frage im Kopf, die Hände zu Fäusten geballt. Bei jeder kleinen Regung ist ihr Rücken steif vor Anspannung.

Die Stille lastet schwer auf ihr, blockiert ihren Geist. Sie muss sprechen, um zu erfahren, was sie denkt; findet Trost in der Tatsache, dass er sie nicht hören kann.

»Charlie ist nicht gekommen«, sagt sie so leise, dass die Worte nur ein Vibrieren in ihrem Inneren, eine Bewegung ihres Kiefers sind. »Ich mache mir Sorgen um ihn.«

Sie schlägt die Beine unter, stellt sie wieder nebeneinander, irritiert von der Wärme von Oberschenkel an Oberschenkel.

»Trotzdem hatte ich Angst, dass er kommt. Seltsam, oder?«

Angst, weil er etwas mitbringen wird. Die Erinnerung an das Bergwerk. Den Geschmack seiner Haut: zwei Zungen, die streiten, kämpfen, die Deckung des anderen, seine Lippen durchbrechen. Sie haben einander die Hand gereicht, als sie sich verabschiedet haben.

»Aber nicht bloß davor. Auch davor, dass er es merkt.«

Sie hält die Luft an, lauscht auf Thomas' Atem, tief, aber unregelmäßig, ein leises Pfeifen in jedem Stoß.

»Etwas ist passiert, nicht wahr? Zwischen uns. Gestern. Im Dreck dieser Straße.«

Als sie es ausspricht, weiß sie, dass es stimmt. Es ist tatsächlich etwas passiert – nicht nur in dieser Gasse unter den grabschenden Fingern des Fremden, sondern schon früher, auf dem Weg, am Bach vielleicht, als sie nass und durchgefroren war, unvorsichtig, oder später, in der Nacht vor der Kapelle, wo er seine Wärme in ihren Nacken gehaucht hat.

Thomas hat sie wahrgenommen.

Es war ein Versehen, unbeabsichtigt, unumkehrbar. Seither sieht Livia, wie er dagegen ankämpft, mit zuckendem Kiefer, Fingern, die am Schorf an der Schläfe zupfen, Augen, die sich nur in Momenten der Unachtsamkeit auf sie richten; dunkle, stechende Augen, die ihren Anblick aufsaugen. Wenn er raucht, was er in London unweigerlich tut, ist *sie* in seinen Schwaden, zwischen Angst und Verlangen und Groll. Er kann nicht ausspucken, so scheint es, ohne dass ihre Anwesenheit in seine Galle eingeschrieben ist.

Sie runzelt die Stirn, hängt dem Gedanken nach, scheut vor dem nächsten zurück. Denn da ist noch mehr. Thomas hat sie wahrgenommen.

Und sie hat ihn wahrgenommen.

Wie eigenartig, dass diese Tatsache so viel Zorn in ihr auslöst.

»Ich liebe Charlie«, flüstert sie trotzig und beobachtet, wie Thomas' schlafendem Körper eine kleine Rauchwolke entströmt und sich wie eine zweite Decke über ihn legt. Ein Junge mit einer unreinen Seele. Er besudelt dein Kleid, wenn du ihm zu nahe kommst.

Doch Livia trägt keine Kleider mehr.

Sie gleitet von ihrem Hocker, lässt sich zu Boden sinken. Die Bergmannshose ist so dreckig, dass sie ihre Knie wie mit Filzflicken polstert. Thomas ist dreißig Zentimeter von ihr entfernt, verachtenswert in ihren Augen; eine Prüfung, der sie sich stellen muss. Sie beugt sich vor, streckt den Hals, will ihn verstehen, damit sie ihn vergessen, aus ihren Gedanken verbannen kann. Sie schlürft seinen Rauch wie Suppe. Atmet ihn ein, kostet ihn und erfährt nichts, was sie nicht schon weiß. Wut und Stärke, das ist er. Es ist ihr eigener Rauch, der sie erschreckt, eine kleine rosafarbene Fahne, die ungebeten herausschießt und einen Wirbel vor ihrem Mund bildet, bevor sie in Richtung Decke steigt. Als würde man nach seinem Tagebuch greifen und herausfinden, dass die eigene Hand, während man abgelenkt war, die ganze Seite mit einem Namen vollgeschrieben hat. Thomas' Namen, in breiten, gezackten Linien, als habe sie den Federkiel bestrafen wollen. Sie weicht zurück, springt auf, vertreibt den Rauch mit einem bestürzten Wedeln.

»Abendessen, meine Liebe«, ruft Grendels Stimme aus der Küche. »Versuchen Sie, Ihren Freund zu wecken. Das wird ihm guttun.«

*

Sie essen im Zorn. Als Thomas hört, dass Charlie nicht zur vereinbarten Zeit gekommen ist und Livia beschlossen hat, ihn nicht zu wecken, verfinstert sich seine Laune und verfärbt schon bald den Kartoffelbrei, den er sich in den Mund schaufelt. Auch Livia schmeckt bei jedem Löffel Ruß, wenngleich sie nicht sichtbar raucht. Grendel sitzt zwischen ihnen, unerschüttert, unerschütterlich; ein schiefhalsiger Jesus beim Abendmahl, der den kümmerlichen Laib Brot bricht.

»Sie sind mit einem gesunden Appetit aufgewacht«, lobt er Thomas mehrmals. »Morgen sind Sie gewiss stark genug, um selbst auf Ihren Freund zu warten.«

Trotzdem ist Thomas sichtlich erschöpft, als der letzte Bissen in seinem Mund verschwunden ist, und verzieht sich bald wieder in sein Zimmer. Mrs Grendel legt sich ebenfalls früh schlafen. Livia bleibt allein mit Grendel zurück. Sie ist froh darüber. Sie braucht Ablenkung. Hoffnung. Grendel wird ihr beides schenken.

*

Die Unterhaltung fließt mühelos dahin. Sie sitzen am Küchentisch bei einer Kanne Tee. Livia wählt das Thema. Etwas Einfaches, Sicheres, weit weg von ihren Ängsten.

»Wie ist das mit Ihrem Namen?«, fragt sie. »Er muss eine Bürde gewesen sein.«

Grendel antwortet genauso offen und direkt, wie er auch seine Geschichte erzählt hat; ohne Angst vor der Wahrheit.

»Überhaupt nicht«, sagt er. »Wissen Sie, als Kind ist es mir gar nicht aufgefallen. Erst viel später, hier in London. Als jemand das Lied gesungen hat. Kennen Sie es? Offenbar ist es schon sehr alt. Und es gibt viele unterschiedliche Versionen. Aber in jeder taucht ein Ungeheuer auf. Grendel. ›Er kam, um zu töten / zu reißen und schlachten / sein Rauch lohte heiß.‹« Er knurrt spielerisch, lächelt. »Ich glaube nicht, dass mein Vater je darüber nachgedacht hat. Oder mein Großvater. Vielleicht gab es tatsächlich einmal ein Ungeheuer in der Familie, vor zehn Generationen. Oder vielleicht« – sein Lächeln verblasst, und eine tiefe Falte gräbt sich in seine Stirn, eher staunend als kummervoll – »ist der Name wie ein Samen, der vor tausend Jahren in meiner Familie gepflanzt wurde und darauf gewartet hat, in demjenigen, für den er bestimmt war, zu keimen.«

Livia beugt sich vor, greift nach seiner Hand. Wie einfach, wie natürlich es ist, ihn zu berühren.

»Und welcher Schurkentaten haben Sie sich schuldig gemacht? Stehlen Sie sich nachts aus dem Haus, um sich an schlafenden Kriegern zu laben?«

Er antwortet mit einer Gegenfrage: »Was ist ein Engel, wenn nicht eine Art Ungeheuer?« Doch er lacht leise dabei, wirkt beinahe glücklich. »Und woher kommt Livia? Es ist ein schöner Name, aber ich habe ihn noch nie gehört.«

»Ein Erbname. Meine Großmutter hieß so.«

Grendel nickt und lächelt und hält Livias Hand.

An diesem Abend erzählt sie Grendel auch, dass ihr Vater verrückt geworden ist. Eigentlich dürfte sie das nicht. Es ist ein Familiengeheimnis. Alle Dienstboten müssen einen Eid leisten, es zu bewahren, und nur zweien von ihnen ist die Pflege des Barons anvertraut. Doch Livia will, dass Grendel es weiß. Vielleicht können sie ihn eines Tages besuchen, an seinem Bett stehen und seine Hand halten. Grendel ist das Wunder, für das ihr Vater sein ganzes Leben lang gebetet hat.

»Er wollte so sein wie Sie«, sagt sie. »Sündlos. Rein. Aber er war es nicht. Ich erinnere mich noch, wie aufbrausend er früher war. Als Kind habe ich einmal gesehen, wie er einen Stallburschen angeschrien hat. Der Rauch ist ihm aus beiden Ohren gequollen, in zwei gewaltigen Wolken, dicht wie Zuckerwatte.«

Sie muss lachen. Es ist eine glückliche Erinnerung, trotz der Sünde.

»Dann hat er den Rauch bezwungen. Voll und ganz, für mehr als zwei Jahre. Wir haben ihn so bewundert: die Dienstboten, Mutter und allen voran ich. Er war wie ein Heiliger. Nur dass er sehr dünn wurde. Irgendwann hat er angefangen, Selbstgespräche zu führen. Kleine Bemerkungen, nicht immer auf Englisch. Als ich nach dem nächsten Trimester nach Hause kam, war er am Bett festgebunden.

Ich verrate Ihnen etwas: Das ganze letzte Jahr über und noch länger habe ich versucht, wie er zu sein. Wie er war, bevor er verrückt wurde. Heilig.« Sie ist selbst überrascht, dass sie darüber schmunzeln kann. »Aber Charlie denkt, dass mir das nicht liegt.«

»Erzählen Sie mir von Charlie.«

»Charlie ist Thomas' Freund.« Sie spürt, wie sie errötet. »Mein Freund.«

Bald darauf gehen sie zu Bett.

*

Am nächsten Morgen ist Thomas früh auf den Beinen. Das Fieber hat seinen Körper endlich verlassen. Jetzt brennt er darauf, etwas zu unternehmen. Er strotzt vor dieser verhassten Eigenschaft, die man in den billigen Romanen findet: Manneskraft. Sie liegt in jedem seiner langen Schritte, in jedem seiner finsteren Blicke. Kein anderes Wort trifft es besser.

Und doch kann er Livia nicht in die Augen sehen.

»Ich mach mich auf den Weg«, verkündet er nach dem Frühstück und wartet nicht, ob sie ihm folgt. Seine Ungeduld wächst nur noch, als sie – mit fünf Schritten Abstand – den Fuß der Kirchentreppe erreichen. Der Tag bricht an, eine Farbschliere im Nebel.

Kein Charlie.

»Ihm ist irgendetwas passiert.«

»Das kannst du nicht wissen«, erwidert Livia, obwohl sie genau derselbe Gedanke quält. Charlie ist allein, eingesperrt oder orientierungslos, in Oxford oder auf dem Weg nach London, in einem Zugabteil, auf einem Pferdewagen, verwundet im Straßengraben. Es wurde schon einmal auf sie geschossen. Wenn Livia die Augen schließt, hört sie wieder die Schreie der Pferde, als sie die Kutsche den Abhang hinunterzerren.

Charlie kommt auch am Mittag nicht. Livia weiß, was Thomas denkt, ohne dass er es ausspricht. Er will Charlie suchen, seine Spur zurückverfolgen, wenn nötig bis nach Oxford. Sie spürt es in jeder Pore, an den Härchen an ihren Armen. Aber Thomas raucht nicht. Es muss also noch eine andere Art von Rauch existieren, eine unsichtbare Art, die einen so stetig umgibt wie der eigene Schatten. Der Atem der Sorgen und Bedürfnisse. Die Wahrheiten, die man verficht und einander aufbürdet. Die Möglichkeit der Sünde. Dann wäre man immer, wenn man redet, im Mund des anderen. Wie gefährlich wäre so jede Nähe, diese Seite an Seite verbrachten Stunden und Tage, bis das Sein des anderen langsam in einem Wurzeln schlägt und seinen Hunger in die eigenen Furchen sät. Wie selig umgekehrt die Einsamkeit, und wie wundersam Grendels Isolation. Von all den Männern und Frauen in London ist nur er eine Insel, rein und unverfälscht, er selbst.

»Geh«, sagt sie, gleichermaßen um Thomas zu erlösen und ihn loszuwerden. »Versuch ihn zu finden. Ich warte hier.«

»Du bist hier nicht sicher«, fährt er sie an, besorgt, verbittert.

»Grendel ist hier. Und der Pfarrer. Mir passiert schon nichts.«

Er denkt nach, nickt, zögert, weil er nicht weiß, wie er sich verabschieden soll. Schließlich dreht er sich einfach um und marschiert davon.

»Bin bald wieder da.«

Er beugt sich vor, als müsste er gegen den Wind ankämpfen.

*

Thomas kehrt erst lange nach dem Abendessen zurück. Als Grendel in seinen Mantel schlüpft und ihn suchen geht, dreht sich Mrs Grendel, die gerade das schmutzige Geschirr in der Spüle schrubbt, zu Livia um.

»Jungs, was? Schwer im Auge zu behalten. Laufen immer davon, auf zum nächsten Abenteuer.«

Livia kann nicht sagen, ob sie sich über sie lustig machen oder sie beruhigen will. Mrs Grendels Gesicht gibt kaum Gefühle preis, und ihr Umgang mit Livia ist immer wachsam und steif.

»Da ist er wieder.« Grendel tritt mit einem grimmig dreinblickenden Thomas durch die Tür. »Sehen wir zu, dass wir was zu essen für Sie finden, mein Junge. Sie müssen völlig ausgehungert sein.«

Thomas verschlingt den kalten Fischeintopf mit einer Ungeschliffenheit, die wohl davon zeugt, dass er als Kind oft sich selbst überlassen war. Mit vollem Mund berichtet er:

»Ich bin nach Westen gelaufen, auf der Hauptstraße. Hab jeden angesprochen, der mir entgegengekommen ist, und nach einem Rotschopf in dreckigen Kleidern gefragt. Höflich, mit guten Stiefeln. Ich dachte, vielleicht hat ihn jemand getroffen.« Er verzieht das Gesicht, schlürft Eintopf, pult sich Gräten aus den Zähnen.

»Ich war kilometerweit hinter der Stadtgrenze, hab mit Dutzenden Leuten geredet. Nichts: keine Spur von Charlie, keinerlei Hinweise. Dann bin ich einem Kesselflicker aus Oxford begegnet, und der hat mir von einem Gerücht über die Schule erzählt. Dass einer der Lehrer von einer Räuberbande überfallen worden sei. ›Die ham ihn an ihre Hunde verfüttert‹, hat er gesagt. ›Ist das zu fassen? Aufgefressen, vom Scheitel bis zur Sohle.‹« Thomas schüttelt den Kopf, als wolle er das Bild vertreiben. »Außerdem soll jemand die Tochter des Lehrers gerettet haben. ›Ein rothaariger Ritter, verkleidet als Bettler‹, meinte der Kesselflicker. ›Hat die Kleine direkt unter der Nase der Räuber rausgeholt. Und jetzt kommt's: Erst als sie in Sicherheit waren, hat der Bursche bemerkt, dass der Lehrer an ihr herumoperiert hat. An seiner eigenen Tochter! Hat sie in eine halbe Maschine verwandelt. Ich schwör's bei allen Heiligen.‹«

Thomas hält inne, schneidet eine Grimasse.

»Aber das ist doch Humbug. Leeres Geschwätz«, sagt Livia.

»Leeres Geschwätz? Wahrscheinlich. Ich habe auch einen Mann getroffen, der behauptet, der Teufel höchstpersönlich sei auf der Straße nach London unterwegs. Mit einer Halskette aus menschlichen Fingern.« Thomas sticht mit dem Löffel auf das letzte Stück Fisch ein. »Aber der ›rothaarige Ritter‹ aus der Geschichte des Kesselflickers – das muss Charlie sein. Und das heißt, dass bei Renfrew irgendetwas passiert ist, etwas Schlimmes. Und jetzt steckt er irgendwo zwischen Oxford und London fest.«

»Was sollen wir denn tun? Er könnte überall sein. Und Mutters Lieferung kommt morgen.«

»Wir hätten uns nie trennen dürfen.« Thomas flucht, steht auf. Sein Gesicht färbt sich dunkel, nicht nur von Blut. »Was können wir schon tun? Wir warten.«

Damit stürmt er aus dem Zimmer. »Wenn Charlie verletzt ist, werden sie dafür bezahlen. Deine Mutter. Die Schule. Alle!«, ruft er noch.

Doch selbst jetzt schwebt mehr als nur Wut im Rauchfaden, den er zurücklässt; etwas Schuldbewusstes, das ihren Namen flüstert.

*

Livia unterhält sich noch lange mit Grendel. Alles ist besser, als schlafen zu gehen, sich um Charlie zu sorgen, mit anhören zu müssen, wie sich Thomas im Nebenzimmer auf seinem Lager wälzt. Zum ersten Mal, seit sie das Haus ihres Vaters verlassen haben, wünscht sie sich, sie hätte die beiden Jungen nie getroffen.

Also sitzt sie mit Grendel am Tisch und stellt ihm Fragen. Über seine Kindheit. Über London. Über seine Arbeit in der Kirche. Und schließlich über seinen Hals. Das ist das einzig Verkrüppelte an ihm. Als wäre eine Seite kürzer als die andere; darauf eine wulstige Narbe.

»Wie ist das passiert?«

»Das war ich selbst. Eines Morgens, als ich mich rasiert habe. Ich saß mit dem Messer in der Hand da. Sie kennen doch dieses Geräusch, wenn man die Stoppeln abschabt. Ich habe es gehört und mich einsam gefühlt. Nicht nur einsam. Mutterseelenallein. Eine Kreatur, die niemanden auf der Welt hat. Also habe ich mir gedacht: Warum das Ganze nicht beenden? Oder besser gesagt, meine Hände haben es gedacht. Es war, als hätten sie es allein entschieden.« Er zuckt mit einer Schulter. »Ich habe den Muskel fast vollständig durchtrennt, nur die Arterie verfehlt. Ein

Wundarzt hat mich wieder zusammengeflickt, aber er war betrunken und hat es verpfuscht; zumindest hat das ein anderer Wundarzt behauptet, als er sich die Sache angesehen hat. Trotzdem hat er mir das Leben gerettet. Meine Frau ist seine Tochter, verstehen Sie? Sie hat mich gesund gepflegt.« Sein Blick wird weich. »Sie hat herausgefunden, was ich bin, und trotzdem für mich gesorgt.«

Livia versucht, diese Geschichte und ihre eigenen Erfahrungen mit ihrer Gastgeberin in Einklang zu bringen. Mrs Grendel hat es sicher nicht leicht im Leben. Sie fischt jeden Tag im Schlick der Themse nach Flusskrebsen, Miesmuscheln, Lumpen und Knochen, die sie auf dem Markt gegen Fleisch und Geld eintauscht, mit einem Knüppel am Gürtel, um sich gegen Rivalen zur Wehr zu setzen. Heute Abend, als sie in der Küche stand und Nieren wusch, hat sie sich über ihren Preis beklagt. »Zwei hungrige Mäuler mehr fressen einem ein Loch in den Geldbeutel«, hat sie immer wieder gesagt und dabei Livia angeschaut, während der stechende Uringestank aus der Spüle aufstieg und zu ihr herüberwaberte.

»Sie müssen sie sehr lieben«, erwidert sie schließlich.

Er seufzt. »Das tue ich. Aber ich liebe sie mit dem Kopf. In einer Ehe gibt es Momente, in denen man mit anderen Körperteilen lieben sollte. Sich vergessen. Rauchen.«

Er unterbricht sich plötzlich, unsicher, ob Livia zu jung für solche Wahrheiten ist. Oder zu wohlgeboren.

»*Leidenschaft*«, flüstert sie, ohne ihn anzusehen. »Sie sprechen von Leidenschaft.«

Er zögert, bevor er nickt. »Ich habe es bei anderen beobachtet. Es ist eine Art Gier.«

»Wollen Sie damit sagen, dass Sie nicht – Ihre ehelichen Pflichten, meine ich. Sie haben ja auch keine Kinder.«

Er lächelt schüchtern und schaut sich verstohlen um, weil er ihr einen derart tiefen Einblick gewährt. »Doch, doch, das kann ich. Aber nicht mit der gleichen Gier. Für eine Frau macht das einen Unterschied.«

*

In Anbetracht des Gesprächsthemas ist es nur noch ein kleiner Schritt, und doch spürt Livia, wie ihr Körper sich versteift und die sittsame Ausdruckslosigkeit in ihr Gesicht zurückkehrt. Dabei deutet Grendel nur in die Tiefen der Wohnung.

»Er ist also Ihr Auserwählter?«

»Nein.«

Ihre Antwort scheint ihn zu überraschen.

»Aber Sie mögen ihn.«

»Er ist ein rüpelhafter Rohling.«

Als er über ihre Worte nachdenkt, wird sein Gesicht noch weicher und sein Tonfall so sanft, als würde er mit einem Kind sprechen.

»Dann gibt es einen anderen. Diesen Charlie vielleicht?«

Livia wälzt den Gedanken, weicht Grendels Blick aus, versucht mühsam, die Lügen hinunterzuschlucken, die ihr auf der Zunge liegen.

»Man kann nicht zwei Menschen gleichzeitig mögen«, erwidert sie schließlich und runzelt die Stirn, als sie die Angst in ihrer Stimme hört. »Nicht so.«

»Nicht, Livia? Ich kann das nicht beurteilen.«

Seine Knie knacken, als er aufsteht. Er holt eine fast leere Flasche Portwein und schenkt ihnen je einen Fingerbreit ein.

*

Sie sitzen zusammen und trinken. Livias Gedanken kommen nicht von diesem Begriff los. »Leidenschaft.« *Wollust,* wenn man ehrlich ist. Das Wort hat etwas so Verbotenes, dass es Livia schwerfällt, mit dem Thema abzuschließen. Grendels Fragen haben sie aus dem Gleichgewicht gebracht. Sie spürt das seltsame Kribbeln auf den Lippen, das den Rauch ankündigt. Buchstäblich ein Atemzug trennt sie von der Sünde.

Sie sieht Grendel mit neuer Ehrfurcht an.

»Also fühlen Sie ihn wirklich nie?«, fragt sie. »Nicht einmal ein bisschen? Diesen Augenblick, kurz bevor der Rauch einen übermannt? Als wäre einem eine Droge gespritzt worden?«

Er will schon den Kopf schütteln, hält jedoch inne.

»Nun, vielleicht. Manchmal, in ganz gewöhnlichen Momenten, wenn ich zum Beispiel auf der Treppe zum Glockenturm stolpere und mir den Kopf stoße oder wenn die Nachbarskinder mich zum Spaß mit Müll bewerfen, da denke ich, dass da etwas ist. Nur ein Hauch, verstehen Sie, ein Summen in der Haut.« Er lächelt und errötet vor Freude, ehe sein Lächeln erlischt. »Aber natürlich werde ich es niemals sicher wissen.«

»Und Sie würden gerne rauchen? Obwohl der Rauch böse ist?«

Grendel nickt nachdenklich. »Er ist nicht böse. Er ist *menschlich*. Ich würde alles geben für eine Stunde Rauch.«

»Dann habe ich etwas für Sie.«

Einem Impuls folgend, fasst Livia rasch in ihre Tasche, bevor die Vernunft Einspruch erheben kann. Ihre Hand verschwindet in der viel zu großen Bergmannshose. Vier dünne Röllchen, krumm und dürr wie Zweige. Sie biegt eins zwischen den Handflächen gerade.

»Hier, Grendel. Riechen Sie daran.«

»Was ist das?«

»Sünde. Gerollte Sünde. Sie müssen sie nur noch anzünden. Wer weiß, womöglich funktioniert es ja.«

Er nickt, sprachlos vor Verblüffung, ehe er aufsteht und Streichhölzer sucht. Seine Finger zittern so sehr, dass er es nicht schafft, eins anzureißen. Livia nimmt ihm die Schachtel aus der

Hand und zündet die Zigarette für ihn an. Als er daran zieht, glüht die Spitze blutrot. Er behält den Rauch so lange wie möglich in der Lunge, dann atmet er aus. Ein Strahl Grau, unverbraucht, umströmt Livias Gesicht und ruft nach ihr. Ihr eigener Rauch ist da, bevor sie es merkt, weiß wie Nebel. Er erfüllt sie mit etwas Leichtem, Verführerischem, dem Gefühl eines Spielers vielleicht, wenn er die Karten umdreht.

»Spüren Sie es, Grendel?«

Ein schüchternes Lächeln huscht über sein Gesicht.

»Ich fühle mich in der Tat ein wenig ruchlos. Sehe ich auch so aus?«

»O ja, sehr.« Ermutigt von ihrer dampfenden Haut, bietet Livia ihm die Wölbung ihrer Wange dar. »Möchten Sie mich küssen? Nur zu. Ihre Frau wird es nie erfahren.«

Er tut es, flüchtig, schüchtern wie ein Kind.

»Oh, Sie Wüstling!«

Durch die geöffnete Tür hören sie Thomas im Schlaf stöhnen.

»Das bleibt unser Geheimnis«, sagt Livia und schlägt die Beine unter, während Grendel weiter an der Zigarette zieht und aus dem schiefen kleinen Küchenfenster starrt. Nicht ein Rauchfaden entschlüpft seiner blassen Haut.

*

Später steht Livia in Thomas' Zimmer, betrachtet seinen schlafenden Körper. Er ist unruhig, hat die Decke fortgetreten. Sein Brustkorb hebt und senkt sich unter dem Leinenhemd.

»Ich habe die Zigaretten aufgehoben, falls irgendwann ein Moment kommt, in dem ich gerne sündigen würde«, beichtet sie, ein Wispern in der Stille. »Eigentlich habe ich an Charlie gedacht. Ich war mir nicht sicher, ob ich wissen würde, wie es geht: ihn zu berühren, über Tage.«

Sie zündet eine zweite Zigarette an, kauert sich neben Thomas, mustert den Kohlenstaubfleck, der seine Haut verunziert, den Ohrstummel, der wie eine faulige Kartoffel aus dem kurz geschorenen Haar ragt.

»Lizzy hatte recht, unten im Bergwerk«, flüstert sie. »Du wirst für immer hässlich sein.«

Und dann, einfach um es auszuprobieren, die Zigarette im Mundwinkel, legt sie sich zu ihm und presst die Wange an seine Schulter, denkt zurück an den Hauseingang, wo er sie mit seiner zitternden Brust gewärmt hat.

*

Er wacht auf, nachdem die Zigarette längst verglüht ist. Livia muss eingeschlafen sein, denn er hat sich mittlerweile umgedreht, sieht sie an. Seine Augen funkeln in der Dunkelheit. Livia merkt, dass sie weint.

»Ich hasse dich. Ich hasse alles, wofür du stehst. Was ich von dir in mir selbst wiederfinde.«

Er nimmt ihre Worte regungslos hin, weiß alles längst, hat es in ihrem Rauch gelesen.

»Halt mich«, sagt er, und sie tut es; Wange an Wange, sein Ohrstummel an ihrem Mund.

Am nächsten Morgen rollen sie stumm auseinander und machen sich fertig, um Charlie zu treffen.

*

Es ist ihr vierter Morgen in London. Der zwölfte Januar, der Tag, an dem die Lieferung ihrer Mutter fällig ist. Ein nasser, rauer Tag. Charlie kommt nicht. Sie stehen vom Morgengrauen bis zur Abenddämmerung auf dem Marktplatz, stampfen mit den Füßen, durchgefroren, schuldbewusst, rufen seinen Namen.

»Um Mitternacht am Tabakdock«, sagt Livia, als sie die Stille nicht länger erträgt. »Charlie weiß, wo wir sein werden. Vielleicht kommt er dorthin.«

Thomas antwortet nicht. Er zuckt zurück, als sie nach seinem Arm greift.

Am meisten erschreckt sie, wie leicht es ist, sich Charlie tot vorzustellen.

# SEEMANN

Er heuert uns in La Rochelle an. Eine ganze Schiffscrew, direkt vom Deck der *Lorelei* weg, die aufs Trockendock muss. Kapitän van Huysmans: ein Niederländer mit gutem Leumund. Er kommt persönlich, lässt sich von einem Fischer rüberpullen und schüttelt unserem Kapitän die Hand, bevor er seine Konditionen erklärt. Viel gibt's eigentlich nicht zu erklären: eine Kanalüberquerung, hin und zurück. Gutes Geld für ein paar Tage Arbeit. Nur eine Bedingung: kein Landgang, es geht sofort auf die *Haarlem*. Die Männer murren, mehr als die Hälfte lehnt ab. Nach Wochen auf See sind wir alle erschöpft, sehnen uns nach einem Bier, einer Frau. Irgendwie wirkt es kleinlich, geheimnistuerisch, uns so wegzuschleifen, wo wir den Hafen schon vor der Nase haben. Diejenigen, die sein Angebot annehmen, setzen noch in derselben Nacht über. Um uns herum steigen Heringe an die Wasseroberfläche und fressen im Schein des Dreiviertelmonds.

Die *Haarlem* ist ein großer Dampfer, der für das offene Meer und seinen wohlwollenden Wellengang gebaut ist. Das eisige, launische Wasser des Kanals scheint ihr weniger zu liegen. Sie fährt unruhig, und als wir im Morgengrauen in eine dichte Nebelwand geraten, kriechen wir nur noch im Schneckentempo dahin. Wir sehen kaum die Hand vor Augen. Die Matrosen hocken in den Ecken, spielen Karten und würfeln, verstecken alles aber schnell, sobald der Kapitän auftaucht.

Er ist überall. Wenn ich Kapitän wäre und eine hübsche, gemütliche Kajüte hätte, würde ich die gesamte Fahrt über nicht rauskommen. Würde mit meiner schmucken Uniform in der Koje liegen und nach dem Schiffsjungen schreien, damit er mir mehr zu essen bringt. Nicht so Kapitän van Huysmans. Die ganze Nacht geistert er auf Deck herum. Seinem Teint nach zu urteilen, war er vor Kurzem in den Tropen: die Blässe von frisch geschälter Haut, noch verbrannt am Haaransatz. Sein Arsch ist bestimmt schneeweiß.

Schon ein seltsamer Vogel, unser Kapitän. Ruhelos, von Albträumen geplagt. Ein Musikliebhaber, wie's scheint; er singt oft, allerdings so merkwürdig verdrossen, dass es ihm schwerlich Freude machen kann. Wohlerzogen, fast überkorrekt. Die meisten Kapitäne zeigen sich von einer gewissen Seite, wenn sie mit Schiffsbesitzern zu tun haben, und von einer völlig anderen, wenn sie auf See sind: ein Fluch hier, eine Rauchschwade da, schmutzige Witze. Aber nicht Kapitän van Huysmans. Steif wie eine Planke, trotz seiner beleibten Erscheinung.

Ich beschwere mich beim Schiffsjungen darüber. Poppy. Gott weiß, wie er zu diesem Namen gekommen ist. Ein vierzehnjähriger Bursche auf seiner dritten Fahrt. Einer von der Sorte, die immer große Augen macht. Die ganze Welt ist neu für ihn. Schaut zu allen Seemännern auf. Ich, der ich mit meinen dreiundvierzig Jahren in die schwindelerregenden Höhen eines Ersten Offiziers aufgestiegen bin, genieße Heldenstatus bei ihm.

»Unser Käpt'n wär gern ein Gentleman«, sage ich, als van Huysmans mal wieder auf Deck herumtänzelt.

»Ein Gentleman!«, seufzt Poppy, dem mein Unterton nicht aufgefallen ist, begeistert. »Stell'n Sie sich das mal vor! Immer saubere Laken, keiner, der einen anschreit oder ausschimpft. Kein Herumgeschubse. Eine freundliche Welt.«

Ich schnaube. »Immer erst nachdenken, bevor man redet. Jeden Morgen sein Bettzeug untersuchen. Sich jeden Furz verdrücken, aus Angst, dass Rauch mitkommt. Ein Leben mit zugekniffenem Arschloch.«

Der Junge ist hartnäckig, vergisst einen Moment lang, dass ich sein Vorgesetzter bin, sein Prophet, sein Bordgott.

»Was ist denn so toll an Rohheit und Dreck?«, fragt er.

Und als ich nicht antworte (vermutlich, weil er einen wunden Punkt getroffen hat), fügt er wütend und mit Tränen in den Augen hinzu: »Die kommen in den Himmel, Sir. Sie und ich nicht.«

*

Die ersten Zollbeamten kommen zwei Meilen vor der Küste an Bord. Ganz hohe Tiere! Und wie gründlich sie sind, wie formell, feine Gentlemen in Kammgarnanzügen. Immer zu zweit, damit sie mit Adleraugen das Wohlverhalten des anderen überwachen können. Angeblich müssen sie einen Bericht über ihren Kumpan schreiben. Trotzdem würde ich meinen Hintern darauf verwetten, dass sie genauso korrupt sind wie der einäugige Dieb von Hafenvorsteher in La Rochelle. Doch das hier ist Großbritannien. Hier haben die Schurken einen ordentlichen Haarschnitt, und ihre Hemdsärmel sind frisch gemangelt.

Insgesamt gibt es vier Kontrollen. Jedes Mal werden alle Frachträume überprüft, Siegel angebracht, Papiere vorgelegt, Gebühren entrichtet, das ganze Programm. Jedes Mal redet unser Kapitän wie ein Wasserfall, schmiert den Beamten Honig um den Bart, bietet Erfrischungen an, die ausgeschlagen werden. So sind alle Kapitäne, wenn es um die Zollabfertigung geht.

Aber unser Kapitän schwitzt wie ein Schwein.

»Was schmuggeln wir denn?«, frage ich, als das nächste Paar unser Schiff verlässt.

Van Huysmans zuckt zusammen.

»War nur ein Witz, Käpt'n! Was haben wir geladen? Gewürze? Blumen? Opium?«

Er schüttelt den Kopf, tupft sich mit einem Taschentuch die Stirn.

»Maschinenteile.«

Ich stoße einen Pfiff aus. »Sondergenehmigungen?«

»Natürlich.« Dann erbleicht er, als würde meine Bemerkung jetzt erst bei ihm ankommen, und legt den Kopf schief, als hätte er das Rumpeln eines herannahenden Sturms gehört.

»Wenn Sie mich entschuldigen würden.«

Und er fängt an zu singen, ich schwör's, schrill und falsch, und eilt zu seiner Kajüte zurück; sein Taschentuch weht hinter ihm her wie eine kleine weiße Flagge.

*

Bei gutem Wetter sieht man London schon von der Mündung der Themse aus. Keine Wolke im eigentlichen Sinne, eher ein dunkler Nebelschleier. Ein Teil kommt aus den Fabrikschloten, aber in Bodennähe ist der Nebel am schwärzesten. Poppy steht mit aufgerissenen Augen neben mir an der Reling und bekreuzigt sich.

Als ich lache, wird er rot.

»Ist es so, wie alle behaupten?«, fragt er schüchtern. »Gomorra? Eine Räuberhöhle?«

»Es ist eine Stadt. Die größte in ganz Europa.«

»Aber der Rauch …«

»Dort leben die Sünder. Die Arbeiter, die Armen. Die guten Menschen wohnen auf dem Land.«

Und nach einer kurzen Pause: »Es ist wie überall. Nur noch mehr.«

*

Wir halten auf das Tabakdock zu. Die Männer jubeln, als der Kapitän verkündet, dass sie die Nacht über frei haben. Selbst Poppy strahlt. Er hat Angst vor diesem Gomorra, dieser Räuberhöhle. Aber er will sie auch erkunden. Ich freue mich schon darauf, ihn herumzuführen, ihn ein bisschen zu beruhigen, ihm zu zeigen, dass die Leute hier auch nur Menschen sind, als der Kapitän mich plötzlich zur Seite nimmt.

»Bleiben Sie. Ich habe einen Sonderauftrag für Sie.«

Wir feilschen fast eine Stunde lang, bis die Summe, die er nennt, so groß wird, dass ich schon fürchte, er würde sein Angebot zurückziehen. Natürlich bin ich hochzufrieden, aber ich mache mir auch meine Gedanken.

Was für ein schlimmes Verbrechen muss der Mann planen, wenn er bereit ist, mir ein Dutzend Gulden fürs Herumstehen zu bezahlen?

## LIEFERUNG

Glaubst du, es ist schon Mitternacht?«

»Woher soll ich das wissen? Ich habe in der ganzen Stadt noch keine funktionierende Uhr gesehen«, erwidert Thomas. Und dann, nachdenklicher: »Aber auf dem Schiff haben sie eine, und es hat sich noch nichts gerührt.«

»Bist du dir da sicher?«

»Das ist ein Dampfer, gebaut fürs offene Meer. Die brauchen eine Uhr, sonst können sie nicht navigieren. Und der einzige Weg rauf und runter führt über die Laufplanke da.«

»Du kennst dich mit Booten aus?«

»Schiffen. Ich bin am Meer aufgewachsen. Leise jetzt, der Wachmann kommt zurück.«

Sie beobachten den Mann. Es ist leicht, seinen Bewegungen zu folgen, selbst von Weitem. Er hat sich eine Pfeife angezündet; mit jedem Zug glüht der Tabak rot in der Dunkelheit und beleuchtet einen kleinen Teil seines Gesichts, die tiefen Falten, den Schnurrbart, das glatt rasierte Kinn. Er geht in fünf Metern Entfernung an ihnen vorbei, dreht wieder um und hinterlässt den süßlichen Geruch von verbrannter Vanille. Beim Drehen quietschen seine Schuhe auf dem Kopfsteinpflaster.

*Gummisohlen*, denkt Thomas. *Er gehört zur Crew.*

Am anderen Ende seiner Runde hält der Mann an. Einen Augenblick später hören sie, wie Wasser auf Wasser trifft. Auf dem Kai ist es so still, dass das Geräusch bis zu ihnen gelangt.

Als er seine Blase entleert hat, fängt er an zu summen. Eine romantische, traurige Melodie; Thomas kennt sie nicht. Nach dem zweiten Refrain verstummt der Mann und setzt den Rundgang fort. Das Hafenbecken neben ihm liegt schwarz und spiegelglatt da: ein Nichts, zu rußdurchsetzt, um die Mondlichtfetzen zu reflektieren, die gelegentlich durch die Wolken dringen.

Es gibt drei solche Becken, rechteckig und durch breite, eiserne Schleusentore mit der Themse verbunden. Alle drei sind riesig. In das größte würden zwanzig Kricketfelder passen. Das Tabakdock ist zwar das kleinste, doch es ist immer noch groß genug, um einen Dampfer der Ostindien-Kompanie aufzunehmen. Rund um das Dock erhebt sich eine Stadt aus Lagerhäusern, Werkhallen, Kränen, Schiffsteilen, Fässern und Pollern. Eine Umgebung geschaffen für Maschinen, turmhohe Metallhüllen, die Rost ausschwitzen. Auf der einen Seite steht ein Propeller, jedes seiner Blätter länger als ein Mann und um die eigene Achse verdreht wie eine Schaufel mit gebrochenem Hals. Wenn Maschinen eine Religion hätten, wäre das ihr Kreuz. Es ist nicht schwer, sich vorzustellen, dass ein Wesen drangenagelt ist.

Der Kai ist von einer hohen Backsteinmauer umgrenzt. Es gibt nur ein Tor. Als Thomas und Livia es früher am Abend erreichten – sie hatten sich bei Schichtende über die belebten Kais des Westdocks gestohlen und hinter einer Reihe von Fässern ausgeharrt, bis alle Stauer weg waren –, war es unverschlossen, das Wachhäuschen leer; nur das Quietschen der Angeln bezeugte ihr Eindringen. Thomas hat den Verdacht, dass es sich nicht um ein Versehen handelt. Am Westdock legen keine ausländischen Schiffe an, deshalb sind die Sicherheitsvorkehrungen dort nicht so hoch. Am Tabakdock hingegen ist ausländische Kundschaft an der Tagesordnung. Schilder warnen vor unbefugtem Betreten, und dichte Schlingen besonders stacheligen Drahts krönen alle Mauern. Trotzdem ist das gesamte Gelände verwaist, als warte es nur auf Diebe. Jemand wurde bestochen, hat die Wachen nach Hause geschickt, die Hundezwinger für die Nacht geleert. Nur der einsame Seemann ist noch hier. Ein unvorsichtiger Bursche: Dank der Pfeife haben sie ihn schon am Tor entdeckt. Seitdem spielen sie Verstecken.

Auch die *Haarlem* war leicht ausfindig zu machen. Während die beiden anderen Schiffe an der Breitseite des Docks kaum größer als Flusskähne sind, misst das Schiff, neben dem sie kauern, bestimmt fünfzig Meter vom Bug bis zum Heck und riecht nach der offenen See. Es sind keine Wellen zu sehen, doch es muss eine Strömung geben, tief unter der Wasseroberfläche. In regelmäßigen Abständen zerrt das Schiff entweder an den Tauen, die es am Kai befestigen, oder lehnt sich gegen die gepolsterten Fässer, die zwischen seiner Flanke und der Kaimauer schwimmen: ein gedehntes Knarzen, ein geduldiges Knirschen. Die unterschiedlichen Ächzer verleihen der Nacht Textur.

So dicht neben dem Schiff ist es schwer, etwas zu erkennen: ein Gewirr an Masten und Schornsteinen, der breite Umriss des eisernen Rumpfs. Thomas und Livia mussten sich von Versteck zu Versteck schleichen, durch die sich überlappenden Schatten auf dem Kai, bodenlos wie das Meer, bis sie den mannshohen Stapel Kisten erreicht haben, zwei Meter vom Rand des Beckens, drei Meter vom Schiff entfernt. Hoch über ihren Köpfen hängt eine schlaffe Flagge, die sie in der Dunkelheit nicht identifizieren können. Das Wasser ist dickflüssig von den Unmengen öligen Rußes.

Der Wachmann beendet eine weitere Runde. Als er sich umdreht, steht Livia auf und streckt sich. Die Nacht ist rau, und während der langen Stunden des Wartens ist ihnen die Kälte in die Glieder gedrungen.

»Vielleicht haben sie die Ladung bereits gelöscht«, flüstert sie. »Und die Lieferung steht hier direkt vor uns.«

Darüber hat Thomas auch schon nachgedacht.

»Nein«, sagt er schließlich. »Wenn sie wirklich so wertvoll ist, wäre hier ein ganzes Heer Wachmänner aufgestellt. Und noch was: Ist dir aufgefallen, dass von der Crew nichts zu sehen ist? Der Kapitän muss sie alle an Land geschickt haben. Außer den einen da, falls er das nicht höchstpersönlich ist. Was deine Mutter auch gekauft hat, es ist so geheim, dass nicht einmal die Matrosen davon erfahren dürfen.«

Livia scheint zu überlegen. Es ist so dunkel, dass er ihr Gesicht nicht sieht. Trotzdem würde er sie allein an ihrem Atemmuster erkennen.

»Erzähl noch mal, was wir über die Lieferung wissen.«

Thomas zuckt mit den Schultern. »Ich habe das Journal nie zu Gesicht bekommen. Charlie hat es gelesen. Zwölfter Januar, Mitternacht. Die *Haarlem* aus La Rochelle, unter dem Kommando eines Kapitän van Huysmans. ›Bitte persönlich abholen und Transport veranlassen.‹ Was es auch ist, es hat ein Vermögen gekostet. Deine Mutter muss ihren gesamten Besitz eingesetzt haben.«

»Also wird sie kommen.«

»Ja.«

»Und dann?«

»Ich weiß nicht. Hängt vermutlich davon ab, was es ist. Wir können nur abwarten.«

Doch während sich die Minuten dahinschleppen, nur von den gleichmäßigen Schritten des Wachmanns gemessen, wird das Warten immer schwerer. Die Kälte ist jetzt überall, ist durch die Sohlen seiner Schuhe an seinem Bein hinauf bis in Brust und Rücken gekrochen. Seine Glieder sind so gereizt von der Gänsehaut, dass sie kaum die Berührung der Kleider ertragen. Außerdem nagen allmählich Zweifel an ihm: dass Lady Naylor doch nicht kommt oder dass sie das falsche Schiff erwischt haben. Dass tief im Frachtraum gerade ein Handel geschlossen wird und ein Ruderboot bald alle Antworten über das reglose, tintenschwarze Wasser des Docks davonpullt.

Er spricht erst, nachdem er seine Entscheidung getroffen hat. Alles andere wäre verschwendete Spucke.

»Wenn er sich das nächste Mal umdreht, laufe ich los. Wenn er hinter der Hütte da drüben ist, siehst du? Du bleibst hier und hältst Wache.«

Sofort greift sie nach seinem Arm, um ihn zurückzuhalten. Ihre Hand an seiner Haut. Wie leicht es ihr mittlerweile zu fallen scheint, ihn anzufassen. Der Gedanke macht ihn wütend.

Er reißt sich los.

»Wo willst du hin?«, zischt sie, zu laut für die Stille auf dem Kai. Doch der Wachmann hört sie offenbar nicht.

»An Bord. Schauen, ob ich etwas herausfinden kann.«

Sie reagiert heftig, vergisst, dass er sie nicht sehen kann, nicht hier im Schatten des Frachtguts. Ein Kopfschütteln, ein Stirnrunzeln? Diese Grimasse, die sie manchmal schneidet – die Unterlippe vorgeschoben, ein kleiner Ruck mit dem Kinn von rechts nach links, die Augen zu Mandeln verengt, hellbraun und hart? Vielleicht sorgt sie sich um ihn. Ihr Einwand allerdings ist sachlich, vernünftig.

»Du weißt doch nicht einmal, nach was du suchen sollst.«

»Doch. ›Transport veranlassen.‹ Das heißt, es ist groß. Und gleichzeitig irgendwo versteckt, wo es niemandem auffällt. Weder den Matrosen noch den Zollbeamten.« Er berührt eins der Wachssiegel auf den Kisten, hinter denen sie hocken. »Wenn ich es sehe, werde ich es wissen.«

Er richtet seine Aufmerksamkeit auf den Matrosen, zählt seine Schritte. Es ist nicht der Kapitän, hat er beschlossen. Dafür ist es zu kalt, die Aufgabe zu stupide, der Mann zu gelangweilt und gleichgültig. Ein Offizier, ein zuverlässiger Untergebener oder einer, der zu gut bezahlt wird, um einfach abzuhauen. Und den Geruch nach verbrannter Vanille hinter sich herzieht. Einhundertdrei Schritte für eine ganze Runde. Neunzehn hinter dem Zollhäuschen, wenn es denn eins ist: außer Sicht. Neunzehn gemächliche Schritte. Thomas wird acht brauchen, um die Laufplanke zu erreichen, drei, um sie zu überqueren. Dann muss er sich nur noch hinter der Reling zusammenkauern. Ein Schatten, der mit der Dunkelheit verschmilzt. Eine Welt von endloser Tiefe.

Sobald der Mann hinter dem Häuschen verschwindet, läuft er los. Erst auf halber Strecke merkt er, dass seine Schritte ein Echo haben. Beinahe hätte er sich umgedreht und sie angeschrien. Stattdessen greift er nach hinten und packt sie am Handgelenk. Die Laufplanke fühlt sich schwammig an, knarzt, wackelt unter ihren Füßen. Von Nahem tritt die Oberfläche des Schiffsrumpfs deutlich hervor: Nieten wie Pockennarben, Seepocken, Seegras, Rost. Ein durchdringender Geruch, beinahe wie Blut.

Kaum an Bord, werfen sie sich zu Boden. Eiskaltes Eisen an der Wange. Die Laufplanke bewegt sich weiter: ein gleichmäßiges Schwingen, auf und ab, gerade so vernehmbar in der Stille der Nacht. Wellenlehre; das hatten sie in der Schule. Mit Stift und Papier könnte er die Amplitude berechnen. Mit Stift und Papier – und ein bisschen Licht. Livia neben ihm ist nichts als ihr keuchender Atem.

Thomas zählt bis fünfzig. Niemand schlägt Alarm. Einhundertdrei Schritte. Er zählt noch einmal.

Sie krabbeln vorwärts, erreichen die Wand einer Kajüte, den schmalen Durchgang zwischen zwei Kajüten, vorn und achtern. Zwei Treppenhäuser, zwei Niedergänge, die nach unten führen, eher gefühlt als gesehen. Instinktiv wählt Thomas achtern. Als sie am Fuß der Treppe angelangt sind und die geräuschlose Dunkelheit sich vor ihnen ausbreitet, kann er seinen Ärger nicht länger unterdrücken.

»Du solltest doch warten!«

Sie saugt seinen Rauch ein, als würde sie ihn trinken, spuckt ihm seine Wut zurück ins Gesicht.

»Du hast mir gar nichts zu sagen.«

In ihrem Atem liegt noch etwas anderes, eine raue Zärtlichkeit. Es macht Thomas Angst, wie gut sie sich ohne Worte verstehen.

*

Sie tasten sich vorwärts. Thomas vermutet, dass der Hauptfrachtraum sich achtern befindet, also gehen sie in diese Richtung. Die Gänge sind so eng, dass sie mit angewinkelten Ellbogen beide Wände berühren können. Als sie eine zweite Treppe hinuntersteigen, verändert sich die Stille um sie herum, wird dumpfer, schwerer. Sie müssen unter der Wasseroberfläche sein. In regelmäßigen Abständen durchläuft ein Ächzen das Schiff, drängend und kläglich; Metall, das sich in der Kälte zusammenzieht.

Sie entdecken eine Tür. Thomas' Hände ertasten die schwere Verriegelung, den Griff, die Angeln und, auf einem Brettchen daneben, eine Laterne und Streichhölzer. Erst als sie die Tür hinter sich geschlossen und verriegelt und ein Dutzend Atemzüge lang in der Dunkelheit ausgeharrt haben, wagt er es, Licht zu machen. Ihre Augen schrecken vor der plötzlichen Helligkeit zurück, dann schwelgen sie darin. Stählerne Maschinen, mannshoch, die gewölbten Seiten mit Druckmessern behängt wie mit Medaillen. Ein Haufen Kohle, der darauf wartet, geschaufelt zu werden. Hebel, Ventile, mehrere Paar dicke Lederhandschuhe und Beinschützer, dunkel von Schweiß und Kohle. Livia will etwas sagen, doch er bringt sie zum Schweigen, deutet auf ein Bündel Rohre, das aus der Decke ragt. Jedes davon endet auf Gesichtshöhe in einem gebogenen Metalltrichter; ein Strauß Trompeten.

»Sprechrohre«, flüstert er, den Mund dicht neben ihrem Ohr. »Zur Brücke, in die Kapitänskajüte, an Deck.«

Er lauscht an den weitmundigen Trichtern. Aus einem dringt

ein rhythmisches Geräusch, als würde jemand in der Ferne mit den Fingern schnippen. Verwirrt winkt Thomas Livia zu sich. Ihr Gehör erweist sich als schärfer.

»Schritte«, haucht sie.

Jetzt erkennt er es auch: Jemand marschiert hin und her, eine Pause, wenn er auf dem Absatz kehrtmacht. Ein begrenzter Raum, aber größer als die meisten auf einem Schiff. Die Kapitänskajüte.

Schließlich verstummen die Schritte und werden kurz darauf von einem gespenstischen Knistern abgelöst, über das sich, wie an einem Lagerfeuer, eine Stimme erhebt. Eine Frau, die singt; nahezu perfekte Töne, jedoch immer wieder von einem seltsamen Wabern und leisen, kehligen Heullauten verzerrt. Eine Geige begleitet sie, süß und intonationssicher, aber ähnlich schwankend, als würde die Zeit entgegen dem Taktgefühl des Spielers wogen. Thomas schaut fragend zu Livia hinüber, doch die schüttelt nur den Kopf. Die Kapitänskajüte. Eine Sängerin, eine Geige, ein Paar Stiefel, die den Raum durchmessen. Ein Kupferrohr, das durch den Mund eines Trichters spricht. Wie ein Sendschreiben aus der Geisterwelt, körperlos und undeutlich. Sie löschen die Laterne, bevor sie den Maschinenraum verlassen.

Ein paar Schritte weiter findet Thomas' Hand noch einen Riegel und darunter ein kaltes Metallrad, das nach fünf Umdrehungen den Weg zum Raum dahinter freigibt. Nur ein Tropfen unterbricht die Stille, hallt gleichmütig wider. Ein großer Raum also, ein Frachtraum. Livia hat die Laterne mitgenommen und entzündet erneut ihren Docht. Schatten rangeln, dann werden die Umrisse scharf. Eine trägergestützte Halle mit eisernen Wänden, die nur etwa zur Hälfte gefüllt ist. Vor allem mit Kisten und Fässern und einer Reihe von Metallteilen: Gelenkrohren, Zahnrädern, Ventilatorblättern und riesigen Scheiben mit Löchern, die aussehen, als würden sie in überdimensionale Rohrleitungen gehören, übereinandergestapelt und mit schweren Ketten am Boden befestigt. Ohne auf Thomas zu warten, läuft Livia den Frachtraum ab und macht eine Bestandsaufnahme, legt die Hand auf jeden Gegenstand. Als sie tiefer vordringt, entsteht plötzlich Unruhe am Rand des Lichtkreises der Laterne. Ein hartes, knöchernes Klackern, Krallen auf Stahl. Livias Bewegung treibt die Geräusche auf Thomas zu. Sie geht sehr aufrecht, den Blick fest auf die Fracht gerichtet, schaut sich nicht um. Das bedeutet vermutlich, dass sie die Ratten auch gehört hat. Ihre Rückkehr löst eine zweite Welle des Scharrens aus, jetzt in die entgegengesetzte Richtung, zurück in die entlegenen Ecken.

»Was auch immer wir suchen, es ist nicht hier«, berichtet sie. »Alles in diesem Raum hat einen Zollstempel. Manches sogar mehrere: Brasilien, Portugal, Frankreich. England.«

»Es wäre auch schwer, hier unten etwas zu verstecken.« Thomas' Blick wandert noch einmal herum, bleibt an den Metallteilen hängen. »Maschinenteile. Hätte nicht gedacht, dass sie die importieren dürfen, unter dem Embargo.«

»Der Stempel darauf hat eine andere Farbe. Vielleicht eine Sondergenehmigung. Wofür die wohl sind?«

»Keine Ahnung. Komm, mittlerweile ist es bestimmt Mitternacht.«

Kaum hat er den Satz beendet, ertönt ein Pfiff draußen auf dem Kai. Hier unter der Wasseroberfläche klingt er schwach und blechern.

»Der Wachmann. Irgendetwas ist passiert.«

In wortlosem Einvernehmen eilen sie zur Tür.

*

Eine Lampe ist entzündet worden. Ihr Licht ist weit entfernt, von Niedergängen und Korridoren gebrochen. Doch als sie sich hastig wieder zur Treppe getastet haben – ihre eigene Laterne ist längst gelöscht –, erhaschen sie einen flüchtigen Schein, der ihnen die Richtung verrät. Es scheint gleichzeitig töricht und unvermeidlich, ihm zu folgen, eilig, hungrig nach Antworten. Einen Augenblick – einen Gang, eine Abzweigung – später ist er verschwunden und lässt sie verwirrt und orientierungslos zurück.

Dann hören sie eine Stimme. Eine andere antwortet. Beide sind zu leise, um Worte oder Sprecher auszumachen.

»Über uns«, flüstert Livia Thomas ins Ohr. Sie muss auf Zehenspitzen stehen. »Sie sind an Deck.«

»Deine Mutter?«

»Ich weiß nicht. Was nun?«

Das Licht nimmt ihnen die Entscheidung ab. Unvermittelt ist es wieder da, bewegt sich, zielstrebig jetzt, auf sie zu, begleitet von Schritten. Um nicht ertappt zu werden, weichen sie zurück. Eine Gabelung zwingt sie zu wählen: links oder rechts. Sie treffen die falsche Wahl, denn das Licht folgt ihnen. Plötzlich wird ihnen der Weg von einer Tür versperrt. Sie ist nur angelehnt. Thomas und Livia schlüpfen hindurch, in einen schattenübersäten Raum, wohl wissend, dass man sie erwischen wird. Ihre Verfolger sind ihnen zu dicht auf den Fersen, als dass sie ein gutes Versteck finden könnten. Das Licht wird schwächer, hält an, schiebt einen Keil durch die halb offene Tür wie einen rechteckigen Zeh, beleuchtet einen Teppich und ein Stück holzgetäfelte Wand. Eine Stimme, laut und unbekannt.

»Hören Sie«, sagt sie mit einem starken Akzent, der die Vokale verzerrt und dem *s* eine seltsame Schärfe verleiht, »bevor wir hineingehen, müssen wir uns über das Geld unterhalten.«

»Sie wurden bereits bezahlt, und zwar sehr großzügig.«

Unter anderen Umständen wäre es ein Schock, sie wiederzuhören. Lady Naylors Stimme. Eine außergewöhnliche Stimme, gelassen und vernünftig, gleichzeitig liebenswürdig und distanziert. Doch Thomas ist damit beschäftigt, den Raum nach einem Schlupfwinkel abzusuchen. Umrisse schälen sich aus der Dunkelheit. Ein Bett, ein Schreibtisch, ein paar Stühle. Das Bett ist in die Wand eingebaut, die Stühle sind zu klein, um sich dahinter zusammenzukauern. Auf einer Seite der Kajüte schimmern zwei Bullaugen in einem helleren Schwarz. Anscheinend haben sich die Wolken gelichtet, und der Mond ist herausgekommen.

»Es gab Komplikationen. Ich hatte alle möglichen Scherereien mit den Behörden. Und dann die Umbaukosten! Haben Sie eine Vorstellung, wie schwierig es war, in La Rochelle einen geeigneten Schreiner aufzutreiben?«

»Das können wir alles besprechen, *nachdem* wir die Ware in Augenschein genommen haben. Nach Ihnen, Kapitän.«

Eine neue Stimme, ebenfalls mit Akzent, einem anderen jedoch. Zurückhaltend und präzise. Jemand, der es gewohnt ist zu reden, nur nicht über sich selbst. Thomas versucht gerade, sich den Mann vorzustellen, als er den Schrank findet. Der ist so unauffällig in die Holzvertäfelung eingelassen, dass nur der Schlüssel hervorragt. Livia hat ihn im selben Moment entdeckt. Er ist tiefer als erwartet, aber ziemlich niedrig. Sie kriechen zwischen die Hemdsärmel, verheddern sich mit Armen und Beinen; Thomas hat Livias Haar im Mund. Eine Fingerspitze ins Schlüsselloch, ein schneller Ruck, und die Schranktür schließt sich in dem Augenblick, als die Kajütentür aufgestoßen wird und das Licht den Raum durchflutet.

*

Sie spähen abwechselnd durchs Schlüsselloch. Die Schranktür ist nicht verschlossen und steht einen winzigen Spalt breit offen, deshalb dürfen sie sich nicht dagegen lehnen. Außerdem steckt der Schlüssel; er versperrt ihnen zwar nicht vollständig die Sicht, lässt jedoch nur eine schmale Sichel frei, durch die sie das Geschehen beobachten können.

Drei Leute. Der Kapitän ist füllig. Ein rundes Gesicht unter spärlichen hellblonden Locken. Er hat ihnen den Rücken zugedreht, bückt sich, zündet eine zweite Laterne an. Eine weiße Hose unter einer kurz geschnittenen Kapitänsjacke. Ein Seemann wie aus dem Bilderbuch, mit einem ausladenden Hinterteil.

Daneben Lady Naylor, blass und dünn; attraktiv, denkt Thomas, eine gestreckte, verhärmte Version ihrer Tochter. Der andere Mann befindet sich am Rand von Thomas' Sichtfeld: feingliedrig, nicht alt, einen Regenschirm in den behandschuhten Fingern. Sowohl er als auch Lady Naylor schauen sich suchend in der Kajüte um. *Sie haben uns gesehen*, schießt es Thomas durch den Kopf. Lady Naylors Gesicht – jetzt von hinten beleuchtet, vom Licht der Laterne umrahmt wie von einem Heiligenschein – wirkt angespannt, ungeduldig. Irgendwo hinter Thomas und Livia, fast wie im Holz selbst, scharrt eine Ratte, gräbt einen Tunnel durch die Schrankwand.

»Wo –«, fängt Lady Naylor an, wird jedoch von der eifrigen Stimme des Kapitäns unterbrochen.

»Genau das habe ich gemeint. Der Schreiner hat einen ganzen Monat dafür gebraucht. Es musste *nahtlos* sein. Und genau wie die alte Kajüte, für den Fall, dass sich einer der Zollbeamten erinnert. Manche Menschen haben ein erstaunliches Gedächtnis für so etwas. Exakt die gleiche Kajüte. Nur um einen guten Kubikmeter kleiner.«

Während er spricht, läuft er nervös auf und ab. Thomas erkennt die Schrittfolge wieder. Vier Schritte, vier Schritte. Dann bleibt der Kapitän vor einem Gerät stehen, einem Kasten mit einem gebogenen Trichter, wie ein Lilienkelch aus Messing.

»Ich musste die gesamte Crew austauschen, nur um sicherzugehen. Die alte hätte vielleicht etwas bemerkt. Gute Männer, schwer zu ersetzen. Und dann die Überfahrt! Tagelang auf See, hier in meiner Koje, mit dem ruhelosen Teufel hinter der Wand. Ich habe die ganze Nacht Musik gespielt, nur um die Geräusche zu übertönen. Ich bin um zwanzig Jahre gealtert, ich schwör's!«

»Haben Sie meine Instruktionen genauestens befolgt?«, fragt ihn der Mann mit dem Regenschirm. Er ist näher an den Schrank getreten, als würde er spüren, dass sie sich darin verstecken. Livia schiebt Thomas' Kopf zur Seite, nimmt seinen Platz am Schlüsselloch ein. Er lehnt sich zurück, hört wieder das Scharren hinter sich, malt sich aus, wie der Nager im Dunkeln kauert, die Krallen nur ein paar Zentimeter von seinem Rücken entfernt, scharf und angriffslustig.

»Selbstverständlich. Wir haben eine Bleiverkleidung angebracht, wie angewiesen. Und ich hatte immer ein Bonbon im Mund, sogar nachts. Wäre mehr als einmal fast daran erstickt. Und die Fütterung …«

Thomas vernimmt ein Krachen. Als er seine Wange gegen Livias presst, erhascht er einen flüchtigen Blick auf den Kapitän, der etwas aus einer Halterung an der Wand gelöst hat: einen Stab, ungefähr so lang wie ein Besenstiel, stabil, mit einem seltsam geformten Metallhaken am Ende.

»Ich bin mittlerweile ziemlich geschickt darin, es abzuwehren, wenn ich ihm Ihr Gebräu in den Rachen kippe.«

»*Ihn* abzuwehren«, sagt der Mann mit dem Regenschirm. »Es ist ein *er*.«

Hinter Thomas scharrt die Ratte. Dann fängt sie an zu schreien, ein hohes, wildes, unartikuliertes Geräusch. Und menschlich. Thomas' Körper reagiert, noch bevor sein Kopf den Gedanken zu Ende gedacht hat. Er und Livia fahren gleichzeitig zusammen.

Und stoßen die Schranktür auf.

*

Es ist nicht so, als würden sie herauspurzeln und wie Kartoffeln über den Boden rollen. Trotzdem steht die Schranktür nun offen, und ein Fuß ragt heraus. Der Mann mit dem Regenschirm reagiert als Erster. Er tritt vor und zieht sie aus dem Schrank, an einem Knöchel und einer Schulter. Sie sind so ineinander verschlungen, dass sie in einem Knäuel aus Gliedmaßen auf dem Boden landen. Obwohl ihre Anwesenheit ein Schock für den Mann sein muss, beachtet er sie gar nicht. Er steigt über sie hinweg, steckt den Kopf in den Schrank und schnuppert.

»Habt ihr geraucht?«, fragt er knapp, gemessen, in ruhigem Ton. »Im Schrank, habt ihr geraucht?«

Als sie nicht antworten, winkt er den Kapitän heran. »Bringen Sie sie nach draußen. Rasch. Du auch, Katie, wenn du so gut wärst.« Der letzte Satz ist an Lady Naylor gerichtet, die sie bleich und schweigend anstarrt.

Ehe sich Thomas von dem Schreck erholen kann, hat der Kapitän ihn und Livia schon am Arm gepackt und schiebt sie unter gemurmelten Entschuldigungen und Flüchen aus seiner Kajüte, den Kopf eingezogen wie ein Hund, der Schläge erwartet. Vor der Tür lockert er seinen Griff ein wenig. Thomas könnte sich vielleicht losreißen. Aber was dann? Wegrennen? Verstecken? Sie sind zu weit gekommen, um ohne Antworten wieder zu verschwinden.

Lady Naylor nimmt ihm die Entscheidung ab.

»Lassen Sie sie los«, befiehlt sie dem Kapitän und greift nach der Laterne in seiner Hand. »Sie können jetzt gehen. Warten Sie an Deck auf uns.«

Kapitän van Huysmans zögert nur kurz, bevor er sich kopfschüttelnd und mit rotem Gesicht trollt. Anscheinend ist er ehrlich genug, um sich einzugestehen, dass er das Kommando über sein Schiff verloren hat. Lady Naylor leuchtet hinter ihm her, bis sie sich sicher ist, dass er fort ist. Erst dann dreht sie sich zu Livia um.

»Du lebst!« Die Erleichterung ist ihr ins Gesicht geschrieben. Trotzdem weicht Livia vor der Hand zurück, die ihre Mutter nach ihr ausstreckt.

»Du hast versucht, uns umzubringen!«, schreit sie, und ein Rauchwirbel steigt zwischen ihnen auf.

Sie starren ihn an, Mutter und Tochter, während er sich als Ruß auf der einen Seite der Laterne absetzt und das Licht dunkel färbt. Livias Miene ist trotzig, die ihrer Mutter spiegelt eine Mischung aus Verwirrung, Freude und Stolz.

»Du hast also gelernt zu sündigen.«

»Genug mit den Scherzen, Mutter, mit den klugen Sprüchen und Ausflüchten. Du hast versucht, uns umzubringen. Wir haben ein Recht darauf zu erfahren, warum!«

»Ist das dein Ernst? Habt ihr euch deswegen versteckt? Ihr denkt, dass ich in dieser Windmühle gesessen und aufs Geratewohl auf meine eigene Tochter gefeuert habe? Vermutlich ergibt das sogar Sinn. Nein, ich habe nicht versucht, euch umzubringen, mein Schatz. Aber ich glaube, Julius hat es getan.«

»Weil du ihn dazu angestiftet hast!«

»Nein.« Eine Falte gräbt sich in Lady Naylors Stirn, fein und voller Skrupel. »Ich habe ihn lediglich gebeten, den Jungen Angst einzujagen, damit sie zurückkommen.«

Sie hebt die Hand, um weitere Fragen zu unterbinden, und wirft einen Blick über die Schulter zur Tür der Kapitänskajüte.

»Still jetzt, ich bitte euch. Wir haben dringlichere Angelegenheiten zu besprechen. Wie lange wart ihr dort drin? Ihr habt womöglich schrecklichen, irreparablen Schaden angerichtet. Und doch bin ich froh, euch zu sehen. Ist das nicht merkwürdig? Töricht! Unsere einzige Chance, und ihr könntet alles zunichtegemacht haben. Wann seid ihr in diesen Schrank gekrochen?«

»Kurz bevor Sie gekommen sind«, antwortet Thomas.

Zum ersten Mal huscht ihr Blick zu ihm hinüber. Sie registriert sein Ohr, seine schmutzigen, verrußten Kleider.

»Was befindet sich hinter diesem Schrank, Lady Naylor?«

»Veränderung«, antwortet sie. »Revolution.« Ihre Stimme zittert bei dem Wort, genau wie ihre Hand und mit ihr die Laterne. Der Korridor wackelt, Licht kämpft mit Schatten. »Ich bin jetzt eine Gesetzesflüchtige. Das Herrenhaus wurde durchsucht, mein Haus in London wird überwacht. Trout ist hinter mir her.«

»Der Direktor?«

»Direktor? Ach ja! Ich vergesse immer, dass du ihn kennst. Dein Schuldirektor ist wie wir alle, weißt du: Er hat eine Vergangenheit. Master Trout hat seinen alten Beruf wiederaufgenommen.«

Bevor sie erklären kann, was sie damit meint, öffnet sich die Tür der Kajüte, und der Gentleman mit dem Regenschirm tritt heraus. Nun kann Thomas ihn genauer betrachten. Er ist klein, schmächtig, rehäugig, mit einem eleganten braunen Wollanzug und beigen Handschuhen bekleidet. Entgegen der Gepflogenheiten für einen Mann seines Standes scheint er keinen Hut dabeizuhaben. Er spricht mit Lady Naylor, nicht mit ihnen.

»Ich denke, es ist alles in Ordnung, Katie. Er ist anämisch und hat viel Gewicht verloren, zeigt jedoch keinerlei Anzeichen einer Infektion. Ich habe ihm jetzt das Atemschutzgerät aufgesetzt. Nach ein paar Bluttests wissen wir mehr.«

Thomas fällt wieder der vertrauliche Kosename auf. *Katie*. Lady Naylor heißt, so glaubt er zumindest, mit Vornamen Catherine. Die beiden kennen einander offenbar gut. Vom Kontinent, in einer anderen Sprache vielleicht. Der Akzent des Mannes ist nicht stark, aber vernehmlich, die Wörter übermäßig abgehackt.

»Das muss deine Tochter sein. Und einer der Jungen, von denen du mir erzählt hast. Thomas, oder? Der Raucher.« Er mustert sie interessiert. *Weich*, wenn so etwas möglich ist. Dieser Mann hat nichts Hartes an sich. »Wir müssen gehen. Werden sie unsere Pläne gefährden?«

Er dreht sich um, ohne auf eine Antwort zu warten, verschwindet in der Kajüte, schließt die Tür hinter sich. Seine Frage bleibt zurück, ein Problem, dessen Lösung er ihnen überlässt. Eine ganze Minute lang wagt niemand, es in Angriff zu nehmen.

Dann fragt Thomas: »Wovon redet dieser Mann?« Er raucht noch nicht, doch er spürt den Abgrund der Wut schon dicht vor sich. Wut worüber, weiß er nicht. »Wer ist das? Was für Pläne?«

Lady Naylor beobachtet ihn aufmerksam. Das erinnert ihn an die Nacht, als er sie in ihrem Studierzimmer zur Rede gestellt hat. Er hatte einen Brieföffner in der Hand und überlegte, wo er ihr die Klinge am besten in den Körper rammen sollte. Fast hätte er sie umgebracht. Aber stimmt das auch? Der Rauch, der jetzt sichtbar aus seinen Nasenlöchern und dem Ohrstummel dringt, trübt vielleicht seine Erinnerung. Selbst die Vergangenheit wird von seinem Zorn vernebelt. Es muss Mut erfordern, auf ihn zuzutreten, ihm die Hand auf die Brust zu legen. Er weicht nicht zurück.

»Ich werde es dir erzählen, Thomas, das verspreche ich dir. Beim Leben meines Mannes. Aber zuerst müssen wir von diesem Schiff herunter, bevor Trout uns einholt. Sonst ist alles verloren.«

Sie wartet, bis sein Rauch sich aufgelöst hat, ehe sie fragt: »Hast du mir Trout auf den Hals gehetzt?«

»Nein.«

»Das soll kein Vorwurf sein.« Lady Naylor lächelt. »Ich habe nur gerätselt, was ihn auf meine Spur gebracht hat.«

»Charlie«, sagt Livia.

Thomas hatte denselben Gedanken. Er spürt einen Stich der Angst, tief im Bauch, unter dem Nabel. *Die Leute reden zu oft über das Herz*, denkt er. Lady Naylors Blick folgt seiner Bewegung, als er nach Livias Hand greift und sie drückt.

*

Der Mann mit dem Regenschirm kehrt zurück, zusammen mit einem Monster. Gut einen Meter groß, eingehüllt in stechende Nachttopfgerüche, die Hände an einen Gürtel gefesselt. Wo das Gesicht sein sollte, regiert etwas anderes; nicht Leere, sondern weiche, haarlose Haut, eher schwarz als braun, oben straff gespannt, an Wangen und Hals schlaff. Zwei Glasscheiben als Augen, handtellergroß, metallumrahmt. Statt eines Munds ein Lederrüssel, der vor der Brust baumelt.

*Eine Maske*, erkennt Thomas. *Ein Kind mit einer Maske.*

Der Mann hat eine Leine an dem Gürtel befestigt und führt das Kind mit präzisen, eiligen Schritten. Es schlurft hinter ihm her, als stünde es unter Beruhigungsmitteln, mit hängenden Schultern, hoffnungslos. Die beiden sind an ihnen vorbei, bevor Thomas eine Erklärung verlangen kann. Ihm bleibt nichts anderes übrig, als ihnen zu folgen.

Oben an Deck, in der Nähe der Treppe, wartet der Kapitän. Es ist zu dunkel, um sein Gesicht zu sehen. Der Mann mit dem Regenschirm reicht ihm eine Geldbörse, dann dreht er sich wortlos um und geht mit dem Kind die Laufplanke hinunter. Auf dem Kai angekommen, zieht er seinen langen Wollmantel aus und wickelt es behutsam von Kopf bis Fuß darin ein. Im nächsten Moment hat er es hochgehoben, drückt es an die Brust: ein unförmiges Bündel, in der Mitte durchhängend.

»Wartet hier«, befiehlt er und eilt den Kai entlang. Nach fünf Metern ist er nur noch ein Schatten. Nach zehn hat ihn die Nacht verschluckt.

Lady Naylor verschwindet hinter einem Zollhäuschen, bedeutet ihnen, ihr zu folgen. Thomas zögert. *Ich habe nicht versucht, euch umzubringen*, hat sie gesagt. Er glaubt ihr. Aber heißt das auch, dass sie ihr vertrauen können? Ihre Bewegungen jedenfalls sind hastig, die Absätze ihrer Schuhe schallen laut durch die Nacht. Sie ist nervös, schießt es Thomas durch den Kopf. Ungeduldig. Ängstlich. Doch womöglich projiziert er nur seine eigenen Empfindungen auf sie. Sein Herz fühlt sich zu groß an für seine Brust, krampft sich zusammen wie eine geschwollene Faust.

Erneut gestikuliert sie, und trotzdem bleiben Thomas und Livia mitten auf dem Kai stehen.

»Dann ging es also immer nur um den Jungen?«, ruft Thomas ihr nach, genießt die Lautstärke. »Wohin bringen Sie ihn?« Plötzlich dämmert es ihm. »Der Käfig. Der Käfig in Ihrem Labor. Der ist für ihn.« Er schaudert. »Ich dachte, er sei für mich.«

»Für dich?« Sie wirkt ehrlich überrascht. »Natürlich. Daran ist Renfrew schuld. Er hat dir eingeredet, dass du Mord in dir trägst. Das hat dir Angst gemacht, nicht wahr? Dein Rauch hat tatsächlich eine besondere Qualität. Er *reagiert* auf verblüffende Weise mit Julius' Rauch. Ein Phänomen, das es verdient hätte, weiter erforscht zu werden. Früher hätte ich vielleicht Verwendung für dich gefunden.«

In der Dunkelheit ist ihr Gesicht nur ein blasses Oval, die Augen tiefe, ausdruckslose Brunnen.

»Armer Thomas. Die ganze Zeit über dachtest du, dass du etwas Besonderes bist. Im Mittelpunkt des Geschehens stehst. Dein Rauch der Schlüssel zu allen Geheimnissen der Welt!« Ihre Worte sind spöttisch, doch in ihrer Stimme schwingt auch Mitgefühl mit. »Da kommt die Kutsche. Ihr müsst euch entscheiden. Steigt ihr ein oder nicht?«

Thomas und Livia schauen sich an. Ihre Entscheidung ist bereits getroffen. Entweder sie bleiben hier und erfahren nichts. Oder sie steigen ein und bekommen endlich Antworten. Nacheinander zwängen sie sich in die kleine Mietdroschke, die vor ihnen angehalten hat. Auf dem Bock sitzt ein unbekannter Kutscher. Hätten sie flüchten wollen, hätten sie es längst getan.

Sie preschen los, den Kai entlang und durch das immer noch unbemannte Tor. Nach ein paar Hundert Metern verlangsamen sie die Fahrt zu einem weniger verdächtigen Tempo. Das Klappern der Hufe übertönt beinahe ihr Gespräch.

*

»Reden Sie! Wir wollen eine Erklärung. Wer sind Sie? Wer ist der Junge?«

Der Fremde lässt sich von Thomas' Wut nicht beeindrucken. Er sitzt ihnen gegenüber, das Kind auf dem Schoß; sein in den Ellbogen gehakter Regenschirm stößt gegen ihre Beine.

»Immer mit der Ruhe. Nennen Sie mich Sebastian. Hier ist meine Hand. Schön, Sie kennenzulernen. Mr Argyle. Miss Naylor. Sie kommen ganz nach Ihrer Mutter, meine Liebe, wenn Sie mir die Bemerkung erlauben. Ausgezeichneter Knochenbau. Katie hat mir alles über Sie beide erzählt. Und natürlich über Mr Cooper. Nun aber eins nach dem anderen, wenn Sie gestatten. Unsere Pläne erfordern eine kleine Änderung.« Er wendet sich an Lady Naylor, spricht mit präziser, ruhiger, zuversichtlicher Stimme. »Wohin fahren wir, Katie?«

Lady Naylor denkt nach. »Wird deine Unterkunft auch überwacht?«

»Nein, von mir wissen sie noch nichts. Allerdings würde es auffallen, wenn ich Gäste mitbringe. Und es wäre gewiss schwierig, das Kind hineinzuschmuggeln. Hast du noch eine Wohnung in der Stadt?«

»Zwei. Aber die hat Trout bestimmt schon gefunden.«

»Gut, dann haben wir keine andere Wahl. Sie werden alle Gasthäuser durchsuchen, und wir brauchen schnell einen Unterschlupf. Wir müssen die Stadt verlassen und zu meinem Landhaus fahren. Wir nehmen den Weg über Moorgate.« Er schweigt lange genug, um die Augen zu schließen und sie wieder zu öffnen: eine Bewegung, die bewusster ist als ein Blinzeln. »Was machen wir mit den beiden?«

Stimme und Blick des Mannes bleiben freundlich. Dennoch liegt eine Drohung in der Frage.

*Wir wissen zu viel. Für ihn sind wir nur unliebsame Zeugen. Unbedeutend. Entbehrlich.* Der Gedanke erschreckt Thomas, ruft ihm die Demütigung auf dem Kai wieder in Erinnerung. *Die ganze Zeit über dachtest du, dass du etwas Besonderes bist. Im Mittelpunkt des Geschehens stehst.*

Also ist er vielleicht wirklich ein Niemand. Ein wütender Junge: der Sohn seines Vaters. Doch Livia ist bei ihm. Er muss sie beschützen. Womöglich ist eine Klinge im Stiel dieses Regenschirms verborgen, eine Pistole in den Taschen dieser Hose. Lady Naylor scheint Thomas' Gedanken zu erahnen. Sie spricht mehr mit ihm als mit ihrer Tochter.

»Es ist ganz einfach. Entweder ihr verratet uns, und alles bleibt, wie es ist: die Lügen, die Bonbons und Zigaretten, die Scheinheiligkeit des Systems. Oder wir beenden es. Sorgen dafür, dass es zu Staub zerfällt.«

»Das Ende des Rauchs.« In Livias Stimme schwingt etwas mit, von dem man nur schwer sagen kann, ob es Misstrauen oder Hoffnung ist. »Hast du daran die ganze Zeit gearbeitet? Eine neue, rechtschaffene Welt?«

Lady Naylor nickt und nimmt die Hände ihrer Tochter in die ihren; eine Schöpfbewegung, als würde sie Krümel auf einem Tisch zusammenschieben.

»Ja. Eine neue, rechtschaffene Welt. Gerechtigkeit. Ich tue es für deinen Vater.«

*Gerechtigkeit*. Das Wort ist wie ein Ruf zu den Waffen. Es löst ein Verlangen in Thomas aus, das er mühsam unterdrückt.

»Was ist mit dem Jungen?«, fragt er schroff. »Wird er zu Schaden kommen?«

Seine Augen wandern zu dem unförmigen Klumpen aus Gliedmaßen und Mantel auf dem Schoß des Fremden. Er denkt an das Kratzen im Schrank zurück und den Stab mit dem gebogenen Haken, den der Kapitän geschwungen hat. Es ist schwer zu übersehen, dass das Kind bereits zu Schaden gekommen ist.

Der Mann, der sich Sebastian nennt, folgt seinem Blick.

»Den Jungen erwarten weitere Unannehmlichkeiten. Aber kein Schaden.«

»Wo sind dann seine Eltern? Sie haben ihn entführt. Er ist ganz allein und hat Angst.«

»Wir haben ihn entführen lassen. Aber der Ort, von dem er stammt… Bitte glauben Sie mir, dass er dort kein gutes Leben hatte.«

»Hätten Sie ihn sonst nicht entführt?«

»Doch, selbstverständlich. Dennoch haben wir ihm viele Entbehrungen erspart. Obschon Sie zu Recht sagen könnten, dass wir ihn erneut dem Hunger ausgesetzt haben.«

Sebastian hat etwas Entwaffnendes an sich. Er scheint völlig unfähig, in der Selbsttäuschung Zuflucht zu suchen. Gleichzeitig wird er von einem Kalkül geleitet, das Thomas an Renfrew erinnert. Auch er hat die Vernunft zu seinem Gott erhoben. In diesem Moment wandern Sebastians Gedanken nahtlos von den moralischen Aspekten einer Kindesentführung zum Aufbau Londons.

»Ah, wir sind bereits am Spitalfields Market vorbei. Zeit, dem Kutscher unser neues Ziel zu nennen. Es ist wahrlich ein großes Risiko, die Stadt zu verlassen. Vielleicht werden die Tore schon überwacht. Das könnte unsere Rückkehr erschweren.«

Sebastian will gerade an das kleine Fenster klopfen, das sie vom Kutschbock trennt, als Livia ihn aufhält. Ihre Hände sind immer noch von denen ihrer Mutter umschlungen.

»Wir kennen einen Ort. Dort wird euch niemand finden.«

Sie zögert. In ihren Augen blitzt eine Art wütende Hoffnung.

*Nein*, denkt Thomas. *Dazu haben wir kein Recht.*

Doch Livia fragt ihn nicht um Rat.

»Wir wohnen bei jemandem. Einem Mann und seiner Frau.

Wir haben sie zufällig getroffen. Ihr könnt ihnen vertrauen.« Ein Herzschlag, ein Zucken des Munds. »Wenn wir euch vertrauen können, Mutter.«

»Natürlich. Ich habe euch mein Wort gegeben, oder nicht?« Lady Naylor sieht Livia erfreut an. »Diese Leute – sind sie arm?«

»Bitterarm.«

»Gut. Dann können wir sie bezahlen. Sagt uns, wo wir hinmüssen.«

*

Als sie an einer Straßenecke unweit von Grendels Haus anhalten, versucht Thomas immer noch zu begreifen, wie das geschehen konnte. Sie sind an diesem Abend aufgebrochen, um einer Feindin nachzuspionieren – nur um sie jetzt geradewegs *nach Hause* zu führen: an den einzigen Ort auf der Welt, an dem sie sich für den Moment sicher fühlen können. Innerhalb weniger Stunden scheinen sie die Seiten gewechselt zu haben, ohne große Diskussion. Lady Naylor hat nur versichert, dass sie ihnen nicht nach dem Leben trachtet. Sie kämpft gegen den Rauch. Und sie hat ein Kind entführt, mit der Hilfe eines rehäugigen Fremden.

Das ist nicht viel als Vertrauensbasis.

Und doch: Hier stehen sie und missbrauchen die Treuherzigkeit eines Mannes, der an seinem gütigen Wesen leidet wie an der Grippe. Sie warten, bis die Kutsche außer Sichtweite ist, dann eilen sie durch die dunklen Straßen. Sebastian trägt das in seinen Mantel gewickelte Kind über der Schulter. Der Junge ist unnatürlich still. Vermutlich mit Beruhigungsmitteln vollgepumpt. Ihre neuen Freunde sind nicht zimperlich in der Wahl ihrer Methoden.

Trotz alledem ist Thomas erleichtert, als sie den kleinen Hof hinter der verkohlten Hausfassade betreten und die schmale Treppe des Anbaus hinaufsteigen. Livia wirkt angespannt. Womöglich bedauert sie ihr eilfertiges Angebot bereits. Weder sie noch Thomas haben Grendels Zustand erwähnt. Wenn Lady Naylor und Sebastian ihm auf die Schliche kommen – was dann? Thomas weiß immer noch nicht, ob er den Mann bemitleiden oder bewundern soll. Grendel ist ein Ochse inmitten wütender Stiere: ein sanftmütiges Wesen, das zu Melancholie neigt und gerne isst. Wenn Lady Naylors Zukunft eine Welt voll Grendels ist, kann Thomas sich Schlimmeres vorstellen.

Ihr Gastgeber öffnet ihnen persönlich die Tür. Er sieht zuerst Livia und gestikuliert so aufgeregt, dass er beinahe den Kerzenstummel in seiner Hand löscht.

»Da sind Sie ja endlich! Schnell, kommen Sie rein. Sie werden nicht glauben, was –«

Dann bemerkt er Sebastian und Lady Naylor auf dem schummerigen Treppenabsatz.

»Freunde von Ihnen?« Er weicht einen Schritt zurück. Hinter ihm eilt jemand anderes zur Tür.

»Meine Mutter«, antwortet Livia. »Ich fürchte, wir müssen Ihre Freundlichkeit noch einmal ausnutzen.«

Grendel nickt zerstreut, rührt sich nicht vom Fleck. Er mustert Sebastian und das Bündel über seiner Schulter, das sich jetzt windet, aufwacht. Neben Grendel schiebt sich ein neues Gesicht in den spärlichen Lichtschein der Kerze. Es dauert einen Moment, bis Thomas ihn erkennt. Charlie ist nicht nur dünner geworden, es ist ihm etwas zugestoßen. Er hat etwas verloren, etwas Gewichtigeres als Pfunde. Trotzdem lächelt er. Dann gefriert sein Lächeln. Vielleicht hat er Lady Naylor entdeckt. Doch seine Augen sind auf Livia und Thomas gerichtet, nicht auf das Dreiergespann, das sie mitgebracht haben.

*Wir berühren uns nicht einmal*, denkt Thomas. *Es muss sichtbar sein, genau wie der Rauch.*

Im nächsten Augenblick hat er sich an Grendel vorbeigedrängt und umarmt seinen Freund. Charlie hängt schlaff wie ein Sack Knochen in seinen Armen.

# KAPITÄN

Sie kommen um vier Uhr fünfundzwanzig Schiffszeit. Vielleicht ist es Zufall, aber wenn sie einem Mann Angst einjagen und ihn in seinem verletzlichsten, schwächsten Zustand vorfinden wollen, hätten sie kaum einen besseren Zeitpunkt erwischen können. Die Crew ist noch nicht zurück, also warnt mich niemand, bevor sie an meine Tür hämmern. Nicht einmal ankleiden darf ich mich. Ein Mann, der im Nachthemd die Laufplanke hinuntergeführt wird, während der Wind seine nackten Beine entblößt: Kann es einen lächerlicheren Anblick geben?

Der Fremde in der Kutsche ist freundlich und unglaublich dick. Wir sitzen auf derselben Seite, und er drückt eine derart tiefe Mulde in das Polster, dass ich ständig in seine Richtung kippe. Das Letzte, was ich von meinem Schiff sehe, ist eine Gruppe Männer, die über die Decks ausschwärmt. Keiner von ihnen ist uniformiert. Wer auch immer sie sind, sie wollen anders wirken. Wie Gentlemen. Ein Gentleman hätte mir allerdings gestattet, eine Unterhose anzuziehen. Ich zittere vor Empörung und schäme mich für die Rußflecken, die mein Nachthemd an Bauch und Oberschenkeln festkleben.

Natürlich beschwere ich mich bei meinem Entführer, erkläre, dass ich ein Untertan Ihrer Majestät, der Königin der Niederlande, bin. Dass das ein Skandal sei, ein Skandal, und dass ich verlange, auf der Stelle freigelassen zu werden. Doch der Dicke tätschelt mir nur die Schulter, als sähe er ein, dass diese Worte nun einmal gesagt werden müssten, und zwar am besten in einem Rutsch. Nur ein einziges Mal unterbricht er mich: Als meine Proteste zu einem Schreien anschwellen, legt er einen Finger an die Lippen. Er trägt Handschuhe, und genau dieses Detail bringt mich zum Verstummen. Natürlich ist es kalt draußen, und ein Gentleman ist ohne Handschuhe sowieso nicht vollständig angezogen. Trotzdem führt es mir etwas vor Augen. Die Möglichkeit von Gewalt. Es ist leicht, sich diese Handschuhe zu Fäusten geballt vorzustellen. Das beharrliche Schweigen des Mannes wirkt munter.

Als wir ungefähr eine halbe Stunde gefahren sind, beugt er sich vor, holt eine Kapuze aus der Dunkelheit zu seinen Füßen und stülpt sie mir über. Als würde er einem Pferd Scheuklappen aufsetzen. Ich könnte mich wehren, aber seine Bewegungen sind so geübt, so schlicht, weder grob noch sanft, dass ich es nicht über mich bringe.

Zuerst stört mich die Kapuze nicht. Sie ist in gewisser Weise sogar befreiend. Ich muss nicht länger schreien und protestieren oder darauf achten, wohin wir fahren; muss nicht Mut sammeln, um zu kämpfen oder zu fliehen. Erst als wir anhalten und ich in ein Gebäude geführt werde, verwandelt sich meine Blindheit allmählich in Angst, dann in nackte Panik. Überall um mich herum sind Geräusche. Geräusche, die ich nicht zuordnen kann. Schreibmaschinen, glaube ich, und einmal ein schrilles Klingeln. Männer, die sich in einiger Entfernung unterhalten, ernst, ohne je zu lachen oder die Stimme zu erheben. Eine Firma, eine Behörde. Groß, so scheint es, und unterirdisch. Wir steigen immer mehr Treppen hinunter. Ein Schrei, nicht weit weg, wie von einer Katze, die sich den Schwanz in der Tür eingeklemmt hat. Doch an einem solchen Ort gibt es keine Katzen. Meine Knie zittern, als sie mich auf einen Hocker drücken und mir die Kapuze abnehmen.

Ein Büro. Ein Teppich, ein Bücherregal, ein Schreibtisch, dahinter der Dicke. Keine Fenster. Ein Geruch wie ausgekochte Geschirrtücher. Ein Ungetüm von Heizkörper, das viel zu viel Hitze ausstrahlt. Keine Wachen. Mein Entführer bietet mir ein Glas Wasser an, das er aus einem großen Zinnkrug schüttet.

Eine ganze Weile lang stellt er mir keine einzige Frage, sondern sitzt einfach da und liest diverse Briefe, die auf seinem Schreibtisch verteilt liegen. Mein Hocker erweist sich als äußerst unbequem. Er ist ein paar Zentimeter kleiner als üblich, sodass meine Knie unangenehm in die Höhe ragen, wenn ich die Füße aufstelle. Ich überlege, ob ich noch einmal meine Proteste vorbringen oder zumindest eine andere Sitzgelegenheit verlangen soll, aber trotz des Wassers ist meine Kehle wie ausgetrocknet.

Irgendwann tritt, ohne zu klopfen, ein junger Mann ein. Er ist untadelig gekleidet und würdigt mich keines Blicks, als er den Schreibtisch umrundet, sich zu dem Dicken hinabbeugt und ihm etwas ins Ohr flüstert. Dann reicht er ihm eine Mappe mit Dokumenten, bevor er das Büro wieder verlässt, auf genau demselben Weg, wie er gekommen ist. Er ist nicht über den Teppich gelaufen, doch seine schmutzigen Stiefel haben Abdrücke auf den Holzdielen hinterlassen. Ich starre sie an, während mein Entführer seine Dokumente studiert. Von meinem niedrigen Blickwinkel aus wirkt es, als wäre er in der Mitte durchgeschnitten: Der obere Teil stützt sich auf die Ellbogen, während der untere Teil, der unter der Tischplatte, völlig ungerührt bleibt. Er hat die Beine übereinandergeschlagen. Oxford-Schuhe. Anders als die Stiefel seines Gehilfen sind sie makellos rein.

Als er das letzte Dokument gelesen und umgedreht hat, schließt er die Mappe, holt einen Füllfederhalter aus der Jacketttasche, schreibt etwas in ein kleines Büchlein. Einen Augenblick lang sieht er aus wie ein Lehrer. Nein, ein Direktor. Der einen Missetäter maßregelt. Ich rutsche auf dem Hocker herum.

Endlich spricht er.

»Hier sitzen wir nun, Kapitän van Huysmans. Nur fragen Sie sich gewiss, wo ›hier‹ ist. Was ist das für ein kriminelles Unternehmen, das da im Herzen Londons operiert? In die Fänge welcher Räuberbande sind Sie geraten? Und was können Sie tun, um sich zu befreien?

Sie haben die Schreibmaschinen gehört, als wir an ihnen vorbeigelaufen sind. Ich habe gesehen, wie Sie den Kopf gedreht haben. Schreibmaschinen, in England! Selbst auf dem Kontinent gibt es nur wenige Bürokratien, die sie im großen Stil einsetzen, habe ich gehört. Innovationen stoßen zu allen Zeiten auf Widerstand, auch ohne Embargo. Ich finde das beruhigend. Die menschliche Natur in ihrer besten Form. Skeptisch gegenüber allem Neuen. Trotzdem gefallen mir unsere Schreibmaschinen. Unsere Berichte sind sehr viel lesbarer geworden, und wenn wir ein spezielles Papier zwischen die Seiten legen, können wir Kopien anfertigen, noch während wir das Original tippen. Wahre Wunderwerke.

Wer also sind diese Männer, die Sie ungestraft entführen können und Zugang zu ausländischer Technologie und Verwendung für Akten und Berichte haben? Ich werde Ihnen ein Geheimnis verraten, ein schreckliches Geheimnis: *England hat eine Polizei.* Natürlich nicht offiziell. Der Vorschlag wurde bereits dreimal im Parlament debattiert und dreimal abgelehnt. Eine Polizei ist etwas für die Franzosen, die Deutschen! Für gottlose Länder, in denen die Regierung ihre eigenen Bürger ausspioniert. Nichts anderes als ein Heer von Wichtigtuern, das die Privatsphäre des eigenen Heims verletzt! Wissen Sie, unsere Aristokraten sind sehr empfindlich, wenn es um ihr Zuhause geht. Sie schließen gerne die Tür ab.

Und doch gibt es sie. Eine *Geheimpolizei*, ins Leben gerufen von einem Unterausschuss für das Wohlfahrtswesen. Es ist ein sehr kleiner Ausschuss. Fünf feste Mitglieder. Keiner Partei verbunden, sondern neutral. Ein reines Staatsorgan, wenn Sie so wollen. Eine seiner ersten Amtshandlungen war es, Drahtlitzen verlegen zu lassen, durch das gesamte Land. Im Verborgenen natürlich, unter der Erde, wo möglich; ein dünnes, fragiles Netz. Sieben Telefone – das ist alles, was wir nach einem Jahrzehnt Arbeit haben. Ich selbst habe vor ein paar Tagen meinen ersten Anruf entgegengenommen. Wie töricht ich mir dabei vorkam, Worte in den Äther zu rufen.

Hier sitzen wir also, in der Zentrale. Ich bin nicht einmal ein regulärer Polizist. Jenseits der Jugend: zu alt – zu dick! –, um hinter Verbrechern herzujagen. Aber nur so wenige von uns haben Erfahrung, dabei ist die Angelegenheit so überaus heikel und gleichzeitig von so großer Wichtigkeit. Alle Mann an Deck, und die alten Hasen, nun, man tut, was man kann, nicht wahr? Für Königin und Vaterland. Für das Wohl des Staates. Das verstehen Sie sicher. Meine Befugnisse sind, so fürchte ich, beinahe uneingeschränkt. Ich kann buchstäblich mit Ihnen machen, was ich will. Erschreckend, wenn man darüber nachdenkt. Ich tue es lieber nicht.«

All das verkündet der Mann ziemlich eloquent und ohne jede Drohung, die dicken Hände hoch auf dem Bauch gefaltet. Zum ersten Mal fällt mir auf, dass er schwarze Ärmelschoner trägt, die vom Handgelenk bis zum Ellbogen reichen. Aus irgendeinem Grund beschäftigt mich dieses Detail ebenso sehr wie die Handschuhe zuvor. Wie groß ist der Unterschied zu einem Schlachter, der sich die Schürze umbindet, bevor er das Schlachthaus betritt?

»Wir haben Ihr Schiff durchsucht, Kapitän. Mit der Ladung scheint alles in bester Ordnung zu sein. An keinem der Zollsiegel wurde herumgepfuscht, und die Inhalte der Fässer und Kisten stimmen mit der Bestandsliste überein, die Sie bei den Behörden eingereicht haben. Es befinden sich diverse illegale Maschinenteile an Bord, doch die sind alle angemeldet und genehmigt; solange sie das Schiff nicht verlassen, gibt es nichts zu beanstanden.

Die Logbücher sind sauber geführt und erfassen die vorausgegangenen Fahrten Ihres Schiffs ohne augenfällige Unregelmäßigkeiten. Ihr privates Kassenbuch ist ähnlich unauffällig, mit Ausnahme einer Quittung über eine sehr beträchtliche Geldsumme von der Behrens-Bank in Rotterdam. Das wäre natürlich allein Ihre Angelegenheit, hätten wir nicht den Verdacht, dass die fragliche Summe aus England stammt, von Lady Catherine Naylor als der gesetzlichen Bevollmächtigten ihres Ehemanns, Baron Archibald Naylor, über die Behrens-Bank als Vertreter. Selbstredend darf ein Mann Geld annehmen, egal, woher es stammt. Zudem wurde die Summe auf Ihr privates Konto eingezahlt, nicht auf das der Firma, der das Schiff gehört. Sie sind ein reicher Mann, Kapitän van Huysmans, ich gratuliere Ihnen.

An Bord des Schiffs gibt es nur eine Auffälligkeit. Meine Männer haben eine Weile gebraucht, um sie zu bemerken, so gut war die Tarnung. Irgendwann während Ihrer Reise haben Sie Ihre Kajüte umbauen lassen, und zwar auf eine sehr raffinierte Weise. Proportionen und Aussehen sind unverändert, doch hinter der Holzvertäfelung an Bug- und Steuerbordseite wurde ein L-förmiger Hohlraum geschaffen. Fünfzig Zentimeter breit, wenn die schnelle Skizze hier, die meine Männer angefertigt haben, maßstabsgetreu ist, und vielleicht anderthalb Meter lang. Keins der Besatzungsmitglieder, die wir an Land ausfindig gemacht haben, weiß etwas von diesem Geheimfach, Kapitän van Huysmans, nicht einmal Ihr Erster Offizier, der heute Nacht zwischen zehn und zehn vor eins für Sie Wachdienst schob und den Sie fortgeschickt haben, als eine bestimmte Kutsche am Ende des Kais aufgetaucht ist. Sie werden verstehen, dass wir neugierig sind: Was in Gottes Namen haben Sie in unser Land geschmuggelt, Kapitän?«

Natürlich erwäge ich zu lügen. Ein Tier, will ich sagen, einen Tiger aus dem entlegensten Winkel von Sumatra, für einen Sammler.

Aber ich habe Angst.

Nein, nicht nur Angst. Ich erkenne seine Autorität an. Nicht als Polizist, sondern als Gentleman. Seine Haut ist rein; ein moralischer Imperativ, über jeden Zweifel erhaben.

Also frage ich stattdessen: »Was haben Sie mit mir vor?«

»Wegen der Schmuggelei?« Er denkt nach, bläst die Wangen auf und lässt die Luft mit einem lautlosen Pfiff entweichen. »Nun, streng genommen ist es ein Kapitalverbrechen. Ein Richter müsste sich mit dem Fall befassen. Es könnte gut sein, dass er Sie zum Tod durch den Strang verurteilt.

Andererseits würden wir es gerne vermeiden, einen Richter in diese Angelegenheit zu verwickeln. Wer weiß, was Sie ihm sonst über unsere freundliche Unterhaltung hier berichten? Sagen Sie mir einfach die Wahrheit, Kapitän. Erzählen Sie mir alles. Dann werden wir Ihnen kein Haar krümmen. Und Sie dürfen Ihr Geld behalten. Selbstredend werden Sie nie wieder Geschäfte in diesem Land machen. Sie verlieren Ihre Einreiserechte. Sie bekommen unser schönes England nie mehr zu Gesicht. Allerdings ist das vielleicht ohnehin unumgänglich. Das Parlament stimmt gerade über einen Gesetzentwurf ab, der jeglichen Außenhandel verbietet. Der Sohn eines unserer Aristokraten, eines bedeutenden Earls, wurde von irischen Landstreichern entführt. Nun will der Vater die Grenzen endgültig schließen.«

Ich denke über sein Angebot nach. Dies ist ein feuchtes Land, auch nicht schöner als die meisten anderen. Ich werde es nicht vermissen. Und ich bin, wie er gerade selbst gesagt hat, ein reicher Mann. Es wäre töricht, Garantien zu verlangen oder ihn zu zwingen, die Alternative auszusprechen. Das hier ist die Geheimpolizei. Sie kann tun und lassen, was sie will.

»Was haben Sie in Ihrem Geheimfach transportiert, Kapitän? Ich werde Sie kein weiteres Mal fragen.«

»Den Teufel«, antworte ich. Es fühlt sich gut an, es laut zu sagen. Die Sache hat mir schwer auf der Seele gelastet. »Den Teufel in Gestalt eines Kindes.«

*

Ich erzähle ihm fast alles. Von dem Brief, den ich vor mehr als einem Jahr per Bote erhielt, dem Treffen mit einem Mittelsmann in Rotterdam, der Abwicklung mit dem Entdecker in Belém; ein derber Mann, an das Leben im Urwald gewöhnt. Instruktionen, die mich in der Neuen Welt per Telegramm erreichten, knappe Nachrichten, die ich im moderigen Foyer eines selbsternannten Grand Hotels las. Wie gut ich mich an sie erinnere, als mein Entführer mich dazu auffordert, beinahe Wort für Wort. Den Anweisungen der Telegramme folgend, ordnete ich Reparaturen an, die nicht notwendig waren, und schickte das Schiff für dreiundzwanzig Tage ins Dock. Ein trostloser Seehafen; die Männer tranken und hurten, während die Hitze des Urwalds uns die Kleider am Leib verfaulen ließ.

Als sie ihn endlich brachten, steckte er in einer Kiste. Der Deckel war zugenagelt und zusätzlich mit Seilen befestigt, als würden sie ein wildes Tier transportieren. Sie kamen nachts: eine Gruppe Einheimischer mit Pflöcken in den Nasen und Angst in den Gesichter. Und die ganze Zeit über zog eine unsichtbare Hand im Hintergrund die Fäden, ein Meisterstratege, der uns, Telegramm für ununterzeichnetes Telegramm, auf einem riesigen, selbst entworfenen Schachbrett hin und her schob.

Bis wir Europa erreichten, hatte ich keinen Kontakt mit der Kiste. Wir hatten einen Frachtraum leer geräumt, wo sie die gesamte Fahrt über blieb: mit Ketten an der Wand befestigt und allein mit ihrem Wächter, dem narbengesichtigen Entdecker. Er war Bure und sprach mit dem grässlichen Akzent der dortigen Siedler; kaute ständig auf dem Blatt einer dort beheimateten Pflanze herum. Während der drei Wochen auf See sah ich ihn nur wenige Male, und jedes Mal war er dünner, fahler, hohlwangiger. Wir hatten rauen Seegang.

Der Papierkram erwies sich als problemlos. Eine pralle Geldbörse wechselte den Besitzer, und alle Stempel wurden ausgestellt. Die Neue Welt ist korrupt. Genau wie die Alte, nur dass die noch teurer ist: Man bezahlt extra für die Bonbons der Zöllner. Erst nach unserer Ankunft in La Rochelle traf ich den Mann, mit dem ich all die Monate über korrespondiert hatte. Ich versuche ihn dem Polizisten zu beschreiben. Schmächtig, glatt rasiert, wohlerzogen. Wie der kultivierte Direktor des besten Hotels der Stadt, der sich später als der Eigentümer herausstellt und dir dein Trinkgeld ohne Häme zurückgibt.

Diese Beschreibung scheint meinen Entführer zu amüsieren.

»In welcher Sprache haben Sie sich verständigt?«, fragt er.

»Deutsch.«

»Klang er wie ein Muttersprachler?«

»Ja.« Ich zögere. »Aber trotzdem auch irgendwie ausländisch. Er hat mir Baupläne für die Geheimkammer in meiner Kajüte ausgehändigt, bis ins Detail ausgearbeitet, millimetergenau. Und mich zum alleinigen Wärter des Kinds gemacht.«

Ich erzähle ihm von den Fütterungsanweisungen, dem Stab, mit dem ich mir die Kreatur vom Leib hielt, während ich ihren Stall ausmistete. Der Junge bekam besondere Nahrung, Flüssignahrung, eine Art dünnen Brei, den ich zweimal täglich anrühren musste. Vermutlich war auch ein Medikament darin. Ein Beruhigungsmittel. Das ließ ihn die meiste Zeit schlafen. Wenn er wach wurde, spielte ich Musik auf dem Grammofon oder sang aus voller Kehle. Einmal hat er den Knebel durchgebissen. Ich musste vor den Männern so tun, als seien es meine Schreie gewesen.

Der Dicke nickt, notiert etwas, läutet eine kleine Glocke. Das ist wohl ein vereinbartes Zeichen, denn ein Gehilfe kommt mit einem Teller herein, auf dem etwas Brot und zwei hartgekochte

Eier liegen. Eine Belohnung. Wir teilen uns das Essen, schlingen es hastig hinunter, ausgehungert von der Befragung. Als wir fertig sind, leckt sich der Dicke alle zehn Finger ab, nimmt erneut seinen Füllfederhalter zur Hand und beugt sich vor.

»Welchen Namen hat er in La Rochelle benutzt?«

Mir fällt die Formulierung der Frage auf. Als wüsste er bereits, wer der Mann ist.

»Er hat sich nie vorgestellt«, antworte ich wahrheitsgetreu. »Tut mir leid.«

Das Gesicht des Polizisten bleibt gelassen. Nur seine Beine zeigen, wie erpicht er auf diese Information ist: Sie stemmen sich nebeneinander in den Boden. Seine Pfunde sitzen tief, unter dem Gürtel. Als hätte er sich ein Kissen in den Schritt gestopft.

»Denken Sie nach, Kapitän, ich beschwöre Sie.«

Doch angesichts seiner Gier widerstrebt es mir zu sprechen.

*

Zwei Tage brauche ich, um die Frage des Polizisten zu beantworten. Ich verbringe sie in einer Zelle. Der Raum ist sauber und beheizt, niemand misshandelt mich, und trotzdem wächst in mir beständig die Angst. Es ist, als hätte die Welt mich vergessen. Ich versuche zu beten, aber an diesem namenlosen Ort gibt es keinen Gott, nur das Klappern der Schreibmaschinen, die eiligen Schritte der Angestellten. Alle paar Stunden kommt mein Entführer vorbei.

»Ist Ihnen noch etwas eingefallen?«, fragt er jedes Mal.

»Ich habe Ihnen alles gesagt, was ich weiß.«

»Möglich.«

Er hat mir erklärt, dass er Folter für geschmacklos und unvereinbar mit den Grundsätzen des britischen Rechts halte. Doch nach dem kleinen Imbiss aus Brot und Ei bekomme ich nichts mehr zu essen.

Zwei Tage. Die Zeitspanne ist nicht zufällig gewählt. Laut Vertragsvereinbarung müsste mein Geschäftspartner seine Bank in Rotterdam mittlerweile angewiesen haben, die letzte, innerhalb von achtundvierzig Stunden nach Erhalt der Lieferung zahlbare Rate zu überweisen. Ich hoffe, ich kann auf seine Ehrlichkeit vertrauen, so wie er auf meine vertrauen konnte. Immerhin bin ich ein niederländischer Handelsmann. Wir betrügen nicht.

Als die zwei Tage vorüber sind und der Hunger mir allmählich die Eingeweide zerfrisst, beschließe ich, meine letzte Information preiszugeben. Vielleicht ist der Dicke dann zufrieden und lässt mich gehen.

»Jetzt erinnere ich mich wieder«, sage ich bei seinem nächsten Besuch. »Der Mann in La Rochelle hat einmal ein Telegramm bekommen, als wir im Hotel zusammen zu Mittag gegessen haben. Der Portier hat ihn gerufen.«

»Und da haben Sie seinen Namen gehört?«

»Nur undeutlich. In jedem Fall muss ich ihn falsch verstanden haben. Es war ein englischer Name, aber Engländern ist es doch nicht mehr gestattet, ins Ausland zu reisen.«

»Sagen Sie mir einfach, was sie gehört haben.«

»Ashton«, sage ich. »Mr Sebastian Ashton.«

Die Augen des Dicken leuchten auf. »Sebastian Ashton! Ha, sehr lustig.«

Er wendet sich an einen seiner Gehilfen, die sich immer gerade in Hörweite in irgendeiner Ecke herumdrücken.

»Finden Sie so viel wie möglich über dieses Abwasserprojekt in der Stadt heraus. Überprüfen Sie die Einreisegenehmigungen der gesamten Firma. Und veranlassen Sie eine Observierung.«

»Darf ich jetzt gehen?«, rufe ich ihm hinterher.

»Bald.«

*

Ein paar Stunden später gibt es einen Tumult. Zwei Männer bringen einen jaulenden Hund herein. Ein gewaltiges Tier, ein Bluthund. Beide Hinterbeine scheinen gebrochen. Zwischen den Schmerzenslauten versucht der Hund, nach den Männern zu schnappen. Sie werfen ihn in die Zelle neben meiner, wo er sich zusammenkauert, schnüffelt und mich aus blutgeränderten Augen anstarrt.

Der Dicke kommt, um ihn sich anzuschauen.

»Passen Sie auf, dass Sie nicht rauchen«, sagt er zu mir. »Rauch macht ihn tollwütig.«

»Wieso ist er hier?«

Er zuckt mit den Achseln. »Eine weitere Ermittlung, die mit diesem Fall in Verbindung steht.« Er schiebt einen Stock durch das Gitter, berührt den Hund an der Flanke. Der winselt und versenkt die Zähne im Holz. »Meine Männer behaupten, sie hätten den Besitzer nicht gesehen. Aber ich vermute, sie hatten Angst. Vor einem Schuljungen! Es geht das Gerücht ... Aber natürlich glauben Sie bereits an den Teufel, Kapitän.«

»Was werden Sie mit dem Hund machen?«

Er sieht mich gut gelaunt an. »Was wir mit all unseren Gefangenen machen. Zähmen oder töten.«

»Darf ich jetzt gehen?«

»Bald.«

Zumindest füttern sie mich wieder.

# NARBENGEWEBE

Betest du noch?«

Die Worte sind leise, zerbrechlich: Die Stille der Kirche verschluckt Charlies Stimme.

Thomas muss nicht darüber nachdenken.

»Nein«, antwortet er. »Es ist alles eine Lüge.«

»Stimmt. Und trotzdem tue ich es. Unwillkürlich. Spätnachts, die Hände unter der Bettdecke gefaltet, wo nicht einmal ich selbst sie sehen kann.«

»Warum?«

»Gewohnheit, vermutlich. Es könnte ja sein, dass irgendetwas Wahres hinter diesem ganzen verdammten Chaos – meine Güte, was zuckst du denn so zusammen?«

»Du hast geflucht!«, beschwert sich Thomas. »Charlie Cooper flucht. In einer Kirche. Wo Gott es hören kann.« Und fügt leichthin hinzu, den Blick in den Mittelgang gerichtet: »Anscheinend habe ich den Glauben also doch noch nicht verloren.«

Es ist ihr erstes gemeinsames Lächeln seit ihrer Wiedervereinigung. Vielleicht sind sie nur deshalb hierhergekommen. Eine Nacht und einen Tag zusammengepfercht in Grendels Haus, wo Lady Naylor geschäftig hin und her eilte, Sebastian kam und ging. Das Kind mit der Maske. Sie brauchten frische Luft. Und wollten sehen, ob Lady Naylor sie gehen lassen würde; ob sie Gefangene sind oder nicht.

Ihre Schritte trugen sie fast von selbst zum Marktplatz zurück.

Hier hätten sie sich eigentlich treffen sollen. Doch als Charlie am Vortag weit nach Einbruch der Dunkelheit angekommen war, war niemand da gewesen, um ihn zu empfangen. Durchgefroren und hungrig hatte er in der Kirche Zuflucht gesucht. Die Tür war verschlossen gewesen, aber der Pfarrer hatte ihn gehört, hatte seinen Erklärungen gelauscht und erkannt, dass dieser dreckige, zitternde Bursche ebenjener Charlie war, auf den Grendels neue Freunde warteten. Charlie hatte den Mann ohne Rauch kennengelernt. Dass so etwas möglich war, hatte ihn irgendwie glücklich gestimmt – bis Thomas und Livia zurückgekehrt waren, Livias Mutter im Schlepptau.

Jetzt sucht er verzweifelt nach Worten, um auszudrücken, was er empfindet.

»Mein Cousin hat mir letztes Jahr zu Weihnachten ein paar unanständige Bücher geschenkt«, sagt er unvermittelt. »Nein, nicht unanständig. Pikant. Fünf Schmöker, die er im Studierzimmer seiner verstorbenen Großmutter gefunden hat. Liebesromane, aus dem Französischen übersetzt. Alle fünf hatten die gleiche Handlung: Zwei Männer lieben dasselbe Mädchen. Sie enden alle mit einem Duell.«

Thomas streitet nicht ab, was Charlie damit andeuten will. Sein Gesicht wirkt eingefallen im fahlen Licht. Sie haben in den vergangenen zehn Tagen alle Gewicht verloren. Es lässt sie älter aussehen. »Vielleicht ist es nur Einbildung, Charlie. Eine Lüge. Geborgte Gefühle. Die schweben hier in der Luft.« Thomas runzelt die Stirn; der Gedanke beunruhigt ihn offenbar. »Jedenfalls *mag* sie mich nicht einmal. Sie hasst mich.«

»Nein, ›hassen‹ trifft es nicht ganz.«

Ihre Worte klingen schroff im kalten, seines Gestühls beraubten Mittelschiff. Plötzlich macht diese Kälte ihnen Angst. Sie greifen nach der Hand des anderen, umklammern sie, wie zwei Kinder, die sich im Wald verlaufen haben, und rennen aus der Kirche hinaus, zurück auf den Platz. Die Sonne steht niedrig. Einen Moment lang genießen sie den Anblick: der Sündenschleier der Stadt, der die schräg einfallenden Strahlen aufsaugt und sich in orangefarbenen Rauchkräuseln hoch über ihren Köpfen auflöst.

*

Sie gehen langsam zurück und berichten einander von den Tagen, in denen sie getrennt waren. Das haben sie schon einmal gemacht, aber da waren andere Zuhörer dabei gewesen, die Berichte auf einen anderen Zweck zugeschnitten. Die Zeit bei Renfrew, den Tag, den er ans Bett des Lehrers gefesselt verbracht hat, fasst Charlie kurz. Dafür erzählt er Thomas, wie er auf dem Weg nach London krank wurde.

»Der Magen. Von den verfaulten Kartoffeln und dem ganzen Schnee, den ich gegessen habe, als ich durch die Nacht gestapft bin. So etwas kommt in den Büchern nie vor. Durchfall.«

Nach einer Weile wurden die Krämpfe so schlimm, dass er nicht mehr weitergehen konnte. Ein Bauernpaar hat ihn aufgenommen, als er, sich vor Schmerzen krümmend, an seine Tür geklopft hat.

»Stell dir das mal vor. Du wachst unter dem Dach eines Fremden auf, schlägst jedes Mal wild um dich, mit hämmerndem Herzen, weil du denkst, dass du wieder angekettet bist, nur um dann zum Nachttopf zu stolpern, besorgt, dass Julius irgendwo ist, dich beobachtet, in der Dunkelheit lauert. Nach einem Tag war es vorbei. Anschließend hat mich der Bauer die Kosten für meine Unterbringung abarbeiten lassen.« Charlie schüttelt den Kopf, zeigt Thomas seine blasenübersäten Hände. »Ein ruppiger Mann. Hat ständig geflucht und sich beklagt, über die Reichen, die Hühner, seine Frau.«

Sie erreichen Grendels Haus, bleiben jedoch draußen stehen.

Der Wind trägt den Geruch des Flusses zu ihnen herüber, den Gestank nach Müll und totem Fisch.

»Und nach alledem«, schließt Charlie mit einer großen Geste, die den Angriff, das Bergwerk, den langen Weg nach London umfasst, »sind wir doch wieder bei Lady Naylor gelandet.«

»Wir können sofort von hier verschwinden. Du musst es nur sagen.«

Aber Charlie sieht Thomas an, dass er das nicht ernst meint. Er weiß, warum.

»Wir müssen das Kind beschützen.«

»Also denkst du das auch?«

Charlie hat nur einen flüchtigen Blick auf den Jungen erhascht. Gleich nach ihrer Ankunft nahm Sebastian ein Zimmer für ihn in Beschlag, eins mit abschließbarer Tür. Dann nagelte er die Fensterläden zu und ging, den Schlüssel in der Hosentasche. Als er am nächsten Morgen zurückkehrte, hatte er einen Metallriegel dabei, um die Tür zu verstärken.

Später stand Charlie eine Stunde lang vor dem Schlüsselloch, doch der Junge blieb außerhalb seines Blickfelds. Nur seine Füße kamen manchmal in Sicht, die Spitzen seiner Stiefel, Männerstiefel, viel zu groß für ihn; niemand hatte daran gedacht, sie ihm auszuziehen. Er ist vielleicht sechs Jahre alt. Jünger als Eleanor. Mutterseelenallein, verwirrt. Schlürft die Luft wie durch einen Strohhalm. Einmal sprang er auf und rannte zum Fenster hinüber, presste das gesichtslose Gesicht gegen die Läden, sog gierig das Licht auf.

»Er raucht nicht«, sagt Charlie. »Deswegen ist er so wertvoll für sie. Die Maske ist ein Atemschutzgerät. Damit er sich nicht infiziert.« Charlie erzählt Thomas von Renfrews und Baron Naylors Expedition, wie sie die Welt nach einem »Unschuldigen« durchkämmt haben.

»Die Mühe hätten sie sich sparen können«, bemerkt Thomas. »Wir haben sie völlig kostenlos zu Grendel geführt.«

»Das ist etwas anderes. Der Junge muss wie diese wilde Frau sein, der wir nach dem Angriff im Wald begegnet sind. Wenn es stimmt, wird er schon bald anfangen zu rauchen. Er hat sich bloß noch nicht angesteckt.« Charlie lächelt bei der Erinnerung an das scheue Wesen, das Thomas' Blutung gestillt hat. Der Rauch entströmte ihr so ungehemmt wie ihr Atem. »Meinst du, sie werden es merken? Das mit Grendel?«

Thomas spuckt aus. »Über kurz oder lang, wenn es nicht längst passiert ist, so wie sie auf den Rauch fixiert sind. Sie denken ja an nichts anderes mehr. Vermutlich hassen sie ihn.«

»Hasst du ihn denn nicht?«

»Ich weiß nicht, Charlie. Mittlerweile glaube ich, dass nicht der Rauch schlecht ist, sondern die Menschen dahinter.« Er dreht sich zur Treppe. »Los, gehen wir rein. Sie warten bestimmt auf uns.«

*

Bevor sie den Treppenabsatz erreichen, bleiben sie noch einmal stehen. Sie wissen beide, warum. Livia. Es ist, als könnten sie spüren, wie sie über ihren Köpfen herumläuft.

»Sie enden wirklich immer mit einem Duell, diese französischen Romane?«

»Immer«, sagt Charlie. »Der Hübschere gewinnt. Manchmal kommt aber auch das Mädchen dazu, hält sie auf und wählt selbst.«

»Eins sollst du wissen«, antwortet Thomas unverblümt, wie er nun einmal ist. »Würde man sie fragen, würde sie dich wählen. Jedes Mal.«

»Das ist es ja. Man kann nicht wählen. Nicht so.«

*

Drinnen wird der Flussgestank von Essensgerüchen überlagert. In Butter gebratener Fisch und gekochte Rüben; Mrs Grendel, steif vor dem Herd. Sie war unwirsch und kurz angebunden, als der Pfarrer Charlie brachte. Noch ein Findelkind. Noch ein hungriges Maul mehr. Lady Naylor hingegen gab ihr gleich nach ihrer Ankunft eine pralle Börse.

»Hier haben Sie Geld«, sagte sie. »Noch vor Ende der Woche bekommen Sie mehr, viel mehr.«

Mrs Grendel nahm die Börse schnell entgegen. Aber ihre Laune wurde nicht besser.

Livia sitzt mit ihrer Mutter am Küchentisch; beide schweigen. Bevor Charlie sich zu ihnen gesellt, kauert er sich vor die Tür ihres Gefangenen. Das Schlüsselloch ist dunkel, als wäre es durch irgendetwas verdeckt. Charlie braucht einen Augenblick, bis er begreift, was er da sieht. Eine gläserne Oberfläche, in der sich die Tür spiegelt. Den Schatten eines Kopfs, der das Licht abfängt. Und dort in der Mitte, eingeschlossen hinter der Glasscheibe der Maske, ein Auge, eine Pupille. Vergrößert durch die Dunkelheit, die Iris verdrängend.

Verängstigt.

Charlie kratzt an der Tür, leise, damit Lady Naylor es nicht hört. Der Junge auf der anderen Seite erwidert sein Kratzen. Plötzlich wackelt die Tür in den Angeln; ein Knall, dann noch einer, zwei Trommelschläge. Das Kind hämmert gegen das Holz. Sofort läuft Lady Naylor herbei.

»Gehen Sie lieber da weg. Es regt ihn auf.«

»Wie lange wollen Sie ihn noch so da drin lassen?«

»Nicht mehr lange. Sebastian nimmt ihm heute Abend die Maske ab, dann wird er sich wohler fühlen.«

»Hat *er* keinen Namen?«

Lady Naylor verübelt ihm seine Wut nicht. »Ich kenne seinen Namen nicht, Charlie. Er kommt aus einem kleinen isolierten Stamm. Ich glaube nicht, dass irgendjemand anders seine Sprache spricht, nicht einmal der Mann, der ihn gefunden und eingefangen hat.«

Das Kind poltert wieder gegen die Tür, dieses Mal mit den Füßen.

»Kommen Sie weg da«, sagt Lady Naylor erneut. »Sonst verletzt er sich am Ende noch. Es ist am besten, wenn er ruhig ist.«

Tatsächlich verstummt das Hämmern, als Charlie sich von der Tür entfernt. Auf dem Esstisch liegt eine alte, aber hübsche Tischdecke. Eine Kerze steht in der Mitte. Ein paar Hocker wurden zusammengesucht und rund um den Tisch platziert. Grendel öffnet mit viel Aufhebens die Flasche Wein, die er kaufen sollte, bis ihm auffällt, dass sie gar keine Gläser haben, sondern nur angeschlagene alte Tassen. Livia meidet Charlies Blick, als er sich neben sie setzt. Nicht aus Verärgerung, ruft Charlie sich in Erinnerung, sondern aus Verwirrung, Verlegenheit. Ihr steinernes Gesicht allerdings zeigt nur die perfekt einstudierte Demut von früher.

Die Atmosphäre ist angespannt. Niemand ist in Gesprächslaune, nicht, solange die Grendels da sind, ihnen wie Dienstboten das Essen auftun und sich in ihrem eigenen Haus unbehaglich zu fühlen scheinen. Der Rest ähnelt einer Familie, die nur darauf wartet, dass das Serviermädchen verschwindet, damit sie sich ungestört streiten kann. Irgendwann tut Mrs Grendel ihnen den Gefallen.

»Den Abwasch erledige ich morgen«, erklärt sie säuerlich und schiebt ihren Mann durch die Tür. »Wir ziehen uns jetzt zurück.«

Sie veranstalten absichtlich viel Lärm im hinteren Teil des Hauses, um zu demonstrieren, dass sie nicht lauschen werden. Erschütternd, was man alles für Geld bekommt, denkt Charlie. Diskretion und Verachtung, bezahlt mit ein und derselben Münze.

Kaum haben die Grendels sich zur Ruhe gelegt, beugt Thomas sich vor; seine Finger betasten die Ränder des Ohrstummels.

»Erzählen Sie uns noch einmal, warum Julius auf uns geschossen hat, als wir Ihr Haus verlassen haben, Lady Naylor.«

Lady Naylor wiederholt, was sie ihnen schon beim Frühstück gesagt hat. Dass sie Angst bekommen habe, als Thomas und Charlie verkündeten, sie würden abreisen, nur wenige Stunden nachdem Julius sie, Lady Naylor, über den Einbruch ins Labor informiert hatte. Angst davor, was sie gesehen haben könnten. Dass sie reden würden. Julius, der ohnehin wütend auf die Jungen war und seine Investitionen in Lady Naylors Projekt beschützen wollte, habe angeboten, ihnen aufzulauern, damit sie zurück zum Anwesen flüchteten. Nur eine Woche Schweigen, mehr habe sie nicht gebraucht. Zwei tote Pferde schienen ein geringer Preis für eine Revolution zu sein. Aber es sei ein schwacher Plan gewesen. Rückblickend hätte sie damit rechnen müssen, dass Julius ihn eigenmächtig ändert.

Thomas rümpft die Nase. »Was genau war es eigentlich, das Sie so in Panik versetzt hat? Dass wir das Journal gesehen haben? Den Käfig?«

Charlie weiß es. »Die Entwürfe. Londons neue Kanalisation, obschon wir sie nicht als solche erkannt haben. Darauf stand ein Name: Aschenstedt. Ich dachte, es wäre der Name einer Stadt. Doch es ist ein Mann. Aschen-Stadt. Ash-Town. Taylor, Ashton and Sons. Renfrew wäre sofort dahintergekommen.«

Lady Naylor seufzt. »Töricht, nicht wahr, dieses Namensspiel? Gefährlich. Albern. Aber so ist er manchmal. In jedem Genie steckt ein Kind.«

Kaum hat sie zu Ende gesprochen, wird die Eingangstür aufgeschlossen, und Sebastian Aschenstedt tritt ein, die Wangen gerötet von der Kälte.

*

Lady Naylor und Sebastian unterhalten sich im Flur. Anscheinend ist er zu aufgeregt, um sich zu setzen. Charlie beobachtet ihn, während er dem Gespräch lauscht. Ein glatt rasierter Mann, die Haut jugendlich und rau, wo das Rasiermesser sie berührt hat. Wenn er lächelt, formen sich Grübchen in seinen Wangen.

»Ich habe die Bluttests ausgewertet. Drei verschiedene Proben, alle negativ. Er ist nicht infiziert.«

»Wann fangen wir an?«

»Je früher, desto besser. Ich gehe gleich zu ihm hinein.«

Thomas stellt sich ihm in den Weg, wie immer: derjenige, der einen Konflikt am wenigsten scheut. Livia tritt neben ihn, das Kinn in falscher Demut gesenkt, die kleinen Hände zu Fäusten geballt.

Doch Charlie ist ihr Sprecher.

»Was haben Sie mit dem Jungen vor?«

Sebastian dreht sich zu ihm um, antwortet ehrlich, arglos, während er den Inhalt seiner Arzttasche durchsieht.

»Wir nehmen ihm das György-Gerät ab. Die Maske. Er muss frei atmen und essen können. Er hat eine anstrengende Reise hinter sich. Kein Sonnenlicht, ausschließlich Flüssignahrung, die meiste Zeit über sediert. Jetzt ist er anämisch und zeigt erste Anzeichen von Skorbut. Das können wir behandeln, sobald das Atemschutzgerät fort ist.«

»Er wird sich infizieren.«

»Ja, natürlich. Wir werden absolut sicherstellen, dass er sich infiziert hat, bevor wir sie abnehmen. Haben Sie Einwände? Dieses Schicksal war ihm vorherbestimmt, seit er seinen Urwaldstamm verlassen hat. Nur durch intensive Vorsichtsmaßnahmen ist es uns bisher gelungen, die Infektion zu verhindern.«

»Wenn er erst einmal infiziert ist – dann kann er nicht mehr zurück.«

Die Bemerkung scheint Sebastian zu überraschen, als hätte er das tatsächlich nicht bedacht. Ehe er antworten kann, schaltet sich Lady Naylor ein.

»Noch vor Ende dieser Woche wird die Welt eine andere sein. Nicht nur London oder England, sondern die ganze Welt! Nichts, was wir für wahr gehalten haben, wird mehr gelten.«

»Also *kann* er zurück?«

Ihre Stimme ist rau vor Gefühl. »Wir werden alle frei sein, zum ersten Mal in unserem Leben.«

Wortlos zieht Livia Thomas zur Seite. Er lässt es zu, die Augen auf Charlie gerichtet, um seine Meinung bittend.

Doch Sebastian ist längst im Zimmer und hat die Tür verriegelt, bevor Charlie herausgefunden hat, was er denkt.

*

Einen Blick, mehr können sie nicht erhaschen: ein kleines Wesen mit übergroßem Kopf, die Maske vorne faltig, am Hinterkopf glatt. Ein gummiüberzogener Schädel. Ein baumelnder Rüssel. Metallumrandete Glasscheiben, Bullaugen zum Kind dahinter. Der Junge sitzt auf dem Boden, nicht auf dem Bett; kauert vielmehr, den Hintern auf den Fersen. Seine Finger spielen mit einem Käfer, pressen eins der Beinchen auf den Boden, während der Körper um den Drehpunkt herumwandert. Der Junge schaut hoch, als Sebastians Schatten auf ihn fällt. Dann schließt sich die Tür, das Schloss schnappt zu, der Schlüssel wird umgedreht und abgezogen. In die Hosentasche geschoben, stellt Charlie sich vor, die Arzttasche abgesetzt. Ohne zu zögern, postiert sich Thomas vor dem Schlüsselloch, stößt Lady Naylor beinahe gewaltsam mit der Schulter beiseite. Sein Bericht ist knapp. Charlie und Livia stehen dicht hinter ihm. Charlie ist sich Livias Geruchs und ihrer Anwesenheit sehr bewusst, vermeidet es tunlichst, sie zu berühren.

»Sebastian redet mit dem Jungen. Ich kann nicht hören, was

er sagt. Jetzt fesselt er ihm die Hände. Der Junge wehrt sich nicht. Sebastian schraubt etwas an das Ende der Maske, an den Atemschlauch oder was auch immer das ist. Es sieht aus wie eine Metallscheibe, eine kleine Dose Schuhcreme. Er nimmt die Arzttasche, holt eine Spritze heraus. Dicke Nadel. Er sticht sie in die Dose, nicht in den Jungen. Und jetzt –«

Thomas stockt, erbleicht, richtet sich abrupt auf und fängt an, gegen die Tür zu hämmern. Charlie und Livia springen beide vor. Er ist schneller, begierig auf die Schrecken hinter dem Schlüsselloch, aber auch ängstlich bestrebt, Livia zu beschützen. Die Wärme ihrer Wange neben seiner bringt sein Herz zum Pochen.

Was er sieht, ist schwer zu beschreiben. Das Kind zittert, windet sich. Sebastians Hände halten es fest, drücken es zu Boden. Die Maske hat sich verändert: Die Glasscheiben sind pechschwarz, der Gummischlauch zuckt, als wäre er lebendig. Etwas Blutähnliches sickert unter den Rändern hervor: schwarzer Rauch, klebrig wie Öl. Minuten verstreichen. Schließlich öffnet Sebastian die Maske, eine Schnalle nach der anderen; holt ein Taschentuch aus seinem Jackett, befeuchtet es mit Flüssigkeit aus einer Flasche, säubert das Gesicht des völlig erschöpften Kinds von der glänzenden Schicht fast flüssigen Rußes. Der Junge, der darunter zum Vorschein kommt, ist dünn und bleich unter der dunklen Haut. Sein volles schwarzes Haar ist sehr kurz geschnitten, die Zähne sind krumm, die Augen klein und zusammengekniffen. Kaum hat er wieder ein wenig Kraft gesammelt, schlägt er auf Sebastian ein, beißt und tritt um sich. Charlie wendet sich gequält ab. Livia nimmt seinen Platz ein. Sie sind allesamt sprachlos. Thomas hat aufgehört, gegen die Tür zu trommeln; seine Fäuste sind geschwollen. Gedämpfte Kampfgeräusche dringen durch das Holz.

Dann sagt Livia: »Er raucht nicht. Er ist wütend und ängstlich, und ihr habt ihn infiziert, aber er raucht nicht.«

»Das kann er auch nicht«, sagt Lady Naylor. »Es gibt eine Inkubationszeit.«

»Wie lange?«

Ihre Mutter zögert. »Mehrere Wochen, ehe er sichtbar raucht. Aber in zweiundsiebzig Stunden beginnt sein Blut, sich zu verändern.«

Die Tür geht auf, und Sebastian kommt heraus. Hinter ihm liegt das Kind zusammengekrümmt auf dem Bett, den Kopf im Kissen versunken, am Ende seiner Kräfte. Einen Moment lang verspürt Charlie den Drang, Sebastian zu schlagen, schmeckt bitteren schwarzen Rauch.

Doch der Blick des Mannes lässt seine Wut verfliegen.

»Der arme Junge. Er ist völlig ausgelaugt. Wir lassen ihn jetzt besser schlafen. *To-ka*. Das sagt er immer wieder. *To-ka*. Vielleicht bedeutet es Mutter.«

Als er die Tür abschließt, wirkt es eher wie ein Akt der Gnade, nicht wie eine Strafe, obschon es ihm selbstverständlich in die Hände spielt.

»Was war in der Dose?«, fragt Thomas mit heiserer Stimme.

»Ruß. Sehr schwarzer Ruß.«

»Dann haben Sie einen Weg gefunden, ihn wieder zum Leben zu erwecken?«

»Ja, natürlich. Ruß kann belebt und in Rauch zurückverwandelt werden. Teilweise, temporär und unter großen Kosten. Es ist ein sehr ineffizienter Prozess.«

»Wie bei den Zigaretten.«

»Ja. Die Technologie ist jahrzehntealt.«

*

Es fällt Charlie, Thomas und Livia schwer, schlafen zu gehen, nach allem, was sie gesehen haben. Nicht einmal reden mögen sie, Eindrücke austauschen. Ruhelos sitzen sie auf dem Boden im Zimmer der beiden Jungen, jeder in seine eigenen Gedanken vertieft. Livia hat eine von Julius' krummen Zigaretten aus der Tasche gezogen und schlitzt sie mit dem Fingernagel auf. Nach ein paar Minuten erhebt sie sich und tritt näher an die Lampe.

»Es ist eine Mischung aus Ruß und Tabak. Aber irgendwie klebrig, als wäre sie noch mit etwas anderem versetzt.«

»Das wird es sein«, meint Thomas. »Das klebrige Zeug. Das *belebt* es. Verwandelt es zurück in Rauch.«

»Es riecht eigenartig. Und der Ruß ist ganz dunkel.« Sie fährt mit dem Finger hindurch, studiert ihn. »Jeder Partikel ist anders. Ein paar sind schwarz, andere grau.« Sie dreht sich um, wechselt einen Blick mit Charlie, schaut zurück auf ihren Finger. »Das habe ich noch nie gemacht. Ruß untersucht. In der Schule haben sie uns nur beigebracht, dass er tot ist. *Träge.*«

Sie rollt die Zigarette wieder zusammen, steckt sie sich in den Mund und beugt sich zur Lampe. Sofort springt Charlie auf. Seine Hand liegt schon fast auf ihrer Schulter, als ihm einfällt, dass er kein Recht mehr hat, sie zu berühren.

»Nicht«, sagt er.

»Warum? Macht es mich böse?« Sie verbirgt ihr Gesicht, indem sie den Kopf zur Gasflamme neigt, um das Ende der Zigarette hineinzuhalten. »Nur ein Zug, Charlie. Wir sind in London. Jeder von uns atmet täglich fünfzig Züge ein.«

Charlie weicht einen Schritt zurück, sieht, wie Thomas erwartungsvoll aufsteht. *Es gefällt ihm, wenn sie raucht*, schießt es ihm durch den Kopf, bevor er den Gedanken zurückdrängt. Livia nimmt einen Zug, stößt den Rauch aus. Einen Moment später verfärben sich ihre Wangen. Sie braucht einen Augenblick, um sich wieder zu fassen.

»Scheußlich, aber schwach«, sagt sie. »Ein Kribbeln der Sünde. Ich war wütend, herrisch. Und ein bisschen –« Sie unterbricht sich, beißt sich auf die Lippe. »Animalische Instinkte. Die spricht es an. Ein Flüstern im Blut.

Aber seht mal«, fügt sie hinzu und streicht die Zigarettenasche, sobald sie sich abgekühlt hat, auf ihre Hand. »Der Tabak ist weg. Nur der Ruß bleibt zurück.«

»Nicht der ganze Ruß«, sagt Thomas. Er tritt zu ihr, greift nach ihrer Hand und hebt sie näher an sein Gesicht. »Schau, der Ruß hier ist ganz hell. Das dunkle Zeug ist verschwunden.«

Livia stutzt, vergleicht die Asche auf ihrer Hand mit dem unangezündeten Ende der Zigarette.

»Du hast recht. Was bedeutet das?«

»Es bedeutet, dass nur schwarze Sünde wieder zum Leben erweckt werden kann«, flüstert Charlie, der unbeteiligte Zuschauer, selbst überrascht von seiner Wut. »Teilweise. Temporär. Unter großen Kosten. Die kleinen Sünden sind nichts als toter Staub.«

Thomas und Livia halten immer noch Händchen, als er aus dem Zimmer stürmt.

*

Es erweist sich als schwierig, einen Ort zu finden, an dem er allein sein kann. Charlie ist zu aufgewühlt, um sich still in irgendeine Ecke zu hocken, zu sehr von der Angst vor Julius gepeinigt, um nachts durch die Straßen zu streifen. Also wandert er durch die Wohnung, den Flur, über den Treppenabsatz, hin und her und immer an der Zelle des kleinen Gefangenen vorbei. Seine Finger streichen über die Wände, die Türen, die Fenstersimse, nehmen Rußkörnchen auf, die in Farbe und Putz eingedrungen sind, einige grob, andere fein wie Farbpigmente, die sanften Grautöne der Fotografie. Wut, Begierde, verbotene Genüsse, der Stachel des Verlangens. Gewöhnliche Sünden: das alltägliche Leben. Früher ansteckend, jetzt verbraucht und tot. Er wischt sich die Hand an der Hose ab und läuft weiter, fährt erneut suchend über die Wände. Sein Hosenbein glänzt schon bald grau.

Während einer dieser rastlosen Runden fällt sein Blick auf den Kanalisationsplan. Die Kanalisationspläne, besser gesagt. Es sind nämlich zwei. Sebastian und Lady Naylor haben sie auf dem Küchentisch ausgebreitet und studieren sie. Auf dem einen steht »Ashton«, auf dem anderen »Aschenstedt«. Von Weitem ist es schwer, etwas zu erkennen, aber der zweite scheint ein dichteres Netz zu zeigen: eine Kopie des ersten mit zusätzlichen Linien. Lady Naylor dreht die Pläne um, als Charlie sich nähert. Er heuchelt Desinteresse und holt sich den Wasserkrug von der Anrichte.

»Nur ein Wort zu den Behörden«, ruft Lady Naylor ihm besorgt hinterher. »Und nichts würde sich ändern.«

»Woher wollen Sie wissen, dass mich das kümmert?«, erwidert Charlie. Und: »Also sind Sie wie Renfrew. Auch er kämpft für Veränderung.«

»Nein. Das denkt er zwar, aber seine Vorstellungskraft reicht nur für mehr vom Alten.«

*

Eine halbe Stunde später hört Charlie, wie sie mit Thomas streitet. Sein Freund ist in die Küche gestürmt und verlangt Antworten.

»Reden Sie Klartext. Sie haben es versprochen. Beim Leben Ihres Mannes!«

Seine Stimme wird noch lauter, als sie ihm nicht gibt, was er will.

Nach einer Stunde Geschrei gesellt sich Lady Naylor zu Charlie, der allein vor der Tür des Jungen sitzt und der Stille dahinter lauscht.

»Ich kann mit ihm nicht reden«, sagt sie leise und lässt sich dann überraschenderweise neben ihm auf den Boden sinken. Baroness Naylor, Dowager Countess of Essex, Marchioness of

Thomond, mit dem Hintern im Schmutz. Selbst dabei wirkt sie würdevoll.

»Er ist immer so wütend. Genau wie mein Julius. Das ist vermutlich das Problem. Er erinnert mich an meinen Sohn.«

Ihre Worte versetzen Charlie zurück zu Renfrew. Julius' Stimme, die durch die Fußbodenbretter zu ihm dringt. Die Schreie des Lehrers.

»Ihr Sohn hat sich verändert«, sagt er mit rauer Stimme. Sein Kopf ist federleicht, sein Herz pocht schwer. »Er ist dem Rauch verfallen. Er hat Dr. Renfrew umgebracht.«

»Umgebracht?« Lady Naylor schweigt, während sie die Neuigkeit verdaut. »Armer Julius«, sagt sie schließlich. »Er nimmt seit einiger Zeit belebten Ruß. Nicht Ihre normalen Zigaretten, sondern etwas unendlich viel Stärkeres. Das hat er mir gestohlen, während Sie die Schule geschwänzt haben.« Ihr Mund verzieht sich zu einem harten kleinen Lächeln. »Aber ich bin selbst schuld. Ich habe ihn damit bekannt gemacht. Mit Zigaretten und Bonbons, in dem Sommer, als er fünfzehn wurde. Habe ihn mit meinem Wissen umworben wie eine Braut.«

Charlie starrt sie fassungslos an. »Warum?«

Für den Bruchteil einer Sekunde legt sie den Kopf an seine Schulter. Wie eine Schwester, die um Verständnis heischt. Ihn auf ihre Seite bringen will.

»Er ist seinem Vater wie aus dem Gesicht geschnitten. Meinem ersten Ehemann. Ein Schwächling. Gott, wie ich ihn gehasst habe!« Ruckartig setzt sie sich auf, rückt weg von ihm. »Unsere Väter haben die Verlobung arrangiert. Es war reine Politik, die Verbindung zweier alter Familien. Vier Monate nach der Hochzeit ist mein Mann nach Indien aufgebrochen und noch einmal sechs Wochen später von einem Fieber dahingerafft worden. Julius' Großvater hat mir meinen Sohn weggenommen, kaum dass er geboren war. Er hat ihn zu meinem Feind erzogen. Aber ich habe ihn *gebraucht*.«

»Sie haben sein Geld gebraucht!«

»Die Spencers sind steinreich. Und ich habe immer mehr Schulden angehäuft. Also habe ich Julius eine Investitionsmöglichkeit angeboten.«

»Sie meinen, Sie haben ihn angelogen.«

»Natürlich. Die Spencers sind die mächtigste Familie in ganz England. Sie wollen keine Revolution. Trotzdem ist es ein fairer Handel. Wenn ich versage, gehört Julius das gesamte Land der Naylors, jedes kleine Fitzelchen.«

Unvermittelt steht sie auf und entfernt sich in Richtung des Zimmers, das sie zu ihrem Gemach auserkoren hat. Bis gestern haben die Grendels dort geschlafen, in dem einzigen richtigen Bett der Wohnung.

»Ich hätte früher mit Ihnen sprechen sollen, Charlie. Sie haben ein gütiges Herz. In dem man Vergebung finden kann. Damit tun sich meine eigenen Kinder schwer.« Sie hält vor der Tür inne, schaut zurück. »Vielleicht wäre es gut, wenn wir einander besser verstünden. Wollen Sie wissen, woher der Rauch kommt? Wie der Körper ihn bildet?«

»Ja.«

»Dann folgen Sie mir.«

*

Sie bedeutet ihm, die Tür zu schließen. Sofort kommt ihm das Zimmer zu klein vor, mit dem großen, unförmigen Bett, das von Wand zu Wand reicht. Lady Naylor lässt sich darauf nieder, streicht ihre Röcke glatt, legt die Hand auf eine bestimmte Stelle an der rechten Seite ihres Oberkörpers. Unter dem Stoff des Kleids kann Charlie die Rippen des Korsetts ausmachen, das ihre Taille formt.

»Wissen Sie, welches Organ sich hier befindet?«, fragt sie.

Er schluckt. »Die Leber.«

»Sehr richtig. Ein widerwärtiges Ding, obschon es ganz gut schmeckt. Wissen Sie, was man früher über sauertöpfische alte Frauen gesagt hat, die den ganzen Tag geraucht haben? ›Sie hat eine böse Leber.‹ Damals, als ich noch klein war, in der Bretagne, wo wir den Sommer verbrachten. Die Kinder haben es als Spottvers gerufen. Vor vielen Jahren habe ich Baron Naylor davon erzählt – eigentlich nur beiläufig; eine Kindheitserinnerung. Aber mein Mann war überzeugt, dass mehr hinter dem Satz steckt als nur Aberglaube. Noch vor Ablauf der Woche hatte er ein Skalpell gekauft. Und Leichen. Bald entwickelte er ein richtiges Händchen für Ektomie.«

Als Charlie die Bedeutung der Worte erfasst, fühlt er sich in Lady Naylors Labor zurückversetzt. Ein Regal voller großer Glasgefäße mit einer viskosen Flüssigkeit, schwammiges Gewebe, die Ränder mit etwas Hartem, Schwarzem verkrustet. Plötzlich beginnt Lady Naylor, ihr Mieder zu öffnen. Ihre Hände kämpfen mit den Häkchen an ihrem Rücken. Charlie wendet sich zum Gehen.

»Bleiben Sie, Mr Cooper. Ich habe nicht die Absicht, Ihnen die Unschuld zu rauben. Anders als meine Tochter vielleicht. Hier, geben Sie mir Ihre Hand. Sie können auch die Augen schließen, wenn Sie wollen.«

Langsam tritt er zu ihr, starrt sie an und versucht gleichzeitig, nicht hinzusehen. Sie hat ihre Kleider nicht ausgezogen, sondern nur gelockert, sodass in der Nähe der Wirbelsäule ein Spalt entstanden ist. Sanft nimmt sie seine Hand und schiebt sie hinein, unter das Korsett und nach vorne.

»Der Rauch wird von einer Drüse in der Leber erzeugt. Von dort gerät er in den Blutkreislauf und das Lymphsystem, bis er schließlich die Schweißdrüsen und die Lunge erreicht. Der gesamte menschliche Körper ist an den Rauch angepasst. Außer natürlich bei Wesen wie dem Jungen nebenan. Aber noch während wir hier sprechen, verändert er sich.«

Charlie hört kaum zu. All seine Sinne sind auf seine Hand konzentriert. Er spürt die glatte Wärme von Seide, heiße Haut, folgt der Wölbung einer Rippe nach unten in Richtung Bauch. Dann führen Lady Naylors Finger seine Hand über eine lange, erhobene, unregelmäßige Linie, hart wie Knorpel.

»Eine Weile lang glaubte mein Mann, dass ein chirurgischer Eingriff das Heilmittel für den Rauch sei. Dass man ihn an der Wurzel herausschneiden könne. Natürlich nicht, indem man die ganze Leber entfernt, sondern nur die Drüse. Aber er konnte sich nicht selbst operieren.«

Entsetzt versucht Charlie, seine Hand zu befreien. Doch Lady Naylors Griff ist eisern.

»Seien Sie versichert, dass ich bereitwillig zugestimmt habe. Ich liebe meinen Mann. Mehr als mein Leben.« Endlich lässt sie Charlie los und beobachtet, wie er zurückspringt, die Hand an sich gepresst, als habe er sich verbrannt. »Und er liebte mich. Was heißt, dass er es am Ende doch nicht fertigbrachte. Er hat mich nur aufgeschnitten und wieder zugenäht. Allerdings hätte es ohnehin nicht funktioniert. Aschenstedt hat uns eine Studie geschickt. Aus Rumänien. Dort hat ein Lord umfangreiche Experimente an seinen Grundhörigen durchgeführt. Sie sind entweder gestorben oder haben weitergeraucht. Alle siebenundzwanzig.«

Charlie sieht zu, wie sie ihr Kleid schließt. Dieses Mal unterdrückt er das Bedürfnis, sie anzustarren, nicht. Er hat jeglichen Sinn für Anstand verloren. Alles, woran er denken kann, ist die Erhebung der Narbe auf ihrer Haut. Sein Atem geht schwer, als wäre er gerannt, sein ganzer Rücken kribbelt.

»Warum haben Sie mir das gezeigt?«, stößt er hervor.

»Sie müssen begreifen, wozu Menschen im Namen der Tugend bereit sind, Mr Cooper. Damit Sie uns helfen, wenn es so weit ist.«

Er bemüht sich, alles zu erfassen, muss aber feststellen, dass sie zu groß ist, ihre Revolution, unbegreiflich. Der für ihn verständliche Einsatz ist kleiner. Und befindet sich nebenan.

»Können Sie mir versprechen, dass dem Kind nichts geschieht?«, fragt er und ist selbst überrascht, wie entschlossen seine Stimme klingt.

»Das könnte ich, wenn Sie darauf bestehen. Es ist die Wahrheit. Aber Sie werden mir nicht glauben. Warum sollten Sie auch? Alle Erwachsenen haben Sie Ihr ganzes Leben lang belogen.«

Sie erhebt sich, greift an ihm vorbei, öffnet die Tür. Sie steht so dicht neben ihm, dass er jede erschöpfte Falte um ihre Augen herum erkennen kann.

»Verraten Sie mir eins, Mr Cooper: Was kümmert er Sie, dieser Junge? Wie viele Jungen seiner Art mussten schon leiden und sterben, ohne dass Sie die geringste Notiz davon genommen haben? Im Urwald oder auf einer unserer königlichen Plantagen, während sie die kostbaren Blumen gepflückt haben, die wir tonnenweise importieren?«

Bevor Charlie antworten kann, hat sie sich bereits vorgebeugt, ihre Lippen an sein Ohr gelegt.

»Reden Sie mit meiner Livia, Charlie. Ich dringe nicht zu ihr durch. Erzählen Sie ihr von unserer Unterhaltung. Sagen Sie ihr, dass ich froh bin, dass sie … Aber Sie wissen am besten, was zu sagen ist.«

»Ich fürchte, Ihre Tochter und ich sprechen nicht mehr miteinander.«

»Nicht? Ach, was für ein Kind Sie doch sind, Mr Cooper! Ein süßes kleines Kind.«

*

Charlie erzählt den anderen von seinem Gespräch mit Lady Naylor, als sie später wieder in dem zugigen Zimmer sitzen, das er mit Thomas teilt. Es ist so kalt, dass seine Hände und Füße taub werden. Ihre einzige Lichtquelle ist ein Fetzen silbriger Himmel hinter den kaputten Fensterläden. Als er von der Narbe berichtet, von seiner Hand auf Lady Naylors Körper, ist er froh über die Dunkelheit, froh, dass er Livias Gesicht nicht sehen kann und sie nicht das heiße Blut, das ihm in die Wangen schießt.

»Der Rauch kommt also aus den Tiefen unserer Leber«, fasst Thomas trocken zusammen. »Das würde Swinburne nicht gefallen. Er und seinesgleichen wären erledigt, wenn das bekannt werden würde.«

Livia widerspricht. »Warum? Es ändert doch nichts. Der Rauch bleibt, was er schon immer war: die sichtbare Manifestation der Sünde. Wie töricht, eine völlig bedeutungslose Tatsache zu vertuschen.«

Charlie hört, wie Thomas mit einer Geste reagiert. Einem Achselzucken, einer Armbewegung. Wie gut sie einander kennen, besonders im Dunkeln. Für den Bruchteil einer Sekunde sind sie wieder im Waschraum der Schule und vertrauen einander Geheimnisse an.

»Eins haben wir heute jedenfalls erfahren«, sagt Thomas nach einer Weile. »Zweiundsiebzig Stunden. Nach dieser Zeit verändert sich etwas im Körper des Jungen. Was es auch sein mag, sie wollen, dass es passiert. Sie brauchen es. Also haben wir drei Tage, um die Wahrheit herauszufinden. Die ganze Sache hat etwas mit der Kanalisation zu tun. Wir müssen uns dort umschauen.«

Charlie denkt darüber nach. Er ist der gleichen Meinung. Nur: »Wir wissen nicht, wo wir hinmüssen. Die Kanalisation, schön und gut, aber wir haben keine Ahnung, wie wir da reinkommen.«

»Wir brauchen den Plan.«

»Wir können ihn nicht unbemerkt stehlen. Und um ihn abzuzeichnen, ist er zu groß.«

»Nicht, wenn wir nur die Eingänge nehmen. Und die Stellen, an denen sich die beiden Pläne unterscheiden. Die Geheimgänge. Die Teile, die Sebastian im Verborgenen gebaut haben muss.«

»Genial!«

»Es war Livias Idee.«

Charlie hört sie aufstehen. Es ist, als hätte er sie und Thomas bei etwas ertappt. Wie sie die Köpfe zusammenstecken. Die Zukunft planen.

»Gute Nacht«, ruft sie ihnen von der Tür aus zu. Ihre Stimme klingt aufgewühlt, wütend.

»Gute Nacht«, antworten sie, bevor sie sich hinlegen und eng aneinanderdrängen gegen die Kälte.

Als Charlie endlich Schlaf findet, kommen die Träume. Eine schwarz gekleidete Gestalt, begleitet von einem Hund.

Charlie erfährt nie, ob es Julius oder Renfrew ist.

# LADY NAYLOR

Livia stürmt herein, als ich mich für die Nacht zurechtmache. Ich habe mein Haar gelöst, sitze auf dem einzigen wackeligen Stuhl im Zimmer und kämme mich. Unsere Gastgeber haben keinen Spiegel, und es ist eigenartig, wie sehr mich der Verlust trifft. Mein Haar ist verknotet und fettig vom Ruß der Stadt, sodass sich die Haare meiner Bürste schon sträuben wie das Fell einer Katze bei Gewitter. Es wäre schön, ein Bad nehmen zu können, bevor Sebastian und ich aufbrechen, um die Welt zu verändern.

Livia schäumt vor Wut, wie ich erfreut bemerke. Oh, natürlich blitzen noch Spuren der Nonne in ihrem Gebaren auf; meine leidgeprüfte Tochter, die sich mit ihrer unmöglichen Mutter herumschlagen muss. Aber in erster Linie schäumt sie vor Wut, wie sie so dasteht, die Fäuste in die Hüfte gestemmt.

»Du siehst lächerlich aus in Hosen«, sage ich in ihren atemlosen Zorn hinein. »Sebastian hat mir ein paar Kleider gekauft. Du kannst das grüne haben. Das ist mir ein bisschen zu kurz.«

Sie ignoriert meine Worte, zieht den Rauch hoch, der aus einem Nasenloch gekrochen ist.

»Du hast mit Charlie geredet«, stößt sie hervor. »Du hast dich vor ihm ausgezogen!«

»Deshalb bist du hier? Weil dir mein Mangel an Anstand missfällt? Nein, es geht um mehr, nicht wahr? Du bist eifersüchtig. Auf deine alte, verlebte Mutter. Hat es dich so schlimm erwischt?«

»Ich weiß nicht, wovon du sprichst.«

Ich mustere sie, verspüre den Drang, sie zu berühren, ihr ein Friedensangebot zu machen. Aber so etwas gehört nicht zum Repertoire unserer Beziehung. Außerdem genieße ich ihren Kontrollverlust. Sie hat mir gegenüber lange genug die Prüde gespielt.

»Arme Livia«, sage ich. »Ich wusste es von dem Augenblick an, als Charlie dich und Thomas an der Tür begrüßt hat. Eure kleine Romanze. Du redest dir ein, dass du ihn verraten hast oder so etwas in der Art. Dass du die Seiten gewechselt hast, ein für alle Mal, zu deiner ewigen Schande. Wie finster du ihn angestarrt hast, wie ein Fischweib ihren Kunden. Trotzdem hat dein Herz bei seinem Anblick höhergeschlagen: Charlie – lebendig und unversehrt! Oder war es nicht dein Herz, sondern ein ganz anderes Organ?«

Meine Tochter errötet, unterstreicht ihre Worte mit Rauch.

»Jetzt wirst du ordinär, Mutter.«

»Ordinär? Was glaubst du denn, was Liebe ist? Sonette und ein Ehering? Vielleicht wird es Zeit, dass wir uns über die Bienchen und die Blümchen unterhalten.«

Sie zuckt zusammen und wirkt, als wolle sie sich auf mich stürzen, auf die Spottdrossel, die ihr Herzeleid verhöhnt. Ihr Schmerz beschämt mich, und ich erkenne, dass ich Angst vor meiner Tochter habe, Angst vor ihrer Missbilligung; dass es mir lieber ist, sie hasst mich für meine Kaltherzigkeit, als dass sie meine Entscheidungen und Pläne, meine Beweggründe hinterfragt und für unzulänglich befindet. *Ich habe kein Gewissen mehr*, habe ich Sebastian einmal geschrieben, in einem der Briefe, die den Weg für unsere Zusammenarbeit geebnet haben. Doch wie es scheint, war mein Gewissen nur im Internat. Jetzt ist es zurück, in schmutzigen Hosen.

Ich versuche eine Annäherung; stehe auf, mache einen Schritt auf sie zu, vorsichtig, gemessen, sehe, wie sie zurückweicht. Das nächste Paar Schritte – erst meiner, dann ihrer – drängt sie an die Wand. Sie hat sich verändert in den anderthalb Wochen, in denen ich um sie gebangt habe, ist hübscher geworden, gleichermaßen selbstbewusster und verletzlicher. Ich erkenne mein eigenes Gesicht in ihrem wieder, nur ein paar Jahre älter, an dem Tag, als mein Vater mir eröffnete, dass ich heiraten würde. Das lässt mich weich werden.

»Arme Livia«, sage ich und meine es nicht länger spöttisch. »Glaubst du, du bist das erste Mädchen, das sich fragt, ob es lieber mit einem netten Jungen glücklich oder mit einem Schuft unglücklich werden soll? Das ist völlig normal.«

Einen Augenblick lang scheint sie bereit, meinen Rat anzunehmen, sich mit mir aufs Bett zu legen und mir ihren Kummer zu klagen. Dann besinnt sie sich und setzt diese demütige Maske auf, die uns trennt, seit mein Mann den Verstand verloren hat. Sie spricht ruhig, beinahe spröde, das Gesicht dreißig Zentimeter vor meinem.

»Charlie sagt, Vater hätte dich aufgeschnitten. Von der Hüfte bis zu den Rippen. Das muss eine beeindruckende Narbe sein.«

Und mit einem Mal sind unsere Rollen vertauscht; die Spottdrossel ist zur Verspotteten geworden. Livia will schon weitermachen, Salz in die Wunde streuen. Aber ich tue, was sie nicht konnte. Ich weine.

Sie braucht eine Minute, ehe sie mich in den Arm nimmt.

*

So enden wir schließlich doch auf dem Bett. Ihre Kleider sind so dreckig, dass sie Flecken auf den Laken hinterlassen. Außerdem stinkt sie, nach Schweiß und Straße. Trotzdem klammere ich mich an sie, verhake unsere Ellbogen; begrüße, dass Gefühle und Strategie sich decken. Ich will mir ihre Loyalität sichern. Ihre Wange ist nur ein paar Zentimeter von meiner entfernt. Sie achtet sorgfältig darauf, sie nicht zu berühren.

»Wie geht es Vater?«, fragt sie, ohne sich zu bewegen.

»Wie immer, hoffe ich. Thorpe kümmert sich um ihn. Unser Anwesen wurde durchsucht, weißt du? Inzwischen klatscht bestimmt ganz England über ihn. Der Arme. ›Der verrückte Baron Naylor.‹ Wie er das gehasst hätte!« Ich schweige, als mich meine Emotionen von Wut zu Nostalgie treiben. »Kannst du dich noch erinnern, wie er früher war, Livia?«

»Natürlich. Er war rechtschaffen und sanftmütig. Beinahe ein Heiliger. Wie dieser berühmte Graf in Russland, der im Bauernhemd herumläuft.«

»Tolstoi? Was für ein seltsamer Vergleich! Aber nein. Ich meine noch davor. Als du klein warst.«

»Davor? Er war – beschäftigt. Fast rastlos. Ich weiß noch, wie er immer in seinem Arbeitszimmer saß, von so vielen Dokumenten umgeben, dass sie den gesamten Boden bedeckt haben. Ständig hat er irgendetwas gelesen oder geschrieben. Während des Abendessens ohne Punkt und Komma geredet. Einen Monat waren es die Griechen, dann eine geplante Reise zu den Antipoden. Er hat sich so hineingesteigert, dass ich dachte, er fängt gleich zu rauchen an, vor den Bediensteten.«

»Er ist nie hingefahren. Zu den Antipoden.« Eigenartig, dass mich das zum Lächeln bringt. »Stattdessen war er in Argentinien. Vier Monate, und nur ein einziger Brief. Der Herumtreiber!«

Livia schweigt, in die Vergangenheit versunken. Ihr Kopf rutscht in meine Richtung. Sie beherrscht sich gerade noch rechtzeitig.

»Warum ist er verrückt geworden, Mutter?«

»Das weißt du doch.«

»Der Rauch hat ihn übermannt, und er hat sich verirrt.«

»Nein. Das Rauchen hatte er ja aufgegeben. Und zwar sehr erfolgreich, das muss man ihm lassen.«

»Warum dann?«

»Genau aus diesem Grund. Er hatte es aufgegeben und beschlossen, ein Heiliger zu werden. Das war eine Last, eine schreckliche Last.«

Ich will mehr sagen, will es ihr erklären: wie er seiner Forschung abschwor und den Rauch durch einen reinen Willensakt zu bezwingen versuchte. Wie er sich Woche für Woche veränderte, bis es zu spät war und das Streben nach Sündlosigkeit ihn geisteskrank gemacht hatte. Wie er sich von mir und unserer Liebe abwandte. Doch es gibt Dinge, die zu persönlich sind, um sie dem eigenen Kind zu erzählen. Livia bemerkt mein Zögern, lässt die Beine vom Bett gleiten, setzt sich auf.

»Ich weiß nie, wann du die Wahrheit sagst und wann du lügst, Mutter. Das ist das Problem.«

Ihre Traurigkeit rührt mich, das Gefühl des Verlusts.

»Du wirst uns nie verraten, was du vorhast, oder?«, fährt sie fort. »Deinen großen Plan.«

Ich schüttele den Kopf. »Mir geht es genau wie dir, Livia. Ich weiß nicht, ob ich dir vertrauen kann.«

Nun wird sie wütend. »Ich habe dich hierhergebracht! Ich habe euch einen Unterschlupf besorgt. Ich habe Thomas beiseitegezogen, als er euch davon abhalten wollte, den Jungen zu infizieren. Weil du mir Antworten versprochen hast, Mutter.«

»Ja, das stimmt. Aber wirst du mir auch sagen, wer euch nach Julius' Angriff versteckt hat? Woher du diese Kleider hast?«

Meine Tochter verstummt, senkt den Kopf.

»Siehst du, mein Schatz? Wir sind uns sehr ähnlich.«

*

Ich will sie nicht gehen lassen. Sie hat sich nun schon zweimal zur Tür gewandt, und beide Male habe ich sie mit einer Frage zurückgerufen, etwas Dummem, Belanglosem, nur um ihr einen weiteren Augenblick ihrer Zeit abzuringen. Zum ersten Mal seit Jahren haben wir versucht, so etwas wie ein Gespräch zu führen, das über verletzende Belanglosigkeiten bei Tisch hinausgeht. Doch in dem Fachgebiet »Gespräche mit der eigenen Tochter« kenne ich mich nicht aus.

»Sag«, wage ich mich auf tückischeres Terrain vor, »was erwartest *du* dir von dieser ganzen Sache?«

Als sie mich verständnislos anschaut, mache ich eine Geste. Eigentlich sollte sie das gesamte Unternehmen umfassen, in dem wir nun unfreiwillig Partner sind, weist am Ende aber hauptsächlich auf das Bett. Sie ist trotzdem passend: Vor nicht einmal einer Stunde habe ich noch auf dem Boden gekniet, unter dem Bett herumgetastet und wie eine alte Jungfer, die Angst vor Einbrechern hat, meine Geheimnisse versteckt. Es gibt im ganzen Zimmer kein einziges Möbelstück, das man abschließen kann.

»Sebastian und ich verändern die Welt«, füge ich hinzu. »Davon wirst du dir doch irgendetwas erhoffen.«

Man muss ihr zugutehalten, dass sie mit sich kämpft. Sie will schon etwas oberflächlich Ehrenwertes antworten, etwas Nonnenhaftes, lange Einstudiertes. Aber ich habe ihr eine ehrliche Frage gestellt, und Ehrlichkeit kann sie nur schwer widerstehen.

»Ich will wieder Sicherheit«, sagt sie schließlich. »Darüber, wer ich bin und was wahr ist. Ich will wieder undurchschaubar sein, unerschütterlich, geborgen in mir selbst. Kannst du dafür sorgen, Mutter?«

Sie fragt es sanft, weil sie die Antwort bereits kennt.

»Nein.«

»Was hast du dann vor?«

Ich wiederhole, was ich ihr schon einmal gesagt habe. »Ich bringe der Welt Gerechtigkeit.«

»Tugend?«

»Gerechtigkeit ist Tugend«, erwidere ich und zitiere jemanden, den mein Mann sehr schätzte, einen seiner Griechen.

Meine Tochter rümpft die Nase, dreht sich um und geht.

Ich greife nach meiner Bürste und kümmere mich weiter um mein Haar.

*

Ich will gerade die Lampe löschen, als es klopft. Es ist ein leises Klopfen, das nicht durch die ganze Wohnung schallen soll. Verwirrt von diesem Besucherstrom und halb hoffend, halb fürchtend, dass Livia zurückgekehrt ist, öffne ich die Tür: Mr Grendel, nervös und im Nachthemd, eine baumwollene Nachtmütze in den rauen Arbeiterhänden knetend. Ein eigenartiger Mann, scheu und duckmäuserisch in seinen Bewegungen und so zurückhaltend, dass ich ihn bisher noch nie rauchen gesehen habe. Es gibt nicht viele, die auf der Schwelle meines Schlafzimmers stehen und meinem Körper nicht einmal einen flüchtigen Blick schenken würden.

»Mr Grendel. Das ist wahrhaft unziemlich.«

»Tut mir leid«, flüstert er demütig, den Kopf zur Seite geneigt. »Darf ich …? Ich habe das Licht gesehen, und ich … Nun, es ist wichtig.«

»Dann heraus damit!«, sage ich lachend, führe ihn am Ellbogen ins Zimmer und biete ihm seinen eigenen wackeligen Stuhl an. »Nur zu, sprechen Sie, Mr Grendel. Es ist spät, und ich brauche meinen Schlaf.«

*

Wir unterhalten uns eine ganze Stunde lang. Wie sich herausstellt, lag ich falsch, was Grendel angeht. Er ist weder zurückhaltend noch scheu, sondern ein überaus seltenes Wesen: ein vom Schicksal getroffener Mann, dem es an einem Daseinszweck mangelt. Seine Frau hat ihn zu mir geschickt, damit ich ihm einen verschaffe.

Ich werde mein Bestes tun, ihrem Wunsch zu entsprechen.

# STIFT UND PAPIER

Livia erwacht erst spät. Die Worte ihrer Mutter haben sie bis in ihre Träume verfolgt. Als sie schließlich aus ihrem Zimmer tritt, ist Sebastian bereits da, und eine neue Regelung wurde getroffen. Grendel ist zum Kindermädchen des Jungen ernannt worden. Der rauchlose Mann lächelt, als er aus der Zelle kommt, und hört auch nicht auf damit, als er unter Sebastians wachsamem Blick die Tür abschließt. Dann bemerkt er Livia und zuckt zusammen.

»Auf frischer Tat ertappt!« Er errötet und fügt wie zur Entschuldigung hinzu: »Mrs Grendel und ich konnten selbst keine bekommen.«

Er schenkt ihr ein Lächeln, gewohnheitsmäßig und flüchtig, und eilt davon, um in der Küche den Abwasch zu erledigen.

Sebastian bleibt zurück, mustert Livia.

»Sie sind nicht einverstanden, Miss Naylor?«

Livia schüttelt den Kopf und fragt sich, welche Gefühle ihr Gesicht wohl preisgegeben hat. »Ich halte es für eine gute Idee. Grendel ist ein gütiger Mann.«

»Er ist weit mehr als das, wie Ihnen klar sein dürfte. Ein wissenschaftliches Wunder! Zu einer anderen Zeit … aber das ist im Augenblick leider unmöglich.« Er seufzt und deutet auf die Tür zu seinem Gefangenen. »So kann Mr Grendel sich wenigstens nützlich machen. Vermutlich weckt er in dem Kind Erinnerungen an zu Hause. Obschon die Ähnlichkeit natürlich nur oberflächlicher Natur ist. In jedem Fall hilft es, den Jungen zu beruhigen. Rauch verwirrt ihn, und ich fürchte, wir riechen danach, selbst wenn wir nicht rauchen.«

Livia wird das Herz schwer. »Also wissen Sie Bescheid?«

»Über Grendels Zustand? Aber ja. Er hat es Ihrer Mutter gestern Nacht erzählt.« Sebastian nickt begeistert; ein Mann, den jedes wissenschaftliche Rätsel in eine Verzückung geraten lässt, nur vom Mangel an Zeit gedämpft. »Wir haben dem Jungen einen Namen gegeben: Mogli. Nach einem kürzlich erschienenen Buch, das in Britisch-Indien spielt.«

»Mogli.« Livia hat das Buch gelesen. Ein Junge, der von Wölfen aufgezogen wird. Am Ende beschließen die Tiere, ihn in das Menschendorf zu schicken, damit er lernt, seinen Rauch zu beherrschen. Ihre Mutter hat das Buch nicht gemocht. Sie fand es rührselig, verlogen. »Wie alt ist er?«

»Schwer zu sagen. Acht, neun? Ich nehme an, er war schon vor der Reise unterernährt. Nur dem Körper nach zu urteilen, könnte er auch erst sechs Jahre alt sein. Ein grämliches Kind. Aber das Naturell tut für unsere Zwecke selbstverständlich nichts zur Sache.«

Livia beobachtet das glatte Gesicht ihres Gegenübers, seine flinken kleinen Hände, die mit dem Regenschirm spielen; versucht, seinen Akzent zuzuordnen und sich einen Reim darauf zu machen, dass er ein Kind entführt und dazu verdammt hat, hinter einer Maske zu leben. Die Frage bricht aus ihr heraus, ehe sie es sich anders überlegen kann, offen und direkt: »Wer sind Sie, Dr. Aschenstedt?«

Das entlockt Sebastian ein jungenhaftes Grinsen.

»Wer ich bin? Ein Wissenschaftler.«

»Mutter behauptet, Sie seien ein Genie.«

»Das stimmt wahrscheinlich.« Er sagt es leichthin, beinahe bescheiden. »Aber ich bin auch ein Verbrecher. Mit gefälschten Papieren und einem falschen englischen Namen. Unter meinem echten werde ich fast überall in Europa gesucht. Weil ich eine Gefahr für die gesellschaftliche Ordnung bin! Die Leute haben nicht ganz unrecht. Ich bin ein Revolutionär, Miss Naylor. Ein Terrorist. Nur dass ich eine Abneigung gegen Bomben habe.« Er lacht, immer noch wie ein Schuljunge, tritt näher an sie heran. »Ihre beiden Freunde und ich haben etwas gemeinsam: unsere Alma Mater. Wahrscheinlich haben wir in denselben Betten geschlafen, den gleichen Predigten gelauscht. Ich sollte die beiden einmal danach fragen und Erfahrungen mit ihnen austauschen, meinen Sie nicht?«

Livia gibt sich alle Mühe, nicht auf diesen Mann hereinzufallen. Sie hat in ihrem Leben schon so viele Lügen aus dem Mund Erwachsener gehört. Charlie, der von seinem Lehrer ans Bett gefesselt wurde. Ein kleiner Junge, den man im Namen der Wissenschaft entführt hat. Eindringliche Mahnungen, argwöhnisch zu sein.

Und doch ist es nicht leicht.

»Was haben Sie vor, Dr. Aschenstedt? Warum sind Sie hier?«

»Wollen Sie die offizielle Version hören? Offiziell bin ich Sebastian Herbert Ashton, ein Ingenieur, der den Bau der Kanalisation beaufsichtigt. Meine Papiere sind britisch. Natürlich ist da dieser leichte Akzent. Aber die Engländer weigern sich ja zu glauben, dass irgendwer ihre Sprache erlernen könnte, fließend, meine ich, also muss ich wohl gebürtiger Engländer sein, vielleicht aus einer entlegenen Kolonie.« Ein Kichern entwischt ihm, ein echtes Kichern, wie manchen Mädchen an ihrer Schule, wenn jemand eine gewagte Bemerkung macht. »Außerdem stammt die Hälfte meiner Männer aus dem Ausland. Das Schöne an dem Embargo ist, dass hier niemand eine anständige Ausbildung erhält. Man kann den Ingenieuren kaum etwas beibringen, wenn alle Bücher zensiert sind. ›Verbotene Wissenschaft‹, ›sittenwidrige Physik‹ – äußerst amüsant! Also haben wir Polen und Italiener und Tschechen und Russen. Und Deutsche natürlich. Erstklassige Ingenieure! Ohne sie würde London im Dreck ersticken. Die beteiligten englischen Gentlemen sind eigentlich nur da, um die Moral zu überwachen und darauf zu achten, dass die Arbeiten rechtzeitig abgeschlossen werden. Gute, aufrechte Liberale, diese Herren, einer wie der andere. Von dem Projekt hängt eine Menge ab; der gute Ruf ihrer gesamten Partei. Ein sauberes London, ein tugendhaftes London. Oh, auf seine Weise ist es höchst ambitioniert.« Er kichert erneut. »So sieht es also aus. Ein ganzes Jahrzehnt durfte ich dieses Land unter Androhung der Todesstrafe nicht betreten, und jetzt werde ich dafür bezahlt. Doch Sie müssen mich entschuldigen, Miss Naylor. Ich werde bei der Arbeit erwartet. Good-bye. Oder auch: *Au revoir. Auf Wiedersehen.*«

*

Livia wartet, bis Sebastian fort ist, ehe sie nach Thomas sucht. Stattdessen findet sie Charlie, der im Zimmer der Jungen am offenen Fenster steht. Am liebsten würde sie sofort kehrtmachen. An Thomas' Düsterkeit hat sie sich in den vergangenen Tagen gewöhnt. Aber mit Charlies Güte, seinem Wunsch zu vergeben, kann sie nur schwer umgehen.

»*Auf Wiedersehen*«, sagt auch er auf Deutsch und starrt hinaus.

»Du hast uns gehört.«

»Ja. *Auf Wiedersehen* – bis ich dich wiedersehe. Nicht: Lebe wohl.« Er streckt die Hand in den strömenden Regen. »*Hundewetter* nennen das die Deutschen. Viel mehr ist bei mir nicht hängen geblieben. Ist es nicht seltsam, dass wir Französisch und Deutsch lernen müssen, wo doch niemand ins Ausland reisen darf? Oder ausländische Bücher lesen?«

Er dreht sich zu ihr um. Sein ernstes, ehrliches Gesicht versetzt ihr einen Stich. Nicht aus Schuld; das Gefühl ist komplexer, hat seinen eigenen rauchigen Beigeschmack. *Dein Herz hat höhergeschlagen.* Die Worte ihrer Mutter klingen ihr wieder in den Ohren. *Oder ein ganz anderes Organ.*

»*Hundewetter*«, sagt sie und ärgert sich über die kalte Affektiertheit ihrer Aussprache. »Bis ich dich wiedersehe. Du sorgst dich wegen Julius.« Die Erkenntnis hilft ihr dabei, ihre Gefühle in den Griff zu bekommen. Sie schaut hinaus auf die Straße. »Hast du ihn gesehen?«

»Gesehen? Nein. Nur im Traum.« Er zögert, legt nachdenklich den Kopf schief. »Manchmal frage ich mich, ob seine Anwesenheit bei Renfrew auch nur ein Traum war. Der Stoff, aus dem Albträume sind. Und wie er ihn angefleht hat, ihn zu retten.« Dann sieht er ihr wieder in die Augen. Ein unverhüllter Blick.

»Du suchst Thomas, oder?«

Sie ist diejenige, die errötet.

»Ist er in die Stadt gegangen?«

»Ihm ist aufgefallen, dass er Papier und einen Stift besorgen muss, um die Pläne deiner Mutter abzuzeichnen. Ist es nicht unglaublich, dass die Grendels keinen einzigen Stift im Haus haben? Also hat er sich ein bisschen Geld von Mrs Grendel geborgt. Oder es gestohlen, wer weiß. Wenn er zurückkommt, soll ich deine Mutter ablenken, während er ihr Zimmer durchsucht. Angeblich habe ich ein besonderes Verhältnis zu ihr.« Er schweigt einen Moment, schluckt die leise Anklage hinunter, die in seinem letzten Satz angeklungen ist. »Sie wollte mich gestern Abend verführen, oder? Für ihre Sache. Obwohl es mir bewusst war, ist es ihr trotzdem gelungen. Sie ist eine gerissene Frau.«

»Ja. Bei mir hat sie es auch versucht.«

»Livia«, sagt er mit einem Mal unvermittelt. »Bitte. Du und ich, wir müssen –«

Sie wendet sich abrupt ab. »Nicht jetzt, Charlie. Später«, flüstert sie. »Versprochen.«

Als sie kurz darauf wieder am Zimmer vorübergeht, sieht sie, dass er noch immer am Fenster steht, beide Hände in den Regen gestreckt.

*

Die Tropfen prasseln schwer und senkrecht hernieder. Kein Windstoß stört ihre Bahn. Thomas ist nass bis auf die Knochen, als er endlich einen Laden findet; London scheint wenig Bedarf an Papier zu haben. Er hat bei einem Metzger um etwas Einwickelpapier und einen Bleistiftstummel gebeten, doch dem Mann waren sein Ansinnen und seine Aussprache so verdächtig, dass er ihm nichts verkaufen wollte, nicht für alles Geld der Welt. Verärgert, aber auch froh, wieder einmal rauszukommen und allein zu sein, wagt sich Thomas über die vertrauten Straßen zwischen Grendels Wohnung und der Kirche hinaus, in einen noch unbekannten Teil der Stadt. Überall wimmelt es vor Leuten, Lärm und Schlamm, die Luft seltsam frisch, Londons Leidenschaften vom Regen ausgewaschen.

Nach kurzer Zeit erreicht er einen Komplex alter, maroder Gebäude von so enormen Dimensionen, dass sie schon ein kleines Dorf für sich bilden. Ähnlich wie bei dem Haus, in dem die Grendels wohnen, scheint über die Hälfte des Bauwerks ausgebrannt zu sein, auch wenn der Aschegeruch hier längst vom Gestank der Stadt überlagert wurde. Trotz des Brands leben Tausende Menschen in der mittelalterlichen Hülle, haben aus Brettern und gipsgetränkten Stoffbahnen behelfsmäßige Wände eingezogen und Verkaufsstände eröffnet; ein Schneider, ein Schreiner, ein Quacksalber, der Tonikum aus Laudanum und vergorenen Magenbitter anbietet. Thomas ist bereits an der gesamten Längsseite des Gebäudes vorbei, als er begreift, was hier früher einmal untergebracht war. WESTMINSTER KLEIDER UND LUMPEN verkündet stolz ein gemaltes Schild über dem schmalen Eingang zu einem Geschäft. Der Inhaber, ein Jude mit

Pelzhut und schlaff im Regen baumelnden Schläfenlocken, lehnt im Türrahmen.

Das Postamt liegt keine zehn Meter vom ehemaligen Parlament des Landes entfernt. Es überrascht Thomas, dass es so ein Amt überhaupt gibt. Ein Wachmann in Postuniform steht davor, einen Schlagstock in der Hand. Thomas fürchtet schon, dass man ihn nach irgendwelchen Ausweispapieren fragen könnte, doch alles, was der Türsteher von den Kunden verlangt, ist ein Nachweis ihrer Zahlungsfähigkeit. Thomas zeigt seine Handvoll Kupfergeld und tritt ein.

Hinter der Tür erwartet ihn ein kleines Nestchen einer anderen Welt. Die Böden sind aus poliertem Marmor, die Decke ist frisch gestrichen, wenn auch nicht mehr ganz sauber. Gentlemen in gut sitzenden Anzügen lesen Zeitung oder stehen am Postschalter. Zwei Damen unterhalten sich leise, die teuren Kleider frei von Ruß; beide tragen Schleier, die ihre Gesichter verhüllen, und die Livreen ihrer Diener sind unter riesigen Mänteln verborgen. Ein paar schmutzige Botenjungen huschen umher, hüten sich jedoch, die Angehörigen der oberen Schichten direkt anzusprechen. Es kommt Thomas so vor, als sei er durch eine Scheunentür geradewegs in einen Ballsaal getreten. Für einen Augenblick steht er wie angewurzelt da und weiß nicht, was er tun soll. Dann zuckt er mit den Achseln und reiht sich in die Schlange ein.

Sie besteht aus vier wohlerzogenen Menschen. Ihr gutes Benehmen erschreckt ihn wie die Stille nach einem langen Schrei. Niemand murrt, schubst, flucht. Sie sind wie eine unbekannte Rasse, friedfertig, harmlos: Menschen, die nicht riechen. Jeder für sich in seinen Absichten, abgeschottet und rein. Thomas verspürt eine jähe Sehnsucht nach dieser manierlichen Welt, der ruhigen Disziplin der Salons, berechenbar und unbelebt. Plötzlich fassen ihm behandschuhte Finger an die Schulter, fest, aber nicht gewaltsam. Es ist der Türsteher, der ihm nach drinnen gefolgt ist.

»Arbeiter nach da drüben«, sagt er und bugsiert Thomas energisch in Richtung eines anderen Schalterbeamten, der in einem abgetrennten Kämmerchen ganz hinten an der Seite sitzt. Hier stehen ein paar Handwerker, oder drängeln vielmehr, lachend, scherzend.

Thomas stellt sich zu ihnen, lauscht den Männern vor sich und beobachtet die Adeligen in ihrer eigenen ehrbaren Schlange, die schweigen, wie man es ihnen eingebläut hat. Wie viele von ihnen sind wohl geschäftlich hier und trotzen der Stadt, um nach ihren Fabriken zu sehen? Und wie viele machen Urlaub in der trüben Suppe der Sünde? Es gibt sicher ein paar Einheimische, die ein gutes Auskommen davon haben, als Fremdenführer die Reize Londons anzupreisen.

»Der Nächste«, blafft der Mann hinter dem Schalter.

Ein Straßenjunge, nicht älter als sieben, schiebt sich an den anderen vorbei und liefert sich eine Rangelei mit dem Mann an der Spitze.

*

Schließlich ist Thomas dran. Zweimal hat sich jemand vorgedrängelt; er musste seinen Platz mit den Ellbogen verteidigen und hat eine ungestüme Rauchwolke mit einem angetrunkenen Lehrjungen gewechselt, der einen Brief an seine Mam aufgeben will. Thomas bittet um zwei Bleistifte und fünf große Bögen Zeichenpapier. Der Schalterbeamte murrt, zieht aber los, um das Gewünschte zu holen. Während er weg ist, fällt Thomas' Blick auf vier gedruckte Anschläge, die neben dem Stuhl des Mannes an die Wand genagelt sind. Auf jedem ist ein gezeichnetes Porträt zu sehen. Charlie ist gut getroffen, wirkt nur ein bisschen jünger und pausbäckiger. Livia ist nicht wiederzuerkennen, mit niedergeschlagenen Augen, das Gesicht fast gänzlich im Schatten einer Haube. Er selbst sieht angriffslustig aus, mit dem kantigen Kiefer und den düsteren Brauen. Julius, dessen Bild ein wenig abseits hängt, wirkt am eigenartigsten; blass und erschrocken starrt er unter einem strähnigen Pony hervor. Der Schalterbeamte kehrt zurück. Er bemerkt Thomas' Blick und schaut ebenfalls auf die Zeichnungen, bevor er seine Aufmerksamkeit wieder auf ihn richtet.

»So, so«, murmelt er, während Thomas in Panik verfällt, und klaubt ein paar Münzen aus seiner Hand. »›Vermisst. Keine Belohnung.‹ Denkst du, das schert mich?«

Er reicht ihm die in der Mitte gefalteten, schon ein wenig angegilbten Bögen und scheucht ihn mit einer Handbewegung davon. »Na los, hau ab, Junge. Der Nächste!«

Ein Mann hat sich bereits an Thomas vorbeigedrängt, ehe der sich ausreichend von seinem Schock erholt hat, um Platz zu machen.

*

Draußen sprintet er einen knappen Kilometer, bevor er, nach Atem ringend, anhält. Obschon der Regen zu einem Nieseln verebbt ist, ist das eben erst erstandene Papier bereits feucht. Er faltet die Blätter ein weiteres Mal zusammen, schiebt sie in sein Jackett und gönnt sich, beschwingt durch seine Flucht, eine Verschnaufpause. Ein Bettler lehnt an einer Hauswand und mustert ihn. Eins seiner Beine ist ein wadenloser Stumpf.

»Du siehst aus wie 'ne Katze, die sich mit dem Kuchen davongemacht hat«, ruft er. »Hast du ein paar Pennys für mich, mein Freund?«

Thomas lacht und schlendert zu ihm hinüber.

»Haben Sie jemals was gekriegt?«

»Natürlich. Sind brave Leute, die Londoner!«

»Tatsächlich?« Thomas versucht sich vorzustellen, wie in dieser von Rohlingen bevölkerten Stadt irgendjemand Almosen verteilt. »Wie das?«

Der Mann zuckt mit den Achseln. »Is einfach so. Tun's aus Rührseligkeit, nehm ich an. Ham sich ein Herz zugelegt.«

Thomas gibt sich damit zufrieden, ein paar Pennys in den Becher des Bettlers fallen und geht in die Hocke, um dem Mann ins Gesicht zu sehen.

»Wenn Sie könnten«, sagt er, und in Gedanken ist er wieder bei den zwei Schlangen im Postamt, »wenn Ihnen jemand die Macht dazu verleihen würde, würden Sie den Rauch wegzaubern? Ihn verschwinden lassen? Für immer?«

Der Bettler beäugt ihn, begierig auf eine weitere Münze.

»Sicher«, ruft er aus. »Weg damit! Zur Hölle mit dem Rauch, sag ich.«

»Wirklich? Er würde Ihnen nicht fehlen?«

»Dann eben nich«, rudert der Mann zurück. »Lass alles beim Alten. Is nix Schlechtes dran. Nur die Unterhose scheuert 'n bisschen am Gemächt.«

»Und was halten Sie von den Reichen?«

»Den Reichen?«, fragt der Bettler, jetzt schon verwegener; er findet Gefallen an diesem Spiel. »An den Strick mit ihnen! So hoch, wie's geht.«

»Und die Königin?«

»Och, die mag ich! Hängt sie alle auf, aber erhaltet mir die Königin.«

»Was ist mit der Liebe? Kann sie bestehen? Wahre Liebe, hier in der Niedertracht der Stadt?«

»Na sicher. Hab selbst 'n kleines Mädel. Das drück ich jeden Morgen so fest ans Herz, dass wir schwelen wie glühende Kohlen.«

»Hier«, sagt Thomas und gibt ihm seine restlichen Münzen. »Die haben Sie sich verdient. Sie sind vielleicht der weiseste Mann in ganz London.«

»Bestimmt! Wenn nich sogar im ganzen Empire.«

*

Thomas kehrt am späten Vormittag zurück. Ein schneller Blick und ein Nicken genügen, um Charlie aus seiner Melancholie zu reißen. Der Zeitpunkt ist so gut wie jeder andere: Mrs Grendel ist auf dem Markt und feilscht um Lebensmittel, Sebastian baut an seiner Kanalisation, und Grendel ist beim Pfarrer, um ihm mitzuteilen, dass er ein paar Tage lang nicht zur Arbeit kommt.

Livia beobachtet, wie sie ihre Rollen einnehmen: der Dieb und sein Komplize. Die Zeitungen würden Charlie einen Bauernfänger nennen; jemanden, der selbst einer alten Jungfer den letzten Unterrock vom Leib schwindeln könnte. Das Schöne an Charlie ist, dass er sich seiner Gabe nicht einmal bewusst ist.

Tatsächlich erweist sich ihr Vorhaben als Kinderspiel. Charlie geht einfach in die Küche und setzt sich so an den Tisch, dass Lady Naylors Gesicht vom Flur und der Tür zu ihrem Zimmer abgewandt ist. Ihrer Mutter muss langweilig sein, schießt es Livia durch den Kopf. Es ist sicher nicht leicht, hier festzusitzen, nur in Gesellschaft von ihrer patzigen Tochter und deren Freunden. Sie hätte bestimmt Lust auf ein Bad, einen Spaziergang, einen Ausritt über das Anwesen. Aber Lady Naylor ist jetzt Gefängniswärter.

Und Gefängniswärter lassen ihre Gefangenen nicht allein.

»Sie wissen über Grendel Bescheid«, fängt Charlie an, offen und mit argloser Arglist. »Sebastian sagt, er hat es Ihnen gestern Nacht verraten.«

»Ja, das stimmt. Es hätte mir eigentlich schon früher auffallen müssen, aber ich war mit den Gedanken woanders.«

»Sind Sie denn gar nicht schockiert?«

»Oh, selbstverständlich war ich das! Wer hätte sich so etwas träumen lassen? Obgleich es kein einzigartiges Vorkommnis ist.« Sie schürzt die Lippen und lehnt sich vor, näher an Charlie heran. »Sind Sie jemals in einer Nervenklinik gewesen, Mr Cooper? Einer Heilanstalt für Verrückte? Ich habe vor einigen Jahren eine besichtigt, nachdem mein Mann krank geworden war. Heutzutage sind sie nach dem Pentonville-Modell gebaut. Getrennte Zellen, verteilt auf lange, sternförmig verlaufende Gänge, sodass die Insassen einander nicht mit ihrem Rauch infizieren können. Einmal pro Woche gehen die Pfleger in die Zellen, kratzen den Ruß ab und verkaufen ihn an die Zigarettenfabrikanten. Heimlich natürlich, aber die Eigner wissen Bescheid und bekommen ihren Anteil. Was die Insassen betrifft: Einige sind wie mein Mann. Andere hingegen sind geistig völlig gesund; Verbrecher oder Freidenker. Gentlemen, die ihre Lasterhaftigkeit offen zur Schau gestellt haben. Und wieder andere – nun, es geht schon seit Langem ein Gerücht, ein Tuscheln unter Wissenschaftlern, eine Fußnote im Aufsatz eines Oxford-Professors. Dass es einen Mann gegeben haben soll, einen Insassen, ganz unten im Keller des New Bethlem Hospital, der genau wie Ihr Freund hier war. Eine Laune der Natur. Irgendwann ist er wohl in seiner Zelle gestorben.«

»Warum war er überhaupt eingesperrt?«

»Seien Sie nicht naiv, Mr Cooper. So etwas darf offiziell nicht existieren. Ein tugendhafter Mann ohne Stammbaum. Das ist ungeheuerlich, unmöglich, eine Bedrohung für das Königreich.«

Livia belauscht das Gespräch, während sie draußen auf dem Flur herumlungert, eine Relaisstation zwischen den beiden Jungen. Sie nickt Thomas zu. Der schlendert in das Zimmer ihrer Mutter, leise, ohne Eile, lässt die Tür offen, damit sie ihn im Notfall warnen kann. Livia gibt Charlie ein Zeichen, und der redet schnell weiter.

»Da ist etwas, was ich nicht verstehe, Lady Naylor. Grendel hat doch früher geraucht. Das hat er Livia und Thomas erzählt: dass er als Kind geraucht hat. Was ist mit ihm passiert?«

»Das kann man nicht mit Sicherheit sagen. Eine Stoffwechselstörung vermutlich. Eine Krankheit, die nicht nur die Rauchdrüsen, sondern das gesamte affektive System angreift. Sie muss große Bereiche zerstört haben. Auch jenen, der das Verhalten steuert, das wir Sünde nennen.«

»Wäre das dann nicht die Lösung? Eine Krankheit, die uns zu guten Menschen macht?«

Livia hört, dass die Frage ihre Mutter in Erregung versetzt.

»Das würde nicht funktionieren, Mr Cooper. Die Krankheit ist definitiv nicht ansteckend. Und selbst wenn wir sie irgendwie auf Flaschen ziehen und die Menschen nach Belieben damit infizieren könnten –« Sie unterbricht sich, gewinnt ihre Fassung zurück, beugt sich noch näher zu Charlie. »Lassen Sie mich Ihnen eine Frage stellen: Bewundern Sie Mr Grendel?«

»Nein. Er tut mir leid.«

»Warum?«

Charlie antwortet, ohne zu zögern. »Er hat keine Wahl, er *muss* gut sein.«

»Ganz genau. Stellen Sie sich vor, ein Mann wie Grendel würde Renfrew in die Hände fallen. Wie lange würde es wohl dauern, bis Renfrew davon träumen würde, eine Menschenrasse nach seinem Ebenbild zu erschaffen? Denn danach sehnt er sich doch. Ein Land voller Chorknaben. Voller Automaten. Und er ist ein guter Wissenschaftler, Ihr Dr. Renfrew. Gott allein weiß, was er in seinem Labor alles zusammenbrauen könnte.«

»Renfrew ist tot.«

»Tot? Nein. Ich habe Sebastian gebeten, Erkundigungen einzuholen. Schwer verletzt, heißt es. Niedergestochen und zerfleischt von einem Eindringling. Es kursieren Gerüchte, dass er nur dank ›kontinentaler Medizin‹ gerettet werden konnte.«

»Ich bin froh, dass er am Leben ist.«

Charlie sagt es langsam und nach reiflicher Überlegung, eine Spur von Überraschung in der Stimme. Livia schnürt sich vor Stolz die Kehle zu.

Dann wendet sie sich ab und beobachtet, wie Thomas das Zimmer ihrer Mutter durchsucht.

*

Der Raum ist klein und stickig. Außer dem schweren Bett gibt es nur einen Schrank, eine Waschschüssel und einen Stuhl. Thomas lässt den Blick schweifen. Die Schranktür ist kaputt und steht offen. Dahinter sieht man ausschließlich Kleider; die von Lady Naylor hängen an Haken, die der Grendels sind auf den Schrankboden verbannt. Das Bett ist gemacht. Als Thomas die Hand unter die Decke schiebt, ertastet er ein Negligé. Unter dem Kopfkissen liegt eine silberne Haarbürste, und unter dem Bett steht Lady Naylors Reisekoffer, mit Unterwäsche und einem Band französischer Lyrik. Auf dem Titelbild ist eine nackte Frau abgebildet, die von einem Schwan umarmt wird.

Die Kanalisationspläne sind unter der Matratze versteckt. Thomas faltet sie auseinander, legt einen neben den anderen, holt das Zeichenpapier aus der Hosentasche. Es ist so dünn, dass der Plan durchscheint. Alles abzuzeichnen würde Stunden dauern, aber alles braucht er auch nicht. Er entdeckt eine Linie, die den Fluss markiert, und arbeitet sich von dort aus vor, überträgt zunächst die Haupttunnel des »Ashton«-Plans, danach die Abzweigungen, die nur auf dem mit »Aschenstedt« überschriebenen Entwurf verzeichnet sind, immer hin und her, mit schneller, sicherer Hand, während er mit halbem Ohr dem Gespräch in der Küche lauscht. Als er mit seiner Kopie zufrieden ist und die Pläne zurückgesteckt hat, schaut er zu Livia hinüber. Sie drängt ihn zur Eile. Doch er ist noch nicht fertig. Ihm ist noch etwas anderes ins Auge gefallen: ein Kasten, ziemlich groß, aber so unters Bett geschoben, dass der Umriss mit dem wuchtigen Eichenbein verschmilzt. Thomas legt sich auf den Bauch, stellt sich vor, wie Lady Naylor genau das Gleiche getan haben muss, um ihn dort zu verstauen. Der Kasten ist schwer; Thomas zieht ihn hervor. Lackiertes Holz mit robusten Metallbeschlägen an den Kanten, unverschlossen. Im Inneren ruht eine Flasche in einer mit Satin ausgekleideten Mulde, die exakt ihrer Größe entspricht. Thomas nimmt die Flasche heraus. Sie ist aus getöntem, ungewöhnlich dickem Glas, erstaunlich schwer, eher plump, mit kurzem breitem Hals und etwa zwei Litern Fassungsvermögen. Der tief sitzende Korken ist mit einem Messingring versehen, um das Öffnen zu erleichtern. Thomas hebt die Flasche an und spürt, wie im Inneren etwas Zähflüssiges schwappt. Livia gestikuliert aufgeregt, aber er lässt sich nicht aus der Ruhe bringen, schaut sich um und findet eine Tasse mit eingetrockneten Teeresten. Er braucht beide Hände zum Einschenken. Die Flüssigkeit rinnt nur träge, bis mit einem Mal ein dicker Klecks reinstes Schwarz herausflutscht. Thomas hält die Tasse weit von sich, beobachtet, wie der Klecks am Boden zu kleben scheint, das Zittern seiner Hand aufnimmt und wie geschmolzenes Blei schwerfällig hin und her wabert.

Schnell legt er die Flasche wieder in ihre gepolsterte Vertiefung und schiebt die Kiste zurück unters Bett. Genau in diesem Moment gerät das Gespräch in der Küche ins Stocken. Livia wirft ihm einen warnenden Blick zu und sieht dann wieder zu Charlie hinüber.

Thomas erstarrt und wartet, in der Hand das Destillat aller Finsternis dieser Welt.

*

Livias Mutter schickt sich an aufzustehen. Das darf sie nicht, also hält Charlie sie zurück, mit Worten natürlich, mit einer Wahrheit, zu der er sich vorgetastet hat, das erkennt Livia an seinen blutroten Ohren und der ernsten Miene. Vielleicht ist es eine Antwort an Renfrew, auf das, was er ihm angetan hat, im Namen der Sittlichkeit und der Zukunft des Reichs.

Vielleicht funktioniert es auch bei ihrer Mutter.

»Das Schwierigste …«, fängt er an, seine Stimme eine halbe Oktave höher als sonst, nervös, ein Junge, der sich eine Last von der Seele redet, »das Schwierigste ist, immer Kompromisse schließen zu müssen. Zwischen den Stühlen zu sitzen. Sich weder zu weit auf die eine noch auf die andere Seite lehnen zu dürfen, die Dinge nie zu Ende bringen zu können. Vernünftig zu sein. Langweilig.«

Livias Mutter lacht verächtlich. Aber sie bleibt am Küchentisch.

»Kann es sein, dass Sie ein Feigling sind, Mr Cooper?«

Livia beobachtet, wie Charlie rot wird, Rauch hinunterschluckt. Er spricht jetzt zu ihr, Livia, nur zu ihr. Seine Worte sind leise und klar.

»Womöglich bin ich das. Ein Feigling.«

»Oh, Charlie, offenbar habe ich Sie verärgert.«

»Darum ist es so schwer, in der Mitte zu stehen. Irgendjemand zeigt immer mit dem Finger auf dich und spottet.«

Livias Mutter zuckt mit den Schultern, als würde sie ihm in diesem Punkt recht geben, dann stützt sie das Kinn auf. »Das Problem ist doch, Mr Cooper: Ihre *Kompromisse* sind nichts als der Status quo. Man legt sittsam die Hände in den Schoß. Das wird die Welt nicht verändern. Aber immerhin – Ihren Eltern wäre es nur recht.«

»Wie meinen Sie das?«

»Stellen Sie sich doch nicht dumm, Mr Cooper. Sie entstammen einer der bedeutendsten Familien Englands, oder nicht? Was den Stammbaum anbelangt. Und das Vermögen. Dabei ist ein Großteil dieses Vermögens gar nicht alt. Zwei Generationen, mehr nicht. Aber Geld ist wie eine betagte Jungfer; es schickt sich nicht, nach dem Alter zu fragen. In Wahrheit hat sich das Vermögen Ihrer Familie in weniger als dreißig Jahren verzehnfacht. Und zusammen mit diesem Vermögen ihr Einfluss, ihr Ansehen. Das wirft die Frage auf, wie das vonstattenging.«

Charlie wird plötzlich sehr bleich.

»Das Gleiche hat Renfrew auch gesagt«, flüstert er. »›Fragen Sie sich, woher all das Geld stammt.‹«

»Und, Mr Cooper, haben Sie seinen Rat beherzigt?«

Er zögert. »Ich weiß es wirklich nicht.«

»Raten Sie doch mal.«

Wieder zögert er. Dann hebt er den Blick, zur Wahrheit entschlossen, und es platzt aus ihm heraus: »Bonbons.«

»B&S. Sie sagen es. Anteile an der Fabrik, noch bis vor Kurzem. Eine königliche Lizenz zur Einfuhr der Rohstoffe. Besitztümer in den Kolonien. Importgenehmigungen. Die Spencers haben zwar das Herstellungsmonopol aufgekauft, aber das Geschäft als Ganzes ist viel zu lukrativ, um es einer einzigen Familie zu überlassen. Wussten Sie, dass Ihr Vater gestern im Parlament ein neues Gesetz eingebracht hat? Ein gramgebeugter Mann: Er glaubt, Sie seien tot, und gibt irischen Wanderarbeitern die Schuld, die man mit Julius' Waffe gefunden hat. Die Tory-Presse nennt es den Neuen Isolationismus. Eine Rückkehr zur Reinheit, moralisch wie ethnisch. Alle Ausländer, alle Nonkonformisten raus. Weg mit den Katholiken und Juden. Beschränkt den Handel auf das, was wir selbst aus unseren Kolonien einführen. Keine fremde Sünde mehr! Ein edler Entwurf. Und zufällig sehr vorteilhaft für jene, die eine Importlizenz besitzen. Ihr Vater kann Sie rächen und sich zugleich die Taschen füllen, alles auf einen Streich.«

Sie schweigt einen Moment, und Charlie verbirgt das Gesicht in den Händen.

»Grämen Sie sich nicht, Mr Cooper. Alle großen Familien haben ihre Finger im Spiel. Bei den Bonbons und, im Fall der Waghalsigeren, bei den Zigaretten. Das ist ein System, ein Netzwerk, das Geflecht unseres Landes. Kompromisse werden daran nichts ändern.« Sie erhebt sich. »Es war mir ein Vergnügen, mit Ihnen zu plaudern, Mr Cooper, aber es wird allmählich spät. Mrs Grendel ist bestimmt jeden Augenblick zurück und beansprucht ihre Küche.«

Auf Livias Zeichen hin schlüpft Thomas aus Lady Naylors

Zimmer, gerade noch rechtzeitig, um den Flur durchqueren, an Livia vorbeihuschen und unbemerkt verschwinden zu können.

*

Das Abendessen besteht aus Bratwürsten im Eierteig und Kartoffelpüree; schwere Kost. Sebastian schaut kurz vorbei und überrascht sie mit klebrigem Gebäck, von dem Charlie keinen Bissen hinunterbekommt. Er ist den ganzen Abend über missmutig und unruhig und verbringt eine volle Stunde damit, durch das Schlüsselloch das Kind zu beobachten. Grendel hat ihm ein paar Spielsachen besorgt. Der kleine Junge kauert auf dem Boden und dreht einen Kreisel, hebt ihn irgendwann auf und schmettert ihn gegen die Wand. Es ist unheimlich, diesen Zorn zu sehen, ohne dass Rauch aus seinen Poren quillt.

Später sitzen Charlie, Thomas und Livia im Zimmer der Jungen nebeneinander und versperren mit ihren Rücken die Tür. Eine Teetasse steht vor ihnen, dicht bei ihren Füßen. Über ihre Beine ist ein Blatt Papier gebreitet. Als würden sie eine Bergtour planen, denkt Charlie. Zum dritten Mal schon beugt er sich über den grob gezeichneten Plan, zum dritten Mal gelingt es ihm nicht, ihm irgendeine Bedeutung abzuringen; er sieht nur die Oberfläche, nichts darunter. Krakelige Linien auf fleckigem Papier, angedeutete Abzweigungen, ein paar Kringel, die Kreuzungen markieren. Eine Karte zur Unterwelt. Nur für die Toten entzifferbar.

Und für Thomas.

»Ich glaube, hier muss es sein.« Thomas tippt auf ein paar Rechtecke von der Länge eines Fingers. »Das ist das Einzige, was anders aussieht. Außerdem liegt es abseits vom Rest. Und guckt mal hier, das ist derselbe Ort im Querschnitt. Die Rechtecke scheinen in den Boden eingelassen zu sein.«

»Vielleicht sind es Becken«, schlägt Livia vor. Möglicherweise denkt sie an die Hafenbecken, in denen Moglis Schiff geankert hat.

»Könnte sein.« Thomas deutet auf einen anderen Bereich des Plans. »Das hier ist die Themse. Und das da muss ein Eingang sein. Danach werde ich morgen suchen. Wenn ich den Flussverlauf mit der Karte abgleiche, finde ich hoffentlich die Straße.«

»Und was ist das da?«, fragt Livia und weist mit dem Kinn auf die Tasse.

»Das weißt du doch«, murmelt Thomas. »Ruß. Der Ruß von Mördern. Wie deine Mutter ihn gesammelt hat, als ich ihr das erste Mal begegnet bin. Das Labor war voll davon.«

Er beugt sich vor, aber es widerstrebt ihm offensichtlich, den Klecks zu berühren. Schließlich taucht er den kleinen Finger ein, zieht ihn wieder zurück, hält ihn ans Licht. Die Köpfe zusammengesteckt, starren sie diese Finsternis an. Wie am Tag zuvor holt Livia einen Zigarettenstummel aus der Tasche, wickelt das Papier auf, stochert in der Füllung herum. Es ist, als würde man Straßensplitt mit reinstem Teer vergleichen. Man kann nicht feststellen, ob der Ruß belebt oder träge ist.

»Wie will deine Mutter damit bloß die Welt retten?« Thomas wischt den Finger am Boden ab, fährt mit dem Absatz seines Schuhs darüber, doch der Fleck bleibt.

»Wir könnten sie fragen. Sie unter Druck setzen.«

»Nein, Charlie. Keine Fragen mehr. Keine Lügen. Keine Schwüre ›beim Leben ihres Ehemanns‹. Nur was wir selbst herausfinden, ist verlässlich.«

Weder Livia noch Charlie wollen ihm widersprechen. Stattdessen fragt Livia: »Bewahren wir es auf?«

»Mach du das«, erwidert Thomas. »Ich ertrage den Anblick nicht.«

»Dann brauchen wir ein Gefäß mit Deckel. Ich bitte Grendel um ein Senfglas.«

»Grendel verbringt viel Zeit mit deiner Mutter. Ich habe eben erst gesehen, wie sie miteinander gesprochen haben. Sie spricht. Er hört zu.«

Charlies Stimme ist ausdruckslos, ohne jede Andeutung, aber Livia geht sofort an die Decke.

»Er hilft doch nur Mogli!« Sie scheint noch mehr sagen zu wollen, springt dann jedoch auf und stürmt aus dem Zimmer, die Hände tief in den Taschen vergraben, wie der Straßenjunge, als der sie verkleidet ist.

*

Thomas und Charlie bleiben schweigend zurück, die Beine ausgestreckt. Es ist wie in der Schule, nur dass sie eine schimmelige Wand im Rücken haben und keine kühlen Waschraumfliesen. Es fühlt sich gut an, das Gewicht des Freunds an der Schulter zu spüren. Familiär, vertraut. Charlie sitzt auf der Seite von Thomas' heilem Ohr. In seine Wunde zu flüstern, wäre vielleicht weniger tröstlich.

»Ich habe nachgedacht. Darüber, was Lady Naylor gesagt hat. Sie muss auch an der Zigarettenproduktion beteiligt sein, sonst wüsste sie nicht so gut Bescheid. Dass Irrenhäuser den Fabrikanten ihren Ruß verkaufen.«

»Glaubst du, die Fabrik gehört ihr?«

»Nein. Dann müsste sie sich kein Geld leihen.«

»Also gehört sie den Spencers.«

»Ihnen und ein paar anderen. Zigaretten und Bonbons. Das Fundament des Empire.« Charlie spuckt aus, schmeckt, wie sein Atem sich verfärbt. »Schon sonderbar, dass die Habgier keinen Rauch erzeugt. Das macht unseren Theologen sicher ganz schön zu schaffen.«

Thomas dreht sich zu ihm, legt ihm den Arm um die Schulter.

»Sei nicht so verbittert, Charlie. Das passt nicht zu dir.«

Charlie gibt sich Mühe, doch es fällt ihm schwer. Bisher hatte er nie Anlass, sich für seinen Namen zu schämen.

*

Als sie sich schlafen legen, stellt Thomas ihm noch eine Frage; sanft, in die schmale Lücke zwischen ihren Nachtlagern hinein.

»Hast du mit Livia gesprochen?«

»Noch nicht.«

»Solltest du aber.« Dann: »Sie vermisst dich.«

»Hör auf, Thomas. Ich danke dir, aber hör auf.«

In Thomas' Antwort schwingt ehrliche Verwunderung mit.

»Mensch, Charlie, riechst du denn nicht ihren Rauch? Riechst du nicht, was sie fühlt?«

*

Am nächsten Morgen kommt Sebastian noch vor Sonnenaufgang. Er ist in Eile, legt nicht einmal den Mantel ab. Als Charlie den Flur beim Eingang erreicht, noch ganz zerknittert, nachdem er von Sebastians drängendem Flüstern geweckt wurde, sieht er den Mann mit Grendel reden. Auf ihn einreden, besser gesagt. Er hält seine Handgelenke umfasst und erteilt ihm Anweisungen, dem Tonfall nach zu urteilen, zu leise allerdings, um etwas verstehen zu können. Lady Naylor trägt Sebastians Arzttasche, die so schwer ist, dass ihre hohe Gestalt Schlagseite bekommt. In der Küchentür steht Mrs Grendel. Auch sie ist außer Hörweite, anderthalb Meter von den anderen entfernt. Als sie Charlie entdeckt, winkt sie ihn zu sich.

»Was geht da vor?«, fragt Charlie, nachdem er ihr in die Küche gefolgt ist. Sie wendet ihm den Rücken zu, die Hand in einem Tontopf auf der Anrichte.

»Lady Naylor hat mich losgeschickt, um das hier zu besorgen«, entgegnet sie. »Gestern. Ich musste kilometerweit laufen, bis mich keiner mehr kennt. Damit niemand misstrauisch wird, weil ich von einem Tag auf den anderen reich geworden bin.«

Sie greift nach Charlies Hand und legt einen klebrigen braunen Klumpen hinein. Zucker.

»Na los«, sagt sie. »Du brauchst ein bisschen Fleisch auf den Rippen.«

Er steckt den Brocken in den Mund und überspielt den Schock der Süße, widerlich und feucht, indem er weiterspricht.

»Was sagt Sebastian? Ist etwas schiefgegangen?«

»Weiß nicht«, antwortet sie und stibitzt sich selbst ein wenig Zucker. »Vertrau Grendel.«

Doch während sie mit der Zunge zwischen ihren Zähnen herumpult und die Süße auskostet, fragt sich Charlie, ob er das kann.

*

Sebastian verlässt das Haus bald wieder. Eine Minute später ist Livia an der Eingangstür. Sie schlüpft so schnell hinaus, dass Charlie kaum Zeit bleibt, sich zu wundern. Ein rascher Blick in seine Richtung, bevor die Tür ins Schloss fällt. Eine stumme Frage. Die Andeutung eines Achselzuckens.

Dann ist sie fort.

Bis er sich die Schuhe angezogen hat, ist von ihr keine Spur mehr zu sehen. Die Straße wimmelt vor Fremden, Unrat, Nebelschwaden. Als Charlie ins Zimmer der Jungen zurückkehrt, schläft Thomas noch, rastlos in seinen Träumen.

*

Thomas ist aufgewacht und losgezogen, um den Eingang zur Kanalisation zu finden. Charlie hat angeboten, ihn zu begleiten, aber sie wollen Lady Naylor nicht aus den Augen lassen. Es ist auch besser so: Auf diese Weise hat Charlie Zeit, seinen Mut zusammenzunehmen. Jetzt muss Livia nur früher als sein Freund zurückkommen.

Kurz vor Mittag hört er ihre Schritte auf der Treppe. Auf dieses Geräusch hat er gelauert, und er geht hinaus auf den schmalen Absatz, um sie abzufangen. Es hat geregnet, und sie ist nass; das Haar klebt ihr an Kopf und Wangen, was ihre Ohren riesig wirken lässt, die Ränder zart und blass wie feinstes Porzellan. Die Bergmannsjacke um ihre Schultern sieht viel zu groß aus, so schwer von Wasser und Schmutz. Charlie schaut und schaut. Er will ihr sagen, dass alles vergeben und vergessen ist, dass er ihrem und Thomas' Glück nicht im Weg stehen wird, dass das alles nicht ihre Schuld ist und sie ohnehin Wichtigeres erwartet. Er will sie berühren, ihre Hand halten – wie ein Freund, ein Bruder –, will seinen Kopf an ihre Schulter lehnen.

»Du bist Sebastian gefolgt«, sagt er stattdessen.

»Ja. Ich habe herausgefunden, wo er wohnt. In einem Hotel ganz in der Nähe. Ich dachte, das könnte nützlich sein.«

»Gute Idee.«

Sie erreicht die oberste Stufe, will sich an ihm vorbeischieben. Doch dann bleibt sie stehen, nur Zentimeter von ihm entfernt. Legt den Kopf auf eine eigentümliche Art schief, in einer Mischung aus Sittsamkeit und Stärke. Der Ruß der Stadt hat sich im feinen Flaum ihrer Wangen verfangen.

Ein Bleistiftstrich aus Rauch steigt von Charlie auf, licht und grau. Er ist froh darüber. So weiß sie wenigstens, was in ihm vorgeht.

Sie sieht der Rauchspur nach, weicht nicht zurück; öffnet den Mund, kostet ihn, kostet Charlie; streckt die Hände aus und verflicht ihre Finger mit den seinen.

»Wen von uns liebst du?«

Seine Frage entlockt ihr ein Lächeln. Was hätte Thomas an

seiner Stelle gesagt? Aber das ist es ja: Thomas hätte nicht gefragt.

»Dich«, sagt sie. »Ihn. Euch beide.«

»Ja. Nur liebst du ihn wie eine Braut. Und mich wie eine Schwes–«

Sie unterbricht ihn mit geröteten Wangen, ungehalten, dass er sie über ihre Gefühle belehren will. »So einfach ist das nicht.« Sie schnaubt, macht einen Schritt auf ihn zu, küsst ihn. »Siehst du! Ich habe gelernt zu rauchen.«

Es ist ein flüchtiger Kuss, oder eher ein Biss, ein Zupfen: seine Lippen zwischen ihren, für einen Atemzug gefangen. Ein Austausch von Rauch, von Gefühlen – Hunger, Verwirrung, Triumph, Angst –, von Haut zu Haut, Lunge zu Lunge. Dann drängt Livia sich an ihm vorbei und öffnet die Tür.

Dahinter steht ein verlegener Grendel, mit Moglis Haferbrei auf einem Tablett.

*

Charlie beobachtet durchs Schlüsselloch, wie Grendel den Jungen füttert. Das Kind hält den Löffel nicht selbst, sitzt jedoch mit offenem Mund da und erlaubt Grendel, ihm einen Happs nach dem anderen hineinzuschieben; kaut langsam und seufzt, allem überdrüssig, die Augen zusammengekniffen und kalt. Als die Schüssel fast leer ist, behält der Junge einen Klecks auf der Zunge, beugt sich plötzlich vor und spuckt ihn Grendel vor die Füße. Er tut es mit Absicht, um ihn auf die Probe zu stellen: das dunkle Gesicht dreist, der Körper angespannt, bereit zur Flucht. Grendel kniet nieder, wischt den Brei auf, bietet dem Jungen noch einen Löffel an. Doch der hat sich schon in eine Ecke verzogen und in seine Decken gewickelt. Als Grendel sich zum Gehen wendet, schaut der Junge ihm nach. Ein eigenartiger Blick. Argwohn vermischt mit langsam erwachendem Zutrauen. Charlie richtet sich auf, als Grendel die Tür öffnet.

»Kann ich zu ihm?«, fragt er.

Grendel schüttelt den Kopf. »Mr Sebastian wünscht es nicht.«

»Warum gehorchen Sie ihm?«

»Der Junge ist verängstigt. Sie sind ein guter Mensch, aber Sie würden ihm noch mehr Angst machen. Bei mir weiß er, dass ich nicht rauche. Selbst wenn er mich beißt. Er spürt, dass ich harmlos bin. Durch und durch.«

Charlie versteht, was Grendel meint. Er strahlt etwas aus. Heiligkeit. Einen Mangel. Ein Mensch, dem Sünde fremd ist.

»Dann hat Livia recht. Sie sind ein Engel.«

Grendel zögert. »Ich fürchte, ich bin einer von denen, die vor der Himmelspforte standen und nach unten geblickt haben. Vom eigenen Sturz geträumt haben.«

*

Thomas kehrt erst spät zurück und berichtet von seinem Tag. Den Eingang zur Kanalisation zu finden, war schwieriger als gedacht, die selbst gezeichnete Karte des Untergrunds unmöglich mit den Straßen der Stadt in Einklang zu bringen. Am Ende stieß er zufällig auf einen Ingenieur in einer Firmendroschke von Taylor, Ashton and Sons und folgte ihm bis zu einer Baustelle. Er konnte ein paar Hundert Meter in die Kanalisation vordringen, ehe ihn ein Vorarbeiter ertappte und wieder hinauswarf. In dem Labyrinth aus Tunneln hatte er eine mechanische Pumpe entdeckt, groß wie ein Haus, die Wasser in ein riesiges Bohrloch beförderte. Doch er war nicht einmal in die Nähe der riesigen Becken gelangt, die auf seiner Karte als blasse Rechtecke markiert sind.

»Uns läuft die Zeit davon«, sagt er immer wieder. »Es ist jetzt achtundvierzig Stunden her, dass sie Mogli infiziert haben.

Noch ein Tag, dann setzt die Verwandlung ein. Vorher müssen wir rausfinden, was sie vorhaben.«

»Dann gehen wir heute Nacht«, schlägt Charlie vor. »Wir sollten ihn mitnehmen. Falls wir nicht mehr zurückkommen wollen.«

Thomas und Livia stimmen rasch zu. Sie alle sind das Warten leid. Schon wegen dieses Gefühls könnte man eine Revolution anzetteln oder sie vereiteln, schießt es Charlie durch den Kopf, aus reinem Tatendrang, diesem Hunger nach Bewegung.

»Mogli ist eingesperrt«, gibt Livia zu Bedenken. »Aber Grendel hat den Schlüssel. Ich rede mit ihm.«

An diesem Abend ist es leicht, ihn allein zu erwischen: Lady Naylor scheint sehr beschäftigt und kommt nur selten aus ihrem Zimmer. Livia und Grendel sprechen flüsternd, vertraulich, am Ende des Flurs; Livia hält die Hand ihres Heiligen. Er lächelt nervös, und sein Gesicht ist so sanft und errötet so schnell, dass sie nur an der Haltung von Livias Kinn die Dringlichkeit ihrer Worte ablesen können.

»Hilft er uns?«, fragt Thomas geradeheraus, als sie fertig sind.

»Natürlich!«

»Und er wird uns nicht –«

»Er hat mir sein Wort gegeben«, blafft sie, rauscht davon und lässt die Jungen in einer Rauchschwade zurück. Sie schnuppern daran wie liebestolle Welpen.

»Wütend«, stellt Thomas fest.

»Aber es steht ihr gut.«

Und für einen Moment vergessen sie beinahe, dass sie ein Duell um die Gunst ihres Herzens ausfechten müssen.

*

Sie wollen früh in der Nacht aufbrechen, doch in den Tiefen der Wohnung hören sie Lady Naylor rastlos auf und ab laufen. Also warten sie, bis der Mond verschwunden ist und der Regen die

Nacht noch schwärzer gefärbt hat. Ihr Plan ist eine Art Kompromiss zwischen Livias Vertrauen und dem Argwohn der Jungen. Thomas wird sich in das Schlafzimmer der Grendels schleichen und sehen, ob er den Schlüssel zur Zelle des Jungen findet. Andernfalls wird Livia ihren Gastgeber wecken und ihn an sein Versprechen erinnern.

»Er wird uns ganz sicher helfen.«

Aber am Ende ist es nicht nötig, Grendel wach zu rütteln. Als sie in den Flur treten, entdecken sie den Schatten seiner Frau, die allein vor der noch schwach glimmenden Feuerstelle in der Küche sitzt. Nicht zum ersten Mal fällt Charlie auf, dass sie ihren Vornamen gar nicht kennen. Sie bleibt eine Fremde für sie. Hastig huschen sie hinüber, bestürmen sie flüsternd.

»Leise. Nicht erschrecken!«

Und: »Wir wollen mit Grendel reden. Er muss die Tür des Jungen aufsperren.«

Die Frau des Engels mustert sie mit steinerner Miene, erspäht Livias Gestalt, kleiner als die der Jungen, das Gesicht von hellem Haar umrahmt.

»Ich weiß. Er hat mir erzählt, dass Sie ihn darum gebeten haben. Er hat mir alles erzählt.« Die Frau steht auf, drängt sich zwischen ihnen hindurch, zieht etwas aus der Rocktasche. »Sie brauchen ihn nicht zu wecken. Ich habe den Schlüssel.«

Die Tür knarrt, als Mrs Grendel sie für sie öffnet. Charlie fährt zusammen, doch in Lady Naylors Zimmer gegenüber bleibt alles ruhig.

»Schnell«, sagt Thomas. »Das Kind darf nicht schreien.«

Sie stürzen ins Dunkel, finden die Decken, das Bett. Hinter ihnen fällt die Tür ins Schloss, der Riegel schnappt zu.

»Tut mir leid«, hören sie Mrs Grendels Stimme, dumpf durch das dicke Holz. »Er hat gesagt, Sie dürfen ihnen nicht folgen. Sie sind bald zurück.«

Das Zimmer um sie herum ist leer, das Kind längst fort.

# CÄSAR

Sie fangen Nótt. Das passiert vor Mutter, aber nach Sebastian. Ich habe Schwierigkeiten mit den Worten, mit der Zeit. Ich bin jetzt anders, verwandelt. Ein Bussard, der sich auf den Aufwinden des Rauchs emporschwingt. Die Knochen hohl, der Körper eine leere Hülse, neu besiedelt. Ich, der dunkle Zwilling meines früheren Ichs, Frucht meiner eigenen Leber. Ich bin mir selbst Vater und Mutter, Renfrew ist meine Hebamme, die Maske meine Taufe und meine Letzte Ölung. Kinder weichen ängstlich zurück, wenn ich vorübergehe.

Sie nehmen Nótt mit. Ein Mann mit Schlagstock bricht ihr die Beine. Sie binden ihr ein Seil um den Hals und schleifen sie hinter sich her. Ihr Kiefer schnappt, ein Winseln dringt aus ihrer Kehle, kein Bellen. Ich sehe zu und tue nichts. Es ist nicht wichtig. Nótt ist Vergangenheit, meine Jugend, meine Entstehung. Ich habe sie auf den Rauch abgerichtet. Heute ist meine eigene Nase besser als ihre. Ich kann jemandes Bedürfnisse über die Kälte eines großen Platzes hinweg riechen, Aromen zuordnen, jeden Drang einschätzen: wie ein Taxonom. Aber am liebsten trete ich ganz nah heran, atme Menschen ein wie Blumen. Hunde, die einander am Hintern schnüffeln. Mittlerweile kann ich das nachvollziehen. Das Bouquet der Sünde. Füll es in Flaschen, und es macht dich reich.

Andererseits bin ich schon reich.

London ist ein Meer aus Rauch. Menschen treiben darauf

wie Auswurf: vollgesogen, hilflos, halb gewahr, dass andere in den strudelnden Tiefen unter ihnen kreisen. Ich bin hergekommen und kopfüber hineingesprungen, habe mich diesem Rhythmus ausgeliefert, den Stürmen und Gezeiten, dem Sog und den Wogen. Kalt, üppig, salzig. Bin abgetaucht und habe alles verschlungen. Kein Essen natürlich. Was ich gegessen habe, weiß ich nicht mehr. Abfälle, wildes Getier, das durch die Gassen wimmelte, Hände voll altem, verkrustetem Ruß. Mein Kopf ist wirr dieser Tage, mein Magen ein einziger Knoten. Meine Kleider hängen mir in Fetzen vom Leib.

So verbringe ich die Stunden. Ich laufe durch die Straßen. Stehe mit offenem Mund im dichtesten Verkehr, sauge jede Strömung ein, rülpse sie wieder aus. Rauch, der durch den Filter meines Körpers fließt. Ärger wird zu Wut, trunkene Freude zu Übermut, Ungestüm zu verletztem Stolz: hinter mir ein dunkler Mahlstrom, der andere von ihrem Kurs reißt. Wirbel der Verderbtheit. Ich bin der Sklave des Rauchs und zugleich sein Herr. Dümple dahin wie Treibgut, aber beherrsche Ebbe und Flut. *Dialektik.* Ein deutscher Philosoph namens Hegel. Ich bin meine eigene *Aufhebung*; eine neue, höhere Version meiner selbst. Ich bin das Ende der Geschichte. Ich habe mit einer Bande Kinderdiebe in Hampstead gewürfelt, mit einem Bettler in einem Graben in Covent Garden gerungen und ihm die Nase abgebissen, mit einem Irren aus Palästina Polka getanzt, ihm die Haare gelaust und die Visage zertreten. Ich bin ein Blutegel, ein Hund, ein Sperling. Ich bin eine Muräne. Ich bin, ich bin, ich bin. Ich habe Schwierigkeiten mit den Worten, mit der Zeit, mit der Reihenfolge.

Der Reihe nach!

Zuerst. Zuerst bin ich nach London gekommen. Bin seiner Spur gefolgt: Charlie Cooper. Nótt und ich, Seite an Seite, meist auf den Knien, meine Nase an ihrer Schnauze, die Hände im Dreck. Wir haben sie verloren, beide. Er raucht zu wenig, und da waren zu viele andere, die seine Spur überdeckt haben. Sirenengesang überall in der Stadt; er lockt mich wie die Motte zum Licht. Ein Gästehaus in Clapham. Eine Opiumhöhle in Limehouse. Eine Mutter, die ihre Totgeburt umklammert, allein unter einer Brücke. Zerstreuungen. Das bin ich: ein Junge in einem Süßigkeitenladen, der mit verbundenen Augen versucht, eine einzelne Pfeffernuss zu erschnuppern.

Dann: eine Fährte. Nein, nicht von ihm, dem ich gefolgt bin. Von dem *anderen*. Meinem Cousin, meinem Doppelgänger. Wie anders sein Rauch mir jetzt in der Nase kitzelt! Wo ich einst Rivalität witterte, rieche ich Verheißung, wo ich Hass sah, erkenne ich Verwandtschaft. Doch wie schwach er ist, dieser Rauchfetzen, verwässert von Zweifel und Mäßigung; wie weit entfernt von dem Augenblick, als wir uns im Ring gegenüberstanden und zur Seele des anderen durchschlugen. Ich will ihn finden, ihm seine wahre Natur vor Augen führen. Ihn schmecken, besitzen, unter seine Haut kriechen. Ingestion, Osmose. Kannibalismus. Fleisch von meinem Fleisch, Rauch von meinem Rauch. In Schmerz und Wut werden wir eins.

Aber der Reihe nach! Die Welt der Menschen hat eine Reihenfolge. Ursache und Wirkung. Die Welt des Rauchs ist anders. Noumenon: das Ding an sich. Kant? Käse! Ich bin die Inkarnation des Rauchs. Ich bin sein Prophet, sein Priester, sein Mönch. Ich bin –

Der Reihe nach!

Zuerst. Zuerst komme ich nach London. Dann kommt die Fährte. Zu schwach, um ihr zu folgen. Verfolge sie, verliere sie. Eine Kirche, der Fluss, Zerstreuungen.

Dann – Sebastian. Ich weiß noch, wo er wohnt. Es ist, als würde man aus der Tiefe des Ozeans an die Oberfläche steigen. Menschliche Fertigkeiten kehren zurück. Planen. Sich erinnern. In Wörtern denken, in Sätzen. Alles gegen meine neu entdeckte Natur: mein Mund auf Höhe der Wasserlinie, Herz, Lunge und

Leber in den Wellen. Leviathan kreist um meine Füße. Das Regency. Ein Hotel für Gentlemen, mit Portiers. Genehmigte Bonbons im Mund. Die Uniformen von Londons Ruß befleckt. Zimmer 14. Sebastian, Ashton, Aschenstedt. Rauch, Ruß und Asche.

Es brennt kein Licht in seinem Zimmer, nichts bewegt sich hinter dem Fenster. Es ist mir gleich; ich warte. Die Dunkelheit bricht herein. Sebastian kommt. *Sein* Rauch hat ihn berührt, ist in seine Kleider gedrungen. Nur ein Hauch. Ich könnte ihn aufhalten, ihn zum Reden bringen. Doch es ist besser zu warten, bis er mich zu *ihm* führt. Sebastian geht nach oben und macht Licht. Man kann es vom Platz aus sehen. So merke ich, dass es noch andere Beobachter gibt. Erst zwei, dann mehr Köpfe, die sich zum Fenster heben. Männer mit langen Mänteln und Knüppeln am Gürtel. Einer an jedem Zugang zum Platz. Sie entdecken uns, kurz nachdem ich sie entdeckt habe. Vielleicht haben sie eine Beschreibung: Renfrews Mörder, gerichtlich gesucht. Ein Gentleman und sein Spürhund. Sie fangen Nótt, nicht mich. Sie sehen mich, aber sie zögern, erlauben mir zu entwischen. Furcht. Ich wittere sie und husche davon, verfolge über die Schultern des Pulks hinweg, was passiert.

Nótt macht es ihnen leicht. Seit Renfrew ist sie nicht mehr dieselbe, krank. Mein Geruch hat sich verändert. Sie beschnüffelt mich mit Argwohn, traut ihrem eigenen Herrchen nicht mehr. Hält Abstand, immer ein paar Schritte hinter mir. Ein abgelegter Schatten, der einer geliebten Erinnerung nachläuft. Den Kopf gesenkt, den Schwanz eingezogen, verlassen. Ich hätte sie schon früher loswerden sollen. Aber es ist schwer, sich alter Gewohnheiten zu entledigen.

Vier sind nötig, um sie zu umzingeln, mit gespreizten Armen wie Ringkämpfer. Sofort bildet sich eine begierig glotzende Menschentraube. Sie trennt mich vom Geschehen. Ich beobachte aus der Ferne. Der mit dem Knüppel verströmt ein gewisses Aroma. Er müsste ihr die Beine nicht brechen, doch er tut es. Rauch steigt von seinen rasierten Wangen auf, als würde er erröten und die Färbung Feuer fangen. Er ist blond und schmächtig, aber der Zug um seine Mundwinkel erinnert mich an Mr Price. Ein vielversprechender Mann, der Befehlshaber seines Schlägertrupps. Sie zerren Nótt in eine Droschke. Einer fährt mit, die anderen nehmen ihre Posten wieder ein. Geduldig, gespannt, die Augen auf das Fenster im zweiten Stock geheftet. Ich halte mich bedeckt, kauere am Eingang einer dunklen Gasse.

Wir warten.

Sebastian verlässt das Hotel noch vor dem Morgengrauen. Alle laufen ihm hinterher, über die Länge der gesamten Straße verteilt. Ich bilde die Nachhut. Mir ist klar, dass er sie bemerkt hat: Er zieht einen Rauchfaden hinter sich her, Angst und Trotz, zu schwach, um ihn zu sehen, ein Leuchtfeuer für meine Nase. Wie leicht er uns allen entwischt. Er geht zur Arbeit, eine Schultertasche in der Hand. Die Kanalisation. Ich habe dafür bezahlt, die Pläne studiert. Ein Wachhäuschen neben einem Loch in der Wand. Es verschluckt ihn. Der Wachmann weist die Verfolger ab.

Das ist nicht der einzige Zugang. Ich brauche eine Weile, bis ich einen finde, der nicht bewacht wird; mein Geist folgt den ordentlichen Linien in meiner Erinnerung. Im Untergrund entdecke ich, was er gebaut hat. Eisenstäbe gebieten mir Einhalt. Ich schlüpfe hindurch. Mutter hat mich angelogen. Eine gute Geldanlage, hat sie gesagt, so etwas wie ein Weinberg kurz vor der Lese. Ein Bergwerk, eine Ölquelle. Ein Drecksloch! Die nächste Lüge. Der nächste Verrat.

Wie viele gab es wohl?

Wut überkommt mich, schürt den Wahnsinn. Ich lasse die Worte hinter mir. Daniel und Stephen aus Donegal gehen an meiner Seite, Renfrew in ihrer Mitte. Mr Price leuchtet uns den Weg. Grüne Fliesen, Caracalla. Ein Raum außerhalb physikalischer Gesetzmäßigkeiten. Das Licht ist hier ohne Flamme. Vergangenheit wird Gegenwart. Ich bade, ich schwelge. Mein Bauch ist zum Bersten voll, doch meine Glieder sind schwach.

Der Reihe nach!

*Er* bringt mich zurück. Ich erhasche seinen Geruch. Die Belüftung trägt ihn zu mir, ruft mich wieder in die Welt der Vernunft. *Er* ist hier. Nicht in der Nähe, nicht in diesem Raum, aber in einem weit entfernten Tunnel, oben, wo die Kanalisation auf die Stadt trifft. Das lockt mich zurück; ein langer Anstieg. Mein Cousin, mein Spiegelbild, meine Braut. Bluthochzeit. Zusammen werden wir zweimal ich sein.

Ich krabbele auf allen vieren hinaus. Draußen Dunkelheit, die Sonne längst versunken. Bettler verspotten mich, verbergen jedoch das Gesicht, als ich vorüberlaufe. Die Fährte ist frisch; ein süßer Duft voll Mut, Verlangen, Zweifel. Sein Ziel: ein halb verkohltes Haus. Ruß mit Ruß vermischt. Ich blicke die Treppe hinauf. *Er* ist darin.

Und Mutter.

Ihr Rauch hat ein ganz eigenes Aroma, süß und sirupartig, wie die Pisse eines Kranken. Das Werk des Barons. Er hat sie aufgeschnitten; Mutter hat mir die Narbe gezeigt. Meine Finger unter ihrem Mieder. Verführung: ihre Art, mich daran zu erinnern, dass ich aus ihrem Schoß stamme. Sie hat mich verraten, benutzt, mir das Leben geschenkt. Ich hasse sie, ich liebe sie. Binsenweisheiten; der Sohn jeder Mutter. Ich wurde neu geboren, neu erschaffen, eine Ausgeburt ihrer finsteren Träume. Ich bin meine eigene Entstehung. Ich bin das Alpha und das Omega. Ich bin … Ich bin noch nicht bereit für sie.

Ich warte. Das Haus zieht mich an und stößt mich ab. Ich kauere unten im Torweg. Sie sind alle dort. *Er*. Charlie. Livia. Halbschwester, Kaiserin für einen Tag. *Er* will sie. Sie will –

Mutter.

Ich habe Angst vor ihr.

Aber ich habe Mr Price erschossen. Vaterfigur; ein Loch, wo mein Herz sein sollte. Ich könnte sie aus hundert Metern Entfernung töten. Ein kurzes Fingerzucken, ohne ihr in die Augen zu sehen. Einhundert Meter. Doch das Gewehr haben die Iren.

Ich kauere im Torweg, schaue zu, wie in der Gasse gegenüber eine Nutte ihre Kunden bedient. Die Männer rauchen. Sie nicht. Nur beim letzten greift es auf sie über, verwandelt seine Lust in ihren Zorn, fahles silbriges Grün. Alchemie. Wie eine Gans, die Gras frisst und Gold scheißt. Sie lässt die Röcke fallen und rennt davon. Der Mond geht auf und verschwindet hinter den Wolken. Es regnet. Ich strecke die Zunge hinaus. Jeder Tropfen ist mit Ruß durchsetzt. Sandkörner in Austern. Perlen für eine Sau.

Zeit.

Ich habe Schwierigkeiten mit der Zeit. Die halbe Nacht in einem Wimpernschlag verstrichen. Dann öffnet sich die Tür oben, und ich verstecke mich. Mutter durchquert den Hof. Hinter ihr ein Mann, ein Gräuel, mit einem Jungen im Arm, einem Krüppel, einer Leerstelle. Zwei Risse im Gewebe des Rauchs. Mein Blut bildet Runzeln. Runzeln, ganz recht: nicht die Haut, sondern das Blut, ein in Eiswasser getauchter Hoden. Sie haben es eilig, Mutter und Mann, laufen schnell durch den Regen. Ich weiß, wohin sie wollen. Mutter. Ich habe Mr Price erschossen. Wenn ich doch nur das Gewehr hätte.

Aber zuerst: hinein. Zu *ihm*. Rauch wallt auf, verzehrt mich. Wut. Sehnsucht. Zeit. Ich habe Schwierigkeiten mit der Zeit. Eine Minute, eine Stunde, nur um den ersten Schritt zu tun. Meinen Rauch an die Leine zu nehmen. Ein Spiel, machen wir ein Spiel daraus! Kosten wir es aus. Ein Sommelier. Wein schmeckt bitter unter der Zunge.

Oben an der Treppe: ein Fädchen *seines* Rauchs. Alt, festgetrocknet zwischen den Ziegeln. Ich lege die Lippen darauf. Kuss oder Speisung? Ein Schimmelflor wächst von unten an der Wand hinauf. Schimmel und Ruß. Die Blumen Londons. Sie sollten sie ins Stadtwappen aufnehmen. Die Tür vor mir ist verschlossen. Ich stehe davor und schnüffle. Zeit? Ich habe Schwierigkeiten mit der Zeit.

Der Reihe nach!

Wer bin ich? Lord Spencer? Julius? Cäsar. *Et tu*. Vorher (vor Nótt, nach London; *vorher*) habe ich eine Kirche betreten. *Er* war dort gewesen. Eine Spur von ihm auf den Stufen beim Portal. Der Mann in der Kirche hat sich bekreuzigt. Streng anglikanisch; ein Beichtstuhl wie ein Sarg, der Pfarrer zusammengesackt auf dem Sitz. Die Hast betrunkener Finger. Stirn, Wanst, beide Seiten der Brust. Ich musste kichern. Der Teufel also? Der Teufel ist ein Schuljunge. Ich starre meine Hände an. Meine Haut ist grau geworden, wie Asche.

Eine Aschefaust.

Sie klopft sanft an die Tür.

V

# OBEN UND UNTEN

*Stell dir vor, du wärst es, der den Bau des menschlichen Schicksals errichtet, mit dem Ziel, die Menschen im Finale glücklich zu machen, ihnen endlich Ruhe und Frieden zu schenken, aber mit der unerläßlichen, unvermeidlichen Bedingung, auch nur ein einziges, winziges Wesen zu Tode zu martern […] und auf dessen unvergoltenen Tränchen die Fundamente des Gebäudes zu gründen – würdest du einwilligen, unter dieser Bedingung der Architekt zu sein, sprich und lüge nicht!*

FJODOR DOSTOJEWSKIJ, *DIE BRÜDER KARAMASOW* (1880)

*Für einen Kammerdiener gibt es keinen Helden […], nicht aber darum, weil dieser kein Held, sondern weil jener der Kammerdiener ist.*

GEORG WILHELM FRIEDRICH HEGEL, *VORLESUNGEN ÜBER DIE PHILOSOPHIE DER GESCHICHTE* (1837)

# DÄMONEN

»Bitte, Mrs Grendel! Sie müssen uns sofort rauslassen. Sie dürfen uns hier nicht festhalten. Es ist wichtig, dass wir sie einholen. Der Junge ist in Gefahr. Bitte. Sie müssen!«

Livia lauscht ihren eigenen Worten und runzelt die Stirn.

*Wir reden mit Mrs Grendel, als wäre sie dumm.*

Mrs Grendel ist alles andere als dumm. Tatsächlich ist ihre Sicht der aktuellen Lage außerordentlich klar. Sie erzählt ihnen, dass Sebastian, als er am Vorabend in sein Hotel zurückkehrte, einen Mann in der Empfangshalle bemerkt habe. Der Mann tat so, als würde er Zeitung lesen, beobachtete aber mit ungewöhnlichem Interesse, wie Sebastian die Treppe zu seinem Zimmer hinaufstieg. Als dieser einige Stunden später unter dem Vorwand, nach der Post zu fragen, wieder zum Empfang kam, sei der Mann immer noch da gewesen und habe immer noch in derselben Zeitung gelesen. Daraus habe Sebastian geschlossen, dass er entdeckt worden sei und observiert werde. Und wirklich wurde er verfolgt, als er frühmorgens seine Unterkunft verließ, doch indem er die Kanalisation als Abkürzung benutzte, konnte er seine Verfolger abschütteln. Er lief hierher, informierte Lady Naylor, dachte kurz darüber nach, »unterzutauchen«, entschied dann aber, ins Hotel zurückzugehen. Solange er überwacht werde, so seine Argumentation, seien die Kräfte der Behörden gebunden und man werde keine zu offensichtliche Durchsuchung der Kanalisation wagen. Die Verantwortung für die von ihm scherzhaft (nach Mrs Grendels Meinung: kindisch) als »die Operation« bezeichnete Unternehmung übertrug er Lady Naylor. Diese wiederum beschloss, nicht länger zu warten, und brach vor einer Stunde zusammen mit Grendel auf. All das sei Mrs Grendel von ihrem Mann an ebendiesem Abend berichtet worden, ganz so, wie sie es ihnen nun weitererzähle. Mr Grendel hat Mrs Grendel anscheinend nicht nach ihrer eigenen Meinung in der Angelegenheit gefragt.

»Aber wo haben sie Mogli hingebracht? Es ist noch zu früh«, sagt Charlie. »Lady Naylor hat gesagt, dass es zweiundsiebzig Stunden dauert. Jetzt sind gerade einmal fünfzig vergangen.«

Die Stimme hinter der Tür lässt sich von seinen Überlegungen nicht beeindrucken.

»Davon weiß ich nichts. Vielleicht hat sie gelogen. Das soll vorkommen.«

Livia ist sich bewusst, dass Thomas nur mit halbem Ohr zuhört. Anders als Charlie und sie selbst traut er Worten nicht. Stattdessen sucht er eilig das Zimmer ab. Zuallererst entdeckt er eine Kerze und eine Schachtel Streichhölzer, hoch oben auf einem Regal. Nachdem er die Kerze angezündet hat, wendet er sich dem Fenster zu, findet es fachkundig zugenagelt. Sebastian Aschenstedt, der Ingenieur: gründlich. Nicht weit vom Bett entfernt steht die Arzttasche. Livia erinnert sich, wie Sebastian sie ihrer Mutter bei seinem letzten Besuch gereicht hat. Die Tasche wurde durchwühlt, die wenigen verbliebenen Instrumente sind über den Boden verstreut. Spritzen und kleine Glasphiolen, mit Zinnfolie verschlossen. Die runde Dose, mit deren Inhalt Sebastian das Kind infiziert hat, die für den Rest der Welt jedoch aussieht wie eine Dose Schuhcreme mit einem Einstichloch in der Mitte. Thomas schraubt sie auf. Sie ist mit öligen Bröseln aus bräunlichem Ruß verkrustet. Ganz in seiner Nähe, an einem Nagel in der Wand, hängt wie ein abgelegtes Gesicht Moglis Maske. Das ist alles; Thomas' Bestandsaufnahme ist abgeschlossen. Nichts in diesem Zimmer kann ihnen zur Flucht verhelfen.

Livia richtet ihre Aufmerksamkeit wieder auf die Tür.

»Sie tun es nur wegen des Geldes«, ruft sie, ihr Atem schwarz vor Verachtung. »Sie sind eine gierige, verschrumpelte Frau, die bloß an sich selbst denkt.«

Stille folgt ihren Worten. Aber Mrs Grendel ist noch da. Livia sieht den Schatten ihrer Füße durch den Türspalt.

»Du warst nie arm, Liebes«, sagt sie ohne Groll. »Außerdem hat Tobias mich darum *gebeten*. Er hat mich noch nie um etwas gebeten, nicht ein einziges Mal in all den Jahren. Bis heute. ›Sorg dafür, dass sie hierbleiben‹, hat er gesagt. ›Die Lady wünscht es. Sperr sie ein, wenn's sein muss. Sie sind doch noch Kinder. Pass auf sie auf.‹«

»Das war Grendels Idee?« Livia kann den Schmerz in ihrer Stimme nicht verbergen. »Das glaube ich nicht! Grendel hat unter Zwang gehandelt. Mutter hat ihn genötigt, sie zu begleiten.«

Erneut ist die Antwort vernichtend sachlich.

»Lady Naylor braucht ihn, um das Kind zu beruhigen. Der Junge vertraut ihm, nicht wahr? Raucht nicht, das arme Würmchen, obwohl er ein kleiner Frechdachs ist.«

In ihrem letzten Satz schwingt so etwas wie Hoffnung mit. Was hatte Grendel zu Livia gesagt? *Wir konnten selbst keine bekommen.*

»Er hat ein Geschäft mit ihr ausgehandelt«, begreift sie endlich. »Er will Mogli. Aber das ist unmöglich. Grendel hat versprochen, mir zu helfen. Und er kann nicht lügen.«

»Nicht?« Mrs Grendel schnaubt. »Lügen sind nur Worte, und reden kann er gut. Was er nicht kann, ist hassen. Und seine Liebe kennt Grenzen.«

Kaum hat sie den Satz beendet, will Thomas die Tür aufbrechen. Zuerst mit einem Tritt neben das Schloss. Dann wirft er sich wütend gegen das Holz. Sein feiner Rauchdunst wird dunkler, als der Erfolg ausbleibt. Schließlich versuchen Thomas und Charlie es gemeinsam. Die Tür bewegt sich keinen Millimeter. Auf der anderen Seite hören sie, wie Mrs Grendel sich mit schnellen, entrüsteten Schritten entfernt.

*

Die beiden Jungen sitzen niedergeschlagen auf dem Boden und reiben sich die Schultern. Livia schaut von einem zum anderen, von Charlies schmalem, ehrlichem Läufergesicht zu Thomas' derberem, wildem, wutverzerrtem. Sie stellt sich vor, wie sie zu den beiden hinübergeht und sich in die Lücke zwischen ihren Hüften drängt. Gleich neben ihnen schielt die Atemmaske anzüglich von ihrem Nagel herab. Die handtellergroßen Augen spiegeln und verdoppeln sie.

Dann: ein Klopfen an der Eingangstür. Fünf sachte Schläge, so leise, dass Livia sie fast überhört. Ein Freund, der zu Besuch kommt. Schritte aus der Küche.

»Na bitte! Sie sind schon wieder da.«

Mrs Grendel klingt zufrieden mit dem Verlauf der Dinge. Es ist das erste Anzeichen, dass ihr die Situation Unbehagen bereitet.

Sie hören, wie sie die Tür öffnet. Vernehmen die Andeutung eines überraschten Aufschreis oder vielleicht den Beginn einer Frage, die unterbrochen wird, noch bevor sie formuliert werden kann. Den Klang zweier Fußpaare, sehr nah beieinander, gespenstisch synchron wie die zweier Tänzer. Vor ihrer Tür halten die Schritte inne, und ein neues Geräusch dringt an ihr Ohr: ein schnüffelndes Tier, auf Höhe ihrer Köpfe. Durch den Türschlitz kriecht ein Rauchschleier, dunkel und tentakelartig, beschmutzt den Boden. Charlie reagiert zuerst, springt auf, zieht Thomas und Livia mit sich.

»Es ist Julius.«

Erneut Schritte, noch immer im Tanz verbunden. Und als sie die Küche erreichen, ein Schrei, der reine Klang der Panik, eine Stimme, so losgelöst von ihrem sonstigen Gebrauch, dass Livia sie erst einen Herzschlag später erkennt. Mrs Grendel. Thomas wirft sich wieder gegen die Tür, hämmert auf das Holz ein. Den zweiten Schrei kann er dadurch nicht übertönen. Genauso wenig wie durch sein Brüllen.

»Julius!«, schreit er. »Julius Spencer. Was tust du ihr an?«

Neben ihm steht Charlie, das Gesicht kreidebleich.

»Julius hat sich verändert«, sagt er.

Diese Worte, exakt dieselben Worte, hat er schon einmal verwendet, als er von den Vorkommnissen in Renfrews Haus berichtet hat. Erst jetzt begreift Livia allmählich, was er damit meint.

Dann spüren sie wieder seine Anwesenheit. Eine Stimme: Julius' Stimme, aber auch nicht. Sie spricht nicht mit ihnen allen, sondern nur mit Thomas. Als könnte er ihn sehen, Zentimeter von sich entfernt, gleich hinter der Tür.

»Hörst du mich, Cousin? Wie schwach du riechst. Du bist nackt, oder? Komm, streif deine Wut über. Ich helfe dir, den Dachs zu ködern. Erst die alte Dame. Dann Livia. Das bringt dein Federkleid hervor, bevor wir uns vermählen.«

»Tu es nicht«, fleht Thomas.

Julius scheint ihn gar nicht wahrzunehmen.

»Sie hat euch eingesperrt. Dicke Tür. Nicht schlecht! Sehr hilfreich. Oder ist es Glück? Fortuna ist eine Frau. Ich bin ihr Ehemann, ich bin ihr Kind. Ich bin die Schwärze hinter ihren Augenlidern. Ich bin …«

Er verstummt. Seine Schritte entfernen sich, zurück zur Küche. Die Stille, die folgt, ist schlimmer als die Schreie zuvor. Thomas tritt gegen die Tür. Sie gibt nicht nach.

*

Livia weiß nicht, was ihn auf die Idee bringt. Er handelt, als hätte er es geprobt, schnell, effizient, ohne zu zögern. Steckt eine Hand in ihre Jackentasche, holt das Senfglas mit dem reinen Schwarz heraus, dreht den Deckel von der Rußdose und füllt sie auf. Nimmt die Maske vom Nagel und zieht sich das Gummi über Kopf und Gesicht, bis die Ränder der Glasscheiben seine dunklen Augen einfassen. Das schlaffe Mundstück baumelt herunter wie ein Feuerwehrschlauch. Die Dose lässt sich problemlos an das Kupfergewinde schrauben. Sebastian, natürlich. Präzisionsarbeit. Erst als Thomas versucht, die Kanüle einer unbenutzten Spritze in eine der Glasphiolen einzuführen, werden seine Bewegungen langsamer. Die Maske scheint seine Tiefenwahrnehmung zu beeinträchtigen. Er verfehlt die Öffnung zweimal, zerbricht die Kanüle am Fußboden, müht sich, eine neue zu befestigen. Plötzlich ist Charlie da, will ihn aufhalten.

»Was tust du da, Thomas?«

»Du hast ihn doch gehört! Er will zu uns. Erst tötet er Mrs Grendel, dann sind wir dran. Livia. Ich bin zu schwach. Ich komme nicht einmal durch die Tür.« Thomas schließt die Hand um die Dose am Ende seines Gummirüssels. »Ich brauche Kraft. Die Kraft des Wahnsinns. Das ist der Ruß von Mördern. Schwärzer als schwarz. Aus dem Geheimvorrat von Livias Mutter. Und das hier« – er sticht zu, verfehlt die kleine Phiole – »wird mir helfen.«

»Du wirst dich verirren«, sagt Charlie. »Im Rauch verlieren.« Dennoch kniet er nieder, nimmt die Spritze. Auch seine Hände zittern. Also muss Livia es tun. Sie führt die Nadel behutsam durch die dicke Folienschicht, die das Fläschchen verschließt, und zieht die zwei Fingerbreit Flüssigkeit in den Glaszylinder.

»Gut. Jetzt injizier es in die Dose.«

Sie zögert, schaut erst Charlie an, danach Thomas.

»Was passiert dann mit dir?«, fragt sie.

»Tu es einfach!«

»Was, wenn –«

»Tu es!«

Thomas umfasst ihre Hände. Sie beugt sich vor. Sein Gesicht ist aus Gummi. Das Glas über seinen Augen lässt sich noch am besten küssen. Ein beschlagener Fleck bleibt zurück; sein Augenlid darunter bebt. Er raucht schon jetzt, grün und gelb, Angst und Angriffslust.

»Ich liebe dich.«

Er sagt es ebenso sehr zu Charlie wie zu ihr. Livia spritzt die Flüssigkeit in die Dose, hört ihn einatmen. Die Augengläser werden finster, Tintenschwärze in der Maske. Ein Zucken, ein Röcheln. Thomas stößt sie zur Seite und stürmt los, wirft sich mit aller Macht gegen die Tür. Wieder und wieder kracht er gegen das Holz, ohne Rücksicht auf seinen Körper, bis sein linker Arm schlaff wie eine Flosse herabhängt. Der Lärm bringt Julius auf den Plan. Als das Schloss endlich nachgibt, muss er zur Seite springen, um dem Splitterschauer auszuweichen. Livia sieht ihn nur undeutlich: zu viel Rauch. Im Zimmer, aber auch in ihrem Blut, angesteckt von Thomas' Wut. Eine ausgemergelte Gestalt, aschgrau, das Weiß seiner Augen verfärbt und wie geronnen, tief violett. Seine Fäuste sind erhoben, wie beim Boxen. Die Stimme ist erstaunlich hell. Spöttisch.

»Na also«, sagt Julius. »Ab jetzt ohne Handschuhe. Und du hast eine Maske gefunden. Ein zweites Gesicht. Das wächst sich fest. Nach einer Weile kannst du nicht mehr sagen, ob du es trägst oder nicht.«

Dann verschwinden er und Thomas in einer Rauchwolke.

*

Es ist hässlich und passiert wie in weiter Ferne, unergründlich, ihren Blicken verborgen. Als hätte sich ein Loch in der Mitte des

Flurs aufgetan, ein Fenster zu einer anderen Welt. Die Schwärze eines Brunnenschachts im Winter. Du kannst einen Eimer in die Finsternis werfen, du hörst, wie er auftrifft, aber was ihm da unten begegnet, entzieht sich deinen Sinnen. Das Wasser, das du heraufholst, ist schwarz.

Livia würde Thomas gern helfen. Doch selbst von Weitem lässt ihr der Rauch, der seine dünnen, festen Ranken nach ihr ausstreckt, das Blut in den Adern gefrieren. Infiziert es, ja, aber hält sie auch auf Abstand, drängt sie zur Eingangstür, wo sie sich auf den Boden kauert, verzehrt von Niedertracht, Hass und Furcht. Ganz in ihrer Nähe schlägt Charlie seine eigene Schlacht gegen den Rauch, stemmt sich ihm entgegen wie einer Sturmböe. Weiter hinten dreschen Gliedmaßen wild aufeinander ein, begleitet von dumpfen, teigigen Geräuschen, Fleisch, das vom Metzger weich geklopft wird. Dazwischen Schreie, Jaulen, eine Art Lachen. Nach einer gefühlten Ewigkeit greift eine Hand nach der ihren. Charlies Hand. Sie verschränken die Finger so fest, dass sie seine Knochen spürt. Sein Gesicht und sein Haar sind schwarz.

Zusammen arbeiten sie sich voran. Sie fühlen, dass der Kampf schleppender wird, dass nur noch eine Gestalt auf die andere einprügelt, dass der Rauch sich langsam legt. Der Ruß, der den Boden bedeckt, ist rutschig wie Schmieröl, sodass sie ins Schlittern geraten und plump neben die hingestreckten Gestalten fallen. Thomas ist obenauf. Das, was sich unter ihm befindet, ist reglos und trieft rot vor Blut.

Trotzdem schlägt Thomas weiter zu, hebt die Fäuste und lässt sie auf Brust, Kopf, Kehle niedergehen wie ein übellauniges Kleinkind, das auf den Boden eintrommelt. Livia beugt sich vor, will ihn berühren, ihm die Maske abziehen. Er dreht sich um, die gewölbten Augengläser schwarz. Plötzlich drückt er Livia zu Boden, schließt die Hand um ihren Hals, wirft sich auf sie. Seine glitschig roten Finger wandern zu ihrem Gesicht, ihrem Haar, zerren an ihren Kleidern, sein Körper schwer und heiß.

Das ist Thomas, erinnert sie sich, während sie mit ihm ringt; *Thomas*. Sie kann die Finger um den Gummischlauch vor seinem Mund krallen und ihn nach oben reißen, die Maske entfernen. Etwas Dunkles steigt in ihr auf, schlimmer noch als Angst. Dann ist Charlie da, springt seinem Freund auf den Rücken, zieht ihn von ihr herunter. Sie keilen ihn zwischen ihren Körpern ein.

Livia beobachtet die Verwandlung: Thomas fletscht die Zähne, will ihr an die Haut, das ganze Gebiss rußschwarz. Bis, wie bei einem Kind, das aus einem dunklen Tunnel kommt, etwas anderes in seine Augen tritt. Intelligenz. Erinnerung. Gefolgt von einem so heftigen Ausbruch von Scham, dass sie sich abwenden will, um es ihm nicht noch unerträglicher zu machen. Und bei alledem lastet sein Gewicht auf ihr, auf ihrer Brust, ihren Oberschenkeln. Sie krabbelt von ihm weg, stößt gegen den Fleischklumpen, der Julius ist, sein Mund ein Loch voller Zahnstümpfe, das Haar in Büscheln ausgerupft.

*

»Er war halb verhungert, schwach. Haut und Knochen. Nichts als Wut. Er hatte keine Chance.«

Das ist das Erste, was Thomas sagt. Seine linke Schulter ist ausgekugelt, die Hände sind auf doppelte Größe angeschwollen, das Hemd hängt in Fetzen. »Renfrew hatte also recht. Ich bin ein Mörder.«

»Du warst nicht du selbst.«

»Nicht, Charlie?«

Er hockt in einer Ecke, das Kinn an die Brust gepresst. Livia hat er noch nicht angeschaut. Sie will es ihm leichter machen, aber das ist nicht so einfach, wenn sie daran denkt, wie er ihr seinen Körper aufgezwungen hat. Ihr Gesicht und ihr Hemd sind mit seinem und Julius' Blut besudelt.

»Es ist vorbei.« Mehr bringt sie nicht heraus.

Bei ihren Worten hebt er den Blick. Keine Tränen. Der gleiche starre Ausdruck. Der den Tatsachen immer ins Auge sieht.

Sogar jetzt.

»Ja, vorbei. Meine wahre Natur ist zum Vorschein gekommen.« Er steht auf, macht einen Schritt in Mrs Grendels Richtung, hält inne. »Schau du nach, ob es ihr gut geht.«

Mrs Grendel bewegt sich nicht. Sie sitzt zusammengesunken auf einem Hocker in der Ecke der Küche. Eins ihrer Augen schwillt gerade zu. Davon abgesehen, scheint sie unverletzt. Livia kauert sich vor sie, spricht sie an. Aber die Frau blickt einfach durch sie hindurch. Nicht dass sie bewusstlos und blind für ihre Umwelt wäre, sie fixiert Julius. Adern überziehen ihre großen geröteten Arbeiterhände wie Paketschnur.

»Wir müssen hier weg«, flüstert Charlie. »Mogli suchen.«

»Ja.« Livia richtet sich auf, sieht an sich hinunter. Das Bergarbeiterhemd ist zerrissen und schmutzig, das Blut schon halb eingetrocknet. Sie vermeint es sogar zu riechen. »Ich muss mich umziehen.«

»Wir haben keine Zeit. Und du hast nichts anderes.«

»Ich muss mich umziehen«, wiederholt sie schroff und verschwindet im Zimmer ihrer Mutter.

Als sie wieder herauskommt, trägt sie eins der Kleider, die Sebastian für Lady Naylor gekauft hat. Es ist ihr zu groß und fühlt sich fremd an nach all den Tagen in Männersachen. Als wäre sie in ein früheres Leben zurückgekehrt. Sie hebt den Rocksaum, als sie über Julius steigt.

Die Jungen starren sie an, als sie die Küche betritt, sogar Thomas, der wunde, elende Thomas. Sie hat Gesicht und Hände mit Laugenseife und einer Bürste aus Wildschweinborsten geschrubbt. Ihr Körper unter dem Kleid ist noch genauso dreckig wie zuvor. Dafür war einfach zu wenig Zeit.

»Schnell jetzt«, sagt sie überflüssigerweise. Die beiden Jungen hasten an ihr vorbei, sorgsam darauf bedacht, sie nicht zu berühren, jetzt, da sie wieder eine Dame ist. Der Unterrock bauscht sich und verleiht ihrer Hüfte eine ungewohnte Breite.

Livia dreht sich noch einmal zu Mrs Grendel um.

»Geht es Ihnen gut?«, fragt sie, und als die Frau nicht reagiert: »Wie heißen Sie, Mrs Grendel? Mit Vornamen?«

Die Antwort kommt so spät, dass Livia sich bereits abgewandt und drei Schritte getan hat.

»Berta«, sagt die entkräftete Frau. »Berta Grendel.«

Sie sagen nicht: »Leben Sie wohl, Berta.« Sie gehen einfach.

*

Thomas führt sie. Er ist ausgelaugt, aufgerieben, hohläugig vor Angst. Und doch führt er sie, weist ihnen den Weg zum Eingang in die Kanalisation, den er entdeckt hat. Livia und Charlie folgen ihm, Hand in Hand. Das edle Kleid entlockt den Londonern Kommentare, Pfiffe. Kappen werden in gespielter Ehrerbietung gelüftet. Eine Stadt voller Flegel, schlaflos, selbst mitten in der Nacht. Ein steter Menschenstrom bevölkert die Straßen. Livia tauscht fahlen Rauch mit ihren aufdringlichen Verehrern aus; die Rüschen ihrer Ärmel färben sich grau. In ihrem Rauch schwingt auch ein Hauch Erregung mit, weil sie beachtet wird.

Schon bald haben sie ihr Ziel erreicht. Ein unauffälliges Gebäude, durch dessen Pforte sie in einen Hof gelangen und von dort durch einen mit Ziegelsteinen eingefassten Durchgang zu einer Treppe unter die Erde. Ein verkommener Ort, namenlos, eine alte Senkgrube, die man leer gepumpt hat. Der Hof ist mit Baumaterial übersät. Auf einer an die Wand geschraubten Tafel ist der Schichtplan vermerkt. Als Thomas am Vormittag hier war, so hat er ihnen erzählt, wurde der Eingang von einem Vorarbeiter mit einem dicken Register bewacht, der Namen auf einer Liste abhakte. Jetzt ist kein Vorarbeiter da, und auch sonst niemand, der ihnen verbieten würde, nach Belieben hindurchzuspazieren. Es gibt nur ein Problem, so schlicht, dass sie es in ihren Plänen nicht bedacht haben. Ein massives Eisentor versperrt ihnen den Weg.

Als Thomas es sieht, vergräbt er das Gesicht in den Händen.

*

Sie drehen am Knauf, rütteln an den Stäben, untersuchen die Scharniere. Ein ausgeklügeltes Stahlschloss, dicke, robuste Eisenstangen. Zwischen dem oberen Ende des Tors und dem Torbogen liegen nur wenige Zentimeter, unten ist der Abstand sogar noch geringer. Eine Katze könnte vielleicht hindurchschlüpfen, eine Ratte. Sicher haben es schon Tausende getan.

Charlie spricht es zuerst aus. »Da sind wir also. Nach allem, was wir durchgemacht haben. Bezwungen von einem Tor.«

Seine Verbitterung wird noch befeuert durch Thomas' Passivität, seine Rauchlosigkeit. Livia mustert ihn in seiner ohnmächtigen Verzweiflung und lässt die Hand wieder sinken, die sie nach ihm ausgestreckt hat. Zu jeder anderen Stunde würden sie sich hinsetzen und mit ihm reden, würden ihm in seiner Trauer beistehen. Aber jetzt ist nicht die Zeit für Begräbnisse, nicht einmal, wenn die Seele deines besten Freunds zu Grabe getragen wird.

Fünf, zehn Minuten lang suhlen sie sich reglos in ihrer Niederlage. Dann rafft Livia die Röcke und stapft davon. Die Jungen laufen ihr hinterher.

»Wo gehen wir hin?«

Sie antwortet Charlie erst, als das Hotel bereits in Sicht ist. Zwei Portiers stehen draußen an der Vortreppe, jeder neben einem Laternenpfahl. Der Rest des Regency ist in Dunkelheit gehüllt, abgesehen von einem Fenster im oberen Stock. Aschenstedts Fenster. Sie erinnert sich, wie sie ihm zu diesem

Platz gefolgt ist, wie er die Fensterläden geöffnet und den Kopf hinausgestreckt hat.

»Wir müssen Mutter finden. Und es gibt nur einen Menschen auf der Welt, der uns sagen kann, wo sie ist.«

»Das funktioniert nie im Leben. Sebastian hat kein Interesse daran, uns zu ihr zu führen. Außerdem hast du doch gehört, was Mrs Grendel gesagt hat: Er wird observiert.«

Charlie will nur vernünftig sein. Trotzdem wird Livia sofort wütend.

»Und was schlägst du vor? Warten und nichts tun?«

Sie beobachten den Platz. Trotz der späten Stunde sind zahlreiche Leute unterwegs; manche trinken, andere unterhalten sich, wieder andere laufen nur zufällig vorüber. Je länger sie ausharren, desto mehr fallen ihnen die Männer auf, die keins dieser Dinge tun, sondern einfach nur dastehen, in dicken Mänteln, die Augen auf das Hotel gerichtet.

»Drei, glaube ich«, sagt Thomas. Und dann matt, gereizt, seine letzte Willenskraft aufbietend: »*Ich* gehe.«

Charlie packt ihn am Arm. »Das kannst du nicht. Du bist blutüberströmt. So kommst du nie an den Türstehern vorbei.« Er zögert. »Ich gehe. Ich werde sie überreden, mich durchzulassen.«

Thomas gräbt die Finger in Charlies Ärmel. Einer steht eigenartig ab. Schmerz und Angst beherrschen seine Stimme.

»Als du das letzte Mal allein irgendwohin gegangen bist, hat dich ein Mann an sein Bett gefesselt und dir was von Tugend ins Ohr gesäuselt. Wenn einer geht, dann –«

»Ihr könnt beide nicht gehen«, unterbricht Livia sie. »Das ist ein gutes Hotel. Für feine Herrschaften. Und ihr zwei seht aus wie Landstreicher.«

Sie hören ihr nicht zu, vertieft in ihren Disput, wer von ihnen am ehesten seine Freiheit riskieren soll. Als sie begreifen, was Livia gesagt hat, ist sie schon halb über den Platz. Sie dreht sich noch einmal um und schüttelt den Kopf, verbietet ihnen, ihr zu folgen. Charlie hält Thomas zurück. Der vernünftige, prinzipientreue, disziplinierte Charlie. Der ihr vertraut. Sie als ebenbürtig betrachtet.

Sie ist dankbar und verdrossen zugleich.

*

Die Portiers versuchen erst gar nicht, sie aufzuhalten. Sie hebt den Rocksaum und eilt an ihnen vorüber, würdigt die Andeutung gelüfteter Hüte keines Blicks. Aus den Augenwinkeln bemerkt sie, wie einer der Beobachter sich regt. Ob wohl im Halbdunkel der Empfangshalle noch ein weiterer auf sie wartet? Ein Rezeptionist sitzt am hohen hölzernen Empfangspult. Sie winkt ihn näher, damit man sie nicht belauschen kann. *Kokett.* Und fragt sich, ob sie das ihrer Mutter oder einem der Mädchen aus der Schule abgeschaut hat. Oder liegt es ihr einfach im Blut?

»Ich möchte zu Mr Ashton«, haucht sie verschwörerisch. »Ein Überraschungsbesuch.«

Der junge Mann mustert ihr schmutziges Haar und das prächtige Kleid.

»Ich bin eine Freundin der Familie«, fügt sie hinzu.

Der Mann scheint beruhigt. Nicht von ihren Worten, sondern von ihrer Aussprache. Dem Klang der Hochwohlgeborenen. Sein Atem riecht nach Bonbons.

»Es ist schon sehr spät, Miss.«

»In der Tat. Aber in seinem Zimmer brennt Licht. Das habe ich von meiner Kutsche aus gesehen.« Sie hält kurz inne, beugt sich noch näher an ihn heran. »Er wird Ihnen sehr verbunden sein, wenn Sie mich zu ihm lassen.«

Der Rezeptionist schiebt sein Bonbon von einer Wange in die andere und bemüht sich um einen Tonfall, der zugleich schmeichelnd und schüchtern ist.

»In diesem Fall, Miss, gehen Sie ruhig hinauf.«

Er nennt ihr keine Zimmernummer; vielleicht denkt er, dass sie schon einmal hier war und den Weg kennt. Doch die Anlage des Hotels ist nicht schwer zu begreifen. Sie steigt in den zweiten Stock und bestimmt die richtige Tür anhand des erleuchteten Fensters, das sie vom Platz aus gesehen haben. Zimmer 14. Sie klopft sanft an. Zur neuen Garderobe ihrer Mutter gehört auch ein Paar Hirschlederhandschuhe.

Sebastian öffnet nicht sofort. Sie hört, wie er drinnen rumort, sich der Tür nähert. Ein langes Zögern, sein Atem seltsam schwer. Als er sie erblickt, löst die Erleichterung seine angespannten Züge.

»Miss Naylor!«

Er steckt den Kopf aus der Tür, äugt in den Flur und vergewissert sich, dass sich dort nicht noch weitere Besucher verbergen. Dann zerrt er sie am Handgelenk ins Zimmer. Erst als er die Tür wieder zugesperrt hat, lässt er sie los, torkelt rückwärts und fällt in einen Lehnstuhl. Er trägt einen Hausrock mit Paisleymuster. Die Seitentaschen werden von je einer bauchigen Flasche ausgebeult.

»Und ich dachte schon, die Männer seien das Warten leid geworden und kämen mich holen. *Die Stunde der Wahrheit*, ha! Zange und Folterbank. Stattdessen sind Sie es, in einem Kleid!« Er lacht, greift nach einer der beiden Flaschen, entkorkt sie und nimmt einen kräftigen Schluck.

»Dr. Aschenstedt, Sie sind ja betrunken!«

»Jawohl«, antwortet er strahlend. »Pflaumenschnaps, aus Polen. Und das hier ist Laudanum. Für später, verstehen Sie? Einen Schlafenden kann man nicht verhören.« Er springt wieder auf, läuft mit langen Schritten auf sie zu, bekennt vertraulich: »Ich bin ein Revolutionär, Miss Naylor. Ein Robespierre! Aber besser als er, denn am Ende war er doch ein arger Trottel. Nur leider bin ich auch ein Feigling, ein ausgemachter Feigling. Ein Hasenfuß! Es ist beinahe beschämend.« Er kichert, stampft auf. »Nehmen Sie doch Platz, meine Liebe, setzen Sie sich. Hier, warum trinken Sie nicht ein Gläschen mit mir?«

Er bewohnt eine Suite mit zwei modern eingerichteten Räumen. Die Tür zum Schlafzimmer steht offen; das Bett ist nicht gemacht. Dieser Anblick steigert Livias Verwirrung noch. Bis vor Kurzem wäre so etwas undenkbar gewesen: sie in einem Hotelzimmer allein mit einem Mann, einem Betrunkenen, mitten in der Nacht. Selbst die Woche im Bergwerk kommt ihr im Vergleich dazu harmlos vor. Das war ein Abenteuer. Dies hier ist der Stoff für Schlafsaalgetuschel und verbotene französische Romane. Für Mädchen ihres Standes ist es der Glutkern des Rauchs. Sie stakst vorsichtig über die Bücher und Dokumente, die den Fußboden bedecken, und setzt sich. Im Kamin brennt ein Feuer. Schwarze Schnipsel von Diagrammen, Briefen und Aufzeichnungen tanzen in der heißen Luft über den Flammen.

Sebastian folgt ihrem Blick, geht an seinen Schreibtisch, ergreift ein Bündel Papiere und will sie ebenfalls dem Feuer anheimgeben, als ihn etwas ablenkt und er stattdessen zu lesen anfängt. Er ertappt sich dabei, errötet und lässt die Dokumente zu Boden fallen.

»Wie Sie sehen, war ich beschäftigt. Beweise vernichten. Für den Fall … aber natürlich spielt das jetzt keine Rolle mehr. Trotzdem, man weiß nie …« Er bückt sich, hebt die Dokumente wieder auf, schafft es jedoch auch dieses Mal nicht, sie in den Kamin zu werfen. »Das Dumme ist, dass diese Aufzeichnungen wertvoll sind. Briefe, Artikel, Entwürfe gelehrter Fachaufsätze. Die nächste Stufe der Wissenschaft! Außerdem haben sie das Zimmer schon durchsucht. Der Hoteldiener hat sie reingelassen, der Schweinehund. Für einen Kammerdiener gibt es keinen Helden, was?«

Er murmelt vor sich hin, taumelt, mustert sie dann mit neu erwachtem Interesse. »Aber was ist mit Ihnen, Miss Naylor? Was in drei Teufels Namen machen Sie hier?«

Livia hat sich ihre Lüge zurechtgelegt, hat sie auf dem Weg geübt und für den Moment bereitgehalten, da er ihr die Tür öffnen würde. Doch dann hat Sebastian sie mit seinen betrunkenen Possen durcheinandergebracht. Jetzt kommen die Sätze nur stockend und werden von ihren geröteten Wangen Lügen gestraft.

»Ich fürchte, es ist etwas schiefgelaufen, Dr. Aschenstedt. Mutter wurde verhaftet, und Sie werden observiert. Wir haben Mogli. Sie müssen mir sagen, wo wir ihn hinbringen sollen. Das ist unsere einzige Chance.«

Er blinzelt, unterdrückt einen Rülpser, tut ihre Worte mit einer Handbewegung ab.

»Sie lügen natürlich. Ihre Mutter ist mit Mogli verschwunden, und Sie wollen ihr folgen.« Er lässt sich wieder in den Sessel fallen, mopsfidel, beugt sich zu ihr vor, wird onkelhaft, dann sentimental, alles innerhalb von drei Atemzügen. »Aber da ist noch etwas, oder? Sie wirken bedrückt. *Wie ein Häufchen Elend*. Los, verraten Sie es mir.«

»Julius«, hört Livia sich sagen. »Er hat uns gefunden. Es gab einen Kampf.«

Und ehe sie sichs versieht, hat sie Sebastian alles erzählt, mit heiserer Stimme vor Entsetzen darüber, was aus Julius geworden ist. Sebastian hört aufmerksam zu, die Hände um eine seiner Flaschen gelegt, nun blass und beunruhigt. Als sie fertig ist, schüttelt er sich, als wolle er seine Zweifel loswerden.

»Ein dunkler Engel, sagen Sie«, murmelt er, obwohl Livia nichts dergleichen gesagt hat. »In der Tat! Er schwelgt schon seit Längerem in unserem Ruß. Wussten Sie, dass er ihn uns gestohlen hat, der Schuft? Andererseits waren wir alle auf unsere Art Schufte. Ihre Mutter und ich haben ihn um sein Geld gebracht. Und er hat sich mit der Hälfte unserer kostbaren Ernte aus dem Staub gemacht. Ausgleichende Gerechtigkeit, was?« Ohne eine Antwort abzuwarten, redet er einfach weiter, kryptisch, unzusammenhängend. »Aber was meinen Sie – wären Sie und ich so bereitwillig der Dunkelheit verfallen? Trotz allem halte ich es nämlich mit Monsieur Rousseau, nicht mit dem mürrischen Mr Hobbes. Wir sind für die Herde geboren, nicht für den Dschungel, was?«

Er seufzt, schleudert sich die Pantoffeln von den Füßen wie ein Schuljunge in den Ferien und rutscht zufrieden, da die Sache nun ein für alle Mal geklärt ist, tiefer in seinen Sessel, um sich die bestrumpften Füße am Feuer zu wärmen.

*

Sie verlegt sich aufs Bitten. »Erklären Sie es mir«, fleht sie. »Das sind Sie uns schuldig. Was hat Mutter mit dem Jungen vor?« Und als Sebastian nicht reagiert: »Sie haben uns angelogen! Sie haben gesagt, es dauert drei Tage, bis die Infektion ausbricht.«

Der letzte Satz reißt den Mann aus seiner Lethargie, weckt den Pedanten in ihm. Er setzt sich auf.

»O nein, das war nicht gelogen. Es dauert zwischen fünfzig und achtzig Stunden. Solche Vorgänge lassen sich nie ganz präzise vorhersagen. Sie variieren je nach Dosis, verstehen Sie? Und je nachdem, wie stark die Abwehrkräfte eines Menschen sind. In Moglis Fall« – Sebastian zieht eine Taschenuhr hervor, linst auf die Zeiger – »nun, da könnte es bald so weit sein. Es gibt einen Test, einen einfachen Test.« Er strahlt, zupft Livia am Ärmel. »Diese Narren da draußen, was? Während sie sich die Beine in den Bauch stehen und frieren, verändert Ihre Mutter die Welt. Ha! Diese Idioten sind felsenfest davon überzeugt, dass ich es sein muss, der die Lunte zündet. Sie können sich nicht vorstellen, dass eine Frau derart viel Courage hat.« Er gluckst, lehnt sich zurück, glücklich und mit vom Alkohol geröteten Wangen. »Aber still jetzt, Miss Naylor! Mehr darf ich nicht verraten. Je weniger Sie wissen, desto besser. Nur falls … Vielleicht dauert es doch noch zwölf Stunden. Man könnte Sie schließlich aufgreifen und verhören.«

Er will den nächsten Schluck nehmen, hebt versehentlich die Laudanumflasche an die Lippen, kann sich gerade noch bremsen und stürzt stattdessen seinen Fusel hinunter. Als er die Flasche absetzt, hat Livia das Senfglas aus der Tasche gekramt. Ein kleiner Rest Ruß klebt am Boden, wie ein flüssiges Fleckchen Nacht.

»Wofür ist das hier, Sebastian?«

Er kneift die Augen zusammen, streckt die Hand nach dem Glas aus, wird vor Aufregung noch röter.

»Das stammt aus der Flasche Ihrer Mutter, nicht wahr?« Er hält es nah ans Feuer, beobachtet, wie der Lichtschein vom Inhalt geschluckt wird.

»Man sollte es lieber zerstören«, murmelt er seltsam widerwillig. Dann kommt ihm ein Gedanke, ein schlauer Einfall, der sein Gesicht wie eine Dörrpflaume verschrumpeln lässt.

»Wollen Sie es sehen?«, flüstert er. »Was macht das jetzt noch? Zumal ich ja nicht dabei sein kann. Ich sitze wie ein Stück Käse in der Mausefalle fest, während andere Geschichte schreiben.«

Er springt auf, öffnet eine Schreibtischschublade und fischt darin herum, bis er eine kleine Glasphiole findet.

»Hier. Noch etwas, das ich nicht zu zerstören gewagt habe. Töricht! Also lassen Sie uns diese Scharte auswetzen.«

Still, kaum atmend, um ihn nicht von seiner Idee abzubringen, verfolgt Livia, wie er auf die Knie fällt, eine Ecke des Teppichs zurückschlägt und den Holzboden darunter freilegt.

»Kommen Sie«, ruft er. »Ein Experiment. Eine Demonstration!«

Er wartet, bis sie neben ihm kniet, schraubt den Deckel vom Senfglas und häuft auf den Dielen eine kleine Rußinsel auf.

»Schauen Sie genau hin«, flüstert er und reicht ihr die Phiole. »Was sehen Sie?«

Das schmale Gefäß ist zylindrisch und verengt sich oben zu einem dünnen Hals. Sie braucht einen Moment, um zu begreifen, dass es keine Öffnung hat, keinen Stöpsel. Es ist mit einer Flüssigkeit gefüllt, zäh wie Sirup und zugleich klar wie Wasser. In der Mitte schwebt ein einzelner roter Tropfen.

»Was ist das?«, fragt sie, ebenfalls im Flüsterton. »Farbe?«

»Blut. Unser allerletzter Tropfen. Luftdicht eingeschlossen. Oh, wie viel wir vergeudet haben, bis ich einen Weg gefunden habe, es zu konservieren.«

»Wessen Blut? Moglis?«

Sebastian schüttelt den Kopf, steht auf, eilt in das andere Zimmer zu seinem Bett und wühlt eine Pipette hervor, die zusammen mit vielen anderen Instrumenten zwischen den Laken zu schlummern scheint. Unverzüglich nimmt er seine Position auf dem Boden wieder ein, entwindet Livia die Phiole und bricht den Hals einfach ab; taucht die Pipette in die gallertartige Flüssigkeit und zieht den scharlachroten Tropfen in den Glaskörper auf. Dann erstarrt er förmlich, neigt nur den Kopf, als würde er beten. Die Dielen unter ihren Knien sind verfärbt von Jahrzehnten der Sünde, die in die Maserung eingedrungen ist. Darauf sitzt, wie ein Geschwür, die Abscheulichkeit, die ihre Mutter von der Haut sterbender Mörder gekratzt hat. Es sieht aus, als sickere dieses Übel in das Holz darum herum ein.

»Was ist Ruß?«, fragt Sebastian, als würde er den Katechismus prüfen; den Kopf hält er weiter gesenkt. Seine linke Hand hat wie selbstverständlich Livias Knie ausfindig gemacht und tätschelt es geistesabwesend.

»Verbrauchter Rauch«, antwortet sie.

»Ist er lebendig?«

»Nein. Inaktiv.«

»Kann er wieder zum Leben erweckt werden?«

»Ja.«

»Wie?«

»Das haben Sie uns doch selbst gezeigt. Durch irgendeine chemische Substanz, die man in den Ruß mischt.«

»Pflanzlich, meine Liebe, nicht chemisch. Sie löst eine schwache Reaktion aus. Nur beim allerschwärzesten Ruß, nur sehr kurz und unter enormem Aufwand. Ein ganzes Feld Blumen für ein Dutzend Zigaretten. Und dann? Drei schnelle Züge und eine Viertelstunde geborgter Gefühle.«

»Blumen? Was für Blumen?«, unterbricht Livia ihn verwirrt, aber Sebastian ist zu sehr in Gedanken, um darauf einzugehen.

»Nun denn. Erweisen Sie uns die Ehre?« Er blickt auf, lächelt erwartungsvoll, verwirft die Idee jedoch gleich wieder. »Nein, es ist besser, ich mache es selbst. In Ordnung? Aber halten Sie sich bereit! Auf drei: eins, zwei ...«

Er steckt die Pipette in den kleinen Rußhügel und drückt das Blut heraus. Im nächsten Augenblick hat er sie mit sich hochgezogen und ist zwei Schritte zurückgewichen.

»Achtung«, murmelt er.

Nichts tut sich. Plötzlich, während er ihr noch mit dem Ellbogen aufgeregt in die Rippen knufft, geht der Ruß in Flammen auf und spuckt einen mächtigen Rauchstrahl in die Luft, vor dem sie in die Zimmerecke flüchten. Auf Brusthöhe wird der Rauch wieder zu Ruß, schneit als Ascheflocken zu Boden, nur um sich dort wie durch Zauberhand neu zu entzünden und in schubartigen Wolken emporzuspringen, wie Maiskörner, die in eine heiße Pfanne geworfen werden. Jede dieser kleinen Explosionen haucht dem Ruß auf den Dielen fahles Leben ein und wird von einem hellen Sprühnebel begleitet. Es ist, als würde der ganze Raum seine Sünde ausstoßen. Zwei-, dreimal wiederholt sich der Kreislauf. Dann ist es vorbei, geräuschlos und unvermittelt. Von dem tintenschwarzen Häufchen auf dem Boden ist nichts mehr übrig. Sebastian läuft hinüber, kauert sich nieder, fährt mit den Fingern über das Holz, das blass und bloß vor ihm liegt, als wäre es gebleicht worden.

Livia steht atemlos daneben, die Stimme brüchig vor Angst. »Was war das, Dr. Aschenstedt?«

»Eine Generalprobe. Für die Große Belebung! Still jetzt, still.«

»Aber der Ruß, den Sie benutzt haben. Er ist bösartig!«

»O ja, durch und durch.«

»Und das Blut. Es war infiziert, oder?«

»Infiziert schon, doch es hat noch gegen die Infektion angekämpft. Weder das eine noch das andere. Der Körper, der seinen neuen Zustand ablehnt. Ein schmales Zeitfenster.«

»Also *das* wollen Sie von Mogli!« Sie hebt die Hände und streckt die Finger, als würde sie nach etwas greifen, das vor ihr in der Luft schwebt. »Die Große Belebung! Wie soll das Gerechtigkeit bringen?«

Sebastian antwortet nicht, wälzt sich von den Knien auf den Hintern, sitzt da und schlingt die Arme um die Beine, erregt und glücklich. Für einen Moment erinnert er Livia an Charlie, mit seiner Freude am Leben, am Hier und Jetzt, seiner Begeisterung für die Dinge. Im nächsten Augenblick wandern seine Gedanken wohl zu toten Kindern, seiner Miene nach zu urteilen. Sie stellt ihm noch eine Frage.

»Wessen Blut war in der Phiole?«

Dieses Mal antwortet er.

»Wir haben sie Lilith genannt. Nach Adams erster Frau. Ein temperamentvolles kleines Ding! Zänkisch.« Er lächelt, befingert seine Flasche. »Wie wir die Welt nach ihnen durchkämmt haben, als wir von ihrer Existenz erfahren hatten. Die besten Wissenschaftler Europas unternahmen Expeditionen in die entlegensten Winkel. Ein neues Zeitalter der Forschungsreisen. Und wie naiv, wie ungeschickt wir vorgingen. Spazierten mit nichts als einem Schal vor dem Mund in Iglus und infizierten ganze Stämme. Wie die Fliegen sind sie gestorben. Die meisten Erwachsenen können die anatomischen Veränderungen, die eine Infektion mit sich bringt, nicht verkraften. Die Kinder schon! Das war unsere Hoffnung. Und die kleine Lilith – ein hinreißendes Mädchen, bildhübsch. Am Ende hat sie sich eine Erkältung eingefangen, eine gewöhnliche Erkältung. Ihr Butler hat sie begraben, draußen im Wald. Ihrer Mutter hat es beinahe das Herz gebrochen.«

Der Rauch schießt in einer wütenden Wolke aus Livia hervor, wird jedoch sogleich von etwas anderem erstickt, einem kühleren, berechnenderen Teil ihrer selbst, der nach weiteren Antworten verlangt. Lilith ist tot. Mogli ist vielleicht noch am Leben. Ihre Mutter will sein Blut.

»Wie viel brauchen Sie?«, fragt sie unvermittelt.

Er scheint sie nicht gehört zu haben, sitzt auf dem Boden und spielt mit dem Ruß.

»Nun, das ist der Haken an der Sache«, murmelt er endlich und lässt ein paar Flocken aus seinen Fingern rieseln. »Zweitausendzweihundert Kubikzentimeter. In der Theorie, als ich es berechnet habe, klang es nicht nach besonders viel.«

Wieder rattern die Gedanken in ihrem Kopf. Jäh läuft sie los, dreht Runden wie im Delirium, immer im Kreis herum, als suche sie in dieser Geometrie der Bewegung nach Sinn. Ihre Schritte wirbeln frische Rußpartikel auf, die um den Saum ihres Kleids tanzen, halb Herolde, halb Gefolge, ebenso ruhelos wie sie.

»Wir haben eine Reihe von Rechtecken entdeckt«, sagt sie in diesen Tanz hinein. Sie hält nicht an, schaut nicht in seine Richtung, kann sein munteres Gesicht nicht mehr ertragen. »Auf Ihrem geheimen Plan von der Kanalisation. Becken, glauben wir. Was befindet sich in diesen Becken?«

»Oh, das ist ein raffinierter Mechanismus, Miss Naylor, höchst raffiniert, wenn ich das so sagen darf. Auf den ersten Blick ist es nur eine Frage der Filtrierung. Wasser, Schmutz, Ruß. Aber der Teufel steckt im Detail!«

Sie stellt es sich vor: ein Aquarium, so dunkel wie ihr Senfglas, und die offenen Venen eines Kinds, die den schleimigen Teer befruchten. »Die Große Belebung – Sie erschaffen Menschen wie Julius!«, flüstert sie, als habe Sebastians zusammenhangloses Geschwafel sie angesteckt. Dann bemerkt der von ihrer Wut abgespaltene Teil ihres Verstands etwas im Kamin, buchstäblich einen Fetzen Hoffnung. Sie fällt auf die Knie. Hitze färbt ihre Wangen rot.

»Ich begreife es einfach nicht«, sagt sie, ohne noch eine Antwort zu erwarten, nur um ihn abzulenken, während ihre Finger die Glut durchstöbern. »Die ganze Zeit dachte ich, Sie wollten den Rauch beenden. Warum jetzt das? Warum noch mehr Dunkelheit in die Welt bringen? Die Straßen werden von Blut getränkt sein.«

Er nimmt einen weiteren Schluck aus seiner Flasche, erreicht ein neues Stadium der Trunkenheit: traurig, sentimental, schläfrig.

»Blut?«, wiederholt er, als sei ihm das Wort nicht mehr geläufig, während ihm langsam die Lider zufallen und er wie ein Baby nach dem Stillen einnickt, bis ihn ein Gedanke wieder auffahren lässt. »Wussten Sie, dass man in Frankreich, auf dem Gipfel der Schreckensherrschaft, einen Tempel der Vernunft errichtet und eine neuartige Uhr entwickelt hat, die die Irrationalität der Zeit bezwingen sollte?«

Träumerisch hält er ihr einen Vortrag über die Schönheit des Dezimalsystems und die Einteilung der täglichen Erdrotation in Zehntel. Aber Livia hört nicht länger zu. Sie steht auf und wartet, bis sich ihr rasender Herzschlag beruhigt hat.

»Sie werden mir nicht helfen, meine Mutter zu finden«, sagt sie in sein eloquentes Lallen hinein. »Ich muss gehen.«

Sie sagt es schlicht, nicht länger verzweifelt, sondern zielstrebig. Ein Papierfetzen schwelt in ihrer Faust.

*

Unverhofft hilft Sebastian ihr doch, rappelt sich vom Boden hoch – der Pflaumenschnaps ist leer –, holt seinen Hut, nicht aber seinen Mantel, und bietet an, die Beobachter abzulenken, damit sie entkommen kann.

»*Ein Spaziergang!* Warum sollte ein Mann nicht nachts an die frische Luft? Falls sie zuschnappen, habe ich ja noch das hier.« Er tätschelt die Laudanumflasche, die aus seinem Hausrock ragt.

»*Auf Wiedersehen*«, verabschiedet er sich auf Deutsch, bevor er die Tür öffnet und ihr wie zum Dank für ein verbotenes Stelldichein seine Geldbörse aufdrängt. »In einer neuen Welt!

Schwarzer Regen«, raunt er ihr noch zu, mit einem kleinen Schauder. »Ich habe von schwarzem Regen geträumt. Der Wind weht heute aus Norden. Vom Meer her.«

Sie steht auf dem Korridor im zweiten Stock und sieht durch ein Fenster zu, wie er aus dem Hotel tritt. Er lässt den Blick langsam und theatralisch über den Platz schweifen, ehe er mit trippelnden, unsicheren Schritten losläuft. Fünf Meter weiter schüttelt ein Kichern seinen Körper, und er stürzt nach links in den Schatten einer Gasse. Einen Herzschlag lang reagiert niemand. Dann nehmen die Bewacher die Verfolgung auf. Vier anstelle der drei, die Thomas gezählt hat: Ein Obdachloser springt von seiner ranzigen Decke und schließt sich der Jagd an. Ein fünfter Mann hastet aus dem Hotel. Ihr Verhalten ist so auffällig, dass es Johlen und Gelächter unter den Betrunkenen, Bettlern und Gassenkindern hervorruft, die noch immer den Platz bevölkern. Das deutet Livia als ihr Signal zum Aufbruch. Die Treppe ist leer; die Nachtportiers stehen draußen und stecken die Köpfe zusammen, verwundert über den plötzlichen Aufruhr. Eine Minute später erreicht sie atemlos die düstere Ecke, wo sie Charlie und Thomas zurückgelassen hat. Die beiden bemerken sie nicht gleich, sind in eine Diskussion vertieft. Charlie redet beschwichtigend auf seinen Freund ein. Thomas hat die Schultern hochgezogen und hält den unverletzten Arm vor den Körper, um Charlie abzuwehren; seine geschwollene Hand sieht aus wie ein Fäustling.

Sie entdecken Livia im selben Augenblick. So verschieden sie auch sind, ihre Gesichter spiegeln die gleichen Gefühle wider. Sorge. Erleichterung. Liebe. Unwillkürlich muss sie lächeln, und beide lächeln zurück, sogar Thomas, trotz seiner Schmerzen. Ein Moment des Glücks in dem Chaos, das ihr Leben ist. Dann tut Livia, was getan werden muss.

Sie verdirbt ihn.

»Ich weiß, was sie vorhaben«, sagt sie. Und: »Ich habe eine Adresse.« Sie öffnet die Faust, die sie vor zehn Minuten geballt hat. »Das hier wollte er verbrennen. Obwohl er so viele Dokumente nicht zerstören konnte, hat er das hier ohne zu zögern ins Feuer geworfen.«

Sie starren den Papierschnipsel an, als würde er ihnen die Erlösung bringen. Er ist angekokelt und in der Mitte eingerissen. In der heißen Luft des Kamins war er nach oben gestiegen und an den Backsteinen der Kamineinfassung hängen geblieben. Die Ränder haben noch glutrot geglommen, als Livia ihn sich geschnappt hat. Gemeinsam entziffern sie nun die wenigen lesbaren Wörter. Name und Adresse einer Firma. »Rymans erlesene Tabakwaren. Herstellung und Verkauf.« Ein Datum, ein Vierteljahr zurück. Die erste Zeile des Schreibens verspricht einen detaillierten Bericht über die Fortschritte der Bauarbeiten im Keller der Fabrik. Den Rest haben die Flammen verschlungen.

Eine *Zigarettenfabrik*. In deren Keller *Bauarbeiten* ausgeführt werden.

Ein Zugang zur Kanalisation.

»Wie sollen wir dorthin kommen?«, fragt Charlie.

»Sebastian hat mir Geld gegeben«, antwortet Livia und zeigt ihnen die Börse. »Damit ich mit der Droschke nach Hause fahren kann. Wir müssen uns beeilen.« Dann fügt sie hinzu: »Zweitausendzweihundert Kubikzentimeter. Wie viel Blut hat ein menschliches Kind?«

# BERTA

So kommen wir nicht weiter, Sir. Der hier ist hinüber, und die da macht den Mund nicht auf. Und schauen Sie sich nur den Hund an. Er ist seinem Geruch gefolgt, und jetzt trauert er.«

»Er ist nicht tot.«

Sie sind eingetreten, ohne zu klopfen. Jedenfalls habe ich nichts gehört. Plötzlich standen sie einfach da. Gentlemen in Anzügen. Und ein verkrüppelter Hund, der die Hinterläufe auf einem kleinen, zweirädrigen Karren hinter sich herzieht. Er ist mit einem Gürtel darauf festgebunden. Ein dicker Mann hält die Leine.

»Er ist nicht tot«, sage ich noch einmal, und dieses Mal bewegen sich auch meine Lippen. Ich will nicht, dass sie wieder verschwinden. Nicht, solange er – *es* – noch im Zimmer ist.

Der Dicke vernimmt es. Er geht zum Wasserkrug und schenkt mir ein Glas ein. Während er mir beim Trinken zusieht, befiehlt er einem seiner Männer, einen Spiegel vor *seinen* Mund zu halten.

»Ich kann ihn atmen hör'n«, sage ich. »Er ist schlimm zugerichtet. Aber seinen Atem hör ich trotzdem.«

Der Dicke nickt, als würde er verstehen, zieht sich einen Stuhl heran und setzt sich neben mich.

»Erzählen Sie mir, was geschehen ist. Die Hälfte wissen wir bereits. Lady Naylor war hier, vielleicht auch ihre Tochter. Und ich möchte wetten, dass ein Mann sie besucht hat, ein gestelzter Kerl mit ausländischem Akzent.«

Ich nicke.

»Leben Sie allein hier?«

»Mein Mann is unterwegs.«

»Was ist mit dem Jungen da?«

Er deutet mit dem Finger, aber ich schaue nicht hin.

»Der is hergekommen. Warum, weiß ich nicht. Hat mich geschlagen. Aber die meiste Zeit hat er mich nur festgehalten. An sich gepresst. Sein Rauch –« Ich breche ab. »Er is kein Mensch.«

Der Dicke nickt, tätschelt mir die Hand, stellt mir behutsame Fragen. Ich beantworte erstaunlich viele davon. Irgendwie tut es gut.

Von meinem Mann erzähle ich nichts. Weder von seinem Zustand, noch dass er mitgegangen ist. Ich fasse auch nicht in Worte, wie es war, hier zu sitzen und zuzuhören, wie *es* atmet, so schwach, dass ich mir unentwegt eingeredet habe, *es* sei jetzt tot. Hier zu sitzen, allein im Dunkeln, und zu versuchen, den Mut aufzubringen, ihm die Kehle durchzuschneiden. Ich hätte wohl einfach gehen können. Wie damals, als ich noch bei Vater gewohnt habe und unbedingt wegwollte. Ich hätte einfach gehen können. Schon vor Tobias. Aber das macht man ja nicht, oder? Man sitzt im Dunkeln und erduldet es.

Sie beleben *es* wieder. Da braucht es nicht viel. Sie stehen über ihm, schütten ihm Wasser ins Gesicht, werden wütend, schreien, umhüllen *es* mit schwachem Rauch. Plötzlich setzt *es* sich auf. Wie ein Kastenteufel.

Der Dicke beugt sich über das Ding auf dem Boden und stellt ihm eine Frage nach der anderen, als wäre er bis oben hin damit vollgestopft. *Es* hat kein Gesicht mehr, alles geschwollener Brei, die Zunge verstörend hell in all dem Schwarz. Aber *es* spricht noch recht deutlich.

»Ich weiß, wo sie ist«, sagt *es*. »*Er* will zu ihr.« Und dann, mit verbitterter Entschlossenheit: »Mutter. Sie hat mich verraten. Ich bringe Sie zu ihr.«

»Können Sie gehen?«, fragt der Dicke.

Das Etwas, das einmal ein junger Mann war, kommt auf die Beine, hält sich mit hängenden Schultern aufrecht, als würde es von einem Nagel baumeln.

»Ich bringe Sie zu ihr«, sagt *es* noch einmal. »Zu Mutter. Und zu *ihm*. Sie und ich, Trout. Nur wir zwei. Aber nehmen Sie ein Gewehr mit.«

Der Rauch, den *es* verströmt, ist beinahe flüssig. Er legt sich wie ein Film um seine vornehmen Stiefel.

Der Dicke denkt darüber nach, aber es ist klar, dass er das Angebot nicht ablehnen wird. Was soll er auch sonst machen – die Wahrheit aus diesem Klumpen Fleisch herausprügeln?

»Ich brauche einen meiner Männer, Mr Spencer. Nur einen. Egal welchen. Sie dürfen entscheiden.«

*Es* reagiert sofort, hebt den verdrehten Arm und deutet auf einen Mann von schmaler, drahtiger Gestalt.

»Der da. Er hat Nótt die Beine gebrochen, oder? Nehmen Sie ihn. Und vergessen Sie die Waffe nicht.«

Der Dicke nickt und befiehlt einem anderen aus seiner Truppe, dem Schmächtigen seine Schrotflinte zu geben. Er will noch etwas sagen, aber *es* hat sich schon in Bewegung gesetzt, steuert mit erstaunlicher Geschwindigkeit auf die Tür zu. Wie eine Marionette. Der Körper ist zerbrochen, doch irgendetwas treibt *es* an. *Es* hoppelt geräuschlos die Treppe hinunter.

Der Mann mit dem Gewehr und der Dicke eilen hinterher. Die drei übrigen Männer bleiben ratlos in meiner Küche zurück. Man hat ihnen keinen Befehl erteilt. Sie brauchen eine ganze Minute, um das Problem überhaupt in Worte zu fassen. Einer durchwühlt meine Schränke, auf der Suche nach »einem Happen zu essen«, wie er sagt. Dann fangen sie an zu streiten. Einer besteht darauf, dass man mich in Gewahrsam nehmen müsse. Ein anderer erklärt, sie seien verpflichtet, auf ihre Posten zurückzukehren. Der Dritte hält es für angeraten, dass sie ihrem Boss folgen, »schnell und heimlich«, sie hätten »schon viel zu viel Zeit vergeudet«. Sie diskutieren, als würden sie Karten spielen: Jeder legt sein Argument ordentlich vor seinen Kollegen auf den Tisch, freundlich und rivalisierend zugleich. Am Ende haben sie zu lange gewartet, um noch irgendwem folgen zu können, und sind zu faul oder zu anständig, um eine alte, misshandelte Frau festzunehmen. Sie gehen ohne ein Wort und vergessen, die Eingangstür hinter sich zuzumachen.

Sie lassen auch den Hund da, der halb liegend, halb sitzend auf seinem Wägelchen hängt, das Maul mit einem Lederriemen zugebunden.

Als sie weg sind, gleite ich von meinem Stuhl und hocke mich neben ihn. Er knurrt und winselt, Geifer an den Lefzen. Wir kauern Seite an Seite, Hund mit gebrochenen Beinen und Frau mit geschwollenem Auge. Als die Angst wieder in mir aufsteigt, heiß wie ein Fieber, hülle ich uns beide in Rauch.

# FABRIK

Livia kann nicht aufhören zu reden. Sie sitzen in einer offenen Droschke, und sie muss gegen den Lärm der Räder und Hufe auf dem Kopfsteinpflaster anschreien, sich halb über Charlies Schoß lehnen, um sich Gehör zu verschaffen. Der Kutscher oben auf dem Bock fährt schnell, lässt seinen Klepper um die Kurven schießen und reckt ständig den Hals, um zu lauschen oder sie einfach nur anzustarren, diese Dame mit dem strähnigen Haar und ihre zwei schmutzigen Begleiter. Seine Melone ist vom Regen geschwärzt; sie hat schon Generationen von Motten als Festmahl gedient.

»Als hätte er Petroleum über den Boden gegossen!«, ruft Livia erneut. »Eine Explosion: *ansteckend.* Als würde sie niemals enden.«

Sie hebt das Kinn in den Wind, stößt die Hände in die Luft und schneidet Charlie, der etwas sagen will, das Wort ab.

»›Eine Frage der Filtrierung‹, meinte Sebastian. Sünde von Dreck und Wasser scheiden. Das also hat er unten in der Kanalisation gebaut: ein gigantisches Sieb! Den Ruß von ganz London gesammelt. Jede Senkgrube und den Grund des Flusses geschlämmt, Verbrechen aus zweieinhalb Jahrhunderten. Und die wollen sie nun wieder zum Leben erwecken.«

Während ihres Monologs sitzt Thomas stumm da, in sich gekehrt, hört nur mit halbem Ohr hin. Sein drängendes Grauen ist verebbt und hat etwas Dumpferes, geistig weniger Reges zurückgelassen. Er betrachtet seine rechte Hand. Sie ist knüppeldick geschwollen, die Finger so plump, dass sie sich wie miteinander verschmolzen anfühlen, alle bis auf den kleinen, der abgeknickt über die anderen hinausragt. Das Blut an den Knöcheln könnte von ihm selbst oder von Julius stammen. Wahrscheinlich ist es ihrer beider Blut, vermischt. Blutsbrüder. Als Kind hat er einmal ein Buch gelesen, in dem zwei Jungen sich mit einem stumpfen Klappmesser die Handflächen aufritzen. Die Droschke fliegt um die Kurve, wirft ihn gegen Charlie. Seine Gedanken fliegen ebenfalls. Er spürt, dass er pinkeln muss.

Mörder. Ein seltsames Wort. Keine Tat, eine Seinsart. Ein Beruf. Viele Gewerbe werden vom Vater auf den Sohn vererbt. Es heißt, sein Vater habe sein Opfer in einem Wutanfall getötet. Einen Pächter. Es war üble Nachrede im Spiel, Alkohol, eine Schenke. Ein Zinnkrug, der umfiel und vom Boden aufgehoben wurde. Ein Zinnkrug. Gar nicht dumm. Sein Vater wusste seine Hand zu schützen.

Zu Hause hat Thomas alle, die darüber sprachen, Lügner genannt – Lügner! –, und sie mit Rauch vor dem Mund angestarrt. Bis es in seiner Gegenwart niemand mehr erwähnt hat. Jetzt fragt er sich, ob sein Vater wohl auch dagesessen hat, *hinterher*, auf einem Hocker an der Bar, und sich das Handgelenk gerieben hat, die Blase unerträglich voll, wie ein schlechter Scherz. Thomas weiß es nicht. Der einzige Brief, den sein Vater je aus dem Gefängnis geschickt hat, war ein Testament, in dem er seinem Sohn die lederne Jagdhose und den guten Lammfellmantel vermachte. Thomas ist nie groß genug geworden, um hineinzupassen.

*Nun denn*, denkt er, *ich habe mein väterliches Erbe angetreten. Mehr als ein kleiner Ansporn war nicht nötig, um ihm zu verfallen wie ein Eber der Brunft.*

Doch die Leichtigkeit, mit der sich sein Sündenfall vollzogen hat, ist eigentlich nicht das Schlimmste. Er war schon immer anfällig. *Ein hitzköpfiger Junge*, die Raserei stets an seiner Seite wie ein treues Haustier.

Das Schlimmste ist, dass es *Spaß* gemacht hat. Vom Rauch verzehrt zu werden. Alle Hemmungen fahren zu lassen. Sich völlig zu entblößen wie am Tag der Geburt und ein rein triebhaftes Wesen zu werden. Denn im Herzen des Rauchs hat Thomas etwas entdeckt: die Unbefangenheit der Kindheit, die Jahre vor der Sprache. Wie perfekt, wie natürlich es sich angefühlt hat, dort zu leben, an einem Ort ohne Konsequenzen. Die Fäuste geschwollen, die Hitze von Livias Körper unter ihm gefangen.

Gerade als er sich unter der Macht der Erinnerung zu winden beginnt, reckt Livia den Kopf und schaut ihn über Charlie hinweg an. Thomas weicht ihrem Blick aus. Die Droschke schwankt, seine Blase schmerzt. Er will mit ihr reden, sich erklären. Er fragt sich, wo er pinkeln kann, ohne dass sie es mitbekommt.

Er ist, kurz gesagt, durcheinander.

Dann sind sie da: eine unbeleuchtete, nasskalte Straße.

Die Droschke rast davon, sobald Livia dem Kutscher sein Geld gegeben hat.

*

Vielleicht sind sie in Ratcliff oder Southwark. Thomas hat nicht auf den Weg geachtet. Er kennt ohnehin nur etwa ein Dutzend Straßen in London und ungefähr zwanzig Namen, die er aufgeschnappt hat. Lambeth, Hammersmith, Wapping. Limehouse. Shoreditch (Letzteres immer geflüstert). Jedenfalls sind sie noch in der Nähe der Themse; der Gestank ist unverwechselbar. Vor ihnen ragt ein großer grauer Klotz in den Himmel. Anfangs denkt Thomas, das sei ihr Ziel. Doch das kleinere rote Backsteingebäude, das aus der Flanke des größeren Baus wächst, trägt den Schriftzug »Rymans erlesene Tabakwaren«. Einen Zaun gibt es nicht, nur eine solide grüne Tür am Ende einer

Freitreppe. Zum dritten Mal in dieser Nacht drehen sie vergeblich an einem Türknauf. Der Türklopfer schallt durch das Haus, ruft jedoch weder einen Pförtner noch einen Nachtwächter herbei. Sie sind allein.

Dieses Mal entdecken sie allerdings einen Weg, der seitlich am Gebäude entlang zu einem Nebeneingang führt. Im Schlamm davor sind Fußspuren zu erkennen, darunter eindeutig die Absätze von Damenstiefeln. Die Tür ist zu, aber nicht verschlossen; eine Nachlässigkeit, die von Eile zeugt, davon, dass man keine Hand frei hatte. Hinter der Tür brennt eine Gaslaterne. Ein Korridor verbindet mehrere Büros miteinander, die trotz der ehemals schönen Teppiche schäbig wirken. Es ist ein Ort fürs Geschäftliche, nicht fürs Repräsentieren. Bevor sie sich weiter vorwagen, macht Thomas auf dem Absatz kehrt und läuft noch einmal nach draußen, um sich an der Fabrikwand zu erleichtern. Ein kurzer Moment der Glückseligkeit inmitten eines Albtraums.

Zurück im Haus sieht er, dass Charlie und Livia schon vorgegangen sind. Im Erdgeschoss befinden sich die Räumlichkeiten für den Verkauf und die Herstellung von gewöhnlichem Tabak. Ein Empfang, eine Abteilung für die Auftragsverwaltung, eine Werkshalle zum Verpacken und auf der gegenüberliegenden Seite des gepflasterten Innenhofs eine Lagerhalle, die wie eine riesige Pfeife riecht.

Im Keller finden sie dann die andere Fabrik. Um hineinzugelangen, muss man eine weitere, massivere Tür überwinden, die jedoch ebenfalls unverschlossen ist, und eine mit Teppich ausgelegte Wendeltreppe hinabsteigen. Unten öffnet sich ein Gewölbe, das von einem blumig-fauligen Geruch erfüllt ist. Er entströmt einer Reihe riesiger Kupferbottiche, die wie die Säulen einer Kathedrale aufragen. Dünne Rohre winden sich daraus hervor und verlaufen spiralförmig zu einem weiteren, im Vergleich dazu winzigen Behälter, der das Produkt eines langwierigen Destilliervorgangs aufnimmt. Eine süßliche, feuchte Hitze steht im Raum. Charlie ist die Messingsprossen an einem der Bottiche emporgeklettert. Er streckt den Arm und schöpft eine Handvoll des Inhalts heraus. Ganz in der Nähe untersucht Livia eine Glasvitrine mit einer Reihe Arzneifläschchen, jedes sorgfältig mit Datum versehen.

»Blumen!«, ruft Charlie erstaunt und hält einen zarten, von einer papierenen Blüte gekrönten Stängel in die Höhe. Die Pflanze hat Ähnlichkeit mit einer Mohnblume, ist allerdings grau-violett geädert. »Der Bottich ist bis oben hin voll mit irgendwelchen Blumen in einer warmen Flüssigkeit. Es müssen Millionen sein. Und der Geruch …« Er schnuppert an seiner Hand. »Wie Zigaretten, aber schwach.«

Livia hat eins der Fläschchen entkorkt und riecht daran.

»Sebastian hat so etwas erwähnt. ›Ein ganzes Feld Blumen für ein Dutzend Zigaretten.‹ Daraus stellen sie sicher das Lösungsmittel her, das die Trägheit des Rußes rückgängig macht.« Ihr Blick wandert zwischen den riesigen Bottichen und den kleinen etikettierten Fläschchen hin und her, offensichtlich überrascht von dem Missverhältnis. Beinahe ehrfurchtsvoll nimmt sie die Blume entgegen, die Charlie ihr reicht.

»Kannst du dir vorstellen, wie groß die Plantagen sein müssen?«, fragt sie. »Das halbe Empire muss mit dem Anbau beschäftigt sein.«

»Worüber die Behörden zweifellos genauestens Bescheid wissen. Alles Teil des Cooper'schen Firmenimperiums. Deine Mutter meinte, wir hätten spezielle Importlizenzen. Eines Tages werde ich sehr reich sein.«

Charlie schaut Thomas an. Er will seine Empörung mit ihm teilen, doch Thomas interessiert die Verstrickung von Charlies Familie in den englischen Gartenbau herzlich wenig. Er bleibt vom Nebel seiner Gedanken umfangen, bewegungslos oder eher *unbewegt*.

*Mörder. Blutsbruder.*

Das Sprichwort stimmt: Der Apfel fällt nicht weit vom Stamm.

Äpfel, fallende Äpfel. Isaac Newton: baute eine Brücke ohne einen einzigen Nagel. Jetzt holen sie Deutsche ins Land, um unsere Kanalisation zu bauen, hat Sebastian gesagt. Ash-Town; Aschenstedt. Taylor, Ashton und ein paar erfundene Söhne.

Vater.

Das Pissen hat gutgetan, denkt er. Und du bist ein Feigling. Ein Feigling, der sich im Selbstmitleid suhlt. Er geht zurück zur Wendeltreppe, schlingt den linken Arm um den Türrahmen und renkt sich die Schulter ein.

*

An einem Ende der Destillierhalle geht ein Raum ab, eine Kammer, kaum mehr als ein Kasten mit schimmeligen Wänden und am Boden befestigten Werkbänken. Dorthin wandert Thomas in seiner Einsamkeit und schaut sich mit selbstverlorener Geduld um.

Drei Werkbänke mit je zwei Arbeitsplätzen, jeder mit einem Eichenhocker und einer kleinen Maschine ausgestattet, die in das Holz des Tisches geschraubt ist und das Aussehen einer Nähmaschine und eines Anspitzers in sich vereint. Sechs Hocker insgesamt, dazu ein Stuhl für den Aufseher in drei Metern Entfernung, das Polster mit flaschengrünem Leder bezogen. An der Wand hängen, wie Hüte oder Regenschirme, sechs Atemschutzmasken an nummerierten Metallhaken. Dunkles, abgegriffenes Gummi, die Rüssel mit einem klobigen, perforierten Filter am Ende, rußverschmiert. Thomas starrt die Masken an, setzt sich an einen der Arbeitsplätze, dreht das Rädchen an der Maschine und versucht, sich ihre Funktion zu erschließen. An den Wänden reihen sich kleine Fässchen mit Ruß aneinander, jedes mit einem Qualitätszeichen versehen, von *Alpha++* bis *Gamma–*.

In der Mitte der Werkbank steht eine Schachtel mit Zigarettenpapierquadraten, daneben eine ähnliche Schachtel, etwas größer, mit einem Vorrat an gewöhnlichem Tabak. Eine Pipette vervollständigt den Satz an Werkzeugen und Materialien, die jeder Arbeiter zur Verfügung hat.

Gedanken und Gefühle von sich fernhaltend, legt Thomas mechanisch ein Stück Papier in die Maschine ein, entnimmt einem der Fässchen eine Prise Ruß, mischt ihn mit Tabak und fängt an, eine Zigarette zu drehen. Zwischendurch greift er nach der Pipette, blickt durch den Türrahmen zurück auf die Fläschchen mit Lösungsmittel, die Livia entdeckt hat, malt sich aus, wie er die klebrige Flüssigkeit auf die Tabak-Ruß-Mischung träufelt, um sie genussfertig zu machen.

»Die Atemschutzmasken tragen sie, damit sie nichts von dem belebten Ruß einatmen«, sagt er laut, obwohl er nur mit sich selbst und nicht zu seinen Freunden spricht. »Es schützt sie, hält sie aber auch gefügig. Und stellt sicher, dass nicht ein einziges kostbares Gramm verloren geht.« Er steht auf, holt eine Maske und legt sie vor sich auf den Tisch, mit den Schutzgläsern nach oben. »Da sitzen sie dann. Sechs Sklaven, maskiert, einander fremd. Und der Vorarbeiter, zweifellos mit einem Knüppel.«

Er hört, wie Livia hinter ihn tritt, seinen Worten lauscht; fährt mit der stumpfen Aufzählung der Fakten fort.

»Die Tür da drüben mit dem schweren Schloss führt bestimmt nach nebenan. Habt ihr das Gleiche gedacht wie ich, als wir angekommen sind? Ein großer Bau, wie eine Festung. Vergitterte Fenster: ein Gefängnis. Natürlich – wer immer hier arbeitet, darf niemals freikommen. Sonst würde er sein Wissen über die Zigaretten in der ganzen Welt verbreiten. Nein, sie sitzen für immer hier fest. Ich frage mich, auf welches Verbrechen eine solche Strafe steht. Keine große Sache wahrscheinlich. Urkundenfälschung, Falschmünzerei oder irgendein gerissener Diebstahl. Man kann diesen Ruß ja keinem Mörder in die Finger geben. Das würde ihn vielleicht auf dumme Gedanken bringen.« Er schaut zu den Fässchen an der Wand. »Was für eine dürftige Ernte! Dunkler Ruß ist ein rares Gut. Bis jetzt noch. Becken voll, sagst du, ein Filtersystem. Sebastian hat die Kanalisation geschlämmt, um die Verbrechen aus dreihundert Jahren zu destillieren. Kein Wunder, dass Julius ihm das Geld geliehen hat. Deine Mutter hat ihm vermutlich erzählt, sie wolle den Betrieb erweitern, mit der Aussicht auf astronomische Gewinne. Sie hat ihm sicher nicht verraten, dass alles in Rauch aufgehen soll.«

Er verstummt, als Livia sich auf den Hocker neben ihn setzt, beobachtet, wie sie sein Gesicht mustert.

»Bist du denn gar nicht wütend über all das hier, Thomas?«

Er könnte sagen: *Ich kann mir Wut nicht leisten. Sie macht mir zu viel Spaß.*

Oder: *Wir haben doch gesehen, wohin meine Wut führt.*

Oder: *Vorhin, Hüfte an Hüfte mit dir, die Hose getränkt von Julius' Blut, konnte ich deinen Pulsschlag oben am Schenkel spüren.*

Stattdessen zuckt er bloß mit den Schultern, während sich ihre Nasenlöcher um ein zähes Rauchbläschen weiten.

*

Charlie stößt zu ihnen. Er ist von Raum zu Raum, von Wand zu Wand gerannt, hat jedes Regal, jede Nische, jedes Werkzeug untersucht. Jetzt lässt er sich auf einen dritten Hocker fallen.

»Keine Spur von Lady Naylor. Und kein anderer Ausgang. Nur der da« – er deutet auf die verriegelte Tür in ihrer Nähe –, »und du meinst ja, dass der zum Gefängnis führt. Wir haben sie verloren. Und Mogli auch.«

Als weder Thomas noch Livia antworten, springt er wieder auf und hetzt noch einmal durch die Räume, sucht hektisch die Wände ab. Als er zurückkehrt, kann er vor Unruhe nicht sitzen, läuft vor ihnen auf und ab, das Gesicht offen, gerötet, besorgt.

»Wir wissen, dass sie hier war. Die Tür war nicht abgeschlossen, und draußen haben wir ihre Fußabdrücke gesehen. Außerdem war in Sebastians Brief von Bauarbeiten die Rede. Hier unten im Keller. Es muss einfach eine Tür geben, einen Durchgang, irgendetwas, das dieses Gewölbe mit der Kanalisation verbindet. Aber ich habe mir alle Wände genau angeschaut: keinerlei Anzeichen für irgendwelche Bauarbeiten.« Er murmelt vor sich hin, legt in Riesenschritten weitere dreißig Meter zurück. »Gut, gehen wir alles noch einmal durch. Nur schnell jetzt, schnell. Was wissen wir? Sie hat Ruß gesammelt. Schwarzen Ruß, den schwärzesten, den sie finden konnte. Hat ihn von Mördern abgekratzt, Millionen für den Bau dieser Kanalisation ausgegeben, um an noch mehr zu kommen. Zu welchem Zweck? Um ihn zum Leben zu erwecken, sagst du. Nein, nicht nur das, um ihn explosiv zu machen. Selbsterhaltend. *Ansteckend*. Und nicht mit der üblichen Methode, dem Lösungsmittel aus dieser Fabrik, denn das ist schwach und verfliegt sofort, sondern mit Moglis Blut, zweitausendzweihundert Kubikzentimetern – über zwei Litern! – von seinem Blut. Alles so weit richtig? Gut! Die Kanalisation wird schäumen vor Wut. Eine schwarze Wolke, wie sie noch nie jemand gesehen hat, steigt aus dem Untergrund und infiziert die Stadt. Und dann? Das ergibt keinen Sinn.«

»Er hat dauernd von der Französischen Revolution gefaselt«, sagt Livia. »Robespierre. Dezimalzeit. Die Schreckensherrschaft.«

Charlie hält abrupt an, verliert beinahe das Gleichgewicht.

»Das ist es! Das plant sie also! Einen Aufstand. Ein Zeitalter des Zorns. Niemand arbeitet, die Fabriken stehen still, der Hafen ist verwaist. Eine Armee von Menschen wie Julius, die sich gegenseitig infizieren und außerhalb der Stadtgrenzen nach frischer Beute suchen. Die Herrenhäuser stürmen.« Er legt den Kopf schief, erschüttert, verwirrt. »Aber warum sollte deine Mutter das tun?«

»Sie ist böse.«

Davon will Charlie nichts hören. »Selbst das Böse braucht einen Grund«, sagt er. »Man stürzt die Welt nicht *einfach so* ins Verderben.«

»Dann eben verrückt. Mutter ist verrückt geworden. So wie Vater. Sie verabscheut die Disziplin. Daran ist er zerbrochen. Sie glaubt, dass sie ihn damit rächt.«

»Verrückt?«, erwidert Charlie. »Ich weiß nicht. Wann hast du deine Mutter das letzte Mal rauchen gesehen?«

*

Sie sitzen ratlos und untätig herum, während die Minuten verrinnen. Thomas ist sich bewusst, dass sowohl Livia als auch Charlie ihn ansehen und irgendetwas von ihm erwarten.

*Führ uns*, scheinen ihre Augen zu sagen. *Das hast du immer getan.*

Aber Thomas hat Angst.

Es ist eine schwache Angst, geduckt und rauchlos. Lebensfern. Er hat die Schultern hochgezogen, den Kopf gesenkt, unterwürfig wie Grendel. Das Atemschutzgerät liegt noch immer vor ihm auf dem Tisch. Es wurde hergestellt, um Rauch aus der infektiösen Luft zu filtern und seinen Träger in der eigenen schützenden Innerlichkeit einzuschließen. Thomas spürt Livias Blicke, während er es in den Händen herumdreht, einmal, zweimal. Enttäuschung furcht ihr Gesicht. Irgendwann beugt sie sich vor, drängt sich an ihn, Lippe an Lippe, schreit ihm ihre Wut entgegen – »Verdammt noch mal, tu endlich was!« –, jedes Wort ein schwefelgelber Stachel, der seine Männlichkeit herausfordert, in dieser seltsamen Sprache des Rauchs, in der Liebe und Spott zusammenfallen.

Das genügt und genügt doch nicht; lässt ihn aufspringen und vom Tisch zurückweichen, halb ihrem Ruf zu den Waffen folgend, halb vor ihm fliehend. Wie Charlie stürmt er durch die Halle mit den Gärbottichen. Allerdings nimmt er sich nicht die Wände, sondern den Boden vor. Und da er nichts findet – keine frischen Fugen, keine Unregelmäßigkeiten in den dunklen Fliesen – und der Mut ihn schon wieder verlassen will, holt er einen Schraubenschlüssel aus einem Werkzeugkasten und schlägt unermüdlich und unter Schmerzen in der verletzten Hand auf ein Kupferrohr ein, das wie ein Ausguss aus einem mächtigen Bottich ragt. Als es schließlich nachgibt, ergießen sich Abertausende Liter widerlicher Blumensuppe über den Boden. Thomas steht still da und beobachtet, wie sich der Raum knöchelhoch füllt, die Augen wachsam, den Kopf geneigt, wie ein Mann auf der Jagd.

»Warum hast du das –«, fängt Charlie an, doch Thomas bringt ihn zum Schweigen, hört erst und sieht dann auch die Blasen in einer Ecke des Raums an die Oberfläche steigen, wo die Flüssigkeit durch einen Spalt im Boden in einen darunterliegenden Hohlraum strömt. Als der Pegel langsam sinkt, ordnen sich die Blumen zu einem ausgefransten Rechteck an, das den Umriss einer gut getarnten Falltür markiert.

*

Sie warten, bis das Gewicht der Flüssigkeit nicht mehr auf die Falltür drückt, und schieben die breiige Masse der nassen, halb fermentierten Blüten mit den Füßen beiseite. Die Falltür selbst hat ein winziges Schlüsselloch und ist abgeschlossen. Diesmal handelt Charlie als Erster: Er holt eine riesige stählerne Kelle aus der Werkzeugkiste, in der Thomas auch den Schraubenschlüssel gefunden hat, zwängt den Stiel in den Spalt zwischen Falltür und Boden und lehnt sich mit seinem ganzen Gewicht dagegen. Bald hilft auch Thomas mit. Die Kelle verbiegt sich, aber gemeinsam schaffen sie es, das Schloss aufzubrechen und die Falltür aufzustemmen. Darunter befindet sich eine grob gezimmerte Holztreppe, die in die Tiefe führt.

Sie steigen hinab. Die Treppe ist neu, nass und mit toten Blumen übersät. Die Luft, die aus dem Schacht dringt, stinkt nach Exkrementen und Verwesung. Am Fuß der Treppe brennt ein Licht. Sie erreichen einen Absatz und einen bogenförmigen Durchgang, der viel älter als die Treppe wirkt. Dahinter liegt die Kanalisation: ein dunkler Tunnel mit stehendem Wasser, auf beiden Seiten von schlickigen Fußsteigen gesäumt. Doch ihre Augen werden von etwas anderem angezogen. Von der Decke hängt ein Gummiseil mit einer trüben, aber gleichmäßig strahlenden Lichtkugel. Keine Flamme flackert darin. Die Kugel sieht aus wie eine kränkliche Miniatursonne, die ein Henker vom Himmel geholt und hier angenagelt hat. Als Thomas sie berührt, verbrennt sie ihm die Fingerspitzen und zittert und tanzt wie ein Fisch an der Angel.

»Wie sollen wir sie jemals aufhalten?«, flüstert Charlie im Angesicht dieser neuen Zauberei.

Livias Antwort ist knapp: »Wir müssen es versuchen.«

Thomas empfindet eine Mischung aus Scham und Erleichterung, als sie die Führung übernimmt, dann ein Auflodern scheuer Wut, als sie hinter sich fasst und nach Charlies Hand greift. Der wiederum streckt die freie Hand aus und tastet nach seinem Freund. Thomas ignoriert die Geste.

Er folgt vorsichtig, mit zwei Schritten Abstand.

*

Es ist nicht weit. Hundert Meter durch den Abwasserkanal, der dreimal der Düsternis durch eine Kugel mit diesem nicht flackernden Licht entrissen wird. Dann öffnet sich ein Torbogen auf einen Raum, der so lang ist, dass er wie ein weiterer Tunnel wirkt, obwohl er gut zehn Meter breit ist. Er ist aus dunklen Ziegeln gemauert, alt und porös; der Mörtel ist löchrig wie ein versteinerter Schwamm. Die Decke hängt tief über ihren Köpfen und wird von stählernen Balken gestützt, die viel neuer sind als die Steine. Eine Girlande aus den geheimnisvollen Leuchtkugeln, aufgezogen auf eine schwarze Gummischnur, spannt sich als Mittelachse vom Torbogen zum anderen Ende des Raums, ein paar Hundert Meter entfernt. Unter dieser Girlande befindet sich eine Reihe miteinander verbundener Becken, in glänzendem, beinahe fluoreszierendem Grün gekachelt, die drei Viertel des Raums einnehmen und nur Platz für einen schmalen Pfad auf jeder Seite lassen. Die Becken sind durch eine Membran aus wachsartigem Stoff voneinander getrennt. Von den Fliesen sind nur die oberen dreißig Zentimeter sichtbar. Das Wasser ist schwarz und spiegelnd, als hätte man eine öffentliche Badeanstalt mit Tinte gefüllt. All das nimmt Thomas im Vorübergehen wahr, während er seinen Freunden auf dem langen Weg zum anderen Ende folgt. Wo Lady Naylor ist. Und Grendel. Und Mogli, den sie mit Riemen an einen schweren Holzstuhl gefesselt haben.

Lady Naylor bemerkt sie nach zehn Schritten. Es gibt keine Möglichkeit, sich zu verstecken, nur den offenen Pfad zwischen Wand und Beckenrand. Sie tasten sich langsam über den nassen, unebenen Grund, der stellenweise eingesunken, von Rissen durchzogen und mit Abwasserschlamm verschmiert ist. Thomas sieht, wie Lady Naylor zusammenzuckt, blitzschnell nach etwas greift und es vor die Brust hebt, bis sie sie schließlich erkennt und den Gegenstand in den Schoß fallen lässt. Jeder Schritt offenbart ein neues Detail. Lady Naylor hat es sich in all dem Dreck gemütlich gemacht. Sie sitzt in einem Armsessel, neben sich ein Beistelltischchen mit einem Weinglas und einer Flasche; fehlen bloß noch die Pantoffeln. Zu ihrer anderen Seite steht ein mit einem gestärkten Tischtuch herausgeputzter Arbeitstisch, der mit diversen Instrumenten beladen ist. In der

Mitte ragt der dunkle Umriss der großen Rußflasche auf. Am anderen Ende beugt sich Grendel über den Jungen und tupft ihm eifrig die Stirn. Als sie den Raum halb durchquert haben, erkennt Thomas allmählich Moglis fiebriges, schweißnasses Gesicht und das krampfartige Zittern, das seinen kleinen Körper gegen die Fesseln drängt. Er denkt an Renfrews Zahnarztstuhl und an Renfrews Nichte, die Charlie ihnen beschrieben hat, und fragt sich düster, ob es wohl eine Welt gibt, in der Kinder nicht mithilfe von Riemen zurechtgebogen werden. Irgendetwas – eine Nadel? – wächst wie ein maschinelles Geschwür seitlich aus Moglis nacktem Oberkörper heraus, auf Höhe der Leber. Grendel hantiert beflissen daran herum, den Kopf gesenkt, als würde er sich vor dem Kind verneigen.

Nach zehn weiteren Schritten beginnt Livia zu sprechen. Sie muss schreien: Die schwammartigen Wände saugen jeden Ton auf. Sie richtet das Wort an Grendel, nicht an ihre Mutter. Thomas läuft durch ihre Wut wie durch Morgennebel.

»Sie haben mich angelogen, Grendel!«, ruft sie, und er fährt mit einer Sekunde Verzögerung zusammen. »Aber was noch schlimmer ist: Sie haben Mogli angelogen. Er hat Ihnen vertraut. Und jetzt schauen Sie ihn sich an. Warum tun Sie ihm weh?«

Grendel starrt ihnen über die vierzig, fünfzig Schritte hinweg entgegen, die sie noch voneinander trennen, und wedelt mit einer Hand, so sanftmütig wie immer.

»Er hat Fieber, wissen Sie? Lady Naylor sagt, seine Organe verändern sich. Aber keine Sorge, es ist bald vorbei.«

»Sie will ihn schröpfen, Grendel. Ihn ausbluten lassen. Und Sie helfen ihr dabei!« Und dann, mit bitterer Stimme, während der Rauch dichter aus ihrem Körper strömt und in schaumigen Schwaden über den schartigen Boden wabert: »Die anderen hatten von Anfang an recht. Sie sind ein Ungeheuer, Grendel. Sie hätten ihn lieben sollen!«

Er blickt noch einmal auf, geknickt, verwirrt. Vielleicht liegt auch eine Spur Zweifel in seinem geneigten Hals, ein gewisses Bedauern. Aus der Entfernung, in diesem gespenstischen Licht, kann man alles Mögliche in ein Gesicht, eine Haltung hineinlesen. Grendel beugt sich zu der Nadel hinunter, die aus dem ausgemergelten Jungen ragt, öffnet kurz eine Art Ventil, und ein dünner Strahl Blut fließt in eine darüber angebrachte Glasphiole. Lady Naylor, die den gesamten Austausch reglos verfolgt hat, erhebt sich aus ihrem Sessel. Etwas Schweres, Metallisches schlenkert in ihrer Faust.

»Oh, wie melodramatisch, Livia. Nun lass Mr Grendel in Ruhe. Ich bin es doch, auf die du wütend bist.« Sie macht einen Schritt auf sie zu, als wollte sie das Zusammentreffen beschleunigen, und breitet grüßend die Arme aus. »Ihr müsst mir unbedingt erzählen, wie ihr mich hier gefunden habt. Aber ich bin froh darüber, ehrlich. Eine neue Welt bricht an. Wir werden sie gemeinsam willkommen heißen.«

Noch zwanzig Meter. Jetzt hat Thomas alles ganz deutlich vor Augen. Die kleine, doppelläufige Pistole, die Lady Naylors Geste beschwert, sie leicht rechtslastig werden lässt; die Flasche schwarzen Rußes auf dem Tisch, wie bereit zum Dekantieren für ihr letztes Abendmahl; Grendel, der das Blut in der Phiole mit einem gelben, sich bei der ersten Berührung blau verfärbenden Papierstreifen testet. Und vor allem Mogli, Moglis Gesicht, das mit einem schrecklichen Ausdruck von Hoffen und Flehen und enttäuschtem Vertrauen zu seinem Peiniger aufsieht, die Augen geschwollen und glasig vom Fieber.

»Das Papier. Es ist blau geworden!«, ruft Grendel Lady Naylor zu. »Genau wie Sie gesagt haben. Moglis Blut ist *aktiviert.* Darf ich jetzt die Fesseln lösen?«

Lady Naylor antwortet, ohne sich zu ihm umzudrehen. »Bald. Öffnen Sie zuerst noch einmal das Ventil, wie ich es Ihnen gezeigt habe.«

Und in diesem Moment – bei der Erwähnung des Ventils, als

wäre ein Kind ein Fass oder eine Dampfmaschine, die man leerlaufen lassen muss – kehrt etwas zu Thomas zurück, ein Gefühl der Dringlichkeit, das ihm zwischen Selbstmitleid und Zweifel abhandengekommen war. Schon hat er Charlie zur Seite gestoßen und rennt los, taumelt, stolpert auf dem vom Alter zerfressenen Boden, rappelt sich wieder auf.

Er hört weder, was Lady Naylor ihm entgegenschreit, noch weiß er, ob seine Freunde ihm folgen; stürzt wild auf ihre hohe Gestalt zu, Kopf und Schultern wie ein Rugbyspieler zum Tackling gesenkt, eine feine Rauchfahne hinter sich herziehend wie flatternde Rockschöße.

Er kommt bis auf sechs, sieben Schritte an sie heran. Dann bleibt er mit dem Fuß an etwas hängen, und ein Schuss fällt. In der verbrauchten Luft des Raums klingt es wie das Klatschen nasser Hände. Vor ihm: ein Schrei, ein Blutschauer, oder vielleicht ist es Ruß, das feine Klirren zerbrechenden Glases, eine Brandungswelle der Dunkelheit, als nacheinander, in schneller Folge, die Lichtkugeln über den Becken verlöschen, jede mit dem dumpfen Ploppen eines Korkens, der aus seinem Flaschenhals gezogen wird.

Der Boden rast auf Thomas zu und presst ihm alle Luft aus der Lunge.

# OBERSTER HEXENJÄGER

Julius bringt uns zu einem Eingang in die Kanalisation keine zehn Minuten von der Wohnung entfernt: eine ungekennzeichnete Steinplatte über einem Schacht in der Ecke eines schmutzigen Hofs. Der Stein muss an die zwanzig Kilo wiegen, aber Julius, der mit gebrochenen Gliedern vorangehumpelt ist, wälzt ihn ganz allein zur Seite, ohne uns um Hilfe zu bitten. Ein Schlund führt geradewegs in die Tiefe, von den Abmessungen her ungefähr meinem Körperumfang entsprechend. Eine Eisenleiter ist hineingeschraubt. Durch das von Julius vorgegebene Tempo – er ist wie ein Krebs seitwärts durch die Straßen getrippelt – bin ich außer Atem und bedeute ihm zu warten. Er gehorcht, verschmäht jedoch seinerseits die Verschnaufpause, läuft zwischen den Mauern hin und her. Ihn zu beobachten – seine ruckartigen Bewegungen, die Art, wie er den Hals auf dem Rumpf verrenkt – und mich daran zu erinnern, dass er früher einmal mein Schüler war, ein Junge, den man meiner Obhut anvertraut hatte, dreht mir den mächtigen Magen um. Mein Begleiter, Boswell, scheint solche Empfindlichkeiten nicht zu kennen. Während des gesamten Wegs hat er Laterne und Flinte auf unseren Anführer gerichtet, und nun steigt er zuerst in das Loch, damit er Julius von unten in Schach halten kann. Ich selbst trage meinen Revolver im Halfter am Gürtel. Die Vorstellung, ihn ziehen zu müssen, erfüllt mich mit Angst.

Der Schacht ist vielleicht fünf Meter tief. Unten beginnt die

Kanalisation. Während der letzten paar Tage habe ich immer wieder Männer hineingeschickt. Spione. Seit ich erfahren habe, dass Aschenstedt Ashton ist und dass das Parlament in seiner unendlichen Weisheit einen Terroristen damit beauftragt hat, die alte Hauptstadt zu säubern. Ich hatte mir die Kanalisation als etwas Ordentliches vorgestellt: ein System aus Tunneln, durch die der Müll fließt. Doch meine Leute haben mir von einem Spinnennetz berichtet, einem Labyrinth. Alte und neue Tunnel auf unterschiedlichen Ebenen, verbunden durch vertikale Schächte und siloartige Kammern. Fünfstöckige Senkgruben für einzelne Viertel, die von Aschenstedts Männern angezapft und leer gepumpt wurden. Dampfbetriebene Bohrer, Abflüsse und Schleusen, Wasserpumpen so groß wie Kornspeicher in eigens dafür errichteten Räumen, Abluftrohre, die zu Lüftungsschächten führen. Ein ganzer Trupp Ingenieure wäre nötig, um aus der Anlage schlau zu werden. Meine Männer sind vieles, aber Ingenieure sind sie nicht.

Jetzt, da wir den Fuß des Schachts erreicht haben, kann ich ein solch komplexes Netz nicht entdecken. Nur einen schmierigen Tunnel, der nach Kloake stinkt. Nach zehn Schritten scheuchen wir ein Rattennest auf. Julius eilt auch hier voraus, scheint am Lichtkegel von Boswells Laterne zu zerren wie ein Hund an der Leine. Ich bin mir nicht sicher, ob er einer Fährte folgt oder das Ziel bereits kennt. Manchmal hält er an Gabelungen kurz an, saugt schnüffelnd die faulige Luft ein. Einmal stützt er sich an der Wand ab und fährt mit der Zunge über den Schimmel. Dann hastet er weiter, stets mit denselben ruckartigen Marionettenbewegungen, seinen Umhang aus Rauch bei Fuß. Meine Uhr ist stehen geblieben und lässt sich nicht mehr aufziehen. Wir haben eine Welt jenseits der Zeit betreten.

Ich frage Julius, wohin er uns bringt.

»Weiter«, sagt er mit monotoner Stimme, und sein gebrochener Kiefer schlackert.

Weiter. Na schön, im Namen der Regierung. Wie ich ist nun auch Julius ihr Diener geworden. Der Staat ist nicht wählerisch. Er nimmt jeden Handlanger, der seinen Zweck erfüllt, schert sich nicht um Beweggründe oder macht sich diese sogar noch zunutze, webt sie in das Tuch seiner Bedürfnisse ein. Aber was will er eigentlich, dieser kaputte Albtraum von einem Jungen? Warum hat er es so eilig? Rache an Thomas vermutlich; Muttermord. Wann immer ich Mr Argyle oder Lady Naylor erwähne, dünstet er Dunkelheit aus, und ich muss aufpassen, sie nicht einzuatmen. Boswell bekommt sie ein paarmal ab; das Weiß seiner Augen färbt sich schmutzig grau. Julius, so begreife ich, ist nicht wahnsinnig. Er ist das Material, aus dem Wahnsinn gewirkt wird.

Endlich sind wir da. Oder besser gesagt: nah dran. Eine Absperrung hält uns auf, ein Gitter aus armdicken senkrechten Stäben, die Abstände gerade breit genug, um einen Arm oder eine Schulter hindurchzuzwängen, nicht mehr. Ein helles Licht, seltsam fahl und leblos, wirft die Schatten der Stäbe auf unsere nahenden Gestalten. Ich bedeute Boswell, die Laterne auf den Boden zu stellen, dann presse ich meinen Bauch gegen das Gitter, dränge die Wange an seine rostige Kälte. Von unserer Warte kann ich nur einen kleinen Teil des Raums dahinter überblicken: ein Gewölbe, einen Arbeitstisch, Lady Naylors schlanken Hals und ihr hochgestecktes Haar. Oberkörper und Beine werden von der Rückenlehne ihres Sessels verdeckt, und selbst ihr Kopf ist halb hinter einem Stahlträger verborgen, der zwischen ihr und uns die Decke stützt. Der Tisch neben ihr biegt sich unter Instrumenten und Messbechern und einer bauchigen dunklen Glasflasche. An seinem anderen Ende, wo mir nichts die Sicht versperrt, ist die gebeugte Gestalt eines Mannes zu erkennen, der sich um ein Kind kümmert. Der Mann ist unscheinbar: ein Krämer mit schiefem Hals. Das Kind sieht fremdländisch aus, dunkelhäutig, und ist an einen Stuhl gefesselt. Sein

Kopf ragt bis zum Halsansatz über die Tischplatte. Kapitän van Huysmans Teufel wirkt kränklich. Sein Mund steht weit offen, und über dem Ohr fällt ihm das Haar büschelweise aus. Als sei er in der Mauser, neu geboren aus Schmerz und Schweiß.

*

Wir versuchen gar nicht erst, die Stäbe zu durchbrechen. Ihre Enden sind in Decke und Boden einzementiert. Wir bräuchten mindestens eine Stunde und eine Spitzhacke, um durchzukommen. Also bleibt uns nur eins. Das weiß auch Boswell. Als ich mich zu ihm umdrehe, hat er den Hahn des Gewehrs bereits gespannt.

»Wohin soll ich zielen?«, fragt er. Er spricht leise, doch in seiner Stimme schwingt freudige Erregung mit.

»Auf Mutter«, sagt der Marionettenjunge. »Bestrafen Sie Mutter.«

Er klingt wie ein Kind, das um etwas Süßes bettelt, zeigt in die Richtung. Der Finger ist gebrochen und steht seitlich ab, wie ein Finger nicht abstehen sollte.

»Mutter. *Mama*. Schnell, schnell, schnell!«

Boswell zögert. »Schwieriger Schuss«, sagt er. »Der Stahlträger ist im Weg.« Und nach einer Pause: »Was ist mit dem Kind?«

Gott steh mir bei, tief in meinem Inneren weiß ich, dass er recht hat. Wenn wir das hier (was auch immer es ist) aufhalten und diesem teuflischen Plan ein Ende setzen wollen, wäre es mit Abstand die sicherste Option. Das Kind ist der Schlüssel. Aschenstedt und Lady Naylor haben ein Vermögen bezahlt, um es ins Land zu schmuggeln. Selbst jetzt starrt sie auf den Jungen, wartet auf etwas, irgendeine Offenbarung, ein Ereignis. Ist er erst einmal eliminiert, können wir sie in aller Ruhe verhaften. Als Adelige hat sie Anrecht auf einen Prozess. Das Kind nicht. Und schließlich ist es unsere Pflicht. Für Königin und Vaterland, für das Wohl des Staates. Er hat es verfügt. Wir müssen gehorchen.

Boswell schaut mich aus rauchgetrübten Augen an. Ein ungeduldiger Blick. Er erwartet die Order seines Kommandanten. Ich halte ihm stand. Hinter den Eisenstäben, in dem Teil des Raums, den wir nicht einsehen können, ertönt eine Stimme, die Worte auf die Entfernung unverständlich. Lady Naylor erhebt sich und erwidert etwas, tritt vor, eine kurzläufige Pistole in der Hand, gestikuliert, befiehlt etwas. Die Stimme einer Aristokratin.

Der Rauch ihres Sohns füllt unsere Lungen.

Boswell kostet ihn, leckt daran, entscheidet sich. Sein Finger krümmt sich um den Abzug. Meine Hand schlägt nach dem Lauf, als die Kugel bereits hindurchzischt: Ich spüre ihr heißes Beben. Das ist Hochverrat, nichts weniger, der absichtliche Verrat meiner Mission. Aus welchem Antrieb? Anstand, schätze ich, Abneigung gegen den Tod. Offenbar hat der Hexenjäger in mir seine hartherzige Leidenschaft für die Gerechtigkeit eingebüßt. Ich bin schon viel zu lange Schulleiter.

Der Schuss ist ohrenbetäubend. Die Kugel trifft den Tisch; eine Explosion aus Glas. Dann passiert alles ganz schnell. Boswell spannt gerade nach, als Julius ihm das Gewehr aus der Hand nimmt. Er entreißt es ihm nicht gewaltsam, muss sich nicht einmal besonders anstrengen. Er nimmt es einfach in seine zertrümmerten Hände, dreht es um, holt aus und rammt es zentimetertief in Boswells Gesicht. Der Mann ist tot, noch bevor er auf dem Boden aufschlägt. Eine schwarze Wolke entfährt ihm und springt an Julius' Brust hinauf wie ein Hund, der sein neues Herrchen begrüßt. Anschließend richtet der Junge die Waffe auf mich.

Er gibt mir Zeit, meine Pistole zu ziehen. Nur Gott weiß, was er in diesem Moment denkt. Auf seinem Gesicht spiegelt sich kein Hass, sondern eingeschnappte Bockigkeit, dass er seinen

Willen nicht bekommen hat. Ich fummle am Halfter herum, zerre die Waffe heraus, kriege den Finger nicht durchs Loch. Am Ende lasse ich sie fallen. Sie wirbelt zwischen meinen Zehen im Kreis.

Julius schießt. Er trifft meinen dicken Bauch, genau dort, wo mein Gürtel über den Nabel verläuft. Ich kippe um, als hätte ich mich erst im Nachhinein dazu entschlossen, sehe ihn mit weit aufgerissenem Mund über mir stehen, das zahnlose Zahnfleisch entblößt, den Rauch schlürfend, der aus meiner Wunde steigt wie Dampf aus einem undichten Heizungsrohr. Wo er durch seinen Körper strömt, wechselt er die Farbe, wird doppelt so dunkel, entfaltet sich hinter ihm wie eine Flagge. Julius trinkt mich aus und spannt den Hahn für einen zweiten Schuss.

Plötzlich nähert sich etwas von hinten. Der Mann mit den plumpen Zügen eines Krämers. Ich weiß sofort, dass er kein Mensch ist. Er raucht nicht. Er steht auf der anderen Seite der Gitterstäbe, keine dreißig Zentimeter von Julius entfernt, mitten in seinem Rauch, und raucht selbst kein bisschen. Von Nahem ist es ein freundliches Gesicht: rund und rötlich unter einer Glatze. Der Krämer schiebt den Arm durch das Gitter. Er hat Lady Naylors Pistole in der Hand: eine Beretta mit Ornamenten, die in den stählernen Doppellauf gehämmert sind. Die Spitze berührt Julius' Hals.

Beide halten kurz inne; ein verschwörerischer Moment, eine Bitte, die geäußert und gewährt wird, während Junge und Krämer einen Blick wechseln. Zwei Ungeheuer aus benachbarten Gruben, eins rauchlos, das andere triefend vor rohem Verlangen. Dann fällt der Schuss, und ich bemerke etwas in Julius' Rauch, etwas so Wesentliches, Allumfassendes, dass es mir bisher entgangen ist; das Konservierungsmittel, von dem seine Bosheit umschlossen ist: Selbsthass, die Gier nach der eigenen Vernichtung, ein verzweifelter Wunsch nach Frieden. Julius kippt nach vorn, in die Stäbe, kniet vor dem Krämer. Der Mann dreht sich zu mir. Die Pistole dreht sich mit. Sie ist ruhig auf meinen massigen Körper gerichtet.

Er wird auch mich erschießen. Ich sehe es ihm an. Er wird es ruhig und milde tun, ohne Leidenschaft und Eigeninteresse, nicht für sich selbst, nicht aus Wut oder Triumph oder weil er von einer Wahrheit besessen ist; einfach weil ich ihm und den Seinen Schaden zufügen kann, solange ich lebe, und nicht mehr, wenn ich tot bin.

Schließlich erkennt er, dass es um mich schon geschehen ist, und wendet sich ab. Ich schaue ihm in ängstlicher Bewunderung nach. Vielleicht ist seine Rasse die Zukunft. Das könnte dem Staat gefallen.

Der Krämer wird ihm gut dienen.

# LUNTE

Und so müssen sie Julius ein zweites Mal sterben sehen. Es ist eine Art Schattenspiel, wie es ein Lieblingsonkel für seine kleinen Nichten und Neffen mit geschickten Händen an die Schlafzimmerwand werfen würde, vom schwachen Licht einer Gaslampe, die mit gedimmter Flamme irgendwo hinter dem massigen Schatten der Spieler steht, rückwärtig beleuchtet. Grendels Schuss, der das Stück beschließt, zerreißt das Halbdunkel wie ein Blitz. Wie als Antwort erwachen erst eine, dann mehrere der Lichtkugeln über ihren Köpfen wieder zum Leben, flackernd zwischen bromidschwarzer Finsternis und trübgelbem Funkeln.

Livia windet sich in Charlies Armen, kämpft gegen seine Umklammerung an. Er kann sich nicht erinnern, sie gepackt, ihren Kopf in die klägliche Deckung seiner Brust gezogen zu haben. Sie will zu ihrer Mutter, die leblos im Dreck liegt. Ein paar Schritte vor ihnen rappelt Thomas sich auf. Noch ein Stück weiter platziert Grendel die Pistole auf dem Tisch – ein Werkzeug, das seinen Dienst getan hat – und bückt sich, um Mogli von den Fesseln zu befreien. Er entfernt die Nadel aus dem Körper des Jungen und zugleich die kleine Phiole, die mit seinem Lebenssaft gefüllt ist, verschließt das Gefäß und legt es behutsam nur Zentimeter neben die Pistole, bevor er sich eine Stoffschlinge an Schulter und Hüfte befestigt und das fiebernde Kind hineinsetzt.

Erst als Grendel sich ein paar Meter von Tisch und Waffe entfernt hat, lässt Charlie Livia los. Die ganze Zeit über hat er die Verwirrung in ihrem Rauch gespürt. Sie stürzt fort und holt Thomas ein, der seinerseits losstürmt. Für zwei Schritte laufen sie Seite an Seite, berühren sich mit den Ellbogen, um einander Trost zu spenden. Dann trennen sich ihre Wege. Livia rennt zu ihrer Mutter, Thomas zum toten Schulkameraden, der sich im Eisengitter verfangen hat wie ein Fisch im Netz; er ist auf die Knie gefallen, den aschgrauen Kopf zwischen den Stäben, die Arme ausgebreitet wie ein Messias. Hinter Julius liegen ein Mann mit einem eingeschlagenen Gesicht und ein Fleischberg, der einmal Direktor Trout war.

Jetzt setzt auch Charlie sich in Bewegung. Er ist fast da, bis ihm sein Ziel bewusst wird. Mogli. Grendel. Die Pistole. Trotzdem hängen seine Augen an Livia und Thomas. Livia ist neben Lady Naylor niedergesunken, befreit das Gesicht ihrer Mutter aus dem Wirrwarr zerzausten Haars und merkt, dass ihre Hände blutverschmiert sind. Was Thomas betrifft, glaubt Charlie im ersten Moment, dass ihn die Angst zur Eile treibe. Thomas hat Julius in dieser Nacht schon einmal getötet, ihn zertrümmert, bis kein Atemzug mehr aus seinem Körper drang. Und doch ist er wiederauferstanden, ein schwarzer Christus. Wer weiß, ob er nicht ein zweites Mal von den Toten ersteht, emporschnellt und in die Dunkelheit huscht. Aber dann sieht Charlie, wie Thomas Julius schüttelt und seinen abgemagerten Arm durch die Gitterstäbe zerrt. Er will nicht sicherstellen, dass Julius tot ist. Er will ihn wach rütteln. *Mach, dass er aufersteht*, scheinen seine Bewegungen zu sagen, *dass er davonhuscht*. Das würde ihn zumindest von einer Schuld freisprechen.

Charlie läuft weiter, unbeirrt, mechanisch, wie im Traum. Kommt an Livia vorbei, erkennt, dass Lady Naylor lebt, dass ihre Tochter sie zunächst mit Worten, später mit angstvollen Schlägen zu wecken versucht, kleinen Ohrfeigen auf die heile Wange;

die andere ist von Striemen und Schnittwunden entstellt. Livias Augen flehen ihn um Hilfe an, doch Charlie hat ein dringlicheres Ziel. Hier beim Tisch ist der Boden mit Glassplittern übersät. Sie knirschen bei jedem Schritt. Er erreicht die Pistole, steckt sie ein und spürt, wie ein Teil der Anspannung von ihm abfällt. Daneben liegt noch immer die Phiole mit dem Blut. Drei Meter weiter wiegt Grendel seinen Schützling im Arm. Aus Charlies Perspektive wirkt es, als würden zwei Köpfe aus seinem Rumpf wachsen, einer alt und gütig, der andere kindlich, vom Fieber gefleckt, aber ebenso unerschütterlich ruhig wie der erste. Es ist diese Ruhe, die den Rauch zurück in Charlies Lunge bringt und seinen Atem in eine Wolke der Abscheu verwandelt.

»Sie haben ihn erschossen«, sagt er unnötigerweise. Die Worte wabern in einem schwefelgelben Schleier zu Grendel und dem Jungen hinüber und ohne die geringste Wirkung durch sie hindurch. »Darüber haben wir einmal diskutiert. Ob es möglich ist, einen Mann auf gerechte Weise zu töten, ohne Rauch.« Und leise, wütend fügt er hinzu: »Damals hätte ich nicht gedacht, dass es so schrecklich ist.«

Als Grendel sich umdreht und ihn ansieht, ist sein Engelsgesicht so friedlich wie eh und je, frei von Zweifeln oder Vorwürfen.

»Still jetzt«, sagt er. »Sie machen dem Kind Angst.«

Charlie schaut ihn an und kann es nicht ertragen. Er wendet sich zu seinen Freunden um. Eine Sekunde lang herrscht eine Art Windstille. Alles, was sie hierhergetrieben hat, hat sich aufgelöst. Der Junge ist am Leben, Grendel entwaffnet, Sebastians Plan vereitelt. Doch ihr Triumph wird von einem Geräusch verhöhnt, einem leisen Winseln. Charlie braucht einen Moment, um es Lady Naylor zuzuordnen und als Ausdruck tiefster Qual zu deuten.

*

»Was ist mit ihr? Wurde sie getroffen?«

»Ich glaube nicht.«

»Und das ganze Blut?«

»Schnittwunden an Gesicht und Armen. Die Kugel hat wohl die Flasche getroffen. Die große Rußflasche auf dem Tisch. Neben ihrem linken Auge ist auch ein Schnitt, aber nicht sehr tief.«

»Was hat sie dann?«

In Wahrheit scheint Lady Naylor vor Schmerz den Verstand zu verlieren. Sie kriecht auf dem Bauch durch den mit Scherben gespickten Schlick. Anfangs denkt Charlie, sie wolle zu ihrem Sohn, verstört durch seinen Tod. Doch ihr Blick verirrt sich nie zu der Stelle, an der Thomas sich um den Toten bemüht. Stattdessen ist er auf den Boden geheftet; ihre Hände lesen Glassplitter auf und krallen sich in kleine Rußlachen. Die linke Seite ihres Gesichts ist zerfetzt, ein Hautlappen, der sich vom Wangenknochen gelöst hat und unentwegt blutet, während der Rest schnell zuschwillt. Charlie tritt zu ihr, umfasst ihre Handgelenke, hält ihre Arme fest.

»Sind Sie verletzt?«

»Alles verloren«, erwidert sie flüsternd. Ihre Lippen sind bleich, so weiß wie ihre Zähne. »Verschüttet. Verdorben. Wir hatten so schon kaum genug.«

Charlie ignoriert das Gerede, will sie hochziehen, hört ihren schrillen Schmerzensschrei. Er lässt sie wieder zu Boden sinken, dreht sie auf den Rücken, bettet ihren Kopf in seinen Schoß.

»Das Bein?«, fragt er, als er die angestrengte Starre ihrer Gliedmaßen bemerkt. »Wurde Ihr Bein getroffen?«

Lady Naylor schüttelt den Kopf. »Bin ausgerutscht. Vor Schreck. Gebrochene Hüfte. Oder vielleicht der Oberschenkel.«

Charlie nickt, deutet hinter sich. »Das waren Direktor Trout und einer seiner Männer. Julius war bei ihnen. Ihr Sohn ist tot, Lady Naylor. Es tut mir sehr leid.«

Sie scheint ihn gar nicht wahrzunehmen, fängt an zu zittern, murmelt weiter vor sich hin.

»Alles verloren. Viereinhalb Liter. Aber Julius hat die Hälfte gestohlen. Die Hälfte! Kaum genug. Verschüttet, nutzlos. Verloren, alles verloren.«

Charlie schaut auf sie hinab, versucht, aus ihrem Gestammel schlau zu werden. Livia kniet sich neben ihn und verlagert Lady Naylors Kopf in ihren eigenen Schoß. Sie hat die Weinflasche und das Glas geholt, die das Durcheinander auf dem Beistelltischchen neben dem Armsessel unbeschadet überstanden haben, und schenkt ihrer Mutter Port ein. Die trinkt die süße Flüssigkeit mit gierigen Schlucken, während Charlie aufsteht und den Blick über den Tisch und den Raum schweifen lässt, von einem neuen Gedanken erfasst.

*

Die Kugel muss die Flasche genau mittig durchschlagen haben. Vielleicht war es auch Schrot, ein Dutzend Bleikügelchen, die das stabile Glas zersprengt haben. Auf der Tischplatte ist nur noch der kreisrunde Boden der Flasche zu finden, fingerdick. Rundherum starrt das Tischtuch vor Ruß, der Großteil ist wohl weitergeflogen, in einem Schauer aus tiefstem Schwarz, vom schwammigen Schlamm auf dem Boden aufgesogen. Hinter dem Tisch hat das Blei eine große Metallkiste durchsiebt, aus deren Eingeweiden sich die Gummischnur der Lichtkugeln an der Decke windet. Ansonsten ist der Tisch nahezu unberührt, vor allem am hinteren Ende, wo Moglis Stuhl steht. Daneben befindet sich ein Zinneimer mit klarem Wasser, an dem ein nasser Waschlappen hängt. Den hat Grendel sicher benutzt, um das Fieber des Jungen zu lindern. Charlie hebt den Eimer an, reicht Livia den Waschlappen und gießt das Wasser achtlos aus, bevor er an das nächstgelegene Filterbecken tritt.

Es ist fast bis zum Rand gefüllt, deshalb ist es nicht schwer, einen Eimer voll herauszuschöpfen. Irritiert von den flackernden Lichtkugeln, trägt Charlie seine Last an die Stelle, wo der Schein von Trouts Gaslaterne durch die Eisenstäbe dringt. Er muss gegen die Übelkeit ankämpfen, als er die Hand in das Schwarz tunkt; spürt die Rußkörner, die umherwirbeln wie Lehmpartikel in einem trüben Teich, holt eine Handvoll heraus. Ein Schatten fällt auf ihn: Thomas, der sich vorbeugt, um seinen Fund zu betrachten. Der Ruß bebt in Charlies zur Schale geformten Handflächen. Er ist sehr dunkel.

Aber nicht schwarz.

Sie wechseln einen Blick, Charlies verwirrt, Thomas' traurig und wütend.

Plötzlich wendet sich Thomas um und marschiert auf die hingestreckte Gestalt von Lady Naylor zu.

Charlie folgt ihm auf dem Fuß.

*

In den letzten Tagen hat Charlie Thomas schon viele Rollen einnehmen sehen. Bluthund, unerbittlich auf der Suche nach einer Spur; Märtyrer und Dämon, der sich ins Dunkel seiner Existenz hinabbegibt; reumütiger Mörder zwischen Selbsthass und Apathie. Jetzt wird er zum Inquisitor. Er hat seinen schneidenden Zorn wiederentdeckt oder ihn vielleicht nur nach außen gekehrt, wie ein Messer, das zwischen seinen Rippen gesteckt hat. Von diesem Zorn lässt er sich zum Tisch führen, greift nach dem kleinen Gefäß mit Blut, geht vor Lady Naylor in die Hocke. Livia hat die Röcke ihrer Mutter zurückgeschlagen, ihre Unterwäsche freigelegt. Lady Naylors Bein ist so geschwollen, dass es aussieht, als wäre ein Fußball an ihren Oberschenkel gebunden. Weder Charlie noch Thomas wenden den Blick ab, als Livia ihre Untersuchung fortsetzt. Thomas beugt sich über Lady Naylor, versucht, ihr ins Gesicht zu schauen, bedeutet Charlie, sie aufzurichten, egal, wie viel Schmerzen es ihr bereiten mag. Sie ist blass, aber bei Bewusstsein. Die rechte Seite ihres Gesichts ist schön, die linke dick wie Hefeteig. Thomas hebt die Phiole vor ihr unversehrtes Auge.

»Moglis Blut«, fängt er an. »Fünfzig bis achtzig Stunden nach der Infektion. Sebastian hat Livia verraten, dass zweitausendzweihundert Kubikzentimeter nötig sind. Ein bisschen mehr als zwei Liter. Das hier ist weniger als ein halbes Glas.«

Lady Naylor mustert ihn und lächelt fast; aschgraues Zahnfleisch, ein Mundwinkel tief im geschwollenen Fleisch vergraben.

»Fünfzig Milliliter. Fünf Fingerhüte voll.« Ein Husten anstelle eines Lachens. »Hältst du mich für einen Vampir, Thomas?«

»Wir halten Sie für skrupellos, Milady.«

Sie nimmt seine Antwort hin, schließt das gute Auge. Als sie es wieder öffnet, blitzt Stolz darin auf. »Das stimmt. Skrupel habe ich keine.«

»Zweitausendzweihundert Kubikzentimeter«, fährt Thomas ungerührt fort. »Livia hat ihn falsch verstanden. Sebastian meinte Ruß, nicht Blut. Sie haben um eine Flasche geweint. Ihr Sohn ist tot, und Sie betrauern Dreck. Schlimmer noch: vergangene Morde, die Sie mit der Rasierklinge geerntet haben. Unter den Achseln, der Zunge.« Er würgt, wirft eine Schleimperle aus, beobachtet, wie sie dampft, als wäre der Boden ein heißes Backblech. »Was ist so besonders an diesem Ruß, Lady Naylor? Sie haben eine ganze Kanalisation gebaut, um Sünde zu sammeln. Sie haben bestimmt hunderttausend Liter direkt vor Ihrer Nase.«

Als Lady Naylor, von Schmerzen geschüttelt, nicht gleich antwortet, tut Charlie es für sie. Er mustert die trübe Brühe, die er aus dem Becken geschöpft hat.

»Der Ruß aus der Kanalisation ist nicht schwarz genug. Selbst jetzt nach dem Filtern. Für das, was Sie planen, brauchen Sie den Ruß von Mördern.«

Lady Naylor zittert, beherrscht sich dann wieder. »Nicht nur den Ruß von Mördern, Charlie. Er muss noch viel reiner sein: die finstersten Begierden des Herzens, bar jeder Menschlichkeit. Ich habe meine Ernte Körnchen für Körnchen handverlesen. Gerade einmal zehn Prozent waren verwendbar. Es ist der schwärzeste Ruß, der je gesammelt wurde. In großen Mengen wird er flüssig.«

Charlie sieht, wie Thomas bei diesen Worten schwankt, die Hände zu Fäusten geballt. »Sie hatten über vier Liter. Das haben Sie eben selbst gesagt. Aber in der Flasche war nicht viel mehr als die Hälfte. Hat Julius den Rest gestohlen?«

Sie nickt, hält Thomas' Blick stand. Jetzt ist er es, der zittert.

»Das erklärt, was aus ihm geworden ist. Und aus mir.«

Thomas seufzt. Sein Zorn hat sich erschöpft; das macht ihn jünger, matt. Doch Charlie lässt nicht locker.

»Ich begreife es immer noch nicht, Lady Naylor. Warum? Was hatten Sie vor? Warum haben Sie diese Becken gebaut? Nichts davon ergibt Sinn.«

Sie sackt zusammen, scheint in ihrem Schmerz zu versinken, ehe sie in plötzlicher Erregung wieder aufschreckt.

»Ich kann es Ihnen zeigen, Charlie. Geben Sie mir Moglis Blut. Nur einen Tropfen. Dann sehen Sie es selbst.«

*

Es ist ein Trick. Es muss ein Trick sein, denn Lady Naylor ist durch und durch böse und will die Welt mit blutiger Revolution überziehen.

Oder etwa nicht? Als Charlie sie jetzt anblickt – blass, erschöpft, tapfer –, findet er es schwer zu glauben, dass ihre Ziele so barbarisch und trivial sein sollen. Und dann ist da noch ihre Traurigkeit. »Ich habe bereits versagt«, beteuert sie immer wieder, während sie zögern. »Nichts kann das mehr ändern. Bitte. Nur ein Tropfen. Ich will es nur noch einmal sehen.«

Thomas, Charlie und Livia schauen sich an, wägen ihr Misstrauen ab. Schließlich nimmt Livia Thomas die Phiole aus der Hand und wendet sich mit grimmigem Blick an ihre Mutter.

»Sag mir, was ich tun soll«, flüstert sie. Und: »Wag es bloß nicht, mich anzulügen, Mutter. Nicht noch einmal.«

Lady Naylor nickt. Die gespannte Erwartung hat ihr neues Leben eingehaucht.

»Zuerst den Eimer«, weist sie ihre Tochter an. »Nur einen Tropfen.«

»Ich weiß schon, was dann passiert. Sebastian hat es mir gezeigt.«

Trotzdem kniet sich Livia neben den Eimer, entkorkt die Phiole und lässt vorsichtig einen einzelnen Tropfen herauslaufen. Er fällt hinab in die Dunkelheit. Sofort springt Livia zurück. Sie warten, einen Atemzug lang, zwei, fünf.

Nichts geschieht.

»Ruß belebt sich nur langsam. Je heller, desto schwieriger. Sebastian hat die Sünde der Stadt gefiltert. Hier ist der Ruß am dunkelsten; er wird von Becken zu Becken heller. Die Wut und Not vieler Jahrzehnte. Wenn wir die Fläschchen mit dem Lösungsmittel aus der Fabrik herunterholen würden, könnten wir vielleicht einen Bruchteil davon beleben. Aber bei Moglis Blut braucht es eine reinere Art von Ruß, um die Reaktion in Gang zu setzen.«

Lady Naylor will sich aufrichten, verzerrt das Gesicht, deutet auf einen pechschwarzen Fleck, der ein Stück neben ihrer Hüfte an einem Glassplitter hängt wie Honig an einem Löffel. Er ist so finster, dass er wie ein Loch im Boden aussieht.

»Jetzt dort, Livia. Bitte.«

Wieder starrt Livia ihre Mutter grimmig an; wieder treibt die Neugier sie zu dem Rußfleck und lässt sie die Phiole neigen. Charlie tritt an ihre Seite und hält ihre Hand fest, damit sie nicht zittert.

»Ich muss es wissen«, sagt sie fast entschuldigend. »Was sie vorhatte. Ob sie die Wahrheit sagt.«

Charlie nickt, fängt Thomas' Blick auf, beobachtet, wie der Tropfen in den Ruß stürzt wie in einen Abgrund.

Was dann passiert, ist schwer zu beschreiben. Livia hat es in dieser Nacht schon einmal versucht, doch es ist eine Sache, von einem Feuerwerk zu hören, und eine andere, eins zu erleben. Für einen Moment ist alles still. Dann entzündet sich der Ruß in einer widerwärtigen schwarzen Wolke. Sie weichen zurück, als die Wolke sich wie ein Miniaturbuschfeuer ausbreitet und winzige Rußpartikel in Brand steckt, die sich schon vor langer Zeit im Stein festgesetzt haben. Rauchfäden krabbeln wie Käfer über den Boden, nicht mehr nur schwarz, sondern vielfarbig schillernd; klettern an den Tischbeinen hoch, werfen sich in die Furchen zwischen den alten Ziegeln, springen in den Eimer und hissen eine regenbogenfarbene Rauchflagge. Hie und da entzünden sich weitere Tröpfchen reinen Rußes und lösen eine eigene Kettenreaktion aus, flüchtig, nach einem Meter verbraucht. Livia, Thomas und Charlie stehen im Zentrum dieser wild gewordenen Wiedergeburt, saugen ihr Aroma ein, antworten mit ihrem ureigenen Rauch; Freude, Angst, Wut und brennendes Verlangen verstricken sie in ihre Netze. Wie eine gedämpfte Unterhaltung ihrer Körper, ohne Gehirn und Zunge: schamlos, ehrlich, intim; nicht frei von Zorn und Schmerz, aber auch reich, unmittelbar, großzügig. Hemmungslos teilen sie ihr Selbst. Und mittendrin Grendel, ungerührt, unrührbar, der das Kind an seiner Brust wiegt. Nie zuvor hat Charlie Grendels Isolation so deutlich gespürt wie in diesem Augenblick. Und einen Herzschlag lang, während er selbst noch raucht, bemitleidet er den Mann aus tiefster Seele.

*

Erst Minuten später ist auch das letzte bisschen Rauch verebbt. Zwei-, dreimal denken sie, es sei vorbei, und plötzlich steigt gleich neben ihnen eine neue Wolke empor – rosafarben, gelb, braun – und facht ein weiteres Netz aus Fäden an. Der Rauch verliert an Energie, flaut ab, erwacht dreißig Zentimeter weiter zu neuem Leben, macht einen halben Meter Boden gut, zehrt sich dann selbst auf. Am Ende ist aller Rauch verschwunden, und Ruß regnet im zittrigen Licht der Kugeln auf sie herab. Als Charlie sich zu Lady Naylor wendet, sieht er, dass sie weint.

»Das ist es also«, sagt sie. »Das Ende unseres Traums. Drei Jahre habe ich gebraucht, um diesen Ruß zu sammeln, viele Monate, um ihn zu verfeinern. Moglis Blut wird schon bald seine Fähigkeiten einbüßen. Wenn wir Zugang zu meinem Labor hätten, könnten wir es in seinem aktuellen Zustand konservieren. Aber hier – hier fehlen uns einfach die Mittel. Wir könnten natürlich ein neues Kind suchen, einen weiteren Unschuldigen. Doch vielleicht gibt es schon gar keine mehr.« Sie spricht zu Charlie, der sich zu ihr gebeugt hat; spricht vertraulich und traurig, wortgewandt trotz ihrer Niederlage. »Also läuft es auf die Welt Ihres Vaters hinaus, Charlie, oder auf Renfrews Welt. Die blasierte Scheinheiligkeit der Reichen oder das erbarmungslose Korsett der Selbstdisziplinierung. Was werden Sie wählen?«

Charlie schaut sie nur ausdruckslos an.

»Von welchem Traum reden Sie eigentlich, Lady Naylor? Was zur Hölle haben Sie hier unten ausgeheckt?«

*

Doch in Wahrheit weiß er es bereits oder hat es zumindest erraten. Er schaut Livia an, während er es in Worte zu fassen versucht, schaut Thomas an; sie alle brüten über demselben Gedanken.

»Der meiste Ruß belebt sich nur langsam. Er ist wie feuchtes Feuerholz, unmöglich zu entzünden. Nur schwarzer Ruß brennt. Also haben Sie den schwärzesten Ruß gesammelt, den Sie finden konnten. Über vier Liter, nur um sicherzugehen.« Er weist auf die Stelle, wo die Flasche auf dem Tisch gestanden hat, wartet, bis Lady Naylor nickt. »Aber es geht nicht nur darum, schwarzen Ruß zu beleben, sondern vor allem darum, ihn zu verwandeln, ihn flüchtig werden zu lassen. Hier kommt Moglis Blut ins Spiel. Es hat eine besondere Eigenschaft, etwas, das dem Zeug in den Zigaretten fehlt. Es löst eine Kettenreaktion aus. Damit die Belebung sich fortsetzt wie die Wellenkreise eines ins Wasser geworfenen Kiesels und sich selbst erhält, immer weiter und weiter: Der Ruß in der Flasche ist der Kienspan, der den Ruß im dunkelsten Becken entzündet, damit dieser wiederum das nächste Becken entfacht, bis auch der schwächste Ruß den Funken weiterträgt. Aber wo soll er hin, all der Rauch in diesem Gewölbe? Schließlich gibt es hier keine Schornsteine zur Stadt.« Er verstummt, stellt sich noch einmal die Karte vor, die Thomas gezeichnet hat, das verworrene Netz aus Linien, die alle miteinander verbunden sind, alle in eine Richtung führen. »Das hier ist nicht nur ein Filtersystem, oder, Lady Naylor? Es ist eine Lunte! Die Becken sind mit der Kanalisation verbunden. Und die führt in den Fluss.« Charlie schluckt. »Also hätte auch die Themse Feuer gefangen. In ihr wimmelt es nur so vor Ruß. Genau wie in ihren Zuflüssen, im Grundwasser und in den Brunnen. Vielleicht hätte sogar das Meer zu rauchen begonnen.«

»Schwarzer Regen«, flüstert Livia in sein plötzliches Schweigen hinein. »Sebastian hat gesagt, er hätte von schwarzem Regen geträumt. Das ist abscheulich, Mutter!«

Lady Naylor sieht ihrer Tochter geradewegs in die Augen und weigert sich, beschämt den Blick zu senken.

*

Thomas nimmt den Gesprächsfaden wieder auf. Er denkt pragmatisch, interessiert sich nicht für Lunten und Kettenreaktionen, die Physik des Rauchs. Er will wissen, was es mit der Welt angestellt hätte. Und mit ihm.

»Ein Zeitalter der Dunkelheit, Lady Naylor. Großbritannien geht im sich selbst gebärenden Rauch unter. Chaos, Mord, Niedertracht. Ich hätte gut in diese neue Welt gepasst, wäre bloß so mager geworden wie Ihr Sohn da drüben, zu wahnsinnig, um ans Essen zu denken. Vielleicht hätte es viele wie uns gegeben, die umherstolpern, Unsinn brabbeln und eine Welle der Gewalt hinter sich herziehen. Das Jüngste Gericht, was?« Er unterbricht sich, hockt sich vor Lady Naylor, schaut ihr ins entstellte Gesicht. »Sie müssen sehr enttäuscht von der Welt sein, um sie so bestrafen zu wollen.«

Doch Lady Naylor schüttelt nur den Kopf. »So hätte es nicht werden müssen, Thomas. Du verkennst den Rauch. Keine Ungeheuer. Nur ein Volk, dem man die Leidenschaft schenkt, in all ihren Farben und Formen. Ein Monat Karneval. Das Ende der Disziplin. Die Neuerfindung Gottes.«

Thomas verzieht spöttisch das Gesicht, mustert die Dunkelheit in den Becken hinter sich.

»Keine Ungeheuer? Nicht ein einziges?«

Da tut Lady Naylor etwas Unerwartetes. Sie legt die Hand an seine Wange. Er zuckt zusammen, weicht aber nicht zurück.

»Leb nicht in Furcht vor dir selbst, Thomas. Du bist ein guter Junge.«

»Ein guter Junge? Ich habe Ihren Sohn umgebracht, Lady Naylor. Mit bloßen Händen! Oh, er ist wiederauferstanden, aber ich habe ihn trotzdem umgebracht.« Er schluckt, schüttelt ihre Hand ab, richtet sich auf. »Sie begreifen das Böse nicht, Lady Naylor. Manchen Familien liegt es im Blut. Mein Vater –«

Nun ist es an ihr, ihn spöttisch anzusehen. »Ach, erspar mir das! Söhne und ihre Väter. Wie töricht, all diese Geschichten.

Vergiss deinen Vater. Wer war er schon? Ein jähzorniger Säufer. Du kommst nach deiner Mutter. An sie denkst du so wenig. Sie war eine von uns. Eine Nonkonformistin. Wäre sie nicht dem Krebs erlegen, würde sie jetzt hier stehen und mir helfen.«

*

Sie machen sich zum Aufbruch bereit. Ihnen bleibt nichts anderes zu tun. Lady Naylor hat innere Blutungen, ihr Bein nimmt groteske Ausmaße an, und das Fieber färbt ihre Wangen rot. So sieht sie seltsam lebendig aus, prophetisch und krank zugleich. Charlie schaut sich nach etwas um, das sie als Trage verwenden können, aber die Tischplatte ist zu schwer und der Stuhl zu wuchtig. Schließlich dreht er sich zu Grendel um, Grendel mit dem schiefen Hals, in dessen Beuge Moglis Kinn vergraben ist. Von der Seite wirkt es, als würde der Junge den Mann trösten, die Ärmchen um seinen Hals geschlungen. Doch Grendel, ruft Charlie sich in Erinnerung, bedarf keines Trosts. Die ganze Zeit über hat er sie teilnahmslos beobachtet, ungerührt von den Ereignissen, wie ein Butler, der die Anweisungen seiner Herrschaft erwartet. Jetzt da Charlie ihn zu sich winkt, eilt er prompt herbei. Charlie kann ihn kaum ansehen und spürt, dass Livia seine Abscheu teilt, während Thomas den Mann mit offenem Ekel mustert. Charlie richtet den Blick auf den Jungen, findet ihn jedoch undurchschaubar, unverständlich, fremd: ein schrumpeliges Gesicht, bleich und hässlich, das sich nur für den verkrüppelten Mann erweicht, der sein Vater sein will. Als Charlie endlich spricht, schaut er zu Boden.

»Wir brauchen Ihre Hilfe, Grendel. Lady Naylor muss zu einem Arzt. Thomas' Schulter ist verletzt, und allein können wir sie nicht tragen.« Ehe der Mann allerdings antworten oder auch nur nicken kann, redet er weiter, unzusammenhängend, stockend, getrieben von seinem Entsetzen. »Ich begreife das nicht,

Grendel. Warum haben Sie ihr geholfen? Um einen Jungen zu bekommen, den zu lieben Sie nicht in der Lage sind? Oder hat sie Ihnen ihren Traum von einer Zukunft verkauft, an der Sie ohnehin nicht teilhaben können?«

Grendel denkt darüber nach. Sein schiefer Hals neigt sich noch mehr, während seine Hand den Rücken des Jungen streichelt, sanft und mechanisch.

»Ich habe ein seltsames Schicksal, Mr Cooper. Ich stehe abseits. Mein ganzes Leben lang frage ich mich schon, warum. Sie hat mir einen Sinn aufgezeigt, eine Möglichkeit, all dem eine Bedeutung zu verleihen.« Er wagt ein zurückhaltendes Lächeln. »Es war ungezogen, nicht wahr, Mr Cooper? Beinahe eine Sünde.«

»Ungezogen?« Charlie spricht nicht länger mit Grendel, sondern mit sich selbst, sucht einen Weg durch das Gedankenlabyrinth, das den rauchlosen Mann auf verschlungenen Pfaden mit seinem Vater verbindet. »Das war es also. Ein Engel, der Sünder spielt. Aber eigentlich sind Sie auf Renfrews Seite. Der Seite der Vernunft. Auch er hätte Julius erschossen. Die andere Seite hingegen hätte die Zeugen bestochen und seine Verbrechen vertuscht.«

Grendel nickt, ohne zu verstehen, geht an Charlie vorbei, schiebt Mogli auf seinen Rücken und bückt sich, um Lady Naylor hochzuheben.

*

Livia hält ihn auf, hat es nicht eilig, ihre Mutter von den Schmerzen zu erlösen. Stattdessen kniet sie sich hin, schiebt ihren Körper warnend zwischen Grendel und Lady Naylor. Sie greift nach den Händen ihrer Mutter; nicht aus Fürsorge, denkt Charlie, sondern um sich ihrer Aufmerksamkeit zu versichern.

»Bevor wir gehen«, fängt sie an, »solange wir noch in dieser

Höhle deiner Träume sind – erklär es mir, Mutter. ›Ein Monat Karneval.‹ ›Die Neuerfindung Gottes.‹ Bitte entschuldige, aber das ist leeres Geschwätz. Erklär sie mir, deine Vision. Noch eine Chance wirst du nicht bekommen.« Ein Rauchkringel entflieht ihrem Mund. Charlie steht nah genug, um ihn in sich aufzunehmen. Plötzlich ist ihm klar, wonach sie fragt. Sie will wissen, ob es noch möglich ist, ihrer Mutter zu verzeihen, ob es mildernde Umstände gibt. Charlie stellt sich eine ähnliche Situation vor: wie er seinen Vater auffordert, Rechenschaft abzulegen. Doch der würde wohl nur die Stirn runzeln und ihn auf sein Zimmer schicken.

Anders Lady Naylor. Sie antwortet bereitwillig, ja beinahe eifrig, beflügelt vom steigenden Fieber. Sie spricht, als stünde sie vor Gericht oder vor dem Henker; als hätte sie die Worte lange geprobt, unterschiedliche Versionen derselben Rede, die jetzt alle auf einmal aus ihr hervorsprudeln.

»Der Rauch war nie das Problem«, setzt sie an, noch stockend, wartet darauf, dass Charlie ihr ein Glas Wein einschenkt. »Er gehört einfach zu uns. Er verbindet uns. Tausend zarte Bande des Verlangens und der Lust. Aber wir leben schon seit Jahrhunderten mit einer Lüge. Die gesamte Welt tut das, aber wir ganz besonders, hier auf unserer kleinen Insel, wo wir den Rauch zum Teufel erklärt haben. Diese Lüge prägt uns und unsere Beziehungen, von Frau zu Frau, von Mann zu Mann, bestimmt unser Gemeinwesen, raubt uns jede Chance auf Veränderung.

Macht«, flüstert Lady Naylor, »wird von Tugendhaftigkeit gestützt. Die Herrschenden herrschen, weil sie bessere Menschen sind als ihre Untergebenen. Das ist unseren Betttüchern eingeschrieben. Wer könnte es bestreiten? Oh, jetzt werdet ihr sagen, das liege nur an den Bonbons. Dass wir unsere Tugendhaftigkeit vortäuschen. Doch die Lüge reicht tiefer. Wir verbringen unser ganzes Leben damit, dem Rauch zu widerstehen. Wir gehen zur Schule, werden bestraft, lernen, unsere Worte, unsere Taten, sogar unsere Gedanken zu kontrollieren. Das macht uns zu Nonnen, armseligen, unbarmherzigen Nonnen, gefangen in den Zellen unserer Disziplin. Fähig zu Niedertracht, Verurteilung, Gier. Aber unfähig zu lieben.

Was das ›gemeine Volk‹ betrifft, die Menschen, über die wir uns wegen ihrer ausschweifenden Sündhaftigkeit zu herrschen anmaßen: Sie bewundern uns. Sicher, sie machen sich über unsere Umgangsformen lustig, unsere Pedanterie, unsere affektierte Art. Es gibt vielleicht sogar einzelne Widerstandsnester. Aber wer kann den Rauch leugnen, wenn er ihn mit eigenen Augen sieht? Der eine steht sauber vor uns, der andere steckt knietief in seinen dreckigen Leidenschaften. Der eine ist majestätisch und gottgefällig und wurde für seine Tugend mit Macht und Reichtum belohnt, der andere rackert sich in bitterster Armut ab, unterernährt, schwach, die Haut versengt von Krankheit und mangelnder Hygiene. Wer kann all das sehen und nicht an die Überlegenheit des einen und die Unterlegenheit des anderen glauben? Es ist, als würden zwei Menschengeschlechter unser Land bewohnen; das eine gesegnet, das andere verdammt.

So war es uns nur dienlich, einen Meineid auf den Rauch zu leisten, die Tatsachen zu verdrehen. Zigaretten und Bonbons, Sünde und Tugend, Schwarz und Weiß: was für eine primitive Darstellung unseres Lebens! Und doch – als wie mächtig hat sie sich erwiesen. Wie tief hat sie sich in unsere Seelen eingegraben, dass wir regelmäßig verleugnen, was unsere Sinne erfassen, und unsere plumpen Lügenmärchen sogar dann noch verteidigen, wenn es zu unserem eigenen Nachteil ist.

Nein, unser Problem ist nicht der Rauch, sondern das, was wir mittlerweile für sein Wesen halten. Wir brauchen eine neue Wahrnehmung von Gut und Böse, müssen den Rauch neu verstehen lernen. Aber wie? Wir brauchen ein Zeichen. Vom Land selbst. Direkt aus dem Himmel! Ein Sturm, ein reinigendes Feuer, das die Großen und Mächtigen hinwegfegt, uns von unseren Selbsttäuschungen heilt. Wir haben von einer Welt geträumt, in der die Menschen sich streiten und lieben können, ohne Angst haben zu müssen, Gottes Zorn auf sich zu ziehen.

Es wäre schnell wieder verglüht. Schon nach ein paar Wochen, einem Monat, allerhöchstens zwei. Genug für einen Neuanfang. Tabula rasa. Eine zweite Kindheit für die Menschheit. Beim ersten Mal sind wir verkümmert aufgewachsen.

Also noch einmal, Thomas: keine Ungeheuer. Wir hatten nicht vor, das Schwarz der Zigaretten freizusetzen, diese künstlich fabrizierte Sünde, die von Gefängniswänden und den Körpern der Irren gekratzt wird, sondern eine puritanischere Form. Meine Flasche und die Becken hier sollten nur als ›Kienspan‹ dienen, wie Charlie es so schön formuliert hat: als Funke, der erlischt, sobald er die wahre Flamme entzündet hat. Draußen in der Welt schlummert die Sünde schwach und menschlich. Sie ruht im Wasser und in der Erde, in jedem Ziegel, der je gebrannt wurde. Wir wollten sie befreien, zum Leben erwecken. Damit sie die Luft erfüllt, sich mitteilt. Die Menschen einander näherbringt. Wir wollten die Lüge bekämpfen, dass wir schmutzige Kreaturen sind, dass jeder Kontrollverlust zu Mord, jede Leidenschaft zu Schändung führt. *Leidenschaft*: dynamische, facettenreiche, sich ständig wandelnde Leidenschaft, die das Land nicht spaltet, sondern eint.

Denn was ist der Rauch letzten Endes? Sehnen. Mut. Wut. Die Sorte Angst, die sich zur Faust ballt. Trotz. Triumph. Hoffnung. Das Tier in uns, das jeden Gehorsam verweigert. Das nicht seine Hausaufgaben macht. Das keine Befehle entgegennimmt. Ich habe von einer Welt geträumt, in der die Menschen nicht einfach gehorchen.

Nun sag mir, Livia, und zwar ganz ehrlich: War das nicht ein wundervoller Traum?«

Livia braucht ein paar Sekunden für ihre Antwort. Ihr Gesicht ist düster, als hätte sie sich am Fieber ihrer Mutter angesteckt.

»Du wolltest eine Welt erschaffen, in der niemand auch die andere Wange hinhält«, sagt sie schließlich.

»Vielleicht, mein Kind. Wem nützt es schon, all dieses Wangen-Hingehalte, wer streicht den Gewinn ein? Und womöglich würden einige trotzdem die andere Wange hinhalten. Im Rauch liegt Liebe. In der Disziplin nicht. Ich hatte gehofft, dass du das inzwischen erkannt hättest.«

*

Thomas hört mit grimmiger Skepsis zu. Charlie ist nachdenklich, gegen seinen Willen betroffen. Livia jedoch ist mit der Antwort nicht zufrieden, scheint ihrer Eloquenz zu misstrauen, der Leichtigkeit, mit der sie ihrer Mutter über die Lippen kam. Wieder beugt sich Grendel hinab, um Lady Naylor hochzuheben, wieder geht Livia dazwischen, beobachtet, wie er vor ihrem zornigen Blick zurückweicht.

»Ich glaube dir nicht, Mutter, so gern ich es würde. Das passt einfach nicht zusammen. Du redest von Wandel, einem neuen Garten Eden. Aber dafür kenne ich dich zu gut. Tief im Inneren scherst du dich keinen Deut um Revolution oder Macht, und schon gar nicht um das einfache Volk. Also warum, Mutter? Warum? Bloß weil Vater durchgedreht ist? Du willst die Welt erneuern, nur weil er es mit der Disziplin übertrieben hat?«

Ihre Mutter fährt zusammen, schaut auf. Kalte Wut blitzt in ihrem guten Auge.

»Du warst zu jung, um es zu sehen, Livia. Wie er sich verändert hat. Ein glücklicher, gesunder Mann. Mit einem gesunden Appetit.« Sie hustet, schluckt. »Er hat der Köchin verboten, Salz in sein Essen zu tun, damit es seine Gedanken nicht erhitzt. Er hat nicht mehr geschlafen, weil ihn der Rauch in seinen Träumen hätte heimsuchen können. Irgendwann hatte er sogar Angst zu lachen. Und in mein Bett ist er auch nicht mehr gekommen.« Sie hält inne, sucht mit der Zunge nach dem letzten Speichel. »Er hat mich aufgeschnitten, Livia. Mich, die Frau, die er geliebt hat. Und er hat dabei nicht geraucht. Willst du in so einer Welt leben?«

Livia betrachtet ihre Mutter, und in ihrem Gesicht spiegeln sich widerstreitende Gefühle.

Zweifel.

Entsetzen.

Stolz.

Ihre Mutter mustert sie ruhig.

»Ich sehe, dass du es nicht verstehst«, flüstert sie. »Du hast noch nie wirklich geliebt.«

*

Zum dritten Mal beugt sich Grendel hinab, zum dritten Mal schiebt Livia ihren Körper dazwischen und drängt ihn zur Seite.

»Auch wenn du sie für edel hältst, deine Revolution«, murmelt sie. »Deinen Traum. Das rechtfertigt nicht, was du Mogli angetan hast. Und den anderen. Sebastian hat mir von Lilith erzählt. Das war falsch, Mutter. Verwerflich.«

Lady Naylor zittert, erwidert den Blick ihrer Tochter jedoch.

»Ich weiß, mein Schatz. Aber ich habe es trotzdem getan.«

Livia nickt, lehnt sich unvermittelt vor, als fürchte sie, der Mut könne sie verlassen, und küsst ihre Mutter mitten auf die Lippen. Rauch entströmt ihrem Körper, Trauer, Liebe. Und langsam, quälend, antwortet etwas in Lady Naylor, seltsam versehrt und scheu, wie eine Witwe, die lange fern ihrer Mitmenschen gelebt hat und nun vorsichtig aus ihrer Haustür lugt. Es dauert eine Minute, vielleicht zwei. Als es zu Ende ist, laufen Lady Naylor Tränen über die Wangen.

»Danke, mein Schatz.«

»Ich kann dir nicht vergeben.«

»Ich weiß. Ich habe es in deinem Rauch gelesen.«

Livia lässt ihre Mutter los.

Einen Augenblick später hat Grendel sie hochgehoben und trägt sie davon.

*

Sie beobachten, wie er vorangeht, Mogli auf dem Rücken, Lady Naylor an die Brust gedrückt, ein dreiköpfiges Ungeheuer, das schwerfällig über den unebenen Boden stapft. Sie sollten ihm helfen, aber ausnahmsweise gelingt es Charlie nicht, seine Gutmütigkeit heraufzubeschwören, gedankenversunken, wie er ist. Dennoch folgt er Grendel, genau wie Thomas. Livia hält sie zurück, legt jedem eine Hand auf die Schulter und zwingt sie, stehen zu bleiben. Sie schauen Grendel nach, der nicht ein einziges Mal unter seiner Last wankt. Am anderen Ende des Gewölbes dreht er sich um und bemerkt, dass sie nicht kommen. Er ruft nicht nach ihnen, und sie geben keine Erklärung ab. Im nächsten Moment hat er sich wieder abgewandt und setzt seinen Weg fort.

Als er außer Sichtweite ist, nimmt Livia die Jungen an die Hand und führt sie zu der Stelle, wo Julius' Körper zwischen den Eisenstangen hängt.

# GRENDEL

Ich schaffe sie nach Hause, trage sie zuerst selbst, und als ich nicht mehr kann, heuere ich einen Mann an. Ich bezahle ihn von dem Geld, das sie mir früher am Abend aufgedrängt hat, für meine Dienste. Wir haben Glück: Der Mann ist zwar betrunken, aber gutmütig, und als er merkt, dass sie verletzt ist, hält er sie sehr vorsichtig. Ich nehme die Schultern, er die Beine, und wir versuchen, ihren Hintern nicht durch den Dreck zu schleifen. Lady Naylor ist die ganze Zeit über kaum bei Bewusstsein, murmelt vor sich hin, nicht nur auf Englisch. Mogli beobachtet sie über meine Schulter hinweg. Aus dem Augenwinkel sehe ich, dass er die Stirn runzelt.

Ich entlasse meinen Helfer an einer Straßenecke unweit unseres Hauses. Die Treppe ist harte Arbeit, die Tür verriegelt. Berta öffnet erst, als ich ihren Namen rufe. Ich frage sie, woher die Wunden und das Blut an ihren Ärmeln stammen, doch beim Anblick meiner Fracht erwacht die Arzttochter in ihr und macht sie taub für alles andere.

»Leg sie ins Bett«, befiehlt sie. »Mogli auch, er hat Fieber.« Dann: »Hol Wasser.«

In der Küche liegt ein toter Hund in der Ecke. Seine Hinterbeine sind auf ein Wägelchen geschnallt. Anscheinend hat ihm jemand den Schädel eingeschlagen. Ich rufe nach Berta, aber sie beachtet mich auch dieses Mal nicht, eilt zwischen ihren Patienten hin und her, fährt mich an, mehr Wasser abzukochen, ein sauberes Tuch zu suchen und es in Streifen zu schneiden.

Das hält meine Hände beschäftigt und meinen Kopf frei. Ich sehe zu, wie Berta Moglis Stirn mit einem kalten Waschlappen bedeckt und ihm etwas vorsingt, um ihn zu beruhigen, bevor sie sich über Lady Naylor beugt und ihr das Gesicht wäscht. Als sie sie ausziehen will, um ihre Hüfte zu untersuchen, schickt sie mich aus dem Zimmer. Lady Naylor ist jetzt wach und schaut mir hinterher.

Ich stehe vor der Tür und denke über ihren Blick nach.

Warum habe ich es getan? Ihr meine Hilfe zugesichert, als sie mich darum gebeten hat. Als ich in dieser Nacht an ihre Tür geklopft habe, ging es mir nur um Mogli. Berta hatte mich geschickt. Wir dachten, er sei wie ich, verkrüppelt, unfähig zu rauchen. Ich habe Lady Naylor meinen Zustand geschildert, und sie ist erschrocken zusammengefahren, als würde sie etwas wiedererkennen. In dieser Nacht hat sie mir mehr gegeben als die Aussicht auf ein Kind. »Ich habe Verwendung für Sie«, hat sie gesagt. »Sie mögen vielleicht nicht rauchen, aber Sie können der Hirte des Rauchs sein.« Sie hat mich nicht gezwungen oder beschwatzt und es auch nicht für nötig gehalten, mir Einzelheiten ihres Plans zu verraten. Eine Adelige, die mit einem Gemeinen spricht und nie so tut, als seien wir ebenbürtig. Doch als ich gegangen bin, hat sie mir die Hand geschüttelt, mit langen, kräftigen Fingern. Da war mir klar, dass ich ihr helfen würde.

Kann ein Mann wie ich durch Höflichkeit verführt werden?

Und so habe ich Livia angelogen. Es erschien mir richtig. Auf diese Weise wollte ich sicherstellen, dass niemand ihr und den Jungen etwas vorwerfen kann. Die Lüge ist mir nicht schwergefallen. Was mich erschreckt hat, war allerdings, wie wenig Scham ich dabei empfand.

*

Berta kommt heraus. Sie schüttelt den Kopf.

»Es ist der Oberschenkelhals. Ich kann es nicht einrichten. Sie braucht einen Wundarzt. Wenn es sich infiziert –«

»In der Küche liegt ein toter Hund.«

»Er ist tollwütig geworden«, erwidert sie vage, als würde das seine Anwesenheit erklären. »Ich habe geraucht, und er ist tollwütig geworden. Böse. Hat nach mir geschnappt. Aber traurig war er auch. Ein tollwütiger Hund mit gebrochenem Herzen.« Sie verzieht das Gesicht, schaudert. »Es schien mir das Barmherzigste, Tobias.«

»Ich schaffe ihn weg.«

»Leg ihn einfach auf die Straße. Irgendjemand wird ihn schon mitnehmen, wegen des Fleisches. Es ist Januar. Ein hungriger Monat.«

Als ich zurück bin, schaue ich nach Lady Naylor. Sie ist noch wach, fest in Decke und Laken gewickelt. Ihr Kleid hängt mit aufgefächerten Röcken über der Rückwand des Betts.

Ihre Augen sind tränennass.

»Mein Sohn ist tot«, flüstert sie. »Aber meine Tochter liebt mich.«

Ein Zittern durchläuft ihren Körper. Ich beuge mich zu ihrem entstellten, verbundenen Gesicht hinab.

»Ihr Rauch«, sage ich. »Als Sie sich von Ihrer Tochter verabschiedet haben. Er sah anders aus.« Ich suche nach dem richtigen Wort, kann es nicht finden. »Schwach. Dünn. Zögerlich.«

Sie nickt, schlägt die Decke zurück, entblößt ohne jede Scham ihre nackte Seite. Die Narbe ist hässlich, hebt sich fleckig von der Haut ab.

»Er hat mich beschädigt. Als er mich aufgeschnitten hat. Ich bin fast so versehrt wie Sie.«

Und dann: »Es wäre besser, wir wären beide tot. Wir könnten die Leute auf dumme Ideen bringen. Leute wie Renfrew.«

Plötzlich ist Berta zurück, tritt ans Bett, zieht die Decke wieder über Lady Naylors Körper.

»Nur zu, sterben Sie von mir aus«, sagt sie. »Aber mein Sohn braucht einen Vater.«

*

Wir verbringen den Rest der Nacht an Moglis Bett. Der Junge wacht immer wieder auf, dämmert zurück in den Schlaf. Sein Gesicht ist ernst. Manchmal weint er aus einem inneren Schmerz heraus, leise, wischt sich die Tränen nicht ab. Ich mache es für ihn. Er schreckt nicht vor meiner Berührung zurück.

In den Zeiten, in denen er schläft, unterhalten wir uns. Ich versuche Berta zu beschreiben, was passiert ist. Es interessiert sie nicht.

»Ich habe heute einen Menschen erschossen«, sage ich. »Ich habe Lady Naylors Sohn getötet.«

»Was spielt das für eine Rolle? Das ist vorbei. Mogli ist hier.«

»Miss Livia hat mich ein Ungeheuer genannt. Und sie konnte mich nicht anschauen, nicht ein einziges Mal.«

»Sie ist jung«, erwidert Berta. »Ihre Sicht der Welt ist beschränkt.«

Ich nicke, nicht überzeugt.

»Bald geht die Sonne auf. Wir sollten zusehen, dass wir ins Bett kommen.«

Aber wir bleiben sitzen. Mogli wacht auf, als die ersten Sonnenstrahlen ins Zimmer dringen. Sein Fieber ist gesunken, und er wirkt munter. Berta beugt sich langsam zu ihm hinab, um ihn nicht zu erschrecken. Er hebt zaghaft den Arm. Seine kleine Hand hascht nach ihrem Gesicht, ihrer Nase. Dann zieht er sie zurück und zeigt Berta ein Stückchen seines Daumens, das zwischen Zeige- und Mittelfinger hervorlugt. Berta tut, als würde sie nach ihrer Nase tasten, als könnte sie nichts finden; starrt mit gespieltem Entsetzen den emporgereckten Daumen des Jungen an. Da geschieht etwas Wundersames. Er kichert. Und hascht noch einmal nach ihr.

Die Gefühle strömen aus Berta heraus. Als Schluchzer, als blasser, nebliger Rauch. Das Kind schlägt danach, entdeckt, dass es durch die Bewegung seiner Finger tanzende Formen hineinzaubern kann.

Und ich?

Ich sitze kläglich daneben, lächle und sehne mich danach, mich ebenso zu fühlen wie sie, glücklich und weltentrückt.

# TAUFE

»Er sieht aus wie eine Statue.«

»Wie ein Heiliger. Im Gebet. Nur irgendwie … gekreuzigt.«

»Und böse.«

Aber schon als Charlie es ausspricht, weiß er, dass es nicht stimmt. Julius kniet mit ausgebreiteten Armen auf dem Boden, das zerfleischte Gesicht halb durch das Gitter geschoben. Thomas' Fäuste haben seine Züge zerrissen, doch an den Stellen, an denen Schläfen und Ohren durch die Stäbe gerutscht sind, wurde der Ruß abgestreift, zusammen mit etwas Wesentlicherem als Haut. Livia hat recht. Julius sieht wirklich aus wie ein Heiliger: herausgeschnitzt aus einem Block Kohle oder aus rußgeschwärztem Holz. Bei der kleinsten Berührung droht er zu zerbröseln.

Nicht dass sie ihn berührt hätten. Ehrfürchtig bestaunen sie seinen Leichnam. Er wirkt unglaublich dünn. Die Schultern sind spitz und knochig, und die Hände könnten jederzeit von den Gelenken brechen. Nur der Bauch ist seltsam aufgebläht, eine Halbkugel, als würde er gleich vor unverdautem Ruß platzen. Charlie beobachtet, wie Livia Julius studiert. Einmal hebt sie die Hand, als wolle sie ihn neu arrangieren, lässt es jedoch bleiben.

»Er hätte hindurchgepasst«, sagt sie schließlich. »Wenn sein Kopf durchgeht, wäre der Rest auch kein Problem gewesen. Ob er das gemerkt hat?«

Sie runzelt die Stirn, tritt plötzlich vor und greift nach seinem Oberarm. Eine leichte Gewichtsverlagerung, eine Drehung, und Julius' rechte Schulter und die Brust gleiten durch die Stäbe, Arm voraus, die Finger gespreizt, die Haut unter den Nägeln eigenartig weiß. Er hinterlässt eine Rußspur an den Eisenstangen.

Charlie und Livia kauern sich neben ihn. Thomas steht hinter ihnen, ein Schatten, der von Weitem zuschaut. Charlie fragt sich, ob Livia ihren Halbbruder mitnehmen und beerdigen will. Oder die beiden anderen Männer, die hinter dem Gitter liegen, außer Reichweite. Aber Livia knöpft Julius' Hemd auf. Abblätternde Kohlenhaut, Ruß und Fleisch miteinander verschmolzen. Sie berührt Julius' Brust, zuckt zurück. Charlie bohrt ihm einen Finger in die Rippen, dringt bis zum Knöchel ein.

»Als würde er aus Sünde bestehen«, murmelt Livia. »Man sollte meinen, es wäre Mutter aufgefallen. Aber sie hat ihn gar nicht angesehen. Außerdem stand sie unter Schock, hatte Schmerzen. Irgendwie ist es ulkig – wie sie ihren Fehlschlag betrauert hat, während das Mittel, ihn zu korrigieren, nur ein paar Schritte von ihr entfernt lag.«

Auf einmal weiß Charlie, was sie denkt. Es lässt ihn bis ins Mark erschaudern, vor Angst, vor Aufregung. Die Qual der Wahl.

Revolution.

Welcher junge Mann träumt nicht manchmal davon, sie zu entfesseln?

*

Er atmet schwer. Was in ihm vorgeht, kann man kaum als Nachdenken bezeichnen. Es besteht nicht aus Worten, kennt keine Berechnungen, kalkuliert nicht, ist schlicht das langsame Aufsteigen einer längst getroffenen Entscheidung, aus seiner Körpermitte zu diesem trägen Organ namens Gehirn. Wie lange es dauert, weiß er nicht. Sein Mund ist voller Rauch.

Dann handelt er. Bückt sich nach Julius, greift unter seine Achseln, zerrt und dreht, bringt die Schultern in eine Linie, den Oberkörper und die Hüfte, den aufgeblähten Bauch, der stecken bleibt wie ein schlammgefüllter Weinschlauch. Livia hilft ihm nicht bei seiner Plackerei. Auch Thomas beobachtet ihn nur. Erst als Julius' Oberschenkel (abgemagerte schwarze Knochenstöckchen, die Hose an den Knien aufgerissen) durch die Stäbe gleiten, macht er einen Schritt nach vorn, zieht Charlie in die Höhe, sieht ihm in die Augen.

»Was hast du vor, Charlie?«

»Das weißt du genau.«

Thomas mustert ihn, schnuppert an seinem Atem.

»Also ist es ansteckend«, stellt er fest. »Du hast es Grendel gegenüber selbst gesagt. ›Ein Engel, der Sünder spielt.‹ Charlie Cooper verändert die Welt.« Er schürzt die Lippen, als wolle er ausspucken, schluckt. »Willst du es von ihm abkratzen oder ihn einfach im Becken versenken?«

Und Charlie steht da und hört ihm zu, bereits durch feine Rauchfäden mit ihm verbunden, Brust an Brust, Hüfte an Hüfte; sein Blut brodelt durch eine einzige Wahrheit. *Das ist es also: unser Duell. Wer hätte gedacht, dass es so enden würde? Ich, der nette, hübsche Mr Cooper, entzünde die Lunte. Und er, der Dunkle, stellt sich mir in den Weg. Gleich gehen wir mit den Fäusten aufeinander los.*

*Ein Duell.*

*Oder Livia entscheidet.*

»Du hast Angst«, höhnt er. »Wir können wirklich etwas bewirken, und du machst dir in die Hose. Ich rieche es in jedem Atemzug.«

Sie stehen sich direkt gegenüber, mitten im Atem des anderen, zu nah, um überhaupt losschlagen zu können.

»Sag's ihm, Livia«, knurrt Thomas, ohne sich umzudrehen. »Sag ihm, dass es gefährlich ist, der reine Wahnsinn. Er *liebt* dich. Auf dich wird er hören.«

Sie zucken beide zusammen, als sie zwischen sie tritt und jedem eine Hand auf den Arm legt.

*

Oh, wie gut sie die beiden versteht. Alles ist in ihrem Rauch geschrieben.

Ihre Freundschaft. Charlies Zweifel und Thomas' heimliche Sehnsucht nach dem Rauch. Und sie selbst, Fleisch und Blut, das, was jeder von ihnen mit ihr anstellen will; das unverwandte Staunen über den Körper unter ihrem Kleid. Es ist, als wären sie alle nackt.

»Sag's ihm«, knurrt Thomas erneut, atmet die Worte in Charlies Gesicht.

Dann scheint er sich zu erinnern, dass Livia sie ja zu Julius' Leiche zurückgeführt hat. Der Gedanke lässt ihn schrumpfen. Seine Schultern sacken nach vorn, und er senkt das Kinn.

»Du also auch?«

Er wartet nicht, bis sie nickt.

»Wie begierig ihr darauf seid, nach Lady Naylors Pfeife zu tanzen«, sagt er, trotzig jetzt, vollkommen allein. »Dir hat sie einen Kuss zugeworfen, und Charlie hat sie mit seinem Vater provoziert. Und schon macht ihr alles, was sie will. Im Namen des Volkes! Glaubt ihr, das Volk will das; dieses Chaos, das ihr hier auslöst?«

Ehe Livia antworten kann, spricht Charlie.

»*Ich* will es«, sagt er, halb erzürnt, halb erstaunt über sich selbst. »Ich muss es tun. Sonst wird mein Vater …« Er verstummt, fängt sich wieder, und ein Hauch Belustigung hellt seinen Rauch auf. »Schrecklich egoistisch, oder?«

Thomas sieht ihn finster rauchend an, dreht sich um und geht.

*

Er geht nicht weit. Zwei Schritte ins Niemandsland zwischen Julius' ausgezehrtem Leichnam und dem Rand des nächsten Beckens. Livia folgt ihm – das muss er gewusst haben –, bis sie wieder so nah bei ihm steht wie zuvor. Es ist eine Art Choreografie. Ihre Mutter hat ihr einmal erzählt, dass einige Vogelarten tanzen, bevor sie sich paaren. Mit größerem Abstand zu Charlie ist Thomas ruhiger, trauriger.

»Wir wissen überhaupt nichts darüber, Livia. Wie lange hält es an? Ein paar Wochen, einen Monat, hat deine Mutter behauptet, aber wie kann sie sich da sicher sein? Keine Schändungen, hat sie gesagt, keine Morde. Alltägliche Sünden. Ein Fieber der Leidenschaft. Alles Verlangen enthüllt, alle Geheimnisse geteilt.« Er verzieht das Gesicht, zuckt zurück, als sie seine Hand ergreift. »Selbst wenn deine Mutter recht hat – wenn ihre schwarze Lunte erlischt, sobald sie ein sanfteres Feuer entzündet hat; wenn die Welt nicht an ihrem Wutvorrat erstickt; wenn wir unsere Seelen voreinander bloßlegen und nicht angewidert sind von dem, was wir sehen – stell es dir vor, Livia: eine ganze Welt, die die Vernunft fahren lässt. Chaos, Verwirrung. Niemand, der die Felder bestellt.«

»Es ist Winter, Thomas. Die Felder müssen nicht bestellt werden.«

»Trotzdem. Eine unberechenbare Welt. Unterschätze die Dunkelheit nicht. Jeder Streit, der mit Messern ausgetragen, jeder Mann, der niedergeschlagen, jede Frau, der Gewalt angetan wird: Das ist dann alles unsere Schuld.«

»Ja. Aber wenn wir es nicht tun, ist jedes Kind, das in irgendeine Apparatur genäht wird, jeder Häftling, der Zigaretten rollen muss, jede Lüge, die von morgens bis abends verbreitet wird, jedes Jahr, das ohne Veränderung und Hoffnung verstreicht, auch unsere Schuld.

Aber das ist nicht alles. Sie liebt mich, verstehst du? Mutter. Sie hat zugesehen, wie ich versucht habe, eine Heilige zu werden, obwohl sie die ganze Zeit fürchtete, dass ich wie Vater ende.« Sie lächelt, schief, liebevoll, fährt mit einer Spur Koketterie in der Stimme fort: »Ich bin wütend auf sie. Aber es ist schwer, der Liebe zu widerstehen, meinst du nicht auch?«

Thomas ballt die Fäuste.

»Charlie hat recht«, sagt er schließlich. »Ich habe Angst.« Er mustert sie grimmig, wie einen Feind. »Was, wenn ich mich in all dem Rauch verliere? Was, wenn *ich* verrückt werde und mich in ein Tier verwandle?«

Sie erwidert seinen Blick, weiß nicht, was sie antworten soll.

Plötzlich ist Charlie da. Er raucht; imitiert die Geste ihrer Mutter, legt eine Hand an Thomas' Wange.

»Dann trinken wir dich und versinken zusammen im Wahnsinn.«

»Ach ja?«, fragt Thomas, mehr aus Verzweiflung denn aus Zweifel. »Was ist nur aus deiner Kompromissbereitschaft geworden, Charlie?«

*

Julius' Leichnam treibt sanft auf dem Wasser. Thomas hätte gedacht, dass er untergeht. Er war überraschend schwer, jedes welke Glied baumelte als totes Gewicht vom Gelenk. Doch kaum haben sie ihn ins Wasser befördert, wird der Ruß wie magnetisch angezogen und kleidet und verhüllt ihn wie ein nasses Tuch; das ganze Becken wird eins mit seiner mageren Gestalt. Sie überlassen es Thomas, das Blut zu holen. Charlie sitzt am Beckenrand, Hände und Füße im Wasser, und hält Julius fest, stützt seinen Kopf, als könnte er sonst ertrinken. Livia hat die Hände auf Charlies Schultern gelegt, um ihn zu beruhigen und ihm später aufzuhelfen. Thomas läuft zu der kleinen Phiole, hebt sie auf, schwenkt ihren Inhalt wie Wein. Wie leicht es wäre, das Fläschchen einfach wegzuschleudern und in einer dreckigen Ecke zerspringen zu lassen. Oder zu stolpern, hinzufallen, wie aus Versehen, und es unter seinem Gewicht zu zerbrechen.

Dann sind sie alle am Rand des Beckens. Charlie sitzend, Livia vornübergebeugt, Thomas aufrecht. Das wäre ein gutes Motiv für ein Bild, denkt er, mit dem tiefschwarzen Wasser und dem fahlen, pulsierenden Licht der Lampen über ihren Köpfen. Charlies Gesichtsausdruck hat sich während der letzten Minuten verändert. Die grimmige Entschlossenheit ist verschwunden. Er hatte Zeit, in sich zu gehen. *Er hat irgendeine Tür aufgestoßen, und der Zweifel hat sich in ihm eingenistet,* schießt es Thomas durch den Kopf. Vielleicht wird er seine Entscheidung widerrufen. Thomas ist überrascht, dass ihn das ebenso enttäuscht wie erleichtert.

Charlie schaut zu ihm auf, zu ehrlich, um seine Unsicherheit zu verbergen.

»Wir können nicht nur ein bisschen Rauch haben, oder? Gerade genug, um uns zu Menschen zu machen.« Er schweigt, verbessert sich. »Aber das ist ja das Problem, nicht wahr? Wie viel ist genug?«

Er lässt die Hand durch die dunkle Flüssigkeit gleiten, schöpft etwas heraus, hält es neben Julius' kohlschwarze Wange. Thomas meint zu verstehen, was ihn quält. Irgendwie ist es nicht richtig, dass das Böse eine Frage der Dosis sein soll; dass eine gewisse Menge Rauch sich zu reinem Leben verflicht, während zu viel davon Mord und Totschlag gebiert und gar keiner eine ganz andere Grausamkeit. Charlie denkt in klaren Kategorien. Ihm muss es vorkommen, als habe das Leben zu wenig System. Plötzlich will Thomas den Freund, den er eben fast bekämpft hätte, trösten.

»Zwei, drei Wochen, in denen der Rauch die Weltherrschaft übernimmt«, sagt er. »Vielleicht länger. Ein Karneval der Leidenschaften. Schwarzer Regen und der ganze Kram. Glaubst du, das heißt, dass wir nicht mehr in die Schule zurückmüssen?«

*

Noch während sie kichern, fangen sie an zu rauchen. Ganz leicht und natürlich entströmt es ihnen, verleiht ihrer Anspannung und ihren Ängsten eine Gestalt, diesem Gefühl, am Abgrund zu stehen, mit den Zehen schon im Nichts.

*Wir wissen nicht, was wir da auslösen.*

*Nein. Aber wir wissen, wie die Welt im Moment ist.*

*Und danach? Wenn die Große Belebung verglüht ist? Wie wird die Welt dann sein?*

Doch so ist der Rauch nicht. Er spricht nicht in Worten, sondern in Bildern, in mit Erinnerungen verknüpften Gefühlen, die, wenn sie später in der Dunkelheit von Kissen zu Kissen nacherzählt werden, zugleich vertraut und fremd wirken. In dieser sprachlosen Sphäre muss sich das Raunen erst noch Existenz verschaffen, ist nur die Möglichkeit eines Gedankens, wie eine Freude, die weder in Worten noch in Gesten ausgedrückt wird, formlos und doch real. Und die ganze Zeit über hüllt der Rauch sie ein, summt ihre Melodien mit, schiebt verstohlen seine Ranken über die Grenze von Ich zu Ich.

Thomas' Rauch ist der dunkelste, grob und verworren. Er offenbart seine Angst – vor Julius; davor, so zu werden wie er, wegen seiner Verbrechen verlassen zu werden – und auch das Glück der Selbstvergessenheit. Sein Vater schwebt darin, einen Zinnkrug im Arm. Livia, in einem nassen Hemd, das an ihren Brüsten klebt. Charlie, wie er sich am ersten Tag im Internat mit ihm anfreundet. Seine sterbende Mutter. Eine Kugel, die in seinen Kopf eindringt. Der Kuss einer Krankenschwester. Ein Boxkampf. Knochen, die unter seinen Fäusten splittern. Zigeuner, die sich prügeln und im Dreck kopulieren. Der Boden einer Kirche, verschmutzt und erhaben; ein betrunkener Pfarrer. Hoffnung.

Charlies Rauch ist anders, strukturierter, geordneter, eine Abfolge von Menschen in Weiß, Braun und Grau. Da ist die Frau im Wald in ihrem Kittel, die so selbstverständlich raucht, wie sie atmet. Da sind Renfrew, Eleanor in ihrem Geschirr aus Leder und Stahl. Thomas, Livia, mit geröteten Wangen, lockend; nackte Schultern zwischen zerwühlten Laken. Seine Eltern, die steif in ihrem unrechtmäßig erworbenen Haus sitzen und sich fragen, was mit ihrem Sohn passiert ist. Da ist ein Raum voller Kutscher, die sich in der Kälte dicht aneinanderdrängen. Eine tätowierte Meerjungfrau, deren Busen ihm bei jeder Daumenbewegung zuzwinkert.

Und mit ihrer beider Rauch verwoben, unberechenbar, manchmal kontrollierter, manchmal sprunghafter, Livias grünviolette Schwaden. Ihre Mutter, weinend vor der Zelle, die sie bauen ließ, um kleine Jungen und Mädchen einzukerkern. Ihr Vater, festgeschnallt an seinem Bett auf dem Dachboden, ängstliche Augen, die sie anstarren. Der Bergmann Francis mit einem krummbeinigen Pony. Grendel, ihr todbringender Engel, der eine kurzläufige Pistole schwenkt. Mogli, wie er seine erste Rauchwolke hervorhickst. Thomas, halb nackt, der ihr die schwarze Maske hinhält. Charlie im Dunkeln, seine Zunge an ihrer.

»Jetzt?«, fragt sie in den Rauch hinein, die Augen geschlossen, je eine Hand auf denen der Jungen.

»Jetzt«, sagt Charlie.

»Jetzt«, sagt Thomas. Er löst den Korken, neigt das Fläschchen, begießt Julius' Kopf mit Blut. Im nächsten Moment stößt

Charlie den Leichnam vom Rand des Beckens ab. Der Ruß wandert mit ihm, seine Brautschleppe, sein Totenhemd.

Dann weichen sie zurück, Livia, Thomas und Charlie.

Und rennen wie der Teufel.

VI

# WOLKE

*Schmeckt dir nicht Gottes noch der Menschen Recht,*
*So wirst du wohl des Widersachers Knecht.*

DIE WIEDERTÄUFER

*So staunt nicht über jener schwarzen Leib,*
*Wo Ihr so schlecht, so schwarz vor Sünde seid.*

DIE MOHREN

*Die Leber fasst viel ungesundes Blut*
*Und melancholisches, das ist nie gut.*
*Bedenket nur, was diese Krankheit schafft,*
*Die Venen reißen, lassen Lebenssaft.*

DIE HÄMORRHOIDEN

ROWLAND WATKYNS, *FLAMMA SINE FUMO*
(RAUCH OHNE FEUER, 1662)

# THOMAS

*Wie beginnt man eine Revolution?*

*Man tauft einen Leichnam.*

Das werden wir antworten, wenn sie uns irgendwann fragen. Natürlich werden sie sagen, wir hätten es aus den falschen Gründen getan. Charlie, weil er sich für seine Privilegiertheit schämt. Livia, weil sie ihre Mutter beeindrucken will. Und ich, weil ich die beiden mehr liebe, als ich mich selbst fürchte. Und weil ich den Gedanken nicht ertragen konnte, in die Schule zurückzukehren.

Tut je irgendwer irgendwas aus besseren Gründen?

Wir warten am Ufer der Themse auf den Rauch. Wir sind nicht allein. Ganze Menschenmengen haben sich versammelt und starren flussabwärts auf die herannahende Sturmfront. Andere fliehen aus der Stadt. Sie laufen so schnell, dass sie noch vor Sonnenuntergang tief in die angrenzenden Grafschaften vorgedrungen sein werden. Ein steter Strom Landstreicher, der die Rasen der braven Leute niedertrampelt. Herolde der Veränderung.

Wir haben nicht viel gesehen, bevor wir die Kanalisation verlassen haben. Keine Explosion, kein Feuerwerk. Irgendetwas hat sich in den Becken hinter uns bewegt, ein Schatten im Wasser. Sonst nichts. Draußen auf der Straße war alles ruhig, bis auf den Gesang eines Gefängnisinsassen, eines einsamen Tenors, der in der Festung neben der Tabakfabrik gegen seinen beschränkten

Stimmumfang ankämpfte. Charlie fragte Livia, ob sie zu Grendel zurückkehren und nach ihrer Mutter schauen wolle, aber sie schüttelte nur den Kopf. Livia will die Liebe ihrer Mutter, macht sich schreckliche Sorgen wegen ihres Beins. Aber sie ist auch wütend auf sie. Also wanderten wir einfach durch die Straßen.

Es dämmerte, während wir herumliefen, um uns warm zu halten. Unbewusst zog es uns in Richtung unserer Kirche, und als die Sonne aufging, standen wir direkt davor. Die Türen waren immer noch zugenagelt, die Fenster zerbrochen, doch das Kreuz auf der Spitze fing das schwache Licht ein. Messing. Ein Wunder, dass es noch niemand gestohlen hat.

Als der Morgen voranschritt, wurden wir allmählich unruhig.

»Vielleicht… vielleicht hat es nicht funktioniert«, meinte Charlie, und in seiner Stimme schwang ein seltsamer Unterton mit, als wüsste er nicht, was er empfinden sollte.

»Vielleicht.«

Um zehn Uhr begann der Fluss zu brodeln.

Dann ging alles sehr schnell. Tief unter der Wasseroberfläche breitete sich Dunkelheit aus wie ein Schwarm schwarzer Meeresheringe, die dem Salzwasser abgeschworen haben und flussaufwärts jagen, mit der Geschwindigkeit eines finsteren Gedankens. An der Oberfläche, ein paar Zentimeter über dem Wasser, bildete sich ein zweiter Fluss, ein Fluss aus Rauch, der dem Verlauf des ersten folgte.

Die wahre Veränderung allerdings spielte sich weit von uns entfernt ab. Irgendwo im Osten Londons, wo die Themse sich verbreitert und ihre Reise ins Meer antritt, explodierte etwas. Mir fällt kein besserer Ausdruck dafür ein. Eine Rauchsäule, die in den Himmel aufschoss. Die sauberen, scharfen Kanten in Bodennähe zerfaserten weiter oben zu tausend Fäden und verschwanden in den Wolken. Gott weiß, was diesen Ausbruch ausgelöst hat. Vielleicht entlässt Sebastians Kanalisation an dieser Stelle ihre Sintflut. Vielleicht ist Julius bis dorthin getrieben, von seltsamen Strömungen getragen, bevor er die volle Kraft seines Scheiterhaufens freigesetzt hat. Oder die Belebung hat ein Rußdepot gefunden, gegen das Sebastians Becken wie Pfützen aussehen. Wie Tropfen im Ozean. Aus den Wolken fällt Regen. Wir sind zu weit weg, um zu erkennen, ob er schwarz ist.

Charlie dreht sich zu mir um. Irgendwann im Verlauf der Nacht hat er es geschafft, sich einen Streifen Ruß so über die Lippe zu schmieren, dass es wie ein Schnauzbart wirkt. Ein Rauchbart. Ich muss beinahe lächeln. Auch seine Hände sind dunkel, wo er Julius unter Wasser gedrückt hat. Den Teufel, der mit infiziertem Blut von seinen Sünden reingewaschen wurde.

Charlie war sein Täufer.

»Wir sollten uns in die Berge flüchten«, sagt er. »Über die Wolken. Abwarten, bis das Schlimmste vorbei ist.«

Ich weiß, dass er mich beschützen will, dass er sich Sorgen macht, was mit mir und meinem anfälligen Blut geschieht. Doch ich schüttele den Kopf.

»Über die Wolken? In England? Nein, Charlie, wir haben unsere Wahl getroffen. Die Büchse der Pandora. Wir haben sie geöffnet. Jetzt müssen wir auch die Folgen aushalten.«

Ich nehme seine Hand wieder in meine schmerzende Rechte, Livias in die Linke. So gehen wir schon den ganzen Morgen. Ein Sturm zieht auf. Er stürzt mich vielleicht in den Wahnsinn, die Welt in den Abgrund.

Ich war noch nie in meinem Leben glücklicher.

Auch Charlie wirkt glücklich.

»Weißt du, was Theater ist?«, fragt er flüsternd. Er erwartet keine Antwort, sondern denkt nur laut nach. »Ein Junge aus der Schule hat mir davon erzählt. Erwachsene Menschen, die auf einer Bühne eine Geschichte darstellen. Liebe, Rache, den Fall von Königen. Es ist seit über zweihundert Jahren verboten.« Er lächelt, fast schüchtern. »Glaubst du, es gibt wieder Theater, nach dem Rauch?«

Und dann, immer noch lächelnd, aber trauriger, nachdenklich: »Es wird nicht funktionieren, weißt du. Es kann nicht funktionieren. Das mit uns dreien.«

»Warum?«

Ich sehe, wie er nach Worten ringt.

»Wir sind mehr als Freunde. Wir lieben einander. Und wenn Menschen einander lieben, ist Rauch im Spiel. Hier« – er greift nach Livias Hand – »aber auch hier« – er hebt die Hand, die ihn mit mir verbindet. »Livia kann uns nicht beide heiraten«, fügt er zaghaft hinzu. Er ist überrascht, als sie ihn unterbricht und zurechtstutzt.

»Warum nicht, Charlie Cooper? Das ist eine neue Welt. Wer soll uns sagen, was wir tun oder nicht tun können?«

Sie küsst ihn, und sie küsst mich, und ein schmutziger Schornsteinfeger neben uns johlt und schenkt uns staubigen Applaus.

Das letzte Wort gebührt mir.

»Wollen wir?«, frage ich.

Und zusammen, Hand in Hand, treten wir in den Schatten der Wolke.

*Dank sei dem Rauch.*

# DANK

Wie die meisten Bücher, die vorgeben, von der Vergangenheit zu handeln, handelt auch dieses von der Gegenwart. Die Vergangenheit dient ihr zugleich als Leinwand und Kontrastfigur: ein Schattenriss, der das Nachdenken über uns selbst spannender macht und von den Fesseln der Vernunft befreit. Dieser Roman mag politisch sein, aber er vertritt keine These. Das Schreiben ist für mich nur insofern interessant, als es ein Prozess mit unbestimmtem Ausgang ist, eine Suche, ein Jazz-Solo, nicht die kunstfertige Umsetzung eines festen Entwurfs oder die Ausformulierung einer geschickt aufgebauten Beweisführung. Die beste Beziehung, die ein Autor meiner Meinung nach zu seinem Text haben kann, ist die eines Lesers, denn dem Leser gebührt bei jeder Geschichte der größte Schöpfungsakt: die Verwandlung von Wörtern und Sätzen in flüchtige, niemals stillstehende Bedeutung.

Dieser spezielle Roman hat mich eher gefunden, als dass ich ihn gesucht hätte. Er entstand aus einer unverhofften Begegnung mit dem Dickens-Zitat, das ihm vorangestellt ist, und hat mich noch einmal das gleichermaßen dekadente wie drängende Kindheitsgefühl erleben lassen, hinterrücks von einer Geschichte überfallen zu werden. Dafür bin ich zutiefst dankbar. Mein Dank gilt aber auch den Menschen, die mich ermutigt haben, mich voll und ganz diesem Gefühl hinzugeben (denn manchmal erfordert es Mut, seiner Leidenschaft zu frönen): meinem Agenten Simon Lipskar, der mir Gewalt und ewige Verdammnis angedroht hat, sollte ich das Projekt nicht weiterverfolgen, meinen Lektoren Bill Thomas, Kirsty Dunseath und Jennifer Lambert, deren Gespür und Güte es mir ermöglicht haben, dem Roman seine endgültige Form zu verleihen, und James Boyd White und Andrew Herbert Merrills, die sich frühen Entwürfen gewidmet und mir mit weisen Ratschlägen zur Seite gestanden haben. Der größte Dank jedoch gebührt meiner Frau Chantal; während sie die einzelnen Kapitel gelesen hat, bin ich hinter ihr auf und ab gelaufen und habe ständig *Bist du fertig?* gefragt. Für deine Geduld und deine Unterstützung, mein Schatz, danke ich dir aus tiefstem Herzen.

# QUELLENNACHWEIS

Charles Dickens, *Bleakhaus*. Deutsch von Gustav Meyrink. Diogenes, Zürich 1984.

Charles Dickens, *Dombey und Sohn*. 2 Bände. Band 2. Deutsch von Christine Hoeppener. Rütten & Loening, Berlin 1988. © Aufbau Verlag GmbH & Co. KG, Berlin 1988, 2008.

Fjodor Dostojewskij, *Die Brüder Karamasow*. Deutsch von Swetlana Geier. © Ammann Verlag & Co., Zürich 2003. Alle Rechte vorbehalten S. Fischer Verlag GmbH, Frankfurt am Main.

Friedrich Engels, *Die Lage der arbeitenden Klasse in England*. Dietz, Berlin 1976.

Georg Wilhelm Friedrich Hegel, *Vorlesungen über die Philosophie der Geschichte*. Reclam, Stuttgart 1924.

Herman Melville, *Moby-Dick oder Der Wal*. Deutsch von Matthias Jendis. Carl Hanser Verlag, München/Wien 2001.

Die Zitate aus Rowland Watkyns, *Flamma sine fumo* (1662) wurden von Katrin Segerer übersetzt.

Bibelzitate sind der Einheitsübersetzung entnommen.